BEATRIX MANNEL | Der Duft der Wüstenrose

Eine Reise nach Namibia anno 1893 –
Lassen Sie sich vom Duft der Wüstenrose
und von Beatrix Mannel verführen

Die Reise meiner Protagonistin beginnt im Jahr 1893 im südbayerischen Reutberg, wo Fanny als Baby vor der Pforte des Klosters gefunden wurde. Ihr Ziel heißt Deutsch-Südwestafrika (heute Namibia), wo sie das Rätsel ihrer Herkunft lösen will. Zwischen Reutberg und Swakopmund – damals der wichtigste Hafen für deutsche Einwanderer – liegt eine Reisestrecke von etwa zwölftausend Kilometern. Ende des 19. Jahrhunderts bedeutete dies eine nicht ganz ungefährliche dreißigtägige Seereise, deren Anlandung in Swakopmund ein höchst aufregendes Unterfangen war. Es gab zu diesem Zeitpunkt noch keinen richtigen Hafen mit Molen, an denen die Schiffe anlegen konnten, weshalb die Frauen in Körben zu kleinen Booten hinuntergelassen wurden, die sich dann den Weg durch die gefährliche Brandung erkämpfen mussten – und dabei oftmals kenterten. Auch Fanny muss aus den Fluten gerettet werden.
Doch das ist nur der Anfang einer Reise, die noch sehr viel abenteuerlicher werden soll. Zum einen wartet am Strand ein völlig fremder Mann auf sie, um sie mit nach Keetmanshoop zu nehmen und sie dort zu heiraten. Zum anderen wird sie auf der etwa tausend Kilometer langen staubigen Reise, während der erstaunliche vierundzwanzig Ochsen den schwer beladenen Karren durch Wüste und Savanne ziehen, mit einem Land konfrontiert, das ihr merkwürdig vertraut scheint und das Fähigkeiten in ihr weckt, von denen sie vorher nicht die leiseste Ahnung hatte ...
Ich wünsche Ihnen viel Vergnügen beim Lesen!

Über die Autorin
Beatrix Mannel studierte Theater- und Literaturwissenschaften und arbeitete dann als Redakteurin beim Fernsehen. Heute ist Beatrix Mannel freie Autorin und schreibt Romane für Jugendliche und Erwachsene. Nach *Die Hexengabe* ist *Der Duft der Wüstenrose* ihr zweiter Roman im Diana Verlag. Beatrix Mannel lebt mit ihrer Familie in München.

BEATRIX MANNEL

*Der Duft
der Wüstenrose*

ROMAN

Verlagsgruppe Random House FSC-DEU-0100
Das für dieses Buch verwendete
FSC®-zertifizierte Papier *Holmen Book Cream*
liefert Holmen Paper, Hallstavik, Schweden.

3. Auflage
Originalausgabe 4/2012
Copyright © 2012 by Diana Verlag, München,
in der Verlagsgruppe Random House GmbH
Redaktion | Valesca Schober
Umschlaggestaltung | t.mutzenbach design, München
unter Verwendung eines Fotos von © shutterstock
Satz | Leingärtner, Nabburg
Druck und Bindung | GGP Media GmbH, Pößneck
Printed in Germany 2012
978-3-453-35638-2

www.diana-verlag.de

*Verstehen kann man das Leben rückwärts,
leben muss man es aber vorwärts.*
                              Sören Kierkegaard

*Ich zeigte dir den Mond, und du sahst nichts
als meinen Finger.*
            Redensart der Sakumba (Tansania)

I

Fanny verknotete ihr Hutband und kämpfte sich gegen den starken Wind über das Deck vor bis zur Reling, wo sie sich mit beiden Händen festhalten musste, um das Gleichgewicht nicht zu verlieren. Nach einunddreißig Tagen auf See wurde ihr wenigstens nicht mehr übel, egal wie sehr das Schiff unter ihr schwankte. Neugierig betrachtete sie die Küste von Deutsch-Südwest, deren Dünen im Abendlicht orangerot wie Stein gewordene Flammen aus dem Wasser ragten und eine Mischung aus Vorfreude und Vertrautheit in ihr auslösten, die sie sich nicht erklären konnte.

Sie atmete die von Gischt durchsetzte Luft so tief ein, wie es ihr eng geschnürtes Korsett eben noch erlaubte, und leckte sich dann das Salz von ihren Lippen, die von den Strapazen der Überfahrt spröde geworden waren.

Morgen früh sollten sie die Küste erreichen, wo sich ihr ganzes Leben ändern würde. Und zwar auf noch einschneidendere Weise, als sie es sich zu Beginn ihrer Reise vorgestellt hatte. Sie hatte ihr Wort gegeben. Ein Versprechen, von dem es nach Charlottes Tod kein Zurück mehr gab.

Der Wind zerrte an ihrem Kleid und wirbelte die Unterröcke hoch, aber Fanny machte keine Anstalten, sie wieder herunterzuschlagen. Es gefiel ihr, all die Dinge zu tun, die bei ihren Mitschwestern im Kloster blankes Entsetzen ausgelöst hätten: Endlich laut sagen, was sie wirklich dachte, endlich ein Korsett tragen und wie eine Frau aussehen, endlich frei sein und nur das tun, was sie selbst für richtig hielt.

Sie betrachtete abwesend die laut flatternden Spitzenbänder ihrer Unaussprechlichen und sah erneut sehnsüchtig zum Land hinüber. Unter Umständen konnte sich morgen in Swakopmund wieder alles ändern, doch das hing nicht mehr nur allein von ihr ab.

Abgemagert bis auf die Knochen hatte Charlotte sich an sie geklammert und sie angefleht, dafür zu sorgen, dass Ludwig, Charlottes Verlobter, nicht umsonst zum Schiff käme. Und Fanny versprach es, zuerst in der selbstverständlichen Annahme, dass dieser Fall ohnehin nicht eintreten und Charlotte wieder gesund werden würde, denn ein Leben ohne das glucksende Lachen von Charlotte und ohne ihre heitere Klugheit konnte sich Fanny gar nicht mehr vorstellen.

In den achtzehn Jahren im Kloster hatte Fanny immer davon geträumt, eine echte Freundin zu haben, eine, der sie ihre geheimsten Gedanken anvertrauen konnte, ohne Angst haben zu müssen, verraten zu werden. Doch sie musste zwanzig Jahre warten, bis sie völlig unverhofft Charlotte kennengelernt hatte. In der Frauenkolonialschule in Witzenhausen, wo sie beide einen Hauswirtschaftsvorbereitungskurs für die Kolonien absolvierten.

Fanny war von der Missionsgesellschaft nach Witzenhausen geschickt worden, Charlotte von ihrer Mutter, die Angst gehabt hatte, eine Tochter aus gutem Hause könnte dem harten Alltag einer Farmersfrau in Südwest nicht gewachsen sein.

Gleich am ersten Abend, während eines Vortrages über »Die Erziehung der Heiden zu ordentlichen Dienstboten und Christenmenschen«, hatte Charlotte ihr zugezwinkert und hinter vorgehaltener Hand so demonstrativ gegähnt, dass Fanny nur mühsam ein Lachen unterdrücken konnte. Von diesem Moment an hatte festgestanden, dass sie Freundinnen werden würden.

Trotzdem fragte Fanny sich nun, welcher Teufel sie geritten hatte, ihrer Herzensschwester ein so folgenschweres Versprechen zu geben, das sie jetzt, wo Charlotte tot war, nicht einfach brechen konnte. Trotzdem vermochte Fanny sich noch nicht vorzustellen, dass sie sich wirklich für Charlotte ausgeben und deren Verlobten heiraten würde.

Plötzlich flammte die karge Küste im Abendlicht lodernd auf, sogar das Meer funkelte orange und rosa. Unwillkürlich betastete Fanny ihr Glasperlenarmband, das sie niemals auszog. Es war ihr einziger, ihr kostbarster Besitz. Sie hielt den linken Arm hoch und vergewisserte sich – tatsächlich, einige der Perlen schimmerten genauso wie das Land, das in der Abendsonne vor ihr lag. Bestimmt war das ein gutes Zeichen. Ich werde es schon schaffen, das Richtige zu tun, beruhigte sie sich.

Der Wind schob ihren Hut trotz des Bandes hinunter in ihren Nacken, und Fanny überlegte einen kurzen Moment, ob sie ihn abnehmen, ihr Haar lösen und es dem Wind überlassen sollte. Aber das hätte ihr nur in Gegenwart von Charlotte Freude bereitet, allein kam sie sich albern vor. Charlotte hätte natürlich nicht mitgemacht, sondern den Kopf geschüttelt und ihr zum hundertsten Mal gesagt, sie würde sich viel mehr wie ein verrückter junger Hund benehmen als eine Dame von Welt. Aber genau das hätte Fanny gefallen. Sie wischte über die Augen, die sich unwillkürlich mit Tränen füllten. Charlotte fehlte ihr so sehr.

Wie würde es sich anfühlen, mit ihrem Namen gerufen zu werden? Auch wenn Franziska nur der Name war, auf den die Nonnen sie als unbekannten Säugling vor zwanzig Jahren getauft hatten, so war sie doch an ihn gewöhnt.

Plötzlich schnellte direkt neben dem Schiff eine riesige, graublaue Schwanzflosse aus dem Wasser empor. Fanny hielt überrascht die Luft an, gespannt, ob sie endlich einen Wal ganz sehen würde. Doch die Flosse verschwand mit einem gewaltigen Klatschen sofort wieder im Ozean. Wie oft hatten Charlotte und sie nach Walen Ausschau gehalten, und jetzt, so nah am Ziel, tauchte einer auf! Das war sicher auch ein gutes Omen.

Du bist nicht ganz bei Trost, ermahnte sie sich, du solltest damit aufhören, überall Zeichen zu wittern wie eine abergläubische alte Jungfer!

Eine Männerstimme drang durch das Tosen des Windes an Fannys Ohr und riss sie aus ihren Gedanken. Hastig schlug sie nun doch ihre Röcke herunter und versuchte sie dort zu halten, was angesichts des schwankenden Schiffes nicht ganz einfach war. »Haben Sie den Wal gesehen?«, fragte der Offizier, der mit respektvoll gezogener Schirmmütze an sie herangetreten war. »Das ist ungewöhnlich, normalerweise schwimmen sie nie so nah an diesen Teil der Küste heran. Es kann gefährlich für sie werden, denn manchmal verlieren sie ihre Orientierung, und dann verenden sie an der Skelettküste. Niemand weiß, wie es dazu kommt.«

So viel also zu den guten Vorzeichen, dachte Fanny und versuchte die Gänsehaut zu ignorieren, die ihr den Rücken hinunterlief.

»Zum Glück sind wir keine Wale und verfügen über jede Menge Technik, die es uns erlaubt, morgen früh dort anzulanden.« Er deutete mit der ausgestreckten Hand zur Küste hinüber.

»Dort drüben?«, fragte Fanny verblüfft nach. So farbenprächtig die Küste im Sonnenuntergang auch war, sie konnte weder einen Hafen noch eine Mole oder andere Spuren von menschlichem Leben entdecken.

»Tatsächlich, Madame. Dafür haben wir bereits in Liberia, im Hafen von Monrovia, die Crew-Neger an Bord genommen. Sie sind Spezialisten darin, die Boote durch die Brandung zum Strand zu steuern.«

»Aber dort drüben ist doch rein gar nichts! Oder liegt Swakopmund vielleicht in einer Senke, die man von hier nicht sehen kann?«

Der Offizier lächelte, setzte seine Schirmmütze wieder auf, tippte an den Rand der Mütze und deutete eine Verbeugung an.

»Das werden Gnädigste morgen früh dann schon sehen.«

Fanny wollte ihm nachgehen, aber der starke Seegang

zwang sie, sich festzuhalten. Es war derselbe Offizier, der das Totengebet gesprochen hatte, bevor man Charlottes Leiche eingenäht in einem Jutesack über Bord geworfen hatte. Es hatte nichts mehr zum Beschweren des Sacks gegeben, weil vor Charlotte schon zwei andere Passagiere gestorben waren. Mit Grauen erinnerte sich Fanny daran, wie verloren der puppenhaft winzige Sack auf den Wellen getanzt hatte, bevor er schließlich strudelnd versunken war. Es schien ihr unbegreiflich, dass ihre energiegeladene Freundin wirklich tot sein sollte. Zum ersten Mal in ihrem Leben hatte jemand seine Geheimnisse mit ihr geteilt, sich Sorgen um Fanny gemacht und Anteil genommen.

»Du wirst als Lehrerin an der rheinischen Missionsschule in Okahandja genauso unfrei sein wie im Kloster«, hatte Charlotte ihr wieder und wieder gepredigt, während sie in ihrer Koje lag und immer mehr an Kraft verlor. »Und glaube bloß nicht, die Protestanten wären auch nur einen Deut besser als die Katholiken. Im Gegenteil, ich sage dir, sie sind noch viel strenger und intoleranter. Wenn du aber jetzt die Möglichkeit nutzt und meinen Verlobten heiratest, dann kann er dir bei deiner Suche helfen. Er muss ein großzügiger Mann sein, er war schließlich bereit, mich zu heiraten, obwohl es diesen Skandal in meiner Familie gab.«

Je kränker Charlotte wurde, desto eindringlicher redete sie auf Fanny ein. »Man heiratet doch sowieso nicht den Mann aus Fleisch und Blut, sondern nur die Vorstellung, die man sich von ihm macht. Erst in der Ehe findest du heraus, wer dieser Mann wirklich ist. Versprich es mir. Er ist ein guter Mann, und du bist ein guter Mensch. Ich bitte dich. Tu's für mich.« Kurze Zeit später war sie tot, und Fanny fühlte sich plötzlich noch einsamer als jemals im Kloster, wo sie keinerlei Freundinnen, sondern in der Oberin Seraphina nur eine bösartige Feindin gehabt hatte. Keine Familie, nicht einmal eine Geschichte, nur ihr Glasperlenarmband. Deshalb hatte sie ihre wenige freie Zeit und die vielen Nächte, in denen sie von Albträumen aufgeschreckt worden war, auch damit verbracht, sich für jede einzelne der einundzwanzig Perlen ständig neue Geschichten auszuspinnen. Geschichten, die sich um ihre Herkunft und um ihre Eltern rankten, von denen sie nichts wusste, Geschichten, in denen sie Geschwister hatte und ein Zuhause.

Fanny hatte ihr Glück kaum fassen können, als schließlich ein Mensch das Kloster betrat, der ihr ebenfalls eine Geschichte zu den Perlen erzählen konnte. Eine wahre Geschichte, die ihren Traum von einer Familie hatte näher rücken lassen und sie letztendlich auf dieses Schiff mit Ziel Afrika geführt hatte.

»Vergiss all diese Fantastereien, was du brauchst, ist ein Gefährte, mit dem du deine eigene Familie gründen kannst. Vergiss die Vergangenheit, wie alle, die auswandern, und fang in Afrika ganz neu an.« Ja, Charlotte war sehr überzeugend gewesen. »Niemand wird etwas merken, du nimmst meine Papiere, meine Truhen und all seine Briefe. Er hat mich nie gesehen, warum sollte er daran zweifeln, dass du nicht die bist, die er erwartet?«

Nach Charlottes Tod hatte Fanny dann Ludwigs Briefe gelesen und viel besser verstanden, warum ihre Freundin so besessen davon war, ihn nicht zu enttäuschen. Jeder einzelne Brief war so liebevoll und romantisch, dass Fanny beim Lesen Herzklopfen bekommen und tatsächlich begonnen hatte, von einer Hochzeit mit diesem liebenswürdigen Unbekannten zu träumen.

Während Fanny ihren Gedanken nachgehangen hatte, waren Himmel, Meer und Küste unfassbar schnell grau wie staubiges Zinn geworden, dann grünlich, und plötzlich schillerte alles noch einmal in prächtigem Rosa, bevor es schlagartig dunkel wurde.

Wenn die Sonne wieder aufgeht, dann ist es so weit, dachte Fanny. Und der einzige Mensch, dem sie morgen beim Anlanden aus dem Weg gehen musste, war die dicke Maria von Imkeller, die sich ihnen am Anfang der Reise ständig aufgedrängt hatte, weil sie süchtig nach Klatsch war. Zum Glück war auch Maria lange krank gewesen und deshalb hoffentlich unsicher darin, wer von ihnen beiden denn gestorben war.

Fanny tastete sich über den schwankenden Dampfer zurück in ihre Kabine, wo sie sich für die Nacht fertig machte.

Nachdem sie ein Gebet für Charlotte gesprochen hatte, begann sie sich vorzustellen, wie der fantasievolle Briefeschreiber wohl aussehen würde. Auf keinen Fall sollten seine Augen sein wie die von Schwester Seraphina, grau wie schmutziger Schnee, sondern freundlich, wie die von Charlotte, braun und glänzend. Sein Haar war ihr egal, auch eine Glatze wäre in Ordnung. Aber er sollte oft und viel lachen. Und er sollte so stattlich sein wie die Offiziere auf dem Schiff. Plötzlich schob sich die Vision eines feisten und klebrigen Mannes vor ihre Augen, der wie ein Sack schwitzende Butter in der Sonne überall feuchtfettige Flecken hinterließ. Sie schüttelte sich – nein, das war nur ihre Angst. Ludwig war ein junger Arzt, der beim Militär gedient hatte und mit oder ohne Uniform sicher großartig aussah. Bei diesem Gedanken berührte sie wie immer vor dem Einschlafen ihre Glasperlen, und dann schlief sie ein.

Mitten in der Nacht schreckte sie mit rasendem Herzschlag aus einem ihrer merkwürdigen Träume auf.

Sie war mit Charlotte auf einem Maskenball an einem breiten Sandstrand gewesen, auf den die Wellen aus allen Richtungen heranrasten und dann krachend umschlugen. Dort, wo sonst die Augenöffnungen der Masken waren, befanden sich orange flackernde Glasaugen in den Schattierungen ihrer Glasperlen. Das Orchester bestand aus sieben Klosterschwestern, und Seraphina dirigierte Walzer, eintönig und emotionslos wie eine mechanische Spieluhr. Der breite feuchte Sandstrand war über und über beschrieben mit den immer gleichen Sätzen. Sätze aus einem Brief von Ludwig.

Und wenn Du erst einmal hier bist, werden wir keinem Worte mehr bedürfen, denn unsere Küsse sprechen dann direkt von Herz zu Herz. Mein Lieb, Charlotte, wie sehr ersehnen meine Hände Dich, meine Lippen küssen Deine Briefe und wünschen sich die Wärme Deines Mundes, meine Augen stellen sich die Deinen vor und begehren nichts mehr, als für immer in ihnen zu versinken.

Doch beim Tanzen über den Sand verwischten die Säume der prächtigen Ballroben die Schrift. Immer wenn ein Kleid die Schrift berührte, wurden die Buchstaben blutig, verloren die Form und begannen zu zerfließen. Je mehr von der Schrift verwischt wurde, desto blutiger wurde der Sand, das Blut stieg von den Säumen in die Kleider hoch und verfärbte alles dunkelrot. Das Schleifen der Kleider auf dem Sand und der mechanische Walzer vermischten sich und dauerten eine quälend lange Zeit an. Fanny wollte weglaufen, aber sie konnte nicht, sie musste sich drehen, wie die Ballerina auf einer Spieldose, und der Sand wurde zu Blut, das immer höher stieg und ihr Kleid tonnenschwer machte. Als es schon an ihrer Taille angekommen war, führte Charlotte einen Mann mit einer weißen Maske zu ihr und raunte ihr ins Ohr: »Fanny, du heiratest doch sowieso keinen Mann aus Fleisch und Blut.« Mein Retter, dachte Fanny. Mein Retter. Als sie Charlotte danken wollte, war diese davongeflogen. Der Mann zog sie an sich und nahm seine Maske mit großer Geste ab. Doch darunter befand sich eine weitere Maske. Eine grauenhafte, schwarz glänzende Maske, die einen Widderkopf darstellte.

Fanny war schweißgebadet aufgewacht, mit dem Geruch von Blut in der Nase, dem Geräusch der schleifenden Ballkleider im Ohr und dem Widderkopf vor ihrem inneren Auge. Nachdem sie sich etwas gefasst hatte, zermarterte sie sich den Kopf, warum sie gerade jetzt einen ihrer Albträume hatte. Morgen würde ihr neues Leben beginnen, ein Leben ohne diese Albträume.

Sie hatte etwas von dem lauwarmen Wasser auf ihrem Nachttisch getrunken und nach den Briefen von Ludwig gegriffen, um sich zu beruhigen.

Alles steht schon für meine liebe Braut bereit, ja ich habe sogar unser Hauspersonal um drei Eingeborene verstärkt, damit es Dir an nichts fehlt.
Dein neues Zuhause unter dem blauen afrikanischen Himmel, dem schönsten Himmel der Welt, ist geschmückt wie für eine Prinzessin. Denn das sollst Du für mich sein. Nicht nur meine Herzensfrau und mein Kamerad, nein, darüber hinaus möchte ich Dein Dich feurig anbetender Prinz sein, der nicht müde werden wird, Deine Schönheit und Klugheit zu preisen.
Nun schiltst Du mich bestimmt angesichts all meiner Worte, die mir vom Herzen in die Feder strömen, doch mach Dir keine Sorgen, kein Patient muss deshalb leiden, nein, ganz im Gegenteil, meine Zuversicht überträgt sich auch auf diese, sodass sich unser gesamter Haushalt in freudiger Erwartung befindet.

Wie immer bezauberten sie seine Worte, es war herrlich, so sehnlichst erwartet zu werden. Es war genau diese Sehnsucht, die seine Briefe zu einem aufregenden Versprechen machten, das in ihren Augen viel schöner war als alles, was sie bisher über Afrika gehört hatte, schöner als Zebras, Giraffen, Elefanten und Palmen.

Trotzdem schlief sie erst wieder ein, als draußen schon die Morgendämmerung anbrach.

Wenige Stunden später wurde sie vom aufgeregten Treiben an Bord geweckt. Als sie vollkommen übermüdet aus dem winzigen Bullauge nach draußen sah, stellte sie enttäuscht fest, dass dicker Nebel das Schiff umhüllte. Doch die Männer schien das nicht an ihrer Arbeit zu hindern, denn sie brüllten Kommandos, Gegenstände wurden über das Deck gezerrt, es rumpelte an allen Ecken und Enden.

Fanny beschloss, ihren Traum endgültig zu vergessen, und beeilte sich mit dem Anziehen. Sie hatte zwei Jahre lang eisern gespart und sich für Deutsch-Südwest zwei weiße Kleider aus leichtem Baumwollmusselin nähen lassen sowie ein Reitkleid, Wäsche und ein zweites Korsett. In dem Kursus der Frauenkolonialschule in Witzenhausen, bei dem sie Charlotte vor über einem Jahr kennengelernt hatte, war immer wieder darauf hingewiesen worden, dass es zwar sehr heiß im Schutzgebiet war, dies aber kein Grund für die deutsche Frau sein sollte, sich gehen zu lassen oder gar wie die Hottentottinnen herumzulaufen.

Damit war Fanny mehr als einverstanden. All die Jahre im Kloster hatte sie es verabscheut, in einem lose hängenden Sack herumlaufen zu müssen, und sie genoss es, endlich wie eine Frau auszusehen. Sie fand, das Einschnüren brachte einem zu Bewusstsein, dass man einen Körper hatte, und sie liebte es, diesen Körper mit weichen Stoffen zu umhüllen.

Fanny strich über den cremefarbenen Rock aus schimmerndem Baumwollsatin mit den breiten Spitzenbordüren und dachte daran, wie Charlotte ihr mit einem wissenden Grinsen unterstellt hatte, sie würde für ein schönes Kleid glatt über Leichen gehen.

Plötzlich hörte sie in ihrem Kopf wieder das Geräusch von den schleifenden Ballroben mit der Walzermusik, und sie bekam trotz der Hitze eine Gänsehaut. Höchste Zeit, an die frische Luft zu kommen, vergiss den Traum, Fanny. Sie beeilte sich, die Manschettenknöpfe der bauschigen Keulenärmel zu schließen und den breitkrempigen Hut auf ihrem widerspenstigen, krausen schwarzen Haar zu befestigen. Sie hatten beide die gleiche Haarfarbe gehabt, allerdings war Charlottes Haar glatt und glänzend wie Seide. Ihre Figuren waren jedoch sehr unterschiedlich. Fanny begann, ihre Truhe zu packen, hielt inne und stopfte dann kurz entschlossen ihre wenigen Sachen in die Truhe von Charlotte, deren Eisenbeschläge mit einem Monogramm versehen waren. Ganz nach oben packte sie den Brief an Charlottes Eltern, den Charlotte in ihren letzten Stunden diktiert hatte. Ihnen müssen wir die Wahrheit sagen, hatte Charlotte mit letzter Kraft geflüstert, das bin ich ihnen schuldig. Nachdenklich betrachtete Fanny den Brief. Egal, ob sie Charlottes Versprechen halten würde oder nicht, sie musste diesen Brief einem der Offiziere übergeben, damit sie ihn zurück nach Deutschland brachten. Sie nahm den Brief und begab sich an Deck. Mittlerweile hatte der Wind den Nebel vertrieben, und die Sonne schien unbarmherzig vom Himmel herab. Niemand war zu sehen, aber der starke Wind wehte vom oberen Vorderdeck Fetzen von Gelächter und Schreie in Fannys Richtung. Neugierig schlenderte Fanny hinüber und war überrascht von dem Schauspiel, das sich ihr bot.

Man hatte eine Seilwinde aufgebaut, an deren Ende ein riesiger geflochtener Korb aus Bambus hing, in dem eine korpulente Frau saß. Fanny erkannte Maria von Imkeller – ausgerechnet. Fanny hoffte, dass sie ihr in Deutsch-Südwest nie wieder begegnen würde. Jedes Mal, wenn sich der Korb im Wind ein wenig bewegte, kreischte Maria schrill wie zehn Papageien, womit sie die gesamte Mannschaft zum Grölen brachte.

Und dabei sieht sie noch aus wie ein verkleideter Gorilla im Käfig, dachte Fanny und hatte zum ersten Mal seit Charlottes Tod das Verlangen, laut und heftig zu lachen. Doch sie beherrschte sich. Sie hielt ihren Hut fest, damit er trotz diverser Hutnadeln nicht davonflog, und sah gespannt dabei zu, wie der Korb über Bord gezogen und dann in eine kleine Schaluppe hinabgelassen wurde. Dieses schwierige Unterfangen wurde durch die heftige Brandung zusätzlich erschwert. Unten tanzte das kleine Boot machtlos auf den Wellen, und oben schwankte der Korb mit Maria im Wind derart hin und her, dass die Schwarzen die allergrößte Mühe hatten, ihn in das Boot zu bekommen. Sechs Mann versuchten, den Korb mit Tauen genau über das Boot zu dirigieren. Fanny wurde es schon beim Hinsehen übel, und sie fragte sich, wie die Männer es schafften, dabei ihr Gleichgewicht zu halten. Obendrein spritzte von allen Seiten Gischt in das schaukelnde Boot.

»Die Damen werden so in das Boot hinabgelassen, es ist sicherer.« Der Offizier von gestern Abend war aufgetaucht und stand dicht neben ihr. »Sie sind die Nächste.«

Ganz egal, wie viel Angst ich habe, dachte Fanny, und wie schlecht es mir wird, ich werde auf keinen Fall so ein Schauspiel abgeben wie Frau von Imkeller.

»Und unsere Truhen?«

»Darum kümmern wir uns später. Zuerst müssen wir die Passagiere von Bord bringen.«

Fanny reichte dem Offizier den Brief an Charlottes Eltern und bat ihn, dafür zu sorgen, dass er seine Empfänger erreichte. Er salutierte und versicherte ihr, dass ihr Wunsch Ehrensache für ihn sei. Er steckte den Brief in seine Jackentasche und nickte Fanny zu.

Mit einem lauten Rums plumpste der Käfig mit Maria von Imkeller unten auf das Boot. Ihr Kreischen war jetzt nur noch gedämpft zu hören, doch Fanny konnte sehen, wie sie die Männer an Bord anschrie, und als man ihr aus dem Korb half, verteilte sie zum Dank freigebig Ohrfeigen. Das passte zu Maria von Imkeller, die sich als zukünftige Königin von Deutsch-Südwest gab, nur weil ihr Mann in Windhuk angeblich Bürgermeister war.

Fanny konnte an Schlägen nichts Königliches finden. Es war nur eine besonders erbärmliche Art, Macht auszuüben, und erinnerte sie mit Ekel an Seraphina, die sie im Namen Gottes schonungslos gezüchtigt hatte. Weg damit, weg mit alldem, ermahnte sich Fanny. Ich bin jetzt am anderen Ende der Welt. Einer Welt voller Sonne und voll aufregender Möglichkeiten.

Der Offizier kam und führte sie zum bereits wieder hochgezogenen Korb. Fanny setzte sich hinein, und weil sie es ganz anders als Maria machen wollte, winkte sie gelassen in die Menge, als wäre sie die Kaiserin auf dem Weg zur Weltausstellung. Und alle winkten ihr zurück.

Doch je höher sie gezogen wurde, desto schwindeliger wurde ihr. Sie umklammerte ihr Glasperlenarmband wie einen Talisman. Die Perlen hatten sie schließlich hierhergeführt. Sie vermied es, durch die dünnen Bambusrohre nach unten zu blicken, aber sie schaffte es nicht ganz und schauderte unwillkürlich. Das Meer schäumte, brüllte und schlug um sich, und es kam ihr vor wie ein hungriger Drache auf der vergeblichen Suche nach einer Jungfrau. Sie hob ihr Gesicht zur Sonne und schloss die Augen. Doch so schien ihr das Jaulen des Windes wesentlich lauter, und sie spürte das Schwanken und Schaukeln des Korbes noch viel stärker. Um sich abzulenken, konzentrierte sie sich auf ihr Perlenarmband und zählte die Perlen, obwohl sie natürlich genau wusste, wie viele es waren. Sieben rote böhmische Perlen, sieben gelbe afrikanische Perlen und die sieben Traumperlen, die zwischen den Farben eines flammenden Sonnenuntergangs und denen eines Regenbogens changierten. Alle Perlen schlichen sich zuweilen in ihre ohnehin schon merkwürdigen Träume, aber diese Zauberperlen waren die einzigen, die ihr zuwisperten und einen seltsam hohen, singenden Ton von sich gaben. Heute Nacht waren sie in ihrem Traum zwar als Maskenaugen aufgetaucht, dabei aber stumm geblieben.

Ihr Korb näherte sich dem Boot, und diesmal dauerte

es nicht lange und sie war daraus befreit. Nach einigen Minuten hatte sich Fanny an das Schlingern im Boot gewöhnt und begann den Männern bei der Arbeit zuzusehen, bis ihr klar wurde, dass sie die Eingeborenen geradezu anstarrte. Ihre Augen wurden magisch von den muskulösen, nackten und schwitzenden Oberkörpern angezogen. Beschämt wandte sie ihr Gesicht ab und betrachtete das Meer.

»Unglaublich, welchen Anblicken hier weiße Frauen ausgesetzt sind!«, ließ sich Maria von Imkeller säuerlich vernehmen und nickte Fanny zu.

Obwohl sie sich für ihr respektloses Starren gerade noch geschämt hatte, amüsierte es sie, dass Maria ihr Verhalten missverstanden hatte, und sie verbiss sich ein Grinsen – auch weil sie auf keinen Fall ein Gespräch mit dieser Frau riskieren wollte.

Nachdem der Korb wieder zurück zum Schiff hochgezogen worden war, begannen die Eingeborenen gemeinsam durch die teils halbmeterhohen Wellen Richtung Strand zu paddeln, und obwohl niemand ein Kommando gab, waren ihre Bewegungen vollkommen synchron.

Eine große Welle brach am Bootsrand und schwappte über Maria und Fanny. Fanny schnappte nach Luft, Maria schrie laut auf. Das unerwartet kalte Wasser hatte Maria vollkommen durchnässt und ihre Frisur in ein zerfallenes Krähennest verwandelt. Ihre Hüte flatterten zusammen im Wind davon.

»Diese verdammten Nigger, es macht ihnen Spaß, uns zu quälen!«

Fanny glaubte nicht recht zu hören. »Was für ein Unsinn!«, rief sie. »Sehen Sie denn nicht, wie schwierig es ist, hier an Land zu kommen?«

Maria schnaubte verächtlich. »Damit verdienen die Nigger ihr Geld. Sie werden hier noch viel lernen müssen, man darf nicht zu weichherzig sein.«

Da bestand bei dieser Person sicher keine Gefahr, dachte Fanny. Maria hätte sich bestimmt gut mit Seraphina verstanden.

Obwohl die Strömung sehr stark war, paddelten die Eingeborenen langsam, aber beständig näher ans Ufer. Fanny entdeckte zwei Gebäude, die sich flach an den Strand zu schmiegen schienen, und einige Zelte. Der Strand selbst wimmelte von Menschen. Männer in weißen Anzügen, halb nackte Schwarze und Eingeborene in bunten Kleidern. Je näher sie dem Strand kamen, desto schneller schlug Fannys Herz. Dieser Strand, das war der aus ihrem Traum, so breit, so kahl, so ungestüme Wellen. Wie war das möglich?

»Machen Sie sich bereit, gleich müssen Sie sich von so einem Kanaken durchs Wasser tragen lassen!« Maria von Imkeller deutete auf schwarze Männer mit aufgekrempelten Hosen und Hemden, die durchs Wasser auf sie zugeeilt kamen.

Verständnislos sah Fanny von den Männern zu Maria.

»Die bringen uns durch das Wasser an den Strand«, erklärte diese.

Fanny wollte lieber zu Fuß durchs Wasser gehen, als sich transportieren zu lassen wie ein Sack Mehl. Sie fragte sich, wie viele Männer es brauchen würde, um Maria an Land zu schleppen.

»Ja, das ist eine Zumutung für uns Frauen!« Maria hatte Fannys Schweigen schon wieder missverstanden. »Dass wir uns von solchen anfassen lassen müssen. Mein Gatte wird dafür sorgen, dass Swakopmund eine Mole bekommt.«

Die ersten Männer waren am Boot angelangt. Fanny ließ Maria den Vortritt, um zu beobachten, was zu tun war. Dann sprang auch sie auf den Rücken eines Mannes und ließ sich huckepack durchs Wasser tragen. Ihr Träger lehnte sich nach vorn und marschierte langsam und bedächtig durch das etwa oberschenkeltiefe Wasser. Dazu musste er sich bei jedem Schritt fest gegen den Wind und das Wasser stemmen. Wellen umbrandeten sie und leckten an ihren Säumen. Am liebsten wäre Fanny heruntergesprungen, denn sie hatte große Mühe, sich an dem Mann festzuhalten, weil ihr Kleid so eng war, dass sie die Beine wie eine Meerjungfrau geschlossen halten musste.

»Entschuldigen Sie«, begann sie, als sie merkte, dass sie sich nicht mehr lange würde festhalten können. Aber der Wind trieb ihre Worte davon, und der Schwarze reagierte nicht. »Entschuldigen Sie!«, rief sie deshalb lauter.

Ihr Träger drehte ihr den Kopf zu und stolperte genau in diesem Augenblick nach vorne, sodass Fanny mit ihm zusammen ins kalte Wasser stürzte.

Sie wurde ganz untergetaucht, verschluckte sich, wunderte sich über den überraschend starken salzigen Geschmack, kam sofort wieder hoch, rang nach Luft, doch ihre Füße wurden von einer starken Macht weggerissen, und sie fiel der Länge nach ins Wasser. Schlagartig verstand sie, warum die Männer sie an Land trugen. Nicht Schicklichkeit oder Rücksicht waren der Grund, sondern einzig und allein die Strömung.

Sie strampelte, kam nach oben, schnappte nach Luft, atmete Wasser ein, spürte für eine Sekunde den sandigen Grund unter ihren Schuhen, dann wurde sie wieder unter Wasser gezogen.

Sie hatte keine Luft mehr in ihren Lungen. Nein, ich werde auf keinen Fall sterben, dachte sie, nicht hier, nicht so kurz vor dem Ziel. Sie spannte all ihre Muskeln an, um wieder an die Wasseroberfläche zu kommen. In diesem Moment wurde sie von zwei starken Händen gepackt, hochgezogen und festgehalten. Sie japste nach Luft und konnte nichts sehen, weil das Salzwasser in ihren Augen brannte und noch dazu die Sonne sie blendete. Erst als sich ihre Augen an die Sonne gewöhnt hatten, erkannte sie, dass es sich bei ihrem Retter um einen anderen dunkelhäutigen Mann handelte, der mit einem vollkommen durchnässten hellbraunen Anzug bekleidet war. Er trug sie, als wäre sie ein krankes Kind. Fanny legte, ohne lange nachzudenken, ihre Arme um seinen Hals und klammerte sich fest. Sie wollte »Danke« sagen, aber sie würgte immer noch an dem Salzwasser, das sie verschluckt hatte.

»Willkommen in Swakopmund!«, murmelte der Mann und lächelte Fanny schwer atmend an. Er blieb mit ihr auf dem Arm stehen, um zu verschnaufen. Ihr Kopf war so nah an seinem Gesicht, dass sie nicht nur die schwarzen Bartstoppeln auf seiner dunklen Haut, sondern sogar die glitzernden Wassertropfen in seinen dichten Wimpern sehen konnte. Seine Haut war tiefbraun, doch längst nicht so schwarz wie die der anderen Träger. Seine Augen schimmerten braungrün und erinnerten sie an weich bemooste Baumstämme. Er besaß eine breite Nase, und seine Lippen waren sehr voll und die Oberlippe fein geschwungen. Durch die nassen Kleider spürte Fanny nicht nur seinen hämmernden Herzschlag, sondern auch, wie hart seine Armmuskeln waren, und ihr wurde schlagartig bewusst, dass ihr weißes Kleid jetzt nahezu durchsichtig sein musste.

»So empfängt Swakopmund seine Gäste.« Der Mann stieß ein kehliges Lachen aus, das vom freundlichen Leuchten seiner dunklen Augen ergänzt wurde. Unwillkürlich lächelte Fanny zurück.

»Trotzdem ein herzliches Willkommen, Fräulein von Gehring.« Er schritt langsam weiter durch das aufgewühlte Wasser.

Fräulein von Gehring? Wie kam er darauf, dass sie Charlotte war? War das etwa Ludwig, Charlottes Verlobter? Während Fanny darüber nachdachte, wie sie reagieren sollte, bemerkte sie, wie sich überall dort, wo ihre Körper sich berührten, ein fremdes, durchaus angenehmes Gefühl ausbreitete, das sie verwirrte. Sie räusperte sich, weil ihre Kehle noch wund war vom Salzwasser. »Woher wissen Sie, dass ich Charlotte bin?«, krächzte sie schließlich.

Er blieb im immer noch schenkeltiefen Wasser stehen und holte Luft. Schweiß tropfte über seine kräftigen Augenbrauen. »Ich lasse Sie kurz runter, aber halten Sie sich gut an mir fest.«

Fanny nickte. Doch kaum hatten ihre Füße den Grund berührt, zerrte die Strömung schon wieder an ihnen. Fanny drückte sich dichter an den Mann, sodass sie fühlen konnte, wie sich sein Bauch beim Atmen bewegte. Sein Geruch verwirrte sie genauso wie seine Nähe, was auch daran lag, dass ihr noch nie ein Mann so nahe gekommen war. Sie musste dringend einen klaren Kopf behalten und durfte keinen Fehler machen.

»Also, woher wissen Sie, wer ich bin?«, schrie sie gegen den Lärm der Brandung an.

»Es war abgemacht, dass Fräulein von Gehring als Zweite von Bord gehen sollte – und außer ihr und den verheirateten Frauen war sonst nur noch die bedauernswerte Lehrerin an Bord.«

Fanny ärgerte diese Herablassung. »Warum nennen Sie sie bedauernswert? Weil sie für Geld arbeitet?«

»Nein.« Seine Stimme klang plötzlich hart. »Weil Okahandja, die Missionsstation, zu der wir sie hinbringen sollten, vor drei Tagen niedergebrannt wurde und alle Missionare und Lehrerinnen ermordet worden sind.«

Fanny schluckte, in ihrem Hals schnürte sich alles zusammen, sie rang nach Luft. Ermordet. Charlotte hatte recht gehabt. Es war viel gefährlicher, in der Mission zu arbeiten, als sie das je für möglich gehalten hatte.

»Aber warum? Wie konnte das passieren?«

Seine Augen verdunkelten sich, und neben seinem Mund zeigten sich plötzlich traurige Linien.

»Niemand weiß genau, was passiert ist. Sicher ist nur, dass alle tot sind. Ich glaube …« Er zögerte, dann straffte er seine breiten Schultern, räusperte sich und fuhr fort. »Es ist ein abscheuliches Verbrechen. Dieses Land wird noch lange nicht zur Ruhe kommen. Aber gehen wir weiter, Sie werden erwartet.« Er umfasste sie wieder, hob sie auf seine Arme und suchte vorsichtig den Weg durch die kreuz und quer auf die Küste zulaufenden Wellen.

Erschüttert dachte Fanny an Pater Gregor, den überzeugten Missionar, der vor drei Jahren in das Kloster Reutberg gekommen war und sie überhaupt erst auf die Idee gebracht hatte, nach Afrika zu gehen. Sie betete, dass ihm niemals so etwas Grauenhaftes zustoßen möge.

»Für mich ist diese Lehrerin deshalb bedauernswert, weil niemand weiß, was jetzt mit ihr werden soll«, unterbrach der Mann ihre Gedanken. »Es gibt für eine weiße Frau nicht viele Optionen zum Geldverdienen.«

»Ich habe gehört, es herrscht in den Schutzgebieten ein großer Mangel an weißen Frauen.«

»Ach was! Die Hübschen oder die mit Geld, die können vielleicht heiraten. Aber die anderen, die enden im Bordell. Was glauben Sie, wie viele Taugenichtse hier herumlungern? Die warten nur darauf, eine junge Frau zu verderben, und danach bleibt auch nur das Bordell.«

»Aber gibt es denn keine Arbeit als Lehrerin oder Gouvernante?«

Was tue ich hier eigentlich?, dachte Fanny im nächsten Moment. Ich muss mich damit abfinden: Mir bleibt nur noch eine Möglichkeit, und die hat Charlotte mir geschenkt. Es ist, als würde sie ihre Hand über mich halten. Ich sollte nach vorne schauen und anfangen, wie Charlotte zu denken.

»Noch gibt es wenig Anständiges für weiße Frauen. Vielleicht ändert sich das, wenn die Kolonie wächst. Als Bedienstete stellen die Weißen nur Schwarze ein, weil man denen kaum etwas zu bezahlen braucht, und sobald die weißen Kinder alt genug sind, um in die Schule zu gehen, werden sie in ein deutsches Internat geschickt. Man will damit verhindern, dass sich die Kinder mit den Eingeborenen zu sehr anfreunden.«

»Warum denn das?«

Der Mann gab ein unbestimmtes Schnauben von sich. »Wie auch immer, Fräulein von Gehring, ich denke doch, Sie haben ein Herz und werden sich der armen Lehrerin so lange annehmen, bis klar ist, was aus ihr werden soll, oder nicht?« Bevor sie etwas erwidern konnte, stellte er Fanny behutsam auf den weichen Sand und wischte sich mit dem Ärmel über seine schweißglänzende Stirn. »Wir sind da.«

Fanny war erleichtert, festen Boden unter den Füßen zu spüren. Trotzdem war ihr schwindelig von all den entsetzlichen Neuigkeiten, die sie gerade gehört hatte, und sie hätte sich gern noch einen Moment an den Fremden angelehnt, doch der hielt nun Abstand zu ihr.

Ein großer, blonder Mann trat zu ihnen, betrachtete Fanny eingehend, während ein Leuchten über sein breites, kantiges Gesicht ging. Seine Augenbrauen waren rotblond und struppig und über der Nase zusammengewachsen. Ein großer gezwirbelter Schnurrbart verdeckte seine Oberlippen und verlieh seinem Gesicht ein fröhliches Aussehen.

»Danke, John«, sagte er zu dem Mann im nassen, hellbraunen Anzug, »dass du mir meine Charlotte aus den Fluten gerettet hast.«

»Es war mir eine Ehre und ein Vergnügen.« John deutete eine Verbeugung vor Fanny an.

Fanny blickte verwirrt zwischen den Männern hin und her. Der große blonde Mann deutete auf ihren dunkelhaarigen Retter. »Das ist John Madiba, mein Verwalter. Ich bin Ludwig Falkenhagen, dein Bräutigam.«

Überrascht betrachtete Fanny ihn genauer. Er lächelte sie so vergnügt an, dass sie zurücklächelte, obwohl sie kaum klar denken konnte und sich in ihrem Kopf alles drehte. Vielleicht war es die Sonne oder der Sturz in die reißende Brandung, jedenfalls kreiselten die Bilder und Gedanken immer schneller und schneller. Ludwigs Schnurrbart, die Maske aus dem Albtraum, eine brennende Kirche, Charlottes Leiche auf dem Meer tanzend, Maria von Imkeller im Käfig, die nackten Männerschultern, die Augen ihres Retters und ihr Versprechen. Fanny kniff sich in den Arm, um sich zu sammeln. Jetzt oder nie. Sie konnte ihr Versprechen brechen und Ludwig erklären, dass sie nicht Charlotte war, oder sie musste für immer schweigen.

Ludwig nickte ihr verständnisvoll zu. »Liebes, du musst vollkommen erschöpft sein. Die Januarsonne ist auch viel zu stark für dich und wird deine schöne helle Haut ruinieren.« Er klatschte zweimal in die Hände, woraufhin eine schwarze Frau angerannt kam.

Jetzt, Fanny, jetzt musst du es ihm sagen, diesem freundlich besorgten Mann, dass du nicht Charlotte von Gehring bist, sondern nur ein Waisenkind aus dem Kloster. Und wenn ich das tue, dachte Fanny, was wird dann aus mir? Sie betrachtete den blonden Mann, der sie immer noch mitfühlend ansah. Würde er sie hassen, wenn er je dahinterkäme, dass sie ihn belogen hatte?

Er konnte sich offensichtlich nicht an ihr sattsehen. Es schien, als wäre Fanny für ihn nicht nur eine annehmbare Verlobte, sondern ein großer Gewinn. Fannys Augen schweiften hinüber zu John, der sich erschöpft in den Sand gesetzt hatte.

»Elli«, sagte Ludwig zu der schwarzen Frau, »wir brauchen einen Schirm und einen leichten Umhang für meine Braut. Und etwas zu trinken.«

»Ich glaube, ich muss mich auch setzen«, murmelte Fanny, und weil sie nirgends einen Stuhl oder etwas Ähnliches entdecken konnte, ließ sie sich neben John auf den goldfarbenen Sand fallen. Sie umklammerte ihr Glasperlenarmband, als könnte ihr das helfen.

Ludwig ging neben ihr in die Hocke. »Liebes, es tut mir leid, aber wir müssen noch auf die arme Lehrerin warten, ich habe versprochen, dass wir uns um sie kümmern.« Er stand auf und wandte sich an John, diesmal mit der Stimme eines Mannes, der das Befehlen gewohnt war. »John, deine Hilfe wird bei den Karren gebraucht.« John nickte, erhob sich und klopfte den Sand vom feuchten Anzug.

»Sorg dafür, dass sie alles aufladen, was mit zu uns nach Keetmanshoop kommen soll, auch die Koffer der Lehrerin.«

Fanny war nahe daran, in hysterisches Kichern auszubrechen, doch sie riss sich zusammen. Das immerhin hatte sie im Kloster gelernt: zu verbergen, was wirklich in ihr vorging.

»Wir müssen nicht länger warten«, sagte sie leise. »Franziska Reutberg wird nicht kommen.«

»Was sagst du?« Ludwig beugte sich wieder näher zu ihr hin, sodass sie direkt in seine fragenden, blaugrauen Augen sehen konnte.

»Franziska Reutberg ist tot.« Fanny flüsterte nur noch und schaffte es nicht mehr, sich zu beherrschen, sie weinte. Ich habe mich entschieden, dachte sie. Charlotte, schau, ich halte mein Versprechen, obwohl ich mich selbst damit für tot erkläre. Ich muss verrückt sein, aber ich tu's. Für dich und für mich. Denn nur so kann ich hierbleiben und mehr über meine Vergangenheit herausfinden.

Ludwig sah auf Fanny herab und wusste offensichtlich nicht, was er tun sollte. Er drehte sich nervös nach den anderen Menschen am Strand um, doch niemand beachtete sie. Alle waren damit beschäftigt, die ständig weiter eintreffenden Boote abzuladen und zu den Karren oberhalb des Strandes zu transportieren.

»Wein doch nicht«, sagte er schließlich und streichelte zaghaft über ihren feuchten Arm. »Ich werde alles tun, damit du niemals einen Grund hast zu weinen, das verspreche ich dir. Liebes, eine so schöne Frau wie du sollte nicht weinen. Du bist nur von den Strapazen der Reise ein wenig durcheinander.«

Elli war zurück und hielt Ludwig einen weißen Spitzenschirm hin, den er ihr wortlos abnahm und aufspannte.

Sie füllte einen Becher mit Flüssigkeit aus einem Lederschlauch und bedeutete Fanny zu trinken.

»Das wird dir guttun.« Ludwig hielt den Schirm fürsorglich über Fanny und nickte ihr aufmunternd zu.

Während Fanny den lauwarmen, fremdartig schmeckenden Tee hinunterschluckte, versuchte sie, sich zu sammeln, aber alles in ihr bebte. Hatte sie sich wirklich richtig entschieden? Ihr Blick wanderte zu John, der zu einem der zahlreichen Ochsenkarren lief, die oberhalb des Strandes darauf warteten, beladen zu werden.

Als ob er ihre Augen in seinem Rücken gespürt hätte, drehte er sich kurz um und winkte ihnen zu. Ohne zu überlegen, winkte sie ihm zurück und fühlte sich bestärkt.

»Er ist ein guter Verwalter«, sagte Ludwig, »wirklich erstaunlich gut für einen Mischlingsbastard. Ich kenne ihn schon eine Ewigkeit und ich vertraue ihm.« Ludwig lächelte ihr glücklich zu. »Ich bin so froh, dass du endlich hier bist.«

Fanny wich seinem Blick aus, sah aufs aufgewühlte Meer hinaus und betastete wieder ihre Perlen. Plötzlich, inmitten des Lärms, den die Arbeiter beim Entladen der Boote verursachten, dem Klatschen der Wellen und dem Kreischen der Möwen, wurde sie ganz ruhig. Sie hätte nicht sagen können, ob es an dem feinen Sand zwischen ihren Fingern lag oder an dem ungewöhnlichen Duftgemisch von Staub und Salz, Ochsen und Honig. Doch es kam ihr auf einmal so vor, als wäre Charlotte ganz nah bei ihr und würde sie umarmen.

Fannys Blick wanderte vom Horizont wieder zu Ludwig. Charlotte hatte recht. Er wusste so wenig über seine

Verlobte wie sie über ihn. Es war kein Betrug, es war für sie beide ein Anfang. Sie suchte seinen Blick und lächelte ihm zu. »Ludwig«, sagte sie.

»Charlotte, ich will nicht drängen, du sollst erst einmal zur Ruhe kommen, aber verrate mir bitte eines.« Er nahm ihre Hand und klopfte den Sand ab. »Warum trägst du den Verlobungsring nicht, den ich dir geschickt habe? Hat er irgendwie dein Missfallen erregt?«

Weil er mit Charlotte auf dem Meeresgrund liegt. O Gott, und was jetzt?

»Nein, nein, er war wirklich wunderschön …«, flüsterte Fanny tonlos.

»Nach dem Skandal in Berlin hätte ich gedacht, es wäre dir wichtig, der Gesellschaft zu zeigen, dass du verlobt bist.« Schatten wanderten über seine blaugrauen Augen.

»Das stimmt, Ludwig, und natürlich habe ich ihn auch getragen«, antwortete Fanny, während sie nach einer logisch klingenden Ausrede suchte. Wie hatten sie den Ring nur vergessen können?

»War er vielleicht nicht nach dem Geschmack deiner Familie?« Seine Stimme bettelte geradezu um eine Erklärung.

Fanny konnte sich nicht einmal erinnern, wie der Ring an Charlottes Hand ausgesehen hatte, denn er war so schlicht gewesen, dass er sich ihr nicht eingeprägt hatte, und genau deshalb hatten sie ihn auch bei ihrem Plan vergessen.

»O doch, er war wunderschön. Ich habe ihn immer getragen, doch dann sind wir alle so krank geworden.«

»Ich verstehe nicht?« Ludwig zog seine Augenbrauen fragend nach oben.

»Anlässlich der Äquatortaufe hat die Woermannreederei ein großes Fest veranstaltet, bei dem es auch Geflügelsalat mit Mayonnaise gab.« Fanny merkte, wie ihr allein bei dem Gedanken daran flau wurde. »Doch die Mayonnaise und das Geflügel waren durch die Hitze verdorben. Und die Passagiere wurden krank. Einige Passagiere sind sogar daran gestorben, so auch die arme Franziska.«

Ludwig schüttelte den Kopf. »Das ist unverantwortlich. Ich werde dafür sorgen, dass das Konsequenzen hat.«

»Das ist nicht nötig, Ludwig, denn ich lebe ja noch.«

Ludwig tätschelte ihre Hand. »Du bist eben zäh. Und das ist gut, denn hier brauchen wir gesunde und starke Frauen, die anpacken können. Für Salondämchen ist in diesem Land kein Platz, und ich bin sehr froh, dass du dir trotz deiner Herkunft nicht zu schade warst, dich so gut auf das Land hier vorzubereiten. Aber was hat das alles mit meinem Verlobungsring zu tun?«

»Ich konnte lange nichts bei mir behalten. Und weil es den anderen so viel schlechter ging als mir, habe ich dabei geholfen, sie zu versorgen, und nicht bemerkt, wie dünn meine Finger dabei geworden sind. Und dann ist es passiert, er ist mir vom Finger gerutscht, bei der Trauerfeier zu Char… Franziskas Seebestattung …« Ich rede mich noch um Kopf und Kragen, dachte Fanny, was für ein Gefasel.

»Oh, ich verstehe.« Ludwig sah erfreut aus. »Du hast dich selbstlos um die anderen gekümmert. Das gefällt mir, schließlich heiratest du mit mir einen Arzt. Um den Ring ist es allerdings schade, denn er hat meiner Großmutter gehört. Nun, dann kaufen wir einen neuen. Für dich soll mir nichts zu teuer sein. Bist du bereit aufzubrechen?« Er streckte ihr seine Hand entgegen, um ihr aufzuhelfen. Sie war trotz der Hitze trocken und kühl und so groß, dass Fannys darin vollkommen verschwand. Als sie sich erhoben hatte, nahm er ihren Arm und führte sie über den Sandstrand weg vom Meer zu einem gestampften Pfad, auf dem zahllose Karren und Ochsen standen. Fanny hängte sich bei ihm ein, denn das Gehen fiel ihr schwer. Ihre Unterkleider waren noch feucht vom Salzwasser und scheuerten und brannten auf der Haut. Darüber hinaus versank sie bei jedem Schritt tief im heißen Sand. Seraphina hätte die Verwandlung des sündhaften Kleides in ein Büßergewand sicher als Strafe Gottes begrüßt. Fanny musste trotz ihres Elends lächeln. Wann endlich würde sie aufhören, darüber nachzudenken, was Seraphina gedacht, getan und gesagt hätte? Sie war nicht mehr im Kloster Reutberg.

Fanny blieb stehen und atmete tief durch. Sie war der einzigen Spur, die sie hatte, gefolgt, um etwas über ihre Herkunft zu erfahren: die Spur der Glasperlen. Jetzt war sie endlich an dem Ort angekommen, wo die jahrelange Suche sie hingeführt hatte, in Afrika, dem Ziel ihrer Träume.

2

»Heyyyyaahh, Napoleon, Admiral Nelson, Schiller, Goethe, hey-a hey-a!« Der Ochsenwächter schlug mit der Peitsche auf die Ochsenpaare ein, die sich nicht in Bewegung setzten. Langsam ruckelnd und laut ächzend kam der schwer beladene Karren in Fahrt. Alles geriet leicht ins Wanken, und die Kochtöpfe, die an den Seiten der großen Wasserkisten angebracht waren, schepperten leise.

Tatsächlich, dachte Fanny staunend, die Viecher hörten auf ihre Namen, genau wie Ludwig vorhin behauptet hatte. Sie saß in ihren dank der Hitze längst wieder trockenen Kleidern auf einer der vorderen Kisten, rutschte auf den Decken, die Ludwig fürsorglich unter sie gelegt hatte, hin und her und konnte sich an der Landschaft nicht sattsehen. Eine scheinbar unendliche Ebene lag vor ihr, nur gelegentlich durchbrochen von ungewöhnlichen Felsformationen und Steinhaufen. Es gab Büsche, manchmal Sträucher, ab und zu auch einen Baum. Alles war von feinem Staub überzogen, den der ständige Wind mit sich führte.

Pad nannte man diesen Pfad, auf dem sie entlangzogen und der nur aus platt getrampelter Erde bestand und keinerlei Ähnlichkeit mit den befestigten Wegen ihrer Heimat hatte. Dennoch beschlich sie wie schon am Strand ein eigentümliches Gefühl von Vertrautheit, ja, es war fast, als ob sie schon einmal hier gewesen wäre. Als ob sie all das wiedererkennen würde, die rotgoldenen Steine, das staubige Buschgras zu ihren Füßen, die vereinzelten hohen Bäume mit ihren grauen, rissig wirkenden Stämmen und den breit verzweigten, feinen Blätterdächern, die in der Hitze von Weitem blaugrün schimmerten wie Pfützen.

Das muss an meiner Übermüdung liegen, dachte Fanny. Schließlich hatte sie noch keine Minute gehabt, um sich auszuruhen.

Nach ihrer abenteuerlichen Anlandung in Swakopmund hatte Ludwig darauf bestanden, sofort in Richtung Windhuk aufzubrechen. »Wir wollen doch so bald wie möglich heiraten, meine Liebe, oder?«, hatte er sie lächelnd gefragt. »Vielleicht schaffen wir es sogar noch bis zum 21. Januar, dem Geburtstag des Kaisers.«

Fanny, die gerade erst den Tee getrunken und sich langsam von dem Sturz ins Wasser wieder erholt hatte, war bei dieser Frage mulmig geworden. Sie war so damit beschäftigt gewesen, anzukommen und keinen Fehler zu begehen, dass sie die Hochzeit für einen Moment vollkommen vergessen hatte. Besonders beunruhigte sie die Vorstellung, Ludwig könnte im großen Stil heiraten wollen und womöglich die Honoratioren von Windhuk einladen. Allein beim Gedanken an Maria von Imkeller krampfte sich ihr Magen nervös zusammen.

Während sie noch nach der richtigen Antwort suchte, wurde Fanny dann aber klar, dass Ludwig nur höflich sein wollte und die Hochzeit keineswegs der Grund für den überstürzten Aufbruch war.

Vielmehr waren Ludwig und John einer Meinung darüber, dass es nur von Vorteil sein konnte, wenn sie einer der ersten Ochsenkarren auf dem *Pad* wären und nicht im aufgewirbelten Staub der anderen fahren müssten. Deshalb hatte John die Männer zur Eile angetrieben und Kiste um Kiste zu riesigen Türmen aufpacken lassen. Als dann noch ein Sack Kichererbsen vorne auf der Deichsel festgezurrt wurde, hätte Fanny darauf gewettet, dass sich ein derart vollgepackter Karren nicht einen Millimeter bewegen würde.

»Warum wird der Sack hier verstaut und nicht bei den anderen Lebensmitteln?«, hatte sie Ludwig gefragt. »So ein Gewicht auf der Deichsel ist doch eher hinderlich, oder?«

»Das wirst du gleich sehen.« Er drehte sich zu John um. »Hol mir den Hendrik! Es geht los!«

John war wenige Minuten später mit einem zarten jungen Mann von gelbbrauner Hautfarbe zurückgekommen. »Das ist Hendrik, unser Ochsenwächter, der beste von Keetmanshoop, sagt man.« Hendrik starrte kommentarlos auf den Boden, die Peitsche in seiner Hand hing schlaff herunter. Ludwig trat zu ihm, und sofort rückte Hendrik ein Stück von ihm ab.

»Hendrik hat unseren Ochsen beigebracht, auf ihre Namen zu hören.«

»Die Ochsen hören auf ihre Namen?« Die Männer wollten sich wohl einen Scherz mit ihr erlauben. »Ich verstehe, genauso wie Schweine und Kühe, vielleicht auch Nashörner und Elefanten, ja?«

»Das werden Sie gleich sehen«, mischte sich John ein. »Leider mussten wir zu den unsrigen ein paar fremde Ochsen dazumieten, das verfälscht den Eindruck.«

»Hendrik hat den prächtigen Kerlen genau die richtigen Namen verpasst«, hatte Ludwig erklärt und ihr zugezwinkert, während sich Hendrik auf den Sack setzte und die Ochsen mit ihren Namen rief.

Und wirklich hatten sich Napoleon, Admiral Nelson, Goethe und Schiller zu Fannys großer Verblüffung auf ihre Namen hin erhoben.

John trabte auf einem Fuchs neben dem Ochsentreck her und vergewisserte sich, dass nichts herunterfiel oder locker wurde. Außerdem beaufsichtigte er fünf weitere Schwarze, die den Zug zu Fuß begleiteten.

Kaum hatten sich die zwölf Ochsenpaare in Bewegung gesetzt, wirbelten sie rötlichen Staub auf, den der Wind fein auf Fannys Kleid, ihrem Gesicht und in den Haaren verteilte. Sowohl ihr Korsett wie auch ihr weißes, mittlerweile schon reichlich verknittertes und vom Salzwasser ruiniertes Kleid kamen ihr nun vollkommen lächerlich vor. Sie hätte es gern aufgeschnürt und ausgezogen, denn es scheuerte auf der Haut und verstärkte das Schwitzen. Sie war nur froh, dass sie in ihrer Truhe noch einen weiteren großen Hut gehabt hatte, denn die Sonne schien brennend auf sie herunter. Sie beneidete die Männer um ihre locker sitzenden Hemden mit den hochgekrempelten Ärmeln. Ja, sogar Hendrik um das lose hängende hellbraune Fell, das er trug. Alles war besser, als hier in Salonkleidern herumzulaufen. Der Gedanke daran, wie sie nur mit einem Fell bekleidet aussehen würde, belustigte sie und lenkte sie von ihrem schmerzenden Körper ab. Sie knöpfte ihre engen Keulenärmel auf und krempelte sie hoch.

»Warum lächelst du?«, fragte Ludwig, der sie ganz offensichtlich schon eine Weile betrachtet hatte.

Sie drehte sich zu ihm und antwortete immer noch amüsiert, ohne auch nur einen Moment nachzudenken. »Ich habe mir vorgestellt, wie viel angenehmer es wäre«, sie zeigte auf Hendrik, »so ein Fell zu tragen statt dieses Kleides.«

Ludwig zog seine Augenbrauen hoch und schüttelte den Kopf.

»Liebste, meine Braut möchte ich nur in den schönsten Kleidern sehen!«

Fanny wurde sofort klar, dass sie Ludwig mit Charlotte verwechselt hatte, die hätte mit ihr zusammen über diesen Einfall herzhaft gelacht.

»Meine liebe, liebe Charlotte, angesichts der Skandale in deiner Familie müssen wir gerade hier in Südwest, wo so viel mehr geklatscht wird als in Deutschland ...«, begann Ludwig auch schon, und diesen Ton kannte Fanny aus ihrer Vergangenheit nur allzu gut. Er verhieß eine Predigt, weshalb sie ihm zunickte und dann schnell ihre Hand ausstreckte und auf einen der Bäume am Rand des *Pad* deutete. »Was sind das für Bäume, die man hier immer wieder sieht?«, fragte Fanny.

»Das ist Kameldorn. Aber, meine Liebe, was ich dir wirklich ans Herz legen möchte, weißt du, hier in ...«

Fanny unterbrach ihn erneut, legte aber ihre Hand begütigend auf seinen Unterarm. »Kameldorn, was für ein seltsamer Name, was hat es denn damit für eine Bewandtnis?«

»Ich weiß es nicht.« Ludwig seufzte und gab seine Predigt endgültig auf. Er rief nach John und befragte ihn.

John ritt näher heran. »Der Name leitet sich von der Giraffe ab, die die Zoologen ›*Giraffa camelo pardalis*‹ nennen.«

»Aber was haben denn Giraffen mit dem Kameldorn zu tun?«, hakte Fanny nach. »Ich habe hier nirgends eine Giraffe gesehen.« Eigentlich hatte sie bis zu diesem Moment gar keine Tiere gesehen.

»Warum interessiert dich das?« Ludwig schien verwundert.

»Weil ich alles über dieses Land lernen will. Es ist doch meine neue Heimat, oder nicht?«

Ludwig nickte erfreut. »Ja, meine Liebe, du hast recht.«

»Aus ›*camelopardalis*‹«, meldete sich John wieder zu Wort, »wurde in Afrikaans das Kamelpferd. Und genau dieses Kamelpferd liebt die Blüten, frisst die Hülsen und sogar das Laub dieses Baumes.« Etwas leiser fügte John noch hinzu: »Meine Mutter nennt ihn *omombonde*, und Hendrik würde *ganab* zu ihm sagen.«

»*Omombonde*«, wiederholte Fanny fasziniert vom ungewöhnlichen Klang des Wortes.

»Wichtiger als der Name des Baumes scheint mir jedoch, dass Funken sprühen, wenn man einen Kameldornbaum mit der Axt schlägt.« Ludwig klang jetzt energisch, als wollte er das Gespräch endlich abschließen. »Sein inneres Holz ist so hart, dass man Rad und Maschinenlager daraus fertigen kann. Und wenn man sie gut genug ölt, dann sind sie meiner Meinung nach haltbarer als die aus Messing. Es ist der Nutzen, der zählt, und nicht die Schönheit. Wenngleich ...«, er küsste, nun wieder besänftigt, Fannys Hand und ihren nackten Unterarm, »... es nicht unangenehm ist, wenn die Damen schön *und* nützlich sind!«

Fanny war zwar froh, dass er gewillt war, ihre dumme Bemerkung über Kleider und Felle endlich zu vergessen, aber gleichzeitig wunderte sie sich ein wenig über ihn. Durch all seine Briefe war beständig ein Lächeln geschwebt, und deshalb hatte sich vorgestellt, dass er viel und oft lachen würde. Aber vielleicht gab es eben Dinge, über die er unter keinen Umständen lachen wollte. Sie durfte ihn auch nicht mit Charlotte gleichsetzen. Er war schließlich ein Mann.

»Nun, mir erscheint es wie ein Wunder, dass die Natur trotz dieser Trockenheit und Hitze einen so schönen und nützlichen Baum erschaffen kann.«

»Was man von den Weibern, die dieses Land hervorbringt, nicht gerade behaupten kann, was, John?« Ludwig zwinkerte seinem Verwalter zu. Doch der verzog keine Miene und wandte sich wieder an Fanny.

»Wir trecken hier im Swakoprivier.«

»Rivier?« Das Wort hatte Fanny noch nie gehört, obwohl sie bei den Nonnen neben Latein auch Englisch und Französisch gelernt hatte. Sie kannte das englische Wort ›river‹ für Fluss oder das französische ›rive‹ für Ufer und das deutsche Wort ›Revier‹, aber ein ›Rivier‹ war ihr unbekannt.

John nickte ihr freundlich zu und begann zu erklären.

»Riviere sind die Trockenbetten der Flüsse. Die meisten füllen sich nur zur Regenzeit mit Wasser, dann muss man sehr vorsichtig sein, denn manchmal regnet es kilometerweit entfernt, und das Wasser kann dann so überraschend herbeifluten, dass Menschen und Tiere ertrinken. Es gibt sogar Flüsse, die aus Mangel an Wasser auch in der Regenzeit in der Namibwüste versickern, wie der Tsauchab oder Kuiseb. Aber ungefähr alle zehn Jahre einmal bekommen sie während der Zeit des großen Regens so viel Wasser, dass sie es durch die Wüste bis in den Atlantik schaffen. Das letzte Mal war es, glaube ich, in dem Jahr, das die Herero *Ojonjose*, das Jahr des Kometen, nennen. 1883.« John seufzte. »Aber diese Wassermassen sind genau zehn Jahre her, wir bräuchten dringend eine ergiebige Regenzeit. Denn nach der Regenzeit versickert das Wasser wieder, und man muss ein Loch in das Flussbett graben, um auf Wasser zu stoßen, und je weniger Regen, desto tiefer muss man graben.« John suchte ihren Blick. »Überall dort, wo es unterirdisch Wasser gibt, da findet man auch den *omombonde*, weil er sehr lange Wurzeln bilden kann. Es ist sehr ungewöhnlich, dass der Swakop um diese Jahreszeit noch immer kein Wasser führt, es ist nun schon das fünfte Jahr, in dem es fast keinen Regen gibt.« Er sah in den strahlend blauen Himmel und schüttelte den Kopf.

»John, mir scheint, du ermüdest Fanny mit deinen Ausführungen.«

Fanny wollte gerade schon widersprechen, als ihr auffiel, wie ungehalten Ludwig aussah. Blitzartig wurde ihr klar, dass Ludwig ihre ganze Aufmerksamkeit wollte. Er war offenbar eifersüchtig. Ein warmes Gefühl flutete durch Fannys Körper: Noch nie hatte jemand so deutlich sein Interesse an ihr gezeigt.

Sie warf John einen entschuldigenden Blick zu und überlegte, was sie noch zu Ludwig sagen könnte, um ihn zu besänftigen. John trabte mit einem Schulterzucken nach hinten, galoppierte dann wieder vor zum Ochsenwächter. Zwischen beiden entspann sich ein immer lauter werdender Wortwechsel, in dem viele Schnalz- und Klicklaute gebraucht wurden. Danach trieb Hendrik die Ochsen stärker an.

»Benutzt du den Kameldorn auch in der Medizin?«, fragte Fanny schließlich in der Hoffnung, es würde Ludwig gefallen, über seinen Beruf zu sprechen. »Ist er für irgendetwas nützlich?«

»Die Kaffern und Mischlinge benutzen ihn, aber ich schätze, was eigentlich wirkt, sind vielmehr die abergläubischen Rituale. Nein, meine Liebe, ich verabreiche meinen Patienten nur Medizin, die nachweisbar Wirkung hat.« Er suchte ihren Blick. »Sonst könnte ich mir auch gleich Federamulette umhängen und bei Vollmond Hühner ausbluten lassen.«

Der Gedanke, wie Ludwig mit dem großen blonden Schnurrbart vor einer Gruppe Eingeborenen ein blutendes Huhn schwenkte, brachte sie zum Kichern. Sie konnte gar nicht mehr aufhören.

»John, wir brauchen Wasser. Ich glaube, meine arme Braut hat einen Sonnenstich.« Ludwig packte sie am Arm und nahm dann ihre Hand ganz fest in seine. »Meine liebe

Charlotte, ich denke, dieses Klima ist sehr gewöhnungsbedürftig.« Er streichelte über ihre Hand. »Es war keine gute Idee von mir, so schnell aufzubrechen, für gewöhnlich meiden wir die Mittagszeit. Verzeih mir also.«

Er half ihr, aus dem wasserfesten Leinensack Wasser zu trinken, sie verschluckte sich, dann merkte sie, wie angenehm das kühle Wasser war, und beruhigte sich. Das durfte nicht mehr geschehen. Sie musste sich besser unter Kontrolle haben. Das war schon das zweite Mal an diesem Tag, dass sie die Beherrschung verloren hatte.

»Nun geht es wieder«, stellte Ludwig befriedigt fest. Er gab John den Wasserschlauch zurück und nahm erneut Fannys Hand, dabei streifte er ihr Glasperlenarmband. »Liebe Charlotte, was ist denn das für ein ungewöhnliches Schmuckstück? Woher hast du es?« Er berührte die Perlen, und Fanny kam es so vor, als würden die Perlen auf ihn reagieren. Jede Perle, die er anfasste, wurde schlagartig heiß.

»Von ... meiner Mutter.« Fanny hoffte, er würde nicht weiterfragen und sie so zum Lügen zwingen.

»Eigenartig, diese gelben Perlen hier, die kommen mir sehr bekannt vor, mir ist, als hätte ich die schon einmal bei den Kaffern oder Hottentotten gesehen.«

Ja, dachte Fanny, da hat Ludwig recht, die gelben Perlen waren afrikanische Bodomperlen, das hatte ihr Pater Gregor damals bei seinem Besuch erzählt. Und genau das hatte den letzten Ausschlag dafür gegeben, dass sie nach Afrika gehen wollte, denn alle anderen Spuren waren in einer Sackgasse geendet. Aber das konnte sie Ludwig wohl kaum sagen, also log sie weiter.

»Ich weiß nicht genau, woher meine Mutter diese Perlen hatte.« Und ich weiß sogar nicht einmal, wer meine Mutter überhaupt war, dachte Fanny und biss sich auf die Lippen. Sie versuchte sich zu erinnern, was Charlotte über ihre Mutter erzählt hatte.

»Da drüben, Herr, seht mal: Springböcke!« Hendrik deutete nach links, wo in einiger Entfernung ein paar Felsen und Bäume standen. Fanny spähte dorthin und sah gerade noch, wie eine Gruppe gazellenartiger Tiere hinter den Felsen verschwand.

Ludwig sprang auf und griff nach dem Gewehr, das er zu seinen Füßen deponiert hatte.

»Die holen wir uns!« Ludwig lächelte Fanny zu und winkte John heran. John sprang vom Pferd ab und reichte Ludwig die Zügel. Dieser schwang sich unverzüglich in den Sattel und preschte davon.

Alles war so schnell gegangen, dass Fanny erst klar wurde, was passiert war, als seine Silhouette schon in einer Staubwolke verschwunden war.

»John, wo ist er denn hin?«

Mehrere Schüsse krachten über die Ebene. Fanny zuckte zusammen und suchte den Horizont nach Ludwig ab.

»Ihr Verlobter ist in der Hoffnung losgeritten, das Abendessen mit Fleisch zu ergänzen, aber die Springböcke sind sehr schnell. Ich weiß nicht, ob ...« John hielt inne und sah in den Himmel, unwillkürlich folgte Fanny seinem Blick, konnte aber nichts entdecken. Enttäuscht sah sie in Johns Gesicht, aber der starrte weiter in die Luft und legte seine breite Hand über die Augen, um besser sehen zu können.

»Dieser Hund!«, murmelte er plötzlich und lächelte. Er suchte Fannys Augen und sah sie durchdringend an. »Ludwig hat tatsächlich schon getroffen.« Mit ausgestrecktem Arm deutete er über die Klippen wieder in den Himmel.

Jetzt entdeckte Fanny die Vögel auch. Riesige dunkle Schatten, die ständig tiefer sinkend ihre Kreise zogen.

»Aasfresser.« John lachte. »Wenn wir uns nicht beeilen, dann sind sie vor uns da.« John klatschte in die Hände und machte sich dann zusammen mit einigen Schwarzen auf den Weg zu der Klippe, wo immer mehr Vögel kreisten.

Fanny blieb mit Hendrik allein. Als Fanny bemerkte, dass Hendrik auf ihre nackten Unterarme starrte, verschränkte sie ihre Arme und legte den Kopf in den Schoß. Nur für ein paar Minuten die Augen schließen … Es dauerte lange, bis die Männer zurück waren, so lange, dass Fanny darüber eingenickt war.

Sie wurde von laut singenden Schwarzen geweckt. Für Fanny hörte es sich ähnlich wie gregorianische Gesänge an. Sie konnte keine Worte ausmachen, es waren einzelne Laute, »jeheeee« und »ja-eeoo«, die sich in der grellen Sonne seltsam trauernd anhörten. Zwei der Schwarzen trugen einen Stock, an den ein schlankes vierbeiniges Tier mit geringelten, leierförmigen Hörnern gebunden war.

So ein schönes Tier, dachte Fanny, mit diesem weißen Kopf und dem dünnen rotbraunen Streifen, der von den Augen bis zum oberen Maulwinkel verlief. Aus einer Schusswunde in der Brust tropfte Blut.

Ludwig sprang vom Pferd, klopfte den Staub aus seinem Anzug und setzte sich dann schwer atmend wieder neben sie. »Man muss ihnen unverzüglich hinterher, sonst sind sie weg. Springböcke sind fast so schnell wie Geparden. Und nachdem man sie erwischt hat, muss man sie sich schleunigst holen, damit die Aasgeier und Hyänen sie einem nicht vorher wegfressen. Aber die Mühe lohnt sich, denn ihr Fleisch ist zart.« Ludwigs Haut war über und über mit einer klebrigen Mischung aus Staub und Schweiß bedeckt, aber als er darüberwischte, betrachtete er seine schmutzige Hand mit einem befriedigten Lächeln.

»Es ist erfreulich, dass du auch so gerne reitest, Charlotte, wir werden zusammen viele schöne Ausflüge machen können.«

Trotz der Hitze überlief Fanny eine Gänsehaut. Sie hatte sich zwar ein Reitkleid nähen lassen, aber sie konnte noch nicht reiten. »Ja, das werden wir«, sagte sie mit fester Stimme. Ich werde es lernen, wie ich alles lernen werde, was nötig ist, um hier zu überleben, dachte sie.

Hendrik rief die Ochsen wieder mit Namen an und schlug mit der Peitsche auf sie ein, um sie auf Trab zu bringen, und der Zug setzte sich in Bewegung.

Ludwig wischte sich den Schweiß mit einem Tuch vom Gesicht und griff in bester Stimmung wieder nach Fannys Hand. Er roch jetzt anders als vorher, als hätte die Jagd ihn auch zu einem Raubtier gemacht. Das wirkte wie ein Brennglas auf Fannys Sinne, auf einmal spürte sie überdeutlich die raue Haut seiner Fingerkuppen, die ihre Handinnenfläche kitzelte. Blitzartig wurde ihr klar, dass nicht nur seine Hände das Recht hatten, sie überall zu berühren, sondern dass sie als Eheleute noch viel mehr als nur die

Hände miteinander teilen würden. Sie betrachtete ihn aus den Augenwinkeln. Bisher hatte er sich sehr besorgt und liebevoll gezeigt, aber jetzt, nach der Jagd, kam noch etwas anderes hinzu, er wirkte männlicher als vorher. Erregt hob und senkte sich sein breiter Brustkorb, und sein von Staub rötlich wirkender Schnurrbart zitterte. Wie sich der beim Küssen wohl anfühlte?

Über solche Dinge hatte sie nie mit Charlotte gesprochen. Es war immer nur die Rede davon gewesen, wie anständig er sich Charlotte gegenüber benommen hatte, wie wenig ihn der Skandal ihres Bruders kümmerte, wie klug er sich in den Briefen äußerte und wie viel Sicherheit ein Ehemann in dieser Wildnis bot. Das elende Kloster, dachte Fanny. Die ganze Zeit habe ich mich um mein Seelenheil gekümmert und darüber vergessen, wo diese meine Seele wohnt. Nämlich in diesem meinem Körper.

Ludwigs raue Hand wanderte besitzergreifend und irritierend zärtlich zugleich ihren Arm entlang und löste in Fanny den Wunsch aus, näher an ihn heranzurücken. In diesem Augenblick legte er einen Arm um sie und drückte sie an sich. Überrascht merkte Fanny, wie gut ihr das gefiel.

»Bald werden wir ausspannen und alles für die Nacht vorbereiten.«

»Und wo werden wir schlafen?«

Ludwig ließ sie los, breitete seine Hände aus und deutete auf die Landschaft. »Hier!«

»Übernachten im Freien? Ist das nicht sehr gefährlich?«

Er schüttelte den Kopf. »Nein, es ist sehr viel gefährlicher, im Dunkeln weiterzureisen. Die Wege sind voll tiefer Löcher und Risse, und das könnte uns ein Rad kosten. Außerdem sind viele Tiere nachts aktiv. Sehr gefährlich sind zum Beispiel die Erdferkel, die man nur in sehr hellen Nächten sieht. Man kann dann vom Pferd stürzen oder Schlimmeres. Nein, kein Mensch, der bei Verstand ist, treckt, nachdem die Sonne untergegangen ist! Das Feuer hält die Hyänen und Schakale ab. Denn das Gefährlichste wäre, wenn uns die Ochsen abhandenkämen. Aber meine Leute sind darauf gedrillt, genau das zu verhindern.«

Eine Stunde später machten sie in der Nähe eines knorrigen Kameldornbaums mit einem ausladenden Kronendach halt. Die Ochsen wurden von Hendrik ausgespannt und mit Wasser versorgt. Dazu musste er zusammen mit den anderen Eingeborenen ein tiefes Loch in den Sand graben und das Wasser herausschöpfen.

Fanny sah zuerst eine Weile zu und kam sich zunehmend nutzloser vor. Sie schlenderte hinüber zu dem Kameldornbaum, um sich in seinen Schatten zu setzen. Kaum hatte sie sich hingesetzt, rannte Ludwig mit einem Kudufell unter dem Arm schon auf sie zu und zog sie mit liebevollem Kopfschütteln wieder hoch. »Entschuldige, aber in diesem Schatten lauern Tausende von Zecken auf ihre Opfer, die können dort Jahre geduldig ohne Nahrung ausharren.«

»Ich würde sowieso viel lieber helfen, als hier müßig herumzusitzen.«

Er winkte ab und meinte, dass es bald mehr als genug für sie zu tun geben würde. Dann ging er zu dem toten Springbock hinüber, zog ihm das Fell ab und weidete ihn aus, um ihn zu zerlegen.

Fanny, die in der Klosterküche unzählige Hasen hatte häuten und ausnehmen müssen, war beeindruckt, wie gekonnt und ohne jedes Zögern er dabei mit dem Messer hantierte. Als er bemerkte, wie sie ihn beobachtete, winkte er mit dem blutigen Messer zu ihr herüber und lächelte ihr zu.

John hatte in der Zwischenzeit aus einer der Kisten Emailbecher, Teller und Bestecke herausgeholt, während die Eingeborenen zwei große Kochtöpfe mit Dreibeinen etwas voneinander entfernt aufstellten und darunter je ein Feuer entfachten. Als eine Art Anzünder rissen sie Büsche vom Wegrand aus, die einen starken Geruch nach Terpentin verbreiteten und dann knisternd und Funken sprühend brannten. Als das Feuer schließlich hell flackerte, legte John Teile des Springbocks aufs Feuer und rührte in dem einen Kochtopf einen Mehlbrei an. In dem anderen wurde Tee zubereitet.

Weil Fanny so damit beschäftigt gewesen war, den anderen bei der Arbeit zuzuschauen, hatte sie nicht bemerkt, dass die Sonne schon hinter den weit entfernten Felsen untergegangen war. Schlagartig, ohne eine Phase der Dämmerung, wurde es dunkel.

Fanny begann zu frieren. Ihr Kleid war zwar wieder trocken, aber durch das Salzwasser war es unangenehm steif und scheuerte. Als Erstes werde ich mir passende Kleidung zulegen, dachte sie, was für ein Unsinn, bei diesen Temperaturen und all dem Staub Korsett und Spitzenkleid zu tragen. Und darin zu schlafen erscheint mir der Gipfel der Unvernunft! Zitternd krempelte sie ihre Ärmel wieder herunter.

Ludwig brachte ihr einen Tee aus Blättern, die sie nicht kannte und den sie gierig trank. Außerdem legte er ihr eine Wolldecke um die Schultern und führte sie zu dem Feuer, auf dem der Springbock gegrillt wurde. Dort setzte sie sich zusammen mit Ludwig und John auf die ausgebreiteten Felle. Hendrik und die anderen Eingeborenen saßen rund um das andere Feuer.

Das Fleisch auf dem Rost duftete verlockend, und Fanny lief das Wasser im Mund zusammen. Es kam ihr so vor, als wären seit dem Frühstück auf dem Schiff nicht Stunden, sondern Jahre vergangen. Sie konnte sich nicht erinnern, jemals so einen nagenden Hunger gehabt zu haben.

John füllte ihren Becher erneut mit Tee. Als er ihren gierigen Blick bemerkte, lachte er. »Es wird noch eine Weile dauern, bis das Fleisch gar ist.« Er warf Ludwig einen Blick zu. »Hendrik könnte uns eine Geschichte erzählen, dann vergeht die Zeit schneller.«

Ludwig nickte. »Wenn dir das gefällt, Charlotte, soll's mir recht sein. Die Namas haben ganz hübsche Märchen auf Lager.«

»Was sind Namas?«, fragte Fanny. »Davon habe ich in der Frauenkolonialschule nie etwas gehört.«

Ludwig legte seinen Arm um sie, während er anfing zu erklären. »Hier in Deutsch-Südwest leben viele verschiedene Eingeborene, zum Beispiel die Herero und die Nama. Das sind beides Nomadenstämme, die mit ihren Rinderherden durch das Land ziehen. Zwischen ihnen gibt es ständig Kriege um Rinder und Weiden, und man muss höllisch aufpassen, dass sie einem nicht die Rinder aus den

Kraalen stehlen. Außerdem leben weiter nördlich, Richtung Etoscha, noch die Stämme der Himba und die Ovambo. John, mein Verwalter, wiederum ist der Sohn einer Zulufrau und eines Deutschen. Die Zulu leben in Südafrika und sind viel kriegerischer als die Herero und Nama.«

Fanny versuchte, sich das alles zu merken. »Und wo hast du John kennengelernt? Warst du früher in Südafrika?«

Ludwig schüttelte den Kopf. »Wir waren zusammen in einem deutschen Internat, aber das ist eine andere Geschichte.« Er räusperte sich, als ob er einen dicken Kloß im Hals hätte, rief nach Hendrik und bat ihn, sich zu ihnen ans Feuer zu setzen und etwas zu erzählen.

»Aber auf keinen Fall die unanständige Geschichte vom Menschenfresser und der Frau, die so schön stinkt!« John grinste, aber Hendrik verzog keine Miene und setzte sich zu ihnen. Er betrachtete Fanny lange, als ob er überlegen würde, was ihr gefallen könnte. Alle warteten voller Spannung. Endlich klatschte er in die Hände und begann.

»Es ist eine Geschichte, die die ganz Alten seit ewigen Zeiten erzählen. Man nennt sie ›Die sprechenden Perlen‹ …«

Fannys leerer Magen zog sich schmerzhaft zusammen, und sie griff instinktiv an ihr Armband. Ob Hendrik dieses Märchen wegen ihrer Perlen ausgewählt hatte? Sie erinnerte sich an seinen Blick auf ihre Arme.

»Die sprechenden Perlen«, wiederholte Hendrik, »und der Menschenfresser mit dem Topf voller Menschenblut.«

»Keine Menschenfresser!«, protestierte Ludwig. »Meine Braut ist eine Dame!«

»Ludwig, ich bitte dich, das klingt herrlich verrückt, lass ihn weitererzählen.« Fanny musste diese Geschichte unbedingt hören. Ludwig brummte, nickte Hendrik dann aber zu.

»Es war einmal eine Frau mit zwölf Söhnen. Den Ältesten verheiratete sie mit einer schönen jungen Frau, deren Vater sehr reich war, weil er sehr viele Ziegen besaß. Und es wurden immer mehr Ziegen, denn er schlachtete nie auch nur eine einzige von ihnen. Denn er war ein Menschenfresser, genau wie seine Tochter. Nachdem der älteste Sohn also eine Weile bei den Menschenfressern gewohnt hatte, ging er zurück zu seinen Eltern und fragte, ob der nächstälteste Bruder nicht kommen und ihm bei der Arbeit helfen könnte, weil seine Frau mit den Kindern so beschäftigt sei. Seine Mutter schöpfte keinen Verdacht und gab ihm arglos ihren Sohn mit. Auf dem Weg zum Menschenfresser blieb der ältere Bruder plötzlich stehen und sagte: ›Das ist die Stelle, wo sich die jüngeren Brüder den Lendenschurz ausziehen.‹ Und sein Bruder tat es. Dann kamen sie zu einem Wasserloch, und der ältere Bruder trank reichlich davon. Als aber sein jüngerer Bruder auch trinken wollte, sagte er: ›Halt, Kinder dürfen dieses Wasser nicht trinken.‹ Und wieder beugte sich der jüngere Bruder seinem Befehl. Als die beiden zurück zum Menschenfresser kamen, begrüßte der sie freudig und sagte dem jüngeren Bruder, sein Schlafplatz wäre nicht in ihrer Hütte, sondern im Stall. Danach schlachteten sie eine Ziege zu Ehren seines Besuches. Der Junge schöpfte keinen Verdacht, sondern aß sich mit der Ziege voll und legte sich zum Schlafen nieder.

In der Nacht aber kam der Menschenfresser mit dem Topf, in dem er das Blut vieler schon vorher getöteter Menschen aufbewahrte, und besprenkelte den Jungen mit diesem Blut. Und wenn das einmal geschehen war, dann war man verloren und musste sterben. Und so starb der Junge.«

»Das reicht jetzt!«, fuhr Ludwig verärgert dazwischen. »Hendrik, diese Geschichte mag zu den Weibern in deinem Kraal passen, aber hier bei meiner Verlobten ist sie gänzlich fehl am Platz. Bitte entschuldige das, Charlotte. Ich glaube außerdem, es wird Zeit, das Fleisch zu essen.«

Mit einem Schulterzucken erhob sich Hendrik und ging zurück zu dem anderen Feuer. Fanny sprang auf und folgte ihm. Es war ihr egal, was Ludwig denken würde. »Warum hast du diese Geschichte ausgesucht?«

Hendrik schnalzte mit der Zunge. »Wegen deinem Zeichen und dieser Perlen da.« Er deutete auf die gelben afrikanischen Perlen in ihrem Armband. »Es sind Schutzperlen, die nur Häuptlinge und Zauberer tragen dürfen.«

»Charlotte, kommst du bitte wieder zu unserem Feuer zurück! So ein Verhalten schickt sich nicht.«

Fanny ignorierte Ludwig. »Was für ein Zeichen? Meinst du diese Perlen? Weißt du, wem sie gehört haben?« Sie musste es wissen, um jeden Preis.

Hendrik senkte den Blick und murmelte etwas in einer Sprache, die Fanny noch nie gehört hatte. »*Is ge ge luu itliras oms tlinaa Khaisa.*«

»Was bedeutet das?«, fragte Fanny und drehte sich zu Ludwig um, der zu ihr eilte.

»Es ist Nama und heißt so viel wie ›Und sie wusste nicht, dass da eine Hyäne im Haus war‹«, murmelte Hendrik so leise, dass Fanny nicht sicher war, ob sie ihn richtig verstanden hatte.

»Charlotte!« Ludwig legte ihr sehr bestimmend den Arm um die Schultern und führte sie zum Feuer mit dem Fleisch zurück. »Es ist nicht gut, sich so gemein mit ihnen zu machen. Ich weiß, du hast dir nichts dabei gedacht, aber man darf sie nicht ermutigen.«

Fanny hätte gern gewusst, wie das Märchen mit den sprechenden Perlen weitergehen würde, und sie konnte auch nicht erkennen, was daran falsch sein sollte, mit Hendrik zu sprechen. Aber was wusste sie denn schon von diesem Land? Ludwig wollte nur ihr Bestes. Trotzdem nahm sie sich vor, bei nächster Gelegenheit mehr über das Märchen herauszufinden.

Doch als sie wieder dicht beim Fleisch stand, vertrieb der Duft des gegrillten Springbocks alle anderen Gedanken, und Fanny war nur noch hungrig. »Ich werde auch gleich zur Menschenfresserin, wenn ich nicht endlich ein Stück Fleisch bekomme«, sagte sie und hoffte, damit alle zum Lachen zu bringen und die gute Stimmung von vorhin wiederherzustellen.

»Das wird nicht nötig sein.« John reichte ihr lächelnd ein Stück Fleisch und verteilte die anderen Stücke.

Fanny verbrannte sich den Mund, weil sie zu hastig hineinbiss, doch sie wurde nicht enttäuscht, denn das Fleisch des Springbocks war zart und schmeckte ein bisschen nach Ziege. Allerdings war der Mehlbrei, den sie mit dem billigen Metalllöffel aus ihrem Napf kratzte, fader als alles, was sie im Kloster je hatte essen müssen. Sie nahm sich noch ein Stück Fleisch und weil sie so hungrig war, auch noch eine Portion Brei und aß so lange, bis sich ihr Bauch wie eine straff gespannte Trommel anfühlte.

Danach saß sie wieder mit Ludwig und John um das eine Feuer, während sich die Schwarzen dicht an dicht um das andere drängten. Weil es Fanny trotz des Feuers ständig kälter wurde, begann sie sie fast ein wenig zu beneiden. Jedes Mal, wenn sie Hendrik ansah, fragte sie sich, ob er etwas wusste, das ihr helfen würde. Vielleicht gab es ja Hunderte von Nama-Geschichten, in denen Perlen vorkamen. Oder sie war auf der richtigen Spur. Sie berührte ihre Perlen und atmete tief aus. Ich werde es herausfinden, dachte sie, ganz sicher.

Jetzt erst bemerkte Fanny, dass niemand mehr sprach und alle still dasaßen und wie gebannt in das hell und knisternd brennende Feuer starrten, das einen aromatischen Duft verströmte.

Fanny gähnte. Vollgegessen und müde hatte sie nur noch den Wunsch zu schlafen. Sie schloss ihre Augen und ließ sich nach hinten sinken, obwohl es mit jedem Zentimeter, den sie ihren Körper vom Feuer entfernte, kälter wurde. Der Untergrund bohrte sich hart und eisig in ihren Rücken, und trotzdem war sie sicher, dass sie auf diesem Bett besser schlafen würde als jemals zuvor in ihrem Leben.

Eine Decke wurde über sie gebreitet, und als sie die Augen öffnete, um zu sehen, wer sie so freundlich umsorgte, erkannte sie Ludwig, der sie fragend ansah.

»Danke, das ist sehr angenehm.«

»Es wird noch sehr viel kälter werden«, erklärte er. »Du solltest unbedingt näher ans Feuer rücken.« Er half ihr, sich umzubetten. Dabei hob sie ihren Blick und zog überrascht die Luft ein. Über ihr blinkte und schillerte der Sternenhimmel wie in einem Zaubermärchen. Dieser Anblick war so großartig, dass alles andere unwichtig und klein wurde, sogar die Menschenfresser. Sie rieb sich die Augen, setzte sich ganz auf und legte den Kopf in den Nacken, um alles noch besser sehen zu können. Wenn ich jetzt die Hände ausstrecke, könnte ich sie vom Himmel pflücken, dachte sie. Quer über das Firmament verlief eine breite, glänzende Straße aus Sternen, wie aus blinkenden Pflastersteinen zusammengesetzt, und ganz unten erkannte sie das hell strahlende Kreuz des Südens, das ihr Charlotte nachts auf dem Schiff gezeigt hatte. Überwältigt ließ sich Fanny wieder zurücksinken, ohne ihre Augen von den Sternen zu lösen. Inmitten all des beständigen Schillerns und Funkelns blitzten unerwartet immer wieder einzelne Sterne auf, und jedes Leuchten kam ihr vor wie eine Verheißung, wie ein ganz besonderer Willkommensgruß.

3

»Missi, Missi!«

Fanny unterdrückte ein Gähnen und rieb sich die Augen. Mit Schrecken fiel ihr ein, welcher Tag heute war. Ihre Hochzeit. In der vergangenen Nacht hatte sie die letzten Änderungen an Charlottes Hochzeitskleid vorgenommen, und nun passte es ihr wie angegossen.

Neben Fannys Bett wartete eine junge Schwarze mit einer abgestoßenen Emailkanne voller Wasser. »Bitte Sie kommen. Die Chiefs sitzen schon bei ihrer Pip und haben den Kaffee.«

»Danke, Betty, ist gut, ich beeile mich.«

Betty stellte den Wasserkrug auf der Waschkommode neben dem Fenster ab und verschwand zu Fannys großer Erleichterung. Sie war es nicht gewohnt, Zuschauer bei ihrer Toilette zu haben, und hatte hart darum gekämpft, alleine gelassen zu werden.

Seit drei Tagen waren sie jetzt Gäste im Haus von Oswald Ehrenfels, dem Richter von Windhuk. Nach den zehn Tagen auf dem Ochsentreck war Fanny das sandfreie Bett dann doch wie ein unbeschreiblicher Luxus vorgekommen, allerdings vermisste sie die Sterne und schlief schlecht. Was nicht an Ludwig lag oder an der Tatsache, dass Fanny ihm heute das Jawort geben sollte. Oder daran, dass sie jede Nacht an ihrem Hochzeitskleid nähte und noch dazu von Menschenfressern träumte, sondern an Maria von Imkeller, die ihnen unbedingt ein Hochzeitsfest ausrichten wollte. Luise, die Frau des Richters, war vor einem Jahr an einem Schlangenbiss gestorben, und Maria war der Meinung, dass der Richter endlich wieder ein bisschen unter Leute kommen musste.

Ehrenfels, der keineswegs fand, dass er mehr unter Leute gehen sollte, hatte durchblicken lassen, dass man in Windhuk nur allzu gerne jeden auch noch so unwichtigen Anlass benutzte, um eine Feier auszurichten. Und dass man es ihnen sehr übel nehmen würde, wenn sie sich dem verweigerten.

Seitdem hatte Fanny fieberhaft darüber nachgedacht, wie sie alle Zweifel, die Maria an ihrer Identität haben könnte, in der Luft zerstreuen könnte. Charlotte und sie waren sicher gewesen, dass niemand von den Passagieren bemerkt hatte, wer von ihnen welchen Namen hatte. Schließlich hatten zu Beginn der Reise viele an Seekrankheit gelitten, und später waren dann die meisten an der Lebensmittelvergiftung erkrankt. Und nachdem es dabei Tote gegeben hatte, war der Kapitän zu dem Schluss gekommen, dass es nicht schicklich wäre, weitere große Feste zu feiern.

Trotzdem hatte Fanny Angst, dass Maria jemanden aus Charlotte von Gehrings Familie kannte oder die Gerüchte um Charlottes Bruder zu ihr durchgedrungen waren.

Wann immer sie mit Maria von Imkeller gesprochen hatte, hatte die durchblicken lassen, dass sie mit der Crème de la Crème des gesamten Kaiserreichs verwandt war. Und Fanny kannte nicht einen Einzigen. Außerdem wusste sie, wie groß die Unterschiede zwischen Charlottes und ihrer Erziehung waren. Im Kloster hatte man ihr weder Tanzen noch Reiten beigebracht. Dafür konnte sie drei Sprachen sprechen und unterrichten, Tiere schlachten, Wunden versorgen und Kleider nähen. Aber von Sticken oder Singen hatte sie genauso wenig Ahnung wie von Musik. Und heute war ihr Hochzeitstag, der Tag, an dem das schreckliche Fest stattfinden würde.

Sie wusch sich hastig, denn Ludwig mochte es nicht, wenn sie so spät aufstand. Er wusste auch nicht, dass es ihr so schwerfiel aufzustehen, denn sie konnte keine ihrer Sorgen mit ihm teilen, ohne sich zu verraten.

Bei ihrer Reise waren sie an den Ruinen der Mission von Okahandja vorbeigetreckt. Schwarze Holzpfähle, die aufeinanderlagen, eine einzige noch stehende rußige Hausmauer, zertrampeltes Land, tote Büsche und schließlich ein schlichtes Holzkreuz für drei Tote. Schaudernd war ihr klar geworden, dass sie beinahe hier gestrandet wäre. Sie wollte absteigen und ein Gebet für die Toten sprechen, aber Ludwig und John hatten sie zur Eile angetrieben. Sie behaupteten, das Vieh und die Eingeborenen würden nervös, denn dieser Ort sei verflucht. Erst später hatte Fanny herausgefunden, dass Ludwig und John sich ganz und gar nicht darin einig waren, warum der Ort verflucht war.

Für Ludwig war er verflucht, weil man die Mission so

brutal zerstört hatte, für John war der Ort verflucht, weil man für die Mission einen uralten Ahnenbaum, der dort seit Jahrtausenden stand, gefällt hatte. Einen *omumborombonga*. Die Mythen der Herero besagten, dass der allererste Herero diesem heiligen Baum entsprungen sei, so wie Athene dem Kopf von Zeus.

Danach hatte sie zum ersten Mal von dem Überfall auf die Mission geträumt und von Menschenfressern mit Eimern voller Blut, und seitdem träumte sie fast jede Nacht davon. Immer tauchten ihre Perlen in dem Traum auf, und sie erwachte stets schweißgebadet. Mal trug einer der Mörder eine gelbe Perle um den Hals, mal hatte der Missionar einen Rosenkranz aus den Zauberperlen, mal vergrub ein Schwarzer eine Perle hinter dem Haus. Und ohne dass sie sagen konnte warum, wurde der Traum ständig bedrohlicher. Trotzdem hätte sie sich nie von ihrem Perlenarmband getrennt. Es war die Nabelschnur zu ihrer Mutter. Sie trocknete sich ab, überprüfte, ob ihr Perlenarmband sauber war, verzichtete auf ihr Korsett und schlüpfte in eines ihrer weißen Kleider, das ihr auch so ausgezeichnet passte, denn sie war auf dem Schiff und der Reise auf dem Ochsenkarren noch schlanker geworden.

Sie steckte ihr widerspenstiges, schwarzes Haar fest und eilte dann nach unten auf die Veranda, wo die Männer beim Frühstück saßen. Der Richter bewohnte eines der wenigen Häuser in Windhuk, das über einen ersten Stock und eine gemauerte Veranda verfügte.

Als sie zu ihnen trat, stand Ludwig auf und küsste ihr die Hand.

»Du bist spät«, sagte er, und Fanny hörte Missbilligung aus seinem Ton heraus.

»Wer so bezaubernd aussieht, dem verzeiht man alles«, protestierte der Richter, der mit seinem dicken Mops auf den Knien sitzen blieb. Der Mops hörte auf den Namen Bismarck, was für Ludwig ein Beweis für die merkwürdige Einstellung des Richters zum Deutschen Reich war.

»Nehmen Sie doch Platz«, sagte der Richter. Fanny spürte, dass er sie mochte, verstand aber nicht so ganz, warum. Immer wieder erwischte sie ihn dabei, wie er sie nachdenklich anstarrte. Ein leichter Windzug wehte über die Veranda und machte die für Ende Januar ungewöhnliche Hitze etwas erträglicher. Der Garten des Richters wirkte verdorrt. Nur die prächtigen rosaweißen, leicht nach Zitrone duftenden Pelargonien, die in Kübeln auf der Veranda standen und täglich gegossen wurden, waren noch nicht verwelkt. Alle warteten auf den Regen, der lange überfällig war. Angesichts der Dürre konnte sich Fanny kaum vorstellen, dass der ursprüngliche Name von Windhuk *Ai-Gams* gewesen war, was »heiße Quelle« bedeutete oder *Otjomuise*, Ort des Dampfes. Hier dampfte nichts, alles staubte.

Fanny setzte sich auf einen der schweren, dunklen Holzstühle, die sich der Richter zusammen mit den restlichen klobigen Möbeln aus Berlin hatte nachschicken lassen und die so gar nicht zu der Hitze und Sonne des Landes passen wollten.

Sie bestrich eine Scheibe frisch gebackenen Brotes mit Butter und Marmelade und trank dazu *omeire*, einen säuerlichen Milchtrunk, den der Richter von den Hereros bezog. Fanny liebte den Geschmack, der sie an Buttermilch erinnerte und bei der Hitze angenehm kühlte. Der Richter hatte sie darin bestärkt. »Wir sollten unsere Nahrung viel mehr den Eingeborenen anpassen, als ihnen unsere Bräuche aufzuzwingen«, war seine Auffassung, über die er mit Ludwig regelmäßig in Streit geriet. Ludwig war sicher, dass es in dem Trunk von Krankheitskeimen nur so wimmelte und es für Europäer äußerst gefährlich war, davon zu trinken.

Aber heute beschäftigte ihn etwas anderes. »Charlotte, wir müssen so schnell wie möglich abreisen. Mein Freund Hermann aus Keetmanshoop hat mir geschrieben, dass sich die Hottentotten ständig an meinen Damara-Schafen vergreifen.«

Fanny schöpfte Hoffnung. Diese Neuigkeit erschien ihr wie ein Geschenk des Himmels, so könnte sie Maria von Imkeller doch noch entrinnen.

»Dann brechen wir doch sofort auf!«, schlug sie vor.

»Nun, ich denke doch, ihr reist erst nach der Hochzeit ab, oder?«, fragte der Richter und zwinkerte Fanny zu. Sein rundes, bartloses Gesicht legte sich dabei in tiefe, speckige Falten, was ihn dem Mops, den er mit Brotstückchen fütterte, sehr ähnlich sehen ließ. Wenn ein Brotstück auf den Boden fiel, rannte ein kleiner schwarzer Junge herbei, hob es für den Richter auf und verschwand genauso geräuschlos wieder in die Ecke, aus der er gekommen war.

»Natürlich«, knirschte Ludwig, mühsam um Höflichkeit bemüht.

»Wir könnten Maria von Imkeller doch absagen, Ludwig«, mischte sich Fanny schnell ein. »Ich brauche diese Feier wirklich nicht.«

Ludwigs Lippen verzogen sich zu einem breiten Lächeln. »Du bist wirklich ein Weib nach meinem Geschmack.«

»Aber dieses Opfer können Sie nicht annehmen, Ludwig. Schließlich heiraten Sie Ihr kleines Frauchen ja nur einmal, da ist es nur recht und billig, ihr ein Fest auszurichten, das sie nie vergessen wird. Meine verstorbene Luise hat immer …«

»Ja«, unterbrach ihn Ludwig hastig, und Fanny unterdrückte ein Lächeln. Ludwig langweilten die unzähligen Anekdoten, die der Richter über seine Frau Luise zum Besten gab. Ludwig fand den Richter reichlich sentimental. »Ja, natürlich, Ehrenfels, da mögen Sie recht haben.«

»Unsinn, Ludwig, ich bin zufrieden, wenn wir nur zusammen sein können. Wirklich. Es wäre vollkommen in meinem Sinne, wenn wir sofort nach der Trauung abreisen!« Fanny lächelte den Richter an und hoffte, ihn überzeugt zu haben.

Der Richter schlug plötzlich mit der Faust auf den Tisch, was den Mops zum Aufspringen brachte. Bellend rannte Bismarck über die Terrasse davon. »Das kommt nicht infrage, wie sähe denn das aus? Rücksichtslos. Ich vermähle euch, am Nachmittag geht es in die Kirche und später zum Fest bei Maria. Und ich dulde keine Widerrede. Alles wird so gemacht, wie es sich gehört. Morgen früh können Sie dann gerne losziehen, wenn Sie dazu in der Lage sind.«

Fanny wechselte mit Ludwig einen Blick. Sie wusste, dass er wütend war, weil er dann seine Lippen so fest zusammenpresste und es aussah, als hätte er keinen Mund, sondern nur einen dichten Schnurrbart. Er mochte es nicht, wenn ihm jemand vorschrieb, was er zu tun hatte.

»Dann werden wir es eben so kurz wie möglich halten«, schlug sie eilig vor. »Wir könnten am nächsten Morgen sofort noch vor der Dämmerung los. Ich werde alles vorbereiten.«

Ludwig nickte ihr dankbar zu und entschuldigte sich dann beim Richter in deutlich frostigerem Tonfall mit dringenden Geschäften.

Fanny spürte den verwunderten Blick von Ehrenfels auf sich. »Kindchen, ich weiß nicht, was es ist, aber irgendetwas stimmt hier ganz und gar nicht. Und kommen Sie mir nicht mit irgendwelchen Ausreden. Ich werde nicht schlau aus Ihnen.«

Fanny merkte, wie sich Röte über ihren Hals und ihr Dekolleté ausbreitete. Was genau meinte der Richter?

»Mir ist niemals eine Frau untergekommen, der ihre Hochzeit so gleichgültig war. Und gerade in Ihrem Fall hätte ich gedacht, Sie wollten so schnell als möglich Ihren Namen ändern.«

Er spielte auf Charlottes Familie an. Offenbar waren die Gerüchte um den peinlichen Skandal tatsächlich bis in die afrikanischen Kolonien vorgedrungen.

»Natürlich möchte ich so schnell wie möglich heiraten, Richter«, protestierte Fanny. »Aber alles soll so sein, wie Ludwig es sich wünscht.«

Er schüttelte den Kopf. »Unsinn, die Frauenzimmer behaupten, dass sie uns dienen wollen, aber die Wahrheit ist doch vielmehr, dass ihr uns dazu bringt, genau das zu tun, was ihr wollt. Meine Luise war darin eine Meisterin. Wir haben uns übrigens in Keetmanshoop zum ersten Mal getroffen, damals war das noch ein total verschlafenes Nest.«

Fanny hätte alles getan, um weitere Fragen zu Charlottes Familie abzuwenden. »Ich hätte sie gern kennengelernt, Ihre Luise. Wie war denn Ihre Hochzeit?«, fragte sie deshalb.

Er lächelte versonnen. »Soll ich Ihnen ein Geheimnis verraten?«

Ja, dachte Fanny, alles war besser, als ausgefragt zu werden. Es gab so vieles über Charlottes Familie, von dem sie nichts wusste. Er hielt inne und zündete sich seine Pfeife an. »Zuerst müssten Sie mir aber zwei Fragen beantworten. Was ist das für ein Muttermal, das Sie am Unterarm haben?«

»Sie meinen den Halbmond? Ich weiß es nicht, den hatte ich schon als kleines Kind.«

»Und was wissen Sie über das Armband, das Sie tragen?«

Fanny sah den Richter überrascht an. »Warum wollen Sie das wissen?«

»Weil ich diese Perlen kenne.«

Fannys Herz begann schneller zu schlagen. Erst Hendrik und jetzt der Richter. »Woher kennen Sie sie?«

»An diese gelben Perlen erinnere ich mich sehr gut. Ich war gerade von Ostafrika hier herübergekommen. Und weil ich ein junger Trottel war … Charlotte, Sie brauchen nicht so mitfühlend den Kopf zu schütteln. Seien Sie versichert, ich war damals ein Idiot! Und deshalb gab man mir nur die Fälle, die sonst keiner wollte, und schob mich nach Keetmanshoop ab, wo man einen Weißen ermordet hatte und einen Herero. Der war angeblich ein toter Hereropriester, sein Clan behauptete, Weiße hätten ihn getötet. Niemand glaubte davon ein Wort, aber um des lieben Friedens willen musste ich den Anschuldigungen nachgehen. Der Mann war erschossen worden, daran bestand kein Zweifel. Aber es gab viele, die das getan haben konnten, denn hier in Südwest hatte auch damals schon der letzte Buschmann ein Gewehr. Das ist überhaupt eine Plage, jeder hat ein Gewehr, selbst die Weiber!« Seine Pfeife war ausgegangen, und er zündete sie wieder an.

»Und die Perlen?«, fragte Fanny, die Angst hatte, er würde sich in seinen Erinnerungen verlieren.

»Geduld, meine Liebe, Geduld. Nun, dieser Herero hatte ein Amulett um den Hals, mit Federn und Knochen und drei dieser gelben Perlen«, er zeigte auf ihr Armband, »und wenn mich nicht alles täuscht, auch etliche dieser anderen merkwürdigen Perlen. Ich meine die, die mal wie ein Regenbogen und mal wie ein Sonnenuntergang schimmern. Ich bin sicher, ich hätte diese Perlen wieder vergessen, wenn meine Luise nicht die gleichen an einem Lederband um den Hals getragen hätte.«

Wieder eine Spur, dachte Fanny innerlich jubelnd, diesmal eine echte Spur und kein Märchen. Sie konnte ihr Glück kaum fassen. »Und haben Sie Ihre Frau danach gefragt?«

»Natürlich, aber sie hat mir nie eine Antwort darauf gegeben. Ganz egal, welche Strafen ich ihr auch angedroht habe, sie hat immer nur geschwiegen.«

»Und der tote Priester? Wurde sein Mörder jemals gefasst?«

Der Richter sog bedächtig an seiner Pfeife. »Nein.«

»Und was ist nun das Geheimnis, das Sie mir verraten wollten?«

»Meine Liebe, Sie haben meine Frage noch nicht beantwortet.«

»Die Perlen sind von meiner Mutter.«

»Und wer war Ihre Mutter?«, fragte er.

Seine Worte trafen sie unerwartet und hatten die Wirkung eines Schlags. Sie war froh, dass sie saß. Warum fragte er das? Er wusste doch, wer ihre Mutter war, das stand schließlich auf ihrer Abstammungsurkunde! Schnell, schnell, wie war noch der Mädchenname von Charlottes Mutter? »Karoline Viktoria von Ehlert«, sagte Fanny hastig.

»Nach all den Jahren als Richter würde ich meinen linken Fuß verwetten, meine verehrte Charlotte, dass Sie mir nicht die ganze Wahrheit erzählen. Sie enttäuschen mich.«

Woran hatte er das nur gemerkt? In den letzten Jahren im Kloster war Fanny kein einziges Mal mehr beim Lügen erwischt worden. Sie wusste, dass Angriff die beste Methode war, um abzulenken. »Sie beleidigen mich und meine Ehre.«

Der Richter grinste breit. »Charlotte, kommen Sie mir bloß nicht mit der Ehre, das ist das lächerlichste Wort im ganzen Kaiserreich.«

Ludwig würde jetzt laut protestieren, dachte Fanny.

»Wie meinen Sie das?«

Der Mops kam zurück und sprang wieder auf den Schoß des Richters. »Die Ehre ist ein windiges Gut und wird gern als Ausrede für kriminelle Taten benutzt. Ich halte es mit Fontane. ›Es kann die Ehre dieser Welt dir keine Ehre geben. Was dich in Wahrheit hebt und hält, muss in dir selber leben.‹«

Und wenn ich ihm alles erzähle, mich ihm anvertraue? Nein, ganz und gar unmöglich. Als Richter könnte Ehrenfels nicht zulassen, dass Ludwig eine Frau wie mich heiratet, eine, über die man nichts weiß. Fanny trank einen großen Schluck *omeire*.

»Sie erinnern mich an meine Luise, und ich wünsche Ihnen Glück.« Der Richter klopfte seine Pfeife aus, erhob sich so schnell, und der Mops fiel mehr, als dass er herunterspringen konnte. Der Junge lief heran und reichte dem Richter einen schwarzen Stock mit einem weißen, geschnitzten Elefantenknauf. Mit einer Hand stützte Ehrenfels sich auf die Schulter des Jungen, mit der anderen auf seinen Stock. »Wir sehen uns nachher in meinem Büro.«

Als sie die beiden davonschlurfen sah, fragte sie sich, warum der Richter keine Kinder hatte. Dann fiel ihr siedend heiß ein, wie schlecht sie gelogen hatte. So schlecht, dass er es gemerkt hatte. Das musste besser werden, heute Abend durfte sie sich nicht die mindeste Blöße geben und sollte ein paar Geschichten bereithalten, die sie zum Besten geben konnte. Immerhin hatte ihr Charlotte erzählt, warum sie nach Übersee verheiratet worden war. Eigentlich war sie mit Hofmarschall Treskow so gut wie verlobt, als dieser und ihr älterer Bruder Aribert in einen üblen Skandal am Hof verwickelt wurden, der sich über Jahre hinzog. Vor zwei Jahren, im Januar 1891, hatte es eine Orgie im Berliner Jagdschloss Grunewald gegeben, bei der es nicht nur zu wilden Partnerwechseln, sondern auch zu gleichgeschlechtlichen Handlungen unter Männern gekommen sein sollte.

Fünfzehn adlige Damen und Herren der Hofgesellschaft hatten daran teilgenommen, darunter enge Verwandte von Kaiser Wilhelm II. Und eben auch Aribert und der Hofmarschall.

Nachdem Charlottes Bruder durch ein verbotenes Duell den Tod gefunden und das anschließende Gerichtsverfahren das Familienvermögen aufgezehrt hatte, waren Charlottes Chancen auf eine standesgemäße Heirat in Berlin dahin. Doch ihre findige Mutter war auf die Idee gekommen, Charlotte nach Übersee zu verheiraten, und hatte deshalb auf eine Annonce geantwortet. Aber auch wenn Charlottes Eltern gehofft hatten, der Skandal würde nicht bis in die Kolonien vordringen, konnte es sein, dass Maria von Imkeller davon gehört hatte. Schließlich wusste der Richter ja ganz offensichtlich Bescheid – auch wenn sich Fanny sicher war, dass er mit seinem Wissen zurückhaltend umging. Im Gegensatz zu Maria von Imkeller, von der man wohl keinerlei Diskretion erwarten konnte.

Fanny wusste, dass Charlotte ihren Bruder abgöttisch geliebt hatte. Ich sollte ein paar Anekdoten rund um Aribert parat haben, lustige Kindergeschichten, von denen konnte niemand wissen, ob sie wahr sind oder nicht. Und

Ludwig würde es sicher auch mögen, wenn sie die Windhuker Gesellschaft bei Laune hielt.

Gegen den Rat ihrer Mutter hatte Charlotte Ludwig die Wahrheit über den Skandal erzählt, und es hatte ihn nicht sonderlich gekümmert, was Charlotte als Beweis für seinen edlen Charakter angesehen hatte. Doch Fanny war mittlerweile sicher, dass der Skandal für Ludwig auch deshalb so unwichtig war, weil es ihm außerordentlich gut gefiel, in alten deutschen Adel einzuheiraten. Er hatte ihr auf dem Weg nach Windhuk in den langen Nächten davon erzählt, wie sehr er sich danach sehnte, eine große Farm zu besitzen. Und eines Nachts hatte er ihr mit einem verlegenen Grinsen gestanden, dass es sein allergrößter Wunsch war, mit Fanny viele starke Söhne für den Kaiser zu zeugen. Er hatte sich sofort dafür entschuldigt, solche unschicklichen Gedanken vor seiner Braut geäußert zu haben, und war erst zufrieden, als Fanny ihm versichert hatte, es gäbe nichts zu verzeihen.

Fanny nahm das hochgeschlossene Hochzeitskleid aus Charlottes Truhe und breitete es auf ihrem Bett aus. Es war viel schlichter, als sie es für sich ausgesucht hätte. Leider war es noch dazu schwarz, weil Charlottes Mutter behauptet hatte, das wäre nützlicher in den Kolonien. Immerhin gab es einen weißen Schleier dazu. Ursprünglich war es Fanny um die Hüften viel zu weit, aber nach ihren Änderungen saß es wie angegossen. Das Kleid hatte eine kleine Schleppe und war von der Taille gerade nach unten verlaufend mit Brüsseler Spitzenbändern verziert. Der enge Oberrock war aus schwerer Seide, in die Blumen eingewebt waren, das Oberteil aus mehreren Lagen Crêpe de Chine, der enge Halsausschnitt war mit gefälteter, weißer Tüllspitze aufgelockert. Das einzig Extravagante waren die weiten Keulenärmel, über und über mit Jettperlen bestickt, die wie Blumen über den Ärmel wuchsen. Fanny erinnerten diese Perlen an Trauerkleidung, und sie fand es merkwürdig, dass ein Hochzeitskleid damit verziert worden war. Sie bewunderte ihr Glasperlenarmband, das daneben wie ein Feuerwerk an Farben wirkte.

Mit einem mulmigen Gefühl im Bauch machte sie sich daran, die viel zu warmen Unterkleider für ihr Hochzeitskleid anzulegen, und fragte sich, wie ihre Ehe mit Ludwig sich wohl entwickeln würde. Schwarz und still oder bunt und feurig? Wie Charlotte ihn wohl gefunden hätte?

Nachdem sie auch den weißen Schleier auf ihrem Haar befestigt hatte, warf sie einen letzten Blick in den Spiegel und fand sich blass. Sehr blass. Dann stieg sie die Treppen nach unten, um mit Ludwig und dem Richter die nötigen Formalitäten für ihre Eheschließung zu klären, denn Ludwig hatte einen Ehevertrag verlangt.

4

»Dann geht es in die Kirche«, hatte Richter Ehrenfels am Morgen beim Frühstück gesagt, als er von der kirchlichen Trauung gesprochen hatte, dabei gab es zurzeit keine Kirche in Windhuk. Und wie Fanny von Ludwig erfahren hatte, war auch die Kirche in Keetmanshoop vor einigen Jahren zerstört worden und die neue noch immer nicht fertig. Deshalb heirateten sie nun in einem Saal auf der Alten Feste, einer burgähnlichen wehrhaften Anlage zum Schutz der Stadt, die gerade erst fertiggestellt worden war. Wilhelm von Imkeller hatte ihnen den Sitzungssaal zur Verfügung gestellt.

Es war ein denkwürdiger Ort für eine Hochzeit. Man hatte versucht, diesem Mausoleum für Großwildjäger eine festliche Note zu geben, und über die toten Tierköpfe Girlanden aus weißen und rosafarbenen Pelargonien drapiert. Wie lächerlich, dachte Fanny, als sie durch den Saal vorbei an staubigen Löwen- und Nashornköpfen, ausgestopften Tigern und Kudugeweihen zum kleinen Nebenzimmer schritt, wo sie mit Ludwig darauf warten würde, dass die Zeremonie begänne. Hier also würde sie heiraten.

Plötzlich sehnte sie sich nach der Klosterkirche zurück. Das hohe Gebäude mit den bemalten Decken und Wandfresken und dem von allen Schwestern geliebten Reutberger Christkind, das angeblich ein Jahrhundert lang in der Geburtsgrotte von Bethlehem gelegen haben soll, ja, das wäre eine Kirche zum Heiraten. Doch dann fiel ihr wieder ein, wie es zur Gründung von Reutberg gekommen war, und sie musste trotz ihrer inneren Anspannung lächeln. Das Kloster war von einer Gräfin Anna 1618 nach einer höchst unglücklichen Ehe gegründet worden. Ihr Ehemann, Graf Papafava, hatte einen Mordanschlag auf seine Frau Anna verübt und war mit deren Schmuck und Edelsteinen nach Padua geflohen. Nein, das wäre auch kein perfekter Ort für eine Eheschließung.

»Was amüsiert dich denn so?«, fragte Ludwig, der in seinem weißen Anzug stark schwitzte und ständig versuchte, seinen Krawattenknoten zu lockern. Sie sollten in dem Nebenzimmer warten, bis im großen Saal gesungen würde, und danach dann direkt an den Altar treten. Man hatte auf den festlichen Einzug der Braut verzichtet, weil es keine Orgel und kein Klavier gab.

Plötzlich summten nebenan Stimmen, zunächst unsicher, doch dann schwoll der Gesang an und versetzte Fanny in einen rauschartigen Zustand.

Treulich geführt ziehet dahin,
wo euch der Segen der Liebe bewahr'!

»Was ist das?«, fragte sie Ludwig flüsternd.

»Das ist das Brautlied aus ›Lohengrin‹ von Richard Wagner. Ich habe veranlasst, dass es gesungen wird, weil ich dachte, es würde dir gefallen.«

Siegreicher Mut, Minnegewinn
eint euch in Treue zum seligsten Paar.
Streiter der Jugend, schreite voran!
Zierde der Jugend, schreite voran!
Rauschen des Festes seid nun entronnen,
Wonne des Herzens sei euch gewonnen!

Mit einem Mal war Fanny nicht mehr zum Lachen. *Eint euch in Treue zum seligsten Paar*, und sie stand hier in einem Kleid, das ihr nicht gehörte, und heiratete einen Mann, der nicht wusste, wer sie war.

Ludwig beugte sich zu ihr. »Du bist meine Elsa, und ich bin gekommen, um deine Ehre zu verteidigen.«

Sie war sich nicht sicher, ob sie ihn richtig verstanden hatte. »Wie bitte?«, wisperte sie.

Er schüttelte den Kopf. »Ich meine den Skandal. Aber du darfst mich jederzeit nach meinem Namen fragen, ohne dass es wie bei Lohengrin Tod und Verderben bringt.«

Fanny verstand kein Wort. Tod und Verderben? Was, wenn jemand *sie* nach ihrem wahren Namen fragen würde? In ihren Ohren begann es zu rauschen. Sie versuchte, ruhig zu atmen, um wieder klar im Kopf zu werden, doch da brauste der Gesang erneut auf.

Treulich bewacht bleibet zurück,
wo euch der Segen der Liebe bewahr'!
Siegreicher Mut, Minne und Glück
eint euch in Treue zum seligsten Paar.
Streiter der Tugend, bleibe daheim!
Zierde der Jugend, bleibe daheim!
Rauschen des Festes seid nun entronnen,
Wonne des Herzens sei euch gewonnen!
Duftender Raum, zur Liebe geschmückt,
nahm euch nun auf, dem Glanze entrückt.

Ihr wurde schwindelig. *Wonne des Herzens, Segen der Liebe.* Charlotte erschien ihr so unendlich weit weg und Ludwig so nah. Sie berührte ihr Glasperlenarmband, das zu glühen schien. Erschrocken ließ sie es wieder los und wandte ihr Gesicht zu Ludwig. Er nickte aufmunternd und nahm ihre Hand, dann durchschritten sie die Tür und betraten den Festsaal, an dessen gegenüberliegendem Ende ein evangelischer Priester der Rheinischen Missionsgesellschaft ihnen freundlich zulächelte. Ein betäubender Geruch nach Zitronen, Honig, Schweiß und Staub stieg in ihre Nase und weckte in ihr die Sehnsucht nach der klaren Nachtluft im Swakoprivier. *Duftender Raum, zur Liebe geschmückt* … Was wusste sie schon von Liebe? Charlotte, die hatte sie wirklich ins Herz geschlossen, aber was war das für ein Gefühl, wenn sie Ludwig ansah? Sie lugte zu Ludwig hinüber, doch dann blieb ihr Blick am Pfarrer haften, der vor einem langen Tisch stand, der mit einem weißen Tuch abgedeckt war. Darauf befanden sich ein fensterhohes Kreuz aus grün verfärbter Bronze und eine dicke, aufgeschlagene Bibel, deren goldene Schnittkanten matt schimmerten.

Fanny versuchte, sich zu fassen, aber durch ihren Kopf dröhnten immer wieder die Worte, die sie gerade gehört hatte: *Siegreicher Mut, Minne und Glück, eint euch in Treue zum seligsten Paar.*

Minne und Glück. Sie klammerte sich an Ludwig, der sie verwundert ansah und dann behutsam von sich löste. Mut. Glück.

Der Pfarrer räusperte sich. »Gott hat von Anfang an Mann und Frau füreinander geschaffen. Das bezeugt die Heilige Schrift in 1. Mose 1: ›Gott schuf den Menschen zu seinem Bilde, zum Bilde Gottes schuf er ihn, und schuf sie als Mann und Frau. Und Gott segnete sie und sprach zu ihnen: Seid fruchtbar und vermehret euch und füllt die Erde und machet sie euch dienstbar. Und Gott sah alles an, was er gemacht hatte, und siehe, es war sehr gut.‹«

War das gut, was sie hier gleich tun würde, war das wirklich gut? Charlotte, flehte Fanny im Stillen, Charlotte, gib mir ein Zeichen, irgendetwas, damit ich sicher sein kann, dass wir das Richtige tun. Sie spähte zu Ludwig, der dem Geistlichen aufmerksam zuhörte und ganz offensichtlich davon überzeugt war, das absolut Richtige zu tun. Fanny sah wieder zum Pfarrer und versuchte ihm zuzuhören.

»Über die Gemeinschaft in der Ehe sagt Jesus in Matthäus 19: ›Gott, der im Anfang den Menschen geschaffen hat, schuf sie als Mann und Frau und sprach …‹«

Seine eintönig vorgetragenen Worte verschwammen, während das Herzklopfen in Fannys Ohren immer lauter hämmerte. Sie richtete ihre Augen auf einen Löwenkopf, der direkt über dem provisorischen Altar hing, um sich zu konzentrieren. Der Löwe hatte Glasaugen in einem merkwürdigen Grün, das ihr bekannt vorkam. Minne, Mut und Glück. Sie hatte Mut. Ihr Mut hatte sie bis hierher gebracht. Wo wäre ich ohne Mut?, versuchte sie sich zu beruhigen. In Reutberg als eine von Seraphinas Sklavinnen. Ihr Blick glitt von den Löwen zu einem Elefantenkopf mit mächtigen Stoßzähnen. Sie fühlte sich wie in einem ihrer merkwürdigen Träume. Stoßzähne über dem Altar.

Der Pfarrer hatte sie etwas gefragt. Sie spürte, dass alle Augen auf sie gerichtet waren, doch sie wusste nicht, warum. Sie war sicher, dass jemand in ihrem Rücken aufgestanden war und sie entlarvt hatte. Ihr Atem ging schneller. Sie musste sich umdrehen, sofort, auch wenn sich das Schlimmste als wahr herausstellen würde. Langsam und voller Angst wandte sie sich um.

Alle saßen noch auf ihren Plätzen, die meisten warfen ihr jedoch verwunderte Blicke zu. Dann drehten sie ihre Köpfe fragend zu ihren Sitznachbarn, manche schüttelten dabei den Kopf, und schließlich ging leichtes Raunen durch den Raum.

Fanny wandte sich wieder zum Pfarrer, flehte ihn mit ihren Augen an, sie zu erlösen, und er hatte ein Einsehen. »Willst du, Charlotte von Gehring, Ludwig Falkenhagen, den Gott dir anvertraut, als deinen Ehemann lieben und ehren und die Ehe mit ihm nach Gottes Gebot und Verheißung führen – in guten und in bösen Tagen –, bis dass der Tod euch scheidet, so antworte: Ja, mit Gottes Hilfe.«

Fanny sah hinüber zu Ludwig, dessen Augen feucht glänzten und der sie auffordernd ansah. Mut, Minne und Glück. Sie schloss für einen kurzen Moment die Augen und dachte an Charlotte. Und dann sagte sie es:

»Ja, mit Gottes Hilfe.« Ludwig atmete erleichtert aus. Und wie ein Echo vernahm sie ein vereintes Aufatmen der Gäste.

»Gebt einander die Ringe als Zeichen eurer Liebe und Verbundenheit.«

Ehrenfels reichte Ludwig die Ringe. Ludwigs Hände bebten, als er Fanny den Ring über den Finger schob. Dann legte der Pfarrer seine Hände auf ihre beiden und sagte: »Was Gott zusammengeführt hat, soll der Mensch nicht trennen.«

»Nein, ganz sicher nicht. Niemals«, hörte sie Ludwig flüstern. »Wir gehören jetzt zusammen, für immer. Das schwöre ich bei Gott.«

5

Fannys Befürchtungen, was die Fragen nach Charlottes Familie anging, erwiesen sich als nahezu unbegründet, nur Maria von Imkeller hatte Andeutungen über den Skandal in Charlottes Familie fallen lassen, doch ihr Ehemann Wilhelm hatte sie gehört und mit einem »Maria, ich bitte dich, wir sind hier nicht bei einem Verhör, sondern auf einer Hochzeit!« zum Schweigen gebracht.

Alle anderen Frauen hatten Fanny nur über die aktuelle Rockform in Berlin ausgefragt und nach den Hüten und Stoffen, die man jetzt in Paris trug. Es gab reichlich Melonen-Bowle, ein Getränk, das die Südwester den Engländern abgeschaut hatten. Außerdem wurde Fleisch für eine ganze Kompanie gegrillt, dazu gab es Brot und Bohnen.

Fanny fühlte sich mit jedem Melonenstück, das sie aus ihrem Bowleglas fischte, glücklicher und beschwingter. Und daran änderten auch die für sie reichlich mysteriösen Sprüche der immer betrunkener werdenden Männer nichts. Ludwig wurde unter anderem geraten, seine Zuchtstute gut einzureiten, das Loch gut zu ölen und nicht zu lange an der Tür zu klopfen.

Die Frauen hatten kichernd Zuflucht hinter ihren Fächern gesucht, bis die dicke Maria von Imkeller, die nach der Hochzeitszeremonie übergangslos begonnen hatte, Fanny zu duzen, sie zur Seite nahm. »Hat dir deine Mutter vor der Abreise gesagt, was auf dich zukommt?«

Fanny wusste nicht, was sie sagen sollte, schließlich hatte sie nur eine dunkle Ahnung, worauf Maria anspielte. Deshalb blieb sie stumm und sah Maria mit großen Augen an. Maria würde doch wohl sicherlich weiterreden.

»Ich meine, wegen deiner Hochzeitsnacht«, erklärte Maria.

Fanny befand sich in der Zwickmühle, sie wollte unbedingt alles erfahren, was sie darüber wissen sollte, war sich aber nicht sicher, ob das dann Fragen nach ihrer Identität auslösen würde. Offensichtlich hätte eine Frau wie Charlottes Mutter ihrer Tochter etwas erklären müssen, etwas, das im Kloster nie Thema war, weil die einzigen Männer, über die gesprochen wurde, Jesus und der Bischof waren.

Trotzdem musste Fanny wissen, um was genau es hier ging. »Nein«, sagte sie also, »ich meine, ja, Mutter hat mit mir gesprochen, aber ich war damals so aufgeregt, dass ich nicht wirklich zugehört habe. Also wenn Sie …« Sie warf Maria einen, wie sie hoffte, um Hilfe flehenden Blick zu.

Maria seufzte. »Du armes Lämmchen.«

Fanny war verblüfft. Ein so sanfter Satz war das Letzte, was sie von Maria erwartet hatte.

»Wie meinen Sie das?« Fanny konnte sich nicht dazu durchringen, Maria zu duzen, aber das schien Maria eher für sie einzunehmen.

»Nun« – und jetzt wurde die sowieso schon rote und schwitzende Maria noch röter –, »der Schmerz wird vorübergehen, aber die Demütigung für uns anständige Frauen bleibt.«

Fanny nickte ergeben und verfluchte ihre Jahre im Kloster, die sie so schlecht auf das Leben mit einem Mann vorbereitet hatten. Ihr war schon klar, dass alle Sprüche und auch das, was Maria gesagt hatte, sich auf ihre erste Nacht mit Ludwig bezogen, aber es erstaunte sie, dass Maria, die so freigebig Ohrfeigen und Schläge verteilte, jemals Schmerz erlitten haben sollte. Musste nicht jeder, der durch einen anderen Menschen Schmerz erfahren hatte, davon absehen, einen anderen zu verletzen? Und wieso sollte einem der eigene Mann Schmerz zufügen? Das erschien Fanny widersinnig. Sie wollte Maria noch weiter ausfragen, doch da kam Ludwig und wollte aufbrechen. Maria drückte sie zum Abschied an ihren breiten, weichen Busen und flüsterte ihr ins Ohr: »Mit der Zeit gewöhnt man sich daran.«

Und nun saß Fanny hier und wartete auf Ludwig, der ihr angekündigt hatte, sie in ihrem Zimmer besuchen zu wollen. *Man gewöhnt sich daran* – das klang in Fannys Ohren beängstigend.

Sie trug eines von Charlottes Nachtkleidern, sie hatte sich für das schönste von allen entschieden. Es war aus durchscheinender Seide und mit reichlich Spitze an den Ärmeln und am Saum. Unschlüssig darüber, ob sie ihr Korsett ausziehen sollte oder nicht, hatte sie es lieber anbehalten. Ludwig war immer so förmlich.

Maria musste sich geirrt haben. Ludwig würde ihr niemals wehtun. Seit er sie vom Schiff abgeholt hatte, war er immer sanftmütig und freundlich zu ihr gewesen. Vielleicht hatte Maria einfach nur Pech mit ihrem Mann.

Fanny schreckte aus ihren Gedanken auf. Ludwig war ohne anzuklopfen eingetreten. Er hielt eine der kleinen Gaslampen in der Hand, die der Richter aus Furcht vor einem Feuer überall im Haus benutzte.

Unter seinem langen, weißen Hemd konnte Fanny Ludwigs Beine sehen, die ohne Hosen merkwürdig verletzbar wirkten. Sie waren muskulös und von blonden Haaren bewachsen, die im Licht der Lampe aufblitzten, als er sich neben sie aufs Bett setzte.

Er leuchtete ihr ins Gesicht. »Ich werde dir nicht wehtun, Fanny, meine Liebe.«

Warum redete er jetzt auch von wehtun? Eine Ehe bestand doch nicht nur aus Schmerz, sonst würde doch kein Mensch heiraten.

»Da bin ich sicher«, sagte Fanny deshalb überzeugt und rückte näher zu ihm hin. Er stellte die Lampe auf den Nachttisch neben dem Bett und zog sie in seine Arme. Als er sie fester umschlang, bemerkte er ihr Korsett und lächelte nachsichtig, bevor er unter ihr Nachtkleid griff und begann, die Schnüre zu lösen. Dabei ging sein Atem schneller. »Du bist noch viel schöner, als ich gedacht habe.« Er zog das nun lockere Korsett nach unten. Dann begann er, Fannys Hals zu küssen. Sein Schnurrbart kitzelte auf ihrer Haut. Gleichzeitig mit dem Kitzeln liefen kleine Schauer durch Fannys Körper, die ihr sehr angenehm waren. Doch sie blieb auf der Hut. Der Schmerz, von dem alle gesprochen hatten, wann würde er kommen?

Ludwig zog sie enger an sich. Er roch nach Zigarren und Lavendelseife. Seine Hände verhedderten sich in der Spitze an ihrem Nachtkleid, bis er es ihr kurzerhand auszog und sie bis auf ihr Glasperlenarmband vollkommen nackt vor ihm stand.

Ludwig betrachtete Fanny von unten bis oben, setzte an, etwas zu sagen, zuckte mit den Schultern und schluckte stattdessen. Dann griff er nach ihrem Handgelenk, zog sie neben sich aufs Bett und ließ seine Fingerkuppen über ihren Körper wandern, vom Hals zu den Brüsten über ihre Taille weiter zu ihren Schenkeln. Staunend bemerkte Fanny, wie gut sich das anfühlte. Ihr Atem ging schneller. Sie schloss die Augen und wünschte sich, Ludwig würde niemals aufhören. Gleichzeitig verlangte es sie danach, ihn auch zu berühren, seinen Körper zu erkunden. Unsicher betastete sie ihn, und als sie merkte, dass es ihm zu gefallen schien, wurde sie kühner und erforschte seinen Brustkorb, die Arme, seinen Bauch, fühlte, wie dicht unter seiner Haut Muskelstränge verliefen, die unter ihren Händen immer stärker pulsierten. Immer wieder flüsterte Ludwig ihr ins Ohr, wie glücklich er sei und wie schön er sie fände und dass er sie über alles lieben würde. Er lenkte ihre Hände und drängte sich an sie, bis alles in ihrem Körper pochte und klopfte und sie nichts mehr dachte, sondern nur noch tat, was ihr Körper wollte. Instinktiv presste sie sich fester und enger an ihn, hob sich ihm entgegen, umschlang seine Taille mit ihren Füßen, klammerte sich an ihn und nahm ihn in sich auf.

Als Ludwig kurze Zeit später mit einem lauten Stöhnen in seinen Bewegungen innehielt und sich dann schweißgebadet neben sie fallen ließ, war Fanny verblüfft. Ihr Körper war in Aufruhr, und der einzige Schmerz, den sie empfand, war der, dass Ludwig so abrupt und schwer atmend über ihr zusammengesunken war. Sie wünschte sich, er hätte weitergemacht. In ihr brannte ein merkwürdiges Gefühl, für das sie keinen Namen hatte, alles in ihr verlangte danach, sich wieder mit ihm zu vereinigen. Sie schmiegte sich eng an ihn, doch er schob sie sanft mit einem gemurmelten »Ich liebe dich« von sich. Sie streichelte über seinen im Licht nass glänzenden Rücken, aber er schüttelte ihre Hand ab. »Liebste, lass uns jetzt schlafen«, murmelte er. »Morgen brechen wir nach Hause auf, das wird anstrengend genug.« Er schlug das Laken um sich, wie um eine Barriere zwischen sich zu schaffen.

Fanny fühlte sich abgewiesen. Ludwig hatte ihren Körper lichterloh entzündet und sie einfach so in Flammen zurückgelassen.

Das war es also, folgerte sie, das war der Schmerz, von dem die Rede gewesen war. Es war gar kein echter körperlicher Schmerz, sondern vielmehr ein seelischer. Und plötzlich sah sie die dicke Maria vor sich und konnte sich beim besten Willen nicht vorstellen, dass sie die gleichen Gefühle wie sie selbst haben sollte oder Maria gar im Bett mit ihrem Mann läge und sich mehr von ihm wünschte, als er ihr zu geben bereit war.

Sie biss sich auf die Lippen. Charlotte, dachte Fanny,

schau mich an, jetzt bin ich also verheiratet. Es fühlt sich merkwürdig an, Charlotte, sehr merkwürdig.

Fanny stand auf und spritzte sich etwas Wasser aufs Gesicht, dann setzte sie sich wieder neben ihren Mann. Langsam beruhigten sich ihr Atem und ihr Herzschlag.

Ludwig drehte sich leise schnarchend um und wandte ihr sein Gesicht zu. Sein Schnurrbart zitterte leicht beim Ausatmen. Während Fanny ihn betrachtete, fragte sie sich, ob das Liebe war, was sie jetzt fühlte. Charlotte hatte ihr immer die Liebesgeschichten aus der *Gartenlaube* vorgelesen, und da sanken die Heldinnen schon verzückt in die Knie, wenn sie *ihn* nur ansahen.

Fanny konnte Ludwig betrachten wie einen Onyx oder eine Landschaft. Da waren die großporigen Täler und Berge seines Gesichtes, eine wulstige Narbe über der linken Augenbraue, seine blonden, fast durchscheinenden Wimpern und der vom Schnurrbart verdeckte Mund, der leicht offen stand und den Blick auf erfreulich weiße, gesunde Zähne freigab. An seinem kräftigen Hals pulsierte eine fingerdicke blaue Vene, was ihn verletzlich erscheinen ließ. Aber das alles rührte sie nicht, jedenfalls nicht so, wie der Anblick von Charlotte sie berührt hatte, und zwar nicht erst, nachdem Charlotte krank geworden war. Von Anfang an hatte sie es mit Freude erfüllt, Charlotte lachen zu sehen, nein, es ging weit über Freude hinaus, es war viel elementarer. In etwa so, als ob man an einem glühend heißen Sommertag in ein eiskaltes Fass Quellwasser stiege, wo die köstliche Kälte einem die Brust zusammenschnürt. Im Kloster, bevor sie Charlotte kannte, hatte Fanny nicht einmal geahnt, welches Glück darin lag, sich einem Menschen zutiefst verbunden zu fühlen.

Doch Ludwigs Anblick weckte in ihr nichts dergleichen, obwohl sie eben noch mit ihm vereint gewesen war. Obwohl sich seine Fingerkuppen auf ihrer Haut so wunderbar angefühlt hatten. Sie streichelte über seine Wange. Das alles war sicher nur der Anfang, und je besser sie sich kannten, desto mehr würden sie sich lieben. Sie seufzte und sehnte sich nach ihrer Freundin, mit der sie über diese Gefühle hätte reden können.

Die Luft schien ihr plötzlich unerträglich stickig. Sie küsste Ludwig auf die Stirn und stand auf.

Erst jetzt bemerkte sie die klebrige Feuchtigkeit zwischen ihren Schenkeln, wusch sich, zog dann das Nachtkleid wieder über und schlich die Treppe zur Veranda hinunter. Dort stolperte sie über den kleinen Jungen, der zusammengerollt neben der Tür lag und schlief. Er wachte sofort auf und rannte weg, bevor Fanny ihm bedeuten konnte dazubleiben.

Die heiße Nachtluft schmiegte sich an Fanny wie eine zweite Haut, es ging kein Windhauch. Sie setzte sich auf einen der schweren Eichenschaukelstühle und begann hin und her zu wippen. Der Garten sah im Licht des Vollmonds erhaben und gleichzeitig seltsam verlassen aus.

»Was hat eine junge Frau in ihrer Hochzeitsnacht hier draußen zu suchen?« Der Richter war überraschend leise auf der Veranda aufgetaucht.

Schlagartig wurde Fanny bewusst, dass sie nicht passend angezogen war und ihr die krausen, schwarzen Locken offen über den Rücken hingen. Doch als sie Anstalten machte aufzustehen, legte ihr der Richter die Hand auf den Arm.

Trotz ihrer Verlegenheit bemerkte Fanny amüsiert, dass der Richter auch nicht salonfähig bekleidet war. Sein Hemd bedeckte nur eben gerade seine knochigen Knie.

»Was auch immer Sie für ein Geheimnis haben, ich werde es niemandem verraten. Ich bin sicher, etwas bedrückt Sie mehr, als Sie vielleicht vor sich selbst zugeben wollen.«

In der Dunkelheit leuchtete der Kopf seiner Pfeife auf, und Fanny sah direkt in seine neugierigen Augen. Dann ließ er sich mit einem Ächzen in den anderen Schaukelstuhl fallen. Der kleine Junge, über den Fanny gestolpert war, rannte herbei und fächelte dem Richter mit einem Palmenblatt Wind zu. Doch der Richter schickte ihn mit strengen Worten weg.

»Wie heißt der Kleine eigentlich?«, fragte Fanny, um Zeit zu gewinnen. Sie kreuzte die Hände in ihrem Schoß und betrachtete ihre Zauberperlen, die, wie sie erst jetzt bemerkte, im Dunklen zu glühen schienen.

»Nathaniel, der Hüter des Feuers. Aber alle nennen ihn Nate.«

»Nate«, wiederholte Fanny und überlegte, was sie noch Unverfängliches sagen könnte.

»Seine Eltern sind bei einem Kampf zwischen Nama- und Damara-Stämmen getötet worden. Ich habe ihn unter einem Narabusch gefunden und mitgenommen. Aber wir sollten über Sie sprechen.«

Fanny wollte aufspringen und weglaufen, aber das Handgelenk mit dem Glasperlenarmband lag plötzlich tonnenschwer in ihrem Schoß und lähmte sie. Verzweifelt starrte sie in den mondbeschienenen Garten. Schweißperlen sammelten sich auf ihrem Körper.

»Ich denke nicht, dass eine Lüge ein so schweres Verbrechen ist«, sagte der Richter, er lachte leise. »Jedenfalls keines, das wir streng bestrafen würden.«

»Sie reden wie mein Beichtvater«, entfuhr es Fanny, die keine Lust hatte, ihm auf den Leim zu gehen. Diese Art Angebote hatte sie schon viel zu oft gehört, um sie glauben zu können.

»Martin Luther hielt doch gar nichts von der Beichte.«

Gut, dass es dunkel war, dachte Fanny, der die Röte heiß ins Gesicht geschossen war. Wie dumm von mir. Charlotte war Lutheranerin gewesen.

»Das war nur so eine Redewendung.«

»Ich für meinen Teil habe so viel gelogen«, sagte der Richter, »dass ich wahrscheinlich für eine sehr lange Zeit in der Hölle schmoren werde.«

Er will mich gar nicht ausfragen, wurde Fanny auf einmal klar, der Richter benutzte sie, um über sich zu sprechen.

»Sie vermissen Ihre Frau, nicht?«, fragte sie sanft.

»Ja, das tue ich. Sie hat allerdings auch viel gelogen.« Jetzt lachte er laut und verschluckte sich an seiner Pfeife.

»Und wie war Ihre Luise sonst?«, fragte Fanny, die nicht recht wusste, wie sie mit den Bekenntnissen des Richters umgehen sollte.

»Wundervoll. Aber sie hat es schwer in ihrem Leben gehabt, auch mit mir.«

»Wie meinen Sie das?«

Der würzige Duft seiner Pfeife kitzelte Fanny in der Nase. »Ich glaube nicht, dass ich mit einer so jungen Frau darüber reden sollte. Luise würde das nicht gutheißen.«

»Warum reden wir dann?«, rutschte es Fanny heraus.

Der Richter lachte. »Sie haben recht zu spotten. Warum reden wir? Vielleicht, weil wir einsam sind?«

Fanny spürte, wie sich ihre Kehle zusammenzog. Er hatte den Nagel auf den Kopf getroffen – es war ihre Hochzeitsnacht, und sie fühlte sich einsamer als jemals im Kloster.

Betroffen verabschiedete sie sich von dem Richter und ging nach oben in die stickige Kammer. Zurück zu ihrem Ehemann, der noch immer schlief und sich quer über dem Bett ausgebreitet hatte. Sie schob ihn ein wenig zur Seite, um sich neben ihn legen zu können. Dann lag sie lange wach im Dunkeln. Und diesmal half es ihr gar nichts, ihre Perlen zu berühren.

6

Seit drei Tagen waren sie jetzt auf dem *Pad* in Richtung Süden nach Keetmanshoop getreckt. Fanny freute sich, dass John, den sie in Windhuk nie zu Gesicht bekommen hatte, wieder mit ihnen reiste. Sie genoss alles, die unbarmherzige Sonne, den staubigen Wind, der in ihren Augen brannte, und sogar das Rattern und Schaukeln des Ochsenkarrens.

Sie hütete sich instinktiv davor, Ludwig von ihrer Begeisterung in Kenntnis zu setzen, denn sie spürte, dass er sie undamenhaft gefunden hätte. Ständig galoppierte er heran, um sich voller Besorgnis nach ihrem Befinden zu erkundigen. Als ob es ein Zeichen wahrer Weiblichkeit wäre, sich zu beklagen, oder als ob die echte deutsche Frau ein Praliné wäre, das in dieser Hitze dahinschmelzen müsste.

Ludwig ritt diesmal zusammen mit John neben dem Karren her, um das Gewicht des Karrens zu entlasten und die Reise so zu beschleunigen. Er hatte wieder auf zwölf Ochsenpaaren bestanden, die Hendrik ständig mit Schnalzlauten antrieb. Doch sie mussten die Mittagshitze meiden und konnten nur am frühen Morgen und dann erst wieder vom Nachmittag bis zum Einbruch der Dunkelheit trecken und kamen deshalb nicht schneller voran als damals auf dem *Pad* von Swakop nach Windhuk.

Jeden Abend wurde es schwieriger, Wasser für die Ochsen zu finden. Hendrik musste zusammen mit seinen Gehilfen an den Wasserlöchern sehr tief graben, und manchmal dauerte es über eine Stunde, bis endlich etwas Wasser zum Vorschein kam. Schlammige Brühe, kaum genug für alle Rinder. Das Trinkwasser für die Menschen hatte Ludwig längst streng rationiert. Wasser zum Waschen gab es keines. Es wäre auch reichlich sinnlos gewesen, dachte Fanny, denn der Wind überzog alles sofort wieder mit einer feinen Staubschicht. Immerhin hatte sie diesmal für die richtige Kleidung gesorgt. Sie trug Charlottes Reithosen und eine Bluse, deren enge Keulenärmelmanschetten sie kurzerhand bis über die Ellenbogen hochgekrempelt hatte, was Ludwig zu einem missbilligenden Kopfschütteln veranlasst hatte. Er hatte das halbmondförmige Muttermal an der Innenseite ihres rechten Unterarms betrachtet und leise gemurmelt, dass sich dieses Mal in der Sonne sicher vergrößern würde. Fanny hatte vor Wut kochend die Ärmel wieder heruntergestreift und dann wortlos das Geschenk des Richters, einen wagenradgroßen weißen Strohhut, fest auf ihren Kopf gebunden.

»Ich denke, meine Luise hätte es gutgeheißen«, hatte er dazu erklärt, »wenn ihr alter Hut endlich wieder einem nützlichen Zweck zugeführt wird.« Und tatsächlich passte er Fanny nicht nur, sondern kleidete sie ganz ausgezeichnet. Ihr Korsett hingegen hatte Fanny mit einem Lächeln tief unten in ihrer Truhe verstaut. Sie brauchte sich nicht mehr eng zu schnüren, um sich wie eine Frau zu fühlen.

Ludwig behandelte sie seit der Hochzeitsnacht wie ein besonders zerbrechliches Wesen, was für Fanny sehr ungewohnt war. Niemand außer Charlotte hatte sich je so um ihr Wohlergehen gekümmert. Aber Fanny hatte auch bemerkt, dass Ludwig sie des Öfteren kopfschüttelnd von der Seite betrachtete, und jedes Mal beschlich sie die Angst, er hätte durch irgendetwas in ihrem Verhalten Zweifel an ihrer Identität bekommen. Was sonst könnte es zu bedeuten haben? Sie vermutete, dass sie in der Hochzeitsnacht etwas falsch gemacht hatte, nur hatte sie keine Ahnung, was das sein könnte. Wenn sie doch nur jemand anderen als Maria von Imkeller dazu hätte befragen können.

Sie war gleich am Morgen nach der Hochzeit aufgetaucht, um Fanny voll gierigen Mitleids zu fragen, wie fürchterlich der Schmerz denn gewesen sei. Und Maria war sehr enttäuscht, als Fanny nicht ausführlich werden wollte.

Zu Fannys großer Erleichterung wurde Maria schon bald durch einen Boten nach Hause beordert, weil einer ihrer Zwillinge an Scharlach erkrankt war und man dringend ihre Hilfe brauchte.

Aber wen konnte sie sonst nach dem angemessenen Verhalten in der Hochzeitsnacht aushorchen? Etwa den Richter? Immerhin war der ein Mann und sollte es auch wissen. Aber er war sowieso schon so misstrauisch. Nein. Sie musste selbst herausfinden, warum Ludwig ihre körperliche Nähe seitdem nicht mehr gesucht hatte. Vielleicht war das ganz normal in einer Ehe. Ihr Blick glitt immer wieder zu John, und sie fragte sich, ob er wohl verheiratet war.

Immerhin war Ludwig nicht böse auf sie, sondern im Gegenteil sehr besorgt und vielleicht auch nur darüber irritiert, dass Fanny sich nicht über die Strapazen der Reise beklagte. Woher hätte er auch wissen sollen, wie sehr die Jahre im Kloster Fannys Körper abgehärtet hatten. Mit Schaudern erinnerte sich Fanny daran, dass man bis weit in den Sommer in den Schlafräumen die Atemluft hatte sehen können und wie klamm die Wolldecken sich sogar noch im Hochsommer angefühlt hatten. Ihr war immer kalt gewesen, und nun erschien ihr die brennende Hitze wie ein Segen.

Je länger sie von Windhuk aus Richtung Süden unterwegs waren, desto flacher wurde das Land. Die Bergketten rutschten immer weiter ans Ende der Ebene, wurden eins mit dem unendlichen, enzianblauen Horizont. Die Vegetation änderte sich mit der Landschaft und wurde zunehmend karger.

Rund um Windhuk hatte es viele Bäume und Sträucher gegeben, doch hier konnte Fanny nur noch struppige, dornige, ballgroße Büsche entdecken. Hin und wieder einen Kameldornbaum, aber die waren nicht mehr so prächtig und ausladend wie die im Swakoprivier. Es gab auch nicht mehr so viele skurrile Termitenbauten.

Zu Anfang ihrer Reise waren ihnen noch Händler und Eingeborene begegnet, doch seit gestern hatten sie keine Menschenseele mehr getroffen. Es war noch heißer als an den letzten Tagen, und Fanny vermisste den Wind, der das

Schwitzen sonst so erträglich gemacht hatte. Immer wieder kamen ihr merkwürdige Melodien in den Sinn, deren Ursprung sie sich nicht erklären konnte und die vollkommen anders waren als die Lieder, die sie im Kloster gelernt hatte. Erst als sie bemerkte, dass Hendrik sie von seinem Platz auf der Deichsel aus anstarrte, wurde ihr klar, dass sie wirklich Töne von sich gegeben hatte.

»Hendrik«, begann sie und rutschte näher zu ihm hin, weil ihr wieder die Geschichte von dem Menschenfresser und den sprechenden Perlen eingefallen war. Doch da galoppierte Ludwig heran und warf ihr missbilligende Blicke zu.

»Charlotte, ich hatte dich gebeten, dich von Hendrik fernzuhalten. Diese Schwarzen missverstehen deine Freundlichkeit nur und nutzen dich aus.«

»Aber ...«, begann Fanny.

»Meine Liebe, darüber diskutiere ich nicht. Ich hätte gedacht, dass dir deine adlige Mutter den richtigen Umgang mit Dienstboten beigebracht hat.«

Fanny suchte nach einer guten Erklärung. »Nun, weißt du, meine Eltern hatten eine freigeistige, aufgeklärte Haltung gegenüber dem Personal.«

Ludwig schüttelte bekümmert den Kopf. »Es wundert mich nicht, dass genau die Söhne solcher Freigeister in Skandale verwickelt sind. Und dein Bruder hat es sogar mit dem Tod bezahlt, dieses Freigeistertum!«

»Das stimmt so nicht! Es war nicht die Schuld meiner Eltern, dass er getötet wurde.« Fanny ärgerte sich stellvertretend für Charlotte über diese Verdrehung der Tatsachen.

»Nun, aber es ist diese Art des Denkens, die zu solchen Skandalen führt, dieses Denken zersetzt das Land und die Moral in ihrem Innersten.« So aufgebracht hatte sie Ludwig noch nie gesehen, er zwirbelte seinen Schnurrbart, als wollte er ihn erwürgen.

»Ludwig, bitte beruhige dich, meine Eltern waren ein Vorbild an Moral und Anstand, und sie verhielten sich zu allen Menschen so, wie man sich wünschen würde, selbst behandelt zu werden.«

Ludwig schnaubte und ließ seinen Schnurrbart wieder frei. »Das ist in einem Land wie diesem der pure Hohn. Wie könnte man denn diese ungebildeten Kaffern und Bastarde jemals so behandeln wie sich selbst? Sag mir das, Charlotte! Du verhältst dich ja auch zu einem Hund anders als zu einem gleichgestellten Menschen, oder?«

»Ludwig!«, empörte sich Fanny. Was redete ihr Ehemann da für ein wirres Zeug?

Er betrachtete sie mit flammenden Augen, und dann fuhr er fort. »Du scheinst nicht zu verstehen, worauf ich hinauswill. Verzeih, wenn ich zu einem etwas unschicklichen Vergleich greifen muss, um es dir zu verdeutlichen. Würdest du, meine Liebe, eine Hure wirklich mit dem gleichen Respekt behandeln, wie du ihn als meine Gattin zu Recht von jedermann verlangen kannst?«

Ja, dachte Fanny, ja, unbedingt, sogar Jesus hatte über Maria Magdalena gesagt: ›Keiner werfe den ersten Stein‹, aber das war eindeutig nicht die Antwort, nach der ihr Mann verlangte. Was konnte sie ihm sagen, das ihn nicht weiter erzürnen, sondern im Gegenteil von ihrer Ansicht überzeugen würde?

»Ich weiß nicht, Ludwig, was ich in diesem Fall tun würde, denn ich kenne keine Hure«, antwortete sie schließlich, in der Hoffnung, das Gespräch damit zu beenden.

Zu ihrer großen Verblüffung begann Ludwig schallend zu lachen, ja, er versuchte sogar, ihr über die Wange zu streicheln, während er neben dem Karren entlangritt. Ein Manöver, bei dem er beinahe vom Pferd gestürzt wäre, so sehr lachte er.

Hendrik und John beobachteten sie und warfen sich dann Blicke zu. Fanny fühlte, dass ihnen nicht zum Lachen zumute war.

Sie schämte und verachtete sich für ihre feige Antwort. Sie hätte sagen müssen, dass jeder Mensch das Recht hatte, wie ein Mensch behandelt zu werden. Egal ob Hure, Nama oder Missionar.

Sie sah Ludwig nach, der immer noch lachend zum Ende des Trosses ritt. Sie schämte sich nicht nur, weil er Hendrik und John als Untermenschen und Bastarde bezeichnet hatte oder weil er den Vergleich mit der Hure gewählt hatte, es beschämte sie vor allem, dass sie nicht früher bemerkt hatte, wie er darüber dachte. In einem seiner Briefe an Charlotte hatte er geschrieben, er sehne sich von ganzem Herzen nach ihr,

... dem treuen Volk, das tief in meinem Herzen ebenso wie ich in unserer freiheitsliebenden, edel gesinnten Nation und Kultur verwurzelt ist.

Was genau hatte Ludwig gemeint mit edel gesinnter Nation und Kultur? Ganz offensichtlich hatte sich Charlotte sehr in ihm getäuscht. Denn ihre Freundin, die heimlich Heinrich Heine gelesen und bewundert hatte, war fest davon überzeugt, dass Ludwig damit auf den von ihr geliebten Dichter angespielt hatte. Doch das hielt Fanny jetzt für ausgemachten Unsinn. Ludwig würde seine Zeit niemals mit etwas so Unmännlichem wie dem Lesen von Gedichten vergeuden.

Plötzlich wurde Fanny von merkwürdigen Gestalten, die in der Ferne auftauchten, aus ihren Gedanken gerissen.

»Giraffen«, staunte sie. Das waren wirklich Giraffen! Sie sahen ganz anders aus als die Bilder, die sie in Büchern gesehen hatte. Die drei Tiere waren viel größer und bewegten sich seltsam schwankend und schneller, als es Fanny für möglich gehalten hätte. In ihrer Mitte stakste eine sehr kleine Giraffe und rührte Fanny genauso, wie es die jungen Kälbchen im Kloster getan hatten. »Oh, wie schön, seht doch mal!«, rief sie und ärgerte sich, dass sie kein Fernglas hatte, um die Tiere besser betrachten zu können.

»Das ist kein gutes Zeichen«, stellte John fest und versetzte Fannys Freude damit einen jähen Dämpfer.

»Warum?«, fragte sie, ohne ihren Blick von den Tieren zu wenden. Sie hätte ihn gern angesehen, aber nach dem, was eben vorgefallen war, hatte sie nicht den Mumm, ihm in die Augen zu blicken.

»Das bedeutet, alle Wasserlöcher im Umkreis sind trocken, denn die Giraffen kommen nur bis hierher, wenn der Durst sie antreibt. Hier wachsen ihnen sonst zu wenig

Bäume.« John legte den Kopf zurück, wischte mit dem Handrücken über seine Stirn und sah in den Himmel.

Nun betrachtete sie ihn doch. Er sah müde aus und traurig.

»Aber was mich noch viel mehr wundert, ich war mir sicher, ich würde den Regen schon riechen, und es erstaunt mich, dass die Tiere ihn nicht auch spüren, sondern trotzdem hierherwandern.« Er schüttelte den Kopf, dann sah er Fanny unverwandt ins Gesicht. »Denn die Tiere wissen es normalerweise vor uns Menschen.«

Ludwig galoppierte heran und zeigte zu den Giraffen hin. »Sie haben sich einer Herde von Gnus angeschlossen.«

Fanny kniff die Augen zusammen, aber alles, was sie erkennen konnte, waren kleine schwarze Punkte, die wie Fliegen um die Beine der Giraffen herumzuschwirren schienen.

»Die sollten wir uns nicht entgehen lassen und für ein deftiges Abendessen sorgen.«

John zögerte. »Ich glaube, wir sollten uns lieber einen erhöhten Platz suchen, an dem wir sicher vor einer Überschwemmung sind.«

Fanny konnte ihr ungläubiges Staunen nicht verbergen. »Überschwemmung? Von wo soll die denn kommen? Es ist keine Wolke am Himmel zu sehen.«

Ludwig zögerte. »In diesen Dingen kennt John sich aus. Wenn er sagt, es wird Regen geben, dann ist es so. Das habe ich schon zweimal erlebt.« Noch bevor Fanny mehr fragen konnte, wandte sich Hendrik an John. Und wie schon am Lagerfeuer lauschte Fanny verwundert dieser eigenartigen Sprache, bei der normal klingende Silben aus Konsonanten und Vokalen von Lauten unterbrochen wurden, die sich anhörten wie ein missbilligendes »ts ts«, dann wieder ein Schnalzen, wie um Ochsen anzutreiben, und noch ein merkwürdig gedämpftes Schnalzen in der Backe. Ludwig fuhr Hendrik an und befahl ihm, wieder Deutsch zu reden, so wie er das auf der Missionsschule gelernt hätte, aber John antwortete Hendrik in der gleichen Sprache und runzelte dabei die Stirn.

»Hendrik glaubt auch, dass der Regen kommen wird. Die Ochsen sagen es ihm, und der Wind.«

Wind, welcher Wind?, wollte Fanny fragen, doch dann spürte sie es auch: Der Wind, der den ganzen Tag geschlafen hatte, war plötzlich wieder da und zerrte stärker als vorher an ihrem Hut. Er kam ihr kälter vor als in den letzten Tagen und schneidender, als ob die Sandkörnchen schärfer geworden wären.

»Was ist zu tun?«, fragte Ludwig John. Unwillkürlich dachte Fanny daran, dass Ludwig John gerade noch mit Tieren auf eine Stufe gestellt hatte, und nun fragte er ihn ganz selbstverständlich um Rat.

»Einen Moment.« John ritt ein Stück zurück zu einem rotbraunen, baumhohen Termitenbau, den Fanny nicht bemerkt hatte. Dort sprang er aus dem Sattel und untersuchte ihn eingehend.

Als er ein wenig außer Atem wieder zurück war, sah er Fanny besorgt an. »Ein gewaltiges Unwetter mit unglaublichen Wassermassen ist auf dem Weg hierher, das jedenfalls sagen die Termiten.«

Er redete mit Termiten? Fanny betrachtete John ungläubig, dann wieder den Himmel. Noch immer keine einzige Wolke. Mit Termiten reden! Er wollte sie auf den Arm nehmen. Als er ihren Blick bemerkte, verzog er seinen Mund zu einem schiefen Grinsen. »Das Sprechen mit Tieren hat meine afrikanische Mutter ihrem Bastardsohn John beigebracht.« Dann wandte er sich an Ludwig. »Wir müssen sofort einen sicheren Platz für die Tiere finden.« Mit diesen Worten preschte er davon, und Ludwig folgte ihm.

Fanny war sprachlos vor Ärger, weil sie im Unterschied zu den Männern keine Ahnung hatte, was jetzt zu tun war, und noch viel mehr ärgerte sie sich darüber, dass John ihr offenbar unterstellte, sie würde Ludwigs Ansichten teilen.

Sie verfolgte Ludwig und John mit den Augen. Die beiden waren, wie es ihr schien, planlos querfeldein geritten und hinterließen eine riesige Staubwolke. Der Wind wurde ständig stärker und rüttelte an dem Karren, und die Ochsen begannen zu muhen, als ob sie gegen den Wind protestieren wollten.

Reden mit den Termiten! Wenn er das mit seiner Mutter nicht angefügt hätte, müsste man darüber lachen.

Plötzlich fiel ein Schatten auf ihr Gesicht. Verblüfft hob sie ihre Augen zum Himmel: Wolken, nicht nur eine, sondern massige, graugelbe Wolkenhaufen, aufgetürmt und außer Form geraten wie schlecht gewordene Sahne. Unfassbar, dachte Fanny, wie aus dem Nichts. Es wurden ständig mehr, dann begann sich der Kern dieser Massen zu verfärben, wurde dunkelgrau, dann schwarz, und schließlich zogen sich an den Rändern grafitfarbige Streifen vertikal nach unten.

Regen, der langersehnte Regen!

Atemlos kamen Ludwig und John wieder zurück. John gab Hendrik Befehle in der Schnalzlautsprache, daraufhin änderte der Treiber die Richtung und begann auf die Ochsen einzudreschen.

»Wo fahren wir hin?«, wollte Fanny wissen.

»Wir haben eine kleine Anhöhe gefunden, obwohl ich fürchte, dass sie nicht ausreichen wird. Wie auch immer, wir müssen uns beeilen.« Ludwig zeigte zum Himmel. »Es kann jeden Augenblick losbrechen.«

»Kann ich etwas tun?«, fragte Fanny.

»Nein. Bleib du einfach hier sitzen, wir schaffen das schon.«

»Das kann ich nicht! Es wäre für die Ochsen doch einfacher, wenn ich abspringe und zu Fuß zu dieser Anhöhe laufe, oder nicht?« Ludwig zögerte, aber John nickte ihr zu. »Je schneller wir dort sind, desto besser. Jede Hilfe ist willkommen.«

Fanny konnte sich noch immer nicht vorstellen, dass ein bisschen Regen, der noch dazu langersehnt war, so ein Unglück sein sollte. Aber sie sprang herunter, nur allzu bereit, sich nützlich zu machen. Doch ohne die schützenden Wände des Ochsenkarrens warf der Wind sie fast um. Sie musste sich mit voller Kraft gegen den Wind stemmen, der sie nun von allen Seiten bedrängte, an ihren Kleidern zerrte und eine Blume nach der anderen von ihrem Hut davonwehte. Sie versuchte, mit den Ochsenkarren Schritt zu halten. Vom Karren aus hatte sie sich das wie einen Spaziergang vorgestellt, und nun erwies es sich als fast unmöglich, vorwärtszukommen. Der Sand war überall, sogar zwischen ihren Zähnen, obwohl sie den Kopf gesenkt und den Mund fest geschlossen hielt. Schritt für Schritt kämpfte sich Fanny voran und fragte sich, wann sie die versprochene Anhöhe erreichen würden.

Plötzlich wurde es taghell, das Heulen des Windes verstummte, und es war einen Moment lang gespenstisch still. Dann krachte ein solcher Donnerschlag, dass Fanny sich instinktiv auf den Boden warf. Sofort war Ludwig bei ihr, um ihr aufzuhelfen. »Nicht liegen bleiben, wir haben es gleich geschafft!« Der nächste Blitz kam und dann wieder Donner, so laut, wie sich Fanny die Pauken und Trompeten des Jüngsten Gerichts vorstellte.

Die kleine Anhöhe erschien Fanny nicht größer als eine Ansammlung von Maulwurfshügeln. Immerhin wuchsen dort Bäume, an die man die Ochsen eiligst anband. Wieder ein Blitz, sofort gefolgt von Höllendonner. War das klug, die Ochsen an Bäume zu binden, fragte sich Fanny, was, wenn der Blitz dort einschlug?

Plötzlich begann es zu regnen, dicke, peitschende Tropfen, die zu einem undurchdringlichen Perlenvorhang und schließlich zu einer Wasserwand wurden, die auf den roten Boden knallte, der so knochentrocken war, dass er die Massen nicht aufnehmen konnte. Es bildeten sich Pfützen, Tümpel, Seen. Tiefe Seen. Fasziniert beobachtete Fanny alles um sich herum. Die Ochsen jaulten, und die Pferde wieherten unruhig. Das Wasser stieg innerhalb von Minuten bis zu Fannys Knien. Als John das bemerkte, ritt er heran und hob Fanny zurück in den Wagen, der nicht mehr auf die kleine Anhöhe gepasst hatte.

Die Räder waren schon zu zwei Dritteln unter Wasser, und der Regen ließ nicht nach. Im Gegenteil, es kam Fanny so vor, als würde er ständig heftiger werden. Die breite Krempe ihres Hutes wurde von den Wassermassen heruntergedrückt und hing schlapp in Höhe ihres Kinns. Ständig schwappten Bäche vom Hut ihren Rücken herunter, alles war nass. Die Ochsen standen schon bis zum Bauch im Wasser. Giraffen, kam es Fanny in den Sinn, ob die deshalb so lange Beine hatten?

Ludwig band sein Pferd an einen Baum, watete durch das oberschenkeltiefe Wasser und kletterte zu ihr auf den Wagen, setzte sich neben sie und legte seinen Arm schützend um ihre Schultern. »Hab keine Angst, Charlotte«, sagte er und drückte sie an sich. Unter den durchnässten Kleidern spürte sie die Wärme seines Körpers.

Angst?

Verwundert bemerkte sie, dass sie gar keine Angst hatte.

Nicht vor dem Blitz oder dem Donner und schon gar nicht vor dem Wasser. Ganz im Gegenteil, in ihrem Inneren fühlte es sich an, als ob das Wasser einen erstickenden Panzer aufgebrochen hätte, als könnte sie jetzt erst richtig atmen. Dabei stieg das Wasser weiter an. Die Ochsen gaben panische Laute von sich. Hendrik war mit Johns Hilfe auf einen der Bäume geklettert.

Trotzdem wollte sie jeden Tropfen genießen. Sie rückte ein Stückchen von Ludwig ab, doch er hielt sie fest. Dabei rutschte seine Hand über ihr Glasperlenarmband, woraufhin er Fanny sofort losließ. »Diese Perlen sind verdammt noch mal kochend heiß!«, fluchte er und besah sich seine Handflächen, die im Regen dampften. Er sprang wütend auf, kletterte aus dem Wagen und watete durch das bereits taillenhohe Wasser zu John, der beruhigend auf die Ochsen einredete.

Fanny griff nach den Perlen und zuckte zurück. Ludwig hatte recht, sie waren glühend heiß. Trotzdem griff sie noch einmal danach, doch jetzt fühlte sie eine Energie, die sie durchströmte, als ob die Sonne blitzartig durch ihren Körper scheinen würde. »Was ist das?«, murmelte sie. »Was passiert mit mir?« Doch ihre Worte verloren sich im Rauschen des Wassers, dem Donner und dem Brüllen des Viehs.

Sie sah zu John, Hendrik, Ludwig und den Ochsen, beobachtete das immer noch steigende Wasser, vollkommen furchtlos, als wäre es ein Traum und sie würde darüber hinwegfliegen.

Mit einem Mal zwangen ihre Beine sie zum Aufstehen, ihr triefnasser Körper stemmte sich dem Regen entgegen, sie breitete ihre Arme aus.

Und dann, sie hätte nicht sagen können, warum sie das tat, begann sie zu singen. Nicht so, wie sie das im Kloster getan hatte, es war kein Lied, das sie kannte, sondern nur eine Melodie. Etwas in ihrem Kopf lachte sie aus und fragte sie, ob sie vielleicht einen Sonnenstich hatte, aber das andere Gefühl war so übermächtig, brauste durch ihren Körper und ließ nichts anderes zu, als diese Melodie zu singen. Sie sang, als ob ihr Leben davon abhinge, sang wie in

Trance, spürte, wie das Glühen der Perlen nachließ, spürte, wie die Männer sie anstarrten, doch sie konnte nicht aufhören.

Das Jaulen der Ochsen wurde leiser, bis es im Rauschen des Wassers unterging. Sie sang immer weiter, sang, bis der Donner nur mehr ein leises Grollen war, sang, bis die Sonne durch die schwarzen Bäuche der Riesenwolken drang und ein gewaltiger Regenbogen sich von einem Ende der Ebene zum anderen spannte.

Dann sank sie vollkommen erschöpft in sich zusammen.

Niemand sagte ein Wort.

Noch immer stand das Wasser mehr als einen Meter hoch, gurgelte und gluckste über den Boden, zerrte an Vieh und Karren. Alles dampfte in der Sonne, und schon blies auch wieder der Wind, der ohne Sand wie eine Liebkosung wirkte, angetreten, ihre nassen Körper zu trocknen.

Noch niemals hatte Fanny einen solchen Regenbogen gesehen, und doch ... diese Farben, dieses Funkeln, als ob der Regenbogen aus lauter einzelnen Perlen bestehen würde.

Perlen.

Sie schnappte nach Luft und sah von dem Regenbogen zu ihrem Armband. Jede einzelne Perle schimmerte und leuchtete, als wäre sie eben gerade aus diesem Regenbogen gefallen. Sie rieb sich die Augen und befühlte ihr Armband. Kühl, so wie sich Glas anfühlen sollte.

Sie fragte sich, was Ludwig zu alldem sagen würde. Sie warf ihm einen Blick zu, aber er sah sofort weg. Dann schien er sich zu zwingen, ihren Blick zu erwidern. Starr blickten seine Augen zu ihr, so hatte er sie noch nie angesehen. Fanny kroch eine Gänsehaut über den Rücken. Er betrachtete sie so, wie man dreibeinige Hunde oder zweiköpfige Menschen anschauen würde. Mitleidsvoll, aber auch mit der Frage, ob es nicht besser wäre, diesem hässlichen Leiden bald ein Ende zu machen. Er glaubt, mein Geist hat in der Hitze Schaden genommen, dachte sie. Und wenn ich ihm mit den Perlen komme, wird er mich für vollkommen verrückt halten.

Und John? Und Hendrik? Sie sah sich nach den beiden um, doch auch sie wichen ihrem Blick aus.

Fanny wusste nicht, was sie ihnen sagen sollte, wie sie es erklären sollte.

Sie wandte sich wieder dem Regenbogen zu, der sich unvermindert farbenprächtig über die Ebene spannte. Sein Anblick tröstete sie, aber sie fand noch immer keine Worte, und deshalb entschied sie sich, das zu tun, was ihr schon im Kloster über schwierige Situationen und sinnloses Grübeln hinweggeholfen hatte – arbeiten.

Harte, körperliche Arbeit.

Sie seufzte, dann nahm sie entschlossen ihren Hut ab und wrang ihn aus. Seine Form hatte er ohnehin verloren. Am liebsten hätte sie auch ihre Bluse und die Reithosen ausgezogen, um sie auszuwringen, aber dann würde Ludwig sie für vollkommen verrückt halten. Der Gedanke entlockte ihr ein Lächeln. Was wohl Charlotte zu diesem Singen gesagt hätte? Oder Maria von Inkeller? Sie musste breiter lächeln, und das wiederum beruhigte sie, ließ sie durchatmen. Egal, was passiert war, sie war immer noch sie selbst. Dann sah sie sich im Karren nach Dingen um, die umgehend in der Sonne getrocknet werden mussten. Sie nahm die Decken und wrang auch diese aus und legte sie über die Karrenwände zum Trocknen.

»Fahren wir noch weiter?«, fragte sie Ludwig und hoffte, er würde auf ihren beiläufigen Ton eingehen.

»Nein, wir bleiben hier und warten erst einmal ab.« Ludwig trat zu ihr an den Wagen und mied ihren Blick.

»Und worauf warten wir?«

»Ob es weiter so heftig regnet, oder ob es sich wieder beruhigt und wir weitertrecken können. Wenn die Regenzeit erst mal eingesetzt hat, wird das Reisen zur Strapaze.« Jetzt wandte er ihr den Kopf zu und suchte ihre Augen. »Es tut mir leid, dass du das erleben musstest. Ich hätte besser planen müssen. Es ist Wahnsinn, in der Regenzeit zu reisen, mit einer so jungen und zarten Frau wie dir.«

»Es ist alles in Ordnung, Ludwig, wirklich«, versuchte Fanny ihn zu beruhigen.

»Nur noch zwei Stunden, bis die Sonne untergeht«, ließ sich John vernehmen und zeigte zu dem Regenbogen, dessen Farben langsam verblassten. »Wir sollten alles über die Bäume zum Trocknen hängen.«

Erleichtert darüber, dass es jetzt Wichtigeres als ihren Geisteszustand gab, ging Fanny sofort auf Johns Bemerkung ein. »Und ich werde das Dreibein aufbauen. Hoffentlich sind unsere Zündholzer nicht alle nass geworden. Wir sollten heute Abend etwas Nahrhaftes zu uns nehmen, meinst du nicht, Ludwig? Wolltest du uns nicht ein Gnu schießen?«

»Die sind längst über alle Berge.« Er sah trotzdem voller Hoffnung über die Ebene hin. Fanny folgte seinem Blick, konnte aber auch nichts entdecken.

Schade, dachte sie, eine Jagd hätte Ludwig ihren seltsamen Auftritt vergessen lassen. Seufzend suchte sie nach den Zündhölzern, die in einer wasserdichten Lackschatulle verstaut waren. Voller Spannung öffnete sie die Schatulle. »Trocken!«, rief sie. »Männer, sie sind trocken!« Niemand schien ihre Freude darüber zu teilen. Trotzdem machte sie sich daran, das Dreibein aufzubauen und das Kochgeschirr aus der vorderen Kiste zu holen.

John, Ludwig und Hendrik banden das Vieh los und trieben es ein Stück weiter, wo Hendrik es erst an einer großen Pfütze trinken ließ und sich dann daranmachte, den Kraal für die Nacht zu bauen.

Als Fanny alles fertig aufgebaut hatte, wurde ihr klar, warum niemand ihre Freude über die Zündhölzer geteilt hatte. Holz, sie brauchten Holz, was jetzt natürlich nass war.

Enttäuscht hockte sie sich neben das Dreibein, ohne sich auf die matschige Erde zu setzen. Ihr knurrte der Magen mehr als sonst. Sie hätte allein ein halbes Gnu vertilgen können. Aber ohne Feuer gab es nur Zwieback und kalte Dosenbohnen.

Das Wasser war mittlerweile von der Anhöhe weggesickert. Überall sah man Schlieren, wie kleine Flussbetten, die das Wasser auf seinem Weg über die trockene Erde gegraben hatte. Am Rand der Anhöhe hatte das Wasser die Erde vollkommen unterspült, sodass ein Stück gefährlich überstand und beim Betreten sicher heruntergebrochen wäre.

»Was ist los?«, fragte John, der unbemerkt neben sie getreten war.

»Holz«, antwortete Fanny missmutig und schaute zu ihm hoch. »Ohne trockenes Holz gibt es kein Feuer.« Auf einmal war sie nicht nur hungrig, sondern auch entsetzlich müde.

Er ging neben ihr in die Hocke und hielt ihr ein merkwürdiges, gelbes, fingerlanges Gebilde hin.

»Was ist das?«

»Eine Buschmannkerze. Wir zünden sie an und bekommen damit auch feuchtes Holz zum Brennen.« Er legte die Hülse auf ihren Handteller und schloss sanft ihre Finger darum. Es fühlte sich an wie die kühlen Wachskerzen, die im Kloster für die Seelen der Toten angezündet wurden.

»Eine Buschmannkerze?«

»Kommen Sie mit, ich zeige Ihnen, wo sie wachsen.« Er erhob sich und reichte Fanny seine Hand. Sie griff mit der freien Hand nach seiner und ließ sich von ihm hochziehen. Dann stand sie direkt vor John, blickte unwillkürlich auf die dunklen Haare auf seinem Brustkorb, die sich durch das nasse, weiße Hemd hindurch abzeichneten, und musste ihren Blick abwenden, weil sie spürte, dass sie mochte, was sie da sah.

Er flüsterte etwas. »Der Mann, der mit den Termiten redet, achtet die Frau, die mit dem Regen spricht.«

Ludwig ritt wieder heran und sprang aus dem Sattel. John ließ ihre Hand sofort los und ging einen Schritt zurück. Ludwig legte seinen Arm fest um Fanny und fixierte John. »John, Hendrik braucht deine Hilfe.«

John ging ohne Zögern. Fanny öffnete ihre Handfläche und zeigte Ludwig die hohle, glatte gelbe Hülse.

»Was ist das?« Ludwig nahm es in die Hand.

»John sagt, damit können wir auch das feuchte Holz zum Brennen kriegen. Sie nennen es Buschmannkerze.«

»John kennt sich wirklich gut aus.« Ludwigs Anerkennung kam etwas widerstrebend. »Hoffen wir, dass er recht hat. Wollen wir mal sehen, ob wir brauchbares Holz finden.« Er zog sein Taschenmesser heraus und lief zu den Bäumen hinüber.

Fanny wollte mit Ludwig mitgehen, aber ihre Schuhe waren tief in der mittlerweile zähen lehmigen Erde versunken und blieben so fest stecken, dass sie auf Strümpfen weiterstolperte, um nicht mit dem Gesicht voran in den Matsch zu fallen. Sie unterdrückte einen Fluch.

Ludwig drehte sich zu ihr um und lachte aus vollem Hals, dann eilte er sofort zu ihr und half ihr hoch. »Und das, meine Liebe, ist nur der Vorgeschmack auf das, was die Ochsen in den nächsten Tagen leisten müssen.«

Er half ihr dabei, die Schuhe aus dem Matsch zu ziehen.

»Genauso gut könnte ich barfuß gehen.«

»Untersteh dich, wie eine Kaffernfrau herumzulaufen.«

»Dann möchte ich solche Stiefel, wie du sie hast. Diese Frauenschuhchen sind doch vollkommen unpraktisch.« Fanny wedelte mit den zarten, weißen Lederschnürschuhen, die, zerrissen und mit einer roten Lehmschicht bedeckt sicher nicht mehr zu reparieren waren.

»Darüber reden wir später.« Ludwig hob Fanny zurück auf den Wagen. »Zieh die Schuhe wieder an.«

Fanny schenkte sich eine Antwort und ließ sich auf den vorderen Sitz fallen. Sie betrachtete nachdenklich die Buschmannkerze und holte die Zündhölzer heraus. Sie sah sich um, als würde sie etwas Verbotenes tun, dann zündete sie ein Streichholz an und hielt es an die gelbe Hülle, die sofort schwarz wurde, ein wenig zischte und dann zu brennen begann. Ein Duft, der sie an Weihrauch erinnerte, breitete sich aus.

John ritt heran. »Das sollte man nur verbrennen, wenn man es wirklich braucht.« Ohne eine Antwort abzuwarten, ritt er weiter.

Hastig blies Fanny die Buschmannkerze aus, zog ihre Schuhe wieder an, und dabei kam sie sich vor, als wäre sie wieder im Kloster. Sie musste sich besser dagegen wehren, wie ein dummes, kleines Mädchen behandelt zu werden.

»Dort drüben, seht mal!« Ludwig deutete nach Osten, wo nur noch ein Hauch von Regenbogen zu sehen war. »Antilopen! Vielleicht wird es heute doch noch etwas mit dem besonderen Abendessen. Charlotte, gib mir mein Gewehr! John, lass es uns versuchen.«

Fanny packte Ludwigs Gewehr und reichte es ihm zusammen mit der Munition. »Waidmannsheil!«, rief sie den Männern zu.

Sie erwartete, John und Ludwig davonpreschen zu sehen, aber die Pferde hatten große Mühe, ihre Hufe aus der matschigen Erde zu ziehen, und so kamen sie nur langsam voran. Die Antilopen hingegen bewegten sich so leichtfüßig wie immer, und Fanny fürchtete, dass es mit dem Grillfleisch heute dann wohl doch nichts mehr werden würde.

Als Ludwig außer Sichtweite war, sah sie zu Hendrik hinüber, der damit beschäftigt war, einen Kraal für die Ochsen zu bauen. Sie zog trotzig ihre Schuhe aus und ging barfuß über die rote Erde, die sich wunderbar weich unter ihren Fußsohlen anfühlte. Sie schnitt kahle Büsche und brach Äste von den Bäumen, damit es wenigstens ein Feuer geben würde. Dabei musste sie gut aufpassen, weil sowohl die Büsche als auch die Bäume voller langer Dornen waren.

Sie schichtete alles zu einem Haufen, zündete diesen jedoch nicht an, sondern wartete auf Johns und Ludwigs Rückkehr. Dabei musste sie ständig darüber nachdenken, was heute während des Gewitters passiert war. Tief in ihrem Innersten wusste sie, dass sie keinen Sonnenstich gehabt hatte. Nein, das alles war passiert, weil Südwestafrika ihr Land war, das Land ihrer Vorfahren, das Land, in das die Perlen sie geführt hatten.

7

Mit einem Lachen wachte Fanny auf und sah direkt in die zum Greifen nahen Sterne. Wie war es möglich, dass sie nach diesem schrecklichen Abend so etwas Merkwürdiges, aber auch Lustiges träumte? Als ob Charlotte ihr hätte Trost schicken wollen.

Sie setzte sich vorsichtig auf, um Ludwig nicht zu wecken. Ihr Mann hatte sie unglaublich widerwärtig behandelt und schlief trotzdem tief und fest, als wäre alles in bester Ordnung.

Er war äußerst schlecht gelaunt von der erfolglosen Jagd auf die Antilopen zurückgekommen. Danach hatte er Hendrik wegen des angeblich nachlässig gebauten Kraals angeherrscht und John angebrüllt. Den faden Maisbrei verschlangen alle schweigend, dann hatte sich Ludwig über den Rum, den er zu medizinischen Zwecken mit sich führte, hergemacht, ohne ihr oder den anderen Männern davon anzubieten. Dabei war er immer wütender geworden und hatte schließlich darauf bestanden, dass Fanny und er sich auf dem Ochsenkarren schlafen legten, weil der Boden immer noch feucht war, wie auch all ihre Decken und Kleider. Und dort hatte er sich Fanny zum ersten Mal seit der Hochzeitsnacht wieder genähert. Aber dieses Mal hatte er sie sofort wütend in Besitz genommen, als wäre sie ein störrisches Pferd, das zur Räson gebracht werden musste. Nichts an seinem brutalen Eindringen erinnerte an den Mann, der Fanny in ihrer Hochzeitsnacht fortwährend seine Liebe beteuert und der die sanften Briefe an seine Verlobte geschrieben hatte.

Fanny hatte zuerst versucht, ihm entgegenzukommen, ihn mit zärtlichen Worten zu bremsen, aber er wollte sie mit Gewalt besitzen. Als ob er sie für etwas bestrafen wollte. Irgendwann hatte sie resigniert. Sie hätte sich wehren sollen, aber sie war zu feige gewesen. Der Gedanke, dass Hendrik oder John etwas von ihrer Demütigung mitbekommen könnten, hatte sie lieber stumm bleiben lassen. Und stumm hatte sie in den gleichen blinkenden Nachthimmel gestarrt, der ihr doch in der Nacht ihrer Ankunft so voller Verheißung erschienen war. Die Sterne schillerten genauso schön und nah wie damals, und doch kamen sie ihr vor wie spöttische, bösartige Göttinnen, die Ludwig aus der Ferne Beifall zu seinem Tun spendeten.

Nachdem er erschöpft über ihr zusammengebrochen war, hatte er den Anstand gehabt, sich zu entschuldigen. Er wüsste nicht, was über ihn gekommen sei, es müsse wohl die verdorbene Jagd gewesen sein und der Rum. Doch er war eingeschlafen, ohne abzuwarten, ob sie ihm verzieh, was sie so rasend vor Zorn machte, dass sie stundenlang wach neben ihm lag. Denn sie vergab ihm nicht, auch wenn sie sich ein wenig schuldig fühlte, schließlich hatte sie ihn am allermeisten betrogen. Sie glaubte allerdings kein Wort seiner Erklärung. Die Jagd hatte nur wenig damit zu tun. Nein, sie hatte den Verdacht, dass sie ihm bei dem Unwetter Angst gemacht hatte und er sich mit seinem Verhalten beweisen wollte, dass er ihr Herr und sie nur eine ganz normale Frau war. Seine Frau, die er, wann immer er es wollte, besitzen konnte. Und er hatte absichtlich so laut herumgestöhnt, damit auch Hendrik und John verstanden, wer der Herr im Hause war. Kaum vorstellbar, dass sie danach tatsächlich noch eingeschlafen war und so schöne Träume gehabt hatte. Wieder stahl sich ein Lächeln auf ihr Gesicht.

Sie musste sich dringend erleichtern, stand auf und kletterte leise vom Karren, in der Hoffnung, ihren Mann nicht aufzuwecken.

Der Boden unter ihren Sohlen fühlte sich wieder fester an als noch vor ein paar Stunden, und in der Luft lag etwas vollkommen Neues. Der Geruch erinnerte sie an die Heuernte in Reutberg. Auf dem Rückweg wäre sie beinahe mit John zusammengestoßen, weil sie auf ihre Füße geschaut hatte. Das Blut schoss ihr ins Gesicht, als sie sich wieder daran erinnerte, wie laut und brutal Ludwig gewesen war. Vor lauter Scham fiel ihr nichts ein, was sie sagen könnte. Gut, dass es so dunkel war und ihre flammenden Wangen so für John unsichtbar blieben.

»Sie haben geträumt«, stellte er fest.

»Tut das nicht jeder?«, fragte sie und sah sich unwillkürlich nach Ludwig um, doch er schlief regungslos.

»Träume sind sehr wichtig«, erklärte John, »denn in unseren Träumen reden wir mit den Ahnen. Wir Zulu sagen, wir wissen nicht, wo es begann und wo es enden wird. Wir sind immer noch so unwissend wie zu der Zeit, als wir in den Leibern unserer Mütter waren.«

Fanny war verblüfft. So hatte John noch nie mit ihr gesprochen. Er klang wie ein anderer Mensch, sogar seine Stimme war verändert, noch weicher, dunkler und singender. Sie wollte ihn so viel fragen, doch John redete weiter.

»Wir wissen nicht, was wir damals in den Leibern unserer Mütter sahen, was wir tranken oder aßen. Ebenso wenig wissen wir, wo wir enden werden. Das Äußerste, was wir kennen, sind unsere Ahnen. Und die treffen wir meist nur in unseren Träumen. Zu einigen von uns sprechen die Ahnen andauernd, sogar aus Bäumen und Schatten und Tieren und Steinen. Und manche von uns können sogar mit diesen Ahnen reden, so wie meine Mutter, *inyanga yemilozi*.«

»Ihre Mutter?«, fragte Fanny nach.

»Ja, meine Mutter ist eine Zulu und eine magische Frau. Keine *umthakathi*, keine Schwarzzauberin, sondern eine *ubunyanga*, eine Medizinfrau, die mir viel beigebracht hat. Aber leider nicht alles, denn ich stehe nur auf einem Zulubein, mein anderes ist ein geborgtes Europäerbein.«

Sie sah ihn jetzt so breit grinsen, dass seine Zähne in der Dunkelheit aufblitzten.

»Ich verstehe nicht …?«

John lachte jetzt. »So nennt das meine Mutter. Sie meint damit, dass mein Vater ein Deutscher war, ein Christ, und deswegen ist mir quasi die Bibel wie ein hemmender Klotz ans andere Bein gebunden. Wie könnte ich da ein wahrer

Zulu-Zauberer sein? Aber darüber wollte ich gar nicht sprechen, sondern ich möchte erfahren, wovon Sie geträumt haben.«

Fanny, die gedacht hatte, dass John mit seiner Frage nach den Träumen nur ihre Verlegenheit überspielen wollte, war nach allem, was er ihr gerade erklärt hatte, jetzt sicher, dass er es wirklich wissen wollte, und zu ihrer eigenen Überraschung erzählte sie es ihm. Die Worte sprudelten nur so aus ihr heraus, fast so, als wäre er Charlotte.

»Meine Freundin und ich saßen an einem festlich gedeckten Tisch unter einem Kameldornbaum. In unseren Gläsern waren jedoch keine Getränke, sondern Perlen wie die von meinem Armband. Über den Tisch liefen Tausende von Ameisen, was uns aber nicht weiter gestört hat.«

John gab ein undefinierbares Geräusch von sich. »Lachen Sie mich aus?«, fragte sie.

»Nein, ich freue mich, Ameisen sind etwas Besonderes. Bitte fahren Sie fort.«

»Wir haben gegrillte Elefantenrüssel verspeist, die ich in Wirklichkeit niemals essen würde«, erzählte sie, »und dabei hat mir Charlotte einen Witz erzählt.« Fanny hielt inne, um sich zu vergewissern, ob John alles richtig verstanden hatte.

»Ja?«, fragte er interessiert nach.

»Der Witz ging so: Ein Hauptmann sitzt im Zugabteil.« Sie unterbrach sich. »Wissen Sie, was ein Hauptmann ist und ein Zug?«

John nickte heftig und lächelte dabei so breit, dass Fanny seine weißen Zähne im Dunkeln aufleuchten sah.

»Gut, also eine Dame steigt zu und setzt sich versehentlich auf die Mütze des Hauptmanns. Sie entschuldigt sich wortreich. Der Hauptmann unterbricht sie schließlich und sagt: ›Da haben Sie aber noch Glück gehabt. Eigentlich wollte ich meine Pickelhaube mitnehmen.‹«

Fanny musste noch einmal lachen und überlegte, ob sie John eine Pickelhaube erklären musste.

Doch der begann schon zu sprechen.

»Schauen wir uns Ihren Traum an. Ihre Freundin Charlotte, wo lebt sie, auch hier in Südwest?«

Fanny überlief es kalt, und sie zögerte einen Moment, aber dann fand sie sich albern. Es war doch nur ein Traum gewesen. »Charlotte ist tot«, erklärte sie und hoffte, dass es ihm nicht merkwürdig vorkam, dass sie den gleichen Namen trug.

»Sie ist also eine Ihrer Ahninnen, die gekommen ist, um Sie zum Lachen zu bringen. Das bedeutet großes Glück.« Er schwieg so lange, dass Fanny schon Angst bekam, Ludwig könnte hinter ihr stehen. Aber ein Blick zum Karren zeigte ihr, dass sich dort nichts bewegte.

»Ameisen wiederum bedeuten, dass Sie sich unerwartet in einen Mann verlieben und nie wieder trennen werden bis zum Tod. Wenn einer von Ihnen beiden gestorben ist, wird der Überlebende sich selbst töten oder einfach sterben, weil sie einander geliebt haben, wie die Ameisen lieben.«

Fanny wurde ganz heiß. Sich verlieben. Unsinn. Was tat sie hier eigentlich? Ludwig würde dieses Gespräch niemals gutheißen. Und doch brannte sie darauf, mehr zu hören.

»Nun noch das Essen von Elefantenfleisch. Das kann verschiedene Bedeutungen haben. Entweder werden Sie an die Stelle eines Häuptlings treten, oder Ihre Eltern werden sterben. Weil Sie eine Frau sind, könnte es aber auch heißen, dass Sie heiraten werden.«

»Ich bin doch schon verheiratet.« Fanny sah unwillkürlich wieder zu Ludwig hinüber.

John seufzte. »Es fällt mir nicht leicht, das zu sagen, aber dann könnte es auch bedeuten, dass Ihr Mann bald sterben wird.«

Plötzlich wurde ihr klar, wie unmöglich das war, was sie hier tat. »John, verzeihen Sie, aber das alles ist doch ziemlicher Unsinn. Zum Beispiel ist Charlotte keine Ahnin, sondern eine Freundin.«

»Ich bin sicher, Ihre Ahnen haben sie in Ihr Leben geschickt, um Sie zu trösten.«

»Dann waren es auch meine Ahnen, die meine Freundin haben sterben lassen, gerade als ich sie von Herzen lieb gewonnen hatte?«

»Ist Charlotte nicht erst dann gegangen, nachdem sie Ihnen etwas Wichtiges in Ihr Leben gebracht hat?« Er zögerte. »Oder hat sie Ihnen einen Weg gezeigt, den Sie vorher nicht gesehen haben?«

»Woher wollen Sie das wissen?«

»Charlotte!« Ludwig war aufgewacht und rief nach ihr. Fanny nickte John zu und beeilte sich, wieder auf den Karren zu kommen.

»Wo warst du?«, fragte Ludwig misstrauisch und richtete sich auf. Fanny fühlte sich, als hätte Seraphina sie bei einer schweren Verfehlung erwischt, und hoffte, dass Ludwig John nicht sehen konnte.

»Ich bin einem menschlichen Bedürfnis gefolgt.« Fanny flüsterte, während sie die feuchte Decke um sich schlug, und war erleichtert, als Ludwig sich wieder hinlegte und wortlos weiterschlief.

Umthakathi, dachte Fanny und betrachtete wieder den blitzenden Himmel, der ihr jetzt nicht mehr ganz so kalt und grausam vorkam, sondern dunkel und geheimnisvoll. Eine Schwarzzauberin war Johns Mutter nicht, sondern eine Heilerin, eine *ubunyanga*. Sie beneidete John. Es mochte ja sein, dass er ein schlechtes europäisches Bein hatte, aber er wusste doch wenigstens, wer seine Eltern waren. Sie wusste gar nichts über ihre, nicht einmal ihre Namen. *Ubunyanga* hörte sich geheimnisvoll an. Und wie nannten die Zulu das, was heute Mittag bei dem Gewitter passiert war? Hatte sie denn tatsächlich etwas bewirkt? Sie stellte sich vor, was Seraphina zu ihrem Auftritt oder Ludwig zur Traumdeutung von John gesagt hätte. Dann fragte sie sich, warum sie angesichts seiner heidnischen Ideen nicht das Bedürfnis gehabt hatte, ein Kreuz zu schlagen. Immerhin hatte John behauptet, ihr Traum könnte bedeuten, dass sie sich verlieben und ihr Mann bald sterben würde. Sie begann zu frösteln und schmiegte sich an Ludwig.

Sie würde ihm verzeihen, beschloss sie mit schlechtem Gewissen, er war vorhin nicht er selbst gewesen, er war wütend und betrunken. Sie musste ihm eine bessere Frau werden. Doch während sie darüber nachdachte, wie sie das anstellen könnte, fiel ihr wieder der Witz ein, den ihr

Charlotte im Traum erzählt hatte, und sie musste kichern. Ihr war jetzt klar, was ihr der Witz sagen sollte. Sie sollte dankbar sein, dass sie es nicht schlimmer getroffen hatte, und sich endlich daranmachen herauszufinden, wer ihre Eltern waren, wer ihr dieses Glasperlenarmband mitgegeben hatte. Sie berührte es, wie um ihm Gute Nacht zu sagen, und fiel in einen tiefen Schlaf. Und dieses Mal träumte sie, dass sie entspannt und leicht wie ein Adler über weite Landschaften flog.

8

Es war die Hölle. Gnadenlose Hölle. Fanny hatte sich die Hölle immer als einen Ort vorgestellt, wo das Feuer unentwegt brannte und die Teufel einen mit Mistgabeln plagten, aber das war, bevor sie in Afrika angekommen war.

Es regnete ständig.

Die Zeit zwischen den Güssen war viel zu kurz, als dass irgendetwas richtig trocknen konnte, und so blieb die Kleidung feucht am Leib kleben, stank und scheuerte die Haut wund. Das Wasser konnte nicht richtig abfließen und stand fortwährend kniehoch, was für die Zugochsen eine entsetzliche Qual bedeutete, denn die Räder des Karrens sanken tief in die rote, lehmige Erde ein, und sie kamen nur zentimeterweise vorwärts.

Und überall waren plötzlich Tiere. In jeder Wasserlache schwammen Hunderte von Kaulquappen, in den größeren Pfützen quakten sogar Frösche, in den Bäumen wimmelte es von Käfern. Überall schwirrten Mücken herum, und Ludwig warnte sie eindringlich vor den Moskitos, die sie besonders nachts plagten. Er bestand darauf, dass sie jeden Körperteil mit Stoff bedeckt hielt, um Stichen vorzubeugen. Und so trug Fanny ständig die feuchten langen Reithosen, hatte die Ärmel der Bluse immer heruntergekrempelt und ein Tuch um den Hals geschlungen. Die Haut unter den Armen, zwischen den Schenkeln, in den Kniekehlen und Ellenbogenbeugen war durch die Reibung offen und rissig.

Mittlerweile war alles Holz triefnass, und auch die Buschmannkerze konnte keine Wunder mehr bewirken. Deshalb gab es nicht einmal ein bisschen warmes Wasser für Kaffee, geschweige denn für eine Suppe oder einen Brei. Seit drei Tagen gab es für alle nur noch in kaltes Wasser gerührten Mehlbrei. Auch der mitgeführte Zwieback war schimmelig geworden, und in dem Trockenfleisch wimmelte es von Maden. Fanny knurrte ständig der Magen, noch nie hatte sie solchen Hunger gehabt. Im Kloster hatte es sogar bei harten Strafen immer genug zu essen gegeben.

»So eine verdrehte Regenzeit habe ich hier im Süden noch nie erlebt, und es tut mir sehr leid, Liebes, dass dies nun deine ersten Eindrücke von dem Land hier sind.« Ludwig stöhnte mehr, als dass er sprach. Nach dem schrecklichen Abend, als der Regen gekommen war, hatte er sich nicht mehr so abscheulich benommen, sondern war im Gegenteil nun wieder besonders zuvorkommend und besorgt um sie. »Normalerweise regnet es schon viel früher im Jahr. Und hier im Süden ist es sonst nie so heftig, sondern dauert immer nur ein paar Minuten, ganz selten mehr als eine Stunde. So etwas wie das hier habe ich noch nie erlebt.« Er war von seinem Pferd abgestiegen, nachdem er entdeckt hatte, dass sich unter dem ständig nassen Sattel eine hässliche Wunde auf dem Rücken des Pferdes gebildet hatte. Auch John ging zu Fuß, weil sein Pferd lahmte.

Fanny war gegen Ludwigs ausdrücklichen Befehl einen Tag lang neben dem Karren gelaufen, damit es die Ochsen leichter hatten. Weil keines ihrer lächerlichen Schühchen für diesen Matsch geeignet war, war sie barfuß gegangen, so wie die Eingeborenen, und sie hatte sich geschworen, in Keetmanshoop als Erstes vernünftige Lederstiefel zu besorgen – egal, was Ludwig dazu sagen würde.

Als ob der dauernde Regen und der ständige Hunger nicht schon genug gewesen wäre, wurde sie am Morgen des zweiten Tages auch noch von einem Skorpion gestochen. Zu ihrem eigenen Ärgernis hatte sie vor Schmerz laut aufgeschrien, sodass Ludwig sofort gemerkt hatte, was passiert war. Er hatte sie unter lautem Fluchen auf den Karren gehievt, wo sie dann auch noch ohnmächtig geworden war. Als sie wieder aufwachte, hatte man den Stoff des Hosenbeins aufgeschnitten, weil ihr Bein unförmig dick angeschwollen war. Sie fühlte sich so wirr im Kopf, dass sie Fieber haben musste. Ludwig opferte den letzten Rum, tränkte Tücher damit, legte sie auf ihre Wunde und verdammte sie dazu, ganz ruhig auf dem Karren zu liegen, damit sich das Gift nicht noch weiter in ihrem Körper ausbreiten konnte. Trotzdem stieg das Fieber, sie bekam Schüttelfrost, und ihr Bein wurde noch dicker. Ludwig war gleichermaßen besorgt und gereizt, als sich ihr Zustand einfach nicht bessern wollte.

In ihren immer gleichen Fieberträumen sah Fanny stets einen lachenden Skorpion, dessen Augen aus einer ihrer afrikanischen und einer Zauberperle bestanden. Beim Lachen fielen ihm die Augen heraus, rollten davon und hinterließen eine blutige Spur, die zu einem Wald voller *Omumborombonga*-Bäume führte. Obwohl Fanny an dieser Stelle starr vor Entsetzen war und wusste, dass sie der Spur nicht folgen sollte, tat sie genau das. Im Wald entdeckte sie dann eine weiße Frau, die mit einem schwarzen Mann kämpfte. Fanny wollte rufen, dass sie sofort damit aufhören sollten, aber sie brachte keinen Laut hervor. Dann wollte sie hinrennen, wusste, sie sollte sie warnen, doch sie versank in der zähen Erde und kam nur quälend langsam vorwärts, und wenn sie endlich dort anlangte, waren die Menschen verschwunden und nur noch der Wald da. Und dieser Wald sah plötzlich aus wie der, der rund um das Kloster Reutberg wuchs. Nichts als Tannen, Fichten, Buchen und sogar Eichen, die sich im Wind schüttelten und deren Blätter rauschten. An dieser Stelle erwachte sie jedes Mal und fühlte sich noch kränker als davor. Sie war allein, denn Ludwig schlief nicht bei ihr auf dem Karren, ganz so, als ob sie ihn anstecken könnte. Wasser tropfte durch die Planen des Wagens auf ihr Gesicht, das von Mücken umschwirrt wurde. Sie war zu matt, um sie zu vertreiben, zu müde.

»Frau Charlotte«, flüsterte eine Stimme, als sie gerade wieder aus einem dieser schrecklichen Träume erwachte und mühsam versuchte, sich zurechtzufinden.

Es war offensichtlich noch Nacht, und es hatte aufgehört zu regnen. Zuerst war sie nicht sicher, ob die Stimme aus der Dunkelheit ihres Traumes kam, aber dann erkannte sie, dass es John war. Was machte der an ihrem Krankenbett mitten in der Nacht?

»Ich habe eine Medizin für Sie. Wenn Sie einverstanden sind, werde ich sie über Nacht auf die Stichwunde auftragen und morgen früh, bevor Ihr Mann erwacht, wieder wegnehmen. Und das hier sollten Sie trinken. Ich bin sicher, es wird Ihnen guttun.«

»Mir ist alles einerlei«, murmelte Fanny. Sie war zu matt, um zu widersprechen.

John kniete sich neben sie und betastete ihr geschwollenes Bein so sanft, dass es sich anfühlte, als striche er mit Federn darüber. War das ein Traum? Dann wurde etwas Kaltes, Schweres auf ihr Bein gestrichen, wieder so behutsam, als könnte sie unter der Last des Breis zerbrechen. Schließlich wurde der Brei mit einem Stofffetzen fest an das Bein gepresst.

»Das ist ein altes Heilmittel«, erklärte John. »Es sind die zerstoßenen Blätter einer Pflanze, die jeder in Afrika bei Skorpionstichen verwendet. Deshalb hat sie auch so viele Namen, ihr Deutschen nennt sie ›Wart ein bisschen‹, für Hendrik ist es *arohaib,* und meine Mutter benutzt den Herero-Namen *omukaru.* Es wird das Gift aus Ihrem Bein ziehen.« Er rutschte nun neben ihren Kopf, verscheuchte die Moskitos und reichte ihr eine Kalebasse. »Das hier sollten Sie trinken. Es ist aus der Wurzel der *omukaru* und wirkt gegen die Schmerzen und das Fieber.« Er half ihr beim Aufrichten und stützte ihren Kopf mit seinem Arm, sodass sie besser trinken konnte. Er roch nach grünen Melonen und gerösteten Nüssen, ganz anders als Ludwig. Sie sollte das nicht trinken, ihr Mann war der Arzt, nicht John.

»Sie können mir vertrauen, ich weiß genau, wer Sie sind.«

Seine Worte drangen durch den fiebrigen Nebel in ihrem Kopf und erzeugten ein schreckliches Echo. Er wusste, wer sie war, er wusste es ... War das eine Drohung, die sie zu etwas zwingen sollte? Er konnte doch unmöglich wissen, dass sie nicht Charlotte war. Bei dem Versuch zu sprechen würgte sie ihr trockner Hals. Alles drehte sich, aber sie musste wissen, musste mit ihm sprechen.

»Schsch, es ist gut. Alles ist gut, so wie es ist. Niemand weiß es, nur die Ahnen, die es mir verraten haben. Und deshalb bin ich sicher, dass dieser Tee gut für Sie ist.«

Obwohl ihr so schwindelig war, als würde sie auf einem sich immer schneller drehenden Karussellpferd sitzen, bildete sie sich ein, dass ein Lachen in seiner Stimme lag, ein tröstendes Lachen, das sie wärmte und festhielt, als würde jemand hinter ihr auf dem Karussellpferd sitzen und sie umarmen, während sie sich immer weiter drehte. Sie trank den kalten Tee, der herb und süß gleichzeitig schmeckte und in ihrem Mund ein pelziges Gefühl hinterließ.

Während sie schluckte, meldete sich eine leise, warnende Stimme. Ludwig wird das nicht gutheißen, sagte die Stimme, verlor sich aber gleich wieder im Nebel. Das Karussell kreiste schneller, und Fanny lehnte sich zurück und wollte schlafen. Doch man ließ sie nicht, sie musste die ganze Kalebasse austrinken, dann erst durfte sie sich wieder hinlegen. Niemand weiß, wer ich bin, dachte sie und schloss erschöpft ihre Augen, niemand. Manchmal weiß ich es selbst nicht mehr.

Als Fanny am nächsten Morgen erwachte, war sie wie geblendet, denn die Sonne schien voller Kraft, nichts tropfte auf ihr Gesicht. Sie blieb liegen und genoss die Wärme, die durch die Plane hindurch auf sie niederstrahlte, und sie beobachtete, wie alles auf dem Karren in der Hitze zu dampfen begann.

Es ging ihr besser, so viel besser. Fanny setzte sich auf, ihr Kopf war klarer, das Fieber war wie weggeblasen. Trotzdem fühlte sie sich noch matt. Plötzlich erinnerte sie sich an letzte Nacht. Wieder so ein merkwürdiger Traum, dachte sie.

Hastig sah sie nach, ob auf ihrem Bein wirklich ein Breiumschlag war, aber sie fand nur das Tuch, das Ludwig gestern dort platziert hatte. Sie schüttelte den Kopf. Niemals würde John so etwas wagen.

Ludwig kletterte auf den Wagen und reichte ihr einen Becher mit lauwarmem Wasser.

»Guten Morgen, meine Liebe«, begrüßte er sie. »Du siehst wohler aus«, stellte er fest und widmete sich dann ihrem Bein. »Seltsam, diese braunen Flecken auf deiner Haut. Hoffentlich entwickelt sich da nicht eine hässliche Pigmentstörung. Es wäre schade um deine schöne weiße Haut.« Er schüttelte den Kopf und befühlte dann ihre Stirn. »Immerhin ist die Schwellung weg, und dein Fieber ist auch besser geworden. Und es sieht so aus, als würde uns heute die Sonne lachen. Das müssen wir ausnutzen und so viele unserer Sachen wie möglich trocknen. Glaubst du, du bist schon wieder stark genug, um alles Nasse über die Karrenwände zu hängen?«

Fannys Arme und Beine fühlten sich zwar schwer und formlos an wie Mehlsäcke, aber ja, sie wollte unbedingt etwas tun. Sie nickte, Ludwig gab ihr einen Kuss auf die Stirn und machte sich daran, John und Hendrik Befehle für den Aufbruch zu geben.

Als Fanny versuchte sich hinzuknien, wurde ihr schwindelig. Langsam, mahnte sie sich, langsam. Sie hielt sich an der Seitenwand des Karrens fest und hievte sich hoch. Verblüfft sah sie sich um. »Aber das ist ja wunderschön!«, rief sie. Als ob eine Zauberin die Wüste verwandelt hätte. So weit sie schauen konnte, war der rote Sandboden plötzlich mit einem grünen Teppich bedeckt, auf dem hellgelbe kleine Sonnen blühten.

Fanny konnte sich gar nicht daran sattsehen, am liebsten wäre sie heruntergesprungen, um sich daraufzulegen und daran zu riechen.

Ludwig lief zu ihr, kletterte auf den Karren und freute sich über ihre Begeisterung. »Ja, so übel der Regen auch ist, er bringt die besten Seiten vom südlichen Afrika zum Vorschein. Was du hier vor dir siehst, ist der Morgenstern.«

»Was für ein schöner Name. Allerdings wäre Sonnenstern noch treffender«, murmelte Fanny.

Jetzt lachte Ludwig spöttisch. »Das hast du falsch verstanden, mit Morgenstern ist diese mittelalterliche Waffe gemeint, auf Englisch heißt diese Pflanze übrigens ›devils thorn‹, Teufelsdorn, was es noch besser trifft.«

»Aber warum denn? Die Blume sieht vollkommen harmlos aus.«

»Sie bekommt stachelige Kugelfrüchte mit langen Dornen, die wirklich an kleine Morgensterne erinnern. Wenn die Schafe das fressen, und glaub mir, sie fressen es gern, dann können sie *geeldikkop* bekommen. Da entwickeln die Tiere dann eine Gelbsucht, und sämtliche hellen und haarlosen Stellen ihres Körpers schwellen an. Na, ich erspare dir die Einzelheiten. Jedenfalls sterben sie elendiglich.«

Er wandte sich wieder zu den Männern, kletterte vom Wagen und gab das Signal zum Aufbruch.

Fanny wünschte, er hätte ihr das nicht erzählt. Schließlich reichte dieser schöne Blütenteppich, so weit das Auge sehen konnte.

Aber wenn sie jetzt blühen, können sie noch keine von diesen gefährlichen Früchten tragen, dachte Fanny und beschloss, ihren Anblick deshalb trotzdem zu genießen.

Sie legte alle Decken über die Karrenwände, öffnete die Kleidertruhen und hängte Kleider hinzu. Einige hatten Stockflecken, manche waren verschimmelt. Sie würde sich in Keetmanshoop neu einkleiden müssen.

Schon nach kurzer Zeit zitterten ihre Beine von der Anstrengung, und sie musste sich wieder hinsetzen. Ludwig eilte heran und wollte wissen, wie sie sich fühle. Er ordnete an, dass sie mehr Wasser trinken solle.

»Wenn der Boden weiterhin so fest bleibt und es nicht mehr regnet, können wir bis heute Abend Keetmanshoop erreichen.«

»Gott sei Dank!«, entfuhr es Fanny, die sich nach einem

Bad sehnte und nach einem trockenen Bett, ohne Mücken. Zum wiederholten Mal fragte sie sich, wie ihr Alltag in Keetmanshoop wohl aussehen würde, was ihre Aufgaben dort waren.

Ludwig hatte nicht nur eine Praxis, bei der ihre Mithilfe erwartet wurde, sondern auch eine Landwirtschaft. Sein großer Traum war es, viel Land zu besitzen und seinen Kindern ein reiches Erbe zu hinterlassen. Er war nur Arzt geworden, weil sein Vater, ein Missionar, ihn dazu gezwungen hatte. Eigentlich hätte Ludwig auch Missionar werden sollen, doch er hatte sich so lange geweigert, bis sein Vater schließlich nachgab und ihm eine Ausbildung zum Arzt bezahlt hatte. Allerdings unter der Bedingung, dass Ludwig zurückkommen und die Eingeborenen der Missionsstation behandeln würde. Doch das war nie Ludwigs Absicht gewesen. Sofort nachdem er das Arztdiplom in der Tasche gehabt hatte, war er der kaiserlichen Armee beigetreten, damit er später billig Land in den Kolonien kaufen konnte. Und erst fünf Jahre später war er nach Keetmanshoop zurückgekehrt, lange nachdem seine Eltern verstorben waren.

Wie hatten Charlotte und sie glauben können, sie würde als seine Frau viel Zeit haben, nach ihren Eltern zu suchen? Ludwig hatte in seinen Briefen nichts von seinen wirklichen Plänen erzählt, dachte Fanny. Wir konnten es also nicht besser wissen. Sie hatte immer angenommen, dass man Arzt aus Neigung wird, so wie Missionar oder Oberin. Doch als sie krank auf dem Karren gelegen hatte, war es ihr so vorgekommen, als würde Ludwig ihr ausweichen, als würde ihn Krankheit abstoßen, und sie fragte sich, wie er mit Schwerkranken, wie etwa Leprösen, umging.

Seit sie an Land gegangen war, hatte sie ihr eigenes Ziel immer mehr aus den Augen verloren. In Windhuk war sie viel mehr damit beschäftigt gewesen, die Fassade aufrechtzuerhalten und zu heiraten, als mit Nachforschungen. Und täglich passierte so viel Neues. Aber wenn sie sich erst eingelebt hatte und alles seinen gewohnten Gang ging, würde sie schon noch genug Zeit finden. Sie strich über ihr Armband. Ich verspreche es, flüsterte sie, ohne zu wissen, wem sie dieses Versprechen eigentlich gab.

Als sie zur Mittagsruhe haltmachten und ausspannten, sah sie John an diesem Tag zum ersten Mal, und das Blut schoss ihr ins Gesicht, weil ihr die Geschehnisse der letzten Nacht wieder einfielen. Ihre einzige Entschuldigung war, dass sie Fieber gehabt hatte, sonst hätte sie John niemals gestattet, ihr Bein zu berühren, sie mit Medizin zu versorgen und so Ludwigs Autorität als Arzt und Ehemann zu untergraben.

Nachdem sie sich wieder gefangen hatte, wagte sie es, John anzuschauen, und blickte direkt in seine Augen, die so nachdenklich auf sie gerichtet waren, als ob er sie schon eine lange Zeit betrachtet hätte. Verlegen drehte sie sich nach Ludwig um, doch der war zusammen mit Hendrik dabei, die Rinder zu tränken.

Als sie ihre Augen wieder John zuwandte, grinste er breit. »Die Weißen glauben immer, sie wüssten alles, aber das ist ein Irrtum.« Fanny spürte wieder seine Hände auf ihrem Bein, und ihr wurde heiß vor Scham.

»Keine Angst, ich werde Ludwig nichts davon verraten, denn ich liebe meine Arbeit und brauche sie, um meine Familie unterstützen zu können.«

Er hat also Familie, dachte Fanny. Natürlich, warum sollte ein Mann wie er auch keine Familie haben? Sie seufzte unwillkürlich.

»Ach, und was diese wunderschöne Pflanze angeht, die unser aller Augen mit ihren Sonnen erfreut«, John deutete auf den grünen Blätterteppich mit den gelben Blüten, »nun, da wissen die Weißen auch wieder nicht alles. Die *ohongwe* ist keineswegs so schädlich, wie Ihr Mann behauptet hat.« Er reichte ihr eine gelbe Blüte, die er abgepflückt hatte. »Wir Zulu-Männer nehmen sie ein, wenn sich unser Speer nicht mehr oder nicht lange genug aufrichten will. Und das hilft so gut, dass die Zulu-Frauen immer glücklich mit ihren Männern sind.« Er lachte schallend und machte sich daran, sein Pferd zu den Rindern am Wasserloch zu führen.

Fanny, die erst jetzt verstand, was er mit dem Speer gemeint hatte, fühlte, dass ihre Wangen glühten. Sie schleuderte die Blüte von sich. Was fiel ihm ein! Wie konnte er es wagen, so mit einer verheirateten Frau zu reden!

Sie starrte wütend auf die Pflanzen, die ihr heute Morgen einfach nur schön vorgekommen waren. Morgenstern, Speer …

Nun, sie waren immer noch schön.

Fanny merkte, dass ihr Zorn sich legte und einem Lächeln Platz machte. Wie kindisch von ihr, so zu reagieren, wie absolut lächerlich. John hatte ihr nur die Freude an den Blumen zurückgeben wollen. Dann waren diese kleinen Sonnen also doch auch nützlich. Einen Augenblick lang dachte sie daran, das Ludwig zu erzählen, aber das wäre wohl keine gute Idee.

Ihre Beine zitterten, sie war noch schwach und setzte sich bequemer auf den Karren. Ihre Bluse war zum ersten Mal seit Tagen trocken, die Hosen aber immer noch feucht, nur das aufgeschnittene Stück Hosenbein flatterte im Wind. Er wehte stark und tat so ein Übriges dazu, alles zu trocknen.

Als Ludwig zurückkam, kletterte er zu ihr und setzte sich neben sie. Er untersuchte noch einmal ihr Bein und fühlte ihre Stirn. »Du hast es überstanden. Ich hoffe, du wirst nie wieder ohne Schuhe hier draußen herumlaufen.«

»Versprochen. Aber ich brauche feste Stiefel, so wie du sie hast.«

»In wenigen Stunden sind wir in Keetmanshoop. Dort wird sich alles finden. Dann hast du es geschafft.« Er lächelte sie so breit an, dass die Spitzen seines Schnurrbartes fast seine Augen erreichten. »Dann sind wir endlich zu Hause!«

9

Es hatte dann doch wieder geregnet, und sie waren erst am nächsten Morgen in Keetmanshoop angekommen. Als Fanny vor ihrem neuen Zuhause stand, wusste sie nicht, was sie dazu sagen sollte, obwohl es mit Abstand das größte und prächtigste Haus am Platz war. Doch genau das kam ihr seltsam vor, irgendwie unpassend. Keetmanshoop war nicht viel mehr als eine Anhäufung von wenigen Steinhäusern und Wellblechhütten, was umso lächerlicher wirkte, weil sich weiter draußen die Lager mit Eingeborenen befanden, die zehnmal so groß waren wie die kleine Ansiedlung der Weißen.

Ludwig, der ihre Sprachlosigkeit bemerkte, hob sie ungewohnt übermütig auf seine Arme und trug sie den Weg zum Haus hoch auf die Verandatreppe und setzte sie erst auf der mit hölzernen Rundbögen überdachten Terrasse wieder ab. »Willkommen zu Hause, meine Liebe.« Er küsste sie so herzhaft auf den Mund, dass sein Schnurrbart über Fannys Wangen kratzte. Dann klatschte er in die Hände, und sofort tauchten drei Bedienstete auf.

»Charlotte, hier ist dein Hofstaat.« Er lachte erfreut, als er ihre Verblüffung bemerkte.

»Die rabenschwarze Kleine, die links mit den geflochtenen Zöpfen, ist Grace, sie gehört ganz dir.« Die so Angesprochene versuchte einen Knicks und sah dabei so herzzerreißend kindlich aus, dass Fanny an sich halten musste, nicht zu ihr zu stürzen und sie freundlich zu umarmen. Sie suchte Grace' Blick, um sie anzulächeln, aber das Mädchen hielt seinen Kopf gesenkt.

Ludwig zeigte mit ausgestrecktem Finger auf die Frau in der Mitte. »Die rötliche Dicke mit dem Tuch um den Kopf, das ist Martha, sie wird dir beim Kochen zur Hand gehen. Nicht dass du glaubst, sie wäre von ihrer leider sehr mäßigen Kochkunst so dick. Die Himba-Weiber werden alle so, wenn sie genug zu essen kriegen.« Er lachte laut, und Fanny schämte sich. Sie wollte dieses grobe Benehmen wiedergutmachen, aber auch Martha starrte wie angenagelt auf den Boden. Sie deutete lustlos einen Knicks an, der mehr Verachtung ausdrückte, als wenn sie ihn ganz gelassen hätte.

»Und der Mann ist Zacharias, wir rufen ihn allerdings nur Zach. Er ist nicht nur der Gärtner, sondern unser Mann für alles.«

Zach senkte ergeben den Kopf. Wie Grace erschien ihr auch Zach viel zu zart, um harte Arbeit zu verrichten. Sie war sich sicher, dass er beim Bodenbearbeiten wie tot umfallen würde.

Ludwig sah sie erwartungsvoll an.

»Ja dann«, Fanny räusperte sich zweimal, »dann hoffe ich auf gute Zusammenarbeit.« Es kam ihr merkwürdig vor, plötzlich Dienstboten zu haben. Und dann drei so offensichtlich verschiedene Eingeborene. Wo hatte Ludwig nur diese Leute her, und wie kam es, dass sie alle Deutsch sprechen konnten?

Er klatschte wieder in die Hände. »Bringt uns einen Tee!«

Alle drei verschwanden geräuschlos im Haus. Ludwig setzte sich auf einen der weißen Korbstühle, die auf der Veranda standen, und klopfte mit der Hand auf den leeren neben sich.

»Charlotte, komm her zu mir. Ich bin so froh, dass du endlich hier bist, die drei brauchen dringend etwas Schliff. Und Disziplin. Es ist unfassbar, aber diese Neger, ganz egal von welchem Stamm, haben keinen blassen Schimmer davon, was das ist, Disziplin!«

Er klopfte noch einmal auf den leeren Stuhl neben sich. »Jetzt setz dich endlich! Wo bleibt der Tee?«, rief er Richtung Haus und schüttelte den Kopf. »Da siehst du, was ich meine, hier muss Zucht und Ordnung rein. Wahrscheinlich fühlt sich keiner von ihnen zuständig, oder sie machen eine Feuerbeschwörung oder warten, dass ihre Ahnen es ihnen erlauben, das Wasser zu kochen. Es ist fürchterlich. Das Land hier ist so wunderschön, aber diese Neger verderben alles!«

Grace kam mit einem großen Holztablett, auf dem eine Teekanne und zwei Tassen standen. Sie stellte es so unsanft auf den Tisch, dass alles klirrte, dann goss sie mit zitternden Händen den Tee ein.

»Da siehst du es«, sagte Ludwig. »Keine Disziplin!« Er verscheuchte Grace mit einer ungeduldigen Handbewegung.

»Vielleicht haben die Menschen hier niemals so etwas wie Disziplin gebraucht«, entfuhr es Fanny. Sie setzte sich und legte ihre Hand auf seinen Arm. »Sie waren vielleicht ohne all das, was dir so wichtig ist, ganz glücklich. Jedenfalls bis die Weißen ihnen ihr Land weggenommen haben.«

Ludwig starrte sie verblüfft an, dann brach er in Gelächter aus. »Das ist gut, das ist wirklich gut, Charlotte. Du hast recht, und genau deshalb leben sie hier immer noch wie die Barbaren. Höchste Zeit, dass wir sie mit den höchsten Errungenschaften unserer Kultur bekannt machen. Denn darin sind wir uns doch einig, nur Disziplin schafft Kultur, oder? Stell dir mal unser kaiserliches Heer vor, mit lauter Negern, die vor jedem Schuss erst ihre Ahnen befragen!« Er krümmte sich vor Lachen. Fanny beobachtete ihren Mann. Sie fragte sich, ob ihre Dienstboten ihn hören konnten und ob sie verstanden, was Ludwig sagte. Er goss zwei Tassen Tee ein und reichte ihr dann eine davon, die sie in einem Rutsch austrank. »Das schmeckt sehr gut, was ist das?«

Ludwig nahm auch einen Schluck. »Keine Ahnung, da müssen wir Martha fragen.«

»Woher kommen unsere Dienstboten?«, fragte Fanny.

»Ich habe nur die Besten für dich besorgt. Und das war gar nicht so einfach, denn ich wollte welche, die Deutsch verstehen.« Er sah sie an und zwinkerte listig. »Dafür würden die meisten Frauen hier in Deutsch-Südwest ihren Männern die Füße küssen. Die drei sind ehemalige Sklaven, die von der Gräfin Maria Theresia Ledóchowska für katholische Missionen freigekauft worden sind, und dort habe ich sie gegen eine Spende an die Mission bekommen. Eine erhebliche Spende!«

Fanny schauderte. »Die drei waren Sklaven?« Grace und Zach waren ihr so jung vorgekommen. »Wie das, die Sklaverei ist doch längst abgeschafft?«

»Auf dem Papier, meine Liebe, auf dem Papier, hier in Afrika dauert das aber alles seine Zeit.« Ludwig zwirbelte stolz seinen Schnurrbart. »Ich habe sie über einen Kontaktmann besorgen lassen. Erstens dachte ich, es würde dir gefallen, dass ich Menschen befreie und dir das zur Hochzeit schenke. Und zweitens sind ehemalige Sklaven viel bessere Arbeiter als Eingeborene, die immer frei waren. Die wissen es viel mehr zu schätzen, einen Arbeitgeber zu haben, der so großzügig ist wie ich.«

»Und was hat diese Gräfin damit zu tun?«

»Diese österreichische Gräfin kämpft gegen den Sklavenhandel, den es immer noch in ganz Afrika gibt.« Ludwigs Gesicht verzog sich spöttisch. »Wahrscheinlich hat sie Tränen beim Lesen von Onkel Toms Hütte vergossen.«

Fanny fühlte sich ertappt. Sie und Charlotte hatten das Buch auf dem Weg nach Afrika gelesen und an einigen besonders grausamen Stellen auch geweint. Natürlich waren sie sich darin einig gewesen, dass niemand seinen Reichtum auf dem Rücken von Sklaven erwerben darf. Ludwig redete immer noch, aber sie hatte den Faden verloren.

»… jedenfalls kauft sie Sklaven für die Mission frei. Dort werden sie erzogen, dort werden sie getauft, lernen Deutsch und werden aufrechte Christen. Und eigentlich sollen die dann weitere Neger missionieren oder die Bibel in die Kaffernsprachen übersetzen, aber viele sind nicht dafür geeignet und verdingen sich als Dienstboten. Denn zurück zu ihrer Familie können sie meistens nicht, weil die Gott weiß wo in der Welt ist.«

Wie schrecklich, dachte Fanny, und sie hatte sich immer so leidgetan, weil sie nicht wusste, wer ihre Eltern waren. »Gehören Grace, Zach und Martha deshalb verschiedenen Stämmen an?«

Ludwig nickte. »Es ist auch besser so, denn wenn du dir nur die Mischpoke von einem Stamm ins Haus holst, dann klüngeln die miteinander, wollen zusammen freihaben für irgendwelche lächerlichen Stammesrituale, und niemand gehorcht dir wirklich. Es ist besser, wenn die sich gegenseitig bespitzeln und eifersüchtig sind.«

Fanny war entsetzt über Ludwigs Worte. »Aber wie kann so jemals Frieden in unserem Haus herrschen?«, stieß sie hervor.

Ludwig beugte sich zu ihr und umarmte sie. »Das, meine Liebe, liegt bei dir. Ich bin sicher, dass du eine ganz vorzügliche Hausfrau sein wirst und sich unter deinem Kommando alles ganz wunderbar fügen wird. Und jetzt schlage ich vor, dass wir beide endlich ein Bad nehmen und uns danach ein Festmahl gönnen.«

Er sah sie erwartungsvoll an, und Fanny ahnte, was er ihr damit sagen wollte. Sie sollte ihre Rolle als Hausfrau einnehmen. Also rief sie nach Zach und trug ihm auf, ein Feuer zu machen und Wasser zu erhitzen. »Ich muss mich erst einmal mit dem Haus vertraut machen«, sagte sie. »Bade du zuerst.«

Ludwig nickte. »Komm, ich führe dich herum, bis das Wasser heiß geworden ist.«

Zuerst zeigte er ihr die Küche, wo es einen Herd mit Kamin gab, der offensichtlich sehr gut zog, wie Fanny erfreut feststellte. Mit Abscheu sah sie, dass Martha getrocknete Kuhfladen zum Befeuern in den Herd warf. »Das riecht zwar merkwürdig, aber nicht schlecht«, musste sie dann jedoch zugeben.

»Und es ist das beste und billigste Brennmaterial hier weit und breit«, erklärte Ludwig. »Es wäre dumm, es nicht zu verwenden.«

Am Abzug baumelten blank geputzte Eisenpfannen und Kupfertöpfe. Außerdem gab es eine große Spüle, die mit holländischen blau-weißen Kacheln gefliest war, auf denen Fanny Windmühlen und Schiffe erkennen konnte, und zwei Schränke, deren obere Türen mit feinen Drahtgittern zum Schutz gegen die Mücken versehen waren. Ludwig führte sie in die Speisekammer, auf die er so stolz war, als ob er sie selbst gebaut hätte. Fanny starrten die leeren Regale anklagend entgegen. Da würde viel Arbeit auf sie zukommen.

Die Speisekammer war hinten an die Küche gebaut und die Luft darin erstaunlich frisch, weil man in die Mauer Ausbuchtungen hineingemauert hatte, die man mit Wasser füllen konnte. Durch den Wind verdunstete das Wasser, und die Kammer blieb auf diese Weise schön kühl.

Er führte sie zurück zur Küche, von wo aus man in die gute Stube gelangte, einer Mischung aus Wohn- und Esszimmer. Die Wände waren wie überall weiß gekalkt, von der Decke hing ein mächtiger Kronleuchter, dessen Glasanhänger matt von Staub waren. In der Mitte stand ein ovaler Tisch aus dunklem Holz, der von zehn massiven, hochlehnigen Stühlen mit grünen Samtpolstern umgeben war. An der Seite war ein breites, grünes Sofa und ein kastanienfarbener, lederner Ohrensessel.

»Beachte den Boden. Es ist überall guter Portlandzement, was großartig ist, weil die Termiten den nicht fressen können. Ich habe das Haus von Pete Random, einem Deutsch-Engländer gekauft, der beim Bau an nichts gespart hat.« Diese Tatsache schien ihm offensichtlich sehr zu gefallen.

»Und warum hat der Mann sein schönes Haus verkauft?«

»Ehrenfels hat es mir vermittelt, der war hier mal Richter und wollte den Leuten helfen, denn das Haus stand lange leer. Ich habe es seinen Erben günstig abgekauft. Random ist …«, Ludwig zögerte, »… nun, er wurde ermordet.«

»Ermordet, warum und von wem?« Fanny musste an den Richter denken und daran, dass er bei einem Mordfall in Keetmanshoop seine Luise kennengelernt hatte. Ob der Tote damals dieser Pete Random gewesen war, oder gab es hier womöglich dauernd Mordfälle?

»Der Mord an Random wurde nie aufgeklärt«, sagte Ludwig schnell, und es war offensichtlich, dass er das Thema wechseln wollte. Hastig ging er in den nächsten Raum. »Unser Schlafzimmer.« Er zeigte auf das breite Holzbett mit einem Kopfteil, das reich mit geschnitzten Engeln und

Blumen verziert war. Über einem Eisengestell, das rund um das Bett aufgestellt war, hing ein gewaltiges Moskitonetz. Außerdem gab es noch einen großen, dreitürigen Schrank mit einem Spiegel in der Mitte und zwei breite Kommoden mit je drei Schüben. Fanny versuchte nicht mehr an den Mord zu denken, weil sie spürte, dass Ludwig Begeisterung für ihr neues Haus erwartete.

In der rechten Ecke befanden sich ein Marmor-Waschtisch mit einer großen, rosengeblümten Waschschüssel und einer dazu passenden Kanne aus Porzellan. »Wie schön und wie luxuriös!«, rang sich Fanny ab. »Und all das wurde mit Ochsenkarren herangeschafft?«, fragte sie. Ludwig nickte befriedigt.

Er führte sie wieder zurück zur Küche. »Hier geht es in meine Praxis.« Er lief von der Küche nach rechts, wo sich ein kleines Vorzimmer mit zwei Stühlen und einem kleinen Klappsekretär befand. Von dort gelangte man durch eine weitere Tür in Ludwigs Praxis.

Befangen blieb Fanny an der Tür stehen. Sie war noch nie bei einem Arzt gewesen, denn im Kloster rief man keinen Doktor, sondern behandelte alles selbst mit Heilkräutern.

Das kahle Zimmer wurde von einem gewaltigen Schreibtisch dominiert. In der Ecke stand ein furchterregendes Skelett, daneben gab es seitlich an der Wand eine Holzliege und einen abschließbaren Schrank mit Glasfenstern, hinter dem sich allerlei Geräte befanden, Sägen, Trichter, Hammer. Es erinnerte Fanny sehr an die Werkzeuge, die sie in der Tischlerei des Klosters gehabt hatten, nur waren diese hier etwas zierlicher. Außerdem befanden sich Gazestreifen, Wattespender und Desinfektionsmittel in dem Schrank. Neben der Liege stand eine derart große Lampe, wie sie Fanny auch noch nie gesehen hatte. Auf der Liege war ein großer Lederkoffer abgestellt. Solche Koffer kannte sie von den Hebammen in Reutberg, die manchmal im Kloster Kräuter für ihre Medizin gekauft hatten.

»Ist es nicht traurig, dass deine Eltern all das nicht mehr sehen können?«, fragte Fanny.

Ludwig errötete, was ihn ungewohnt schüchtern aussehen ließ und Fanny rührte. Er schüttelte den Kopf. »Nein, sie wären enttäuscht von mir. Sie waren immer enttäuscht. Sie wollten, dass ich Missionar werde. Alles andere war in ihren Augen nichts wert. Höchstens, wenn ich als Missionarsarzt in den Busch gegangen wäre, dann hätte ich ihnen etwas bedeutet. Aber das hier …« Er machte eine wegwerfende Handbewegung. »Ich hatte einen älteren Bruder. Franz-Theodor. Er war klug, ausgesprochen fromm und konnte schon mit fünf die Bibel auswendig. Dabei war er sanftmütig und großherzig, er konnte keiner Fliege etwas zuleide tun – kurzum: Er war ein echter Heiliger. Als er mit neun Jahren an Keuchhusten starb, war das für meine Eltern sehr bitter, und keines ihrer anderen Kinder reichte an ihn heran.« Ludwig zuckte mit den Schultern, als müsste er das schnell von sich abstreifen. Fanny hatte den Wunsch, ihn zu trösten. Es freute sie, dass er plötzlich so redselig war. Weder auf der Reise von Swakop nach Windhuk noch auf dem Weg hierher hatte er erwähnt, dass er einen älteren Bruder gehabt hatte.

Sie legte ihre Hand auf seinen Arm, aber er schüttelte sie ab, als wollte er das, was er zu sagen hatte, ohne Ablenkung hinter sich bringen.

»Die Medizin war für mich immer nur Mittel zum Zweck. Es bedeutet mir nichts, an kranken Leibern herumzudoktern, ja, ich finde sie abstoßend.«

Fanny war überrascht, dass er selbst aussprach, was sie nur vage vermutet hatte. Sie wollte ihn fragen, warum er dann überhaupt noch als Arzt arbeitete, aber er redete so schnell weiter, als wäre ein Damm gebrochen.

»Landbesitz ist das Einzige, was zählt und von Dauer ist. Das kann dir niemand mehr wegnehmen, und je mehr Land du hast, desto besser. Land macht dich unabhängig von allem und jedem.«

Zach streckte unvermittelt den Kopf zur Tür herein und meldete, dass das Bad für den Doktor bereit sei. Während Ludwig ihm folgte, sah Fanny sich noch etwas in der Praxis um. Sie setzte sich hinter den Schreibtisch und ließ den Blick über den Raum schweifen. Kaum hatte sie sich hingesetzt, merkte sie, wie müde und erschöpft sie war. Am liebsten hätte sie ihre Füße auf den Schreibtisch gelegt, aber sie waren natürlich viel zu schmutzig. Höchste Zeit für ein ausgiebiges Bad. Sie lehnte sich auf dem Lederstuhl zurück und bemerkte dabei, wie breit der Schreibtisch war. Als wollte Ludwig eine Barriere zwischen sich und den Patienten schaffen. Sie gähnte, rieb sich die Augen und legte schließlich den Kopf auf den Schreibtisch. Nur für eine Minute ...

Ein Geräusch weckte sie. Fanny hatte tief und fest geschlafen, und sie hätte nicht sagen können, wie lange. Die zarte Grace stand da und betrachtete sie. »Ihr Bad ist jetzt fertig«, sagte sie.

Fanny erhob sich und folgte ihr. Was für ein Bild musste sie da gerade abgegeben haben. Von wegen Disziplin! Sie hätte Grace gern ein bisschen ausgefragt, aber dazu hatte sie ja noch viel Zeit.

Die Wanne stand in der Küche und wurde gerade mit frischem Wasser gefüllt. Ludwig war nirgends zu sehen. Im Wasser schwammen grüne Blätter, die nach Zitronen dufteten. Martha legte einen Stapel Handtücher auf einen Stuhl neben die Wanne und ein Stück Seife.

»Brauchen Sie uns noch?«, fragte sie, ohne den Blick zu heben.

Fanny verneinte und zog sich aus. Mit großer Genugtuung schleuderte sie ihre übel stinkenden, zerschlissenen Kleider mit den Stockflecken von der ständigen Feuchtigkeit auf den Boden. Es reichten zehn Tage, ohne sich zu waschen, um wie ein Schwein zu riechen. Ich werde alles wegwerfen, beschloss sie. Niemand kann das je wieder auswaschen. Sie griff nach der Seife, die nach Lavendel duftete, und stieg in die Wanne. Es war unfassbar herrlich.

Sie schrubbte sich in dem warmen, duftenden Wasser, goss es über ihre malträtierten Haare, schäumte sie ein und tauchte unter, um sie auszuspülen. Sie lehnte sich zurück, ließ ihre Arme über den Wannenrand hängen und schlief wieder ein. Ein klackerndes Geräusch ließ sie zusammen fahren. Sie wusste sofort, was es war. Ihr Glasperlenarmband, das sie noch niemals ausgezogen hatte, war von ihrem ausgemergelten Arm gerutscht und auf den Boden gefallen.

Gerade als sie aus der Wanne steigen wollte, um es aufzuheben, kam Grace und brachte ihr frisches heißes Wasser. Dabei stieß sie mit dem Fuß gegen das Armband. Grace hob es auf, hielt es gegen das Licht und presste es gegen ihre Brust. Dann bemerkte sie, dass Fanny sie ansah.

»Gib mir sofort die Perlen!«, befahl Fanny viel heftiger, als es nötig gewesen wäre. Fast so, als hätte Grace die Perlen stehlen wollen.

Grace reichte sie ihr sofort und rannte aus dem Zimmer. Fanny war sicher, in Grace' Augen Tränen gesehen zu haben, und schämte sich, weil sie so barsch reagiert hatte.

Plötzlich konnte Fanny das warme Wasser nicht mehr genießen. Sie musste sich später unbedingt bei Grace entschuldigen, das Mädchen war doch nur neugierig gewesen. Fanny seufzte, dann schloss sie die Augen, und plötzlich sah sie Johns Gesicht vor sich, als er ihr mit diesem verschmitzten Lachen verriet, was die Morgensterne für den Speer des Mannes tun konnten.

Mit einem Ruck richtete sie sich auf. Das musste aufhören. Sie ließ sich wieder zurücksinken und dachte an Charlotte. Wie gern hätte sie mit ihr über Ludwig und John gesprochen. »Charlotte«, seufzte sie. »Ach, Charlotte!« Plötzlich hatte sie eine Eingebung, beinahe, als hätte Charlotte ihr sie eingeflüstert. Sie nahm sich vor, noch heute Abend die Briefe von Ludwig hervorzuholen, aber sie würde ihn bitten, ihr seine Briefe laut vorzulesen. Ich glaube, das wird uns guttun, dachte Fanny. Vielleicht kann er dann endlich so innig mit mir werden, wie er es in den Briefen angedeutet hat. Mit neuem Schwung stieg sie aus der Wanne und vermied es, darüber nachzudenken, warum sie die Briefe so dringend wieder lesen wollte.

Eingewickelt in ein trockenes, frisches Laken fühlte sie sich wie neugeboren, bereit, es mit allem aufzunehmen, was da kommen mochte. Sie zog sich ein altes Hemd von Ludwig an und bastelte sich einen Rock aus einem bunten Tuch, weil alles aus ihrer Truhe noch immer feucht war und unangenehm roch.

Sie rief Martha zu sich, um sie zu fragen, wer die große Wäsche machen würde. Sie war nicht weiter erstaunt zu hören, dass sich eigentlich niemand darum kümmerte und Wäsche nur ab und zu ohne großes Aufhebens durchs Wasser gezogen wurde. Immerhin stellte sie bei ihrem späteren Gang durch das Haus und die Nebengebäude fest, dass es ein Waschbrett und Fässer sowie Wäscheklammern und eine Leine gab, die allerdings jungfräulich zusammengerollt unter Spinnweben in einem Nebengebäude lag.

Bei ihrem Rundgang entdeckte sie auch einen großen Stall, neben dem sich ein kleiner Anbau aus Ziegeln befand. Als sie daran vorbeiging, winkte ihr John aus einem der beiden kleinen Fenster zu. Sie winkte zurück und ging seltsam beschwingt weiter. Ob er dort wohnte?

Als sie nach einer Inspektion der Vorratskammer und des Gartenschuppens endlich wieder auf der Veranda ankam, fühlte sie sich in diesem großen Haus schon nicht mehr so fremd wie noch vor wenigen Stunden.

10

Schon sehr früh am nächsten Morgen und völlig überraschend für Fanny erschien zeitgleich mit einem heftigen Regenguss der erste Besucher an der Tür. Sie hatten noch nicht einmal gefrühstückt.

»Ludwig, wer ist denn das? Schick die Leute weg! Oder sind das Patienten von dir?«

»Das kann ich nicht. An Besuch musst du dich gewöhnen. Hier passiert so wenig, und es gibt nur selten Zeitungen, da sind die Menschen begierig auf Neuigkeiten. Und auf mein adeliges, deutsches Frauchen sind sie besonders gespannt. Ich bin sicher, es ist mein Freund Hermann. Der hat nämlich darauf gewettet, dass meine Charlotte sich als eine so hässliche Frau herausstellen wird, dass ich sie mit dem nächsten Schiff wieder zurückschicken muss.« Ludwig küsste Fanny auf den Mund und schlüpfte in seine Hosen. »Aber komm bitte nicht in dem entsetzlichen Aufzug, den du gestern nach dem Bad getragen hast. Ich möchte Staat mit dir machen.«

»All meine Sachen sind nass und schmutzig. Ich kann doch nicht nackt …«

Aber Ludwig war schon auf dem Weg zur Tür, und ihr

blieb nichts anderes übrig, als Martha und Grace zu fragen, ob sie ihr ein Kleid leihen könnten. Martha hatte nur gebrummt und sie gefragt, ob sie glauben würde, dass sie einen Schrank voller Sachen hätte wie eine weiße Lady. Dann war sie davongeschlurft. Grace hatte Fanny ihr Sonntagskleid überlassen. Es war aus dunkelgrauem Baumwollstoff, sehr schlicht und hochgeschlossen, betonte weder die Taille noch das Dekolleté und hatte gerade Ärmel. Es war mehr ein Kittel und würde Ludwig auch nicht gefallen, da war Fanny sicher. Dieser Hermann musste glauben, sie hätte keine Figur, und würde sich die Hände reiben. Ich werde eine von Charlottes weißen Spitzenschürzen so darüberziehen, dass es meine Figur betont, dachte sie, und gleichzeitig musste sie über sich selbst schmunzeln. Da wollte sie einem fremden Mann gefallen, nur damit Ludwig stolz auf sie sein konnte. Sie steckte ihr Haar fest, sodass ihr schönes Profil betont wurde, zwickte sich in die Wangen, damit sie etwas Farbe bekamen, und betupfte sich mit Echt Kölnisch Wasser, das sie in Charlottes Truhe gefunden hatte. Leider musste sie in feuchte Schuhe schlüpfen, aber das würde sie schon durchstehen.

Schon von Weitem roch sie schweren Zigarrenduft. Sie hörte Gelächter und freute sich, ihren Mann in so guter Stimmung vorzufinden.

Ludwig stellte sie einander vor, und Fanny gab sich alle Mühe, Hermann zu mögen. Doch es wollte ihr einfach nicht gelingen. Er hatte einen durchdringenden Blick und winzige Pupillen, die einen wie Stecknadeln durchbohrten, dazu einen fleischigen Mund, der Fanny an wunde

Schleimhäute denken ließ. Dick, wulstig und glänzend quoll er unter einem perfekt gezwirbelten Kaiser-Wilhelm-Bart hervor wie ein fischiges Insekt. Fanny spürte seinen abschätzenden Blick so intensiv auf ihrem Körper, dass sie sich wünschte, sie hätte Graces Sonntagskleid so schlicht gelassen, wie es war. Ihre Glasperlen wurden warm und vibrierten, als ob sie Fanny in Alarmbereitschaft versetzen wollten.

»Ich freue mich, Ludwigs Charlotte endlich kennenzulernen. Auch wenn das für mich bedeutet, dass ich gerade eben meine Wette verloren habe! Ludwig, du hast eine gute Wahl getroffen. Soweit ich das sehe, ist bei deiner Braut alles schön üppig und am rechten Fleck!« Hermann brachte Daumen und Zeigefinger zu einem Ring und spreizte die anderen Finger ab, als wäre sie eine erstklassige Zuchtstute, zu deren Einkauf er gerade sein Plazet gegeben hätte. Dabei grinste er Ludwig zu und zwinkerte, als wäre er augenkrank.

Abscheulich, dachte Fanny, der Mann war durchdrungen von seiner eigenen Wichtigkeit. Was fand Ludwig nur an ihm?

Hermann wandte sich wieder an sie und lächelte hinterhältig. »Ich habe aus unerfindlichen Gründen gedacht, Sie wären von weit größerer und üppigerer Statur und Ihre Augen wären heller.«

Fanny brach der Schweiß aus. Er beschrieb Charlotte. Warum sagte er das, lag darin eine versteckte Bedeutung? Aber er fuhr schon fort.

»Ich hoffe, Sie hatten eine gute Reise.«

Bevor Fanny antworten konnte, mischte sich Ludwig ein.

»Charlotte, das ist Hermann Joseph Sichel, er hat zusammen mit Mertens schon 1886 ein Handelsunternehmen in Walvis Bay eröffnet und sucht sich ständig zu vergrößern. Und jetzt lasst doch das ›Sie‹! Wir Deutschen hier unten sind doch alle Brüder. Also, Charlotte, das ist Hermann. Hermann, das ist Charlotte. Und jetzt gebt euch darauf die Hand«, sagte Ludwig und saugte genüsslich an seiner Zigarre, als hätte er gerade ein gutes Werk vollbracht.

Fanny reichte Hermann die Hand, auf die er einen feuchten Kuss schmatzte. Nur mühsam konnte sie den Impuls unterdrücken, ihre Hand an der Schürze abzuwischen.

»Es freut mich sehr, einen so wichtigen Freund meines Mannes kennenzulernen.« Fanny überlegte, was sie noch sagen könnte.

Hermann sah sie durchdringend an. »Auch mich freut es, wenn ich auch wiederholen muss, dass ich mir Ludwigs Braut größer und draller vorgestellt hatte. Eben deutscher! Aber das muss daran liegen, dass mir dein werter Herr Bruder so viel von dir erzählt hat.«

»Sie kannten meinen Bruder?« Fannys Knie wurden weich. »Wie das?«

»Eine lange Geschichte …«, sagte Hermann nebulös.

»Wie wäre es mit Frühstück?«, fragte Ludwig, der die Spannung zwischen den beiden gar nicht wahrzunehmen schien. Fanny nutzte dankbar die Gelegenheit zur Flucht. Sie wandte sich Richtung Küche. »Ich habe zwar gestern nicht viel in der Vorratskammer entdecken können, aber ich will sehen, was ich tun kann.«

Dann stürmte sie los in die Küche, wo Martha und Grace bei einem Tee saßen und dösten, was Fanny wieder etwas beruhigte. Dieser Hermann wusste gar nichts, er hätte sicher auch behauptet, er wäre mit dem Kaiser von China persönlich bekannt, wenn es ihm nutzen würde. Nein, der wollte sich nur wichtigmachen und war ein übler Angeber und Schwätzer. Und wenn er wirklich wusste, wie Charlotte ausgesehen hatte, dann hätte er doch niemals mit Ludwig wetten können, dass Charlotte hässlich wäre! Sie bat Grace und Martha um Hilfe, aber die schienen sie nicht zu verstehen. Fanny durchstöberte also allein die Vorratskammer, fand Mehl und Dosenmilch, aber kein Brot, keinen Käse, keine Wurst. Eier, dachte sie, Eier musste es doch geben bei den vielen Hühnern, die sie gestern gesehen hatte. Sie könnte ein Omelette braten. Sie bat Grace, Eier aus dem Stall zu holen, woraufhin diese verschwand. Dann wandte sich Fanny dem Ofen zu und erkannte, dass sie noch nicht in der Lage war, ihn alleine in Gang zu kriegen, weshalb sie Martha aufforderte, ihr zu zeigen, wie er funktionierte. Seufzend machte sich Martha daran, ihn einzuschüren. Als Feuermittel benutzte sie wieder die getrockneten Kuhmistfladen, und Fanny war beeindruckt, wie schnell sie damit ein knisterndes Feuer entfachte.

Kaffee? Gab es Kaffee? Sie fragte Martha, die nur mit der Schulter zuckte. Gut, dann würde es eben Tee mit Omelette geben, schließlich waren sie gerade erst aus Windhuk angekommen.

Sie stellte Mehl, Öl und eine schwere Eisenpfanne bereit und brühte Tee auf. Wo nur Grace blieb? Fanny war so nervös, dass sie selbst nachsehen ging. Sie fand Grace draußen am Stall der kleinen Lämmchen, wo sie in ein Gespräch mit Zach vertieft war und nicht dazu gekommen war, Eier zu holen.

Fanny stürmte zum Hühnerhaus, dessen Gestank ihr klarmachte, dass hier dringend ausgemistet werden musste. Morgen, das würde sie morgen tun. Sie suchte nach Eiern und fand auch sechs Stück. Als sie zurücklief, waren Grace und Zach verschwunden.

In der Küche war das Feuer wieder aus, und Martha trank Tee. Fanny wollte sie gerade ärgerlich anschreien, als sie plötzlich schmunzeln musste. Wozu diese Eile? So dringend wollte sie doch gar nicht zurück zu Hermann. Sie ersuchte also Martha, das Feuer wieder zu entfachen, und schickte sie dann mit einem Tablett voller Teller und Tassen nach draußen auf die Veranda.

Von dem großen Omelette stieg ein angenehmer Duft auf, und als Fanny es dann den Herren servierte, war sie stolz, in so kurzer Zeit in einem fremden Haus mit sehr wenig Lebensmitteln eine Mahlzeit zustande gebracht zu haben.

»Na, da wirst du in Kürze ein rechter Hänfling werden, wenn das dein ganzes Frühstück ist«, stichelte Hermann, der sich drei Viertel des Omelettes auf seinen Teller gehäuft hatte.

Fanny wollte ihn schon empört zurechtweisen, aber Ludwig kam ihr zuvor. »Charlotte ist gerade eben erst angekommen, und sicherlich ist sie andere Bedienstete gewöhnt, da muss sie sich erst einmal zurechtfinden. Ich bin sicher, wenn du in ein paar Wochen kommst, wirst du mich rund wie ein Butterfass vorfinden.« Ludwig lächelte Fanny zu, was sie erfreut zur Kenntnis nahm.

»Das wäre dann aber auch wieder ein schlechtes Zeichen.« Hermann konnte das Sticheln offenbar nicht lassen, doch er schlug Ludwig dabei auf die Schulter, als wollte er seine Worte entschärfen. »Denn wie ein jeder Mann weiß, wird ein guter Hahn nicht fett! Und wer in eine solche Familie einheiratet …«

Fanny brauchte einen Moment, um zu verstehen, was Hermann damit sagen wollte, und merkte, wie ihr dann das Blut in die Wangen schoss. Sie warf Ludwig einen unsicheren Blick zu und erhob sich. »Ihr entschuldigt mich«, murmelte sie und floh in die Küche.

Die beiden lachten gemeinschaftlich. Ich muss aufhören, so zimperlich zu sein, dachte Fanny, aber ich kann die lange Zeit im Kloster nicht so leicht abschütteln. Und auch Charlotte, deren Familie aufgrund dieses Skandals ruiniert worden war, wäre damit nicht viel anders umgegangen als sie selbst.

Hermann wusste doch etwas, davon war Fanny jetzt überzeugt. Sie würde sich vor ihm in Acht nehmen. Sie musste herausfinden, wie Ludwig und Hermann Freunde geworden waren.

Ludwig rief nach ihr und verlangte nach Sherry, was Fanny um zehn Uhr morgens reichlich früh fand, aber sie begab sich auf die Suche und fand schließlich in dem Gitterschrank eine klebrige Karaffe, in der sich ein mickriger Rest befand. Sie säuberte das Gefäß und brachte es dann nach draußen.

»Leiste uns doch Gesellschaft, Hermann möchte so gern mehr über deine Familie wissen.« Ludwig goss den Rest Sherry in ein Glas und schob es Hermann hin.

In Windhuk hatte Fanny mit solchen Fragen gerechnet, und sie hatte gedacht, in Keetmanshoop wäre sie dann allem entronnen, doch sie spürte, dass dieser Hermann keine Ruhe geben würde.

Deshalb versuchte sie, sich an die Anekdoten zu erinnern, die sie sich für ihre Hochzeit zurechtgelegt hatte, aber sie wollten ihr nicht mehr einfallen.

»Was genau möchten Sie denn wissen?«, fragte sie.

»Charlotte, wir wollten uns doch nicht siezen!«

»Alles, einfach alles«, sagte Hermann, der den Sherry heruntergestürzt hatte wie Wasser.

»Wie Sie vielleicht wissen, wurde ich aufgrund der Sache mit meinem Bruder nie in die Gesellschaft eingeführt.«

Herman tätschelte mitfühlend ihren Arm. »Das war sicher sehr unangenehm für so ein junges und schönes Mädchen, wie du es bist. Was genau war denn eigentlich passiert?«

Fanny sah zu Ludwig hinüber. »Darüber möchte ich wirklich nicht sprechen, das ist kein Thema für eine anständige Frau! Es tut mir leid, aber ich habe so viel zu tun!« Sie stand auf, und Hermann erhob sich ebenfalls. »Charlotte, ich hatte nicht die Absicht, dich zu kränken«, heuchelte er und suchte ihren Blick.

Sie wich ihm aus. »Es ist alles in Ordnung, meine Herren«, sagte sie und floh endgültig in die Küche. Dort setzte sie sich auf einen Stuhl und fragte Martha nach einem Tee.

Ihr Herz raste. Hermann machte ihr Angst, und sie würde alles tun, um ihm aus dem Weg zu gehen. Sie hoffte, dass er bald wieder nach Walvis Bay abreisen würde.

Aber er blieb auch noch, nachdem der Regen längst aufgehört und die Sonne alles getrocknet hatte, er blieb und blieb, und Fanny wurde klar, dass sie für ein Mittagessen würde sorgen müssen. Sie hatte keine Ahnung, wie sie auch das noch bewerkstelligen sollte. Ratlos stand sie in der leeren Vorratskammer und dachte nach.

Plötzlich hörte sie ein Pferd herantraben und das Gerüttel eines leichten Gespanns. Sie rannte zum Hauseingang und hoffte, dass es nicht noch weitere Besucher waren.

Ihr Wunsch ging nicht in Erfüllung. Ein Mann im Talar eines evangelischen Geistlichen und eine junge Frau kamen sehr langsam den Weg zum Haus entlang. Ludwig hätte mich wirklich besser vorbereiten können, dachte Fanny. Sie begrüßte den Mann mit einem Kopfnicken und reichte der jungen Frau die Hand. Von Weitem hatte Fanny gedacht, die beiden wären so langsam, weil der Mann alt war, aber beim Näherkommen sah sie, dass die junge Frau einen Klumpfuß hatte, den sie nachziehen musste.

»Darf ich mich vorstellen?«, sagte der Mann mit einer wohltönenden Stimme, die ganz offensichtlich darin geübt war, eine ganze Gemeinde wachzuhalten. »Ich bin Gustav Schindler, und das ist meine Tochter Daphne Maria Amalia.«

Daphne nickte und musterte Fanny. »Wir haben eine Kleinigkeit zu essen mitgebracht«, sagte sie und zeigte zu Zach und Martha, die ganze Körbe voll mit Essen von dem Gespann herunterluden.

»Das ist ja großartig!«, entfuhr es Fanny, und als sie die verwunderten Blicke sah, fügte sie hinzu: »Aber das wäre doch gar nicht nötig gewesen ...«

»Meine Tochter hat nur ein paar eingelegte Gurken, Brot und Polony mitgebracht, außerdem einen Kürbiskuchen.«

»Vater!«, zischte seine Tochter, die bei seiner Aufzählung rot geworden war.

Unbeirrt redete Gustav Schindler weiter. »Sie dachte, dass Sie gerade erst aus Berlin gekommen sind und sicher noch keine Gelegenheit hatten, sich mit den Gegebenheiten hier vertraut zu machen.«

»Das ist hier bei uns so Brauch«, ergänzte Daphne kurz, musterte Fanny und presste ihre Lippen zu einem missbilligenden Strich zusammen.

»Das ist ein ganz wundervoller Brauch! Ich kann Ihnen gar nicht sagen, wie dankbar ich Ihnen bin«, sagte Fanny und ließ ihre Gäste herein. Was für eine angenehme Überraschung – erstens war die Essensfrage gelöst, und zweitens war Hermann nicht länger der einzige Gast. Sie führte die beiden ins Wohnzimmer zu Ludwig, stürzte dann in die Küche, um sich die Geschenke anzuschauen und Tee für die beiden in Auftrag zu geben. Es duftete aus den beiden Körben nach frischem Brot und geräucherter Wurst. Der karamellisierte Zucker auf dem Blech mit dem Kürbiskuchen glänzte verführerisch.

Als sie mit dem Teetablett ins Wohnzimmer zurückkam, lag eine merkwürdige Spannung in der Luft, die sie sich nicht erklären konnte. Ludwig schien über den Besuch der beiden nicht wirklich erfreut. »Gustav Schindler war ein

Kollege meines Vaters«, erklärte er gerade Hermann. Fanny reichte Daphne eine Tasse Tee und betrachtete sie dann genauer. Wie schön wäre es, auch hier eine Freundin zu finden. Wir sind ungefähr gleich alt, dachte sie und lächelte Daphne zu. Daphne wich ihrem Blick jedoch aus, trank einen Schluck Tee, seufzte und rümpfte dabei ihre Nase wie eine kleine Katze, die verdorbene Milch schlabbert. Ihr zartes Gesicht wurde von hübsch gewellten, rotgoldenen Haaren umrahmt, die locker aufgesteckt waren. Wenn der klobige schwarze Stiefel nicht gewesen wäre, hätte Fanny sich neben ihr wie eine Walküre gefühlt. Daphne stellte die Tasse ab und fragte Fanny, wie die Reise verlaufen war. Dabei begegneten sich ihre Augen, und Fanny wurde nicht schlau aus dem, was sie sah. Heftige Abneigung oder sogar Hass und Neugier. Als Fanny merkte, dass Daphne gar nicht wissen wollte, wie ihre Reise verlaufen war, fragte sie nach, was denn Polony sei.

Ihre Frage fiel in einen Schweigemoment, und so schauten alle auf Daphne, die es ganz offensichtlich genoss, im Mittelpunkt zu stehen. Geziert tupfte sie ihr Mündchen mit einem Taschentuch ab und erklärte dann, dass Polony Würste seien, die man am besten aus dem Blut alter Bullen herstellen könnte. An dieser Stelle schlug sie die Augen nieder, als hätte sie etwas Anstößiges gesagt. Dann fuhr sie mit eintöniger Stimme fort: »Man nimmt das blutwarme Fleisch und mischt es im Verhältnis von vier Teilen Rind zu einem Teil fettem Schwein und dreht es durch den Fleischwolf. Nachdem man das Fleisch noch durch eine feinere Scheibe gedreht hat, mischt man die etwa zwölf

Kilo Fleisch mit einer Tasse Salz, siebeneinhalb Esslöffeln weißer Pfefferkörner, vier Esslöffeln Zucker, etwas gemahlenem Koriander, eineinhalb Esslöffeln Muskatnuss, einem dreiviertel Esslöffel Majoran, einem halben Esslöffel Selleriesaat und einem Teelöffel Salpeter, den man in dreihundert Milliliter Wasser auflöst.«

An der Stelle wurde Fanny bewusst, dass die Männer anfingen, sich unruhig zu bewegen. So genau hatte es niemand wissen wollen, aber das schien Daphne nicht zu bemerken.

»Dann wird die Masse so lange geknetet, dass sie fest, aber nicht elastisch wird.« Daphne betrachtete dabei ihre zarten Hände und lenkte so den Blick aller auf sie. »Die Masse füllt man dann in Därme. Danach räuchert man die Wurst über dem Holzgrill, und schließlich wird sie dann bei 93 Grad gekocht, bis sie nach oben schwimmt. Das ist alles ganz einfach!« Das sagte sie nachsichtig freundlich zu Fanny, als wäre die nicht in der Lage, so eine komplizierte Kocherei zu bewältigen.

Fanny sparte sich einen Kommentar und fragte freundlich in die Runde, ob es allen anderen auch so ginge wie ihr und jeder jetzt sofort eine dieser sensationellen Würste probieren wollte. Das wurde mit großer Begeisterung aufgenommen, und so begann Fanny, den Tisch zu decken, was länger dauerte, weil sie noch nicht wusste, wo sich alles befand.

Weder Martha noch Grass waren ein große Hilfe, und Fanny begann zu dämmern, wie viel sie noch lernen musste, um hier klarzukommen.

Beim Mittagessen wurde jeder Krümel von dem aufgegessen, was Daphne und ihr Vater mitgebracht hatten, und begeistert gelobt. Hermann spekulierte derart ausführlich darüber, ob sich Fannys Kochkünste je mit denen von Daphne würden messen könnten, bis es sogar Daphne anfing, peinlich zu werden, und sie nervös die drei Flaschen Wein auf den Tisch brachte, die sie auch noch mitgebracht hatte und von denen das meiste in Hermanns Kehle landete. Das Gespräch drehte sich um Klatsch aus Deutsch-Südwest, der Fanny noch nichts sagte. Sie gab sich große Mühe zuzuhören, aber ihre Gedanken schweiften ab, und sie musste ständig ein Gähnen unterdrücken.

Als die Besucher endlich weg waren, atmete Fanny erleichtert auf.

»Glaubst du, dass demnächst noch mehr vorbeikommen?«, fragte sie Ludwig, der ihr satt und zufrieden beim Aufräumen zusah.

»Ich denke nicht, die anderen wohnen zu weit weg und besuchen uns sicher erst nächste Woche, aber bis dahin solltest du die Dienstboten wirklich besser im Griff haben, du machst mich sonst lächerlich. Komm her!«

Fanny stellte das Tablett ab, wischte sich über die feuchte Stirn und ging zu ihrem Mann. Der zog sie auf seinen Schoß. »Du hast Hermann gefallen, das habe ich genau gesehen«, sagte er stolz und küsste ihren Scheitel.

»Warum ist es dir so wichtig, dass ich ihm gefalle?«

»Er ist ein bedeutender Mann in Deutsch-Südwest. Er kennt hier wirklich jeden, und seine Meinung zählt bei allen, die wichtig sind. Es wäre fatal, ihn zu verärgern.«

»Ist er verheiratet?«

»Seine Frau ist jung gestorben, und man munkelt, er ließe nichts anbrennen. Er ist eben ein alter Schürzenjäger.«

Wahrscheinlich wollte seine Frau lieber sterben, als mit ihm zu leben, dachte Fanny böse und zwang sich, das Thema zu wechseln, bevor sie etwas Unbedachtes sagen konnte.

»Und was ist mit Daphne?«

»Warum, was soll mit ihr sein?«

»Ich glaube, sie ist in dich verliebt ...«

»Unsinn!« Ludwig begann seinen Bart zu zwirbeln. »Wie kommst du nur auf so etwas?«

»Ich habe Augen im Kopf – und ich glaube, du weißt es auch genau.«

»Sie macht sich lächerlich, wie kann sie glauben, dass ein Mann wie ich eine Frau mit Klumpfuß heiraten würde? Ich brauche gesunde Söhne von guter Abstammung für mein Land. Ich will hier etwas aufbauen, auf das der Kaiser stolz sein kann.« Er küsste Fanny auf den Mund und erhob sich. »Und jetzt muss ich nach den Schafen sehen.« Er nahm Fanny in den Arm und flüsterte: »Und heute Nacht machen wir endlich einen Sohn!«

Fanny fragte sich, wie Charlotte mit diesem Mann oder mit Hermann zurechtgekommen wäre. Alles war so anders, als sie beide es sich ausgemalt hatten.

Heute Abend würde sie ihn bitten, ihr die Briefe vorzulesen, sie wollte wenigstens einmal all diese Liebesworte aus seinem Mund hören.

Doch Ludwig wurde zu einer Zwillingsgeburt auf eine abgelegene Farm gerufen, und Fanny ging alleine ins Bett.

II

Fannys Plan mit den Briefen geriet für viele Wochen in Vergessenheit, denn es gab sehr viel zu tun, und jeder Tag hielt Überraschungen für sie bereit.

Es gab so viel Neues zu lernen, zu entdecken und vor allem anzupacken, und abends fiel sie vollkommen erschöpft oft schon lange vor Ludwig ins Bett. Manchmal kam es ihr so vor, als wäre sie sogar zu müde zum Träumen, denn sie konnte sich nur selten an ihre Träume erinnern, und wenn, dann waren sie völlig anders als sonst. Ihre Perlen kamen durchaus darin vor, sie lagen unter einem Stapel blauer Wäsche, oder sie fielen scheppernd in einen Kochtopf, aber sie sangen nicht und taten auch sonst nichts Merkwürdiges.

Wenn sie morgens aufwachte, war ihr Körper zuerst noch lahm von der Arbeit des gestrigen Tages, aber je wärmer es wurde und je weniger es regnete, desto beschwingter machte sich Fanny an ihre Aufgaben.

In seinen Briefen hatte Ludwig nie erwähnt, dass ihm viel mehr daran lag, ein Farmer zu werden, als ein guter Arzt zu sein. Und die große Farm bedeutete sehr viel Arbeit. Fanny zweifelte stark daran, dass Charlotte hier glücklich gewesen wäre. Vielleicht hatte John recht mit dem, was er damals über ihren Traum gesagt hatte, und Charlotte war in Fannys Leben aufgetaucht, um ihr den Weg hierher zu weisen. Eigentlich war es ein tröstlicher Gedanke, dass ihre Ahnen, die Fanny nichts als das Glasperlenarmband hinterlassen hatten, ihr Charlotte zu Hilfe geschickt haben könnten. Aber warum hatten diese Ahnen dann so viele Jahre zugeschaut, wie sie im Kloster misshandelt und ausgenutzt worden war?

Sicher war jedenfalls, dass sie viel besser für die Farmarbeit geeignet war als Charlotte. Fanny musste immer noch grinsen, wenn sie an die gezierte Beschreibung der Polony-Würste dachte, die Daphne abgeliefert hatte, im Glauben, dass eine Tochter aus gutem Hause keine Ahnung von so derbem Handwerk hätte. Dabei konnte Fanny Brüh-, Blut- und Leberwürste machen, Salami und Schinken. Und sie wusste, wie man mit Hühnern, Hasen, Ziegen und Schafen umging. Sie konnte sie melken, rupfen und häuten. Sie konnte die Schafe sogar scheren, aber das wollte sie Ludwig lieber nicht wissen lassen, denn spätestens dann müsste ihm klar sein, dass sie unmöglich Charlotte von Gehring sein konnte. In Gedanken redete Fanny ständig mit Charlotte, manchmal sogar laut, aber es schien niemandem aufzufallen.

Jeden Morgen, gleich nach dem Sonnenaufgang, besuchte sie die Hühner, die wegen des Geruchs und des Lärms in einem Stall untergebracht waren, der weit vom Haupthaus entfernt lag. Nachdem sie sich überzeugt hatte, dass alle Hühner gesund waren, und für Wasser und Futter gesorgt war, sammelte sie die Eier ein und ging hinüber zu einem kleinen Stall, in dem die Lämmer nachts einquartiert wurden. Hier waren sie geschützt vor Regen, Kälte und Raubtieren, und sie verzehrten nicht die gesamte Milch ihrer Mütter. Daneben war ein Stall für die Damaraschafe, mit denen Ludwig für seine Zucht experimentierte.

Die Rinder besuchte sie nur selten, da man über eine halbe Stunde marschieren musste, um dorthin zu gelangen. Die Ochsen und Kühe waren in großen Kraalen aus Dornenzweigen untergebracht und wurden von Hirtenjungen gehütet und auf die Weide getrieben.

Zum gesamten Farmhaushalt gehörten so viele Eingeborene, dass Fanny sie noch immer nicht auseinanderhalten konnte. Das ärgerte sie, denn sie wollte alle gern mit Namen ansprechen. Die meisten wohnten in *Pontoks*, halbrunden Hütten, die von den Herero aus Lehm und Ästen fest gebaut wurden. Die Nama bauten ähnliche *Pontoks*, die aber auseinandergenommen und an anderer Stelle wieder aufgebaut werden konnten. Alle Hütten waren noch weiter vom Haus entfernt als die Kraale der Rinder. So weit, dass Fanny noch keine Gelegenheit gehabt hatte, sie zu besuchen. Sie fragte sich, ob John vielleicht doch dort wohnte und nicht in dem Anbau, wo sie ihn am Tag ihrer Ankunft gesehen hatte, denn sie bekam ihn nie zu Gesicht, obwohl sie sehr viel auf dem Gelände unterwegs war. Das war auch deshalb nötig, weil es schwierig war, genug Futter für alle Tiere aufzutreiben.

Die Rinder wurden von den Hirtenjungen zu den Weiden getrieben, aber die Hühner, Schafe und Ziegen gehörten zum Haushalt und mussten von ihr versorgt werden.

Weil es, anders als in Reutberg, kein Gras oder Heu gab, war es an Fanny zu lernen, welche Pflanzen die Tiere essen durften und welche nicht. Es gefiel ihr, sich von Zach darin unterweisen zu lassen. Wie Hendrik war Zach ein Nama und am Fuß der Namibwüste aufgewachsen, bevor er von Sklavenhändlern entführt worden war. Er kannte viele Pflanzen des Südens und wusste, ob sie giftig waren oder nicht. Zuerst hatte er abweisend auf ihre Fragen reagiert, aber Fanny hatte sich nicht entmutigen lassen, und nach ein paar Wochen wartete er schon mit Ästen oder Blättern auf sie und erklärte ihr, welche Pflanzen ein Leckerbissen für welche Tiere waren. Auf den ersten Blick sahen die meisten Blätter sehr ähnlich aus, weshalb Fanny am Anfang große Schwierigkeiten hatte, sie auseinanderzuhalten. Viele Sträucher und Büsche hatten blassgrüne, silbrige, teils behaarte oder ledrige Blättchen und Dornen. Nach und nach lernte Fanny, auch die Namen der Pflanzen zu bestimmen, doch es kam immer noch oft vor, dass sie sich irrte. Das Einzige, was sie sicher sagen konnte, war, ob es sich um eine giftige Pflanze handelte. Nach einiger Zeit konnte sie sogar unterscheiden, für wen die Pflanzen giftig waren. Sie musste die Pflanze dazu auf ihre Hand legen. Wenn sie für Mensch oder Rind gefährlich war, schnürte sich ihr Hals zusammen, wenn die Pflanze für Ziegen und Schafe giftig war, dann wurde ihr Mund plötzlich trocken, wenn beides zusammen eintrat, war die Pflanze für alle gefährlich, so wie das Speikraut, das die üble Brechkrankheit verursacht. Immer wieder versuchte Zach sie hereinzulegen, und es erstaunte ihn, dass sie sich in dieser Hinsicht niemals irrte.

Sie bemerkte, wie sehr sie dadurch in seiner Achtung stieg, und sie freute sich über ihr intuitives Wissen, doch zu gern hätte sie gewusst, woher es kam. Am liebsten hätte sie mit John darüber gesprochen, ihn noch einmal zu den Ahnen und seiner Mutter befragt. Sie malte sich manchmal aus, wie es sich anfühlte, als Kind einer Zuluzauberin aufzuwachsen, und sie konnte sich keinen größeren Kontrast zu Seraphina und dem Kloster vorstellen.

Eines Morgens brachte Zach mit einem listigen Lächeln einen Haufen gleich aussehender Blätter und wollte von ihr wissen, um was es sich handelte. Auf den ersten Blick wirkten die Blätter, als wären sie von ein und demselben Baum. Sie waren dunkelgrün, lederartig, länglich und am Ende abgerundet, manche auch gestaucht, eierförmig und nicht besonders groß. Erst als Fanny sie in die Hand nahm, spürte sie, dass es verschiedene Blätter waren, und sortierte sie in zwei Haufen. »Beide Blätter sind für den Menschen unschädlich, aber diese hier können Schafe vergiften und in größeren Mengen auch töten.«

Zach war enttäuscht und erfreut zugleich. Die ungefährlichen waren die Blätter vom Weißstamm, den die Engländer »shepherds tree« nannten, wie er ihr sofort eifrig erklärte, und die Herero *omutendereti*. Der Weißstamm sei ein unglaublich nützlicher Baum, dessen Blätter und Früchte Menschen und Tiere essen können. Die schädlichen Blätter gehörten jedoch zum Stinkbusch, der zwar zur gleichen Pflanzenfamilie zählte, dessen Blätter und Blüten bei Schafen aber zu Vergiftungen führten. Wie so oft, wenn eine Pflanze in Teilen giftig war, konnte auch der Stinkbusch oder *xaubes*, wie die Nama sagen, als Heilmittel verwendet werden. Zach erklärte ihr, sie würden die Blätter des *xaubes* kochen und gegen Ohrenschmerzen verwenden. Die Herero wiederum würden die Wurzel vom *otjinautoni* in ihre Milchkalebassen legen, damit sich die Sahne schneller absetzte.

Erst Monate später fand Fanny heraus, wie der Stinkbusch zu seinem Namen gekommen war. Als sie eines Morgens die Hühner fütterte, stieg ein ekelhafter Gestank nach Fäkalien in ihre Nase, und sie befürchtete, dass etwas mit dem neu gebauten Abort nicht in Ordnung sein könnte. Sie ging dem Geruch nach und fand schließlich einen großen Stinkbusch, der über und über mit kleinen, unscheinbaren Blüten bedeckt war, deren abstoßender Duft Tausende von Insekten anlockte.

Fanny interessierte sich sehr für die Heilwirkungen von Pflanzen und war enttäuscht, wenn Zach ihre Wissbegier nicht befriedigen konnte. So begann sie auch Martha und Grace nach Pflanzen zu fragen und schrieb auf, was sie ihr erzählten.

Ludwig betrachtete ihre Bemühungen mit großem Misstrauen, denn er glaubte nicht daran, dass diese Naturheilmittel irgendeinen wissenschaftlich nachweisbaren Erfolg hatten. Außerdem mochte er es nach wie vor nicht, wenn Fanny zu viel Zeit mit den Eingeborenen verbrachte.

Aber diese Sorge war völlig unnötig, denn sich um das Futter und die Pflanzen zu kümmern war ja nur eine von Fannys vielen Aufgaben. Sie fand es genauso wichtig, sich Ludwigs desolatem Haushalt zu widmen. So schön das

Haus von außen auch wirkte, innen war es gänzlich verwahrlost. In den Schränken hausten Schaben, Motten und Schimmel. Außerdem war die gesamte Wäsche schon sehr lange nicht gewaschen worden. Seraphina wäre außer sich gewesen, dachte Fanny jeden Morgen, wenn sie sich dem nächsten Problem zuwandte. Zuerst hatte sie die Wäscheschränke ausgeräumt, ausgewischt und Mottenkugeln bestellt. All die Wäsche, die nicht gänzlich verschimmelt oder durch Stockflecken ruiniert war, hatte sie gewaschen. Und weil weder Martha noch Grace Ahnung davon hatten, wie man das Waschbrett benutzte oder eine ordentliche Lauge anlegte, musste sie es ihnen erst einmal zeigen. Die beiden fanden es lustig, wie sich Fanny abplagte, und verstanden gar nicht, warum sie so eine Eile an den Tag legte.

Immer wieder brachte Martha ihr einen Tee und bedeutete ihr, dass es nicht gut sei, in der Hitze so hart zu arbeiten. Fanny zwang sich dann, eine Tasse Tee mit Martha zu trinken, und nutzte die Gelegenheit, um sie auszufragen. Aber Martha wollte nicht mit ihr reden und antwortete stets kurz, deshalb war Fanny schnell wieder dabei, etwas zu tun. Sie konnte nicht anders, die Wärme beflügelte sie, genauso wie der Wunsch, alles in Ordnung zu bringen. Besonders nachdem sie gemerkt hatte, wie sehr es Ludwig imponierte, dass sie in diesen praktischen Dingen so gewieft war. Sie musste allerdings besser aufpassen und sich in seiner Gegenwart etwas mehr wie eine Tochter aus adligem Hause benehmen, damit er keinen Verdacht schöpfte.

Zum Glück hatte er nicht erwartet, dass seine Frau mit dem Gewehr umgehen konnte, und es hatte ihm viel Freude gemacht, ihr zu zeigen, wie man das Gewehr lädt und schießt. Fanny war stolz darauf, dass sie ihm beim Zielschießen sehr schnell Konkurrenz machte. Das wiederum gefiel ihm so gut, dass er ihr bei einem durchziehenden holländischen Händler einen eigenen Revolver kaufte und sie darum bat, ihn immer, wenn er nicht da war, geladen unter ihrem Kopfkissen zu verwahren. Er hielt es für nötig, weil er befürchtete, dass alle Schwarzen eigentlich danach trachteten, sich an den weißen Kolonialherren zu rächen, und als weiße Frau sah er Fanny als besonders gefährdet an.

Viel schwieriger war es, vor ihm zu verbergen, dass es mit ihren Reitkünsten nicht weit her war. Mit immer neuen Ausreden verhinderte sie gemeinsame Ausritte, vor allem nachdem sie bemerkt hatte, dass er allen Ernstes erwartete, dass sie im Damensattel ritt. Es hätte ihn mehr als irritiert, wenn eine Dame von Adel wie ein Husar geritten wäre.

Deswegen versuchte Fanny jedes Mal, wenn er länger weg von der Farm war, sich das Reiten im Damensattel beizubringen, sehr zur Belustigung von Martha, Grace und Zach.

Nachdem sie in den ersten Wochen große Schwierigkeiten beim Aufsteigen hatte und ständig abgeworfen wurde, gelang es ihr mit der Zeit, sich immer länger im Sattel zu halten. Doch dann kam erst das Schlimmste: Sie musste lernen, im Reitkleid aus grauem Kammgarn aufzusteigen und damit zu reiten. Das Reitkleid war mit Seide gefüttert, hatte einen Reverskragen, und sein Rock war innen mit Leder besetzt. Die extrem eng geschnittene Jackentaille hatte doppelte Vorderbahnen, deren untere aus Tuch mit Knöpfen geschlossen wurde. Und dazu hätte sie noch eine Knotenkrawatte tragen sollen – kurzum: Es war für die Hitze vollkommen ungeeignet. Sie versuchte alles, um Ludwig davon zu überzeugen, in Pluderhosen reiten zu dürfen. Aber beim Damensattel gab es für ihn keinen Kompromiss. Er blieb hart wie Stein und argumentierte mit medizinischen Untersuchungen, die besagten, dass weibliche Organe im Männersattel Schaden nähmen und so die Geburt seiner zahlreichen Stammhalter gefährdet sein könnte.

Zum Glück hatte Fanny nur selten Zeit für Ausritte, da sie ständig mit neuen Problemen konfrontiert wurde.

Nachdem die Schränke blitzten und die Wäsche sauber auf der Leine im Wind flatterte, merkte sie, dass der Wind die Wäsche sofort wieder mit feinem Staub überzog, und sie verstand allmählich, warum sich Grace und Martha nicht so abmühten wie sie selbst.

Ein weiteres Problem waren auch die Essensvorräte. Genauer, die nicht vorhandenen Vorräte. Die Kammer war bei ihrer Ankunft bis auf ein paar rissige Säcke mit Mehl und Bohnen leer gewesen. Fanny vermutete, dass die Risse nicht zufällig entstanden waren, sondern jemand sich an den Vorräten bedient hatte. Auch das musste ein Ende haben. Darüber hinaus fand sie nur ein paar Dosen mit Mais und Sauerkraut. Bisher war nichts im Garten angebaut worden, womit man den Speisezettel hätte verfeinern können. Niemand hatte je einen Gemüse- oder Obstgarten angelegt. Deshalb gab es andauernd Fleisch, Fleisch und noch einmal Fleisch. Gekocht, gebraten, gegrillt. Fanny vermisste nicht nur das Gemüse, sondern vor allem das Brot. Vom Brotbacken hatte sie allerdings nur wenig Ahnung, weil sie es nie gelernt hatte. Es war eine Vergünstigung von Seraphina gewesen, zum Brotbacken eingeteilt zu werden, weil das als leichte Arbeit im Kloster galt.

Da in Keetmanshoop nirgends Hefe aufzutreiben war, machte Fanny sich daran, den Sauerteig selbst herzustellen. Sie vermischte Mehl mit Wasser und Zucker und stellte das Ganze in die Sonne, bis es gärte. Dann fügte sie Mehl und Wasser und Salz hinzu und ließ es aufgehen. Als Form benutzte Fanny große, alte, eingefettete Konservendosen, aus denen das Brot dann oben pilzartig herausquoll. Allerdings dauerte es eine Weile, bis man dieses Brot auch essen konnte, denn sie hatte zwar einen Herd in der Küche, aber keinen Ofen. Deshalb experimentierte sie mithilfe von Zach und Martha so lange mit offenem Feuer, bis sie endlich wusste, wie heiß das Feuer sein musste, wo im Feuer sie die Dosen mit dem Brot platzierte und wie lange sie darin backen sollten. Am Anfang zog sie entweder schwarz verkohlte Klumpen oder schwabbelige Gummiteige aus dem Feuer, doch nach zwei Wochen hatte sie es endlich geschafft und konnte Ludwig zum ersten Mal ein selbst gebackenes Brot zum Frühstück servieren.

Er probierte einen Bissen und legte das Brot dann wieder auf seinen Teller. Fanny, die voller Spannung auf sein Urteil wartete, hatte schon Angst, es würde ihm nicht schmecken. Stattdessen sprang er auf, nahm sie in seine Arme und wirbelte sie herum. Ludwig war nicht nur zufrieden, sondern begeistert und wurde nicht müde, ihr zu sagen, wie stolz er auf seine schöne Frau aus Deutschland war. Fanny freute sich zwar, dass ihr Brot so gut angekommen war, gleichzeitig irritierte sie etwas an Ludwigs Verhalten. Doch weil sie nicht genau sagen konnte, was sie störte, schalt sie sich eine elende Närrin, der man es niemals recht machen konnte.

Nachdem sie nun Brot backen konnte, wandte sie sich dem Gemüse zu. Das Einzige, was im Garten neben dem Haus wild wuchs, war *tsama*, eine Art Kürbis, aus dem sich viele Beilagen kochen ließen. Ludwig mochte ihn am liebsten gekocht, durch ein Sieb gerührt, mit Zucker gemischt und mit Essig leicht gesäuert.

Aber Fanny wünschte sich etwas mehr Abwechslung. In Keetmanshoop wurde getrocknetes Gemüse zu horrenden Preisen verkauft. Eine Papiertüte mit hundert Gramm getrockneter Zwiebel, Sellerie, Lauch, Weiß- oder Rotkohl kostete zwei Mark. In München hatte sie für ein Kilogramm Rindfleisch achtzig Pfennig bezahlt. Getrocknete Kartoffeln waren sogar noch teurer. Sie konnte den Preis allerdings verstehen, denn die Waren wurden bei einer Firma in Münsterberg, Schlesien, bestellt und hatten dann einen weiten Weg bis nach Keetmanshoop hinter sich. Das Gleiche galt für Elberfelder oder Münchner Flaschenbier. In Windhuk kostete es schon eine Mark und fünfzig Pfennig, in Keetmanshoop lag der Preis bei sechs Mark pro Flasche, da hätte ein Arbeiter in Deutschland drei ganze Tage für arbeiten müssen, aber in München gab es die Mass Bier ja auch für zwanzig Pfennig.

Zum Glück hatte Charlotte ihr während ihrer Zeit in der Frauenkolonialschule den Umgang mit Geld nähergebracht, denn im Kloster hatte sie nie welches in den Händen gehabt und nicht gewusst, was wie viel kosten durfte.

Dass die einfachsten Zutaten für eine Suppe ein Vermögen kosteten, fand Fanny ungeheuerlich. Sie dachte nicht daran, so viel Geld für lächerliche hundert Gramm getrocknetes Gemüse auszugeben. Außerdem bot ihr das eine willkommene Gelegenheit, sich mit Zach wieder über Pflanzen, die dem Klima und dem Boden in Keetmanshoop gewachsen waren, zu unterhalten. Sein Wissen darüber entpuppte sich allerdings als sehr mager. Er wusste zwar, was Tiere gern aßen und was giftig war, aber er hatte keine Vorstellung von Obst- und Gemüseanbau. Allein der Gedanke, etwas anzubauen, war ihm vollkommen fremd.

Fanny ließ sich davon nicht entmutigen und fragte jeden, der sie besuchte. Daphne Amalia gab ihr schließlich widerwillig ein paar Auskünfte, die Fanny weiterhalfen. Sie pflanzte dann neben weiteren Kürbissen auch *Morongo* an, eine Art wilden Spinat, der laut Daphne Amalia hier gut gedeihen würde. Doch für Kartoffeln, Ludwigs Leibspeise, sah sie schwarz. Die würden hier niemals wachsen, der Boden und das Klima waren vollkommen ungeeignet. Außerdem bestellte sie Samen für Mittelmeerkräuter wie Majoran, Rosmarin, Thymian und Lavendel und hoffte, dass diese sich in der Sonne wohlfühlen würden.

Abends bastelte sie aus festem Zwirn und getrockneten Kürbiskernen Vorhänge für Türen und Fenster, um die Mücken draußen zu halten. Und wenn sie nicht mit dem

Haushalt auf die eine oder andere Weise beschäftigt war, musste sie sich um Ludwigs Praxis kümmern.

Regelmäßig wurde ihr Mann gerufen, weil er der einzige Arzt im Umkreis von Hunderten von Kilometern war. Manchmal war er tagelang zu einer abgelegenen Farm unterwegs.

Dann wandten sich die Weißen in Keetmanshoop vertrauensvoll an Fanny, als ob sie ebenfalls Medizin studiert hätte. Auch einige der missionierten Schwarzen fragten sie um Rat bei tränenden Augen oder eitrigen Entzündungen und Verletzungen.

Fanny kannte eine Menge Heilmittel aus dem Kloster, aber wenn Ludwig dabei war, behielt sie dieses Wissen für sich und ließ sich von ihm zeigen, wie sie Wunden desinfizieren oder einen Verband anlegen sollte. Fanny merkte, dass es ihm außerordentlich gefiel, sie zu einer Art Krankenschwester auszubilden, damit sie ihm die unappetitlichen Geschwüre und Gerüche vom Leib halten konnte. Er ließ immer nach ihr rufen, wenn jemand damit in die Praxis kam, und verabschiedete sich dann schnell wegen dringender Geschäfte.

Seine Praxis war auch die einzige Apotheke im Umkreis, und sie begann ein System zu entwickeln, um zu gewährleisten, dass die wichtigsten Medikamente alle vorhanden waren. Ludwig bestellte erst dann Zugsalbe, Morphium, Chinin, Kalomel, Jodtinktur, Bittersalz, Borwasser oder Opodeldok, wenn es ausgegangen war, und so mussten sie oft monatelang auf Nachschub warten. Ludwig orderte nämlich prinzipiell in Deutschland, obwohl das sehr viel länger dauerte, als die Medikamente über den Landweg vom Kap zu beziehen. Er hasste es, von Engländern zu kaufen, was Fanny umso mehr erstaunte, weil er in der Nähe von Warmbad ein Internat besucht hatte, in das auch viele Engländer ihre Söhne schickten. Darüber hinaus waren zahlreiche ihrer Gäste reisende englische Kaufleute.

Als sie ihn darauf ansprach, wich er immer wieder aus, bis sie eines Tages wegen einer Bestellung in Streit gerieten und Fanny zum ersten Mal in ihrer Ehe die Beherrschung verlor.

Ludwig war so perplex, dass er, wenn auch widerstrebend, endlich erzählte, warum er die Engländer so verabscheute. In seinem zwar deutsch geführten Internat waren tatsächlich nur sehr wenige Deutsche, sondern hauptsächlich Buren, Mischlinge mit fast weißer Hautfarbe und Engländer gewesen. Ludwig behauptete, dass die Hochnäsigkeit der Engländer extrem unangenehm gewesen sei. Sie hätten sich wie die Herren der Welt aufgespielt und von allen Jungs verlangt, bei ihren perversen Spielen und Mutproben mitzumachen.

Fanny hätte zu gern gewusst, was genau er damit meinte, aber sie hütete sich, ihn zu unterbrechen. Besonders geärgert hatte ihn, dass er als reinrassiger Deutscher viel schlechter behandelt worden war als die ganzen Bastarde. Vor John zum Beispiel hätten alle Respekt gehabt, weil sein Vater einer der reichsten Farmer im Norden Südafrikas war. Und obwohl Johns Mutter nicht die Ehefrau, sondern nur eine Geliebte des Farmers und noch dazu eine Zuluzauberin gewesen war, wurde John von allen geachtet. John, nicht

Ludwig. An dieser Stelle hatte Ludwig gequält aufgeseufzt, und nur weil John sich als Ludwigs Beschützer aufgespielt hatte, wäre man dann schließlich dazu übergegangen, andere zu quälen. Er würde deshalb nie, nie, niemals seine Kinder in ein Internat schicken. Das müsste ihr klar sein. Seine Jungs würden von Fanny persönlich zu Hause unterrichtet.

John hatte sich als Ludwigs Beschützer aufgespielt? Das konnte sich Fanny nicht vorstellen, wahrscheinlicher schien ihr, dass John Ludwig aus Mitgefühl unter seine Fittiche genommen hatte. Aber warum war John dann nur Ludwigs Verwalter und nicht sein Freund? Was war zwischen den beiden Männern passiert?

Fanny spürte, wie schwer Ludwig dieses Eingeständnis gefallen war, sah es in seinen blaugrauen Augen, die sich bei der Erinnerung an seine Schmach verdunkelt hatten. Als sie ihm tröstend die Hand auf den Arm legen wollte, schüttelte er sie ab wie ein lästiges Insekt.

»Bist du jetzt zufrieden, Weib? Ändert sich etwas, nur weil ich mich habe hinreißen lassen, dir davon zu erzählen? Nein, nicht das Mindeste. Die Medikamente werden nicht bei den Engländern bestellt. Ist das jetzt klar?«

Fanny nickte ergeben und überlegte schon, wie sie die langen Lieferzeiten in ihr Bestellsystem einarbeiten könnte.

An diesem Abend war sie zum ersten Mal seit Langem nicht todmüde, und so fasste sie sich ein Herz und holte die Briefe, die Ludwig damals seiner Verlobten geschrieben hatte, aus der Schatulle. Sie breitete sie auf ihrem Bett aus und griff nach einer besonders abgegriffenen Seite.

... Dass Du, meine geliebte Charlotte, diesen Schritt und die Reise zu mir wagst, sollst Du nie bereuen müssen. Ich werde alles tun, um es Dir hier erträglich zu machen, und ich versichere Dir, es ist ein wundervolles Land, ein Land voller Überraschungen, ein Land mit einem Himmel, den Du so blau noch nie gesehen hast.

Niemals hätte ich mir träumen lassen, dass es möglich sein könnte, Dich, meine geliebte Braut, mittels einer Annonce zu finden, und doch war es so. Da muss Gott die Hand im Spiel gehabt haben! Denn jedes Wort von Dir hat mich tief in meiner Seele berührt, und ich ersehne nichts dringender als Deine Ankunft hier in Deutsch-Südwest.

Ich weiß, all das klingt ein wenig überschäumend für einen Mann meiner Profession, doch nein, Liebste, es ist nicht die Hitze Afrikas, die hier aus mir spricht, es ist das ewige, reine Feuer der Liebe ...

Fanny seufzte. In seinen Briefen hatte er Seiten von sich offenbart, die er hier im Verborgenen hielt. Umso mehr beglückte es sie, dass er ihr heute endlich etwas Wichtiges anvertraut hatte, das war eindeutig ein Zeichen dafür, dass es mit ihrer Ehe vorwärtsging. Offensichtlich hatte Charlotte recht gehabt, man lernte den anderen wirklich erst nach der Hochzeit kennen.

Heute wusste Fanny schon so viel mehr über ihren Mann als noch vor zwei Monaten: Er hatte immer im Schatten seines Bruders gestanden, man hatte ihn in dem Internat misshandelt, und John hatte ihm geholfen. Ludwig hätte Missionar werden sollen, träumte aber davon, Großfarmer zu werden, und studierte trotzdem Medizin. Und nichts davon hatte er je in seinen Briefen erzählt. Keine einzige Silbe!

Schon allein deshalb würde es wunderbar sein, ihm beim Vorlesen seiner Briefe zuzuhören und ihn dazu befragen zu können.

Fanny fragte sich, was in ihren Briefen gestanden hätte, wenn sie ihm welche geschrieben hätte. Wie aufrichtig war man überhaupt in solchen Briefen?

Plötzlich wurde ihr klar, dass sie kurz davor gewesen war, einen schweren Fehler zu begehen. Ludwig könnte sich auch wünschen, dass sie ihm Charlottes Briefe vorlas. Sie kannte keinen der Briefe, die Charlotte geschrieben hatte. Ihre Freundin hatte zwar versichert, dass nichts darin stünde, was Zweifel an Fannys Identität wecken könnte, aber was, wenn doch, wenn sich Charlotte nur wegen des hohen Fiebers nicht mehr daran erinnert hatte?

Das Ganze war eine sehr schlechte Idee, sie sollte besser nie die Sprache auf diese Briefe bringen.

Sie schob die Briefe zusammen, stand auf und versteckte sie wieder tief unten in Charlottes Truhe. In diesem Augenblick trat Ludwig ins Zimmer, und sie zuckte zusammen, als würde sie etwas Verbotenes tun.

»Was machst du da?«, fragte er auch gleich misstrauisch,

und als Fanny nicht sofort antwortete, packte er sie am Arm.

»Antworte, wenn dein Mann dich etwas fragt!«

»Du tust mir weh!« Was war denn mit ihm? Warum war er so aufgebracht?

Er ließ ihren Arm los, packte sie stattdessen ganz und schleppte sie zum Bett, wo er sie unsanft absetzte.

»Also, was versteckst du vor mir?«

»Nichts, ich habe nur in den Briefen gelesen, die du mir während unserer Verlobungszeit geschrieben hast. Ich liebe sie, weil sie so schön sind.« Als Fanny merkte, dass ihn das nicht besänftigte, fügte sie hinzu: »Ich dachte sogar daran, dich zu bitten, sie mir vorzulesen.«

Erbost schlug Ludwig mit der Hand neben Fanny aufs Bett. »Was für lächerliche Ideen Weiber haben. Diese Briefe!« Er spie verächtlich auf den Boden. »Romantischer Schwachsinn! Der Speck, mit dem man die Mäuse fängt, nichts sonst! Du solltest mit diesem Kram aufhören und mir endlich eine bessere Frau sein!«

Fanny setzte sich auf und funkelte Ludwig wütend an. »Soll das ein Scherz sein? Ich arbeite härter als eine Sklavin, um deinen verrotteten Haushalt auf Trab zu bringen, und du behauptest, ich sei dir keine gute Frau?«

Er schnappte ihre Hände, mit denen sie zornig vor seinem Gesicht herumgefuchtelt hatte.

»Dass du so viel arbeiten musst, liegt nur daran, dass du zu lax bist mit den Dienstboten. Du greifst nicht durch.«

»Was soll denn das heißen? Ich versuche, mit ihnen auszukommen.« Fanny verstand überhaupt nicht, was in ihn gefahren war, und wünschte verzweifelt, er würde sich beruhigen.

Er packte sie fester. »Du versuchst *mit ihnen auszukommen*? Was ist denn das für ein elendes Gewäsch? Sie haben dir zu gehorchen. So einfach ist das. So wie du mir gehorchen solltest. Ich hätte dir längst zeigen müssen, wo hier im Haus der Hammer hängt, da hat Hermann in der Tat recht. Gerade die feinen Damen müssen immer wieder daran erinnert werden. Ich bin eben auch zu lax mit dir. Wie heißt es doch gleich? Wie der Herr, so's Gscherr.« Während er sich in Rage redete, hielt er mit einer Hand ihre Gelenke gepackt. Mit der anderen öffnete er die Gürtelschnalle und zog den Gürtel aus seiner Hose.

Fanny erstarrte. Wollte er sie etwa mit dem Gürtel schlagen? Das würde sie sich nicht gefallen lassen. Niemand würde sie je wieder schlagen. Niemand! Sie sprang auf und stieß Ludwig heftig von sich.

Er schwankte kurz, überrascht von ihrem Angriff, fluchte und richtete sich auf. Dabei rutschten seine Hosen hinunter auf Kniehöhe. Aber bevor Fanny das ausnutzen und weglaufen konnte, legte er seine Arme um sie wie ein Schraubstock und zwang sie aufs Bett. Er versuchte, ihr Nachthemd hochzuschieben, und als ihm das mit einer Hand nicht gelang, riss er kurzerhand einen Streifen herunter, zwang ihre Knie auseinander und drang brutal in sie ein. Während er sich in ihr bewegte, hielt er sie mit einer Hand an den Haaren fest, mit der anderen würgte er ihren Hals, sodass es unmöglich war, ihm zu entrinnen.

»Widerworte!«, keuchte er in ihr Ohr, »Widerworte, das bin ich nicht gewohnt. Die gibt's bei mir nicht, ist das klar? Lieg also schön still und mach deine Beine breit für unseren ersten Sohn! Es wird allerhöchste Zeit, dass du endlich schwanger wirst. Erst dann bist du mir wirklich eine gute Frau.«

Fanny war wie erstarrt. Was passierte hier? Warum tat er ihr das an? Gegen ihren Willen fielen ihr die Worte aus seinem Brief wieder ein: *... sollst Du nie bereuen müssen. Ich werde alles tun, um es Dir hier erträglich zu machen ...*

Was für eine schändliche Lüge!

Womit hatte sie diesen Ausbruch von Gewalt verdient? Es wird nicht lange dauern, sagte sie sich, es ist bestimmt gleich vorbei, es dauerte nie lange. Während sie versuchte, sein Keuchen und seine heftiger werdenden Bewegungen auszublenden, überlegte sie fieberhaft, was ihn so wütend gemacht haben konnte.

Seit der Nacht auf dem *Pad* hatte er sich nicht mehr so brutal gezeigt, sondern war ganz im Gegenteil sehr zuvorkommend und freundlich, manchmal geradezu zärtlich gewesen, sodass sie geglaubt hatte, sein Verhalten auf dem *Pad* wäre allein dem Alkohol geschuldet.

Heute aber war er vollkommen nüchtern. Es gab keine Entschuldigung für sein Verhalten. Keine einzige auf der Welt. Da, er sank über ihr zusammen wie ohnmächtig. Am liebsten hätte sie seinen schweißfeuchten Körper von sich heruntergetreten, aber sie wagte es nicht, aus Angst, seinen Zorn erneut anzufachen. Immerhin wurde der Druck an ihrer Kehle und in ihrem Haar weniger, und sie traute sich, ihren Kopf aus seinen Klauen zu ziehen.

Plötzlich fiel ihr Maria von Imkeller wieder ein. Der Schmerz, von dem sie gesprochen hatte – war das der Schmerz, den alle Frauen auszuhalten hatten? Sollte das normal sein? Fanny weigerte sich, das zu glauben. Dann müssten sich alle Ehepaare hassen. Sie fühlte sich schrecklich, ihr Unterleib brannte, und ihr Kopf dröhnte. Aber der körperliche Schmerz war nicht so schlimm wie die Demütigung. Was fiel diesem widerlichen Mensch ein, mit welchem Recht behandelte er sie so? Der Zorn gab ihr jetzt die nötige Kraft, um ihn nun voller Ekel wegzuschieben. Er blieb regungslos liegen. Gut. Sie schlich in die Küche, um sich zu waschen, obwohl der Waschtisch mit der Porzellankanne in ihrem Schlafzimmer stand. Aber der Gedanke, dass Ludwig wieder zu sich kommen und sie dabei beobachten könnte, war ihr unerträglich.

Während sie sich zitternd vor Wut abschrubbte, dachte sie weiter nach. Die Briefe hatten das Fass nur zum Überlaufen gebracht, aber warum? Es waren doch seine Briefe und nicht die eines fremden Liebhabers. Nein, es musste mit dem Internat zusammenhängen, sie hatte mit ihren Fragen Erinnerungen geweckt, die er lieber vergessen würde. Doch das war kein Grund, sie so zu behandeln. Fanny jedenfalls wäre niemals auf den Gedanken verfallen, andere für das Leid zu bestrafen, das ihr im Kloster angetan worden war.

Trotz der Hitze zog sie nach dem Abtrocknen mehrere

Hosen und Hemden übereinander an und wickelte sich in alle Decken, die sie finden konnte. Dann setzte sie sich draußen auf der Veranda in einen der Korbstühle und starrte in die Nacht. Wie immer, wenn sie allein auf der Veranda saß, fühlte sie sich irgendwie nicht wohl, sondern beobachtet, als wäre sie nicht alleine. Es kam ihr vor, als hörte sie Flüstern und Schluchzen. Aber ihr Verstand sagte ihr, dass es sicher nur die Nachtgeräusche hier im Süden waren oder die Kameldornbäume, die rechts und links von der Veranda standen und die im Wind ächzten und stöhnten.

Leider konnte man wegen des Dachs den tröstlich schillernden Nachthimmel nicht sehen. Sie stand also wieder auf und ging in den Vorgarten, wo sie sofort von Moskitos umsurrt wurde. Doch das machte ihr nichts aus, denn diese Stiche waren lächerlich im Vergleich zu dem, was ihr monströser Ehemann ihr gerade angetan hatte.

Sie setzte sich auf den sandigen Boden und sah all die blinkenden Sterne, die zum Greifen nah waren. Das Blinken verschwamm, weil ihr die Tränen in die Augen stiegen. Zum Glück erst jetzt, dachte Fanny. Niemand sollte sie so sehen. Das hatte sie sich vor langer Zeit geschworen, dieser letzte Rest an Würde gehörte allein ihr.

Sie berührte ihr Glasperlenarmband. Es hatte sie hierhergeführt, aber warum? Fanny wischte sich die Tränen vom Gesicht und seufzte tief. Nein, sie bereute nichts, denn ein Teil von ihr fühlte sich in diesem Land zu Hause. Allerdings war sie froh, dass sie und nicht Charlotte die Ehe mit diesem Mann eingegangen war. Es hätte ihre Freundin langsam und qualvoll umgebracht und all ihre Ideen von Liebe zerstört.

Aber mich, dachte sie, mich bringt er nicht um. Mich wird nichts und niemand davon abhalten, herauszufinden, was es mit meiner Herkunft auf sich hat.

12

Grace und Martha staunten, als sie in der Dämmerung in die Küche kamen und dort Fanny schon vorfanden. Fanny hatte nicht geschlafen und beschlossen, dass Arbeit die beste Medizin war. Zuvor hatte sie sich angekleidet und frisiert und bei einem Blick in den Spiegel festgestellt, dass ihr die nächtliche Demütigung nicht anzusehen war.

Sie hatte das Feuer im Herd entfacht, Tee gekocht und für sich selbst Rühreier zubereitet, die ihr sehr gut schmeckten, obwohl sie geglaubt hatte, keinen Bissen herunterbringen zu können. Nun knetete sie voller Zorn den Brotteig, um sich abzureagieren, und übergab ihn Martha zum Backen. Danach machte sie sich auf zu ihrem morgendlichen Rundgang zu den Hühner- und Lammställen. Seit der Hühnerstall regelmäßig ausgemistet wurde, stank er nicht mehr so penetrant, und es war einfacher, die Eier zu finden. Bei jedem Ei, das sie in ihren Korb legte, dachte sie daran, wie sehnlichst sich Ludwig Kinder wünschte – nein, nicht Kinder: Söhne.

Sie hatte nicht die mindeste Vorstellung, wie Ludwig sich heute benehmen würde, und das machte sie nervös.

Sie sah nach den Lämmchen, griff sich aus einem Impuls heraus eins mit blonden Löckchen, drückte es an sich und vergrub ihre Wangen in seinem weichen Fell. Erst als es ungeduldig blökte, setzte sie es wieder auf den Boden und ging zurück zum Haus, um Frühstück für Ludwig zuzubereiten.

Er kam, als sie gerade den Tisch auf der Veranda für ihn deckte. Als er sie bemerkte, blieb er stehen, zwirbelte seinen Schnurrbart und sagte dann mit einem anerkennenden Schnalzen: »Fesch siehst du aus! Ich dachte ja, ich hätte dich etwas hart rangenommen letzte Nacht, aber wie es scheint, ist es dir gut bekommen.« Er trat näher, klopfte auf ihr Hinterteil und setzte sich an den Tisch.

Sprachlos starrte Fanny ihren Mann an, spürte, wie etwas Saures in ihren Mund schoss, dann kamen die Rühreier wieder hoch, so schnell und unerwartet, dass sie es gerade noch schaffte, sich nicht direkt auf den Tisch zu übergeben.

»Charlotte, was soll denn das?« Angeekelt rief Ludwig nach Grace, damit sie die Schweinerei wegmachte. Aber dann huschte ein Lächeln über sein Gesicht, und er sah Fanny durchdringend an. »Bist du etwa schwanger?« Er schob ihr einen Korbstuhl unter und hielt ihr seine Teetasse hin. Sie schüttelte den Kopf. Von Ludwig würde sie nichts annehmen.

»Nein«, flüsterte sie. »Ich bin nicht schwanger. Wie auch? Ich glaube nicht, dass irgendeine Frau auf der Welt auf diese Art ein Kind empfangen kann. Du widerst mich an!«

Sie stemmte sich hoch und floh von der Veranda in ihr Schlafzimmer. Sie würde hier nicht mehr schlafen. Nicht das Zimmer mit ihm teilen.

Er war ihr gefolgt. »Charlotte, vielleicht war ich gestern doch etwas zu ungestüm.« Er breitete die Hände aus wie ein Priester, der Gott anruft. »Aber du kannst einen Mann auch rasend machen. Du musst dich einfach besser benehmen, mehr so, wie es einer Ehefrau ansteht.«

Was für ein Irrsinn, dachte Fanny, er glaubt wirklich, was er da sagt, und wenn ich ihn frage, worin mein ungebührliches Verhalten denn bestanden hätte, wird er es entweder als Schuldeingeständnis betrachten oder als Zeichen dafür, dass ich keine Ahnung habe und seine Erziehung brauche. Und wenn ich ihn frage, ob es denn richtig ist, wenn sich Ehemänner so brutal benehmen wie er, wird er darin wieder ein Zeichen meiner Frechheit sehen. Was also kann ich sagen? Sie erinnerte sich plötzlich daran, wie John sie in Swakopmund aus dem Meer an den Strand getragen hatte, so behutsam, so freundlich. Niemals, da war sie sicher, würde er eine Frau misshandeln, dazu hatte er viel zu viel Würde in sich. Ja, es war würdelos, wenn ein Mann seine Frau vergewaltigte.

»Ich nehme an«, in Ludwigs Stimme schwang ein triumphierender Unterton mit, »dein Schweigen bedeutet, dass du dir darüber im Klaren bist, wie recht ich habe.«

»Nein, da irrst du dich, Ludwig. Dein Verhalten mir gegenüber ist respektlos und beleidigend. Selbst wenn dir deine Eltern nur sehr wenig aus dem Neuen Testament beigebracht haben sollten, dann weißt du doch trotzdem, dass es nicht akzeptabel ist, anderen Schmerzen zuzufügen.«

»Wenn es zu ihrem Besten ist, aber durchaus«, hielt er dagegen.

»Was du getan hast ...« Fanny verstummte. Ach was, dachte sie, ich rede die ganze Zeit drum herum, dabei muss ich das Unrecht beim Namen nennen. Sie holte tief Luft und spie ihm die Worte entgegen. »Diese gemeine Vergewaltigung war nicht zu meinem Besten und wird es auch nie sein. Ich bin kein Hund und wünsche auch nicht so behandelt zu werden. Du hast mir das schon einmal angetan. Damals auf dem *Pad* dachte ich, es wäre der Alkohol, der deine schlechten Seiten herausgebracht hat. Aber jetzt weiß ich, es macht dir Freude. Wenn du das noch einmal tust, werde ich dich verlassen.« Fanny hatte noch nicht ausgesprochen, da lachte Ludwig schon spöttisch und fragte sie, wohin sie denn dann wolle. »In die Namib? In die Kalahari? Zurück nach Berlin?«

»Ich finde einen Weg. Vielleicht gehe ich zum Richter nach Windhuk, vielleicht zu dem Missionarsfreund deines Vaters. Und ich werde überall erzählen, dass du Frauen nur mit Gewalt besteigen kannst.«

»Du drohst mir?« Sein Blick war so mörderisch, dass Fanny eine Gänsehaut über den Rücken lief und sie merkte, wie ihre Knie zu zittern begannen.

Ludwig war weiß im Gesicht, seine Hände zu Fäusten geballt.

»Niemand droht mir!«

Noch ein falsches Wort, das spürte Fanny, und ihre Ehe

wäre gescheitert, würde sie beide für immer im Vorhof der Hölle schmoren lassen. Sie sollte ihn lieber besänftigen, statt ihn weiter gegen sich aufzubringen. Fanny machte einen Schritt auf ihren Mann zu.

»Ludwig«, sagte sie und versuchte ein Lächeln, »Ludwig, niemand droht dir. Du hast mich sehr verletzt, und ich bitte dich, es nicht wieder zu tun. Um nichts anderes geht es mir. Ich möchte deine Söhne in Liebe und Freude empfangen, und ich möchte, dass sie in einem friedlichen Zuhause aufwachsen. Wie sollen sie denn sonst zivilisierte Menschen werden?« Sie verachtete sich für ihr unterwürfiges Benehmen, aber solange sie keinen wirklichen Plan hatte, brauchte sie seinen guten Willen.

Ludwigs Fäuste entspannten sich, und in sein Gesicht kehrte Farbe zurück. Er schluckte mehrfach so stark, dass Fanny seinen Adamsapfel anstarren musste, dann nagte er an seiner kaum sichtbaren Oberlippe.

»Charlotte«, sagte er schließlich mit rauer Stimme. »Ich weiß nicht, was in mich gefahren ist.« Er bedeckte sein Gesicht mit den Händen. »Plötzlich kam es mir so vor, als wärst du mein schlimmster Feind. Nur angetreten, mich zu demütigen. Doch mir ist nun klar geworden, dass ich dir unrecht getan habe. Du hast recht: Als Mutter meiner zukünftigen Kinder habe ich dich respektvoll zu behandeln. Es tut mir leid.«

Heute Morgen noch wäre Fanny mit dieser Entschuldigung mehr als zufrieden gewesen, hätte vielleicht sogar Mitleid mit seiner Unbeherrschtheit gehabt, aber jetzt nicht mehr. Sie spürte zwar, wie ernst es ihm im Augenblick war, doch das änderte nichts daran, dass sie vor ihm auf der Hut bleiben musste, wenn sie an Leib und Seele gesund bleiben wollte.

Er kam auf sie zu und nahm sie in seine Arme, nun erstaunlich behutsam und liebevoll, als wäre das alles nie passiert, doch seine Umarmung erreichte ihr Herz nicht mehr.

13

Ludwig war in den folgenden Wochen so freundlich und respektvoll zu Fanny, dass es ihr Angst machte. Es gelang ihr nicht, diese beiden Seiten von Ludwig zusammenzubringen, es mussten zwei Seelen in seiner Brust wohnen. Er kritisierte allenfalls noch ihren Umgang mit den Dienstboten, da er fand, dass sich eine Charlotte Falkenhagen nicht so gemein mit ihnen machen sollte.

Nach einer Woche legte er sich wieder zu ihr ins Bett, gab sich große Mühe, liebevoll zu sein, und wenn Fanny nicht berührt werden wollte, ließ er sofort von ihr ab. Das gab ihr ein wenig Vertrauen zurück, und nach einiger Zeit erlaubte sie ihm wieder alle Freiheiten. Doch ein kleiner Rest von ihr blieb immer auf der Hut.

Ludwig kannte ihren Zyklus besser als sie selbst, und er war auch diesmal enttäuscht, als ihre Regel einsetzte. Es gelang ihm nur sehr schlecht, sein Missfallen darüber zu verbergen.

Mittlerweile hatte Fanny die Farm voll im Griff, und Ludwig war stolz auf ihre Fähigkeiten. Wenn nun überraschend Besuch kam, schöpfte Fanny aus ihrer vollen Vorratskammer und war in der Lage, köstliche Mahlzeiten auf den Tisch zu bringen. Das sprach sich herum, und so waren ständig Gäste zu Besuch. Soldaten, durchreisende Kaufleute und leider auch immer wieder Hermann, der nicht müde wurde, Fanny mit Fragen zu belästigen.

Glücklicherweise war Ludwig immer da gewesen, wenn Hermann aufgetaucht war, und Fanny hoffte sehr, dass Hermann nie kommen würde, wenn sie allein war.

Auch Daphne erschien öfter, meistens bat sie um Medikamente für die Mission. Sie war ausgebildete Krankenschwester, und Fanny nutzte jede Gelegenheit, mit ihr über Krankenpflege zu sprechen, um das Wissen, das sie im Kloster erworben hatte, noch zu vertiefen. Doch Daphne war nur dann redselig, wenn Ludwig in der Nähe war. Ludwig hingegen verstummte völlig in Daphnes Gegenwart.

Es war mittlerweile schon Juni, und Ludwig war nach Mariental aufgebrochen, um dort von einem befreundeten Händler Damaraschafe zu kaufen, die viel weniger zu fressen brauchten als die Rinder und außerdem schönes Fell lieferten, das sich gut verkaufen ließ.

Auch Fanny schätzte diese Schafe, weil sie aus ihrem Schwanzfett gutes Fett zum Kochen gewinnen konnte. Dazu zog Fanny ihnen nach dem Schlachten den Schwanz ab, hackte und schmorte ihn. Das Fett, das sich dabei absetzte, schöpfte sie ab und verwendete es als eine Art Butterersatz. Sie hatte einmal um Ludwigs willen versucht, selbst Butter herzustellen, indem sie Sahne in einem Einmachglas hin- und hergeschüttelt hatte, aber das war ihr zu mühsam. Außerdem war sie sich lächerlich vorgekommen, weil Martha und Grace ihr Kichern nur mühsam zurückhalten konnten. Ihr Versuch, die beiden dafür abzustellen, war kläglich gescheitert – entweder fiel ihnen das Glas aus der Hand, oder sie probierten so oft, ob die Sahne schon Butter geworden war, dass am Ende nichts übrig blieb. Wenn Fanny sich im Kloster so ungehorsam oder unwillig gezeigt hätte wie Grace und Martha, dann hätte man sie tagelang dafür bestraft. Ihr war klar, dass die beiden sich extra einfältig anstellten, um sich so ihren Anordnungen zu widersetzen. Aber sie wusste nicht, wie sie dieses Verhalten ändern sollte, obwohl Ludwig und auch Maria von Imkeller, die sie ständig mit Briefen bombardierte, diesbezüglich eine einfache Lösung parat hatten. Maria beschrieb ihr ausführlich, wie leicht es sei, ihre Dienstboten zu dressieren, nämlich mit ihrer Reitpeitsche. Aber das lehnte Fanny ab. Niemals würde sie anderen antun, was sie im Kloster erlebt hatte.

Etwas in ihrer Seele verstand Martha und Grace nur allzu gut. Warum sollten sie sich krumm und lahm für sie arbeiten, wenn es doch anders auch ging. Ihre Stämme waren freie Nomaden gewesen, bis die Missionare und dann die Kaufleute gekommen waren, um ihnen die »wahre« Kultur beizubringen und sie zu Christen zu machen. Mit welchem Recht, dachte Fanny oft, mit welchem Recht?

Insgeheim wünschte sie sich, sie könnte John um Rat bitten, aber sie bekam ihn nie zu Gesicht. Als sie sich bei Ludwig einmal nach ihm erkundigte, reagierte ihr Mann so ungehalten, dass sie sich vornahm, ihn nicht mehr zu fragen.

Immer wieder sah sie in den Gesichtern der Eingeborenen, für wie überflüssig sie viele Arbeiten hielten. Manchmal fragte sich Fanny auch, warum eigentlich alle in diesem staubigen Land in weißen Kleidern herumlaufen mussten, die sofort wieder schmutzig aussahen, oder warum alle Kartoffeln essen wollten, die es hier nicht gab. Das Korsett, das ihr nach dem Kloster wie eine Befreiung vorgekommen war, erschien ihr jetzt als das allerdümmste Kleidungsstück überhaupt, aber Ludwig legte größten Wert darauf, dass sie »zivilisiert« aussah. Auch ihre Dienstboten sollten so deutsch wie möglich wirken, was in Fannys Augen genauso unmöglich wie überflüssig war und letztlich nur noch mehr Wäsche verursachte. Fanny liebäugelte mit den farbenfrohen Kleidern der Herero-Frauen, die im viktorianischen Stil in der Taille eng zusammengefasst waren und von dort bauschig auf den Boden fielen. Ludwig hätte sie für verrückt erklärt.

Wenn es Fanny auch nicht gelang, ihre Dienstboten »perfekt auf Kurs« zu bringen, so gab es doch einige Arbeiten, die die beiden gern übernahmen. Grace mochte es, mit dem Staubwedel den Staub in den Zimmern aufzuwirbeln und Wäsche in schaumiger Seife zu waschen, zu spülen und aufzuhängen. Martha, die Fanny zu Anfang nur mit Verachtung gestraft hatte, entwickelte sich zu einer beachtlichen Köchin. Sie liebte es, den Teig für das Brot zu kneten und vor allem, es zu essen. Nachdem Fanny einmal gesehen hatte, wie geschickt Martha das Brot zu Tierfiguren formte, war sie auf die Idee gekommen, ihr Ton zu kaufen und sie zu bitten, daraus Figuren zu kneten, was

Martha nach anfänglichem Zögern mit immer größerer Begeisterung tat. Sie hatten zwar keinen Brennofen, aber die Sonne trocknete die Figuren gut genug, sodass man sie an durchziehende Händler verkaufen konnte. Fanny bemerkte, dass Martha immer wieder hochschwangere Frauen formte, was sie merkwürdig fand. Machten sich ihre Dienstboten etwa auch schon Gedanken über ihre Fruchtbarkeit? Waren das afrikanische Fetische, die ihr dabei helfen sollten, schwanger zu werden?

Sie traute sich nicht, Martha zu fragen, und bat stattdessen Grace um eine Erklärung. Grace wollte ihr erst nichts verraten, doch schließlich erzählte sie ihr, dass Martha zwei Kinder geboren hatte, die ihr von weißen Sklavenhändlern wenige Monate nach der Geburt weggenommen worden waren. Fanny war entsetzt und wollte mit Ludwig darüber reden, aber der fand, er hätte Martha schon allein dadurch gerettet, dass er sie für Fanny freigekauft und angestellt hatte. Und überhaupt sollte sie endlich aufhören, dem Geschwätz der Dienstboten so viel Bedeutung beizumessen.

Doch Fanny war ganz im Gegenteil sogar davon überzeugt, dass es nicht nur gut war, mit ihnen zu reden, sondern auch ihre Sprache zu lernen.

Grace brachte Fanny Worte aus ihrer Sprache bei, der *khoin-khoin*, was, wie sie Fanny erklärte, »die wahren Menschen« bedeutete. Wenn Fanny versuchte, Nama-Schnalzlaute von sich zu geben, schütteten Martha, Grace und Zach sich aus vor Lachen.

Immerhin hatte Fanny schon gelernt, »Vielen Dank« zu sagen, was einfach war, denn da gab es keinen Schnalzlaut:

kai aios. Bis drei zu zählen war schon sehr viel schwerer. Eins klang wie »tlgiu«, zwei wie »tlgam«, drei wie »tssnona«. Zum Austausch hatte Fanny Grace und Martha bayerische Worte beigebracht, wie zum Beispiel »Oachkatzlschwoaf«. Natürlich tat sie das nur, wenn Ludwig nicht in der Nähe war – er hätte sich gewundert, woher sie als Berlinerin solche Worte überhaupt kannte.

Fanny war gerade dabei, *Biltong* zuzubereiten, Trockenfleisch, denn Ludwig hatte gestern, am Tag vor seiner Abreise, noch einen Kudu geschossen, dessen Fleisch sie konservieren musste, damit es nicht verdarb. Dazu hatte sie das Kudufleisch in zwei bis drei Zentimeter dicke Streifen geschnitten und jedes Kilo Fleisch mit zwanzig Gramm Salz, vierzig Gramm Koriander und zwei Gramm braunem Zucker vermischt und es über Nacht durchziehen lassen. Sie zeigte Martha und Grace, wie sie die Streifen zum Trocknen an die Wäscheleine hängen sollten, als sie ein Pferd herangaloppieren hörte. Ludwig war heute Morgen erst aufgebrochen, so schnell konnte er unmöglich wieder zurück sein. Oder hatte er etwas vergessen?

Fannys Armband wurde warm, und plötzlich wusste sie, wer sich hinter der Staubwolke verbarg, die den Reiter umgab. Es war John, den sie schon seit Wochen nicht mehr gesehen hatte, weil Ludwig ihn ständig auf seinem Land herumschickte.

Je näher er kam, desto lauter hörte sie neben den klappernden Hufen auch noch ein herzzerreißendes Wimmern.

Es hatte sie überrascht, dass Ludwig ohne John, nur zusammen mit Hendrik und ein paar Hirtenjungen nach

Mariental aufgebrochen war. Ludwig hatte ihr erklärt, wie wichtig es war, dass sein Verwalter blieb und nach dem Rechten sah, denn er war der Überzeugung, dass das Chaos ausbrechen würde, sobald er seinem Haus den Rücken zukehrte. Er hatte Fanny eindrücklich an den Revolver erinnert und sie gebeten, dafür zu sorgen, dass er einwandfrei funktionierte und schussbereit unter ihrem Kopfkissen lag.

Das Wimmern kam von einem Kind, das auf dem Rücken von Johns Pferd lag. Er sprang ab, nahm es behutsam in seine Arme und kam auf Fanny zu.

Fanny lief ihm entgegen. »Was ist passiert?«

»Wir brauchen Hilfe.« John war völlig außer Atem.

»Ludwig ist nicht da«, stotterte Fanny. »Wie kann ich helfen?«

»Ich weiß es nicht genau. Das ist Kajumba, sie ist die Lieblingstochter von Zacharias, dem Herero-Häuptling, der wichtig für Ludwig ist, denn er will Land von ihm kaufen. Sie ist krank.«

Fanny betrachtete das höchstens achtjährige Mädchen und wunderte sich, dass ein Stammeshäuptling der Herero sein Kind zum weißen Arzt bringen ließ. »Aber Ludwig ist nicht da«, wiederholte sie und fragte sich, was dem Kind wohl fehlte.

»Wir wollten auch nicht zu ihm, wir wollen zu Ihnen.«

»Zu mir?« Mit Unbehagen beobachtete Fanny, dass Grace, Martha und Zach herangekommen waren und mit ihnen alle anderen, die im Haus und in den Ställen arbeiteten. Ja, sie hatte einigen Schwarzen bei lächerlichen Lappalien geholfen, aber dieses Kind hier sah entsetzlich schwach und krank aus. Als sie es genauer betrachtete, bemerkte sie, wie geschwollen der eine Fuß war.

»Gut, gehen wir in Ludwigs Praxis«, sagte sie und eilte voran. Nur weg von all den Zuschauern, denn wenn Ludwig davon hörte, würde ihm das nicht gefallen.

John folgte ihr und legte das Mädchen auf die Liege.

»Warum wurde sie nicht mit traditioneller Herero-Medizin behandelt oder von Ihrer Mutter, John?«

»Sie wurde mit Herero-Medizin behandelt«, sagte John grimmig, »aber der Clanchef hat einen unfähigen Quacksalber an die Kleine herangelassen, der hat sie ausgerochen.«

»Ausgerochen?«, fragte Fanny. »Was bedeutet das?«

»Es bedeutet, dass der Kerl wie ein Hund an der Kleinen herumgeschnüffelt hat, bis seine Gnuschwanzwedel ausgeschlagen haben. In ihrem Atem wollte er Beweise dafür gefunden haben, dass sie sich an ihren Ahnen vergangen hat, die ihr dieses Leiden dann zur Strafe geschickt hätten.«

»Aber sie ist doch noch ein Kind!« Fanny schüttelte den Kopf.

»Genau«, stimmte John ihr zu, »dieses Mädchen ist noch nicht verantwortlich für seine Taten. Meine Mutter hätte genau gewusst, was zu tun ist, aber derselbe Quacksalber, der diesen Unsinn von sich gegeben hat, behauptet auch, meine Mutter sei eine Schwarzzauberin, und deshalb hat Häuptling Zacharias mich zu Ihnen geschickt. Außerdem …«, Johns Lippen verzogen sich zu einem kleinen Lachen, »… hat er gehört, dass Sie mit den Mächten des Himmels sprechen können.«

Fanny stieg die Röte ins Gesicht. »Was für ein dummes Zeug!«

»Nun, ich war dabei.« John nickte. »Aber genug davon, was fehlt dem Kind?«

Fanny berührte die Stirn des Mädchens und zuckte erschrocken zurück. Sie fühlte sich so heiß an wie Charlottes, kurz bevor sie gestorben war. Das Mädchen hatte gefährlich hohes Fieber. Angst zog Fannys Magen zusammen. Was, wenn dieses Kind unter ihren Händen starb? Das könnte zu Unruhen unter den Schwarzen führen.

»John, ich bin kein Arzt!«

»Wollen Sie, dass sie stirbt?«

Johns Frage klang so eindringlich, dass Fanny nachgab und sich die Lupe von Ludwigs Schreibtisch holte, um den Fuß besser untersuchen zu können. Zwischen den Zehen war eine große Beule, und sie war sicher, dass etwas darin steckte, was sich entzündet haben musste. Das Kind atmete viel zu schnell. Fanny legte ihre Hand auf die Brust des Mädchens, um es zu beruhigen. Heiß, sehr heiß.

»Sie hat sich etwas eingetreten«, sagte Fanny, »was sich übel entzündet hat. John, warum geben Sie ihr nicht den gleichen Brei, den Sie mir auf den Skorpionstich getan haben?«

John nahm Fannys Hand von der Brust des Kindes, hielt sie in seiner fest und zog sie dann zu seiner Brust, was Fanny zwang, ihn anzusehen. »Weil wir das schon versucht haben. Kajumba reagiert zu heftig auf *Omukaru*, es bilden sich sofort Quaddeln überall an ihrem Körper. Und jetzt kämpft Kajumba mit dem Tod, sie braucht sofort Hilfe.

Und ich bin sicher, Sie können sie retten.« Er sah sie flehend an.

»Wie können Sie da so sicher sein?«

»Ist mir egal, ob Sie lachen, aber ich habe es geträumt. Und meine Träume lügen nicht.«

»Spricht jetzt das Europäerbein oder das Zulubein aus Ihnen? Oder haben Ihre Ahnen Ihnen das eingeflüstert?« Fanny entzog ihm ihre Hand. Was redete sie da für einen Unsinn! Sie sollte sich lieber um das Kind kümmern. »Nun, das ist jetzt egal«, fuhr sie deshalb hastig fort. »Ich fürchte, man muss diesen Fremdkörper entfernen, aber ich weiß nicht, ob ich das kann und ob nicht genau das der falsche Weg ist.«

»Was auch immer Sie tun, ich weiß, es wird das Richtige sein.«

Sie fragte sich, was Ludwig tun würde, aber was ihr durch den Kopf schoss, war wenig hilfreich, denn Ludwig hätte sich geweigert, das Mädchen auch nur anzuschauen. Es missfiel ihm schon sehr, dass sie die Eingeborenen, die zur Farm gehörten, behandelte. Fremde Schwarze hätte er sofort abgewiesen, mit der Begründung, dass dies nur eine Verschwendung teurer Medikamente sei.

Das Mädchen stöhnte laut und wand sich heftiger.

Und wenn das ihr Kind wäre? Fanny war klar, wenn sie nichts unternahm, würde es sterben. Sie musste es versuchen, auch wenn es ihr vielleicht nicht gelang und man sagen würde, dass die weiße Frau die Tochter eines Häuptlings getötet hat. Was gab es da zu zögern, zu was für einem Feigling war sie in der kurzen Zeit ihrer Ehe schon geworden?

Sie setzte sich endlich in Bewegung, suchte nach Chinin, um es gegen die Schmerzen und das Fieber zu verabreichen, und nach Borwasser zum Desinfizieren der Wunde. Außerdem brauchte sie ein Skalpell. Vorher musste sie den Fuß noch waschen. Sie rief nach Martha, dass sie ihr Wasser heiß machen und frische Handtücher bringen solle, dann wandte sie sich wieder an John. »Sie müssen sie festhalten, denn ich habe nichts, um sie zu betäuben. Keinen Äther, kein Chloroform.« Fanny hielt inne, es war schrecklich, der Kleinen noch mehr Schmerzen zuzufügen. Rum, fiel ihr ein, es gab noch etwas Rum in der Vorratskammer. Den hatte sie zwar für einen Rumtopf aufbewahrt, aber dann musste er eben geopfert werden.

Sie rief nach Grace und beauftragte sie, ihr den Rum zu bringen. Dann zog sie eine Schürze über, denn wenn sie das Skalpell ansetzte, würde es sicher spritzen.

Grace kam ausnahmsweise schon nach kurzer Zeit zurück und brachte den Rum, den Fanny dem Mädchen einflößte. Fanny hoffte, dass sie ihn nicht gleich wieder erbrechen würde.

Dann kam auch Martha mit dem Wasser und den Handtüchern. Martha und Grace blieben stehen und waren begierig darauf zuzuschauen, aber Fanny schickte sie weg.

John half ihr, den Fuß von Kajumba zu waschen und abzutrocknen.

Keiner sagte ein Wort. Nur das unruhige Keuchen des Mädchens war zu hören. Fanny wusch auch ihre Hände noch einmal, dann nahm sie das Skalpell in die rechte Hand, packte den Fuß mit der linken und spürte, wie das

Armband an diesem Arm plötzlich tonnenschwer wurde, als wollte es sie daran hindern, das zu tun, was sie vorhatte. Unsinn. Sie schüttelte den linken Arm einmal aus.

Einbildung.

Nein, der Arm blieb schwer und wurde noch schwerer. Was kümmerte sie das, sie brauchte nur den rechten Arm. Sie hob wieder ihre Hände, um mit der linken den Fuß zu halten und mit der rechten das Skalpell anzusetzen, aber der linke Arm war jetzt wie gelähmt. Fanny rann der Schweiß den Rücken herunter, und ihr Herz pochte laut in ihren Ohren, vermischte sich mit dem Stöhnen des Mädchens. Was hatte das nun wieder zu bedeuten?

John warf ihr einen merkwürdigen Blick zu, kam näher, ergriff ihren linken Arm und fasste nach dem Armband.

»Nein, das geht nicht!«, sagte sie, widersetzte sich aber zu ihrer eigenen Verblüffung nicht.

Niemand hatte es je geschafft, ihr das Wichtigste in ihrem Leben wegzunehmen, sie hatte die Perlen stets wie eine Löwin verteidigt. Noch nie hatte sie selbst das Armband ausgezogen, nicht seit sie denken konnte, auch nicht unter den schlimmsten Züchtigungen von Seraphina. Nur ein einziges Mal war es von ihrem Arm gerutscht, damals bei ihrer Ankunft in Keetmanshoop.

Und nun stand sie hier wie versteinert und sah zu, wie John ihr Perlenarmband herunterstreifte und dem Mädchen in eine Handfläche legte, dann dessen Finger darüber schloss und ihm etwas ins Ohr flüsterte.

Schließlich nickte er Fanny zu. Fanny fühlte sich wie nackt ohne die Perlen. Doch als sie ihre Hände wieder hob, durchströmte sie eine unglaubliche Energie, und ihre Arme fühlten sich wieder gleich schwer an. In diesem Augenblick wusste sie, dass Kajumba überleben würde. Deswegen wagte sie es, mit dem Skalpell vorsichtig in die Haut des Mädchens zu schneiden.

Kurze Zeit später hatte sie den Übeltäter entfernt. Es war der Dorn einer Akazie, die hier überall wuchs und deren afrikanischer Name »Die schreckliche Akazie« bedeutete und von ihren langen Dornen herrührte. Sie entfernte den Dorn, ließ den Eiter abfließen, schnitt das verweste Fleisch weg und desinfizierte alles mit reichlich Borwasser.

John hielt das Mädchen fest. Zu Fannys großem Erstaunen musste er dabei kaum Kraft aufwenden, denn das Mädchen blieb wie betäubt liegen. Schließlich gab Fanny noch Borsalbe auf ein Stückchen Gaze, bedeckte die frische Wunde damit und umwickelte den kleinen Fuß dann mit einer festeren Mullbinde.

Sie atmete laut aus, ließ sich erschöpft auf einen Stuhl fallen und betrachtete John und das Mädchen. Erst jetzt bemerkte sie, wie stark sie geschwitzt hatte und wie sehr ihr Herz klopfte. Hoffentlich hatte sie das Richtige getan.

»Wir haben uns einen Tee verdient.«

Fanny zog die Schürze, die mit gelben und roten Spritzern übersät war, aus und rief nach Grace.

Grace war so schnell da, dass Fanny sicher war, dass Grace, Zach und Martha direkt hinter der Tür abgewartet hatten, was passieren würde. Fanny trug ihr auf, draußen Tee für John und sie zu servieren. Dann wusch sie sich die Hände und ihr schweißnasses Gesicht. Sie vermisste schmerzlich ihr Armband, trocknete die Hände ab und ging hinüber zu dem Mädchen, das nun sehr ruhig und gleichmäßig atmete. Vorsichtig griff sie nach der Hand des Mädchens, das immer noch ihre Perlen umklammert hielt, und entwand sie dem Kind. Sie fühlte sich erleichtert, als die Perlen wieder an ihrem linken Arm saßen, so als ob sie erst jetzt wieder ein ganzer Mensch wäre.

»Warum bedeuten Ihnen diese Perlen so viel?«, fragte John, der sie offensichtlich beobachtet hatte.

»In Ihrer Sprache würde man vielleicht sagen, weil sie von meinen Ahnen sind und sie mit mir sprechen können.«

John lächelte. »Sie lernen schnell. Ich frage Sie, weil meine Mutter auch einige dieser Perlen in ihrer magischen Halskette trägt.«

»Ihre Mutter?«, wiederholte Fanny verblüfft.

John nickte. »Ich möchte Sie gern meiner Mutter vorstellen. Als ich ihr gesagt habe, dass auch Sie solche Perlen haben, wollte sie mir nicht glauben.« Er deutete auf Fannys Zauberperlen.

Er musste sich irren, das war unmöglich. Woher sollte seine Mutter solche Perlen haben? »Aber nur diese gelben hier sind afrikanische Perlen.« Fanny zeigte auf die kegelförmigen mattgelben Perlen mit den feinen weißen und blauen Streifen. »Die roten sind böhmische Perlen, aber bei den bunt schillernden weiß niemand genau, woher sie stammen. Unmöglich kann Ihre Mutter solche Perlen besitzen. Ich selbst habe nur einmal in meinem Leben ähnliche gesehen, und das war im Kloster in …« Sie hielt inne, und ihre Kehle zog sich zusammen. Sie musste wahnsinnig geworden sein, wie kam sie dazu, vom Kloster zu sprechen?

»Ja?« John sah sie neugierig an.

»Nichts. Der Tee ist sicher schon fertig. Wir sollten gehen.« Sie deutete zur Tür.

»Wir sollten besser keinen Tee zusammen trinken«, sagte John. »Ihr Mann könnte glauben, ich hätte nichts zu tun, sobald er weg ist.«

Zuerst wollte Fanny ihm widersprechen, aber dann wurde ihr klar, dass John ihren Mann richtig einschätzte. »Sie haben recht«, lenkte sie ein, »es gibt sicher alle Hände voll zu tun. Und was geschieht nun mit Kajumba?«

»Es wäre gut, wenn sie noch eine Weile hierbleiben könnte. Ich hole sie dann morgen.« Er sah ihr fragend in die Augen.

Fanny nickte, auch wenn sie nicht wusste, wo das Mädchen schlafen sollte. »Und wo kann ich Sie erreichen, falls mit der Kleinen etwas sein sollte?«

»Ich bin sicher, dass Kajumba durch Ihre Hilfe wieder gesund wird. Offiziell wohne ich zwar in dem Anbau dort hinten«, er wies zu den Fenstern, wo Fanny ihn am ersten Tag gesehen hatte, »aber dort bin ich nicht oft. Es gibt draußen auf den Weiden sehr viel zu tun. Wenn Sie es wünschen, dann bleibe ich wegen der Kleinen in der Nähe.« Er reichte ihr seine Hand. »Ich danke Ihnen.«

Fanny wünschte sich, dass er noch nicht gehen möge, und hoffte, ihm würde ein geeigneter Grund einfallen. Er stand immer noch mit ausgestreckter Hand vor ihr. Sie griff danach und drückte sie. Von dort, wo sich ihre Handinnenflächen berührten, breiteten sich wohlige Schauer über ihren Körper aus, so angenehm, dass es ihr Angst machte. Sie ließ seine Hand los, so schnell, als ob sie sich verbrannt hätte.

»Der Tee …«, sagte sie und musste sich räuspern. »Mein Tee wartet schon.«

»Er wird Ihnen guttun.« John nickte ihr zu und verließ die Praxis.

Fanny sah noch einmal nach dem Mädchen, das nun ruhig und fest schlief, räumte die Praxis auf und lief hinüber zur Veranda.

Sie setzte sich auf einen der Korbstühle und trank hastig den Tee, den ihr Grace eingeschenkt hatte. Sie sah über die Veranda in die Ferne.

Charlotte, dachte sie, was du wohl dazu sagen würdest? Sie sog die warme Luft ein, die hier draußen trocken und staubig war und einen leichten, süßen Honigduft verbreitete. Grace und Martha starrten neugierig zu ihr hin, und als Fanny das bemerkte, strich sie die feuchten Haarkringel, die sich während der kleinen Operation aus ihrem Knoten gelöst hatten, zurück und winkte die beiden zu sich. »Was gibt es denn? Warum starrt ihr mich so an?«

»Nichts«, sagte Grace.

»Unsere Missi hat Kind gesund gezaubert«, stellte Martha in einem Ton fest, den Fanny nicht einordnen konnte.

»Unsinn, ich habe nur ein bisschen Medizin auf den kranken Fuß gegeben.«

»Wir haben alles gesehen durch Fenster«, ließ sich Grace vernehmen. »Missi ist besserer Medizinmann als Mister.«

Fanny wurde es kalt. Auf keinen Fall durfte Ludwig dieses Gerede zu hören bekommen.

»Das ist Unsinn, und das wisst ihr auch. Krankheiten werden Menschen weder angehext noch weggehext. Sie entstehen durch Bakterien oder mangelnde Hygiene. Habt ihr den *Biltong*, mit dem wir vorhin angefangen haben, fertig zubereitet und aufgehängt?«

Die beiden sahen sie mit großen Augen an. Fanny klatschte in die Hände. »Los, los, dann nichts wie an die Arbeit. Und wascht vorher eure Hände.«

Sie lehnte sich so fest zurück, dass der Korbstuhl knarzte, und nahm ihr Perlenarmband in die Hand. Beinahe hätte sie John vorhin ihre wahre Identität verraten. Gott sei Dank hatte sie noch rechtzeitig den Mund gehalten.

Jetzt, nachdem sie vom Kloster gesprochen hatte, erinnerte sie sich wieder ganz genau, wie sie dort die Perlen entdeckt hatte, die genauso wie ihre Zauberperlen aussahen. Sie seufzte, denn es war die erste Spur gewesen, der sie Perle für Perle gefolgt war und die sie schließlich bis hierher in dieses weite, warme Land geführt hatte. Sie schloss die Augen und sah alles so deutlich vor sich, als ob es erst gestern gewesen wäre.

14

Es war in dem Jahr, als sie vierzehn Jahre alt wurde, mitten im Winter, in der Woche vor Heiligabend. Der Schnee war früher als sonst gefallen und zu eisigen Skulpturen im Klostergarten gefroren. Fanny schauderte bei der Erinnerung daran und genoss die Mittagssonne, die hier auf der Veranda ihre Haut wärmte, noch mehr als sonst.

In diesem Winter waren Beerdigungen fast schon an der Tagesordnung gewesen, und Fanny hatte sich immer angemessen ruhig und würdevoll verhalten. Doch an jenem Morgen wurde sie von Schluchzen geschüttelt, denn sie mussten Schwester Lioba zu Grabe tragen. Sie war die Einzige gewesen, die jemals ein paar freundliche Worte für Fanny übrig gehabt hatte. Fannys Weinen vermischte sich mit der sehr langen Ansprache, mit der Seraphina ihre Mitschwestern quälte. Und manchmal war Fannys Klagen sogar lauter als Seraphinas Lobpreisungen des Herrn. Sofort nach der Trauerfeier wurde Fanny zur Oberin gerufen und schwer gerügt. Ob sie mit ihrem Geheule Gottes weise Voraussicht infrage stellen wollte? Lioba war alt und krank gewesen, doch ganz offensichtlich sei Franziska nicht damit einverstanden, dass Gott, der Herr, seine Dienerin Lioba zu sich ins ewige Licht bestellt hätte.

Für diesen Ungehorsam wurde Fanny in eine der Seitenkapellen gesperrt, mit dem Auftrag, den steinernen Boden sowie alle Reliquien und Schenkungen an das Kloster für die heilige Christmette zu putzen und erst dann herauszukommen, wenn alles glänzt.

In der Seitenkapelle war es so kalt, dass sich das Altarkreuz mit Raureif überzog, wenn Fanny, die es leise betend mit einem nassen Lappen putzte, es nicht schnell genug wieder trocken rieb. Ihre Füße waren wie erstarrt, und vom Steinboden zog es frostig unter ihre Kutte. Sie hatte schon unzählige Abendmahlpokale und Kreuze blank geputzt, als sie ganz hinten im Regal einen Perlen-Rosenkranz entdeckte, der merkwürdig schimmerte.

Eine Gänsehaut überzog ihren Körper, und diesmal war nicht die Kälte schuld. Alle Haare stellten sich ihr auf. Unwillkürlich sah sie zur Tür, sie spürte instinktiv, dass Seraphina alles tun würde, um sie daran zu hindern, die Perlen genauer zu untersuchen. Sie näherte sich den Perlen so ehrfürchtig, als wären sie die heilige Muttergottes selbst. Sie fingen jeden Lichtstrahl in der dämmrigen Kapelle auf und schillerten ebenso unfassbar schön wie die an Fannys Armband. Als sie vor den Perlen stand, rieb sie sich die Augen, aus Angst, dass sie Halluzinationen hatte. Dieser perlmutterne Regenbogenschimmer, der sich je nach Lichteinfall in einen prächtigen Sonnenuntergang verwandeln konnte. Fanny zitterten die Hände, als sie es endlich wagte, den Rosenkranz zu berühren. Ein leises Zischen ertönte, als sie den Rosenkranz über ihren Arm neben ihr Armband legte. Die Perlen waren identisch. Der Rosenkranz war kostbar, schön und grauenerregend zugleich. An seinem Ende baumelte ein schweres, schwarz geflammtes Kreuz aus Gold, dann kamen drei daumendicke, goldene Perlen, dann ein Totenkopf aus Gebein geschnitzt, dann zehn der Zauberperlen, dann wieder ein Totenkopf. Das Ganze wiederholte sich viermal. Es waren die Totenköpfe, vor denen ihr grauste, denn sie schienen zu lachen. Deshalb betete sie sofort einen Rosenkranz, und mit jeder Perle, die sie zwischen den Fingern drehte, wurde ihr leichter ums Herz. Sie spürte, dass sie eine erste Spur gefunden hatte. Gewiss würde ihr diese Entdeckung hilfreich sein, wenn sie das Kloster in vier Jahren endlich verlassen durfte.

An dem Rosenkranz hing ein Schild mit einer Inschrift in einer verblassten, sehr zittrigen Schrift, die zu entziffern ihr große Mühe bereitete. *Ewiger Dank der Gnade unseres Herrn und Gott,* las Fanny, *zur Errettung unserer Tochter Rosina durch die Heilige Jungfrau. Gestiftet von seiner unwürdigen und schwer sündigen Dienerin Josefa Aschenbrennerin aus Grainet im Jahre des Herrn 1699.*

Fanny hatte sich auf die Stufen zum Altar gesetzt und sich wieder und wieder gefragt, ob dieser Rosenkranz etwas mit ihrer Herkunft zu tun hatte oder nicht. Nie hätte sie gedacht, dass die Perlen in ihrem Armband schon so alt waren. Zu gern hätte sie den Rosenkranz mitgenommen und unter ihrem Kopfkissen verborgen, aber sie wusste, dass das einfältig wäre. Sie und ihre wenige

Habe wurden ständig durchsucht. Deshalb musste sie einen Ort in der Kapelle finden, wo sie den Rosenkranz verstecken und immer wieder ansehen konnte. Schließlich versenkte sie den Rosenkranz in einem besonders monströsen Abendmahlpokal in der Hoffnung, dass Seraphina ihn niemals verwenden würde. Prunk war Seraphina ein Gräuel.

In der folgenden Nacht hatte sie von dem Rosenkranz geträumt, die Totenköpfe hatten sich mit Haut überzogen, waren Gesichter geworden, Männergesichter, und hatten gesprochen, dann gezischelt, daraus war dieser singende Ton geworden, den sie schon aus ihren anderen Träumen kannte. Das Singen war übergegangen in ein Ave-Maria. Es kam aus einer Kirche, die auf Wasser gebaut zu sein schien.

Später hatte Fanny herausgefunden, dass es die Stadt, in der die Kirche stand, wirklich gab und sie Venedig genannt wurde.

Nach diesem Traum war sie ganz sicher, dass die Spenderin Josefa etwas mit ihr zu tun hatte, auch wenn sie sich noch keinen Reim darauf machen konnte. Und so wurde Josefa Aschenbrennerin von nun an eine Art angenommene Urururgroßmutter für sie. Fanny erspann sich Geschichten darüber, aus welch grausigem Unheil Gott wohl Josefas Tochter Rosina errettet hatte.

Sie begann sich für bayerische Geschichte zu interessieren, um mehr über Grainet und die Aschenbrennerin zu erfahren. Sie fand heraus, dass Grainet im Bayerischen Wald lag, und zwar in einem berühmten Glashüttengebiet, in dem es viele Patterlhütten gegeben hatte, in denen Rosenkranzperlen hergestellt wurden.

Fanny musste nach ihrer Ausbildung im Kloster noch zwei Jahre als Lehrerin für die Franziskanerinnen arbeiten, um den Schwestern für die Mühe, sie aufzuziehen und auszubilden, etwas zurückzugeben. In dieser Zeit stellte sie weitere Nachforschungen an.

Als sie es dann endlich nach Grainet geschafft hatte, wurden ihre Hoffnungen schwer enttäuscht, denn im dortigen Kirchenbuch fand sie nur gerade so viel heraus, dass es eine Aschenbrenner-Familie gegeben hatte. Der Pfarrer, der ein passionierter Geschichtsforscher war, klärte sie darüber auf, dass Aschenbrenner ein recht häufiger Name im Bayerischen Wald war. Denn der Name war nichts anderes als eine Berufsbezeichnung. Der Aschenbrenner war derjenige, der die Asche herstellte, die man zur Glasherstellung benötigte, denn das Gemenge, aus dem Glas fabriziert wurde, bestand aus Quarzsand und Asche. Diese wurde aus Buchenstämmen in einem mühseligen Prozess gewonnen. Immer dann, wenn kein Holz zur Aschegewinnung mehr vorhanden war, zogen die Aschenbrenner weiter zum nächsten Waldstück. Und so verlor sich die Spur ihrer Aschenbrennerfamilie von Grainet ins Nichts.

Diese Informationen waren für Fanny nicht gerade ermutigend, allerdings konnte der Pfarrer ihr dann doch etwas weiterhelfen. Denn er war es, der die roten Perlen an ihrem Armband als *Böhmische Perlen* erkannte, was Fanny wieder große Hoffnung gab. Sie war immerhin auf dem richtigen Weg. Sie zog durch alle Grenzstädte zwischen

Bayern und Böhmen, in denen Glas produziert wurde, zeigte jedem Glashändler ihre Zauberperlen, doch niemand hatte jemals so etwas gesehen. Bis sie dann nach über einem Jahr bei einem Glashändler endlich einen konkreten Hinweis gefunden hatte. Ein Hochzeitsbild, ein kleines Ölgemälde, auf dem die Braut eine Kette aus den gleichen, merkwürdig schillernden Perlen trug. Auf der Rückseite stand kaum lesbar hingekritzelt: »Vermählung der Aschenbrenner Rosina mit dem Clemens Koller in Grainet«. Der Ladenbesitzer erklärte ihr, dass er das Bild aus dem Nachlass der berühmten, leider erloschenen böhmischen Glasmanufakturfamilie der Poschlingers erworben hätte, und verkaufte es ihr für das wenige Geld, das sie damals gehabt hatte, allerdings musste sie ihm versprechen, dass sie jeden Freitag für sein Seelenheil beten würde. Ihre weiteren Nachforschungen ergaben, dass die letzte Tochter der Poschlingers mit einem Missionar nach Südafrika gegangen war. Diese Spur erschien ihr noch zu vage, um ihr zu folgen.

Dann war Pater Gregor ins Kloster gekommen, ein Missionar auf der Suche nach Lehrerinnen für Afrika. Und er erkannte ihre gelben Perlen sofort als afrikanische Perlen, und er wusste auch, dass sie besonders im südlichen Afrika als Schutzperlen verwendet wurden. Gerade als Fanny ihn fragen wollte, wo genau in Afrika diese Perlen vorkämen, hatte er auf die Zauberperlen gedeutet und ihr eine weitere Spur geliefert. Die Frau eines Missionskollegen in der Nähe von Windhuk habe einen Rosenkranz besessen, in dem solche Zauberperlen schillerten. Deshalb erinnerte er sich auch an dieses besondere Stück. Danach war Fanny ganz sicher gewesen, dass sie in Deutsch-Südwest den Schlüssel zu ihrer Herkunft finden würde.

Fanny seufzte und schüttelte ihre Erinnerungen ab. Das alles lag nun längst hinter ihr. Sie fröstelte. Mittlerweile stand die Sonne nicht mehr im Zenit, und je weiter sie abwärts wanderte, desto kühler wurde es.

Sie stand auf, um nach Kajumba zu sehen. Das Kind lag noch auf der Liege in Ludwigs Praxis und bewegte sich im Schlaf unruhig hin und her. Fanny suchte nach einer Decke, breitete sie über dem Mädchen aus und legte ihre Hand auf dessen Stirn. Als sie die Stirn berührte, wurde das Mädchen ruhiger. Die Temperatur war deutlich gesunken, allerdings gefiel ihr der unruhige Schlaf des Kindes nicht. Sie holte sich einen Stuhl, setzte sich neben die Liege und nahm die Hand des Mädchens in ihre und spürte, dass sich die Kleine erneut beruhigte. Wie wunderschön unsere Hände zusammen aussehen, dachte sie, diese kleine schwarze Hand in meiner weißen, fast als ob sie zusammengehörten. Sie streichelte den Handrücken des Mädchens und fragte sich, ob sie jemals am Bett einer eigenen Tochter sitzen würde. Wenn es nach Ludwig ginge, dann sicher niemals, aber das lag weder in ihrer noch in seiner Hand. Wie sähe ihre Tochter wohl aus? Sie müsste in jedem Fall Charlotte heißen. Fanny begann ein Lied zu summen, sie hätte nicht sagen können, woher sie es kannte, aber sie spürte, wie sich Kajumbas Hand mehr und mehr entspannte und ihre schließlich ganz losließ.

Sie holte noch eine zweite Decke für das Mädchen,

denn es war nun deutlich kälter geworden. Als sie die Decke fest um den Körper des Mädchens gesteckt hatte, hörte sie Schritte hinter sich und drehte sich erschrocken um. Freude und Erleichterung überkamen sie. John.

15

»Es geht ihr gut«, flüsterte Fanny und lächelte John beruhigend zu.

»Daran hatte ich nicht den mindesten Zweifel. Ich bin aus einem anderen Grund gekommen.« Er seufzte, als ob er nicht wüsste, wie er es ihr sagen sollte.

Fanny wunderte sich über Johns Herumgedrucke. »Ist etwas mit meinem Mann?«, fragte sie besorgt.

John schüttelte den Kopf. Dann gab er sich einen Ruck. »Wir haben viele Kranke draußen in einem der Kraale. Ich wollte Sie um Ihre Unterstützung bitten. Würden Sie mich vielleicht begleiten und ihnen helfen?«

»Was ist denn passiert?«

John zuckte mit den Schultern und starrte zu Boden. »Ich weiß es nicht genau, es könnte Malaria sein. Vielleicht können Sie etwas Chinin entbehren, wenigstens so viel, dass es für die Kinder reicht?«

Fanny fragte sich, warum er sie bei seiner Bitte nicht ansah. »Ist es nicht ungewöhnlich, dass so spät im Herbst die Malaria noch massiv ausbricht?«

»Nichts ist in Afrika ungewöhnlich. Alles kann immer und jederzeit geschehen ...« Er presste seine Lippen zusammen, als wollte er sich selbst am Weiterreden hindern. »Wir sollten auf jeden Fall sofort los.«

Er sah ihr auch diesmal nicht in die Augen, was Fanny beunruhigte. Sie konnte sich nur einen einzigen Grund dafür vorstellen: Die Situation in dem Kraal musste viel schlimmer sein, als er ihr verraten wollte. Deshalb zögerte sie keinen Moment mehr. »Solange wir Chinin haben, soll niemand an Malaria sterben, auch kein …«

»Kanake?«, ergänzte John mit bösem Spott. »Oder Bastard?«

Fanny schoss das Blut in die Wangen. Tatsächlich hatte sie Heide sagen wollen. Statt einer Antwort griff sie sich Ludwigs Arzttasche, die er absichtlich nicht mitgenommen hatte, damit unterwegs niemand auf die Idee käme, ihn mit seinem Leiden zu belästigen.

Sie packte alles Chininpulver, das sie finden konnte, hinein, sah noch einmal nach Kajumba, dann wandte sie sich entschlossen an John. »Ich gebe nur noch Grace und Martha Bescheid, dann fahren wir. Wann werden wir wieder zurück sein?«

»Ganz sicher kurz nach Einbruch der Nacht. Es wird kalt, Sie brauchen unbedingt noch einen Mantel oder eine Jacke.«

Fanny nickte ihm zu und ging ins Haupthaus, dort rief sie nach Grace und erklärte ihr, was sie vorhatte.

Grace starrte sie mit vor Verwunderung kugelrunden Augen an. Ludwig hat recht, schoss es Fanny durch den Kopf, ich habe meine Dienstboten nicht im Griff. Warum erkläre ich mich ihnen, das ist gar nicht nötig.

Sie suchte nach einer dicken Strickjacke, band sich noch einen Schal um und griff sich Ludwigs Tasche, die ihr John gleich wieder abnahm. Draußen wartete schon ein Zweispänner mit Pferden, den John, ganz offensichtlich mit ihrer Bereitschaft rechnend, hatte fertig machen lassen.

Sie stieg auf den Karren und setzte sich neben John auf den Kutschbock.

Er nickte ihr zu und feuerte die Pferde an, als ginge es um Leben und Tod.

Sie betrachtete John von der Seite, sah aber gleich wieder weg, als sie merkte, wie sein Anblick ihr Herz schneller schlagen ließ.

Seit Wochen hatte Fanny die Farm nicht verlassen, nicht einmal zu einem Essen waren Ludwig und sie eingeladen gewesen. Sie lehnte sich zurück, versuchte sich von den irritierenden Gefühlen, die Johns Gesicht in ihr ausgelöst hatte, abzulenken und ließ ihren Blick über die weite Ebene schweifen. Trotzdem kam ihr ständig sein kräftiges Kinn in den Sinn und die vollen Lippen mit dem scharf geschwungenen Amorbogen.

Deshalb bemerkte sie erst nach einiger Zeit, dass sie nicht in südliche Richtung zu den Kraalen fuhren, sondern nach Nordosten.

»John ...«, setzte sie an.

Er warf ihr einen kurzen Blick zu, aber er reagierte nicht.

»John, wo in aller Welt fahren wir hin?«

»Es ist eine Überraschung. Ich möchte Ihnen danken.«

»John, das geht nicht, das wissen Sie genau!«

»Vertrauen Sie mir?«

»John!«, befahl sie jetzt heftiger.

»Missi mir also nix vertrauen?« Fanny zuckte zusammen. Sein Ton klang genauso verächtlich wie vorhin, als er »Bastard« gesagt hatte. Er wandte seinen Kopf nicht von den Pferden.

»Missi«! John wollte sie offenbar für ihren Befehlston strafen. Er war gekränkt, das verstand Fanny. Sie bereute ihre scharfen Worte, doch sie wollte so nicht mit sich reden lassen.

»Nennen Sie mich bitte niemals Missi, sondern Fanny!«, forderte sie John auf. Erst zwei Augenblicke später wurde ihr klar, was sie gerade gesagt hatte, und sie biss sich entsetzt auf die Lippen. Sie hätte sich ohrfeigen können.

»Fanny?«, hakte er prompt nach und sah zu ihr hin.

»Das ist mein zweiter Vorname«, log sie und hoffte, John würde sie in Ludwigs Anwesenheit niemals so nennen. Johns Gegenwart machte sie unvorsichtig. Ihr Ehemann wäre entsetzt, wenn er davon erführe, dass sie dem Verwalter erlaubt hatte, sie mit ihrem Vornamen anzusprechen. Was war nur in sie gefahren? Sie wartete mit angehaltenem Atem, ob John noch etwas dazu sagen würde.

»Mein voller Name ist John Amandla Dumisani Madiba.«

Fanny seufzte, überrascht und erleichtert, dass diese gefährliche Klippe umschifft war. »Haben die Namen eine Bedeutung?«, fragte sie.

»John ist der Name, den mein Vater, ein Deutschholländer, mir gegeben hat. Madiba ist der Clanname meiner Mutter. Amandla bedeutet Kraft oder Energie auf Zulu, und Dumisani heißt Ehre.«

»Und welchen Namen von Ihren vielen Namen mögen Sie, John Amandla Dumisani Madiba, am liebsten?« Es bereitete ihr Vergnügen, all seine Namen zu wiederholen, und sie hätte gewettet, dass ihr dabei kein Fehler unterlaufen war. Gleichzeitig machte es sie nervös, dass John ihr immer noch nicht verraten hatte, wohin sie fuhren.

John zuckte mit den Schultern. »Welchen Namen mag ich am liebsten? Das ist so, als würden Sie mich fragen, welches meiner Beine ich lieber hätte, das rechte oder das linke.« Er grinste sie an und versuchte, ihren Blick festzuhalten. Fanny sah weg. Sein Lächeln fand einen Weg in ihre Brust und brachte etwas in ihr zum Vibrieren.

John fuhr nun langsamer, doch weit und breit waren keine Kraale zu sehen.

»John Amandla Dumisani Madiba, verraten Sie mir endlich, wo wir hinfahren! Wo sind die Kranken?«

»Es gibt keine.« John sah sie verlegen an. »Es tut mir leid, dass ich kranke Kinder als Vorwand benutzt habe – ich hoffe, Sie können mir verzeihen. Aber ich wusste, Sie würden sonst nicht mitkommen, und was ich Ihnen zeigen möchte, wird sehr hilfreich für Sie sein. Vergeben Sie mir?« Diesmal gelang es Fanny nicht, seinem Blick auszuweichen. Seine Augen brachten etwas in ihrem Bauch zum Schmelzen, etwas, von dem sie gar nicht gewusst hatte, dass es da war. Ihr wurde heiß.

»Was machen wir hier?« Fanny war klar, dass Ludwig

von diesem Ausflug niemals erfahren durfte. Es war eine Sache, sich seine Missbilligung für die Heilung von Kranken und die Verschwendung von Chinin an Schwarze zuzuziehen. Aber eine Fahrt ins Blaue mit John, die würde Ludwig nicht nur missbilligen, sondern die würde ihn rasend machen.

»Es ist eine kleine Überraschung, meine Art, Danke zu sagen für Ihre Hilfe.«

»Das geht nicht. John Amandla, der Ehrenvolle, bringen Sie mich sofort zurück.«

»Es gibt keinen Grund zur Beunruhigung, niemand wird etwas anderes erfahren, als dass Sie einen Krankenbesuch gemacht haben. Das verspreche ich.« John trieb die Pferde wieder stärker an.

Fanny wurde wütend – und bekam Angst. Sie wollte sich gar nicht vorstellen, welche Strafe sich Ludwig für sie einfallen lassen würde, sollte er je etwas von dieser Unternehmung erfahren. »Ich will zurück, ich befehle es!«

»Wir sind schon da. Lassen Sie sich überraschen.« John zeigte nach vorne auf etwas, das aussah wie ein Hügel, auf dem große Felsblöcke und Steinbrocken verteilt waren. Dazwischen wuchsen in großen Abständen seltsam aussehende Bäume.

Neugier und Ärger kämpften in Fanny um die Vormachtstellung. Schließlich gewann ihre unersättliche Neugier, und Fanny gab ihren Widerstand endgültig auf.

Kurze Zeit später erreichten sie den Steinhaufen. Aus der Nähe erkannte Fanny, dass es gigantische rotbraune und schwarze Felsbrocken waren, die teils aufeinandergetürmt waren, teils einfach nur herumlagen. Zwischen den Felsbrocken wuchsen Bäume mit rissigen Stämmen und seltsamen Baumkronen. Sie sahen aus wie Aloengewächse, die man auf Stämme gespießt hatte.

John zügelte die Pferde, hielt den Wagen an, sprang hinunter und reichte Fanny seine Hand.

»Man sagt, dass die Riesen sich hier um das Land gestritten und dabei aus Zorn gegenseitig mit Steinbrocken beworfen haben.«

»Das müssen unvorstellbar große Riesen gewesen sein.« Fanny zog ihre Jacke an und stieg vom Wagen. Besorgt wandte sie sich zur Sonne, die schon bald untergehen würde. Jetzt erst bemerkte sie das vielfältige, sirrende und tirilierende Vogelgezwitscher, das die Luft erfüllte.

»Kommen Sie«, forderte John sie auf, und gemeinsam liefen sie los.

»Was sind das für seltsame Bäume?«, fragte Fanny, fasziniert vom Gezwitscher und der fremdartigen Atmosphäre, die von den Bäumen ausging.

»Die Europäer nennen sie Köcherbäume, weil die Khoisan-Buschmänner die weichen Zweige aushöhlen und die äußere harte Rinde für ihre Pfeilköcher verwenden. Das Holz dieser Bäume ist leicht, außen hart und innen faserig und schwammig, um Wasser speichern zu können. Zum Glück eignet es sich nicht als Brennmaterial, sonst hätten die Europäer sie längst abgeholzt und verfeuert.«

Fanny blieb stehen, lauschte den Vögeln und legte eine Hand an die Rinde eines ockergoldfarbenen, rissigen Stammes, der aussah, als würde er sich schuppen. Als sie neugierig eine dieser Schuppen berührte, schnitten ihr die Kanten tief in den Finger. Blut quoll hervor.

»Ahh.« Sie steckte Zeige- und Mittelfinger ihrer rechten Hand in den Mund und leckte das herausströmende Blut ab.

»Was ist passiert?« John war neben sie getreten und sah sie besorgt an.

Fanny winkte ab. »Nur eine kleine Schnittwunde.«

Erst als sie hoch in die Baumkrone sah, entdeckte sie, woher das Vogelgezwitscher kam. Zwischen den glatten, silbrig glänzenden Ästen mit den merkwürdig verzweigten Blättern ragten Blütenstände hervor, die mit kanariengelben Blüten besetzt waren. Und diese Blüten hatten Hunderte von kleinen Vögeln angelockt.

»Oh«, staunte Fanny, »das ist wunderschön!« Solche Vögel hatte sie noch nie gesehen: graubraune mit weißen Hauben und türkisfarbene mit einem seltsamen, nach unten gebogenen, langen, dünnen Schnabel. Im Baumstamm selbst hatten weit oben schwarz-weiße Vögel mit einem leuchtend roten Fleck auf dem Köpfchen offensichtlich Nester gebaut, denn sie huschten ständig in die Löcher im Stamm und wieder heraus.

»Das wollte ich Ihnen zeigen«, sagte John. »Es gibt hier in Afrika so viel mehr als nur Farmgelände.« Die Vögel zwitschern so laut, dachte Fanny, so laut und schön, als ob sie morgen sterben müssten. Der leichte Wind wehte einen angenehmen Duft in ihre Nase.

»Es riecht hier nach Honig«, bemerkte sie und blieb stehen, um zu schnuppern, aber John wartete nicht, sondern deutete auf eine kleine Anhöhe.

»Kommen Sie weiter!« Er schritt so schnell voran, dass Fanny beim Laufen die Luft wegblieb. Warum hatte er es nur so eilig?

Schwer atmend erreichten sie die kleine Anhöhe. Als Fanny sich umsah, merkte sie, dass sie in der Mitte eines Kreises aus Steinblöcken stand. Jeder Stein hatte eine andere Form, aber alle waren massiv und aus schwarzrotem Gestein.

»Ich fühle die Wärme, die die Steine abgeben«, sagte sie verblüfft, breitete ihre Arme aus und drehte sich, wie von einer fremden Macht getrieben, um sich selbst. »Es ist, als ob ich in eine unsichtbare Decke gehüllt werde.«

»Es sind nicht die Steine, die Wärme abgeben. Wenn Sie an diesem Platz Wärme fühlen, dann ist das ein Geschenk der Ahnen, die hier auf Sie warten, um Sie zu umarmen. Schauen Sie!« John zeigte zur Sonne hin, die gerade dabei war, den Himmel in Brand zu setzen.

Fanny blieb leicht schwankend stehen. Ihr war ein bisschen schwindelig, aber ihre Augen folgten seiner Hand. Sie sah zwischen den Bäumen mit den üppigen goldgelben Blüten hindurch in eine, wie es ihr vorkam, endlose rotgrüne Weite, die am Horizont mit dem Himmel verschmolz.

Die Sonne sank rasch und überzog alles mit einem Feuerwerk aus kupfernen, orange- und rosafarbenen Streifen, die sich nach dem Verschwinden der Sonne wieder zu einem Ganzen zusammenfügten und den Himmel erst pflaumenfarben und dann graugrün färbten – und plötzlich war es Nacht.

Erst als die Vögel verstummten, wurde Fanny wieder bewusst, dass sie nicht allein hier war.

Sie hatten kein einziges Wort gewechselt, ja, es kam ihr so vor, als hätte sie nicht einmal geatmet, sondern die ganze Zeit über die Luft angehalten. Charlotte, wenn du das doch hättest sehen können. Ihre Kehle wurde eng. Kein Grund, sentimental zu werden, das ist nur ein Sonnenuntergang. Und den gab es jeden Abend überall auf der Welt. Sie gab sich einen Ruck und räusperte sich. »Wir sollten jetzt gehen.«

John schüttelte den Kopf. »Noch nicht. Ich ...« Plötzlich verzog er seinen Mund zu einem breiten Lächeln und sah über ihre Schulter.

Fanny spürte eine Bewegung hinter sich. Erschrocken drehte sie sich um.

Hinter ihr stand eine große schwarze Frau in einem hellen Gewand, das in der Dunkelheit schimmerte, als ob es von innen beleuchtet wäre. An den Armen fingen unzählige Goldreife jeden spärlichen Lichtstrahl ein, den der Mond zwischen den Wolken durchließ, und funkelten wie Sterne. Um ihren Hals hingen Ketten aus merkwürdigen Gegenständen, die Fanny nicht erkennen konnte.

»Das ist meine Mutter Mbhali Madiba, die große Regenzauberin, genannt *Zahaboo*, die Goldene.«

Fanny spürte am ganzen Körper die Energie, die von dieser Frau ausging und die sie umgab wie eine Aura aus Kraft. Niemand musste ihr sagen, dass es eine große Ehre war, ihr vorgestellt zu werden. Mbhali Madiba stand vor ihr wie eine fremdartige Göttin, die wie aus der Erde emporgewachsen war.

In ihrer Gegenwart schien alles zu schrumpfen, Fanny fühlte sich wie durchsichtig, die Härchen an ihren Armen stellten sich auf, und sie merkte, dass sie flacher und schneller atmete. Es kam Fanny in den Sinn, dass es vielleicht angebracht sein könnte, sich vor dieser, »die Goldene« genannten, Frau zu verbeugen. Doch sie war wie erstarrt und konnte nur den Kopf neigen, dann streckte sie Zahaboo wortlos die Hand entgegen. Als Johns Mutter keine Anstalten machte, diese zu ergreifen, ließ sie sie langsam wieder sinken.

Fannys Augen hatten sich mittlerweile an die Dunkelheit gewöhnt. Neugierig betrachtete sie Zahaboo. Ihr Haar war nicht geflochten oder frisiert wie bei allen Eingeborenen, die Fanny bis jetzt gesehen hatte, sondern kurz geschoren. Wie eine weiße Kappe lag es auf ihrem imposanten, ovalen Kopf. An den Ohren baumelten unterarmdicke goldene Reife. Das dreieckige Gesicht wurde von den großen Augen und einer sehr breiten Nase dominiert. Zahaboo wandte sich Fanny zu, die das Gefühl hatte, von diesen unendlich traurig wirkenden Augen verschlungen zu werden.

Zahaboo zeigte auf die Perlen in Fannys Armband, deutete dann auf das andere Handgelenk und sagte mit sehr tiefer, rauer Stimme etwas zu John in einer Sprache, die Fanny noch nie gehört hatte.

»*Ziputhisa injakazi emhlophe!*« Das musste Zulu sein.

Fanny fand, dass es wunderschön klang, und sie nahm sich vor, John später zu fragen, was seine Mutter gesagt hatte.

Zahaboo sprach John nur mit Amandla Dumisani an, sie klang sehr ruhig und bestimmt, aber John reagierte heftig und wurde laut. Schließlich schüttelte seine Mutter den Kopf und verschwand lautlos in der Dunkelheit.

Fanny unterdrückte den Impuls, ihr nachzugehen. Sie fühlte sich auf einmal so allein und schwach und erschöpft wie damals, als man Charlottes Leiche über Bord geworfen hatte. Sie setzte sich auf einen der Felsblöcke.

»John?«

»Ich entschuldige mich für meine Mutter.«

»Niemand muss sich für seine Mutter entschuldigen«, sagte Fanny.

»Doch.«

»Möchten Sie mir erklären, was passiert ist?«

»Nein.«

Seine knappen Antworten steigerten noch Fannys Neugier. »Warum wollten Sie denn überhaupt, dass wir uns kennenlernen?«, hakte sie nach, doch John war offensichtlich nicht zu einem Gespräch bereit.

»Fahren wir«, sagte er und ging ohne ein weiteres Wort zurück zum Karren. Fanny blieb nichts anderes übrig, als hinter ihm her durch die Dunkelheit zu stolpern.

Kaum hatte sie den Steinkreis verlassen, durchdrang ein frostiger Nachtwind ihre Jacke und schlug seine kalten Klauen in ihre Knochen. Jetzt erst wurde ihr bewusst, wie sehr der Steinkreis sie in einen Kokon aus Wärme und Stille gehüllt hatte. Nun nahm sie plötzlich wahr, wie der

Wind um die Köcherbäume strich, hörte ein ständiges Rascheln im Gras und in den Bäumen, hörte das Huschen von Tieren, die nach der Hitze des Tages zum Jagen herauskamen.

John half ihr auf den Wagen und sagte kein Wort.

»John Amandla Dumisani Madiba, was hat das alles zu bedeuten?«

Statt einer Antwort schlug John mit der Peitsche auf die Pferde ein. Der Wagen schoss so ruckartig los, dass Fanny fest auf den Kutschbock gepresst wurde. Nachdem sie eine Weile schweigend gefahren waren, räusperte sich John, doch dann schüttelte er den Kopf und trieb die Pferde heftiger an.

»Warum sagen Sie mir nicht, was passiert ist?«, versuchte Fanny noch einmal, ihm eine Erklärung zu entlocken.

Er reagierte wieder nicht, weshalb Fanny ihre Frage gereizt und lauter wiederholte. Dann kamen ihr die ersten Worte, die Zahaboo geäußert hatte, wieder in den Sinn, und sie fügte hinzu: »Was bedeutet *Ziputhisa injakazi emhlophe*?«

John lachte gequält auf. »Na gut, Sie wollen es ja nicht anders. Es bedeutet: ›Bleib weg von der weißen Hexe.‹ Meine Mutter sagt, Sie sind nicht nur eine Lügnerin, sie behauptet auch ...« Er stockte.

»Ja?« Fannys Stimme klang in ihren eigenen Ohren hoch und panisch. Eine Lügnerin – seine Mutter, diese afrikanische Zauberin, hatte sie also durchschaut.

»Meine Mutter behauptet außerdem, dass Sie in einen Mordfall verwickelt sind. Und, sind Sie nun zufrieden?«

Fanny sah die Wut in seinen Augen, als er ihr die Worte entgegenschleuderte, und hätte im ersten Moment beinahe gelacht, so verblüfft und gleichzeitig erleichtert war sie, dass Zahaboo ihre Lüge doch nicht aufgedeckt hatte. Trotzdem wurde ihr plötzlich ganz elend.

»Wie kommt Ihre Mutter denn auf Mord?«, fragte sie mit erstickter Stimme.

»Durch die Perlen an Ihrem Armband.«

Obwohl Fanny schon fror, lief eine Gänsehaut über ihren Rücken. Unwillkürlich fasste sie an die Perlen. Das war unmöglich. Ja, die Traumperlen hatten ihr schon üble Albträume beschert, aber konnten sie mit einem Mord in Zusammenhang stehen? Sie musste mehr erfahren.

»Hat Zahaboo das näher erklärt?«

John stöhnte. »Ich habe befürchtet, dass Sie mich ausfragen würden. Deshalb wollte ich das Ganze für mich behalten.«

»John, ich bitte Sie. Vielleicht weiß Ihre Mutter etwas über meine El…«

Fanny biss sich auf die Lippen. Charlotte von Gehring wusste natürlich, wer ihre Eltern waren, sie musste wirklich besser aufpassen. Ängstlich sah sie John von der Seite an, doch der hatte gar nicht bemerkt, was sie beinahe gesagt hätte.

»Sie erklärt sich mir nicht, das muss sie auch nicht. Ich konnte ihr immerhin entlocken, dass auf Ihren Perlen ein übler Fluch lastet. Dann hat sie noch angedeutet, dass einige dieser Perlen einem Herero-Mann namens Saherero gehört haben und es unmöglich ist, dass diese Perlen anders als durch Diebstahl in Ihren Besitz gelangt sein können.« Er sah zu ihr und lächelte endlich wieder. »Aber das glaube ich ihr nicht. Es muss eine andere Erklärung dafür geben.« Der Ärger wich aus seiner Stimme und verwandelte sie in ein warmes Streicheln. »Eher glaube ich, dass die Sonne vom Himmel fällt. Es tut mir leid, dass ich eben so zornig war, aber mein Zorn galt nicht Ihnen, sondern meiner Mutter. Ich hatte mir Ihr Kennenlernen anders vorgestellt, aber leider ist sie sehr unberechenbar. Können Sie mir vergeben?«

»Ich vergebe Ihnen nicht, dass Sie mich angelogen haben, aber für das Verhalten Ihrer Mutter können Sie nichts«, antwortete Fanny abwesend.

In ihrem Kopf wirbelten die Gedanken durcheinander. Der tote Herero ... Der war ihr doch schon einmal begegnet ... Hatte nicht auch Richter Ehrenfels gesagt, er hätte die Perlen an einem toten Herero gesehen und dann wieder an seiner Frau Luise? Wenn zwei so verschiedene Menschen wie Ehrenfels und Zahaboo ihre Perlen mit einem jungen toten Herero in Verbindung brachten, dann konnte das doch unmöglich ein Zufall sein. Sie musste also ergründen, was es mit dem Toten auf sich hatte. Wer war Saherero, wo hatte er gelebt, warum und wie war er gestorben? Irgendwo in seiner Geschichte musste der Schlüssel zu ihren Eltern liegen.

»Hat Ihre Mutter sich denn schon jemals geirrt?«, fragte Fanny.

»Ich fürchte nein, aber genau weiß ich es nicht, weil ich nur die ersten zehn Jahre meines Lebens mit ihr verbracht habe. Mein Vater, der uns sehr geliebt hat, bestand darauf, dass ich in ein deutsch geführtes Internat komme, und danach habe ich sie nur sporadisch gesehen.« John seufzte. »Ich erinnere mich, wie sie einmal ein junges Mädchen behandelt hat, das von seiner Mutter zu uns gebracht worden war. Dieses Mädchen hieß Isimomo, was so viel wie ›schönes Mädchen‹ bedeutet. Sie war jung und schon eine angesehene Wahrsagerin. Aber um ihre Kunst ausüben zu können, musste sie drei verschiedenen Dämonen dienen, die von ihr Opfer verlangten. Nur dann konnte Isimomo ihrer Hilfe gewiss sein und herausfinden, an welcher Krankheit jemand litt, verlorene Gegenstände wiederbeschaffen und in Trance mit den Ahnen sprechen. Doch diese Dämonengeister verlangten immer mehr und immer wahnsinnigere Opfer von Isimomo und bekämpften sich gegenseitig in ihr. Als sie zu meiner Mutter gebracht wurde, wand sie sich und zitterte am ganzen Körper, fluchte und schrie Verwünschungen. Grüne Schlangen besuchten ihren Geist und verboten ihr das Zusammenliegen mit ihrem Mann. Steine wurden nach ihr geworfen, obwohl niemand anwesend war, der die Steine hätte werfen können.«

»Wie ist das möglich?«

»Ich kann es nicht erklären. Sie glauben mir vielleicht nicht, aber ich habe selbst gesehen, wie Steine auf Isimomo herabfielen, ohne dass andere Menschen in der Nähe waren. Es hat mir gehörige Angst eingejagt.«

Das hörte sich genauso an wie das, was Seraphina über die Menschen erzählt hatte, die vom Teufel besessen waren. Schwester Lioba hatte Fanny, die von diesen grauenhaften

Erzählungen immer völlig verstört war, getröstet und ihr unter dem Siegel der Verschwiegenheit versichert, dass sie nicht an die Existenz des Teufels glaube, sondern der Geist dieser Menschen nur durch Krankheit verwirrt sei.

»Glauben Sie, dass Isimomo vom Teufel besessen war?«

John zuckte mit den Schultern. »Das weiß ich nicht, aber was da vorging, war sehr unheimlich.«

»Konnte Ihre Mutter dem Mädchen helfen? Was hat sie getan?«

»Als Erstes hat sie verlangt, dass ein neugeborenes Kalb geschlachtet und das Blut in einem heiligen Melkeimer aufgefangen werden soll. Dann bestrich sie Isimomos ganzen Körper mit einer weißen Paste aus gestampften Pflanzen und geheimen Zutaten.« John schwieg plötzlich, und Fanny spürte, dass er lächelte. »Bei dem Auftragen der Paste durfte ich meiner Mutter helfen, und das war für mich sehr schwierig, denn trotz der furchtbaren Situation war Isimomo eine erregend schöne junge Frau.«

Fanny spürte einen winzigen Stich in ihrer Brust, für den sie sich sofort gründlich schämte. Es ging sie nichts an, wen John erregend und schön fand.

»Und dann?«, fragte sie, um ihn von der Erinnerung an den Leib der jungen Frau wegzuholen.

»Nach diesen Vorbereitungen musste Isimomo zur Trommel meiner Mutter tanzen, bis ihre Fußsohlen bluteten. Danach hat meine Mutter das Gehirn eines Leoparden mit dem Kot von Isimomo vermischt und das Ganze in ihrer Hütte mit Ästen aus dem heiligen Feuer verbrannt. Isimomo musste den Rauch durch ein Schilfrohr einatmen, und meine Mutter tanzte um sie herum und wedelte mit ihrem Gnuschwanz, dazu beschimpfte sie sie laut mit den Worten: ›Wenn du stirbst, werde ich dich schlagen.‹«

Fanny verkniff sich ein Lächeln. »Und ist Isimomo gesund geworden?«

»Ja, natürlich, drei Tage später war sie geheilt, allerdings hatte sie mit der Heilung auch all ihre magischen Fähigkeiten verloren, und ihre Familie wollte sie so nicht zurückhaben.«

»Das ist ja fürchterlich.«

»Für Isimomo war es nicht so schlimm, denn sie war so schön, dass sie einen Häuptling fand, der sie zu seiner Hauptfrau machte, obwohl sie von ihrem Mann verstoßen worden war. Aber meine Mutter erntete Ärger, weil die undankbare Isimomo überall herumerzählte, dass Zahaboo eine Schwarzzauberin sei. Wir mussten von dort wegziehen.« John seufzte tief. »Meine Mutter ist unbestreitbar eine große Zauberin, aber sicher ist auch, wo auch immer sie aufkreuzt, gibt es Ärger. Sie lebt schon lange nicht mehr in einem Kraal, sondern ganz für sich allein am Rand der Namibwüste. Nur bei Vollmond kommt sie noch hierher, und dann treffen wir uns. Deshalb musste ich auch zu einer Lüge greifen, um Sie genau heute hierherzulocken. Die Leute, die ihre Hilfe benötigen, gehen zu ihr, aber niemand will in ihrer Nähe leben, denn alle haben Angst vor ihr.«

Wie ein böses Echo zu seinen Worten krachte es plötzlich laut, und der Wagen kippte auf die Seite. Die Pferde bäumten sich wild auf und wieherten panisch.

Fanny wurde von ihrem Sitz auf dem Kutschbock gegen Johns Körper geschleudert, dann stürzten sie zusammen auf die harte kalte Erde. Ein stechender Schmerz durchzog Fannys linken Arm, als sie auf der Erde aufprallte. Sie biss sich auf die Lippen und blieb wie benommen am Boden sitzen.

John warf ihr einen kurzen Blick zu, bevor er aufsprang und den Wagen begutachtete. Dann erst wandte er sich wieder ihr zu. »Sind Sie verletzt?«

»Ich hoffe nicht.« Fanny versuchte aufzustehen. John reichte ihr seine Hand und zog sie hoch. Ihre Beine waren unversehrt, aber ihr war schwindelig, ihr Herz raste, und ihr linker Arm fühlte sich merkwürdig an. Soweit sie das in der Dunkelheit beurteilen konnte, war der Arm drei Fingerbreit über dem linken Handgelenk angeschwollen, wahrscheinlich gebrochen. Sie setzte sich wieder auf die Erde, weil ihre Beine so stark zitterten. »Was ist mit dem Wagen passiert?«

»Eines der Räder ist gebrochen.«

»Und was machen wir jetzt?«

John breitete unglücklich seufzend die Hände aus. »Das weiß ich auch nicht. Ich denke nicht, dass wir im Dunkeln etwas tun können. Hoffentlich gelingt es uns, das Rad morgen früh bei Sonnenaufgang zu reparieren.« Die Pferde wieherten immer noch aufgeregt, schnaubten und tänzelten nervös hin und her.

Fanny schauderte, nicht wegen des kalten Nachtwinds, der ständig stärker wurde, sondern bei dem Gedanken daran, was Ludwig dazu sagen würde, wenn sie ohne eine Bedienstete völlig allein mit seinem Verwalter über Nacht ausblieb. Sie schüttelte energisch den Kopf.

»Das geht nicht, wir können hier nicht übernachten. Wir müssen zurück!«

»Unmöglich. Glauben Sie mir, es geht nicht, so leid es mir tut.« John klang fest entschlossen. Er sah zum Himmel hinauf, der trotz des Windes voller Wolken war.

»Dann muss ich eben alleine los. Spannen Sie eins der Pferde aus, dann werde ich zurückreiten.«

»Das ist Wahnsinn und viel zu gefährlich. Sie wissen, dass es unverantwortlich ist, im Dunkeln zu reiten. Sie kennen den Weg nicht, es sind viele Tiere unterwegs, die Sie wegen der Dunkelheit erst viel zu spät sehen würden, und von dem Zustand des Weges wollen wir gar nicht erst reden.«

»Dann kommen Sie mit.« Fanny zitterte heftig, und Übelkeit breitete sich vom Magen in ihrem ganzen Körper aus. »Wenn nicht, dann gehe ich allein. Ich muss zurück!«, rief sie verzweifelt. John kannte Ludwig doch, ihm musste klar sein, wie er reagieren würde.

John senkte den Blick. »Wenn Sie es unbedingt wollen, dann werde ich tun, was Sie verlangen und mit Ihnen reiten. Ich würde Sie niemals in Gefahr bringen wollen.«

Er hängte sich das Gewehr und Ludwigs Tasche um und beruhigte die Pferde, während er eines für Fanny bereitmachte.

»Wir haben keine Sättel und kein richtiges Zaumzeug, nur diese Zügel. Schaffen Sie das allein auf einem Pferd?«

Der Schmerz in Fannys Arm wurde stärker, und plötzlich hasste sie John aus tiefster Seele. Es war seine Schuld, er hatte sie unter Vorspiegelung falscher Tatsachen in die Nacht gelockt, und nun musste sie dafür bezahlen.

»Das weiß ich nicht, aber wir müssen zurück. Ich will mir nicht vorstellen, was Ludwig tun würde, wenn er hiervon erführe. Außerdem braucht uns Kajumba.«

»Sie haben recht. Ich muss mich nochmals für mein Verhalten entschuldigen – bitte verzeihen Sie mir. Ich bin meinem Herzen gefolgt und habe nicht nachgedacht.« John streckte ihr seine ineinandergefalteten Hände als Leiter entgegen, um ihr beim Aufsteigen zu helfen. Sie stieg mit einem Fuß hinein und versuchte, sich mit der unverletzten rechten Hand am Hals des Pferdes festzuhalten, schaffte es nicht, griff unwillkürlich auch mit der linken Hand nach dem Hals, und ein wahnsinniger Schmerz durchfuhr sie.

»Ahhh!«, stöhnte sie laut. John zuckte zusammen, und sie biss sich auf die Zunge. Er durfte nicht merken, was mit ihrem Arm passiert war, sonst würden sie nie hier fortkommen. Sie spannte alle ihre Muskeln an, um sich hochzuhieven, und gab sich einen Ruck. Doch in diesem Augenblick machte das Pferd einen Schritt nach vorn, und Fanny rutschte wie ein Sack Mehl von seinem Rücken. Sie wäre zu Boden gestürzt, wenn John sie nicht aufgefangen und sanft abgesetzt hätte. Als er sie losließ, konnte sie nicht einmal mehr stehen bleiben, weil ihr so übel war. Sie sank zu Boden.

»Ich glaube, es ist falsch, jetzt zu reiten, und es ist nicht zu übersehen, dass es Ihnen nicht gutgeht und Sie sich ausruhen müssten. Aber wenn Sie es unbedingt wollen, dann reiten wir zusammen auf einem Pferd«, sagte John und half ihr wieder auf. »Ich würde alles für Sie tun«, flüsterte er und machte sich daran, das zweite Pferd auszuspannen. Dann half er Fanny, auf den umgestürzten Karren zu klettern, und bat sie, stehen zu bleiben. Er stieg mühelos auf den Rücken des ersten Pferdes, ritt neben den Karren, beugte sich zu Fanny und hievte sie ächzend vor sich. Dabei bemerkte er, dass ihr Arm angeschwollen war.

»O Gott, Sie haben sich verletzt. Warum haben Sie denn nichts gesagt? Wir reiten sofort los. Lehnen Sie sich an mich, wir werden das schaffen. Ganz sicher, wir schaffen das.«

John griff sich die Zügel des zweiten Pferdes und trieb das Pferd an, auf dem sie saßen. Fanny zitterte am ganzen Körper und wünschte sich meilenweit weg. Jeder Schritt auf dem Rücken des Pferdes war eine Qual, aber alles war besser, als sich Ludwig erklären zu müssen.

Gerade als Fanny dachte, sie könnte es keinen Schritt länger aushalten, stürzte das Pferd mit einem entsetzten Wiehern und sie beide mit ihm. Im Fallen hörte Fanny noch, wie sich ein Warzenschwein grunzend entfernte, dann wurde sie ohnmächtig.

Ein Schuss brachte sie wieder zu sich.

»Ich musste es tun«, erklärte John, als er merkte, dass Fanny die Augen aufgeschlagen hatte. »Das Pferd hat so sehr gelitten.«

Entsetzt starrte Fanny auf den Kadaver, der unweit von ihr lag. Ohne dass sie etwas dagegen tun konnte, liefen ihr Tränen über die Wangen. Die Trauer um das arme Tier vergrößerte noch den Schmerz, der ihren Körper heimsuchte und ständig stärker wurde.

»Ich glaube, wir sollten bis zur Morgendämmerung hierbleiben und dann erst weiterreiten.«

John klang sehr sanft, und Fanny war ihm dankbar, dass er sich jegliches »Ich habe es gleich gesagt« sparte.

»Wir können nicht noch ein Pferd opfern, das würde Ludwig noch wütender machen, schließlich gibt es in Deutsch-Südwest nur so wenige.«

Er schüttelte leicht den Kopf. »Europäer begreifen nur schwer, dass es Dinge gibt, die man nicht ändern kann. Meine Mutter würde sagen: Das Gras wächst nicht schneller, wenn man daran zieht.«

»Aber du bist auch ein halber Europäer, ich meine, Sie sind einer«, verbesserte sich Fanny schnell. Jetzt musste unbedingt die Form gewahrt bleiben.

»Ja, und genau deshalb bin ich auch geritten, obwohl ich hätte wissen müssen, was ich in diesem Land ändern kann und was nicht. Es ist nun einmal, wie es ist: Im Sommer verschwindet das Wasser, und wenn die Nacht kommt, verschwindet die Sonne. Wer nachts eine Panne hat, wartet, bis die Sonne wieder scheint. So einfach ist es eigentlich, und wir hätten es gleich akzeptieren müssen. Aber wenn man so etwas Unbedachtes tut wie das, was ich heute Abend getan habe, dann muss man wirklich alles versuchen, um schlimmere Konsequenzen abzuwenden. Das haben wir getan, doch jetzt sollten wir alles daransetzen, diese Nacht zu überleben.« John setzte sich neben sie. »Sie kennen das ja schon, wir müssen ein Feuer machen, um die Hyänen abzuhalten.«

Fanny fühlte sich so elend, dass sie nicht in der Lage war, etwas anderes zu tun, als sich flach hinzulegen. Ihr Blick wandte sich dem Nachthimmel zu, doch durch die dicken, schwarzen Wolken schimmerten nur vereinzelt Sterne, schwach wie im Wind flackernde Kerzen.

John hockte sich wieder neben sie und betastete den dick angeschwollenen Arm. »Wir müssen das schienen. Sie bleiben liegen, ich kümmere mich um alles.«

»Mir ist kalt«, brachte Fanny mit klappernden Zähnen hervor. Welcher Teufel hatte sie nur geritten, mit John loszuziehen? Sie wünschte sich nichts sehnlicher als eine Decke und etwas zu trinken.

»Und es wird noch viel kälter. Wir müssen uns gegenseitig wärmen, das Feuer wird nicht ausreichen.« John stand wieder auf, zog seine Jacke aus und hüllte Fanny darin ein. »Bitte nehmen Sie das, ich bin gleich zurück.«

Fanny schloss die Augen. Seine Jacke roch nach Honig und Leder und Salz. Der Geruch besänftigte ihren aufgewühlten Magen, aber in ihrem Arm pochte und klopfte der Schmerz wie ein Flaschengeist, der dicker und dicker wurde und aus seinem winzigen Gefängnis befreit werden wollte. Man müsste es kühlen, dachte sie. Dabei war es ja kalt, ihr war kalt. Doch wenn sie an Ludwig dachte, dann wurde ihr schlagartig heiß. Heiß vor Scham. Er würde toben. Möglicherweise konnte sie es schaffen, dass er niemals etwas davon erfuhr. Wenn es ihm keiner sagte, wie sollte er es dann herausfinden? Er redete sowieso nie mit den Angestellten, er befahl nur. Das Pferd!, fiel ihr ein, das tote Pferd. Wie sollte sie das erklären? Nein, sie würde ihm alles beichten müssen. Zwischen Mann und Frau sollte es ohnehin keine Lügen geben.

Ihre Lippen verzogen sich zu einem freudlosen Lächeln. Charlotte von Gehring ... Vielleicht sollte sie überhaupt reinen Tisch machen. Doch durch die Wahrheit würde sich Ludwig entsetzlich gedemütigt fühlen, und ihr Leben würde der Hölle gleichen. Wie schade, dass er nicht der Mann war, als der er sich in den Briefen dargestellt hatte, dann könnte sie mit ihm reden und alle Lügen aus der Welt schaffen.

Sie versuchte, eine neue Welle von Übelkeit wegzuatmen. Dabei stieg ihr wieder der angenehme Duft von Johns Jacke in die Nase, salziger Lederhonig.

Sie verschob ihr Armband, damit es nicht noch von der Schwellung gesprengt wurde. Nie wieder werde ich in diesem Land ohne eine Decke und ausreichend Essen und Trinken auch nur einen Schritt vor die Tür machen, schwor sie sich. Ganz egal, was für ein Notfall auch immer sie von zu Hause wegholen würde.

Plötzlich erinnerte sie sich an Ludwigs Arzttasche. Sie könnte wenigstens etwas gegen die Schmerzen einnehmen und den Arm schienen. Sie setzte sich auf, um sie zu holen, doch ihr wurde sofort so schwindelig, dass sie gleich wieder zurücksank. John hatte recht. Sie mussten die Nacht über hierbleiben.

Sie wartete, bis John mit dem Holz zurückkam. Er fluchte unablässig vor sich hin, während er versuchte, ein Feuer zu entfachen. Als es ihm endlich gelungen war, wandte er sich wieder Fanny zu. Sie bat ihn um die Arzttasche, die er sofort suchte und nahezu unversehrt im Sand fand. Er verabreichte Fanny etwas Opium, wartete ein wenig, dann schiente er ihren Arm so vorsichtig, dass Fanny kaum etwas spürte.

»Meine Mutter hat mir auch gesagt, dass Sie mein Leben ruinieren werden.« Er stellte die Tasche zur Seite, hockte sich neben sie und stocherte mit einem Stock im Feuer, bis es heftig auflloderte. »Ich habe ihr nicht geglaubt, aber ich kenne Ludwig. Wenn er es herausfindet, wird er außer sich sein, nicht wegen uns. Nein, er ist sich sicher, dass ich seine Frau niemals beleidigen würde, und zum anderen vertraut er seiner Frau, die sich doch niemals mit einem Bastard wie mir einlassen würde.« Im Schein des Feuers konnte Fanny sehen, wie ein bitteres Lächeln über Johns Gesicht huschte, bevor er weitersprach. »Er wird außer sich sein, weil ich die Farm über Nacht allein gelassen habe, während er weg war.«

»Deshalb wollte ich auch um jeden Preis zurück.« Fanny hatte das Gefühl, sie würde nuscheln, das musste das Opium sein.

»Das habe ich nur allzu gut verstanden und deshalb zugestimmt. Doch wir haben es nicht geschafft und dabei sogar noch ein Pferd getötet. Mein Herz ist ein elender Befehlshaber.« Das Letzte murmelte John so leise, dass Fanny nicht sicher war, ob sie ihn richtig verstanden hatte.

»Ich habe mich wie ein ausgemachter Trottel benommen, dumm wie ein *isiphukuphuku*. Und auch da irrt sich meine Mutter, denn nicht Sie ruinieren mein Leben, das besorge ich ganz allein. Sie hat mir immer eingebläut, wer etwas durcheinanderbringt, muss wissen, wie er wieder Ordnung schafft, und ich habe keine Ahnung, was ich tun soll. Es tut mir leid, dass es so gekommen ist.«

John rückte näher und bettete ihren Kopf auf seinen Schoß. Oder träumte sie das bloß? Was hatte er gesagt, was war es, das sie mit seinem Leben tun würde? Ihr war endlich überall warm, und eigentlich wollte sie John dringend etwas fragen, aber ihr fiel nicht mehr ein, was es war. Irgendwas über Ludwig im Internat, oder war es etwas anderes? John redete unablässig, aber sie verstand nur wenig, sehr wenig. Seine Worte waren wie Blütenpollen, es war schön, dass sie da waren und durch die Nacht flogen, aber sie brauchte sie nicht zu verstehen. Sie waren schön. So schön.

»Fanny …«, flüsterte er. Seit Charlottes Tod hatte niemand mehr Fanny zu ihr gesagt. Jemand strich ihr zart über die Stirn, der Wind? Die Nacht? Die Sterne?

Fanny schloss ihre Augen und fiel in einen schweren Schlaf, aus dem sie erst viele Stunden später aufwachte, weil es in ihrem linken Arm klopfte und pochte, ihre Füße eiskalt waren und ihr der Rücken wehtat.

Trotzdem fühlte sie sich so geborgen wie noch nie in ihrem Leben, denn jemand hielt sie fest und streichelte ihr Haar. Das musste einer dieser Träume sein, dachte sie, in denen man träumt, dass man aufwacht und etwas Merkwürdiges erlebt. Aber der Schmerz im Arm und die Kälte unter ihrem Körper wirkten so echt, dass es kein Traum sein konnte. Als sie sich endlich dazu entschloss, ihre Augen zu öffnen, um sich davon zu überzeugen, wurde sie von dem, was sie vor sich sah, überwältigt.

Im Osten durchschnitt ein feuerfarbenes Band die Dunkelheit in zwei Teile, die sich von dem roten Band nach außen langsam verfärbten, oben wurde es strahlend weiß, unten grau. Und noch immer sah man am schwarzen Himmel glitzernde Sterne. Doch ein Traum!

»Erst wenn dieser Stern auftaucht«, hörte sie Johns Stimme ganz nah an ihrem Ohr, während sein Finger in den blasser werdenden schwarzen Himmel zeigte, »der *Indonsakusa*, dann naht die Dämmerung. Ihr Weißen nennt ihn einfach nur Jupiter. Der Zulu-Name *Indonsakusa* bedeutet: ›Was die Dämmerung herbeizieht‹, das gefällt mir viel besser, denn das ist es, was er tut. Ihm folgt der *Ikhwezi*, der Morgenstern, den ihr Venus nennt.«

Fanny spürte seinen Atem an ihrer Wange und war plötzlich hellwach. Sie drehte den Kopf und stellte fest, dass sie immer noch auf Johns Schoß gebettet war. Er richtete sich gerade wieder auf und sah sie prüfend an. »Wie geht es Ihnen?«

»Haben Sie überhaupt geschlafen?«, fragte Fanny zurück. »In dieser Haltung kann doch kein Mensch ein Auge zutun.«

Fanny richtete sich etwas auf, um ihn besser betrachten zu können. Schwarze Schatten lagen unter seinen merkwürdigen braungrünen Augen, die dunklen Bartstoppeln auf seiner braunen Haut gaben ihm etwas Verwegenes.

Er lächelte sie an. »Ich habe nicht geschlafen, sondern die Zeit genutzt, um mit meinen Ahnen zu sprechen, was ich schon lange hätte tun sollen.«

Dieses freundliche Lächeln, das in scharfem Kontrast zu

seinem wilden Aussehen stand, brachte Fannys Herz ins Stolpern. Nur allzu gern hätte sie ihren Kopf wieder in seinen Schoß geschmiegt, und dieser Wunsch machte ihr Angst. Sie war eine verheiratete Frau.

Fanny rückte ein Stück von John ab und merkte dabei, wie schwer sich ihr Kopf anfühlte.

»Wir müssen schnellstens zurück zur Farm«, stellte sie fest, und ihr wurde mulmig bei dem Gedanken daran, was es für ein Gerede geben würde, wenn sie zusammen auf einem Pferd nach Keetmanshoop ritten.

Sie spähte über die weite Ebene in der Hoffnung, einen Wagen zu entdecken, aber weit und breit war kein Zeichen menschlichen Lebens zu sehen. Sie seufzte. Er hatte recht, es gab keinen anderen Weg.

John bastelte aus den Zügeln Zaumzeug für das Pferd, sammelte ihre Sachen ein und half Fanny beim Aufsitzen. Erst nach drei Versuchen schafften sie es. Dann stieg er auf und legte einen Arm um ihre Taille. Mit der anderen Hand hielt er die Zügel fest.

Fanny spürte Johns verführerisch warme Brust in ihrem Rücken, trotzdem hielt sie Abstand. Sie versuchte zu ignorieren, dass ihr Mund ausgedörrt war und ihr Magen knurrte, versuchte sich abzulenken durch das Betrachten der weiten, sonnigen Landschaft, doch ihre Schmerzen wurden stärker, und sie fühlte sich schwach.

Schließlich ergab sie sich und lehnte sich erschöpft an seine Brust. Kaum berührte ihr Rücken seinen Körper, wurden die Qualen, der Hunger und der Durst plötzlich und ohne Vorwarnung überdeckt von einem heißen, klebrig süßen Gefühl, das von ihrem Bauch ausging und sich wie braun geschmolzener Zucker schützend über alles legte.

Nur ihren Kopf erreichte dieses Gefühl nicht, dort drehten sich ihre Gedanken pausenlos und immer schneller um Ludwig. Je näher sie der Farm kamen, desto mehr erstarrte auch der geschmolzene Zucker in ihrem Bauch, zersprang in tausend scharfe Teile und ließ nichts anderes mehr zurück als Angst.

16

Es war schon früher Nachmittag, als sie endlich die Farm erreichten. Nichts regte sich. Alles war wie ausgestorben. Was war hier los?

Fanny hatte erwartet, dass man ihr besorgt entgegenlaufen und sie mit Fragen bestürmen würde. Wo waren Grace, Martha und Zach?

»Hier stimmt etwas nicht.« John klang sehr beunruhigt. Er wies mit dem Finger auf eine Ansammlung von Herero-Männern, die vor der Praxis auf den Stufen herumlungerten. »Das ist der Clan von Kajumba, sicher sind sie gekommen, um das Mädchen zu holen. Ich muss sofort zu ihnen. Warten Sie einen Moment.«

Er sprang vom Pferd und ließ Fanny mit ihren Gedanken allein. Was, wenn sich Kajumbas Zustand verschlechtert hatte und deshalb ein Aufruhr losbrechen würde? Sie musste so schnell wie möglich nach ihr sehen, und sie musste Grace, Martha und Zach suchen. Es war unglaublich verantwortungslos von ihr gewesen, die Farm und die Praxis ohne jemanden zurückzulassen, der das Kommando übernehmen konnte.

Fanny rief nach ihren drei Bediensteten, und erst nach

unendlich langer Zeit rannte Zach mit gesenktem Kopf herbei.

»Zach, hilf mir runter und verrate mir, was hier los ist!« Zach blieb jedoch tatenlos neben dem Pferd stehen und sah zu John hinüber, der mit den Herero sprach. Wie aus dem Nichts tauchte plötzlich Hermann neben ihnen auf.

Fanny erstarrte. Wo kam der denn jetzt her? Und wie lange hatte er sie schon beobachtet? Hermann kaute breit grinsend an einer Zigarre und glotzte sie unverschämt an. Um Gottes willen, was hatte ausgerechnet dieser Widerling hier zu suchen? Sein Kaiser-Wilhelm-Bart hing schlaff auf seine Fischlippen herab, sein rechtes Auge war geschwollen und der Augapfel von roten geplatzten Äderchen durchzogen.

Er stieß Zach zur Seite und streckte seine Arme nach Fanny aus. »Ich helfe, wo immer ich kann. Und hier ist wirklich Not am Mann – eine deutsche Frau in den Armen eines Bastards, das wäre ja nicht auszuhalten.«

Er griff dreist nach ihrem Bein, betatschte es und begann sie unsanft vom Pferd zu zerren. Fanny musste sich dem Ziehen und Zerren beugen und rutschte in seine Arme. Unten angekommen stellte er sie hin und legte sofort einen Arm um ihre Taille, als wolle er sie stützen. Doch Fanny spürte, wie er sich an sie drängte und wie ihm das gefiel. Er war grob und quetschte ihren verletzten Arm. Fanny wollte ihm nicht die Genugtuung geben, sie leiden zu sehen, und beherrschte sich. Was zum Teufel fiel diesem Mann ein! Sein Geruch nach Zigarren, Schweiß und frischem Blut verursachte ihr Übelkeit.

»Vorsicht, der Arm von Frau Falkenhagen ist gebrochen!«, ließ sich John mit angespannter Stimme vernehmen, während er auf sie zugeeilt kam. Fanny hätte zu gern gewusst, was in ihm vorging. Doch sie war so in Panik wegen Ludwig, dass all ihre Gedanken verzweifelt um die Frage kreisten, wie sie Hermann loswerden konnte.

Dieser würdigte John keines Blickes und führte sie die Stufen zur Veranda hoch. Hilfe suchend blickte Fanny über ihre Schulter, doch John war wieder aufgesessen und galoppierte zu den Herero-Männern hinüber. Sie versuchte, sich aus Hermanns Klammergriff zu lösen, aber sie war zu schwach.

»Gnädigste, ich bin sicher, meinem Freund Ludwig würde das hier alles ganz und gar nicht gefallen.« Hermann blieb unvermittelt stehen, legte ihr die Hand unter das Kinn und zwang sie, ihm in die Augen zu sehen. »Aber davon braucht er nie etwas zu erfahren …«, fügte er in zweideutigem Tonfall hinzu.

Fanny machte sich von ihm frei. »Hermann, vielen Dank für Ihre Hilfe. Wie Sie vielleicht bemerkt haben, hatte ich einen Unfall. Der Arm muss versorgt werden, ich muss mich umziehen, habe Hunger und sterbe bald vor Durst. Geben Sie mir eine halbe Stunde, dann stehe ich Ihnen gern zur Verfügung. Bitte machen Sie es sich in der Zwischenzeit hier auf der Veranda bequem.«

Sie lief los und hoffte, dass er nicht auch noch so dreist wäre und ihr weiter folgen würde. Auf dem Weg zum Schlafzimmer rief sie immer wieder nach Grace und Martha. Nichts rührte sich. Wo waren nur alle? Wie sollte sie sich ohne Hilfe ausziehen, waschen und den Arm versorgen?

Sie konnte nicht einmal die volle Porzellan-Wasserkanne hochheben mit nur einem Arm. Mit einem Blick auf die Veranda vergewisserte sie sich, dass Hermann noch dort saß, und schlich sich zum Waschen in die Küche.

Das Schluchzen war so heftig, dass Fanny es schon hörte, bevor sie in der Küche angelangt war. Sofort dachte sie an das kranke Mädchen – weinten sie vielleicht, weil es gestorben war? Gestorben, weil sie es im Stich gelassen hatte und ins Blaue gefahren war.

Seraphina drängte sich ungebeten in ihre Gedanken, Kajumba war tot, nur weil Fanny teuflischem Müßiggang gefrönt hatte. Nein, sie glaubte nicht an einen Gott, der ein Kind sterben ließ, nur um sie zu bestrafen!

Ihr war entsetzlich elend, als sie endlich die Tür öffnete, doch das Bild, was sich ihr bot, war noch tausendfach schlimmer als alles, was sie sich ausgemalt hatte.

Grace stand mit verquollenem Gesicht vor einem Hocker, auf dem Martha mit gesenktem Kopf saß. Marthas Kleid war am Rücken zerfetzt. Fanny trat näher und betrachtete fassungslos, was sie da sah. Die Haut war aufgeplatzt und zerschnitten, Stofffetzen waren tief in das offene Fleisch eingedrungen. Jemand hatte Martha mit einer Peitsche bearbeitet.

»Wer war das?«, fragte Fanny, und ihre Augen füllten sich mit Tränen.

Martha und Grace wandten ihre Gesichter Fanny zu und starrten sie an, als wäre sie ein Geist. Aber was Fanny mehr als alles andere entsetzte, war der dumpfe, hoffnungslose Blick, der in ihren Augen lag. Fanny ging trotz ihrer Schmerzen neben Martha in die Hocke.

»Was ist mit euch geschehen?«

Martha wandte ihre Augen ab. Fanny stand auf und wandte sich an Grace. »Bitte, was ist hier passiert?« Jetzt erst bemerkte sie, dass auch Grace' Kleidung in völliger Unordnung war, und wo ihre Haut hindurchschimmerte, war sie übersät von blutigen Kratzern und Schrammen.

Fanny erinnerte sich an das blaue Auge von Hermann, und sie begann zu ahnen, was sich ereignet hatte, während sie nichts Besseres zu tun gehabt hatte, als mit John eine Spazierfahrt zu machen.

Sie sah von Grace zu Martha, und dann war sie sicher. »Wann ist Hermann Sichel hier angekommen?«

Niemand antwortete. Fanny verstand sie nur allzu gut. Warum sollten sie sich ihr, der weißen Frau, die sie im Stich gelassen und diesem brutalen Widerling ausgeliefert hatte, anvertrauen?

»Sagt mir, wenn ich mich irre«, begann sie, und ihr Hals war wie zugeschnürt von Mitgefühl. »Hermann ist schon gestern Abend gekommen, kurz bevor die Nacht hereinbrach, und wollte mich besuchen. Er hat auf mich gewartet, dabei unseren Wein getrunken und sich immer mehr darüber geärgert, als ich nicht zurückkam. Schließlich hat er ein Auge auf dich geworfen, Grace, stimmt das?«

Die beiden Frauen sahen sie stumm an. Schließlich nickte Grace. Mit zornesbebender Stimme fuhr Fanny fort. »Martha hat sich zwischen euch geworfen oder sonst wie versucht, dir zu helfen. Das war für ihn ein guter Grund, Martha auszupeitschen, und danach hat er sich dann trotzdem genommen, was er wollte. War es so?«

»Ja«, flüsterte eine Stimme hinter ihr. Erschrocken fuhr sie zusammen und drehte sich um. Es war Zach, der sich hereingeschlichen hatte.

»Und wo warst du in der Zeit?«, fragte Fanny, blitzte ihn zornig an und schämte sich sofort. Als ob er gegen Hermann eine Chance gehabt hätte

»Ich habe mich um Kajumba gekümmert.« Zach stotterte und sah verlegen zu Boden. »Nachdem Sie weg waren, Kleine ist wieder heiß geworden, hab ihr die Waden gekühlt, wie Sie gesagt hatten. Dann ich bin eingeschlafen und erst wieder aufgewacht, als Kajumbas Verwandte gekommen.«

In Fanny tobte ein derart wütender Sturm, Hass auf Hermann, Zorn auf sich selbst, weil sie so unglaublich dumm gewesen war und die Farm, das kleine Mädchen und ihre Leute schutzlos zurückgelassen hatte.

Sie hatte das Gefühl, platzen zu müssen, der Schmerz in ihrem Arm war kaum noch zu spüren. Sie drehte sich auf dem Absatz um und stürmte nach draußen zu Hermann, um ihn zur Rede zu stellen. Die Sklaverei war abgeschafft, aber er verhielt sich wie der schlimmste Sklaventreiber. Was für ein widerwärtiger Mensch!

»Hermann!«, brüllte sie quer über die Veranda.

Hermann kam auf sie zu. »Charlotte, du siehst keinen Deut besser aus als eben gerade.«

Fanny schoss die Wut in den Kopf. Was nahm sich dieser Kerl heraus! »Wie auch?«, fuhr sie ihn an. »Sie haben meine Dienstboten so geschändet, dass sie nicht arbeiten können. Was fällt Ihnen ein? Was glauben Sie, wer Sie sind? Wer gibt Ihnen das Recht, sich hier so zu benehmen? Verlassen Sie sofort dieses Haus, und kommen Sie niemals mehr wieder.«

Fannys Herz raste, durch ihre Adern brauste ein wilder Sturm von Abscheu, doch Hermann schien vollkommen unbeeindruckt. Sein dicklippiger Mund verzog sich zu einem ironischen Lächeln.

»Gnädigste, du bist nicht in der Position, mir Anweisungen zu erteilen. Davon abgesehen, dass dein Mann sich für meinen besten Freund hält und mir bedingungslos vertraut, hast du keinerlei Recht, mir auch nur einen Guten Morgen zu wünschen.« Er kam näher, seine Stimme wurde zu einem Zischen. »Ich weiß genau, dass du nicht die bist, für die du dich hier ausgibst. Charlotte von Gehring hatte ein deutsches Gesicht mit blauen Augen wie eine Schneekönigin, und ihre Hüften waren dreimal gebärfreudiger, als deine es sind.« Er schmatzte genießerisch, als er mit seinem Blick Fannys Körper ablutschte. »Und was wird mein Freund Ludwig erst dazu sagen, wenn er hört, was sich hier in seiner Abwesenheit für Orgien abspielen – Orgien an Verschwendung. Ludwig würde niemals seine Medikamente an Kafferngören vergeuden. Und dann verbringt seine ihm vor Gott angetraute Ehefrau eine orgiastische Nacht mit dem Bastard von Verwalter irgendwo in der Wüste und scheut sich nicht, in so einem Zustand zurückzukehren … Nun, ich hätte doch angenommen, das würde deinen Ton ein wenig dämpfen.«

Fanny sah rote Punkte vor ihren Augen. Was fiel diesem elenden Kerl ein? Neben ihm war Seraphina ein edler und reiner Engel.

»Verschwinden Sie auf der Stelle!«

Hermann lächelte noch breiter und kam Fanny so nahe, dass sie ihn wieder riechen musste. »Ich denke gar nicht daran! Diese stinkende Hottentottin war nur ein höchst unzureichender Vorgeschmack auf deinen weißen Leib, auf den ich schon seit Wochen warte.«

Er kam noch näher und streichelte über Fannys Hals. Erst jetzt wurde ihr klar, mit welchen erpresserischen Hintergedanken Hermann ihr, Ludwigs Abwesenheit ausnutzend, gestern einen Besuch hatte abstatten wollen. Johns Auftauchen hatte sie vor dem bewahrt, was Grace an ihrer statt hatte über sich ergehen lassen müssen. Fanny versteifte sich und überlegte verzweifelt, was sie tun konnte, während Hermann weitersprach.

»Ich empfehle dir, dich von deiner anschmiegsamsten Seite zu zeigen, sonst bin ich gezwungen, all das meinem armen Freund Ludwig zu erzählen.«

Genug! Fanny stieß ihn mit der rechten Hand von sich und rannte wie von Furien getrieben ins Haus. Sie brauchte den Revolver, den ihr Ludwig zur Verteidigung gegeben hatte. Er hatte sicher an Überfälle anderer Art gedacht. Aber Hermann, dieser Dreckskerl, verstand nur eine Sprache. Der Revolver war im Schlafzimmer versteckt für den Fall, dass nächtliche Angreifer sie zum Handeln zwingen würden. Sie keuchte, ihr Puls hämmerte laut in ihren Ohren und vermischte sich mit Fetzen von

Hermanns Worten und mit dem Schluchzen von Martha und Grace.

Im Schlafzimmer bückte sie sich nach der Waffe und vergewisserte sich, dass sie geladen war. Sie konnte die zwei Kilo schwere Waffe mit einer Hand kaum halten. Allerdings vergrößerte der stechende Schmerz in ihrem linken Arm nur ihren Zorn, und der wiederum verlieh ihr die Kraft, die nötig war. Schweiß lief ihr über das Gesicht, als sie zurück auf die Veranda rannte und mit ihrem Revolver auf Hermann zielte.

»Hauen Sie ab!«, brüllte sie. »Auf der Stelle, und hüten Sie sich davor, jemals wieder hier aufzukreuzen oder Ludwig auch nur eine dieser elenden Lügen aufzutischen.«

Ungläubig starrte Hermann auf ihren Revolver, dann lachte er laut. »Was soll denn das werden? Du solltest nicht mit Männergerät herumspielen.«

Fanny zog den Finger durch und zielte voller Hass in das Dach der Veranda. Es krachte so laut, dass sie selbst zusammenzuckte. »Das war nur ein Warnschuss, ich kann sehr gut zielen. Als Nächstes nehme ich mir Ihre Knie vor, dann geht es höher, damit Sie nie wieder jemandem so etwas antun können wie Grace, und dann noch höher, dorthin, wo andere Menschen ein Herz haben. Also, los, los, wird's bald.«

Fanny erkannte in Hermanns Augen, wie seine Ungläubigkeit sich in Angst verwandelte.

Sie schoss noch einmal in die Luft, um ihn endlich von der Veranda zu befördern. Langsam, für ihren Geschmack viel zu langsam, setzte er sich in Bewegung.

»Los, los, los, ein bisschen schneller, wenn ich bitten darf.« Fanny wusste selbst nicht genau, woher die Worte kamen, nur eines wusste sie genau, er musste hier weg, dieses Schwein, der widerwärtigste Mensch, den sie je getroffen hatte. Sie machte einen Schritt auf ihn zu, kam ihm aber nicht so nah, dass er sie überwältigen und ihr die Waffe hätte entreißen können. »Los!« Ihr wurde klar, dass sie bereit war, ihn zu erschießen, wenn er sich nicht endlich vom Haus wegbewegen würde.

»Das wirst du bereuen, du miese kleine Hure.« Hermann ging zur Treppe, behielt sie dabei aber immer im Blick. »Ich werde meinen Freund vor dir beschützen, darauf kannst du dich verlassen. Und danach wirst du dir wünschen, du wärest nie geboren worden.«

Während er redete, ging er zu seinem Pferd, das ihm, wie Fanny dankbar bemerkte, von Zach gebracht worden war.

Weil er so lange zögerte aufzusitzen, schoss Fanny noch einmal knapp über das Pferd hinweg. Es bäumte sich auf, und Hermann hatte alle Mühe, es festzuhalten. Jetzt hatte sie es endlich geschafft, seine Wut wich blanker Angst. Er ballte seine Fäuste, drehte sich um, griff nach den Zügeln, saß auf und preschte davon.

Langsam ließ Fanny den Arm mit dem Revolver sinken. Sie atmete stoßweise, und ihre Beine zitterten. Jetzt erst bemerkte sie, dass Martha und Grace nach draußen gekommen waren und sie anstarrten, aber nicht nur die beiden, auch Zach und alle anderen Schwarzen, die auf der Farm arbeiteten. Die Gruppe Herero-Männer, die mit dem Kind auf dem Arm aus der Praxis herausgekommen waren. Und John. Sie alle standen wie festgenagelt da und sahen zu ihr hin, als wäre sie eine höchst merkwürdige Erscheinung.

Es war totenstill.

Fanny wusste nicht, was diese Blicke zu bedeuten hatten, Beifall, Anklage oder nur Verwunderung. Es war auch nicht wichtig. Was zählte, war nur, dass sie es geschafft hatte.

Sie zuckte mit den Schultern und spürte dabei ihren gebrochenen Arm, dann fiel sie bleischwer in einen der Korbstühle auf der Veranda. Sie legte den Revolver auf den Tisch. Er war wirklich weg. Sie hatte ihn vertrieben. Erleichtert schloss sie ihre Augen und atmete tief durch.

Dann stiegen Zweifel in ihr auf. Was war da gerade mit ihr passiert? Sie hätte ihn wirklich erschossen, wenn er nicht gegangen wäre. Wäre imstande gewesen, einen Menschen zu töten. Und das Schlimmste war: Der Gedanke daran, wie Hermann in einer Blutlache neben seinem Pferd verendete, erfüllte sie mit großer Genugtuung. Sie schüttelte sich, als ob sie dieses Bild so aus ihrem Kopf vertreiben könnte.

Unvermittelt lief eine Gänsehaut über ihren Rücken, weil ihr Johns Mutter wieder einfiel, die behauptet hatte, sie wäre in einen Mord verwickelt. Sie tastete nach ihrem Armband. Unsinn. Sie hatte niemanden ermordet.

Dein Fehler, ein schwerer Fehler, flüsterte eine Stimme in ihrem Kopf, er wird wiederkommen, und dann wird er sich rächen. Verdammt, dachte Fanny, verdammt. Sie starrte auf den Revolver. Sie musste ihn wieder verstecken, damit kein anderer auf die Idee käme, ihn zu benutzen.

»Wir müssen Ihren Arm endlich anständig richten.« John war auf der Veranda angelangt. »Kommen Sie.« Er half ihr beim Aufstehen, als wäre sie eine zerbrechliche Kostbarkeit und keine Furie, die beinah einen Mann erschossen hätte, und Fanny merkte, wie sie plötzlich am ganzen Körper zu zittern begann.

In Ludwigs Praxis wartete Grace trotz ihres verquollenen Gesichts schon mit warmem Wasser und sauberen Lappen. Sie half ihr, den Arm zu waschen, und sah Fanny dabei immer wieder von der Seite an, als könnte sie nicht glauben, was Fanny getan hatte.

Als der Arm endlich geschient war, hatte Fanny nur noch den Wunsch, sich ins Bett zu legen und zu schlafen. Aber zuerst musste sie noch nach Martha schauen und sich vergewissern, dass Grace keine weiteren Verletzungen von Hermann davongetragen hatte. Zusammen mit John desinfizierte sie die Wunden von Martha und verabreichte ihr Opium gegen die Schmerzen. Grace beteuerte, dass es ihr gut ginge, und wollte sich nicht von Fanny untersuchen lassen. Sie ließ sie lediglich ihr Gesicht näher betrachten. Während sie die beiden versorgten, fragte Fanny John nach Kajumba und den Herero-Männern.

»Sie sind nur gekommen, um nach Kajumba zu sehen, und weil es ihr so viel besser ging, haben sie sie mitgenommen. Der Häuptling lässt Ihnen seinen Dank ausrichten dafür, dass Sie Kajumba gesund gemacht haben.«

Während John ihr das erzählte, wich er ihrem Blick aus,

und Fanny beschlich das Gefühl, dass er ihr eigentlich etwas ganz anderes sagen wollte.

»Wir sollten endlich etwas essen«, schlug sie vor. John zögerte, aber Fanny verdrehte nur die Augen. »Was kann das denn jetzt noch schaden?«, fügte sie hinzu, und John ergab sich mit einem Schulterzucken.

Zach brachte ihnen einen Imbiss aus Brot, Biltong und Tee. Zuerst dachte Fanny, sie bekäme keinen Bissen herunter, aber dann beobachtete sie sich selbst dabei, wie sie Brot und Fleisch in sich hineinschlang, als wäre sie kurz vorm Verhungern. Erst als sie bemerkte, dass John nichts zu sich nahm, hielt sie inne.

»John, warum essen Sie nicht?«

Statt einer Antwort sah er sie mit großen Augen an.

»Wir können doch nicht ändern, was passiert ist«, sagte sie. »Das haben Sie doch zu mir gesagt, also können wir doch jetzt wenigstens etwas essen.«

John stand auf und begann auf der Veranda hin und her zu gehen. »All diese Vorkommnisse sind meine Schuld, ich hätte niemals die Farm verlassen dürfen, und schon gar nicht mit Ihnen zusammen, das war unverantwortlich und hat nicht nur ein Rad zerbrochen, sondern auch noch ein Pferd das Leben gekostet.«

Das tote Pferd hatte Fanny nach allem, was passiert war, schon wieder vergessen. Bekümmert schüttelte sie den Kopf. »Das war mein Fehler.«

John stand auf. »Nein, nein. Sie wissen nicht so viel über dieses Land wie ich. Ich hätte niemals riskieren dürfen, mit Ihnen allein in die Dunkelheit zu kommen. Außerdem hätte ich einen Stellvertreter bestimmen müssen. Ich werde kündigen und gehen, nachdem Ihr Mann zurückgekehrt ist.«

Fanny wurde ganz flau bei dem Gedanken, dass John nicht mehr hier auf der Farm arbeiten würde. Das wollte sie auf keinen Fall. Es musste noch einen anderen Weg geben.

»Aber wir können alles erklären, wir haben uns nichts vorzuwerfen. Es gibt also keinen Grund wegzulaufen. Weggehen könnte man als Schuldeingeständnis auffassen.«

John lächelte traurig. »Da mögen Sie recht haben, aber ich rede nicht von dem, was zwischen uns vorgefallen ist. Ich bin immerhin der Verwalter dieses Anwesens, und wenn hier ungehindert Fremde hereinkommen können, sei es Hermann oder dieser Herero-Clan, der sich wie ein Heuschreckenschwarm über die Vorratskammer hergemacht hat, dann habe ich versagt. Und das wird Ludwig niemals auf sich beruhen lassen. Ich muss gehen, sobald er wieder hier ist.«

Fanny fühlte sich, als würde er ihr den Boden unter den Füßen wegziehen. Wenn John hier nicht mehr arbeitete, dann würde sie ihn nie wiedersehen.

»Ich kenne Ludwig, das tote Pferd wird ihn mehr aufbringen als alles andere, deshalb muss ich einen Ersatz besorgen, bevor er wieder hier ist. Ich muss sofort los.«

Er stand auf. »Sie sollten sich jetzt schlafen legen. Und geben Sie auf Ihren Arm acht.«

Er lief die Treppen der Veranda herunter und verschwand aus ihrem Blickfeld, ohne sich noch einmal nach ihr umzudrehen.

Nichts war mehr so wie noch gestern Morgen. Fanny wünschte sich, er würde zurückkommen, sich umdrehen, ihr zuwinken, ihr irgendwie zeigen, dass auch sie ihm etwas bedeutete.

Das Biltong lag schwer wie Blei in ihrem Magen. Sie nahm den Revolver an sich, um ihn wieder im Schlafzimmer zu verstecken. Es muss doch eine Lösung geben, es gibt immer eine, dachte sie verzweifelt. Doch im Augenblick hatte sie nicht die leiseste Ahnung, wie diese Lösung aussehen könnte.

17

Trotz allem, was passiert war, schlief Fanny tief, und ihre Träume waren nicht voller Schrecken, sondern friedlich. Sie konnte fliegen wie ein Vogel, segelte über stille Täler und Berge dahin und endete bei einer Brautgesellschaft, die ausgelassen inmitten eines Buchenwaldes feierte.

Am nächsten Morgen trank sie etwas Tee, den ihr Zach brachte. Sie fragte nach Martha und Grace, und als er ihr versicherte, dass es den beiden auch wieder besser ginge, schlief sie wieder ein.

Als sie nach einer weiteren Nacht endlich erfrischt aufwachte, tat ihr der Arm nicht mehr so weh. Sie betastete ihn vorsichtig und war erleichtert, dass er sich trotz der ganzen Verzögerungen bei der Versorgung so anfühlte, als ob er wieder richtig zusammenwachsen würde.

Doch als sie sich aufsetzte und aufstehen wollte, wurde ihr entsetzlich übel, und sie hatte das Gefühl, sich übergeben zu müssen, obwohl ihr Magen vollkommen leer war. Sie riss sich zusammen und stand auf, um sich zu waschen und anzuziehen. Wie hatte sie nach alldem, was passiert war, nur so lange schlafen können?

Höchste Zeit, alles auf Vordermann zu bringen, denn heute oder spätestens morgen wurde Ludwig zurückerwartet. Und bei den vielen unangenehmen Dingen, die ihn hier erwarteten, erschien es Fanny nur klug, dafür zu sorgen, dass alles in einwandfreiem Zustand war.

Ihr wurde so schwindelig, dass sie sich wieder setzen musste. Bestimmt hatte sie einfach nur zu lange untätig herumgelegen, oder es war die Nachwirkung des Opiums. Sie rief nach Grace. Sie brauchte nur einen starken Kaffee, der würde sie schon wieder auf die Beine bringen. Aber das laute Rufen löste einen Würgreiz aus, und sie sank zurück aufs Bett. Sie musste sich etwas eingefangen haben.

Erst als Grace hinkend und mit zugeschwollenem Auge auftauchte, erinnerte sich Fanny wieder in aller Klarheit an das, was passiert war, und schämte sich, dass sie so lange geschlafen hatte, anstatt sich um Grace und Martha zu kümmern.

»Grace«, sagte sie und klopfte sacht neben sich auf das Bett. »Grace, du siehst immer noch fürchterlich aus, geh nach Hause und leg dich hin, bis es dir wieder besser geht.«

»Alles in Ordnung, Missi Charlotte.«

Fanny schüttelte den Kopf. »Ich sehe doch, dass das nicht stimmen kann.«

»Mein Zuhause ist hier.« Grace sah ihr direkt in die Augen, und weil sie noch immer genauso hoffnungslos aussah wie vorgestern, ging Fanny dieser Blick durch und durch. Was redete sie da? Nach Hause gehen, wie unsensibel von ihr. Grace hatte wie Zach oder Martha kein Zuhause, weil sie als Kinder schon verkauft worden waren. Die drei hatten genauso wenig eine Familie wie Fanny. Diese Erkenntnis verstärkte ihre Übelkeit noch.

Grace' Mund verzog sich zu einem bitteren Lächeln. »Und wenn ich nur liege herum, dann ich denke an den He-Mann.«

Hermann, sie meinte Hermann, das Schwein.

»Wenn das so ist, dann hilf mir bitte. Bring mir warmes Wasser.« Fanny atmete tief durch in der Hoffnung, so ihre Übelkeit unter Kontrolle zu bekommen. Sicher musste sie nur etwas essen.

Mit Grace' Hilfe gelang es ihr, sich zu waschen und anzukleiden, dann ging sie durchs Haus in die Küche, wo Martha zusammengekrümmt auf der Bank am Fenster saß und Zach Befehle gab, wie er den Teig kneten sollte. Fanny war schockiert, als sie bemerkte, dass Martha sich zwar eine Schürze umgebunden hatte, darunter aber vollkommen nackt war. Ihre Brüste quollen rechts und links neben dem Latz der Schürze hervor, und ihre gewaltige Rückseite war völlig unbedeckt. Ludwig würde toben, wenn er das anschauen müsste.

Fanny trat näher zu Martha, und jetzt wurde ihr klar, wie klug dieser Aufzug war, denn so wurden die Wunden auf Marthas Rücken nicht von Stoff berührt und konnten in aller Ruhe heilen. Mit Erleichterung sah Fanny, dass sich auf einigen Wunden schon ein leichter Schorf gebildet und sich nichts entzündet hatte.

Wie unnötig das alles war! Wieder stieg in ihr der Zorn auf Hermann hoch. Er hatte Martha nicht für irgendein

Verbrechen bestraft, sondern dafür, dass sie Grace vor ihm beschützen wollte. Ich hätte ihn erschießen sollen wie einen tollwütigen Hund, dachte Fanny resigniert. Jetzt wird er wiederkommen und noch mehr zerstören.

Sie setzte Wasser für Kaffee auf und bat Zach, Eier für ein Omelette zu holen, dann ging sie nach draußen. Ein angenehm kühler Wind umwehte das Haus, rauschte durch die Blätter der Bäume und Sträucher und lockte Fanny die Treppen in den Garten hinunter, wo sie für einen Moment in den wolkenlosen blauen Himmel schauen und fast vergessen konnte, was passiert war. Der vertraute Geruch nach Staub und Honig vertrieb ihre Übelkeit nun endgültig, und sie fühlte sich schlagartig besser.

Fanny ging ein paar Schritte über die trockene, festgetretene rote Erde und genoss die Sonne, die ihren malträtierten Körper sanft mit ihrer Wärme liebkoste. Betrachtete die großen schwarzen Ameisen zu ihren Füßen, hörte das Brummen und Summen der Mücken und das Zwitschern der Vögel. Und mit einem Mal hatte sie wieder ein Gefühl wie an dem Tag, als sie ihren Fuß zum ersten Mal in den Sand von Deutsch-Südwestafrika gesetzt hatte, das Gefühl, als wäre Charlotte bei ihr und umarmte sie. Fanny wusste nicht, wie sie dieses Gefühl nennen sollte, sie spürte nur, dass sie trotz allem hier am richtigen Ort war.

Sie lief zurück zur Veranda, wo Zach mittlerweile den Tisch gedeckt hatte. Während sie auf das Omelette wartete, goss sie sich einen Tee ein und verbrannte sich den Mund, weil sie ihn so hastig hinunterstürzte. Als das Omelette endlich vor ihr stand und der Geruch der gebratenen Eier in ihre Nase stieg, verkrampfte sich ihr Magen, und ihr wurde wieder schlecht.

Bald würde Ludwig zurück sein. Sie versuchte, sich sein Gesicht vorzustellen, aber alles, was vor ihr inneres Auge trat, war sein gezwirbelter Schnurrbart, und als sie an den dachte, fiel ihr Hermann mit dem herunterhängenden Kaiser-Wilhelm-Bart ein.

Es würgte sie wieder. Sie musste aufhören, an dieses Tier zu denken, und sich stattdessen auf ihr Frühstück konzentrieren.

Sie würde Ludwig sofort, wenn er kam, alles beichten: den Schwindel mit Charlotte, die Nacht mit John und dass sie auf Hermann geschossen hatte. Er würde sehr wütend werden, aber vielleicht würde er sich mit der Zeit doch wieder beruhigen und ihr verzeihen. Bis dahin musste sie stark sein, mutig. Jeder hatte eine zweite Chance verdient. Es stand ja schon in der Bibel: Niemand werfe den ersten Stein.

Sie musste es nur schaffen, Ludwig alles zu erklären, sobald er ankam, dann hatte Hermann keine Macht über sie. Denn nur so war es für Ludwig möglich, sein Gesicht zu wahren. Sie konnte sich sogar vorstellen, dass Ludwig Hermann für das verachten würde, was er Grace angetan hatte.

Hör auf, widersprach eine Stimme in ihrem Kopf. Du machst dich lächerlich. Denk doch nur daran, was er dir, seiner eigenen Ehefrau, schon angetan hat. Ludwig wäre nur entsetzt, weil Hermann die weiße Rasse besudelt und nicht, weil er Grace und Martha Gewalt angetan hatte.

Während ihrer Überlegungen hatte Fanny das Omelette in viele Teile zerpflückt, und jetzt zwang sie sich, sie endlich aufzupicken und zu essen. Es musste gut gehen, schließlich waren Ludwig und sie hier aufeinander angewiesen. Trotz all seiner Fehler liebte er sie, dessen zumindest war sie sich sicher.

Lautes Hufgeklapper riss sie aus ihren Gedanken, und wenige Minuten später sprang John von seinem Pferd und eilte auf sie zu. Alarmiert sprang Fanny vom Stuhl auf und ging ihm entgegen. Es musste etwas passiert sein. Fanny hoffte sehr, dass John keine neuen Hiobsbotschaften brachte.

»Ihr Mann«, keuchte er, »ist nicht mehr weit entfernt und wird in spätestens zwei Stunden hier ankommen. Allerdings sieht es so aus, als ob er nicht allein unterwegs sei. Jemand treckt mit ihm zusammen.«

Hermann, schoss es durch Fannys Kopf, ganz sicher hatte der ihren Mann abgefangen, um ihm seine Version der Ereignisse zu erzählen, bevor Fanny mit ihm sprechen konnte.

»Ist Hermann bei ihm?«

John zuckte die Achseln. »Das weiß ich nicht, aber es sind zwei große Wagen mehr dabei als bei seinem Aufbruch.«

Fanny stutzte, zwei Wagen mehr, wo sollte Hermann in der kurzen Zeit zwei Ochsenkarren herbekommen haben? Außerdem wäre es doch sehr viel einfacher gewesen, Ludwig mit dem Pferd entgegenzureiten. Oder Hermann führte etwas ganz Besonderes im Schilde.

»Ich wollte Sie nur warnen, Ihnen die Möglichkeit geben, sich vorzubereiten. Außerdem wollte ich, dass unsere letzten Worte freundliche Worte sind. Denn so wie ich Ludwig kenne, wird es nach meiner Kündigung dazu keine Gelegenheit mehr geben. Ich ...« Er stockte und sah ihr direkt in die Augen. »Es tut mir leid. Ich habe verantwortungslos gehandelt, und all das Leid, was geschehen ist, ist nur deshalb passiert. Das werde ich Ihrem Mann klarmachen. Jetzt muss ich wieder los, das neue Pferd abholen, damit es hier ist, wenn er zurückkommt.« John zögerte, als wollte er noch etwas sagen, dann drehte er sich abrupt um, lief zurück zu seinem Pferd, stieg auf und preschte davon.

Alles war so schnell gegangen, dass Fanny wie benommen dastand und ihm stumm und regungslos hinterhersah. Sie hätte so viel zu sagen gehabt.

Dann kam wieder Leben in sie. Als Erstes rannte sie in die Speisekammer, um nachzusehen, ob der Herero-Clan wirklich so viel Schaden angerichtet hatte, wie John behauptet hatte.

Tatsächlich waren ihre vor drei Tagen noch wohlgefüllten Regale nahezu leer. Es gab noch je einen halb vollen Sack Mehl und Zucker und Biltong in Hülle und Fülle, aber von den eingelegten Kürbissen und Melonen war nur noch wenig übrig.

Sie rief nach Grace und befahl ihr, noch mehr Brotteig vorzubereiten, dann stürmte sie in die Küche, wo Martha immer noch halb nackt mit der Schürze saß und Tee trank. Fanny lotste sie zum Lämmerstall, überzeugte sich davon, dass Martha es dort bequem hatte, und bat sie, solange in dem Stall zu bleiben, bis sie wieder normale Kleidung anziehen konnte. Auf dem Weg zurück ins Haus schickte sie Hermann noch ein paar saftige Flüche und wünschte ihn in die Hölle.

Danach suchte sie Zach und trug ihm auf, die Veranda zu kehren. Sie überprüfte selbst, ob das Wohn- und Esszimmer so ordentlich und sauber waren, dass man Besuch empfangen konnte, staubte ab und polierte den Silberleuchter, wobei ihr verletzter Arm sie ständig behinderte. Dennoch schaffte sie das alles schneller als Grace und Martha zusammen.

Sie brach ein paar rosafarbene Pelargonienblüten, füllte sie in Vasen und verteilte sie auf allen Tischen im Haus und auf der Veranda. Schließlich rannte sie in ihr Schlafzimmer und schlüpfte in ein weißes Kleid, von dem sie wusste, dass es Ludwig besonders gut gefiel. Das allein dauerte wegen des verletzten Arms eine Ewigkeit. Schließlich hatte sie es geschafft, überprüfte im Spiegel noch den Sitz ihrer schwarz gelockten Haare, band sich eine weiße Spitzenschürze um und begab sich wieder in die Küche, um das Brotbacken zu überwachen.

Deine ganze hektische Betriebsamkeit wird dich nicht vor seinem Zorn schützen, wisperten leise Stimmen in ihrem Kopf. Du glaubst doch nicht, dass ein warmes Brot ihn vergessen lässt, was du ihm angetan hast? Wenn die beiden Wagen Hermann gehörten, dann war sie sowieso längst verloren. Trotzdem konnte sie nicht aufhören zu arbeiten. Sie ging selbst in den Hühnerstall, um nach Eiern zu suchen, und freute sich, als sie zehn Stück fand. Daraus würde sich in jedem Fall etwas Köstliches kochen lassen. Auf dem Rückweg schaute sie im Lämmerstall nach Martha. Zu Fannys großer Erleichterung war sie auf dem Bauch liegend eingeschlafen, doch ihr zerfleischter Rücken ragte Fanny wie eine stumme Anklage entgegen.

Auf dem Weg zurück zur Veranda sah sie in der Ferne eine große Staubwolke auf sie zurollen, die Ludwigs Ankunft verhieß. Sie wünschte sich so sehr, dass er ihr verzeihen würde.

Unwillkürlich betastete sie ihre Glasperlen, als könnten die sie beschützen. Sie gab sich einen Ruck. Sie musste sich selbst beschützen. Das hatte sie lange genug im Kloster gelernt. Nicht mal auf Gott war Verlass gewesen. Sie hörte Seraphina lachen und anklagend rufen: »Franziska, Gott ist immer für dich da, aber du hast einen Pakt mit dem Teufel geschlossen.« Ihre Perlen wurden plötzlich heiß. Als ob sie aus dem Höllenfeuer kommen, dachte Fanny und wunderte sich, dass ihre Perlen auf einmal wieder reagierten.

Sie schüttelte den Kopf. Aufhören, das musste aufhören. Sie hatte mit niemandem einen Pakt geschlossen, weder mit dem Teufel noch mit Gott. Aber was hatte es mit dieser eigenartigen Wärme und Energie, die sie im Felsenkreis im Köcherbaumwald gespürt hatte, auf sich? Wenn es weder Gott noch Teufel gab, was war es dann?

Die Staubwolke näherte sich überraschend schnell, und es dauerte nicht lange, da konnte Fanny schon die Ochsen ausmachen. Dann erkannte sie Hendrik, und schließlich sah sie auch Ludwig, der ihr gut gelaunt zuwinkte, was Fannys Unbehagen noch verstärkte. Wenn er wüsste, welche Neuigkeiten ich für ihn habe, würde ihm dieses fröhliche Lachen sofort vergehen. Und endlich erreichten Ludwig und die Besucher die Veranda.

18

Als Fanny erkannte, wer sich Ludwigs Wagenkolonne angeschlossen hatte, war es ihr, als würde eine kalte Hand nach ihrem Herz greifen und es mit stählernen Fingern zusammenpressen. Es war zwar nicht Hermann, nein, aber es war fast genauso schlimm: Maria von Imkeller mit ihren drei Söhnen, von denen zwei gleich aussahen und dürr wie Zaunpfähle waren und einer ebenso massig war wie seine Mutter.

Fanny setzte ihr, wie sie hoffte, freundlichstes Lächeln auf und eilte ihren Gästen entgegen. Ludwig umarmte sie und küsste sie auf den Mund, dann schob er sie von sich, um sie ausgiebig zu mustern. Offensichtlich gefiel ihm, was er da sah, denn er nickte, als wäre sie ein hervorragendes Rassetier, das er für seine Zucht kaufen wollte. Dann sah er den Verband an ihrem Arm und wollte wissen, was passiert war.

Fanny winkte ab. »Später«, sagte sie, begrüßte Maria und sah Ludwig dann mit hochgezogenen Augenbrauen an.

»Schau, Charlotte, wen ich dir aus Mariental mitgebracht habe« sagte der, ohne auf ihren fragenden Blick einzugehen. »Ich dachte, du könntest ein wenig weibliche Gesellschaft vertragen.« Ludwig strahlte sie glücklich an und strich sich voller Genugtuung über die Enden seines blonden gezwirbelten Schnurrbartes.

In Marientel, warum war Maria in Marientel gewesen? Und wie war Ludwig nur auf diese dumme Idee verfallen?, fragte sich Fanny. Sie hatte sich kein einziges Mal darüber beklagt, dass sie andere Frauen vermisste, denn die einzige, die ihr wirklich fehlte, war Charlotte, und die konnte niemand ersetzen. Wo sollte sie denn ihre Gäste unterbringen, was hatte sich Ludwig nur dabei gedacht? In Windhuk war er den Imkellers eher aus dem Weg gegangen, und sie hatte sogar den Verdacht gehabt, Maria würde ihn abwechselnd langweilen oder ihm auf die Nerven gehen.

Stürmisch wurde Fanny an den gewaltigen Busen von Maria gepresst, die ihr anschließend voller Stolz ihre Jungs vorstellte. Hans und Franz, die neunjährigen Zwillinge, und den dicken, zwölfjährigen Albert, ganz offensichtlich der Liebling von Maria. Die Zwillinge musterten Fanny neugierig, Albert hingegen schenkte Fanny ein Lächeln, bei dem sie innerlich zusammenzuckte. Diesen Ausdruck kannte sie aus der Zeit, als sie unterrichtet hatte. Es war ein verschlagenes Abschätzen, das sich hinter der Grimasse eines hinterhältigen Lächelns verbarg.

Wie sollte sie angesichts dieser Gäste jemals die Zeit finden, mit Ludwig unter vier Augen zu reden? Sie musste unbedingt wissen, wie lange Maria zu bleiben gedachte. Fanny rief nach Zach und Grace und trug ihnen in ihrem strengsten Ton auf, sich um die Gäste zu kümmern und Wasser heiß zu machen.

Maria war schon auf einem Inspektionsgang durch die Zimmer und fühlte sich ganz offensichtlich sofort wie zu Hause. Ludwig bot ihr an, dass sie und die Kinder natürlich gern das Schlafzimmer als das ihrige betrachten sollten.

Freundlich von ihm, aber wo schlafen wir dann?, dachte Fanny, schwieg jedoch, um ihrem Mann nicht in den Rücken zu fallen. Und wie um ihre abweisenden Gedanken zu kompensieren, suchte sie besonders eifrig Bettwäsche und Handtücher heraus und stürzte sich, soweit es ihr Arm zuließ, in hausfrauliche Tätigkeiten. Dabei kreisten unentwegt die Gedanken durch ihren Kopf. War Marias Anwesenheit nun gut für sie und Ludwig, oder würde sie wie ein Katalysator alles nur noch verschlimmern? Denn Fanny war ganz sicher, dass es nicht lange dauern würde, bis Hermann aufkreuzte, um Ludwig mit seinen Wahrheiten zu konfrontieren.

Würde Hermann es genießen, wenn er noch mehr Publikum als erwartet vorfinden würde, oder würde er dann aus Rücksicht auf die Blamage seines Freundes doch lieber schweigen? Fanny konnte sich vorstellen, dass Hermann das Publikum außerordentlich genießen würde.

Immerhin war Fanny davon überzeugt, Maria wenigstens in einer Sache auf ihrer Seite zu haben. Denn die würde Hermann dafür verachten, dass er sich an den Dienstboten vergangen hatte. Natürlich auch nicht wegen der Schmerzen und des Leids, das er über Grace und Martha gebracht hatte, sondern weil sich in Marias Welt ein deutscher Mann niemals mit Kaffernweibern einlassen sollte.

Aber wie würde sich Maria verhalten, wenn sie von Fannys falscher Identität erfahren würde?

Zu allem Übel tauchte nun auch noch John auf, der dringend mit Ludwig reden wollte. Fanny suchte seinen Blick, um ihm klarzumachen, dass jetzt kein guter Moment war für Geständnisse jedweder Art, aber John wich ihr aus.

Ludwig schien davon nichts zu bemerken, begrüßte seinen Verwalter selten gut gelaunt und lud ihn sogar dazu ein, heute Abend mit ihnen zu essen, wo sie dann darüber reden könnten, was während Ludwigs Abwesenheit passiert war.

Noch nie hatte John mit ihnen gegessen!

Diese Aufgeräumtheit überraschte John offensichtlich ebenso, denn er suchte Fannys Blick, um sie fragend anzusehen. Fanny konnte nur ratlos mit den Schultern zucken, und ihre Panik wurde ständig größer. Warum war Ludwig so ungewohnt freundlich zu John?

Schließlich verschwand Ludwig mit seinem Verwalter, um die neu gekauften Schafe in ihren Kraal zu bringen. Fanny hoffte sehr, dass John so klug sein würde, Ludwig erst einmal Zeit zum Ankommen zu geben, anstatt ihn sofort mit einer Beichte zu überfallen.

Nachdem Marias Gepäck in ihr Schlafzimmer geschafft worden war, konnte Fanny sich um das Abendessen kümmern. Ludwig hatte nicht nur Maria mitgebracht, sondern auch einen frisch geschossenen Kudu. Sein Jagdglück hat garantiert auch zu seiner guten Stimmung beigetragen, dachte Fanny, während sie überlegte, wie sie das Tier zubereiten könnte. Es wird mir guttun, das Vieh zu häuten und zu zerlegen, weil es mich auf andere Gedanken bringen wird.

Zach half ihr ungewohnt willig und flink. Grace war bei Maria, um ihr und den Kindern beim Waschen zu helfen. Fanny betete, dass niemand Martha vermissen oder, noch schlimmer, sie mit ihrer seltsamen Tracht im Lämmerstall entdecken und Fragen stellen würde.

Maria war überraschend schnell fertig und kam so dynamisch zu Fanny, als wäre sie gerade aus einem langen, angenehmen Schlaf erwacht und nicht tagelang durch Staub und Dreck getreckt.

Sie schwitzte allerdings schon wieder und stöhnte laut wegen der Hitze, die sie hier im Süden viel schlimmer fand als in Windhuk – was Fanny nicht nachvollziehen konnte, denn es wehte ein kühler Wind, und sie selbst empfand die dreiundzwanzig Grad, die Ludwigs Barometer anzeigte, sehr erträglich. Maria hatte sich eine Arbeitsschürze übergezogen und verkündete fröhlich, wie sehr es sie danach verlangte, sich nützlich zu machen.

Fanny war auf dem Weg in den hinteren Hof, wo sie den Kudu zerlegen wollte, um die Küche nicht zu beschmutzen. »Wie kann ich dir helfen?«, fragte Maria leicht keuchend, hielt dann aber inne und sah sprachlos dabei zu, wie mühelos Fanny trotz ihrer Armverletzung dem Tier die Haut abzog und nicht verwertbare Teile wie die Füße und den Schwanz abtrennte. Sie half Fanny dann dabei, die schweren Fleischabfälle in einen Emaileimer zu werfen. Trotz des Windes lockte das blutige Fleisch Tausende von

Mücken an, die die beiden Frauen aufdringlich umschwirrten. Maria wedelte mit dem unteren Teil der Schürze durch die Luft, um sie zu verscheuchen.

Fanny betrachtete Maria aus den Augenwinkeln, ohne ihre Arbeit zu unterbrechen. Sie hatte erwartet, dass Maria es ablehnen würde, sich mit derart niederen Küchenarbeiten zu befassen. Irgendetwas musste vorgefallen sein, denn Maria benahm sich völlig anders als in Windhuk oder auf dem Schiff.

Während Fanny die Eingeweide herausnahm, was ihr mit nur einer Hand wesentlich schwerer fiel als das Häuten, wurde ihr plötzlich klar, was anders war. Maria wollte ihr gefällig sein. Aber warum? Doch wohl nicht nur, weil sie hier übernachten durfte. Das Gesetz der Gastfreundschaft war heilig in Deutsch-Südwest. Nein, es musste noch einen anderen Grund geben.

»Unglaublich, wie geschickt du das Fleisch zerteilen kannst, das musst du mir beibringen, hast du das bei einem Metzger gelernt?«, fragte Maria.

»Mit einem scharfen Messer ist es gar nicht schwer, man braucht nur etwas Übung. Aber du brauchst derart schmutzige Arbeiten doch gar nicht zu machen, du hast ja so viele gute Dienstboten.«

Maria wurde feuerrot und sah zu Boden. Fanny war nicht klar, womit sie ihren Gast in Verlegenheit gebracht hatte, und wechselte lieber das Thema. Jetzt, wo sich Maria so umgänglich zeigte, fiel es ihr auch leichter, sie zu duzen. »Warum bist du mit den Kindern hierhergekommen?«, erkundigte sie sich. »Wollte dein Mann nicht nach Swakop gehen und dafür sorgen, dass dort endlich eine Mole gebaut wird?«

»Ja, nein, doch, also, mein Mann will hier ein Geschäft eröffnen, und wir bilden quasi die Vorhut, um alles vorzubereiten und es ihm so gemütlich zu machen wie möglich. Du kennst ja die Männer.« Maria lachte gezwungen und wischte sich den Schweiß von der Stirn. »Es geht ihnen doch nichts über ein schönes Heim. Du hast hier auch alles wunderbar für deinen prächtigen Ludwig eingerichtet. Wir haben uns in Mariental ganz zufällig getroffen, und er hat uns so freundlich und inständig eingeladen, mit ihm zu reisen, dass ich ihm das nicht abschlagen konnte. Für die Jungs war es natürlich auch viel spannender, mit einem echten Mann und Jäger zu reisen als nur mit ihrer alten Mutter.«

Es schien Fanny vollkommen undenkbar, dass eine Frau wie Maria ohne ihren Mann in den trockenen Süden aufgebrochen sein sollte. Sie hätte gedacht, dass Maria erst dann mit den Kindern nachreisen würde, wenn alles perfekt war. Auch dass sie Ludwig zufällig getroffen hatte, erschien ihr höchst verdächtig. Aber selbst wenn Maria wirklich log, wer war sie dann, darüber zu urteilen?

»Diese Kudufelle geben sehr schöne Teppiche oder Bettvorleger ab, Wilhelm liebt so was sehr«, sagte Maria. »Wo soll ich sie zum Trocknen hinhängen, oder legst du sie zuerst in Salz ein?«

Fanny rief nach Zach und bat ihn, dafür zu sorgen, dass das Fell gründlich entfleischt und konserviert werden würde.

»Wir brauchen es doch bloß den Fliegen zu überlassen«, widersprach Zach. »Die holen sich alles.«

»Und legen ihre Eier überall hinein, das ist ekelhaft.« Unwillkürlich gab sich Fanny strenger als sonst. Warum tust du das, fragte sie sich, um Maria zu beeindrucken? Und obwohl sie sich mehr als schäbig fand, setzte sie noch nach. »Bitte, Zach, tu, was ich dir gesagt habe.« Sie war sicher, dass Maria, die ihr in jedem Brief von den Vorzügen der Peitsche als Erziehungsmittel für unwillige oder unfähige Dienstboten geschrieben hatte, sie dafür tadeln würde, dass ihre Dienstboten sich erlaubten, ihr zu widersprechen.

Aber Maria wedelte nur die Fliegen vom Fleisch weg und schwieg, bis Fanny mit dem Zerteilen fertig war.

»Geschafft!« Fanny strich sich die Haare von der klebrigen Stirn. »Lass uns das alles in die Küche bringen, sonst fressen es die Fliegen noch ganz auf.« Sie trugen das verwertbare Fleisch zusammen in die Küche, wo Fanny es kalt abspülte. Plötzlich war ihr wieder ein bisschen übel, und sie musste sich kurz hinsetzen. Doch sie wollte vor Maria nicht faul erscheinen, deshalb schlug sie vor, einen Tee zu trinken, den sie sich jetzt redlich verdient hätten.

Hocherfreut sank Maria neben sie an den Küchentisch und häufte sich jede Menge Zucker in ihren schwarzen Tee. Nachdem Fanny auch eine Tasse ausgetrunken hatte, fühlte sie sich wieder besser.

»Aus dieser Leber könnten wir Leberknödel für eine Suppe machen«, schlug Maria vor. »Das wäre ganz sicher gut für meine Jungs, der arme Albert ist ja so schwach.«

»Welche Zutaten benötigt man da?«

»Zuallererst eine Kuduleber, die hier ist ja schön groß«, Maria tippte besitzergreifend auf die Leber des Tieres, »alte Brötchen, Zwiebeln, Ei, Majoran, Thymian, Petersilie, Pfeffer und noch extra Semmelbrösel.«

Fanny dachte an ihre ausgeräuberte Vorratskammer und musste unwillkürlich lächeln. »Ich kann dir Eier, frisches Brot und ein paar Kräuter anbieten. Zwiebeln hab ich leider keine, Semmelbrösel auch nicht.«

Maria riss erstaunt die Augen auf, und Fanny erwartete schon einen bösartigen Kommentar, aber Maria zuckte nur mit den Schultern. »Gut, kochen wir eben etwas anderes.«

Erleichtert und irritiert machte sich Fanny daran, einen Kudufleischtopf zuzubereiten. Dazu legte sie das Fleisch mit ein paar gesäuberten Knochen in ihren größten und tiefsten Eisengusstopf, gab Knoblauchsalz, Koriander, Gewürznelken und Essig dazu und ließ es durchziehen. Sie holte den letzten Rest fetten Speck, den die Herero wohl übersehen hatten, und briet ihn – leider ohne Zwiebeln – an. Danach schüttete Fanny die gebratenen Speckwürfel zu dem Fleisch in der Marinade, gab noch zwei Tassen Wasser dazu und verschloss den Topf mit dem Deckel. »Das muss jetzt mindestens vier Stunden köcheln, und später gebe ich zum Binden noch Mehl, Wein und Quittengelee dran«, erklärte sie Maria, die ihr so aufmerksam zuhörte, als ob Fanny den Heiligen Gral erklären würde. Allmählich machte Marias Verhalten sie wirklich nervös.

Den Rest Fleisch schnitten sie dann in kleine Streifen für Biltong. Sie arbeiteten schweigend, bis Marias Söhne auftauchten und fragten, ob sie auf der Farm herumlaufen dürften. Fanny dachte an Martha und wollte es schon verbieten, aber da kam ihr Maria zuvor.

»Das kommt gar nicht infrage, wenn ihr Glück habt, zeigt euch Charlotte später die Farm. Bis dahin könnt ihr euch auf die Veranda setzen und in euren Büchern lesen. Soweit ich weiß, hat keiner von euch in eins hineingeschaut, seit wir Windhuk verlassen haben, oder?«

Hans und Franz sahen so enttäuscht aus, dass Fanny sich ein Herz fasste und vorschlug, gleich einen Rundgang zu machen.

Sie wurde mit einem strahlenden Lächeln belohnt. Nur Maria kräuselte missbilligend ihre Lippen, sagte aber nichts. Fanny gab Zach noch ein paar Anweisungen, und dann begannen sie den Rundgang von der Küche aus.

In der Praxis von Ludwig blieben Hans und Franz an der Tür stehen und zeigten mit großen Augen auf das Skelett, das in der Ecke stand. Nur Albert ging ohne zu zögern hin, ergriff die Hand des Skeletts und schüttelte sie so wild, dass das ganze Skelett in Bewegung geriet und schließlich umstürzte. Maria wollte sich ausschütten vor Lachen über ihren tapferen Albert, der, als seine Mutter nicht hinsah, Fanny die Zunge herausstreckte. Fanny ignorierte ihn und stellte das Skelett wieder ordentlich hin. Zum Glück war kein Knochen zerbrochen.

Dann liefen sie zu den Hühnern, den Lämmerstall ließ Fanny aus und hoffte, dass es keiner, vor allem nicht Albert, bemerken würde. Schließlich endeten sie an ihrem Gemüsebeet, auf dem nur noch eine traurige Melone abzuernten war. Immerhin hatten die Herero weder den Liebstöckel noch den Thymian oder Majoran angerührt. Sämtliche Kürbisse und Zwiebeln hatten sie allerdings mitgenommen. Fanny seufzte, als sie das geplünderte Beet sah. Nie wieder würde sie die Farm allein lassen.

Die Jungs hätten gern noch die Rinderkraale besichtigt, aber Fanny vertröstete sie auf morgen, schließlich wollte sie jetzt ein Essen vorbereiten, das Ludwig mit Stolz erfüllte.

Vier Stunden später saßen sie an dem mit zahlreichen Kerzen festlich gedeckten Tisch im Wohnzimmer, weil es im Juni abends draußen zu kühl war.

Nachdem Maria mit den Kindern das Tischgebet gesprochen hatte und Fanny gerade die Suppe verteilen wollte, hörte sie Pferdegetrappel, und eine bange Ahnung beschlich sie. Sie warf John, der am anderen Ende des Tisches saß, einen panischen Blick zu. Er nickte ihr beruhigend zu, doch Fanny sah, dass auch er besorgt war.

»Es scheint, als ob wir noch einen Gast bekommen«, sagte Fanny und versuchte, äußerlich ganz ruhig zu bleiben. Sie lief zu dem Schrank, in dem sie das Zwiebelmusterservice aus Charlottes Aussteuer aufbewahrten, nahm ein weiteres Gedeck heraus und eilte dann, immer nervöser werdend, in die Küche, um Besteck zu holen und nachzuschauen, wer der späte Besucher war.

Bis zu dem Moment, als sie die Tür öffnete, hatte sie noch gehofft, dass es Daphne wäre, aber es war Hermann, der sie breit angrinste. Diesmal war sein Kaiser-Wilhelm-Bart wieder in Hochform, sein Haar mit Brillantine gebändigt, Hemd und Hose blütenweiß, die Stiefel blank gewichst, und in der Hand schwenkte er eine Flasche Madeirawein, ganz als ob er ein geladener Gast wäre.

»Hermann, alter Freund, komm rein und erfreue uns mit deiner Gesellschaft!« Ludwig war hinter Fanny aufgetaucht, reichte Hermann begeistert die Hand und zerrte ihn geradezu über die Schwelle, von der seine Frau ihn vor zwei Tagen mit Waffengewalt vertrieben hatte.

Hermann lächelte amüsiert, als würde auch er gerade darüber nachdenken, übergab ihr nach einem Handkuss die Flasche und kam herein.

»Nein, Ludwig, das ist ja reizend!«, sagte er, gleich nachdem er das Wohnzimmer betreten hatte, mit Blick auf Maria. »Du elender Schwerenöter! Eine Schönheit reicht dir wohl nicht? Wolltest du mir etwa die Bekanntschaft dieses prächtigen Weibes vorenthalten?« Hermann schritt stramm auf Maria zu, vor der er mit zusammenkrachenden Fersen salutierte, sich verbeugte und ihr ebenfalls die Hand küsste. Maria wurde feuerrot, und ihre Söhne kicherten.

Nach dieser geradezu königlichen Begrüßung war es beleidigend unhöflich, dass Hermann John gänzlich ignorierte, aber außer Fanny schien das keiner zu bemerken. Hermann nahm sein Gedeck und verscheuchte Albert ohne viel Federlesens von seinem Platz an der Stirnseite. Albert maulte, aber seine Mutter zischte ihm eine scharfe Ermahnung zu, worauf er sich mit finsterer Miene neben John setzte.

Fanny servierte die Markklößchensuppe, wünschte sich, Hermann würde daran ersticken, und setzte sich dann wieder hin. Sie vermied es, seinem fischigen Mund beim Suppeschlürfen zuzuschauen, und fragte sich, ob sie es nicht doch wagen und Ludwig sofort alles beichten sollte.

Hermann musterte sie die ganze Zeit, und Fanny spürte genau, wie sehr er es genoss, sie in Ungewissheit darüber zu lassen, was er vorhatte. Warum gefiel es diesem Menschen bloß so sehr, andere zu quälen? So würde sie den Abend nicht überstehen. Das musste ein Ende haben. Ihr Herz klopfte wild, als sie sich aufsetzte und sich räusperte. Doch da kam ihr Hermann zuvor.

»Maria von Imkeller, mit Ihrem Mann habe ich schon viele Geschäfte gemacht. Bitte grüßen Sie ihn von mir.«

Maria wurde wieder feuerrot und nickte.

»Haben Sie nicht auch einen Bruder, Konstantin Fridolin von Öhringhausen, der im Regiment des Kaisers gedient hat?« Als Maria wieder nur nickte, fuhr Hermann mit einem satanischen Lächeln an Fanny gewandt fort: »Marias Bruder und der Bruder von unserer, äh, Charlotte von Gehring und ich – wir drei waren beinahe unzertrennlich.«

»Das wusste ich gar nicht«, sagte Maria staunend. »Aber damals war ich für meinen Bruder auch nur ein junges Gänschen. Er führte ein ganz anderes Leben als ich.«

»Ihr drei hattet sicher eine gute Zeit.« Ludwig stöhnte leise. »Als ich Militärarzt war, war mir nicht so ein Kameradenglück vergönnt.«

»In der Tat, Ludwig, da hast du viel versäumt. So ein Männerbund ist etwas Heiliges. Schade, dass Charlottes Bruder sich duelliert hat, ich bin sicher, das wäre gar nicht nötig gewesen. Niemand von Adel und Verstand hat je auch nur eine Silbe von diesen lächerlichen Sexskandal-Gerüchten im Jagdschloss Grunewald geglaubt.«

Fanny merkte, wie ihr das Blut aus dem Gesicht wich. »Der Tod meines Bruders ist immer noch ein schwieriges Thema für mich«, stotterte sie in der Hoffnung, dass sich das Gespräch anderen Dingen zuwenden würde.

»Was ist ein Sexkansal?«, fragte Hans.

»Nichts für kleine Jungs«, sagte Maria schnell und wandte sich dann Fanny zu. »Ich verstehe dich, Charlotte, so etwas bleibt für immer eine Wunde. Auch mein Bruder hat einen frühen Tod gefunden.«

Ludwig deutete eine Ehrenbezeigung an, der sich Hermann sogleich anschloss.

Maria wurde wieder knallrot. »Diese Ehre gebührt ihm leider nicht, es war die Franzosenkrankheit, die ihn hingerafft hat. Ich würde es vorziehen, wenn wir über Themen sprächen, die auch für unsere Jugend geeignet sind.«

Hermann neigte zustimmend seinen Kopf in ihre Richtung und zog dabei etwas aus seiner Jackeninnentasche. »Ganz wie Sie wollen. Der Wunsch einer schönen Frau war mir immer schon wie ein Befehl. So oder so wollte ich dir, Ludwig, unbedingt dieses Foto zeigen, das mir Aribert von Gehring bei seinem Abschied vom Regiment überlassen hat. Es ist ein Bild von ihm und seiner Schwester Charlotte. Es wird dich sicher auch sehr interessieren.« Hermann lächelte so fröhlich in die Runde, dass es Fanny kalt bis in die Knochen wurde. Ihr Mann durfte das Bild auf keinen Fall sehen, denn selbst wenn es eine ganz schlechte Aufnahme war, würde man erkennen, dass Charlottes Gesicht ganz anders geschnitten war als das von Fanny und ihre Augen hell waren und nicht dunkel. Fieberhaft überlegte Fanny, wie sie es aus dem Weg schaffen könnte.

»Wie wunderbar«, säuselte sie, »ein Bild von meinem Bruder und mir, das ist fast, als ob er vom Tode wiederauferstünde.« Sie versuchte, gerührt zu klingen, und rang nach Worten. »Es gibt nur wenige Fotos von meinem Bruder und mir. Ludwig, du erlaubst doch sicher, dass ich es zuerst betrachte, oder?« Sie streckte die Hand nach dem Foto aus und hoffte, niemand würde bemerken, wie stark sie zitterte. Dieses Bild musste verschwinden. Auf der Stelle.

»Natürlich, meine Liebe.« Ludwig nickte Hermann zu. Hermann reichte das Bild widerwillig über den Tisch, wo Fanny es ihm geradezu aus der Hand riss.

Kaum hatte sie das Bild berührt, wurde ihr Armband schlagartig heiß, als ob es ihr etwas damit sagen wollte. Was sollte sie jetzt tun, was für Möglichkeiten hatte sie? Es in das Weinglas oder die Suppe fallen lassen? Aber wäre es dann bis zur Unkenntlichkeit zerstört? Sie sah Hilfe suchend zu John am Tischende, doch er konnte ihr auch nicht helfen. Seine Augen funkelten sie an, und plötzlich schien es ihr, als ob die Kerzen auf einmal heller und höher flackerten.

Heiß.

Das Armband brannte wie Feuer.

Verbrennen, sie sollte das Bild verbrennen! Schnell, Fanny schnell, jetzt, wo sie wusste, was sie tun würde, konnte sie das Bild endlich betrachten. Sie schnappte nach Luft, Charlotte lachte ihr genauso lebendig entgegen, wie Fanny sie in Erinnerung hatte. Gerührt drückte sie das Bild an ihre Brust. Unmöglich, dieses wunderschöne Bild in die Flammen zu halten, das wäre so, als ob Charlotte noch einmal sterben müsste.

Sie seufzte tief, und gerade als sie sich ihrem Schicksal ausliefern und Ludwig das Bild überreichen wollte, kam es ihr vor, als würde Charlotte ihr zuzwinkern und sie ermutigen, alles zu tun, um sich zu retten. Als würde sie sagen: Bist du verrückt, deine Existenz aufs Spiel zu setzen, wie willst du denn weitermachen, wovon willst du leben?

Unsinn, pure Einbildung, dachte Fanny.

Sie blickte zu John, dann gab sie vor, Husten zu müssen, mit der linken Hand hielt sie sich den Mund zu, röchelte und würgte, sodass alle am Tisch überrascht zusammenzuckten. Mit der rechten Hand, die das Foto festhielt, wedelte sie hilflos durch die Luft, touchierte die Kerzenflamme, hustete wieder. Ihr Armband wurde kühler.

»Da brennt was«, stellte Albert fest.

»Um Gottes willen!« Fanny überzeugte sich davon, dass das Bild bis zur Hälfte in Flammen stand, dann wedelte sie damit herum, als wolle sie es löschen, während sie insgeheim hoffte, dass es noch bis zum oberen Rand weiterkokeln würde.

»Wie ungeschickt von dir, Charlotte!«, rügte Ludwig sie, während seine Augen sie wütend anblitzten.

»Ja, in der Tat, das war einer meiner heiligsten Schätze, Ludwig.« Hermann griff über den Tisch nach Fannys Handgelenk, umklammerte es und entriss ihr den verkohlten Rest Papier. Er betrachtete es, presste seine Lippen zusammen und zischte dann: »Es ist tatsächlich ruiniert. Ich weiß nicht, wie deine Frau das je wieder bei mir gutmachen kann.«

»Meine Herren«, mischte sich ganz unerwartet John ein, der den ganzen Abend noch keine einzige Silbe gesagt hatte, »als Gentlemen sollten wir lieber nachschauen, ob sich die Lady nicht bei diesem Unfall verbrannt hat.«

»Gentlemen, pah!« Ludwig zog eine Augenbraue hoch. »Ich pfeif auf englisches Getue!«

»Es tut mir leid, ich weiß nicht, wie das passieren konnte«, beeilte sich Fanny zu versichern.

»Sie weiß es nicht, was für ein Hohn«, murmelte Hermann so leise, dass es nur Fanny hören konnte, dann fuhr er wieder lauter fort. »Ich muss sagen, ich wundere mich ein wenig über die Zustände in deinem Heim, mein lieber Ludwig.« Hermann schnitt Fanny mit seinen Augen in Stücke. »Seit wann darf denn dein Bastard von Verwalter mit deutschen Frauen an einem Tisch speisen? Ich könnte dir Dinge über ihn erzählen …« Hermann schüttelte den Kopf, als wäre alles, was ihm dazu einfiele, viel zu traurig, um preisgegeben zu werden.

Fanny, die nun von dem Rauch wirklich husten musste, fühlte, wie ihr Magen sich zusammenzog. Hermann durfte auf keinen Fall weiterreden. Ludwig kochte sowieso schon.

»Es tut mir leid«, keuchte sie, »so unendlich leid. Ich weiß auch nicht, was mit mir los ist, vielleicht habe ich mir eine Erkältung eingefangen. Ich fühle mich dauernd so schwach, und dann wieder ist mir übel.«

Über Ludwigs Gesicht ging ein Leuchten. »Dir ist übel?«

»Ja, den ganzen Tag schon.« Da das nicht einmal gelogen war, fiel Fanny das Beteuern leicht. Vielleicht könnte sie das Gespräch endlich in eine andere Richtung lenken.

»Mama, ist die Frau eine Hexe?«, meldete sich Albert unerwartet zu Wort und warf Fanny einen boshaften Blick zu. »Das Bild hat schon gebrannt, bevor sie es in die Kerze gehalten hat! Ich hab's genau gesehen!«

»Eine Hexe!«, wiederholten Hans und Franz begeistert.

»So ein Unsinn.« Maria drohte ihren Söhnen mit dem Finger. »An Hexen glauben nur ungläubige und ungebildete Neger. Das Bild ist einfach in die Kerzenflamme geraten. Papier brennt, solche Experimente haben wir doch auch schon gemacht.« Sie lachte entschuldigend. »Meine Jungens haben zu viel Fantasie, aber die stammt ganz sicher nicht von mir.«

»Und was du für eine Hexe bist«, zischte Hermann leise Fanny zu, die zusammenzuckte und hoffte, dass Ludwig das nicht gehört hatte. Sie schob die schwarzen Papierbrösel auf der Tischdecke zusammen und hinterließ dabei rußige Flecken auf dem Damast. Die werden nie mehr herausgehen, dachte sie flüchtig und fragte sich, ob sie nicht endlich dem ganzen Mummenschanz ein Ende bereiten sollte. Sie war des Lügens müde, und ihr war elend.

Plötzlich redeten alle gleichzeitig: Ludwig fragte, wann genau Fanny denn übel sei, Maria beteuerte, ihre Jungs seien wirklich nicht so übel, und Hermann übertönte schließlich alle und behauptete, in jeder üblen Frau stecke eine Hexe.

Fanny drehte sich der Kopf. Sie hörte nur noch übel, übel und Hexe. Gleichzeitig setzte sich der bittere Brandgeruch in ihrer Nase fest. Sie versuchte aufzustehen, um sich etwas Wasser ins Gesicht zu spritzen, aber ihr war dermaßen schwindelig, dass sie neben dem Stuhl zusammensank.

Als sie kurze Zeit später wieder zu sich kam, drehte sich immer noch alles vor ihren Augen, und ihr war entsetzlich schlecht. Ludwig kniete neben ihr und fühlte ihren Puls.

»Kein Grund zur Besorgnis«, verkündete er und klang unendlich stolz. »Wenn mich nicht alles täuscht, dann ist meine Frau einfach nur schwanger.« Er half ihr hoch und führte sie zu dem grünen Sofa an der Wand.

Maria ließ sich schnaufend neben sie fallen. »Meine Liebe, das sind großartige Neuigkeiten, meinen Glückwunsch! Was für ein Glück, dass ich schon zur Stelle bin. Ich weiß, was es heißt, Mutter zu werden.«

»Mutter!« Hermann spie das Wort geradezu aus. »Ludwig, das ist nicht dein Ernst, diese Hure wird Mutter?«

Ludwig drehte sich von Fanny weg hin zu Hermann. »Was willst du damit sagen?«

Sein Ton war so kalt, dass Fanny eine Gänsehaut über den Rücken lief. Sie kannte diesen Ton, aber Hermann hatte keine Ahnung, denn sonst hätte er jetzt den Mund gehalten. Stattdessen breitete er begütigend seine Arme aus und redete weiter.

»Wirklich, Ludwig, es fällt mir nicht leicht, aber … als dein alter Freund muss ich doch …«

Ludwig sah zwischen Fanny und Hermann hin und her. Fanny hielt seinem Blick mit letzter Kraft stand, denn sie würde nicht zulassen, dass dieser widerwärtige Hermann ihren Ruf zerstörte. Sie hatte nichts, aber auch gar nichts Ruchloses getan. Ja, sie hatte verantwortungslos die Farm verlassen, aber sie hatte sich nichts Ehebrecherisches vorzuwerfen. Ludwig nickte ihr unmerklich zu, als ob er sich genau das auch denken würde.

Wenn dieser Abend nur schon vorbei wäre. Fanny wünschte sich, für immer in einer tiefen Ohmacht zu versinken. Marias Söhne waren zu ihrer Mutter gelaufen, wie um sich in Sicherheit zu bringen.

»Hermann, wenn du mir etwas zu sagen hast, dann tu's jetzt!« Ludwigs eisiger Ton ließ Fanny wieder erschaudern. Hermann tat so, als würde es ihm schwerfallen, aber dann sprudelten die Worte nur so aus ihm heraus, und er erzählte mit erstauntem, leicht gekränktem Unterton davon, wie er gekommen sei, um der armen, einsamen Charlotte Gesellschaft zu leisten, dann aber erfahren musste, dass diese gar nicht anwesend war, weil sie mit dem Bastard von Verwalter in irgendeinen Kraal gefahren sei, angeblich um kranken Hottentotten mit teuren Medikamenten von Ludwig zu helfen.

An der Stelle leckte sich Hermann über seine Lippen und schüttelte betroffen den Kopf. »Und glaub mir, Ludwig, als ich später nachgeforscht habe, stellte sich heraus, dass es keine Kranken in deinen Kraalen gegeben hat. Aber das ist noch nicht das Schlimmste. Ich dachte, ich warte hier, bis die beiden wieder wohlbehalten zurück sind. Und es verging Stunde um Stunde um Stunde, und es wurde Nacht ...«

»Und was hattest du des Nachts hier zu suchen?«, fragte Ludwig, und Fanny konnte die unterdrückte Wut in seiner schneidenden Stimme hören.

»Nun, ich dachte mir, es wäre in deinem Sinn, wenn wenigstens ein Weißer auf deinem Anwesen für Recht und Ordnung sorgt.«

Fanny hielt es nicht länger aus, sprang empört hoch, taumelte, richtete sich aber gleich wieder auf. »Recht und Ordnung, was für ein Hohn! Dein sauberer Freund Hermann hatte während seines ach so besorgten Wartens nichts Besseres zu tun, als unsere weiblichen Dienstboten zu vergewaltigen.«

Hermann machte eine wegwerfende Geste mit der Hand. »Ludwig, Kaffernweiber sind doch nicht der Rede wert. Du kennst mich, ich bin einfach ein Mann. Wenn's juckt, muss man sich eben kratzen.«

Maria versuchte, ihren Zwillingen die Ohren zuzuhalten, was Fanny völlig absurd erschien. Dann meldete sich plötzlich John zu Wort.

»Hermann, Sie sollten aufhören mit Ihren lächerlichen Unterstellungen.« Er klang wohltuend sanft. »Ich habe Frau Falkenhagen mit zum Köcherwaldbaum genommen, nur aus einem einzigen Grund ...«

Fanny musste ihn am Sprechen hindern, auf keinen Fall sollte Ludwig erfahren, dass sie dort eine Zulu-Zauberin getroffen hatte, weil sie mehr über ihre Perlen, also über ihre Herkunft, hatte wissen wollen. Aber da fuhr John schon fort, und sie bildete sich ein, er würde ihr einen beruhigenden Blick zuwerfen.

»Wir wollten dort den Nektar der Bäume ernten. Daraus kann man ein Getränk brauen, das die Übelkeit von Schwangeren lindert.«

Überrascht biss sie sich auf die Lippen. Die Schwangerschaft einzuflechten war eine gute Idee von John, er war ein viel besserer Lügner als sie. Und er hatte sofort verstanden, dass alles, was mit der Schwangerschaft zu tun hatte, Ludwig versöhnlicher stimmen würde. Sie entspannte sich etwas.

»Es war mein Fehler«, säuselte John, »dass wir niemanden sonst mitgenommen haben, es war unverzeihlich, dass ich keinen Verantwortlichen zurückgelassen habe. Und wenn wir nicht diesen Unfall …«

»Unfall?«, fiel Ludwig ihm ins Wort, und seine Stimme überschlug sich. Er lief auf John zu und streckte ihn mit einem Kinnhaken nieder. »Daher diese Armverletzung! Du hast meine schwangere Frau solchen Gefahren ausgesetzt!« Ludwig schlug noch einmal zu, und er hätte auf John eingetreten, wenn ihn Maria nicht zurückgehalten hätte.

»Ludwig«, mischte sich Hermann wieder ein, »er ist es nicht wert, dass du dich an ihm abarbeitest. Du solltest ihn lieber auspeitschen lassen.«

Ludwig wand sich los und funkelte seinen Freund an. »Und du, bist du fertig mit deinen elenden Unterstellungen gegen mein schwangeres Weib?«

»Noch nicht ganz, denn die zwei Turteltäubchen sind ja erst am nächsten Morgen zurückgekommen.« Hermann grinste breit, doch in der nächsten Sekunde schlug ihn Ludwig voll ins Gesicht. »Willst du dich mit mir duellieren?«, brüllte er ihn an.

Hermann rieb sich mit vor Verblüffung weit aufgerissenen Augen die Wange. »Ludwig, um Gottes willen, sie ist nur ein elendes Weib.«

Ludwig gab einen knurrenden Laut von sich, und Fanny hängte sich an seinen Unterarm. »Ludwig, es ist gut. Niemand sollte sich duellieren. Wir konnten nicht zurück, das Rad war gebrochen, mein Arm auch, und es wäre für mich viel zu gefährlich gewesen, in der Nacht zu reiten, ich hätte vom Pferd fallen können.« Das tote Pferd ließ sie jetzt lieber unter den Tisch fallen.

Ludwig trat noch einmal gegen John, der sich noch nicht wieder aufgerappelt hatte. »Ihr Arm war also gebrochen. Das hast du zu verantworten. Unfassbar. Du bist gefeuert. Wir sind endlich quitt. Ich will dich hier nie mehr sehen.«

Die Zwillinge von Maria hatten zu weinen begonnen, und selbst der dicke Albert sah mitgenommen aus. Fanny fühlte sich hundeelend.

»Ihr geht schon mal schlafen!«, kommandierte Maria ihre Jungs.

»Ich hab aber noch Hunger!«, heulte Albert.

»Abmarsch!« Maria sah fragend zu Fanny hin, als ob es gefährlich wäre, sie allein mit Ludwig zu lassen. Aber Fanny nickte ihr beruhigend zu. Nur zögernd verließ Maria das Wohnzimmer.

»Eines Tages. Ludwig«, ließ sich Hermann vernehmen, »wirst du begreifen, wie gut ich es mit dir gemeint habe.«

»Verlass mein Haus«, befahl Ludwig mit schneidender Stimme.

Hermann zuckte mit den Schultern und lief zur Tür. »Die Hexe hat dich gut eingewickelt«, murmelte er leise.

Doch Ludwig hatte ihn gehört, zerrte ihn zur Tür und warf ihn die Stufen zur Veranda hinunter. Dann knallte er die Tür ins Schloss.

John hatte sich nur langsam hochgerappelt. Fanny hoffte, dass er nicht schlimm verletzt war, wagte es aber nicht, ihm zu helfen, um Ludwigs Zorn nicht erneut zu reizen.

Ludwig sah mürrisch zu, wie sich John erhob. »Du wirst mir einen neuen Verwalter besorgen, oder du kriegst in ganz Deutsch-Südwest nie wieder einen Fuß auf den Boden.«

John nickte. »Ludwig, ich habe alle Fehler der Welt begangen, als ich die Farm mit deiner Frau verlassen habe, aber du weißt, ganz egal, was Hermann auch behauptet, dass ich mich deiner Frau niemals auch nur nähern würde.«

Nähe. Fanny dachte unwillkürlich daran, wie John ihren Kopf gestreichelt hatte, wie sie an ihn gelehnt zurückgeritten waren und was sie gefühlt hatte.

»Hermann hat keine Ahnung.« Ludwig nickte John widerwillig zu. »Ich bin sicher, dass ich dir in dieser Hinsicht vertrauen kann, weil du als Einziger wirklich weißt, dass ich jeden, der sich an meinem Besitz vergreift, ohne zu zögern töten würde.«

Fanny schluckte ein paarmal trocken und versuchte sich zu beruhigen. Ludwig würde es nie erfahren. Er trat zu ihr und legte den Arm um ihre Taille, wie um sie zu stützen. »Es tut mir sehr leid, dass Hermann sich so unfassbar viehisch benommen hat. Ich verspreche dir, dass er hier niemals mehr aufkreuzen wird. Wie fühlst du dich jetzt?«

»Schwach«, sagte Fanny, und das war nicht gelogen, denn noch nie hatte sie solche Angst gehabt, Angst um ihr Leben und um das von John. Der Gedanke daran, dass John die Farm verlassen würde, war nahezu unerträglich. In seiner Gegenwart fühlte sie sich immer wohl und nie hilflos, vor ihm hatte sie keine Angst. Tränen stiegen ihr in die Augen, und als ihr das Ausmaß ihrer Einsamkeit klar wurde, entrang sich ihrer Kehle ein hilfloses Schluchzen.

Ludwig tätschelte ihr mit seinen großen Pranken den Rücken. »Das ist ganz normal, vor allem in den ersten Monaten. Das gibt sich wieder. Und je mehr Probleme es am Anfang gibt, desto sicherer ist es, dass es ein Junge wird. Wie gut, dass ich dir Maria mitgebracht habe, sie hat schon drei stramme Jungs auf die Welt gebracht und kann dir bei allem helfen.«

Fanny schluchzte laut auf. Dieser Dummkopf hatte keine Ahnung, wie sehr ihr Marias tatkräftiges Getue auf die Nerven ging. Das Letzte, was sie wollte, war, die kommenden neun Monate von Maria und ihren Söhnen umgeben zu sein.

Sie sackte in sich zusammen und ließ sich widerstandslos von Ludwig zum Sofa zurückführen und in die grünen Polster drücken.

John beobachtete sie beide. Fanny sah über Ludwigs Schulter mit verweinten Augen zu John. Er verzog den Mund zu einem Lächeln, was reichlich grotesk aussah, denn seine Lippen waren aufgeplatzt und das linke Auge angeschwollen. Trotzdem fühlte sich Fanny sofort getröstet. Sie würde ihn wiedersehen, da war sie auf einmal ganz sicher.

»Was für ein Abend«, stöhnte Fanny.

»Den Arm werde ich mir nachher auch gleich mal anschauen. Aber zuerst muss ich mit John über die Farm reden.«

John machte eine Bewegung auf Ludwig zu, als Maria wieder hereingewogt kam.

Sie blieb stehen und deutete mit ausgebreiteten Händen auf den Tisch, der wie eine verlassene Theaterdekoration wirkte, mit den flackernden, fast ganz heruntergebrannten Kerzen und den achtlos hingeworfenen Stoffservietten.

»Wie schade um das alles. Wollen wir denn nicht zu Ende essen?«, fragte sie. »Es wäre doch geradezu eine Sünde, wenn all die Arbeit, die sich Charlotte trotz ihres gebrochenen Arms bei der Zubereitung gemacht hat, umsonst wäre. Das Fleisch in der Küche jedenfalls riecht unwiderstehlich.« Maria wedelte mit den Händen den imaginären Duft durch die Luft, atmete dabei so heftig, dass sich ihre gewaltige Brust hob und senkte wie ein Erdbeben und ihre Nasenlöcher groß wie Einschusslöcher wurden.

Sie sah aus wie eine absurde Karikatur. John, Ludwig und Fanny sahen einander überrascht an, und dann konnte Fanny nicht anders. Das war alles zu viel, ihr letztes Schluchzen ging in ein Kichern, dann in lautes Lachen über. Auch John fing an zu grinsen, und schließlich platzte sogar Ludwig heraus, und weil Maria darüber so verblüfft wirkte, lachten die drei noch mehr, und nach einer Minute wurde Maria auch davon angesteckt, und so standen sie da und krümmten sich vor Lachen.

Fanny wollte damit aufhören, denn sie spürte, wie verrückt es war, nach all diesen entsetzlichen Ereignissen zu lachen. Aber sie schaffte es nicht, es war, als ob ihr Körper mit dem Lachen allen Ängsten dieses Abends den Garaus machen wollte.

Zaghaft kam Zach herein und fragte, ob er jetzt abräumen solle. Das brachte sie wieder zur Besinnung.

»Nein«, keuchte Ludwig noch leicht atemlos von dem Gelächter, »nein, wir brauchen dringend etwas zu essen, allen voran mein Sohn.« Er tätschelte Fannys Schultern und führte sie zum Tisch zurück. Ludwig klatschte in die Hände und befahl Zach, endlich den Kudufleischtopf hereinzubringen. John schickte er zum Essen in die Küche, dann setzten sie sich wieder hin.

Fanny sah John nach und hätte gewettet, dass sie beim Gedanken an seine Kündigung keinen Bissen Fleisch herunterbringen würde, doch sie war genauso hungrig wie die anderen.

Obwohl sie gerade eben noch miteinander gelacht hatten, aßen sie nun schweigend, jeder seinen eigenen Gedanken nachhängend.

19

Fünf Monate später war Fanny kurz davor, wahnsinnig zu werden. Es lag allerdings nicht an ihrer Schwangerschaft, ganz im Gegenteil, sie war erstaunt, wie sehr sie dieses noch ungeborene Kind jetzt schon liebte. Wann immer sie sich über den ständig dicker werdenden Leib strich, wurden ihre Glasperlen warm, genauso warm, wie es ihr wurde, wenn sie an das kleine Wesen in ihr dachte. Manchmal kam es vor, dass die Perlen geradezu heiß wurden, wenn sie ihren Bauch berührte. Unangenehm heiß, als wollten sie Fanny warnen. Ihr braucht mich nicht zu warnen, dachte sie dann, denn ich werde diesem Kind all das geben, was ich niemals bekommen habe. Einen Vater und eine Mutter und jede Menge Liebe. Manchmal stellte sie sich vor, Charlotte könnte sie so sehen, und es machte sie traurig, dass ihre einzig wahre Freundin nicht die Patentante ihres Kindes werden konnte.

Diese Gedanken waren es jedoch nicht, die sie in den Wahnsinn trieben. Auch körperlich ging es ihr gut. Ihr Arm war ohne Komplikationen wieder zusammengewachsen und schmerzte nicht mehr, und ihre Übelkeitsanfälle hatten nach vier Monaten aufgehört. Seitdem fühlte sie sich stark wie eine Löwin. Allerdings durften Löwinnen allein durch die Savanne streifen – Fanny dagegen war nie allein. Maria und ihre Söhne lebten immer noch bei ihnen und logierten in ihrem Schlafzimmer, während Fanny auf einem notdürftig gezimmerten Bett im Wohnzimmer und Ludwig auf der Liege in seiner Praxis schlief. Er behauptete, seit sie schwanger sei, schnarche sie dermaßen, dass er kein Auge zutun könnte. Und als angehender Familienvater bräuchte er seinen Schlaf ganz besonders nötig. Fanny hatte aber auch den Verdacht, dass ihm ihr wachsender Leib unheimlich war und er ihm lieber nicht zu nahe kommen wollte. Jedenfalls berührte er Fanny nur noch, um ihr einen flüchtigen Wangenkuss zu geben oder ihr die Hand zu tätscheln. Davon abgesehen behandelte er sie wie ein rohes Ei, kümmerte sich rührend um ihr Wohlergehen und hatte Maria beauftragt, Fanny in allem zu unterstützen.

Leider nahm Maria diesen Auftrag so ernst, dass Fanny kurz davor war, einfach in die Wüste zu verschwinden und nie wieder zurückzukehren. Wann immer Fanny sich irgendwohin begab, um einen Moment für sich zu sein, tauchte Maria auf und »sah nach ihr«. Was in Wahrheit bedeutete, dass sie sich unterhalten wollte. Leider war das Einzige, was Maria interessierte, Klatschgeschichten vom Hof in Berlin, von denen Fanny einige erfand, nur damit sie endlich Ruhe gab. Aber sie hatte große Angst, dass irgendjemand nach Keetmanshoop käme, der diese Anekdoten als Lügen entlarven würde. Denn Fanny wollte mehr als alles andere, dass ihr Kind in einer richtigen Familie aufwuchs.

Maria liebte es außerdem, Fanny mit den Schreckensgeschichten ihrer Geburten zu unterhalten. Alle drei Kinder waren offensichtlich nur durch Marias starken Willen auf die Welt gekommen. Mal erzählte sie davon, dass sie beinahe verblutet wäre, mal davon, wie der Kopf des dicken Albert alles auseinandergerissen oder wie einer der Zwillinge verkehrt herum gelegen hatte. Dann wieder erfreute sie Fanny mit den detaillierten Schilderungen des Milchfiebers, an dem sie nach den überstandenen Qualen der Geburt dann beinahe doch noch gestorben wäre.

Manchmal, wenn es für Fanny besonders anstrengend war zuzuhören, konnte sie sich – wenn auch mit sehr schlechtem Gewissen – den Gedanken nicht verkneifen, wie viel angenehmer ihr Leben doch wäre, wenn Maria wirklich bei einer Geburt das Zeitliche gesegnet hätte.

Es war Fanny immer noch unheimlich, dass Maria sich so anbiederte und nicht mehr so herrisch und grausam war wie auf dem Schiff. Außerdem wunderte es sie, dass Maria gar keine Anstalten machte, endlich das neue Heim für ihren Mann vorzubereiten.

Doch wann immer sie mit Ludwig darüber sprechen wollte, schüttelte der den Kopf und befand es für großartig, dass Maria sie in dieser schwierigen Zeit unterstützte.

Wenn Ludwig in der Nähe war, blühte Maria richtig auf, ihre Augen glänzten, sie wurde rot im Gesicht und tat fast alles, um ihm zu gefallen. Sie umsorgte Fanny noch aufdringlicher und scheuchte ihre Jungs aus dem Weg. Es war Maria, die herausgefunden hatte, dass Ludwig zum Frühstück gerne lauwarmen Haferbrei aß, dass er Apfelmus mit einem Schuss Essig köstlich fand und er es liebte, wenn seine Hemden bretthart gestärkt wurden.

Manchmal kam es Fanny so vor, als wäre Maria in Ludwig verliebt. Ludwig aber hatte nur Augen für Fanny und den Sohn in ihrem Bauch. Gemeinsam sorgten die beiden dafür, dass sie sich wie eine eingesperrte Löwin vorkam.

Es hatte sie überrascht, wie sehr sie daran gewöhnt war, ihre Arbeit allein zu machen und dabei Zeit zu haben, ihren Gedanken nachzuhängen. Jetzt wurde sie ständig von Maria in Besitz genommen, die ihre Kommentare stetig und unablässig wie Wasser aus einer Gießkanne über Fanny niederregnen ließ. Eine Gießkanne, die niemals leer wurde.

Fanny sehnte sich danach, heimlich ein Pferd zu schnappen und nachts in den Köcherbaumwald zu reiten, einfach nur, um dort zwischen den Felsplatten zu sitzen, die Wärme und Stille zu genießen und mit ihrem ungeborenen Kind Gedanken zu tauschen. Sie war davon überzeugt, dass der Winzling sie verstehen konnte.

Fanny träumte wieder, und vieles davon beunruhigte sie. Oft, wenn sie nach einem verstörenden Traum aufwachte, dachte sie an John und hätte gern gewusst, was er zu diesem Traum gesagt hätte. Sie hatte einmal versucht, mit Ludwig über ihre Träume zu reden, aber er hatte nur abgewunken und gemeint, dieses Weiberzeug solle sie lieber mit Maria besprechen. Damit ihm klar wurde, dass Träume keineswegs nur Weiberzeug waren, hatte Fanny ihn daran erinnert, dass sogar in der Bibel jede Menge wichtiger und weissagender Träume vorkamen. Sie hatte gehofft, dass ihm als Sohn von Missionaren die Bibel etwas bedeuten würde. Er hatte nur herzlich gelacht, denn er glaubte nicht an Träume, sondern nur an das, was man sehen und anfassen konnte.

Fanny hatte ihn geneckt und ihm zu bedenken gegeben, dass er ja auch an den Sohn in ihrem Bauch glaubte, ohne ihn sehen oder anfassen zu können. Darüber konnte er aber nicht lachen. Ihr Bauch sei ihm Beweis genug, hatte er mit säuerlichem Gesicht erwidert. Und danach war Fanny zum einen klar geworden, wie heilig ihm seine männlichen Nachkommen waren, und zum anderen, wie wenig Ludwig bereit war zu lachen, am allerwenigsten über sich selbst.

Fanny erinnerte sich genau daran, wie erleichtert sie gewesen war, als sie zum ersten Mal von den Träumen in der Bibel gehört hatte. Denn in der Heiligen Schrift hieß es immer, dass die Träume von Gott gesandt wurden, und nie war die Rede vom Teufel. Ab diesem Moment hatte sie keine Angst mehr gehabt, vom Teufel besessen zu sein, wenn sie morgens verstört aus ihren Träumen aufgewacht war. Egal, was Seraphina behauptete, ihre Träume kamen von Gott und wollten ihr etwas Wichtiges sagen, auch die bösen.

Einmal, nur ein einziges Mal, hatte sie Ludwig beim Wort genommen und Maria von einem ihrer belastenden Träume erzählt. Darin war sie ein *Omumborombonga*-Baum, der von einem weißen Mann gefällt wurde. Sie hatte jeden Hieb mit der Axt gespürt und geschrien vor Schmerz, bis sich die Klinge der Axt vor ihren Augen in Perlen aufgelöst hatte, Perlen wie aus ihrem Armband. Diese Perlen hatten den merkwürdig sirrend-singenden Ton von sich gegeben, waren schwerelos durch die Luft geschwebt und hatten alles zum Erstarren gebracht. Alles bis auf Fanny. Die verwandelte sich vom Baum langsam in eine Schlangenfrau, der weiße Flügel wuchsen und die wie ein Drache fliegen konnte. Erfüllt von heiterer Leichtigkeit war sie über eine Kette von Bergen in eine gelbe Sandwüste geflogen, wo sie im Schatten eines roten Felsens völlig schmerzfrei ein schwarzes Kind gebar, ein Mädchen. Ein Mädchen, das ihre Glasperlen um den Hals trug und davon erwürgt wurde.

Fanny hatte Maria nicht erzählt, wie oft sie diesen Traum schon geträumt hatte und dass sie davon jedes Mal schweißgebadet aufgewacht war, weil sie Maria nicht beunruhigen wollte. Doch diese Rücksicht war völlig unnötig, denn für Maria war das nur so ein Schwangerschaftstraum, wie ihn alle Frauen immer schon gehabt hatten und in dem lediglich Charlottes Angst vor der Geburt und der Verantwortung, die sie dann den Rest ihres Lebens tragen würde, zum Ausdruck kam. Auch die schwarze Hautfarbe des Kindes war für Maria nur ein Beweis für Charlottes Angst davor, dass es entstellt sein könnte. Das Erwürgen des Kindes mit den Perlen war Marias Lieblingsstelle, die sie dem engen Geburtskanal zuordnete, der dem Kind ja wirklich gefährlich werden konnte. Und dann war wieder eine besonders grausig ausgeschmückte Erzählung der Zwillingsgeburt gefolgt, nach der es Fanny zum ersten Mal seit Langem wieder übel geworden war.

Maria hatte über ihre Empfindsamkeit gelacht und gemeint, dass Fanny schon noch sehen würde, dass sie kein bisschen übertrieben hatte. Fanny war aus lauter Verzweiflung auf die Idee verfallen, die Jungs zu unterrichten. Zum einen war sie wenigstens in dieser Zeit sicher vor Marias Geschwätz. Zum anderen hatte sie zugehört, wie Maria mit den Jungs lernte, und war schockiert über Marias Unwissenheit in Mathematik, Grammatik und Latein. Tatsächlich war Maria begeistert von Fannys Vorschlag und nahm sogar selbst am Unterricht teil. Während der Stunden schwieg sie zwar, dafür bombardierte sie Fanny aber danach mit Fragen.

Ab und zu gelang es Fanny, sich in den Lämmerstall zu flüchten, wohin Maria nicht gern ging, weil sie da Niesanfälle bekam.

Dort setzte sich Fanny auf die teuren Strohballen, die Ludwig aus Südafrika bezog, und lauschte dem Atem der Lämmer und ihrem zarten Blöken, streichelte ihren Bauch und dachte an ihr ungeborenes Kind.

Manchmal wurde sie dort von dem neuen Verwalter gefunden und gnadenlos zum Haus zurückeskortiert. Der neue Verwalter hieß Pierre und war ein hagerer, wortkarger Mann, ein Hugenotte, der Ludwig treu ergeben war und genauso wenig Sinn für Humor hatte wie sein Arbeitgeber. Pierre stammte von Weinbauern ab, die sich 1686 nördlich von Kapstadt angesiedelt und dort Reben angebaut hatten. Doch sein Vater, ein übler Spieler, hatte alles verloren, und Pierres Ehrgeiz war es, schnell viel Geld zu verdienen, um das elterliche Gut zurückzukaufen. Er hasste es, nur Verwalter zu sein, und diesen Hass ließ er an den Angestellten und Frauen aus, wann immer es ihm passte.

Er bestrafte die Schwarzen, die nicht schnell genug arbeiteten, nicht mit körperlicher Gewalt, sondern mit dem Entzug von Alkohol und Essen. Jedes Mal, wenn Fanny ihn sah, sehnte sie sich nach John. Nein, nicht nur dann, musste Fanny sich eingestehen. Eigentlich tauchte John sehr viel öfter in ihren Gedanken auf.

Wenn sie aus einem ihrer Träume aufwachte, wünschte sie sich, ihr Kopf läge in seinem Schoß, so wie damals im Köcherbaumwald. Wenn sie auf der Veranda mit den anderen beim Essen war, stellte sie sich vor, sie würde irgendwo in der afrikanischen Nacht schweigend mit ihm am Lagerfeuer sitzen. Wenn sie kochte, wusch oder buk, dachte sie an ihn, und auch, wenn Zach ihr neue Pflanzen zum Begutachten zeigte oder wenn sie Grace und Martha beibrachte, wie man Spitze richtig bügelte. Am allermeisten sehnte sie sich nach ihm, wenn sie wieder einmal in Marias Redeschwall ertrank.

Lange Zeit war ihr gar nicht klar gewesen, dass sie ständig an John dachte. Doch eines Tages hatte Maria mitten im Satz innegehalten und sie schelmisch lächelnd gefragt, über wen oder was sie denn gerade nachsinnen würde. Sie sähe so glücklich und geradezu verliebt aus. Sofort war Fanny das Blut ins Gesicht geschossen. »Ludwig«, hatte sie geistesgegenwärtig gelogen und war noch röter geworden. Maria hatte dazu verständnisvoll genickt und gemeint, der Ludwig sei auch ein Prachtkerl von einem Mann, einer, auf den der deutsche Kaiser stolz sein konnte.

Erst in diesem Augenblick war Fanny klar geworden, was sie da tat. An Ludwig dachte sie nie, und sie vermisste ihn auch nicht in ihrem Bett. Wie wäre es, fragte sie sich, wenn Ludwig ständig an eine andere Frau denken würde, selbst wenn er dabei so unschuldig wäre wie sie?

Wenn sie das ehrlich beantwortete, dann musste sie sich eingestehen, dass es ihr gleichgültig war. Vollkommen gleichgültig. Und das war nicht richtig, ganz und gar nicht richtig. Er sollte ihr etwas bedeuten, schließlich war er der Vater ihres Kindes, und Fanny wollte mit aller Macht, dass ihr Sohn die Liebe von Vater und Mutter erfahren sollte.

Von da an versuchte sie, sich mehr in ihren Mann hineinzudenken, ihn zu lieben und sich seine guten Eigenschaften vor Augen zu führen. Seinen Stolz, seinen Ehrgeiz, was die Farm betraf, seine Zuverlässigkeit und seine Großzügigkeit, vor allem Maria gegenüber. Seinen Optimismus, der ihn dazu gebracht hatte, einen großen Anbau für das Haus zu planen für die vielen Kinder, die er noch zeugen würde.

Oft dachte sie daran, wie Charlotte behauptet hatte, dass die Liebe erst im Laufe der Ehe entstünde. Sie machte sich immer wieder klar, dass sie diejenige war, die Ludwig von Anfang an hinters Licht geführt hatte. Es war also ihre Pflicht, ihn zu lieben, vor allem jetzt.

Fanny trank einen großen Schluck kalten Pfefferminztee, der ihr bei der Hitze immer sehr guttat. Es war erst elf Uhr vormittags, und das Barometer zeigte schon dreißig Grad an, viel zu heiß für Oktober. Das ließ Schlimmes für den Sommer befürchten, darin waren sich Schwarze und Weiße ausnahmsweise einig.

Fannys Körper hatte sich sehr verändert. Alle ihre Schürzen spannten stramm und betonten ihren Bauch, was

Maria trotz ihrer drei Geburten peinlich berührte. Sie lamentierte ständig darüber, dass eine Schwangere ihre unschickliche Gestalt verhüllen sollte. Fanny fand das reichlich lächerlich. »Wer sieht mich hier denn schon? Es ist ja nicht so, dass ich in Berlin den Kurfürstendamm entlangflaniere, oder?«

Aber Maria ließ sich nicht davon abbringen und begann, einen hässlichen weiten Kittel für Fanny zu nähen, denn, wie Maria nicht müde wurde, ihr zu versichern, war diese Kugel erst der Anfang. Aber der Kittel erinnerte Fanny an die Schwesterntracht. Lieber würde sie nackt mit einem Fell herumlaufen, als noch einmal so etwas anzuziehen. Maria nähte nicht nur die Riesenschürze, sondern auch Hemdchen und Höschen und bestand darauf, dass Fanny Söckchen strickte und Mützchen, die so winzig und puppenhaft waren, dass Fanny sie sich nicht an einem Kind vorstellen konnte.

Fanny nahm noch einen Schluck Pfefferminztee. Ihre Kehle war ziemlich ausgedörrt, denn sie hatte gerade zwei Stunden lang Hans und Franz in die Geheimnisse des großen Einmaleins eingeführt und Albert mit Textaufgaben beschäftigt, die Maria viel zu schwer für ihren armen Liebling fand.

Als sie ihre Tasse absetzte, hörte Fanny plötzlich Hufgeklapper. Überrascht sahen Fanny, Maria und die Jungs sich an, denn Besuche waren, seit Maria bei ihnen logierte, sehr selten geworden. Und seit man Fannys Schwangerschaft deutlich sehen konnte, war auch Daphne nicht mehr gekommen.

Fanny hatte Angst, es könnte Hermann sein, der zwar nach jenem schicksalhaften Abend nie mehr aufgetaucht war, aber ganz sicher noch immer auf Rache sann. Er versuchte, Ludwig zu schaden, wo er nur konnte, und hatte erreicht, dass die Viehhändler im Umkreis kein Vieh von Ludwig mehr kauften. Es wäre typisch für ihn, zu kommen, wenn Ludwig nicht da war. Mit geballten Fäusten starrte Fanny der Staubwolke entgegen.

Ludwig und Pierre waren zu den Kraalen aufgebrochen, weil sie gehört hatten, dass es bei den Nachbarn weiter östlich schlimme Fälle von der Rindersterbe gegeben hatte, die von allen Viehzüchtern sehr gefürchtet wurde.

Als der Reiter näher kam, erkannte Fanny, wer es war, und ihre Anspannung wich Erleichterung und Freude. Ohne daran zu denken, dass Maria und ihre Jungs sie beobachteten, lief sie John so schnell es ihr Bauch zuließ entgegen.

John war nicht allein. Vor ihm auf dem Pferd saß das kleine Mädchen, das er vor fünf Monaten mit der schweren Entzündung im Fuß zu ihr gebracht hatte. Kajumba winkte Fanny zu.

»John!«, rief Fanny, als er absaß und das Mädchen vom Pferd hob. Sie konnte ihr Entzücken nicht unterdrücken. Am liebsten hätte sie ihn umarmt, aber das war undenkbar. Schließlich war allein schon sein Kommen ein Affront, denn Ludwig hatte John verboten, jemals wieder auch nur einen Fuß auf sein Land zu setzen.

Fanny schaute über ihre Schulter und erschrak, als sie den hasserfüllten Blick sah, den Maria John zuwarf.

»John«, wiederholte Fanny deshalb deutlich kühler, »mein Gatte hat Ihnen verboten, hierherzukommen.«

»Das weiß ich. Aber es gibt einen guten Grund. Weiter nördlich sind blutige Kämpfe zwischen den Herero und Nama ausgebrochen. Dabei ist die ganze direkte Familie von Kajumba getötet worden, und der Rest des Clans glaubt, dass Kajumba daran schuld ist. Sie wollten die Kleine deshalb töten. Ich musste sie in Sicherheit bringen, das verstehen Sie doch, oder?«

Ja, wollte Fanny sagen, natürlich, sie ist doch noch ein Kind. Wie gut von dir, John, wie wundervoll. Aber bevor sie auch nur Luft holen konnte, mischte sich Maria ein, die auf der Veranda stand, ihren Busen an die Brüstung presste und hochrot vor Empörung war. »Auf keinen Fall verstehen wir das! Was soll Herr Falkenhagen mit noch einem unnützen Esser? Scheren Sie sich zum Teufel, und nehmen Sie die Kleine mit.«

Albert, Hans und Franz wiederholten die Worte ihrer Mutter voller Begeisterung. »Schert euch zum Teufel!«, schallte es John und Kajumba von der Veranda entgegen.

John lächelte Fanny zu, als ob nur sie beide auf der Welt wären, und blieb ganz ruhig. Er holte aus seiner Satteltasche einen Brief und reichte ihn ihr. »Hier ist ein Brief, den ich für Ludwig geschrieben habe. Bitte, Frau Falkenhagen, seien Sie so freundlich und händigen Sie ihn Ihrem Mann aus, ich bin sicher, danach darf die Kleine bleiben. Solange überantworte ich sie Ihnen — als Ihre Lebensretterin haben Sie ja eine gewisse Pflicht.«

Fanny steckte den Brief in die über ihrem prall gespannten Bauch liegende Schürzentasche, ohne ihren Blick von John abzuwenden. Wie wundervoll es war, ihn zu sehen, sie musste jeden Moment davon genießen.

»Charlotte!« kreischte Maria. »Schick sie weg, dein Mann wird das nicht gern sehen.«

John legte die Hand des Mädchens in die von Fanny und drückte dann die beiden Frauenhände mit seiner kurz zusammen. Fanny war wie elektrisiert von dieser Berührung, ihr Herzschlag beschleunigte sich, und sie schnappte nach Luft.

»John«, bat sie ihn leise, »John, bleiben Sie doch zum Essen, und erzählen Sie uns etwas über die Kleine und über die Aufstände. Ich flehe Sie an, erlösen Sie mich für wenigstens eine Stunde von dieser Frau.«

John schüttelte den Kopf. »Ich würde Sie nur unnötig in Gefahr bringen. Es geht nicht. Es tut mir leid.« Sein Blick glitt von ihren Augen zu ihrem Bauch, was auf sie wirkte wie ein sanftes Streicheln. »Geht es Ihnen und dem Kind gut?«

Fanny nickte und wünschte sich so sehr, dass er bleiben möge, dass sie überlegte, ob sie eine Ohnmacht vortäuschen sollte, um ihn dazu zu zwingen. Aber Ludwig würde John dafür verantwortlich machen, sich um seinen ungeborenen Sohn sorgen und John bestrafen.

»Ich muss wieder gehen ...«

»Wo arbeiten Sie denn jetzt?«, fragte Fanny, die sich bei dem Gedanken daran, dass er wieder für fünf Monate oder noch länger aus ihrem Leben verschwinden würde, plötzlich sehr mutlos fühlte und ohne jede Kraft.

»Mal hier und mal da. Eben dort, wo ich gebraucht werde. Ich werde Zach ein paar Heilmittel von meiner Mutter für Sie geben, damit Sie eine leichte Geburt haben.«

Fanny wurde rot. Ludwig sprach mit ihr nie über die Geburt, für John schien es aber das Normalste der Welt zu sein.

»Von Ihrer Mutter? Ich dachte, sie hielte mich für eine gefährliche Frau.«

»Das stimmt immer noch. Sie warnt mich ständig vor Ihnen. Sie sagt, Sie seien wie Isimomo, eine Frau, die von Geistern beherrscht wird. Sie behauptet, Sie brauchen Hilfe.«

»Aber ich werde nicht mit Steinen von Unsichtbaren beworfen!«

John schüttelte den Kopf. »Nein, natürlich nicht, aber sie sagt, vielleicht sind Geister in Ihre Glasperlen eingeschlossen und quälen Sie. Die erhabene Zahaboo sorgt zwar immer für Ärger, aber sie irrt sich selten. Obwohl sie mich mit Warnungen überhäuft, hat sie mir Medizin für Sie zugesagt.«

John grinste sie so fröhlich an, als hätte er ihr gesagt, dass seine Muter sie großartig fände. Unwillkürlich musste Fanny zurücklächeln, auch wenn ihr sehr mulmig war bei dem, was er über ihre Perlen gesagt hatte. Vielleicht wäre Zahaboo die Richtige, um über ihre Träume zu sprechen – oder John.

Plötzlich zischte etwas dicht neben Fannys Kopf durch die Luft, knallte auf die trockene Erde und erstickte all ihre Hoffnungen im aufwirbelnden Staub. Aus der Ferne hörte sie begeisterte Anfeuerungsrufe und den frenetischen Applaus der Jungs.

Fassungslos drehte Fanny den Kopf. Sie war völlig auf John konzentriert gewesen, und so war ihr entgangen, dass Maria sich ihnen genähert hatte. Sie stand dicht hinter ihr und schwang eine Reitpeitsche.

»Weg mit ihm!«, zischte sie. Die Jungs skandierten laut und voller Eifer und klatschten dazu in ihre Hände: »Weg-mit-ihm, weg-mit-ihm, weg-mit-ihm!«

»Was soll das denn?« Fanny fiel Maria in den Arm, um sie zu stoppen, aber Maria war der Schwangeren körperlich an Masse und erst recht an Entschlossenheit deutlich überlegen. Sie stieß Fanny so fest von sich, dass die auf die Knie stürzte, laut aufschrie, sich in ihrem ungelenken Zustand nicht halten konnte und deshalb auf den Bauch fiel. Sie wimmerte vor Schmerz, alles drehte sich vor ihren Augen. »Das Kind«, flüsterte sie, »Ludwigs Kind!«

Maria hielt mitten im Schlag inne, ließ die Reitpeitsche sofort fallen und kniete sich neben Fanny. »Das wollte ich wirklich nicht, es tut mir leid.« Sie sprang trotz ihrer Fülle behände wieder auf und funkelte John an. »Daran sind einzig und allein Sie schuld. Scheren Sie sich endlich weg. Und nehmen Sie das Gör gleich mit.«

»Verzeihen Sie, John, verzeihen Sie auch Maria, wenn Sie können«, keuchte Fanny, die das Gefühl hatte, keine Luft zu bekommen. Ihr Bauch fühlte sich plötzlich so hart an wie eine zu straff gespannte Trommel. »John, gehen Sie lieber, ich werde diese Furie schon wieder beruhigen.«

John ignorierte alles, was Fanny sagte. Er stieß Maria

unsanft zur Seite und beugte sich zu Fanny hinunter. Vorsichtig schob er einen Arm unter ihre Kniekehlen, den anderen legte er um ihren Rücken. Dann hob er sie hoch, als wäre sie federleicht, und trug sie zur Veranda, wo die Jungs jetzt starr vor Schreck standen und Fanny ängstlich ansahen.

Obwohl Fannys Herz von dem Sturz noch beunruhigend schnell und heftig klopfte und es in ihren Ohren abwechselnd klingelte und rauschte, fühlte sie sich in seinen Armen unglaublich wohl. Es fühlte sich so richtig an, und sie merkte, wie ihr Bauch wieder weicher wurde, sie konnte besser atmen. Sie spürte seine warmen und beruhigenden Hände durch den Stoff auf ihrer Haut, und am liebsten hätte sie ihr Gesicht fest an seine breite Brust gepresst. Es gelang ihr nur mit Mühe, sich zu beherrschen.

Unendlich vorsichtig, aber für Fannys Gefühl viel zu schnell setzte er sie auf einen der weißen Korbstühle. »Tee!«, kommandierte er, ohne den Blick von ihr zu wenden. Die Jungs füllten sofort eine Tasse und reichten sie ihm.

Maria war jetzt auch an der Veranda angelangt, schwitzend und hochrot im Gesicht. »Das reicht jetzt! Gehen Sie!« Drohend hob sie wieder ihre Peitsche.

»Ich gehe erst, wenn ich mich davon überzeugt habe, dass dieser armen Schwangeren durch Sie kein Leid geschehen ist.«

John hat keine Ahnung, dachte Fanny, mir geschieht andauernd Leid durch Maria. Könnte sie doch bloß an seiner Stelle aufs Pferd steigen und aus meinem Leben verschwinden. Doch sie zwang sich zu einem Lächeln.

»Mir geht es gut, alles ist in Ordnung, ich habe mich nur erschrocken. John, Sie sollten wirklich gehen. Maria, solange du in meinem Haus wohnst, verbiete ich dir, je wieder so etwas Abscheuliches zu tun. Kein Mensch auf dieser Farm wird geschlagen, schon gar nicht mit einer Reitpeitsche. Niemals.«

Maria murmelte etwas, von dem Fanny beschloss, es als Zustimmung zu werten. Sie hatte keine Lust, jetzt mit ihr zu streiten. Sie trank noch einen Schluck Tee und wurde langsam wieder ruhiger. Die kleine Kajumba stand noch immer wie angewurzelt dort, wo John ihre Hand in Fannys gelegt hatte. Fanny winkte Kajumba heran und rief nach Grace, damit sie sich um das Mädchen kümmerte.

John nickte Fanny noch einmal zu, verließ die Veranda und schwang sich auf sein Pferd. Dann erst setzte sich Maria auf einen der anderen Stühle und seufzte demonstrativ.

»Du hast einen wunderbaren Mann, warum handelst du nicht so, wie er es sich wünschen würde?«, fragte Maria.

»Mein wunderbarer Mann würde dich und deine Kinder sofort hinauswerfen, wenn er davon erführe, dass ich mit seinem ungeborenen Sohn wegen dir hingestürzt bin.«

»Wirst du es ihm erzählen?«, fragte Maria, und es gelang ihr nicht ganz, ihre Frucht zu unterdrücken.

Fanny schüttelte den Kopf. »Nein, das werde ich nicht, wenn du mich in der Sache mit dem Mädchen unterstützt.«

»Ich verstehe einfach nicht, weshalb du dich für so eine einsetzt, von der man noch nicht mal weiß, ob sie eine gute Dienerin werden wird.«

»Weil sie eine Waise ist und weil sie ein Mensch ist, ein Mensch wie wir.«

Maria zuckte mit den Schultern. »Ein Mensch wie wir! Die Menschen sind nicht gleich, schon im Alten Testament gibt es jede Menge Sklaven. Einige sind zum Dienen geboren, andere zum Herrschen. So einfach ist das. Und manche wollen nicht verstehen, wo ihr Platz ist, denen kann aber damit«, sie griff nach der Peitsche, die sie auf den Tisch gelegt hatte, und wedelte damit herum, »geholfen werden.«

Sie musterte Fanny stirnrunzelnd. »Deine Schürze ist völlig verdreckt, lass sie mich für dich waschen. Das ist das Mindeste, was ich tun kann.« Als Fanny an sich hinabsah, musste sie Maria recht geben. Ihre weiße Schürze war rot und schwarz von der Erde, und wo sie auf Unkraut gestürzt war, hatte sie grüne Flecken. Sie ließ sich von Maria beim Ausziehen helfen und reichte ihr dann die Schürze. »Aber das machen wir am nächsten Waschtag, es lohnt sich nicht, allein dafür eine Lauge anzusetzen.«

»Ganz wie du willst, du bist hier die Chefin.« Auch wenn Maria versuchte, sich zu beherrschen, hörte Fanny genau, wie gekränkt sie immer noch war. Sie verschwand mit der Schürze in der Küche, und ihre Jungs folgten ihr.

20

Allein, sie war endlich einmal allein. Fanny tupfte sich den Schweiß von der Stirn, trank etwas Pfefferminztee und sah der immer kleiner werdenden Staubwolke nach, die John hinterlassen hatte. Wie es wohl wäre, wenn sie bei ihm auf seinem Pferd sitzen würde, so wie damals auf dem Rückweg vom Köcherwald. Wo würden sie hinreiten? Wo lebte John jetzt? Arbeitete er wieder als Verwalter, oder hatte er sich eine ganz andere Arbeit gesucht? Sie wusste wirklich sehr wenig über ihn.

Eine plötzliche, kleine Bewegung unterhalb ihrer Rippen brachte sie zurück in die Wirklichkeit. Sie legte die Hand auf ihren Bauch. Etwas hatte sich in ihr bewegt!

Da passierte es wieder. Ungläubig starrte sie an sich hinab. War das normal oder eine besorgniserregende Folge des Kampfes um die Reitpeitsche und des bösen Sturzes?

»Maria!« Zum allerersten Mal seit Marias Ankunft sehnte sie sich geradezu nach deren Anwesenheit. »Maria!«

Da war das Gefühl wieder.

Maria rannte herbei, Grace und Martha im Schlepptau. Alle drei bauten sich rund um sie herum auf und musterten sie. »Was ist denn los? Etwa verfrühte Wehen?«

Fanny deutete auf ihren Bauch. »Da drin passiert etwas.«
»Krämpfe?«
Fanny schüttelte den Kopf.
»Dann ist es nichts Schlimmes.« Erleichtert kam Maria näher. »Es wäre gut, wenn ich meine Hand auf deinen nackten Bauch legen könnte«, flüsterte sie verlegen.

Fanny zögerte keinen Moment und schob ihr Kleid hoch. Martha und Grace kicherten und tuschelten miteinander. »Weg mit euch!«, kommandierte Maria und legte ihre Hand auf die zu einer stattlichen Kugel hochgewölbte Haut. Genau in diesem Moment spürte Fanny es wieder.

Maria grinste. »Der kleine Racker tritt dich. Alles ist in bester Ordnung.«

»Er tritt mich?« Fanny war froh, aber sie verstand es nicht. »Warum spüre ich das jetzt zum ersten Mal?«

»Weil die Zeit reif dafür ist, meistens so um den fünften Monat. Vielleicht hat ihn der Sturz aus einem Nickerchen gerissen und ihn so hellwach gemacht, dass er nun voller Energie ist und dich mit seinen Füßchen treten kann. Das wird später noch viel stärker. Manchmal haben sie auch Schluckauf, dann sieht es aus, als würde dein Bauch kleine Hüpfer machen. Meine Zwillinge hatten das ab dem siebten Monat abwechselnd, und das war eine üble Plage für mich.« Dieser Erklärung folgte dann ein halbstündiger Vortrag, bei dem Maria ohne Luft zu holen über grauenhaftes Sodbrennen und unappetitliche Verdauungsprobleme lamentierte.

Fanny verschloss ihre Ohren und konzentrierte sich auf ihr Kind. Es lebte, es hatte sie getreten. Jetzt war es so viel wirklicher als noch heute Morgen. Wie unglaublich, dass dieser Winzling schon richtige Füße hatte, Füße, die treten konnten. Sie freute sich schon auf Ludwigs Gesicht, wenn sie ihm davon erzählen würde. Für ihn wäre das sicher ein Beweis für die Stärke seines Sohnes. Er hatte nicht den geringsten Zweifel, dass er nur Söhne haben würde. Fanny wagte es nie, sich vorzustellen, was passieren würde, wenn das Kind dann doch ein Mädchen wäre. Einmal hatte sie Ludwig dazu befragt, da war er weiß vor Zorn im Gesicht geworden und hatte ihr befohlen, den Mund zu halten.

Durch die ganze Aufregung um Johns Besuch und den Kampf mit Maria hatten sie immer noch nichts gegessen. Ihr war schon ganz flau, und ihr Sohn brauchte Nahrung. Sie ließ Maria, die noch immer über ihre Verdauungsprobleme lamentierte, einfach sitzen und wanderte geradewegs in die Küche, um sich davon zu überzeugen, dass alles für die Maisklößchensuppe, die es heute geben sollte, vorbereitet war.

Schon bevor sie die Küche erreichte, hörte sie laute Wortgefechte. Neugierig öffnete sie die Tür. Seitdem Martha Grace gegen Hermann verteidigt hatte, waren die beiden für gewöhnlich ein Herz und eine Seele, deshalb war Fanny neugierig, was der Grund ihres Zwistes sein mochte.

Es ging um Kajumba. Martha hatte die Kleine baden wollen, was Grace übertrieben fand. Grace wollte das Mädchen nicht verschrecken und ihm erst einmal Zeit lassen, sich einzugewöhnen. Sie wollte der Kleinen lieber Honig geben und mit ihr reden.

»Und wo ist sie jetzt?«, fragte Fanny und unterdrückte ein Lachen, weil ihr klar war, dass Kajumba den Streit der beiden ausgenutzt hatte, um auszubüxen.

Martha und Grace sahen sich an und zuckten mit den Schultern.

»Und wo sind die Jungs?« Fanny sah aus dem Fenster und rief nach den Kindern, aber es passierte nichts. Das machte sie stutzig. Denn normalerweise bemühten sich die Jungs, durch gutes Benehmen aufzufallen.

Was war da los?

Fanny ging nach draußen und rief wieder. Die Jungs entfernten sich nie sehr weit, das hatte Maria ihnen eingebläut. Wenn sie sie nicht hörten, dann mussten sie im Lämmerstall sein, denn Hans liebte die kleinen Lämmchen, aber Franz und Albert blieben nie lange mit ihm dort, denn denen stank es dort zu sehr.

Ziemlich außer Atem näherte sie sich dem Stall, aus dem heute kein Blöken und Rascheln drang. Es war so still, als ob alle Lämmer tot wären. Mit schnellen Schritten war sie an der Tür, zog sie auf und spähte hinein.

Was sie da sah, ließ sie entsetzt nach Luft schnappen. »Aufhören!«, schrie sie, »sofort damit aufhören!«

So schnell ihr Bauch es zuließ, watschelte sie zu der kleinen Kajumba, die die Jungs an einem Pfosten festgebunden hatten.

Hans und Franz drehten sich ängstlich zu ihr um, aber Albert ignorierte ihren Befehl und ließ die Reitpeitsche, mit der seine Mutter vorhin beinahe John getroffen hätte, auf das kleine Mädchen niedersausen.

Fanny war sofort bei ihm, schlug ihm ins Gesicht, wünschte sich, sie hätte einen Knüppel, mit dem sie ihn niederschlagen könnte, und legte ihre Arme um die Kleine, die überall blutige Striemen am Körper hatte. Obwohl das Blut aus den Wunden quoll, blieben ihre Augen vollkommen trocken. Keine einzige Träne tropfte über ihr Gesicht. Sie stand nur starr wie eine Holzstatue.

»Alles wird gut«, flüsterte Fanny mit letzter Kraft. John hatte ihr dieses Mädchen anvertraut, damit sie es beschützte, nicht, damit sie es seinen Henkern auslieferte. Dieses Mädchen, das niemanden mehr hatte, das völlig allein war. So allein, wie Fanny immer gewesen war. Plötzlich zitterten ihre Knie so stark, dass sie sich hinsetzen musste.

»Was ist hier los?«, brüllte Maria, die mit Grace und Martha hereingekommen war. Letztere schrien entsetzt auf und stürzten zu Kajumba. Streichelten sie, drückten sie, aber Kajumba blieb stocksteif stehen, wie gelähmt.

»Was zum Teufel habt ihr der Kleinen angetan?« Maria starrte von Kajumba zu ihren Jungs, von den Jungs zu dem Mädchen und stöhnte.

»Warum habt ihr das getan?« Maria baute sich drohend vor ihren Jungs auf.

Hans und Franz begannen zu schluchzen. Albert hätte gesagt, damit würden sie ihrer Mutter helfen, sie würden nur das zu Ende bringen, was ihre Mutter angefangen hatte. Und dann wäre sie sehr stolz auf sie und würde dem Vater schreiben, was für großartige Jungens sie wären. Und dann käme der Vater endlich wieder zurück.

»Was für ein Wahnsinn! Habt ihr denn nicht gesehen, dass sie ein Mädchen ist, nur ein kleines Mädchen?«

»Ja, aber sie ist ein böses Mädchen!«, sagte Albert, als wäre er völlig im Recht. »Das hast du gesagt, Mama, und dass wir Onkel Ludwig vor solchen wie ihr beschützen müssen.«

Solchen wie ihr? Fanny betrachtete das zarte, geschundene Mädchen und fühlte sich grauenhaft. Maria und ihre Monsterbrut mussten weg. Das war eindeutig zu viel.

Sie richtete sich wieder auf, ging zu Martha und Grace, die nun statt des Mädchens wimmernde Laute von sich gaben. Sie untersuchte die Wunden, die die Jungs ihr zugefügt hatten. Zum Glück hatte Albert noch nicht so viel Kraft wie Hermann, aber die Verletzungen waren trotzdem schrecklich genug für ein kleines Mädchen, das gerade erst Vollwaise geworden war.

»Mein Sohn hat das alles missverstanden, ich werde ihn streng bestrafen!«, versicherte Maria und schlug Albert wie zum Beweis schon gleich hart mit der Faust auf den Kopf.

Albert brach sofort in jämmerliches Geheule aus, und seine Brüder taten es ihm nach.

»Du brauchst deinen Sohn nicht zu schlagen, ich möchte einfach nur, dass ihr geht. Ich werde heute Abend mit Ludwig darüber reden.«

»Nein, tu das nicht!«, flehte Maria. »Ich mache alles wieder gut, ich verspreche es.«

Fanny schüttelte den Kopf, ihr Entschluss stand fest. Ach, meldete sich da eine Stimme in ihrem Hinterkopf, das kommt dir doch sehr gelegen, endlich kannst du Maria loswerden und dabei noch wie eine Heilige aussehen.

»Ich muss jetzt die Wunden verbinden, die dein Sohn der Kleinen zugefügt hat, wir reden dann später.«

Fanny nickte Grace und Martha zu, die beiden hakten die immer noch wie paralysiert dastehende Kajumba zwischen sich unter und folgten Fanny zu den Praxisräumen.

Dort zogen sie ihr behutsam die Kleider aus. Fanny desinfizierte die Wunden, und obwohl sie nicht so tief waren wie damals bei Martha, hatte sie das grauenhafte Gefühl, das alles schon einmal erlebt zu haben. Und auch dieses Mal hatte sie das Gefühl, es wäre ihre Schuld.

Martha und Grace redeten auf Kajumba ein, aber sie blieb stumm. Fanny gab ihr etwas Chinin gegen die Schmerzen und bettete sie dann auf der Liege in Ludwigs Praxis.

Als sie auf die Veranda kam, hatte Maria den Tisch gedeckt und die Maisklößchensuppe fertig gekocht. Ihre Kinder waren nirgends zu sehen. »Wir sollten erst etwas essen, bevor wir übereilte Beschlüsse fassen. Die Jungs haben eine ordentliche Tracht Prügel kassiert und müssen heute ohne Essen ins Bett.« Maria teilte die Suppe aus. Und obwohl Fanny rein aus Trotz am liebsten nichts gegessen hätte, spürte sie doch, dass sie es ihrem Kind schuldig war, etwas zu sich zu nehmen.

Also löffelte sie schweigend ihre Suppe.

Maria starrte auf ihren Teller und sagte kein Wort, aber Fanny konnte ihr ansehen, dass sie sich sehr beherrschen musste, den Mund zu halten. Marias Brust wogte auf und ab, und immer wieder biss sie sich auf die Lippen, als wollte sie verhindern, dass ihr ein Wort entkam.

Erst als Fanny zwei Teller Suppe gegessen hatte, räusperte sich Maria.

»Er ist weg.«

»Ich verstehe nicht?«

»Mein Mann.« Maria wand sich wie unter Schmerzen. »Abgehauen. Er hat mich sitzen lassen.« Maria hatte Tränen in den Augen.

Fanny war sprachlos.

»Er ist mit einem siebzehnjährigen Ovambo-Mädchen nach Neuguinea, wo ihm ein Freund in der Niederlassung der Neuguinea-Kompagnie in Herbertshöhe Arbeit versprochen hat. Mein mir vor Gott angetrauter Ehemann wollte ein neues Leben anfangen.« Maria schluchzte erbärmlich, und obwohl es offensichtlich war, dass sie wirklich litt, war es für Fanny schwer, Mitleid zu empfinden. Bösartige Gedanken schossen durch ihren Kopf. Sie verstand Marias Mann nur allzu gut. Seine Frau war nicht nur dick und unerträglich langweilig, sondern dabei auch noch durchdrungen von dem Gedanken, dass sie allein wusste, was richtig und was falsch war. Es musste für ihren Mann geradezu eine Befreiung gewesen sein.

Du solltest dich schämen, dachte Fanny und bildete sich ein, Charlottes tadelnde Stimme zu hören. Der Mann war schließlich nicht gezwungen worden, Maria zu ehelichen, und sie hatte ihm drei Söhne geboren, unter großen Schmerzen, wie Fanny mittlerweile nur zu gut wusste. War denn das alles nichts mehr wert? Plötzlich spürte sie ihre

Glasperlen, als ob auch die sie zu mehr Mitgefühl ermahnen wollten. War ihre Mutter vielleicht auch so eine Frau wie Maria gewesen, die mit ihren Kindern von ihrem Mann sitzen gelassen worden war? Zum allerersten Mal kam es Fanny in den Sinn, dass sie auch Geschwister haben könnte.

Maria bekam kaum noch Luft, so sehr wurde sie von Schluchzern geschüttelt. »Eigentlich wollte er nach Samoa, von wegen Südseeparadies und freie Liebe.«

Sie schnäuzte sich in ein Taschentuch, das sie aus ihrem Mieder holte. »Da hat er diese wunderbaren Jungens und verlässt sie. Du musst doch zugeben, dass sie normalerweise die reinsten Prachtkerle sind, oder etwa nicht?«

Doch Fanny sah nur Albert vor sich, wie er mit der Peitsche auf Kajumba einschlug, und brachte kein Wort über die Lippen.

»Ich habe mit deinem Mann vereinbart, dass er es dir nicht verrät, weil es so demütigend für mich ist und weil ich immer noch gehofft habe, mein Mann würde zurückkommen, würde merken, was er an mir hat. Würde sich nach seiner Heimat und nach seinen Söhnen verzehren.«

Das alles ging Fanny viel zu schnell. Ludwig hatte es also gewusst und vor ihr verheimlicht. Fanny merkte, wie die Empörung darüber ihr Blut in Wallung brachte. Wie oft hatte sie ihn gefragt, wann denn Marias Mann endlich käme, und jedes Mal hatte er mit den Schultern gezuckt und gemeint, das sei ihre Sache nicht.

»Verstehst du jetzt, warum es mir Ekel bereitet, wenn ich diese jungen Hottentotten-Dinger sehe, die nichts anderes im Hirn haben, als unsere guten Männer zur Rassenschande zu verführen, nur damit sie ausgesorgt haben? Ich wollte Ludwig und dich vor so etwas beschützen, das war alles. Und der arme Albert, nun ja, er hat wohl doch mehr mitbekommen, als für ihn gut ist. Ich versichere dir, dass so etwas nicht mehr vorkommen wird.«

Fanny wusste nicht, was sie sagen sollte. So vieles schwirrte durch ihren Kopf, nie im Leben wäre sie auf die Idee gekommen, dass Marias Mann sie verlassen hatte. Und noch weniger hätte sie vermutet, dass Ludwig darüber Stillschweigen bewahren würde.

»Wo sollte ich denn hin mit den Jungs, wovon sollen wir leben? Wilhelm hat alles Geld mitgenommen und heimlich unser Haus verkauft. Ich war zum Gespött von ganz Windhuk geworden und wusste mir keinen Rat mehr. Deshalb habe ich mich dann an deinen Ludwig gewandt. Er ist ein solcher Ehrenmann.«

Fanny dachte an den Tag ihrer Ankunft in Swakopmund, an dem sie so große Angst vor Maria gehabt hatte. Sie dachte an die zerstörte Mission und fragte sich, wo sie heute wäre, wenn sie nicht Ludwigs Frau geworden wäre.

»Beruhige dich erst mal«, sagte sie zu Maria.

Diese seufzte und schnaubte noch einmal fest in ihr nasses Taschentuch. »Ich wollte nie in dieses Land, aber Wilhelm wollte, und so bin ich hierhergekommen, einzig und allein aus Liebe zu ihm.« Maria jaulte laut auf und schluchzte dann wieder mit ihrem ganzen Körper. Fanny brachte es trotzdem nicht über sich, ihr die Hand auf den Rücken zu legen oder sie in den Arm zu nehmen. Sie war wie versteinert von der Erkenntnis, dass Ludwig wichtige Dinge genauso gut vor ihr geheim halten konnte wie sie vor ihm.

»Ich gebe zu«, erzählte Maria weiter, »als meine Mutter gestorben ist, war ich beinahe glücklich, denn ich durfte für drei Monate nach Hause fahren, um mich um meinen Vater zu kümmern. Wie hätte ich ahnen sollen, dass Wilhelm sein Ding nicht einmal lächerliche zwölf Wochen in der Hose behalten konnte.«

»Dann möchtest du also nach Hause?«, fragte Fanny voller Hoffnung.

»Ja, natürlich. Und ich werde ganz sicher nach Hause fahren. Ludwig hat versprochen, dass er uns nach der Geburt seines Sohnes das Geld für die Heimfahrt geben wird.« Je mehr Maria redete, desto besser schien es ihr zu gehen. Mittlerweile sah sie schon richtig hoffnungsfroh aus. »So lange soll ich auf dich aufpassen und mich um dich kümmern, dafür sorgen, dass du nicht auf so dumme Gedanken kommst wie vor ein paar Monaten.«

Maria merkte, dass sie etwas Falsches gesagt hatte, als sie in Fannys fassungsloses Gesicht blickte. Sie beeilte sich zu versichern, dass es doch nur zu ihrem Besten gewesen sei, nur damit sie bei der Geburt nicht alleine wäre und nur damit sie sich schon mal mit der Erziehung von Knaben befassen konnte und nur damit Maria ihr alles Wichtige …

Fanny hörte ihr nicht mehr zu. Sie stand so ungestüm auf, dass der Stuhl beinahe nach hinten gekippt wäre, und lief trotz der Hitze auf der Veranda auf und ab, mit einer

Hand hielt sie dabei ihren Bauch fest. Maria lief hinter ihr her.

»Bitte, ich habe doch nur versucht, alles richtig zu machen. Ludwig wollte nicht, dass du von unserer Abmachung erfährst – und ich musste an meine Jungs denken, das würdest du auch tun, glaub mir.«

Maria stellte sich so dicht vor sie, dass sie ihr nicht ausweichen konnte und stehen bleiben musste.

»Du widerst mich an«, sagte Fanny fast tonlos. »Deshalb warst du so verändert, so freundlich. Im Grunde bist du immer noch die Maria, die über andere herrschen will. Das hast du ja heute wieder deutlich bewiesen. Und Albert ist jetzt schon genauso. Ich muss allein sein. Nachdenken. Lass mich!« Fanny fuhr damit fort, auf der Veranda auf und ab zu gehen und so ihrer Erregung Herr zu werden.

»Hätte ich lieber ins Bordell gehen sollen, oder wie stellst du dir das vor? Was gibt es denn für eine weiße Frau wie mich für Möglichkeiten? Wen sollte ich unterrichten? Wer braucht eine Köchin oder eine Haushälterin, wenn er zwar unfähige, aber dafür sehr billige Schwarze haben kann?« Maria stampfte mit ihrem Fuß auf, und ihre Stimme überschlug sich fast. »Sag mir also nicht, was ich tun soll. Vor allem du nicht! Du hast kein Recht dazu! Und du wirst Ludwig von alldem kein Wort sagen.«

Sie standen sich gegenüber wie zwei Gladiatorinnen, jede die Hände zu Fäusten geballt.

»Was ich mit meinem Mann bespreche, geht dich gar nichts an. Selbstverständlich werde ich ihm berichten, was sich heute hier abgespielt hat!«

»Dann lässt du mir keine andere Wahl.« Marias Stimme klang bedauernd, aber ihre Augen blitzten triumphierend. »Ich habe nicht gedacht, dass ich zu diesem Mittel greifen müsste, aber du willst es ja nicht anders.«

»Was denn für ein Mittel?« Fanny wurde kalt, das war ihr Ende. Maria wusste, dass sie nicht Charlotte war. Maria hatte sich an die Schiffsreise erinnert und würde Ludwig verraten, dass seine Frau so adlig war wie dieser Tisch, an dem sie eben noch gesessen hatten. Ihr Kind trat sie heftig gegen den Bauch, als ob es gegen die ganze Aufregung protestieren wollte. Fannys Beine begannen wieder zu zittern. Das alles war zu viel für sie, aber sie wollte sich nicht hinsetzen und zu Maria aufsehen müssen.

Maria holte aus ihrer Kittelschürzentasche den Brief von John und warf ihn auf den Tisch. »Deshalb!«

Verständnislos sah Fanny erst auf den Brief und dann zu Maria. »Ich verstehe nicht.«

Maria lachte theatralisch. »Ich weiß alles über deinen Geliebten.«

Fanny merkte, wie ihr das Blut ins Gesicht schoss, aber sie hätte nicht sagen können, ob vor Scham oder vor Empörung. John war nicht ihr Geliebter, und noch nie hatte sie in dieser Art an ihn gedacht. Ja, sie mochte ihn. Doch was sollte das mit diesem Brief zu tun haben?

»Liest du etwa Briefe, die an andere gerichtet sind?«

Maria lachte höhnisch. »Das würde ich nie tun. Das Briefgeheimnis ist mir heilig. Aber diese Schrift …«

Wieder bekam sie einen kleinen Tritt oberhalb des Nabels und konnte nun doch nicht länger stehen. Sie ließ sich auf einen der Stühle fallen. »Bei Gott, ich habe keine Ahnung, wovon du redest!«

»Du bist gut. Wirklich gut. Du hast Ludwig nicht verdient. Das ist nicht fair.«

Fanny schüttelte den Kopf. »Maria, was soll denn der ganze Zirkus?«

Maria presste die Lippen fest aufeinander und verdrehte die Augen. »Gott, wie mir diese Spielchen zuwider sind. Dann werde ich dir mal auf die Sprünge helfen.« Sie stürmte davon und ließ Fanny allein zurück.

Fanny griff nach dem zerknitterten Brief auf dem Tisch. Den hatte sie ganz vergessen, Maria musste ihn aus ihrer Schürzentasche genommen haben, als sie die zur Wäsche gebracht hatte.

Sie betrachtete den Umschlag. An Ludwig Falkenhagen, Keetmanshoop von J.A.D. Madiba. John Amandla Dumisani, erinnerte sich Fanny und spürte ein merkwürdiges Unbehagen, als sie die Schrift betrachtete. Sie kam ihr vertraut vor, dabei hatte sie doch noch nie einen Brief von John erhalten.

In diesem Augenblick kam Maria zurück mit einem Bündel Briefe, die mit einer roten Schleife zusammengebunden waren und die, wie Fanny genau wusste, seit jenem schrecklichen Abend vor vielen Monaten ganz unten in Charlottes Kleidertruhe gelegen hatten. Sie überreichte Fanny das Bündel und setzte sich dann mit einem triumphierenden Schnaufer zu ihr.

»Wo hast du das her?«, fragte Fanny, um ihre Verwirrung zu kaschieren.

»Das spielt doch keine Rolle, und nein, bevor du fragst, ich hab sie nicht gelesen, aber sieh doch die Schrift. Willst du leugnen, dass es die gleiche ist? Und du hast die Stirn, mir zu drohen!«

Fanny legte den Stapel Briefe neben den von John, und in der Tat, man musste kein Fachmann sein, um zu erkennen, dass es die gleiche Schrift war. Wunderschöne Unterschwünge, die Bögen der Ms und Ns, die Neigung, die Abstände – alles, einfach alles.

»Aber das ist unmöglich. Charlotte, Charlotte ...«, murmelte Fanny und hatte vollkommen vergessen, dass Maria neben ihr saß. Diese Briefe waren nicht von Ludwig, sondern von John geschrieben worden. Ihr schwerer Körper fühlte sich plötzlich leicht an, herrlich leicht, sie wollte aufstehen und tanzen, Bäume umarmen. Charlotte, wir haben uns doch nicht getäuscht.

Sie seufzte tief. John, John, John, dachte sie. Jetzt machte alles viel mehr Sinn. Ein befreiendes Lachen ging über ihr Gesicht.

Maria sah verwirrt von den Briefen zu Fanny. »Was hat das denn jetzt zu bedeuten?«

Unwillkürlich begann Fanny leise zu summen, sie wünschte sich so sehr, dass Charlotte hier wäre und sie mit ihr darüber reden könnte. Der Mann, der aus diesen Briefen zu ihnen gesprochen hatte, diesen Mann gab es, nur war dieser Mann eben nicht Ludwig, sondern John. Und er war es, der wirklich eine Braut verdient hatte. John, nicht Ludwig!

»Maria, du hättest mir kein größeres Geschenk machen

können.« Im gleichen Augenblick, in dem Fanny das sagte, dämmerte ihr langsam die Tragweite all dessen. Sie hörte auf zu summen. Ihr Lachen erstarb.

Ludwig hatte sie ebenso betrogen wie sie ihn. Sie sah ihn förmlich vor sich, wie er dieses lästige, weibische Briefeschreiben auf seinen Verwalter abgewälzt hatte. Ihre überschäumende Freude verflog. Stattdessen zogen andere Bilder herauf, Erinnerungen an diesen grauenvollen Abend, an dem sie ihn gebeten hatte, ihr seine romantischen Briefe vorzulesen.

Jetzt verstand sie endlich, warum er so wütend geworden war. Doch dass er seine Ehefrau vergewaltigt hatte, anstatt ihr die Wahrheit über Johns Briefe zu verraten, war unfassbar. Fannys Kehle war wie zugeschnürt. All diese Lügen. Wie sollte es mit ihnen weitergehen, jetzt, wo sie ein gemeinsames Kind haben würden?

Sie verschränkte die Hände auf ihrem Bauch und betrachtete Maria, die verdattert aussah. Obwohl sie sie belogen und in ihren Sachen herumgewühlt hatte, war Fanny ihr zutiefst dankbar. Allerdings wusste sie auch, dass sie es bereuen würde, Maria die Wahrheit zu erzählen. Damit würde sie sich ihr ausliefern, und das war das Letzte, was sie wollte. Schließlich hatte Maria ihr soeben eindrucksvoll bewiesen, dass sie keinerlei Skrupel hätte, sie zu erpressen oder zu verraten.

Ein heimtückischer Gedanke kam ihr in den Sinn. Wenn sie Maria nichts verriet, dann würde die vielleicht zu Ludwig gehen und ihm von ihrem Verdacht wegen der Briefe erzählen, natürlich in der Hoffnung, dass er sie für diese

Information reich belohnen würde. Doch er würde Maria dafür hassen, dass sie ihn mit seiner Lüge konfrontierte; ironischerweise würde er Maria selbst dann hassen, wenn ihre Verdächtigungen wahr wären, da war Fanny sicher. Maria aber hatte Ludwig so dermaßen idealisiert, dass sie sich der Tragweite ihrer Handlung nicht bewusst sein konnte. Er würde sie zum Dank für ihre Informationen aus dem Haus werfen.

»Ich kann es dir nicht erklären, es tut mir wirklich leid«, sagte Fanny nach langem Schweigen.

»Du willst es mir nicht verraten. Ich dachte, wir wären Freundinnen? Hast du denn keine Angst, dass ich damit zu Ludwig gehe?«

»Tu's ruhig.« Fanny sah direkt in Marias dunkelblaue Augen. »Ludwig wird dir dankbar sein«, sagte sie und setzte noch eine weitere Lüge drauf. »Ich werde ihm jedenfalls erzählen, was hier heute los war. Alles.« Fanny strich sich demonstrativ über ihren Bauch und sah Maria herausfordernd an.

»Wie du willst.« Das klang wie eine Kriegserklärung. Maria nahm die Briefe und verschwand im Haus.

Gut, dachte Fanny, endlich herrscht Klarheit zwischen uns. Endlich habe ich wieder Luft zum Atmen.

21

Vier Wochen später, Anfang Dezember, befand sich Maria auf dem Schiff nach Deutschland. Sie hatte keine Sekunde gezögert und Ludwig sofort nach seiner Heimkehr über die Briefe von Fannys vermeintlichem Liebhaber aufgeklärt.

Er hatte so laut herumgebrüllt, dass man es auf der ganzen Farm hören konnte. Er hatte Maria der Schnüffelei bezichtigt und ihr versichert, dass er so jemanden in seinem Haus nicht dulden könne. Er beschimpfte sie, weil sie sein Vertrauen missbraucht hätte, und sorgte dafür, dass sie schon drei Tage später unterwegs nach Swakopmund war, wo sie mit dem nächsten Woermann-Schiff nach Hamburg fahren sollte.

Fanny war froh, als Maria und ihre Kinder abreisten, immer wieder sagte sie sich, dass so jede das bekommen hatte, was sie wollte. Maria die Heimat und Fanny ihre Freiheit.

Aber sie schämte sich trotzdem, weil sie es hinterhältig herbeigeführt hatte. Noch dazu war Ludwig nun besonders aufmerksam. Er versuchte herauszufinden, ob Maria mit ihr über die Briefe gesprochen hatte, aber Fanny tat so, als wüsste sie nicht, worauf er hinauswollte, und ließ ihn im Glauben, dass sie keine Ahnung hatte, dass ihr Mann die romantischen Briefe an seine Verlobte seinen Verwalter hatte schreiben lassen. Zudem nutzte sie sein schlechtes Gewissen aus, um ihn dazu zu überreden, Kajumba bleiben zu lassen. Zu gern hätte sie den Brief von John an Ludwig gelesen, aber Ludwig hatte ihn während des Gesprächs mit Maria demonstrativ verbrannt.

Nach Marias Abreise hatte Fanny zunächst stundenlang auf der Veranda gesessen, die Stille genossen und in die weite Ebene gestarrt, die in der blauen Hitze vor ihr zu einem zittrigen Bild schmolz.

Wenn Ludwig mit Pierre draußen auf den Weiden war, dann war es geradezu geisterhaft still. Man hörte nur das Sirren der Mücken, das sich mit dem Rauschen des leichten Windes vermischte.

Nach über einer Woche gestand sich Fanny ein, dass sie die Unterrichtsstunden mit den Jungs vermisste, und sie beschloss, Kajumba zusammen mit den Kindern der Dienstboten zu unterrichten. Allerdings tat sie das hinter Ludwigs Rücken, denn ihr Mann machte sich ständig Sorgen um ihren Zustand und hätte außerdem nie erlaubt, dass sie den »Kaffernbälgern« Lesen und Rechnen beibrachte.

Jeden Abend breitete Ludwig seine Baupläne aus, um mit ihr den Ausbau des Hauses zu besprechen. Er wollte fünf Schlafzimmer anbauen, und er träumte von einem Badezimmer. Wenn er so über seinen Plan gebeugt dastand, voller Elan seinen blonden Schnurrbart zwirbelte und laut darüber nachdachte, ob sein Erstgeborener Wilhelm, Friedrich oder doch lieber Ferdinand heißen sollte, dann freute sich Fanny über seine gute Laune und wünschte sich, er wäre immer so ausgeglichen. Dann hatte er etwas von einem ungestümen Welpen, den man lieb haben musste. Allerdings genügte schon der kleinste Anlass, und er tobte geifernd über die Farm wie ein tollwütiger Hund.

Als er von Daphnes Vater erfuhr, dass er nicht zum Weihnachtsessen der Stadtoberen von Keetmanshoop eingeladen worden war, betrank er sich zum ersten Mal seit ihrer Hochzeit und verwüstete danach den Lämmerstall. Von da an trank er jeden Abend Bier zum Essen, obwohl es ein sehr kostspieliges Vergnügen war, und je mehr er getrunken hatte, desto grausamer wurden die Rachepläne, die er gegen Hermann schmiedete. Fanny gelang es dann nur mithilfe von Zach und Pierre, ihn auf seine Liege in der Praxis zu befördern, auf der er immer noch schlief, weil Fanny angeblich so laut schnarchte. Das war Fanny, die endlich ins Schlafzimmer zurückgekehrt war, ganz recht. Sie musste sich nachts dauernd erleichtern und schlief sehr unruhig, weil sie, je näher die Geburt rückte, von immer längeren und seltsameren Träumen geplagt wurde.

Dass Ludwig in der Praxis schlief, störte niemanden, denn es kamen immer weniger Weiße, die von ihm behandelt werden wollten, obwohl er der einzige weiße Arzt weit und breit war. Fanny war sicher, dass sie auch das Hermann zu verdanken hatten, und sie vermisste die Patienten. Ludwig störte es nicht sehr, denn er beschäftigte sich so oder so lieber mit der Farm. Viel mehr wurmte es ihn, nicht zu der Crème de la Crème der Deutschen in Keetmanshoop gezählt zu werden. Er setzte alles daran, das zu ändern. Regelmäßig lud er Kaufleute und Forscher zu ihnen nach Hause zum Essen ein, und er spendete reichlich für den Bau einer Mole in Swakopmund und für den neu gegründeten Schützenverein. Wenn er nicht mit Pierre auf der Farm nach dem Rechten sah, dann traf er sich mit Vereinsvorsitzenden, Bürgermeisterkandidaten und Militärs.

Fannys Bauch war Anfang des neuen Jahres riesig geworden, was Ludwig regelrecht begeisterte und ihm bewies, dass sein Stammhalter sich prächtig entwickelte. Allerdings ging seine Freude nicht so weit, dass er den nackten Bauch anschauen oder berühren wollte.

Fannys Freude war eher verhalten, denn sie hatte das Gefühl, einen überdimensionalen Riesenkürbis vor sich hertragen zu müssen. Auch ihre Brüste waren auf die Größe von Honigmelonen angeschwollen, und sie hatte oft so starke Rückenschmerzen, dass sie nicht schlafen konnte. Dann stand sie auf, ging nach draußen in die laue Nacht, schleppte einen Korbstuhl von der überdachten Veranda in ihren Gemüsegarten, wo sie vor jeglichem Zug geschützt war. Dort genoss sie den großartigen Blick in den Himmel.

Manchmal saß sie die halbe Nacht dort, lehnte den Kopf gegen die Rückenlehne und starrte in die Sterne. Dachte über ihren letzten Traum nach, darüber, wie Ludwig sich als Vater benehmen und was sich in ihrem Leben ändern würde, sobald der Kleine da wäre. Der Kleine, der, das schwor sie bei den blinkenden Sternen, ganz egal, was Ludwig tat, eine Familie haben würde. Zu einer Familie gehörten allerdings auch Großeltern, also ihre Eltern, und sie grübelte ständig darüber nach, wie sie endlich mit der Suche nach ihnen weiterkäme. Auch wenn sie keine Ahnung hatte, wie sie das Ludwig erklären könnte, spürte sie immer wieder, dass es wichtig war, das Rätsel ihrer Herkunft endlich zu lösen. Dazu musste sie unbedingt Johns Mutter wiedersehen und den Richter noch einmal zu dem toten Herero befragen. Es musste eine Verbindung zwischen den beiden geben, und die würde sie finden.

Heute Nacht hatte sie etwas ganz anderes als sonst geträumt. Von Charlotte, die in der Tracht der Franziskanerinnen in Fannys Schlafzimmer aufgetaucht war und sie streng ermahnt hatte, dafür zu sorgen, dass alles gut ginge. Sie äußerte sich nicht dazu, was sie mit »alles« meinte. Im Traum hatte Fanny Charlotte gefragt, warum sie sich als Seraphina verkleidet hatte, woraufhin Charlotte in Tränen ausgebrochen war. Und ihre Tränen hatten ausgesehen wie die Perlen aus Fannys Armband. Sie hatten sich sofort in Blütenblätter verwandelt, die wie Schmetterlinge davongeschwebt waren. Dann begann es zu regnen, dicke Tropfen, die die Blüten zu Boden drückten. Sobald sie den Boden berührten, wurden sie wieder zu Fannys Glasperlen, die sich wie Wassertropfen zu einem Bach vereinigten, einem Fluss, einem See, dem Meer. Und auf dem Meer, oben auf den Wellen kreiselte die tote Charlotte in ihrem Puppensarg.

Sie war schweißgebadet aufgewacht und hatte sich nach draußen geschleppt. Wegen der Regenzeit wurde sie zwar sofort von Mücken umschwirrt, doch seit sie schwanger war, wurde sie nicht mehr gestochen.

Ich sollte diese Perlen irgendwo tief in der Erde vergraben, dachte sie, meine Träume sind doch fast immer grauenerregend. Vielleicht hat Zahaboo doch recht, und ich habe Geister in mir, Geister, die mich aus diesen Perlen heimsuchen. Ich weiß gar nicht, warum ich sie nicht längst vergraben habe. Sie streichelte über ihren Bauch und flüsterte ihrem ungeborenen Kind zu. *Ich werde dich immer beschützen, und du wirst niemals solche Träume haben.*

Als sie zwei Nächte später wieder nicht schlafen konnte und einen der Stühle in den Gemüsegarten tragen wollte, stutzte sie: Es fehlten zwei der Stühle.

Einbrecher? Nein, entschied sie, das wäre lächerlich, was sollte man mit zwei solchen sperrigen Stühlen?

Langsam schlich sie die Stufen der Veranda hinab und ging zur ihrem Gemüsegarten. Dort standen die Stühle genau an der Stelle, wo sie ihren auch immer hinzustellen pflegte.

Sie sah sich um. Wer konnte das getan haben – Zach? Da sah sie, dass in einem der Stühle jemand saß. Ein Mann.

»John!«

Als er sie kommen sah, stand er auf und ging ihr entgegen, begleitete sie zu den Stühlen, half ihr in den Stuhl und setzte sich neben sie.

»Wissen Sie, was heute für ein Tag ist?«

Fanny schüttelte den Kopf, viel zu überrascht von seiner Anwesenheit. Seit dem Tag, als er Kajumba gebracht hatte, hatte sie ihn nicht mehr gesehen. Sie hatte sich strikt verboten, daran zu denken, dass er die Briefe geschrieben hatte. Und angesichts des immer dicker werdenden Bauches war es ihr auch gelungen. Ihr Kind war wichtiger als sie selbst.

»Genau vor einem Jahr habe ich Sie zum ersten Mal gesehen.«

Fanny stellten sich trotz der Hitze alle Haare auf. Und sie erinnerte sich daran, wie er sie aus dem Wasser gerettet und an Land getragen und wie sie gedacht hatte, er wäre »ihr« Verlobter.

Plötzlich schossen ihr Tränen in die Augen. Bis zu diesem Moment, als er sie am Strand abgesetzt hatte, war noch alles möglich gewesen, alles, bis zu dem Augenblick, in dem sie zu Ludwig gesagt hatte, dass sie Charlotte sei.

Und jetzt war sie schwanger von Ludwig.

Fanny schluckte, zwinkerte ihre Tränen weg. Es war müßig, darüber nachzudenken, was hätte sein können. Sie war mit Ludwig verheiratet und erwartete sein Kind, dem sie alles geben würde, was sie nie gehabt hatte. Wie ein Echo zu ihren Gedanken trat das Kind gegen ihren Bauch.

»Ich musste Sie heute sehen, weil ich Ihnen unbedingt …« John zögerte und fuhr dann schneller fort. »Hier sind die Heilmittel, die Ihnen die Geburt erleichtern sollen.« Er reichte ihr eine fingerdicke Wurzel. »Das hier kauen Sie am besten, sobald die Wehen einsetzen. Und diesen Sud«, er schüttelte einen kleinen Beutel, »nehmen Sie gleich, nachdem das Kind da ist, er wird das Ausstoßen der Nachgeburt erleichtern. Danach kochen Sie hieraus einen Tee.« Er reichte ihr ein Bündel kleiner bröseliger getrockneter Blätter. »Er wird den Milchfluss anregen und verhindern, dass sich Ihre Brust entzündet.«

Sie war dankbar, dass es dunkel war, weil ihr das Blut ins Gesicht geschossen war. John redete so gelassen von der Geburt, als wäre es das Selbstverständlichste der Welt, während ihr Mann, immerhin ein Arzt, ihren Fragen dazu ständig auswich. Alles, was Fanny über Geburt wusste, waren die Horrorgeschichten von Maria und die weniger grässlichen von Martha. Und sie war nicht sicher, ob sie alles richtig verstanden hatte. Eine Nachgeburt hatte zum Beispiel niemand erwähnt. Gleich morgen würde sie in der Praxis nach Büchern über die Geburt suchen, das hätte sie schon längst tun sollen.

»Danke, dass Sie mir diese Heilmittel gebracht haben.«

»Also, warum ich hier bin ...« John verstummte erneut und schwieg so lange, dass Fanny es nicht mehr aushielt und etwas sagen musste.

»Woher wussten Sie, dass ich nachts immer hier sitze, von Ihren Ahnen?«

»Nein. Weil ich Sie beobachtet habe.«

Fannys Herz klopfte schneller. »Und warum haben Sie das getan?«

»Ich mache mir Sorgen um Sie.«

»Aber warum denn?«

»Meine Ahnen haben es mir gesagt!« Sie hörte das Lachen in seiner Stimme, aber sie hörte auch, dass ihm etwas auf dem Herzen lag.

»Und was sagen Ihre Ahnen über mein Kind?«

»Ich habe Sie beobachtet, weil ich glaube ...«

»Ja?« Fanny traute sich nicht zu atmen, so angespannt wartete sie darauf, dass John endlich weitersprach.

»Weil ich glaube, dass Sie in Gefahr sind.«

Fanny war enttäuscht, und gleichzeitig fühlte sie sich, als hätte er ihr einen Faustschlag in den Bauch versetzt. »Sie meinen wegen der Geburt.« Sie holte tief Luft und hoffte, dass ihn ihre nächsten Worte treffen würden. »Mein Mann ist Arzt.«

»Sie sind böse auf mich.« John beugte sich vor und nahm eine ihrer Hände, die sie auf ihren Bauch gelegt hatte.

Fanny sträubte sich, aber als sich ihre Hände berührten, lief ein Schaudern durch ihren Körper, ihr wurde heiß, und sie wünschte sich nichts mehr, als ihren ganzen Körper an ihn zu pressen wie damals am Strand von Swakopmund. Sie atmete schneller, atmete dagegen an. Du bist schwanger und verheiratet, ermahnte sie sich und versuchte dann mit letzter Kraft, ihre Hand aus seiner zu lösen. Aber er hielt sie fest.

»Meine Mutter ist die beste Regenzauberin im südlichen Afrika, und es gibt ein paar magische Fähigkeiten, die auf mein afrikanisches Bein übergegangen sind.«

Fanny erinnerte sich daran, wie er ihr von seinem Europäer- und dem afrikanischen Bein erzählt hatte, und es kam ihr so vor, als wäre das in einem anderen Leben gewesen.

»Ich hatte Träume, meine Ahnen haben durch die Schatten der *Omumborombonga*-Bäume und die Schatten der Felsen mit mir gesprochen, und deshalb musste ich wiederkommen. Meine Mutter hatte die gleichen Träume. Sie wollte nicht, dass ich herkomme, aber ich kann nicht anders. Fanny, gehen Sie mit mir mit, hier sind Sie nicht sicher.«

»Warum machen Sie mir Angst?« Sie entriss ihm ihre Hand.

»Weil«, John richtete sich auf, seufzte, dann beugte er sich wieder zu ihr und flüsterte in ihr Ohr, »ganz einfach weil ...«

»Weil was?«, fragte Fanny ungehalten.

»Weil ich dich liebe, seit dem Tag, an dem ich dich zum ersten Mal gesehen habe. Bitte komm mit mir mit.«

Fanny lief eine Gänsehaut vom Nacken über die Schulterblätter bis hinunter zu ihren Hüften. »Oh«, murmelte sie und versuchte zu verstehen, was er gerade gesagt hatte. Er liebte sie? Ja, er liebte sie! Das hätte sie längst merken müssen. Sie dachte daran, wie er sie angesehen hatte nach dem Gewitter, an seine Hände auf ihrem Bein, an die Nacht im Köcherbaumwald. Sie schloss die Augen und gab sich einen Moment lang der Vorstellung hin, wie sie in Johns Armen unter diesem Nachthimmel einschlief, wie er seinen Mund auf ihren pressen würde – und allein der Gedanke daran jagte freudige Schauer durch ihren Körper, erregte sie mehr als alles, woran sie je gedacht hatte.

Aber dann sah sie ihren Bauch. Es war unmöglich, einfach wegzulaufen. Sie trug nicht mehr nur die Verantwortung für sich selbst, sondern auch die für ihr Kind, es hatte verdient, bei seinem leiblichen Vater zu leben. Eine Familie zu haben. Und was war sie, wenn sie weglief? Nicht besser als eine Hure in den Augen der Gesellschaft und der Kirche, und das würde auch ihr Kind in den Augen der anderen sehen. Nein, es war unmöglich. Ihr Kind sollte glücklich werden.

»John, ich kann das nicht.«

Er stand auf und stellte sich direkt vor Fannys Stuhl, schob seine Hände unter ihre Achselhöhlen, zog sie hoch und drückte sie vorsichtig an sich. »Ich werde das akzeptieren, bei meinem Volk haben Frauen ein Recht auf ihren eigenen Willen, und nur sie bestimmen über ihren Körper. Aber ich gehe nicht ohne das hier.«

Er legte seine Hände behutsam um ihr Gesicht und zog sie näher zu sich heran, dann drückte er seinen Mund auf ihren.

Alles Blut sackte in ihren Unterleib, als sich ihre Lippen berührten, ihre Beine begannen zu zittern. Seine Lippen waren weich, warm, und sie pulsierten noch schneller als Fannys Herz. Sie schmeckte das Salz von seiner Oberlippe, das sich mit dem süßen Himbeergeschmack seiner Zunge vermischte, die sich zielstrebig den Weg in ihren Mund bahnte und sie aller Gegenwehr beraubte. Sie stöhnte leise auf, öffnete ihren Mund weiter, wollte sich enger an ihn pressen, mit ihm verschmelzen, doch Tritte in ihrem Bauch brachten sie wieder zur Besinnung.

»Nein, nein, das geht nicht!«

John hörte sofort auf und ließ sie los. »Gut. Du triffst diese Entscheidung. Ich werde dich nicht noch einmal fragen.«

Fanny wusste, dass sie ihn verletzt hatte.

»John, ich möchte, dass du mich verstehst, möchte es dir erklären.«

»Du musst mir nichts erklären. Was zählt, sind niemals

nur die Worte, sondern die Taten. Das lernst du, wenn du in Afrika aufwächst.«

»Und doch waren es deine Worte, nur deine Worte, die mich zu Ludwig geführt haben. Ohne die Briefe, die du für ihn geschrieben hast, wäre ich nicht hier.«

Johns Hände strichen sanft über Fannys Haare, glitten in ihren Nacken, umfassten ihn liebevoll und ließen Fanny erschauern.

»Das hätte ich niemals tun dürfen, aber ich habe es geliebt, diese Briefe zu schreiben, und mir immer wieder gesagt, dass Worte ja nur der Anfang sind.«

»Das war ein Fehler«, seufzte Fanny. »Deine Worte waren die Tür zu meinem Herzen, zu dem von Charlotte ... deine Worte haben die Brücke über einen Kontinent hinweg geschlagen.« Sie schluckte. »Worte sind so viel mächtiger, als du es dir jemals vorstellen kannst.«

»Vergiss meine Worte, lass uns neu anfangen, in einer anderen Sprache, der unserer Herzen.« John küsste ihren Hals, dann ihre Hände.

Fanny verbot es sich, darüber auch nur eine Sekunde nachzudenken, sie wollte es besser machen als ihre Mutter. Ein Neuanfang mit John ... Nein, unmöglich.

Es war zu spät.

»O John«, flüsterte sie.

»Schsch ...« Er legte einen Finger zart auf ihre Lippen. »Es ist gut, was auch immer du entscheidest, es ist gut.« Er räusperte sich, beugte sich zu ihrem Nabel und redete zu ihrem Bauch gewandt. »Die alten Zulu sagen: Ehre dein Kind, und es wird dich ehren.«

Fanny sank wieder in den Stuhl, ihr war plötzlich kalt, und sie zweifelte an ihrem Verstand. War es wirklich richtig, John gehen zu lassen?

»Ich weiß nicht, ob wir uns jemals wiedersehen werden, denn ich möchte dir nicht wehtun, aber für den Fall, dass du noch einmal mit meiner Mutter sprechen möchtest, finde die Wüstenrose.«

Fanny war irritiert von dem plötzlichen Themenwechsel.

»Deine Mutter glaubt, dass ich etwas mit einem Mord zu tun habe und von Geistern bewohnt bin.«

»Sie ist inzwischen sicher, dass nicht du, sondern deine Perlen verflucht sind. Sie bietet dir an, dich von diesen verfluchten Perlen zu befreien, du kannst sie auch mir geben, wenn du willst. Doch jetzt muss ich gehen. Schau, dort ist schon der *Indonsakusa*, der Stern, der die Dämmerung herbeizieht, und dort drüben fängt der *Ikhwezi* an zu blinken.«

Jupiter und Venus, dachte Fanny, Jupiter und Venus. Völlig verwirrt betastete sie ihr Armband. Unmöglich, das würde sie niemals weggeben, es war alles, was sie mit ihrer Vergangenheit verband. So wie sie ihr Kind niemals weggeben würde, ihr Kind, das sie mit der Zukunft verband.

»Sag deiner Mutter, dass ich ihr sehr dankbar bin. Doch für mich wäre es so, als ob ich mich von meinem linken Fuß trennen müsste. Ach, John …« Fanny seufzte, wusste nicht, wie sie dem Chaos in ihrem Kopf Herr werden sollte. Er sollte gehen, er sollte bleiben.

»Zeit für mich, zu gehen.« John zuckte mit den Schultern. »Ich habe gehofft, zusammen wären wir mutig genug, um Ludwig zu trotzen, aber was weiß ich schon von dem

Herzen einer Mutter. Verzeih mir also.« Er ging davon, aufrecht und stolz.

»John!«, rief sie, er drehte sich noch einmal um, winkte ihr zu und schritt dann zügig weiter aus.

»Das Herz einer Mutter«, flüsterte sie, »ja, das Herz einer Mutter muss größer sein als das einer Liebenden. Aber meines muss erst noch wachsen, denn es schmerzt ... es schmerzt so sehr.« Fanny kam es vor, als würde dieses Kind in ihrem Bauch immer größer und mächtiger, als könnte es ihr Herz erdrücken. Sie atmete schwer und versuchte sich zu beruhigen. Sie hatte das Richtige getan.

Sie sah ihm nach, bis seine Silhouette mit dem Horizont verschwamm und der Nachthimmel über ihm zu trostlosem Grau verblasst war.

Einige Stunden später fand Ludwig sie immer noch dort sitzend und weckte sie. Schlaftrunken betrachtete Fanny ihren Mann, und ohne es zu wollen, verglich sie diesen Mund, dessen schmale Oberlippe von dem blonden Bart vollkommen verdeckt wurde, mit den Lippen, die sie heute Nacht auf ihrem Mund gefühlt hatte. Unwillkürlich bedeckte sie ihre Lippen mit der Hand, sah Ludwig an und gab sich Mühe, zu verstehen, was er sagte. Er war nicht begeistert davon, dass sie hier draußen im Sitzen geschlafen hatte. Das sei schädlich für die Durchblutung seines Sohnes. Aber an sich begrüßte er die Idee, dass sie dem Kind so viel frische Luft wie möglich zukommen lassen wollte. Dann rief er nach Pierre. Zusammen wollten sie ein Loch im Zaun reparieren, durch das ständig Schafe gestohlen wurden.

Fanny stand auf. Ihr war schwindelig, und sie hatte Mühe, zur Veranda zu gelangen. Erst als sie dort die restlichen Stühle sah, wurde ihr klar, dass jemand den zweiten Stuhl weggeräumt haben musste. Auch der Beutel mit der Medizin war verschwunden.

Martha brachte ihr dünnen Kaffee und grinste ihr freundlich zu. »Ich hab noch ein bisschen aufgeräumt heute Morgen.« Sie nestelte an ihrer Schürzentasche. »Die Medizin für Missi ist im Schlafzimmer.«

Fanny warf ihr einen dankbaren Blick zu und trank ihren Kaffee. Sie beschloss, nach dem Frühstück alles über die Geburt zu lesen, was sie finden konnte. Sehr lange würde es nicht mehr dauern, da war sie sicher.

Aber heute konnte sie sich zu nichts aufraffen. Apathisch blieb sie sitzen, starrte in die weite Ebene und fragte sich, ob sie John jemals wiedersehen würde.

22

Der zwanzigste Februar begann mit kräftigen Regenschauern, die schon nach zwei Stunden von strahlender Sonne abgelöst wurden. Die Erde begann zu dampfen und war im Nu von einem sirrenden Teppich aus Mücken, krabbelnden Käfern und hungrigen Würmern überzogen.

Fanny fühlte sich schwer, wie ein Fass voll geschmolzener Butter, ihre Haut war ständig glitschig vom vielen Schwitzen.

Es gelang ihr nicht, Ludwigs Freude darüber zu teilen, als er von einem Dienstboten nach Seeheim zu Jacob Jansen, einem Kapholländer, abgeholt wurde, der die größte Farm im Umkreis besaß.

»Aber Seeheim ist einen Tagesritt entfernt«, protestierte sie.

»Der Mann braucht einen fähigen Arzt, und wenn es mir gelingt, ihn wieder auf den Damm zu bringen, dann hat Hermann ein für alle Mal verloren. Außerdem ist Seeheim nicht wirklich weit.«

»Es geht also nur um Hermann. Und was ist mit mir?«

»Charlotte, meine Beste, nach meinen Berechnungen wird es noch zwei bis vier Wochen dauern. Der Erstgeborene kommt eher später als früher. Also sorge dich nicht, sondern schone dich. Morgen früh bin ich spätestens wieder da. Ich verspreche dir, ich werde sofort zurückreiten. Die Riviere sind auch noch in einem leidlich guten Zustand.«

»Und wenn das Wetter verrücktspielt?«

»Das wird es nicht. Hier im Süden ist die Regenzeit nie so stark wie weiter nördlich. Außerdem tue ich das nur für unseren Sohn! Es wäre doch von Vorteil, wenn sein Vater hier im Land ein wichtiger Mann wäre, oder nicht? Manchmal wünschte ich allerdings, Maria wäre bei dir. Auch wenn sie eine unerträgliche Schnüfflerin war, so hat sie doch schon drei gesunde Söhne zur Welt gebracht.«

Fanny war es müde, seine fadenscheinigen Ausreden zu hören. »Ich habe den Eindruck, du willst gar nicht dabei sein, wenn dein Sohn auf die Welt kommt.«

Ludwig lief schlagartig rot an. Dann platzte es aus ihm heraus: »Geburtshilfe habe ich immer schon verabscheut, all dieses Geschrei. Für meinen Geschmack sollten das die Weiber untereinander ausmachen. Jedes Mal, wenn ich zugegen sein muss, schicke ich die Männer raus, denn wie sollte ein Mann, der sein Weib mit einem so weit auseinanderklaffenden, blutigen Schoß gesehen hat, sich danach jemals wieder mit ihr vereinigen wollen?«

Jetzt wurde auch Fanny rot. Nicht nur, weil ihr Mann ein erbärmlicher Feigling war, sondern auch, weil der Gedanke daran, dass dieser Mann sie wieder anfassen und mit ihr ein weiteres Kind zeugen würde, ihr nach der letzten Nacht so unvorstellbar erschien wie eine Reise zum Mond.

»Nicht mal bei den Herero ist der Mann dabei, die bauen sogar eine eigene Hütte für die Geburt. Keine schlechte Idee übrigens, da bleibt alles andere schön sauber.«

Ludwig strich sich über sein steif gestärktes, blütenweißes Hemd. »Ich lasse Pierre hier, für alle Fälle. Und wenn es wirklich so weit ist, dann wird er mich sofort holen.«

Wenn es so weit ist, werde ich Pierre ganz gewiss nicht in meine Nähe lassen, dachte Fanny. Der mürrische Verwalter war sicher ebenfalls der Überzeugung, dass Geburt Weiberkram war, bei dem Männer nichts zu suchen hatten.

»Schon gut«, lenkte sie ein. Es war zwecklos, mit ihm zu streiten, es änderte nicht das Geringste, sondern ermüdete sie nur. »Dann reite los, je schneller du weg bist, desto schneller bist du auch wieder hier.«

Ludwig nickte erfreut und ließ sich von Zach sein Pferd bringen.

Fanny sah ihm nach, dann schleppte sie sich in das Schlafzimmer, das mittlerweile *ihr* Zimmer geworden war, und betrachtete die winzigen Hemdchen und Höschen, die sie gestrickt und Maria genäht hatte, dann ihren Bauch. Kaum vorstellbar, dass sich hier drin wirklich ein fertiger Mensch befand, der all diese Kleidungsstücke bald tragen würde.

Obwohl sie sich unförmig und schwer fühlte, hielt sie es nicht aus stillzusitzen und wanderte zum Gemüsegarten. Es war ihr heiliger Ort, der Platz, an dem sie ihre Unterhaltung mit John immer wieder durchdachte und sich fragte, was passiert wäre, wenn sie in jener Nacht mit ihm gegangen wäre.

Jetzt schien die Sonne jedoch so unerbittlich vom Himmel, dass sie nicht bleiben konnte, und so lief sie weiter zu den Lämmern, von dort zu den Hühnern.

Kajumba, die sich gut auf der Farm eingelebt hatte, war dabei, den Stall auszumisten. Das traumatische Erlebnis mit Marias Söhnen schien sie hinter sich gelassen zu haben, und im Unterricht hatte sie sich als kluges Mädchen entpuppt, mit einer unglaublich raschen Auffassungsgabe.

»Ich glaube, das Kind will raus«, sagte sie unerwartet und deutete fachmännisch auf Fannys Bauch. Fanny sah an sich herunter und konnte keine Veränderung entdecken. »Wie kommst du darauf?«

»In meinem Clan haben sie gesagt, der Vollmond schenkt die Kinder der Sonne. Heute Nacht ist Vollmond. Und Martha hat behauptet, wenn sich der Bauch senkt, so wie bei Ihnen, dann dauert es nicht mehr lange. Dann brauchen wir viele heiße Wasser, und das mache ich.« Sie klopfte sich zufrieden auf ihre magere Brust, und dabei leuchteten ihre Augen wie schwarze Sonnen.

Fanny nickte benommen und wollte sich jetzt doch hinsetzen. Oder etwas trinken. Oder hinlegen und schlafen oder lesen oder … Sie musste lachen. Sie war wie eine Henne, die nicht wusste, wo sie ihr Ei hinlegen sollte.

Sie wässerte die in der Hitze schlapp herunterhängenden Tsamapflanzen, zupfte trockene Blätter von dem mittlerweile buschig wuchernden Majoran und Liebstöckel und setzte sich dann auf die schattige Veranda. Aber sie hielt es nicht lange aus, stand auf und holte sich ein paar alte Zeitungen aus dem Wohnzimmer, die Ludwig mitgebracht hatte. Nachdem sie den ersten Artikel über eine erbitterte Debatte über die Kolonialbestrebungen der Deutschen im Reichstag überflogen hatte, war sie gelangweilt und gab dem Kribbeln in ihren Beinen nach.

Sie stieg die Stufen der Veranda herab, unschlüssig, ob sie zum Lämmerstall oder zur Speisekammer gehen sollte.

Plötzlich klatschte ein Schwall Wasser aus ihrem Körper auf die Erde. Überrascht blieb Fanny stehen und sah an ihren Beinen herunter. Sie wusste, die Fruchtblase würde platzen, aber dass so viel Wasser in ihrem Bauch war, verblüffte sie doch.

Ihr Bauch krampfte sich zusammen wie bei ihren Regelblutungen. Nur ein bisschen schlimmer. Sie sollte sich hinlegen. Maria hatte alle ihre Kinder im Bett bekommen, unter der Aufsicht von zwei Hebammen! Hier war keine Hebamme und auch kein Arzt.

Da, wieder ein Krampf, stärker diesmal und länger, aber nicht so schlimm wie das, was Maria erzählt hatte.

Plötzlich sah Fanny große Blutlachen vor ihren Augen. Zu Marias Geschichtenrepertoire hatten auch die Schicksale dreier Frauen gezählt, die bei der Geburt gestorben waren.

Ich werde nicht sterben, dachte Fanny. Mein Kind und ich werden leben. Wieder ein Krampf. »Martha!«, rief Fanny und bewegte sich breitbeinig zu ihrem Schlafzimmer.

»Wo wollen Sie hin, Missi?«, fragte Martha, die ungewöhnlich schnell aus der Küche aufgetaucht war.

»In mein Bett natürlich.«

»Bett ist nicht gut.« Martha schüttelte den Kopf.

»Nicht?« Fanny wusste, dass Martha zwei Kinder geboren und bei Geburten geholfen hatte, also über deutlich mehr Wissen verfügte als sie. »Warum ist mein Bett nicht gut?«

»Du musst diese Schmerzen wegtanzen.«

»Wie bitte?« Fanny sah Martha verwirrt an. Vom Wegtanzen hatte Maria nie etwas erzählt.

»Du musst hin- und hergehen, wenn der Schmerz dich besucht, dann tanze ihn weg, so geht alles viel schneller.«

Bei dem nächsten Krampf dachte Fanny zum ersten Mal: Das ist eine Wehe, und dann sofort: Oh, weh mir! Ihr fiel der Beutel mit den Medikamenten wieder ein, die John ihr gegeben hatte. Sie schleppte sich zu ihrem Zimmer und holte ihn aus Charlottes Kleidertruhe.

Die Wurzel sollte sie kauen, wenn die Wehen losgingen. Ihre Hände zitterten, als sie versuchte, den Beutel zu öffnen. Bei der nächsten Wehe fiel er ihr ganz aus den Händen, weil sie sich zusammenkrümmen musste, um den Schmerz zu ertragen.

Martha kam herein und hob den Beutel auf.

»Es geht wirklich los«, stellte Martha fest und rief nach Grace und Kajumba.

Martha öffnete den Beutel, brach ein Stück von der Wurzel ab und gab es Fanny zum Kauen. Und als die nächste Wehe kam, biss sie dankbar auf die dicke, faserige Knolle.

Martha schimpfte Zach aus, der mit den beiden Frauen gekommen war, und schickte ihn fort. »Männer nicht gut für Geburt.« Zach zuckte mit den Schultern und verschwand wieder. Martha zog die widerstrebende Fanny nach draußen.

»Du musst gehen. Immerzu gehen.« Fanny schleppte sich an Marthas Arm in den Hof.

»Wir Himba-Frauen gebären unsere Kinder niemals innerhalb des Dorfzaunes, sonst sagen die Leute: *u kwata otjongombo motjunda!*«

»Und was bedeutet das?«, fragte Fanny, die Martha dankbar für die Ablenkung war.

»Du gebärst im Kraal wie eine Ziege!« Martha lachte, als wäre das ein guter Witz.

»Und wohin geht ihr dann, wenn es so weit ist?«

»Zu einem Platz, der viele Meter weit weg ist vom Dorf, dort wird eine Schutzhütte gebaut, und wenn das Kind geboren ist, gehen wir zurück. Dann dürfen wir unter einem Schutzschirm aus Mopanezweigen direkt neben dem Haupthaus wohnen. Dort werden alle wichtigen Dinge für unsere Zeremonien aufbewahrt, und deshalb sind Mutter und Kind vor den bösen Geistern gut geschützt. Denn solange es noch die Nabelschnur hat, ist es noch nicht ganz auf dieser Welt. Dann können es die bösen Geister leicht holen. Es wird ein besonderes Feuer angezündet, das erst gelöscht wird, wenn die Nabelschnur des Kindes abfällt. Solange darf die Mutter mit dem Kind dort wohnen bleiben.«

»Und wo ist der Ehemann?« Fanny keuchte, weil sie eine besonders starke Wehe heimsuchte.

Martha grinste breit. »Der Ehemann darf das Kind erst berühren, wenn es den Ahnengeistern vorgestellt worden ist. Dazu versammeln sich die Verwandten des Kindes am *okuruwo*, dem heiligen Feuer.«

»Was ist denn das heilige Feuer?«, fragte Fanny weiter. Sie hatte Angst, dass Martha plötzlich weggehen und sie mit diesen Schmerzen allein lassen würde.

»Unser heiliges Feuer ist die Verbindung zwischen uns, also den Lebenden, und unseren Ahnen, und deshalb darf es niemals ausgehen. Es würde die Ahnen beleidigen. Es brennt vor der Haupthütte und darf nur mit den *ozondume* angezündet werden.«

»Warum hast du mir von alldem noch nie erzählt?«

»Du hast mich nie gefragt. Außerdem seht ihr Weißen nicht, was wir sehen. Die Sakumba sagen: Ich zeigte dir den Mond, und du sahst nichts als meinen Finger. Genau so seid ihr.«

Fanny biss fest auf die Wurzel, um den Schmerz in ihrem Bauch und Rücken auszuhalten. Sie dachte an Maria und Ludwig und wusste, was Martha ihr damit sagen wollte.

»Und was passiert dann an dem heiligen Feuer mit dem Kind?«

»Das Dorfoberhaupt ruft laut den Namen des Kindes und betet um den Schutz der Geister. Danach wird ein heiliges Rind geschlachtet. Die erste Portion von dem gekochten Fleisch wird am heiligen Feuer von unserem Dorfobersten vorgekostet und wie wir sagen ›beschmeckt‹, und erst dann dürfen alle vom Fleisch essen und feiern.«

Fanny blieb stehen und atmete schwer. Das waren keine Krämpfe, das war mörderisches Ziehen in ihrem Bauch. Sie musste sich vorbeugen und stützte sich auf Martha.

»Wie lange wird das so weitergehen?«

Martha schürzte die Lippen und lächelte. »Das kann niemand sagen, aber ich glaube, wenn es schnell so heftig ist, dauert es vielleicht nicht bis heute Nacht.«

Bis heute Nacht, dachte Fanny, das sollte wohl ein Scherz sein, das halte ich niemals durch. Die nächste Wehe überfiel sie heimtückisch im Rücken. Sie biss fest auf die Wurzel und hoffte, damit irgendetwas zu bewirken.

»Warum hast du Kajumba gesagt, sie solle heißes Wasser bereithalten? In der Geburtshütte habt ihr doch so etwas gar nicht?«

»Weiße immer sind beruhigt, wenn heißes Wasser und Seife da sind. Die beten sie an wie kleine Götter.«

Der Schmerz ebbte ab, und Fanny konnte lächeln. Ja, da hatte Martha recht, heißes Wasser würde Fanny wirklich beruhigen.

»Ich muss mich hinlegen«, sagte sie.

»Das ist nicht gut, aber bitte, du wirst selbst sehen, wie schlecht es ist.«

Martha begleitete Fanny in ihr Schlafzimmer und half ihr, sich hinzulegen. Im ersten Moment war es eine große Erleichterung, aber dann kam die nächste große Schmerzwelle, und Fanny hatte das Gefühl, im Liegen zu ersticken. Sie setzte sich mit Marthas Hilfe wieder auf, atmete hektisch und versuchte sich damit zu trösten, dass am Ende von alldem ihr wunderschöner Sohn in ihren Armen liegen würde.

»Martha, dein erstes Kind, wie lange hat das gedauert?«

Martha zuckte die Schultern, als wäre das unwichtig. »Einen Tag und eine Nacht, es wollte nicht herauskommen. Ich musste dann einen Tee trinken aus *tlorab*, der hat das Kind dann herausgezogen. Es war ein kluges Kind, denn es wollte nicht herauskommen, weil es nicht von mir getrennt werden wollte.«

Fanny schämte sich, dass sie Martha niemals vorher nach ihren Kindern gefragt hatte, doch dann musste sie sich schon wieder zusammenkrümmen und flach atmen, um den Schmerz auszuhalten. Und das einen ganzen Tag und eine Nacht, nur damit einem das Kind dann doch weggenommen wurde. Sie fragte sich, wie Martha das noch ein zweites Mal überleben konnte. Fanny hatte jetzt schon genug davon. Warum, fragte sie sich, waren die Menschen noch nicht ausgestorben, wenn die Geburt so dermaßen schmerzhaft war? Wer würde denn jemals ein zweites Kind gebären wollen? Charlotte, dachte sie, Charlotte, das hätte dir gar nicht gefallen.

Martha hielt sie fest und rief nach Grace. Die beiden nahmen sie in die Mitte und liefen mit ihr über den Hof, zu den Ställen, immer rundum. Jedes Mal, wenn Fanny von einer Wehe überrollt wurde, halfen sie ihr und stützten sie. Martha sang ihr etwas vor, und Fanny versuchte es nachzusingen, aber es misslang ihr.

So schritten sie Stunde um Stunde und waren so vollkommen in ihr Gehen und Singen versunken, dass ihnen entging, wie sich am Himmel die Wolken zu grauschwarzen Haufen zusammenballten.

Während sie gerade wieder mitten auf dem Hof standen und warteten, dass eine besonders schwere Wehe verebbte, fielen plötzlich Tropfen vom Himmel.

Alle drei schauten verdutzt nach oben, schon wurden es mehr, dann immer mehr Tropfen, bis das Wasser wie ein Vorhang vom Himmel stürzte. Innerhalb weniger Sekunden waren sie alle drei nass bis auf die Haut. Fanny genoss die Kühle des Regens, und das Geräusch der Tropfen lenkte sie von ihrem Schmerz ab.

Sie schleppten sich zur überdachten Veranda, auf der das Wasser auch schon stand. Als sie dort keuchend stehen blieben, schüttelte Grace den Kopf. »Das ist ein schlechtes Zeichen«, meinte sie, »Regen bei der Geburt bedeutet, dein Kind wird dich viel zum Weinen bringen.«

Martha stieß Grace in die Seite. »Das ist die Art von Unsinn, der die Nama zugrunde gerichtet hat. Wir Himba sagen, Regenkinder sind Lieblinge von *Mukuru*.«

Das alles war Fanny gerade herzlich egal, denn nach der ersten Erleichterung dachte sie an Ludwig. Wenn es so weiterregnen würde, dann waren einige Riviere ganz sicher unpassierbar. Sie betrachtete Martha und Grace. Was, wenn etwas schiefging? Ludwig würde verrückt werden, wenn diesem Kind etwas zustieße. Sie berührte ihre Perlen, die sich auch im Regen noch unglaublich heiß anfühlten. Es muss doch etwas geben, das ich schaffe, dachte sie dann. Aber sie hatte noch nicht zu Ende gedacht, da krampfte sich ihr Unterleib schon zusammen, als ob ihn eine eiserne Riesenfaust zerquetschen wollte, und als der Krampf nachließ, wurden lange scharfe Messer quer durch ihre Eingeweide gezogen. Ihr wurde übel. Sie hielt sich an dem Mauersturz der Veranda fest und atmete.

Die Hand mit den Perlen streckte sich nach dem Regen

aus, dann war es, als würde jemand sie an der Hand in den Regen ziehen, der unentwegt auf sie niederklatschte und alles an ihr zum Dampfen brachte. Sie trat hinaus in den Hof, lief wie von selbst weiter. Ließ die Hand ausgestreckt, auch als sich wieder alles in ihr so fest zusammenzog, dass sie nach Luft schnappte, nur um noch vor dem Ausatmen einen Dolchstoß in den Rücken zu bekommen. Sie ging um ihre immer noch ausgestreckte Hand herum, als ob sie der Mittelpunkt der Welt wäre, sie drehte sich schneller um diese Hand, schneller und schneller, bis sie ihren rechten Arm ebenfalls ausbreitete und nicht mehr die linke Hand, sondern ihr Körper der Mittelpunkt wurde, um den sie kreiste, so schnell, dass die Tropfen aus ihren nassen Kleidern nach außen spritzten, und je stärker der Schmerz war, desto schneller wirbelte sie um sich herum, der Regen wurde zu Wasserfetzen vor ihren Augen, ihre Schritte zu einem Rhythmus, und sie hörte Martha und Grace klatschen und singen, so unablässig, wie der Regen auf sie niederfiel, so lange, bis sie von einem schwarzen Tier angesprungen wurde und ihr Bewusstsein verlor.

Als sie wieder zu sich kam, lag sie mit dem Rücken im Schlamm im Hof, Martha und Grace waren bei ihr. Es regnete immer noch, aber Fanny schwitzte und spürte diesen ungeheuren Ziegelstein in ihrem Bauch, der von ihr ausgestoßen werden sollte, der trotz seiner Größe, trotz der Kanten, unablässig vordrängte. Sie spürte den Drang zu pressen, raus, nur raus, dieses Ding sollte endlich raus. Lieber sterben, als diese wahnsinnigen Qualen auch nur noch eine Minute länger aushalten zu müssen.

Martha drückte mit beiden Händen und ihrem ganzen Körpergewicht auf ihren Bauch, Grace stand hinter ihrem Kopf, ihre Hände in Fannys Kniekehlen, und so zerrte sie ihre Schenkel weit auseinander, dass Fanny dachte, sie müssten gleich abgerissen sein. Und obwohl sie jetzt wirklich sterben wollte, presste sie ein letztes Mal mit aller Kraft diesen Ziegelstein aus ihrem Körper. Etwas in ihr spannte unerträglich, dann ergab sich ihr Schoß und schaffte den Platz für ihr Kind. Ihr Kind.

Nur einen Lidschlag später hörte Fanny ein leises Wimmern durch den Regen, unendlich zart. Grace hatte ihre Beine losgelassen und war um sie herumgelaufen. »Es lebt«, rief sie.

Doch Martha drückte weiter auf Fannys Bauch. »Da muss noch die Nachgeburt raus, los, press noch einmal, so fest du kannst.«

»Ich kann nicht mehr, ich will mein Kind sehen«, flüsterte Fanny.

»Los, los!«, kommandierte Martha unerbittlich, und Fanny hatte nicht mehr die Kraft, sich zu widersetzen.

Endlich war Martha zufrieden, sie rief nach Kajumba, die sofort mit heißem Wasser und einer Schere angerannt kam.

»Mach endlich, Martha, mach, schneid es ab, ich will ihn sehen.« Fanny versuchte sich aufzurichten, aber ihr wurde sofort schwindelig. Ihr Kopf sank zurück in den Schlamm, der sich angenehm kühl mit ihrem Haar vermischte. Ludwig und Maria wären entsetzt, wenn sie das hier gesehen hätten. Gebärt wie eine räudige Katze auf dem Dreck im Hof, hätte Maria gesagt, da war Fanny sicher.

»Los, gib ihn mir endlich!«

»Ihn?« Martha grinste und wechselte einen Blick mit Grace.

»Was ist los? Stimmt etwas nicht mit ihm?«

»Nein, aber – es ist ein Mädchen, ein sehr hübsches.«

»Ein Mädchen?« Aber das war unmöglich, all dieser Schmerz für ein Mädchen, Ludwig würde so enttäuscht sein. Fanny streckte die Arme aus, damit sie ihr die Kleine endlich gäben. Grace und Martha starrten sich an, dann zuckten sie mit den Schultern und legten ihr das Kind in den Arm.

»Nein!«, rief Fanny aus und sah zu den beiden. »Nein! Das ist nicht mein Kind! Ihr Hexen habt es ausgetauscht, ihr habt mir diese Wurzeln gegeben, um mich zu berauschen, und jetzt habt ihr mir das falsche Kind untergejubelt!«

In diesem Moment quäkte die Kleine und öffnete ihre riesigen Augen, hellblaue Augen, so hellblau wie die von Ludwig. Fanny stockte der Atem, und dann begann sie zu schluchzen. Sie fühlte, wie in ihrer Brust alles ganz weich wurde. Das hier war ihre Tochter, und sie würde sie beschützen, sie würde sie lieben und sie gegen die ganze Welt verteidigen.

Sie versuchte den strömenden Regen von der Kleinen abzuhalten und betrachtete sie genauer. Sie war so schön, ihr winziges Näschen, dieser scharf geschwungene rosa Mund, ihr gekräuseltes schwarzes Haar. Ihre Haut war noch verschmiert, aber makellos. So makellos braun und dunkel wie Stollwercks Kolonialschokolade.

23

Stunden später lag Fanny vollkommen erschöpft und gleichzeitig hellwach in ihrem Bett. Martha und Grace hatten sie gewaschen und ihr eine Suppe gekocht. Außerdem hatten sie ihr mit den Blättern aus dem Beutel von John einen Tee zubereitet.

Fannys Gedanken überschlugen sich, während sie ihre wunderschöne Tochter im Arm hielt.

Sie war verhext. Sie hatte geträumt, sie bekäme eine farbige Tochter, und hier lag sie nun wirklich, und Fanny betrachtete dieses kleine Wunder im Kerzenlicht.

Warum sah ihre Tochter nicht aus wie Ludwig, warum war ihre Haut nicht weiß? Sie hatte John erst geküsst, als sie schon schwanger war, und sonst war sie Ludwig treu gewesen.

Dauernd musste sie daran denken, was Ludwig tun würde, wenn er statt seines weißen Sohnes eine schwarze Tochter vorfinden würde.

Jetzt wünschte sie sich, dass die Wassermassen unentwegt vom Himmel stürzen und die Riviere unpassierbar machen würden, um ihren Mann möglichst lange fernzuhalten.

Ihre Tochter wimmerte im Schlaf.

»Ich werde nicht zulassen, dass dir ein Leid geschieht«, flüsterte Fanny, »und ich werde dich auch nicht verlassen.«

Sie musste mit Ludwig reden, ihn um die Scheidung bitten, es ihm leicht machen, dem Richter einen Brief schreiben, damit er die Ehe annullierte. Sie würde Ludwig um Geld für die Heimfahrt anbetteln, und wenn er es verweigerte, dann könnte sie ihm sagen, sie würde den Richter darum bitten und in Windhuk herumerzählen, was für ein gemeiner Mensch er war. Ludwig musste davon ausgehen, dass sie nach Berlin wollte, denn sie würde ihm gewiss nicht auch noch verraten, dass sie das Findelkind Franziska Reutberg war. Sie würde das Geld nehmen und versuchen, sich als Lehrerin durchzuschlagen.

Kajumba brachte Fanny frischen Tee und warf ihr besorgte Blicke zu.

»Was ist los?«

»Zach sagt, Pierre musste Ludwig auf die Bibel schwören, dass er sofort losreiten würde, wenn die Wehen anfangen, und er ist weg.«

Fanny wurde augenblicklich noch wacher. Sie setzte sich vorsichtig auf und versuchte, mit der Kleinen im Arm ein paar Schritte zu gehen. Aber die Schmerzen in ihrem Schoß waren so heftig, dass sie kaum einen Fuß vor den anderen setzen konnte. Sie legte sich wieder hin und presste ihre Tochter an sich.

»Seit wann regnet es nicht mehr?«

»Seit Sonnenuntergang.«

»Und wie lange ist das her?«

Kajumba zuckte die Schultern und ging dann zum Fenster. »Ich sehe schon den *Indonsakusa*, aber *Ikhwezi* kann ich noch nirgends entdecken.«

Indonsakusa, der Stern, der die Dämmerung herbeizieht, dachte Fanny. John, der würde ihr helfen. Sie betrachtete ihre Tochter. Plötzlich durchfuhr sie die Erkenntnis wie ein Schwert: John würde sich genauso betrogen fühlen wie Ludwig. Er müsste doch annehmen, dass ein anderer Schwarzer mehr Gefallen vor ihren Augen gefunden hatte als er. Ein bitteres Lachen kam über ihre Lippen.

Weder Ludwig noch John konnten dieses Kind akzeptieren. Sie musste wirklich verhext sein, denn wie zum Teufel war es möglich, dass ihr Kind weder ihre noch die Hautfarbe von Ludwig hatte? Und niemand würde ihr glauben, dass sie Ludwig immer treu gewesen war, niemand. Selbst Martha und Grace hatten sich vielsagend angesehen, als sie die Kleine zum ersten Mal betrachtet hatten. Verzweiflung strömte durch ihren Körper und machte sie viel elender als der Schmerz, den sie gerade durchlitten hatte. Mit dem Schmerz konnte man kämpfen, aber der Verzweiflung war man ausgeliefert.

»Oh, jetzt sehe ich den *Ikhwezi*«, meldete sich Kajumba vom Fenster und unterbrach Fannys Überlegungen.

Wenn die Venus schon zu sehen war, würde der neue Tag bald heraufdämmern. Wenn sie doch nur wüsste, wie viel Zeit ihr noch bliebe, bis Ludwig zurück war.

Sie versuchte wieder aufzustehen, diesmal schaffte sie nur zwei Schritte, dann wäre sie hingefallen, wenn Kajumba nicht herbeigeeilt wäre, um sie zu stützen.

»Sie müssen sich ausruhen, das hat Martha gesagt.«

Fanny legte sich wieder auf ihr Bett und sog den Duft ihrer Tochter ein. Martha hatte recht, sie musste sich ausruhen und schlafen, etwas anderes konnte sie nicht tun. Doch ihre Seele war wach und aufgewühlt, erschöpft und müde war nur ihr Körper. Sie betrachtete ihre Tochter, sie musste zu Kräften kommen, anders wäre sie Ludwig nicht gewachsen. Aus alter Gewohnheit berührte sie ihre Perlen. Vielleicht hatte John recht, und diese Perlen waren schuld, schuld an ihrem ganzen verfluchten Leben. Das winzige Bündel an ihrer Brust schmatzte im Schlaf. Unwillkürlich sah Fanny zu ihrer Tochter hin und schüttelte den Kopf über ihre Ignoranz. Wie könnte das Schönste, was sie je in ihrem Leben gesehen hatte, verflucht sein? Unsinn. Sie war überreizt und sollte endlich schlafen.

Fanny schloss die Augen, drückte ihre Tochter fest an sich und konzentrierte sich auf deren schnaufende Atemzüge.

Sie musste wirklich eingeschlafen sein, denn sie schreckte hoch, weil sie hörte, wie gegen ihre Tür gehämmert wurde. Es war heller Tag, und es war heiß.

»Aus dem Weg, elende Hottentottin, was erlaubst du dir!« Fanny hörte ein Poltern und Martha, die protestierte, dann laut aufschrie. Die Tür wurde aufgerissen, und Ludwig stürzte herein, sein weißer Anzug schweißgetränkt und von oben bis unten mit Schlamm bespritzt. »Was ist hier los? Zeig mir sofort meinen Sohn. Ich bin wie ein Besessener geritten, um dir beizustehen, und als ich ankomme, wollen die Weiber mich nicht zu dir lassen. Ist das Kind etwa krank? Oder missgebildet?«

Er stand jetzt direkt vor Fanny am Bett, sah das Bündel in ihrem Arm und riss es hoch.

»Was ist das für ein Balg? Wo ist mein Sohn?«

Alle Farbe wich aus Ludwigs Gesicht. Mit weit aufgerissenen Augen starrte er Fanny an.

»Das ist deine Tochter.« Sie bemühte sich, fest und sicher zu klingen, obwohl sie vor Angst zitterte.

»Du ... du wagst es!« Ludwig schleuderte das Bündel auf das Bett zurück, von wo es auf den Boden rollte. Er stürzte sich auf Fanny, die entsetzt aufschrie und das Kind aufheben wollte. Er schlug ihr ins Gesicht, zerrte sie an ihren Haaren aus dem Bett, warf sie zu Boden und traktierte sie mit Fußtritten und Fausthieben. »Das wagst du nicht, du nicht. Hexe! Hure, elende Hure, scher dir weg aus meinem Haus, hier ist kein Platz für ehebrecherische, rassenschänderische Schlampen!« Jedes Wort unterstrich er mit einem unerbittlichen Schlag seiner Faust, oder er trat mit seinen schweren Lederstiefeln in ihren Leib.

Fanny kroch über den Boden auf der Suche nach ihrer Tochter, aber Ludwig zerrte sie wieder zu sich her, riss ihr dabei ein Büschel Haare aus. Fanny spürte die Schmerzen, aber da war etwas in ihrem Körper, das sie dazu antrieb, sich nicht zusammenzukrümmen, sondern weg von Ludwig nach ihrem Kind zu suchen, ihr Kind, sie musste es vor ihm beschützen. Wo war sie, wo, wowowowo? Warum weinte sie nicht, nicht einmal ein Wimmern war zu hören. Hatte Ludwig ihre Tochter umgebracht?

Kajumba kam herein, wollte Ludwig festhalten, aber er drehte sich nur kurz um und hieb ihr so hart die Faust ins

Gesicht, dass sie bewusstlos zu Boden ging. Fanny hatte den Moment genutzt und tränenblind weiter nach ihrer Tochter gesucht. Sie sah, wie das Blut aus Kajumbas Nase strömte, aber sie konnte ihr nicht helfen, sie musste erst ihr Kind retten.

»Ich bringe dich um, das wirst du nicht überleben, du Hure. Und als Erstes stirbt dein Kind.«

Ludwig zog Fanny vom Boden hoch, stieß sie auf das Bett, ging auf die Knie und suchte selbst nach dem Bündel.

Fanny nutzte die Chance und versuchte ihm, barfuß wie sie war, ins Gesicht zu treten, doch das war keine gute Idee, sie hatte zu wenig Kraft, hohnlächelnd packte er ihren Fuß und biss hinein wie ein tollwütiger Hund. Dieser Schmerz war so anders als alles andere, das ihr je widerfahren war, dass Fanny laut zu schreien begann. Sie musste ihn stoppen, er würde sie beide töten. Sie sah sich im Zimmer um, aber da war nur die Waschwasserkanne aus Porzellan. Egal, die musste sie in die Hände kriegen. Durch Fannys Körper jagten wilde Ströme wie Blitze, er durfte nicht siegen. Sie bekam kaum Luft, weil ihre Brust sich so schnell hob und senkte, sie hechelte mehr, als dass sie atmete. Ludwig spuckte aus, weil er Blut von ihrem Fuß im Mund hatte, spuckte noch einmal verächtlich nach und wischte sich mit einer Hand über den Mund, entließ Fanny so aus seinem Griff. Sie zerrte und wand sich, bekam die Wasserkanne zu fassen und schlug sie ihm mit letzter Kraft in sein Gesicht, sah, wie er seine blauen Augen weit aufriss, als die Kanne auf seinen Kopf krachte. Dann stürzte er um wie ein gefällter Baum.

Fanny, der das Blut von den Wunden an ihrem Kopf in die Augen tropfte, kniete sich hin und tastete wie eine Blinde hinter dem Bett herum. Da, ihre Tochter war ganz nah an die Wand gerollt, sie griff nach ihr, wickelte sie aus ihren Laken, um nachzuschauen, ob sie irgendwo blutete oder verletzt war, dabei betrachtete sie ihr Kind mit angehaltenem Atem. Da, ihre Tochter blinzelte und begann zu weinen. Erlöst drückte Fanny ihr Kind wieder an sich.

Sie zerrte das Laken vom Bett, wand es um sich und um ihre Tochter und schleppte sich aus dem Zimmer. Sie befahl Zach, einen Wagen mit Pferden anzuspannen und ihr Essen und Trinken einzupacken.

Martha und Grace fingen an zu weinen, als sie sie sahen, aber dazu war jetzt keine Zeit, Fanny spürte, dass ihre Kräfte sie bald verlassen würden. Zwischen ihren Beinen sickerte Blut herab, und ihr Fuß schmerzte unerträglich, aber sie musste hier weg, zusammen mit ihrer Tochter.

Martha gab ihr den Beutel mit der Medizin von John, Grace reichte ihr einen Wasserschlauch, doch gerade als Zach ihr Biltong bringen wollte, tauchte plötzlich Pierre auf. Er wollte wissen, wo Ludwig sei und was hier vorginge. Zach behauptete, Ludwig sei im Lämmerstall gestürzt, und ging mit dem Verwalter dorthin, lockte ihn hinein, schlug hinter ihm die Tür zu und verriegelte sie. Dann rannte er wieder zu den anderen.

»So können Sie nicht gehen!« Atemlos schüttelte er seinen Kopf. »Wo wollen Sie denn hin?«

»Ich weiß nicht«, stammelte Fanny, »nur weg hier. Ich muss weg.«

»Ich komme mit.« Martha machte Anstalten, auf den Wagen zu klettern.

»Ich auch«, sagte Grace.

»Und auch ich«, schloss Zach sich an.

Fanny schüttelte entschieden den Kopf. »Das geht nicht, wenn ihr weglauft, bringt ihr euch in Gefahr. Ludwig wird euch ganz sicher finden, und seine Rache wird fürchterlich sein. Ihr müsst hierbleiben.«

»Aber so wirst du sterben«, sagte Martha. »Du brauchst Hilfe.«

»Ihr könnt sehr viel mehr für mich tun, wenn ihr Ludwig und Pierre davon abhaltet, mir zu folgen, sorgt dafür, dass ich einen Vorsprung habe. Je größer mein Vorsprung ist, desto besser. Wünscht mir Glück! Und sagt meinem Mann, dass ich ihm den Wagen und die Pferde zurückgeben werde.«

»So können Sie nicht fahren!« Kajumba, selbst blutverschmiert, rannte atemlos herbei und reichte Fanny ein Bündel mit Säuglingskleidern sowie einem Rock und einer Bluse.

Fanny sah an sich herunter, sie trug nur ein Nachthemd, das über und über blutbesudelt war. Sie sah zum Fürchten aus, aber sie hatte keine Zeit. »Wirf es auf den Wagen! Ich brauche noch eine Waffe, aber mein Revolver ist im Schlafzimmer. Zach, hast du eine Idee?«

»Pierre hat sein Gewehr in der Küche gelassen, als er sich zum Essen hingesetzt hat.« Fanny nickte ihm zu, und Zach flitzte davon. Mit einer Waffe würde sie sich sicherer fühlen. Erleichtert bettete Fanny ihre Tochter in das Laken und legte sie auf den Wagen. Da kam Zach schon wieder zurück und packte die Waffe neben sie auf den Kutschbock und Martha rannte ihr nach und warf noch eine Decke auf den Wagen. »Danke!«, rief Fanny, ohne sich umzudrehen, und drosch auf die Pferde ein. Weg hier, nur weg.

24

Wenn ich doch nur auch so schnell vorankommen könnte, dachte Fanny und starrte in den Himmel, wo weiße Wolken im Wind dahinrasten, als hätten sie ein Ziel. Zu Fuß wäre sie noch schneller als diese lahmen Gäule. Egal, wie heftig Fanny auf sie einschlug, die Pferde trabten gemütlich dahin.

Du kannst gar nicht zu Fuß gehen in deinem Zustand, und deshalb wärst du keineswegs schneller, widersprach ihr Verstand, der versuchte, sie zu beruhigen.

Alles wird gut werden, sagte sich Fanny immer wieder, alles wird gut, auch wenn ich Schmerzen habe und jeden Augenblick Ludwig auftauchen kann. Immerhin lebe ich noch. Sie blutete nicht nur aus ihrem Schoß, sondern auch überall dort, wo die Haut unter Ludwigs Schlägen aufgeplatzt war, aber sie lebte, und ihre Tochter lebte auch. Über den Augen, an den Ohren und in ihrem Fuß pochte ein besonders scharfer Schmerz, der am ehesten mit dem Skorpionstich vergleichbar war, den sie auf dem Treck nach Keetmanshoop erlitten hatte.

Aber sie ignorierte all das, konzentrierte sich darauf, nicht zu tief zu atmen, um den Schmerz in ihren Rippen nicht zu spüren, und darauf, die Pferde anzutreiben, denn allein auf einem Pferd hätte Ludwig sie sicher schnell eingeholt. Sie hoffte nur, dass es Martha und den anderen gelang, Ludwig noch einen halben Tag eingesperrt zu halten. Und wenn sie großes Glück hatte, kam später wieder starker Regen, der ihre Spuren verwischen und es ihm so viel schwerer machen würde, sie zu finden. Er musste sich bei seiner Suche an Spuren orientieren, denn er konnte unmöglich wissen, wo sie hinfuhr.

Zuerst hatte sie selbst nicht gewusst, wo sie hinwollte, und war einfach losgestürmt, nur weg, einfach weg von der Farm. Bis ihre Tochter angefangen hatte, kläglich zu weinen, und ihr klar wurde, dass sie ein Ziel brauchte. Unter großen Schmerzen hatte sie ihre Tochter an die Brust gelegt und gehofft, dass sie genug Milch hatte, um ihr Kind satt zu bekommen. Währenddessen hatte sie fieberhaft überlegt, wo sie denn nur hinkönnte. Lange war ihr nichts eingefallen außer der Wüste. Dort würde sie niemand vermuten, aber wie sollte sie dort mit ihrer Tochter überleben? Dann fiel ihr ein, was John gesagt hatte: Sie solle nach der Wüstenrose suchen, wenn sie seine Mutter treffen wollte. Aber Fanny hatte keine Ahnung, wo sie ihre Suche beginnen sollte. Ja, sie wusste nicht einmal, wie eine Wüstenrose aussah. Doch der Gedanke an Johns Mutter brachte sie auf eine Idee.

Als ihre Tochter offensichtlich satt und zufrieden wieder eingeschlafen war, legte sie sie zurück auf ihr Lager und trieb die Pferde an, diesmal in nördliche Richtung hin zu dem Köcherbaumwald. Sie würde in dem Steinkreis übernachten, dort war sie sicher, das wusste sie tief in ihrem Innersten.

Und wenn sie John richtig verstanden hatte, war das ein Ort, an dem seine Mutter sich manchmal bei Vollmond aufhielt. Wenn Zahaboo wirklich eine Zauberin war, dann musste sie ihr erklären, was es mit den Perlen auf sich hatte, und ihr helfen, sich und ihre Tochter zu retten. Seine Mutter wusste, wie es war, ein Kind zu haben, das, wie John es ausgedrückt hatte, auf zwei verschiedenen Beinen stand, einem europäischen und einem afrikanischen.

Mit diesem Ziel vor Augen fühlte sie sich besser, und ihre Hoffnung kam zurück, doch je länger sie unterwegs war, desto schwindeliger wurde ihr. Sie hatte keinen Hut dabei, und die Sonne brannte erbarmungslos herab, selbst die Wolken milderten die Kraft ihrer Strahlen kaum. Ich muss etwas dagegen tun, dachte Fanny, ich kann es mir nicht leisten, jetzt auch noch einen Sonnenstich zu bekommen. Sie riss kurzerhand ein Stück Saum von dem Rock ab, den ihr Kajumba gegeben hatte, und band ihn um ihren Kopf. Das war schwieriger, als sie es sich vorgestellt hatte, weil ihr Kopf aufgrund der Wunden so empfindlich war und ihre Hände so zitterten. Sie gönnte sich einen Schluck aus dem Wasserschlauch und sah nach ihrer Tochter. Verunsichert betrachtete sie die Landschaft. Durch den Regen war über Nacht kniehohes Gras aus dem Boden geschossen, und alles sah ganz anders aus als im Winter.

Fanny drehte sich rastlos immer wieder um, zwang sich dann aber, nach vorne über die weite Ebene zu schauen, und merkte, wie sie dabei ruhiger wurde. Das Gras schimmerte silberweiß in der Sonne und wogte im Wind hin und her wie ein riesiger Zauberteppich. Sie entspannte sich etwas und atmete tiefer, doch da bohrte sich sofort der Schmerz zwischen ihre Rippen wie ein Messerstich. Leise stöhnend sah sie nach ihrer Tochter und dann nach möglichen Verfolgern. Nichts, bis jetzt war niemand zu sehen, auch keine unheilverkündende Staubwolke.

Etwas zuversichtlicher richtete sie ihren Blick wieder nach vorne. Wenn sie sich nur genauer daran erinnern könnte, wie der Weg zu dem Köcherbaumwald ausgesehen hatte. Sie hoffte, dass ihre Intuition sie richtig leiten würde. Für einen Moment schloss sie die Augen und überließ die Pferde ihrem Trott. Nur kurz, nur einmal entspannen. Das tat so gut, dass sie sich zwingen musste, die Augen wieder aufzureißen. Sie packte die Zügel so stramm, dass das Leder fest in ihre Hand einschnitt, und fing an, leise Ave-Marias zu beten, um nicht einzuschlafen.

Doch das sanfte Rauschen des Windes im Gras und das leise Surren der Mücken vermischte sich mit dem eintönigen Geratter des Wagens und dem gleichmäßigen Traben der Pferde zu einem sanften Wiegenlied, lullte sie nach und nach ein, und schließlich fielen ihr die Augen zu.

Sehr viel später schreckte sie hoch, und ihr wurde mit Entsetzen klar, dass sie doch eingedöst war. Die Pferde waren einfach weitergezuckelt, ohne dass sie sie angetrieben hatte.

Panisch drehte sie sich um und war sicher, dass Ludwig ihnen dicht auf den Fersen war. Niemand war weit und breit zu sehen, nur ihre Tochter, die auf ihrem Lager schlief.

Die zuvor noch weißen Wolken hatten sich zu dunkelgrauen Bergen zusammengeballt, die so wütend wirkten, als ob sie die Welt mit Blitzen auseinandersprengen und in einer Sintflut ertränken wollten.

Sie hatte sich Regen gewünscht, doch erst später, wenn sie an ihrem Ziel wäre. Auf keinen Fall jetzt. Dieser Karren hatte kein Dach, und sich mit ihrer Tochter unter den Wagen zu legen war viel zu riskant, weil sie davongeschwemmt werden konnten, wenn der Regen sehr stark wäre.

Eine Herde Springböcke kreuzte ihren Weg, aber Fanny wollte die Pferde nicht anhalten. Sie wollte weiter, nur weiter, und trieb die Tiere mit aller Kraft an. Gott, dachte sie, Gott, du hast mir nur Steine in den Weg gelegt, ach was, Felsblöcke, Berge, ich weiß nicht mehr, wie ich da beten soll, ob ich überhaupt beten soll. Es hat dich nie besonders geschert, was mir widerfahren ist, aber jetzt habe ich eine Tochter, und das bedeutet, dass ich besser auf mich aufpassen muss denn je.

Meine Tochter – Fanny stutzte. Diese ihre Tochter brauchte einen Namen. Charlotte, natürlich Charlotte, Lottchen. Und sie würde noch einen zweiten Namen suchen, einen, der zu ihrem zweiten, dem afrikanischen Bein passen würde.

Über Fanny blitzte es, und sie zuckte zusammen, und der Schmerz flackerte überall in ihrem Körper wieder auf.

Gleichzeitig bahnte sich ein Gedanke den Weg durch ihren Kopf. So ein unglaublicher Gedanke, dass ihr die Luft wegblieb. Sie war Ludwig immer treu gewesen, und ganz sicher waren seine Eltern Weiße gewesen.

Aber niemand hatte eine Ahnung, wer ihre Eltern waren ... Was, wenn ihre Eltern nicht weiß waren? Denn wenn ein Weißer und eine schwarze Frau ein Kind haben konnten, das schwarz war, dann konnten sie vielleicht auch ein Kind haben, das weiß war, weiß wie Fanny, weiß bis auf dieses verdächtig schwarze, krause Haar. Sie schüttelte den Kopf, ließ es aber wegen der stechenden Schmerzen sofort wieder bleiben.

Es blitzte wieder.

Könnte das möglich sein?, grübelte Fanny weiter. War das der Grund, warum sie sich hier in diesem Land gleich so zu Hause gefühlt hatte? »Lottchen«, flüsterte sie, »ich muss endlich mehr über deine Großeltern herausfinden. Aber zuerst müssen wir uns in Sicherheit bringen.«

Diesmal gesellte sich zu dem Blitz ein noch weit entfernter Donnerschlag.

Dort hinten war etwas. Ein Hügel erhob sich aus der flachen Ebene. Fanny stand voller Hoffnung auf, um besser sehen zu können. Waren das nicht die Felsbrocken, bei denen auch die Köcherbäume standen?

Sie musste sich beeilen, doch diese Pferde waren keine Rennpferde, sondern sture Ackergäule, die sich durch nichts dazu zu bewegen ließen, ihren Trab zu beschleunigen.

Der Wind böte so stark auf, dass die Decke vom Wagen geweht wurde und durch die Luft segelte wie ein riesiger bunter Vogel.

Fanny sah ihr hinterher, unfähig, sich zu rühren. Dann kam Bewegung in sie, sie musste verhindern, dass ihrer Tochter, ihrem Lottchen, etwas geschah. Während sie zu ihr nach hinten kletterte, zerrte der Wind so stürmisch an ihrem Kopftuch und dem Rock ihres Nachthemds, dass sie sich dazu entschloss, die Kleine mit dem Laken an ihrem Körper festzubinden. Sie kletterte zurück, doch der Wind war mittlerweile so stark, dass sogar die Pferde Mühe hatten, ihm standzuhalten. Gerade als Fanny vollends verzweifeln wollte, blickte sie in den Himmel und bemerkte, dass der Wind nicht nur sie quälte, sondern auch die Wolkenberge vor sich her jagte. Weg von ihr trieb.

Sie traute dem Wind dennoch nicht, der konnte sich jederzeit drehen. Ständig schlugen weiß glühende Blitze über den Horizont, aber nur manchmal hörte sie ein Donnern. Erbarmungslos blies der Wind alles, was nicht niet- und nagelfest war, durch die Luft, Sand, Steinchen, kleine stachelige Büsche, sogar Äste. Fanny war froh, dass ihre Tochter sicher an ihrer Brust festgebunden war.

Es kam ihr wie eine Ewigkeit vor, bis sie die seltsamen Köcherbäume und Felsblöcke endlich erreicht hatte. Erleichtert drehte sie sich ein letztes Mal um.

Weit entfernt wirbelten Staubwolken hoch, und das waren nicht nur vom Wind herumgeschleuderte Sandmassen, nein, da bewegte sich jemand über die Ebene auf sie zu.

Ludwig.

Er näherte sich mit rasender Geschwindigkeit. Wie war das möglich? Selbst ohne Wagen konnte ein Pferd nicht so schnell sein. Sie musste sich Gewissheit verschaffen. Sie hielt die Pferde am ersten Felsblockhaufen an, erhob sich, schwankte, von Schmerz gepeinigt. Sie biss die Zähne zusammen, stieg vom Wagen ab und humpelte los. Jeder Schritt war so qualvoll, dass sie aufgegeben hätte, wenn da nicht ihre Tochter gewesen wäre. Sie musste an den Steinen hochklettern und nachsehen, ob es wirklich Ludwig war. Doch wer sollte es sonst sein? Hermann, kam ihr in den Sinn. Hermann, den ihre grauenhafte Lage außerordentlich erfreuen würde.

Die Felsblöcke bestanden aus rotem, weichen Stein und boten reichlich Trittmöglichkeiten, trotzdem kam sie nur langsam vorwärts. Die Schmerzen zwangen sie, immer wieder zu pausieren, der Wind zerrte unentwegt an ihr, und ihre Tochter baumelte schwer vor ihrem Bauch. Schweiß strömte ihr trotz des Windes über das Gesicht.

Als sie endlich oben angekommen war, musste sie die Augen zusammenkneifen, um zu sehen, was sich da am Horizont auf sie zu bewegte.

Fassungslos erkannte sie die seltsam schaukelnden Bewegungen einer Gruppe von Giraffen.

Erleichtert begann sie zu lachen. Ihr Lachen ging über in ein Schluchzen, und als ob ihre Tochter davon angesteckt würde, begann sie zu wimmern.

Fanny suchte sich immer noch schluchzend einen halbwegs bequemen, windgeschützten Platz auf dem warmen Felsen, lehnte sich zurück und legte ihre Tochter an die Brust. Sie konnte die Kleine kaum festhalten, ihr ganzer Körper zitterte, während ihr die Tränen übers Gesicht liefen.

Sie versuchte, sich zu beherrschen. Tränen änderten nichts an ihrer aussichtslosen Lage, sie sollte lieber nachdenken. Fanny rang um Fassung, sah hinunter auf ihre Tochter, die in diesem Moment den Mund von ihrer Brust nahm und Fanny das Gesicht zuwandte.

Ihre blauen Augen waren weit offen und schienen sie zu betrachten, auf dem winzigen rosa Mund schimmerte ein Tropfen Milch in der Abendsonne, und dann, ganz unvermittelt, verzog sich der Mund ihrer Tochter, ganz so, als ob sie lächeln würde.

Fanny lächelte unter Aufbietung all ihrer Kräfte zurück, dann weinte sie so hemmungslos wie noch nie in ihrem Leben. Nicht in den kältesten Stunden im Kloster war ihre Lage so hoffnungslos gewesen wie jetzt. Da hatte sie lediglich aus Selbstmitleid geweint, aber nun ging es nicht mehr nur um sie, sondern um dieses winzige Wesen, das ihre Tochter war und sie dringend brauchte.

Fanny war am Ende, und sie wusste es. Sie würde nirgends mehr hingehen. Sie würde hier sitzen bleiben, nie wieder aufstehen, sie würde sterben. Fanny schloss ihre Augen. Ich bin bereit, dachte sie. Ihr Glasperlenarmband wurde so heiß, dass sie die Augen wieder öffnete und ihre Tochter ansah.

Dieser Irrsinn musste sofort aufhören. Es war unmöglich zu sterben, dann würde ihre Tochter genauso allein wie sie selbst sein. Sie betrachtete ihre Perlen und dachte daran, sie ihrer Tochter anzuziehen, für den Fall, dass man sie lebend neben ihrer toten Mutter finden würde. Schluss jetzt, Fanny, Schluss. Du wirst nicht sterben und deine Tochter so zurücklassen, wie man dich damals vor dem Kloster zurückließ. Du reißt dich zusammen, kletterst herunter, gehst zu dem Wagen und bereitest euch ein Nachtlager zwischen den Felsblöcken. Los!

Ja, das würde sie tun, gleich, zuerst musste sie nur ein bisschen schlafen, ganz egal, wie heiß ihre Perlen auch würden. Nur einen winzigen Moment ... Ihre Augen schlossen sich, ihr Kopf fiel hart gegen den Felsen, aber das merkte Fanny schon nicht mehr, denn sie war ohnmächtig geworden.

25

Ein schrilles Weinen brachte Fanny wieder zu sich. Der Wind hatte sich gelegt, ohne dass auch nur ein Tropfen Wasser vom Himmel gefallen war. Über ihr schillerten die Sterne.

Orientierungslos sah sie sich in der Dunkelheit um, dieses hoffnungslose Gejammer kam von ihrem Bauch. Und erst als ihre Hände danach tasteten, fiel ihr alles wieder ein, und sie schämte sich, weil sie die Existenz ihres Kindes völlig vergessen hatte.

Sie wollte die Kleine aus dem Laken auf ihren Arm nehmen, aber Fannys Körper war so steif geworden, dass sie kaum den Arm heben konnte, und bei jedem Atemzug stach es tief in ihrem Rücken. Deshalb dauerte es unendlich lange, bis sie es geschafft hatte, die Kleine an sich zu drücken. Sie schaukelte sie ein wenig, aber ihre Tochter schrie nur noch lauter. Hunger, sie hatte wahrscheinlich Hunger. Fanny legte sie an ihre Brust, aber das wollte ihre Tochter auch nicht, stattdessen schrie sie noch wütender. Fanny versuchte es wieder, aber ohne Erfolg.

Was, um Himmels willen, hatte die Kleine?

Plötzlich sah Fanny Ludwig vor sich, wie er das winzige

Bündel mit dem Neugeborenen auf das Bett geschleudert hatte. Was, wenn ihrer Tochter dabei doch etwas passiert war und sie innere Verletzungen hatte? Der Gedanke, sie könnte die gleichen Schmerzen haben wie sie selbst oder noch schlimmere, brachte Fannys Herz zum Rasen. Purer Hass durchströmte ihren Körper wie eine Welle von Energie. Sie würde es Ludwig heimzahlen, sie würde ihn so leiden lassen, wie er es sich in seinen kühnsten Träumen nicht hätte ausmalen können. Sie drückte ihre Tochter an sich.

»Schsch, kleines Lottchen, wir werden das schaffen, wir müssen stark sein.« Was für einen Unsinn sie da von sich gab, Fanny hatte keine Ahnung, wie sie den morgigen Tag überstehen sollten, denn um an ihren Wasserschlauch zu kommen, müsste sie erst mal von den Felsen herabsteigen, und Fanny konnte sich beim besten Willen nicht vorstellen, dass sie jemals wieder aufstehen würde.

Weil sie nicht wusste, was sie noch tun könnte, begann sie ein Lied zu singen. Ihr fiel nichts anderes ein als »Großer Gott, wir loben dich«, obwohl ihre neugeborene Tochter erbärmlich weinte und Gott so weit entfernt und so gleichgültig war wie die Sterne, die über ihrem Kopf hell und gleißend schimmerten wie Diamanten.

»Auf dich hoffen wir allein; lass uns nicht verloren sein …« Fanny war bei der elften Strophe angekommen, und erst jetzt bemerkte sie neben dem etwas leiser gewordenen Weinen ihrer Tochter ein Geräusch. Leise Geräusche. Rascheln und Huschen.

Fanny hielt den Atem an, um besser hören zu können. Das konnten unmöglich Menschen sein. Ochsenkarren oder Pferdegetrappel hätte sie schon von Weitem hören müssen.

Wenn das keine Menschen waren, was war es dann?

Tiere. Ratten und Füchse bewegten sich nahezu geräuschlos.

Und Hyänen.

Fanny begann zu zittern, sie konnte selbst das metallisch-süßliche Blut riechen, das immer noch aus ihr heraussickerte.

Da war das Geräusch wieder, näher. Fanny presste ihre Tochter fest an sich. »Bitte sei still, sei in Gottes Namen still«, flüsterte sie und konzentrierte sich auf das, was sie tun könnte. Auf dem Karren lag das Gewehr, das ihr Zach gebracht hatte. Großartig, wirklich klug von dir, dachte Fanny und versuchte aufzustehen. Doch sie zitterte so stark, dass sie es nicht einmal schaffte, hoch bis auf die Knie zu kommen. Ihre Tochter hatte endlich aufgehört zu weinen. Angestrengt lauschte Fanny in die Nacht.

Da war es wieder, seltsam schleifend.

Hyänen jagten für gewöhnlich in der Ebene, das hatte ihr John in der Nacht erzählt, als das Rad gebrochen war. Und als sie vorgeschlagen hatte, zu den Felsen zurückzukehren, hatte er nur gelacht und gemeint, dass ihnen die auch keine Mühe machten.

Feuer wäre eine Lösung, Feuer würde sie abschrecken. Aber die Zündhölzer hatte sie ebenfalls im Wagen gelassen, als sie krank vor Sorge hochgeklettert war, nur um dann die harmlosen Giraffen zu entdecken. Dieses Land verzieh einem nie, wenn man unbedacht handelte.

Es gab keine andere Möglichkeit, sie musste runter zum Wagen.

Plötzlich schob sich eine gelbe Wand vor sie. Fanny zuckte zurück und presste sich mit der Kleinen so fest an den Felsen, dass die Schmerzstiche in ihrem Rücken bis in ihre Brust gedrückt wurden.

»*Lala Khale*«, sagte eine dunkle, aber ganz offensichtlich weibliche Stimme, »*Lala kahle, kulungile.*« Die gelbe Wand bückte sich zu Fanny. Hunderte von Goldreifen blitzten dabei im Licht der Sterne auf und klirrten leise, dann sah Fanny die riesigen, ebenfalls goldenen Ohrringe der Frau.

»Zahaboo«, stotterte sie und wollte ihr so gern alles erklären, sie um Hilfe bitten, verhindern, dass sie wegging, aber es kam nichts aus ihrer Kehle als ein heiseres Krächzen. Ihre Augen brannten.

Fanny hob ihre Tochter hoch und hielt sie Zahaboo entgegen wie eine Opfergabe. Im gleichen Augenblick wurde ihr klar, dass sie einen Fehler machte, denn Zahaboo wusste sicher, dass dieses Kind nicht Johns Tochter sein konnte. Und warum sollte sie dann Interesse an ihr haben?

»Bitte«, brachte Fanny endlich hervor, »bitte hilf mir.«

Zahaboo nahm das Kind auf den Arm, murmelte etwas vor sich hin, das Fanny nicht verstand, dann band sie sich das Kind mit der Schärpe, die an ihr langes Hemdkleid genäht war, fest auf die Brust und verschwand.

»Nein!« Fanny schrie mit letzter Kraft. »Nein, so habe ich das nicht gemeint.«

Doch die gelbe Wand entfernte sich schnell und geräuschlos. Fanny versuchte wieder aufzustehen, aber es war unmöglich. Sie schloss die Augen. Wenn ich jetzt sterbe, dachte sie, dann wird auch meine Tochter niemals erfahren, wer ihre Mutter war, obwohl ich doch alles versucht habe, um sie vor diesem Schicksal zu beschützen. Sie tastete nach ihren Glasperlen, dann fielen ihr die Augen zu.

Jemand berührte sacht ihre Schulter. »*Amanzi*, Wasser«, flüsterte Zahaboo und reichte Fanny den Wasserschlauch. Sie half ihr und stützte sie. Fannys Kehle war so trocken, ihre Zunge so geschwollen, dass sie die ersten Tropfen kaum hinunterschlucken konnte, doch dann rann das warme Wasser durch ihre Kehle, und sie trank so schnell, dass ihr die Luft wegblieb.

Zahaboo nahm ihr den Schlauch weg und sprach eindringlich auf sie ein. »Sie müssen hier weg. Und ich werde Sie helfen und Medizin geben!«

Zahaboo reichte ihr eine Wurzel, bedeutete ihr, darauf herumzukauen, und Fanny gehorchte ohne Zögern. Wirre Gedanken schossen ihr durch den Kopf. Was hatte John in der Nacht damals erzählt von dem schönen Mädchen, Isimomo, die von den Geistern beherrscht wurde und der Zahaboo Leopardenhirn zu essen gegeben hatte. Was, wenn Zahaboo ihre Tochter für ein Ritual benötigte und diese Wurzel Fanny den Tod bringen würde? Hör auf damit, befahl sie sich. John hatte ihr erzählt, dass seine Mutter eine Heilerin war und keine Schwarzzauberin.

Die Wurzel schmeckte abscheulich bitter, aber Fanny kaute trotzdem weiter.

»Wo ist meine Tochter?«, fragte sie.

Johns Mutter ignorierte Fanny – oder sie verstand sie einfach nicht. Statt einer Antwort drängte sie sie, nun wieder zu trinken.

Danach nahm sie den Schlauch, hängte sich ihn um die Schultern, trat näher zu Fanny und bedeutete ihr aufzustehen. Als sie sah, dass Fanny nicht die nötige Kraft hatte, schob sie ihre Arme unter Fannys Achseln und zog sie mühelos hoch. Dann legte sie Fannys Arm um ihren Hals, nickte ihr zu und begann mit ihr die Felsblöcke hinabzusteigen. Fannys linker Fuß war so angeschwollen, dass sie nicht auftreten konnte. Sie hing schwer an der alten Frau, die unter der Last von Fanny keuchte und stöhnte. Doch Zahaboo blieb nicht stehen, bis sie am Fuß der Felsblöcke angekommen waren, wo sie Fanny half, den Karren zu erklimmen und sich hinzulegen.

Obwohl Fanny so erschöpft war, dass sie ihre Augen kaum noch offen halten konnte, sah sie sich nach ihrer Tochter um, konnte sie jedoch nirgends entdecken.

»Meine Tochter? Wo ist sie? Was hast du mit ihr gemacht?« Zahaboo schüttelte den Kopf und zeigte auf den Vollmond, der wie eine Riesenpampelmuse über den Köcherbäumen aufgegangen war.

Was hatte das zu bedeuten? Der Vollmond dehnte sich vor Fannys Augen aus und zog sich wieder zusammen wie ein atmendes Wesen. Wo war ihr Lottchen? Sie versuchte zu rufen, aber sie konnte hören, dass nur Gebrabbel aus ihrem Mund quoll.

»Schsch«, machte Zahaboo und versuchte, sie sanft niederzudrücken, aber Fanny gab nicht nach, sondern fragte wieder: »Wo ist meine Tochter?« Alles, was sie in den Vorbereitungskursen der Mission für Afrika gehört hatte, dröhnte ihr durch den Schädel, böse heidnische Rituale, bei denen Kinder ermordet wurden, teuflisches Treiben bei Vollmond.

Sie sah wieder zum Vollmond, der größer und größer wurde, sich von Gelb zu Orange verfärbte und schließlich auf sie herabstürzte.

26

Fanny erwachte, weil ihr etwas auf den Bauch gelegt wurde. Sie schlug die Augen auf, wurde aber von der Sonne so geblendet, dass sie sie sofort wieder schloss. Das Gewicht auf ihrem Bauch bewegte sich und begann zu wimmern. Ihre Tochter! Fanny setzte sich mühsam unter Schmerzen auf und zog die Kleine an sich, dann sah sie sich nach Zahaboo um.

Sie fühlte sich benommen, als ob sie Fieber hätte, und legte die Hand über ihre Augen, um besser sehen zu können. Sie befand sich auf dem Karren, mit dem sie geflohen war, aber sie waren nicht mehr am Köcherbaumwald, sondern in einer ihr fremden, sehr kargen Gegend. Der Karren stand neben einem kahlen Baumstamm, und Zahaboo war gerade dabei, ein Tuch vom Baumstamm zum Wagen zu spannen und festzuzurren.

»Wo bringst du mich hin?«, fragte Fanny, obwohl es ihr vollkommen gleichgültig war.

Zahaboo unterbrach ihre Arbeit nicht, aber sie murmelte vor sich hin und schüttelte dabei den Kopf, als wäre sie nicht einverstanden mit dem, was sie tat. »Und ich bringe die Mutter in Sicherheit, für Dumisani.«

Fanny verstand nicht, was Zahaboo ihr sagen wollte, und als ihre Tochter immer lauter zu weinen begann, sank sie zurück und wünschte sich nur noch, zu schlafen und nie mehr aufzuwachen.

Zahaboo rüttelte sie und gab ihr durch Gesten zu verstehen, dass sie ihre Tochter stillen sollte. Fanny schloss nur müde ihre Augen und drehte sich weg. Daraufhin stieg Zahaboo auf den Wagen, zerrte Fanny hoch, setzte sich hinter sie, um sie zu stützen, führte ihre Arme um Fanny herum und drückte ihr die Kleine an die Brust, dabei murmelte sie beständig und rhythmisch Zulu-Worte vor sich hin, die kraftvoll klangen wie eine Beschwörung. »*Umama ubisi, umama ubisi.*« Sie schaukelte Fanny sanft hin und her, und obwohl diese sich versteifte, weil es ihr wehtat und sie sich gegen die Berührung wehrte, so wurde sie doch mit der Zeit von der Bewegung und dem Singsang eingelullt. Schließlich schaffte sie es, ihre Tochter anzulegen. Gierig trank die Kleine, verschluckte sich, weinte sofort wieder wütend, wurde von Zahaboo sanft über Fannys Schulter gelegt, bis sie aufgestoßen hatte, und ihr dann zurückgereicht. Und die ganze Zeit sang Zahaboo »*Umama ubisi*«.

Fanny verstand sich selbst immer weniger. Gestern hatte sie beim Anblick ihrer Tochter noch den Wunsch gehabt, sie wie eine Löwin zu verteidigen, aber heute hätte sie Zahaboo ihre Tochter sofort verkauft, nur um in Ruhe schlafen zu können.

Als Lottchen satt war, brachte Zahaboo Fanny und das Kind unter das provisorische Sonnendach. Sie hatte eine Rinderhaut auf dem sandigen Boden ausgebreitet und forderte Fanny auf zu schlafen. Sie legte sich hin und schlief auf der Stelle ein.

Viel zu früh weckte Zahaboo sie wieder und hielt ihr das weinende Kind hin. Fanny fühlte sich etwas besser und schaffte es diesmal ohne Hilfe, ihre Tochter anzulegen. Aber sie fand es schmerzhaft und lästig und wünschte sich, sie wäre allein. Gleichzeitig schämte sie sich. Während ihrer Schwangerschaft hatte sie ihren Bauch gestreichelt und sich dabei vorgestellt, wie sie den Hunger ihres Sohnes mit Freude stillen, wie er frisch gebadet und fröhlich glucksend auf ihrem Arm liegen und allein sein Anblick sie mit allem Glück der Erde erfüllen würde.

Und jetzt fühlte sie nichts dergleichen. Sie war müde vom Schmerz und klebrig von Hitze und Dreck. Tränen schossen in ihre Augen und tropften auf ihre Tochter. Unwillkürlich drückte sie die Kleine fester an sich. Mit diesem Selbstmitleid musste Schluss sein, denn wenn sie ihre Tochter nicht lieben konnte, dann würde sie das gleiche Schicksal ereilen wie sie selbst. Es käme ihr wie ein Sieg von Ludwig vor, und das durfte nicht sein. Auf keinen Fall.

Der Gedanke an Ludwig brachte etwas in ihr in Gang. Ließ ihr Herz schneller schlagen. Dafür würde er bezahlen. Meine Rache wird grausamer sein als alles, was du je in diesem Internat erlebt hast, schwor sie sich.

Dazu musste sie gesund werden, dann brauchte sie einen Plan und vor allem Geld.

Zahaboo reichte ihr den Wasserschlauch und eine Kalebasse voll Omeire und nahm ihr die satte Kleine ab. Ich muss einen Namen finden, der besser zu ihr passt als Charlotte, dachte Fanny, irgendwie ist sie viel zu klein und zu schwarz für Charlotte.

Zahaboo stand mit der Kleinen auf und schwang sie schaukelnd hin und her, während sie ihr fremdartige Lieder vorsang, was Fannys Tochter zu gefallen schien, denn sie wurde endlich ruhig und schlief ein.

Fanny trank abwechselnd Wasser und Omeire. Ihr Blick fiel dabei auf ihr blutbesudeltes, dreckstarrendes Nachthemd, immer noch das gleiche, in dem sie vor Ludwig geflohen war. Aber selbst wenn ich Wasser hätte, dachte Fanny, wäre ich zu müde zum Waschen.

Zahaboo legte Lotte neben Fanny auf die Tierhaut und machte sich dann daran, Fannys Fuß zu begutachten. Dabei schüttelte sie ihren imposanten Kopf und flüsterte vor sich hin. Jetzt erst bemerkte Fanny, dass ihr Fuß mit Stofffetzen umwickelt worden war. Nun kamen darunter weiße Paste und Blätter zum Vorschein.

Zahaboo wedelte mit einem Gnuschwanz über Fannys Fuß, roch daran und wedelte wieder. Dann zog sie aus einem Beutel, den sie um ihren Hals trug, Blätter hervor, zerkaute sie und legte sie auf den Biss. Fasziniert sah Fanny ihr dabei zu und überlegte, was das wohl für Blätter waren. Als die Masse ihren geschwollenen Fuß berührte, empfand sie den Brei als wunderbar kalt und beruhigend. Sie seufzte unwillkürlich und fühlte sich plötzlich so viel besser, dass sie sich aufsetzen und die Landschaft genauer betrachten wollte. Sie war sicher, dass sie wirklich noch nie hier gewesen war.

»Wo sind wir?«, fragte sie Zahaboo.

Johns Mutter sah sie aus ihren großen schwarzen Murmelaugen fragend an. Fanny deutete mit der ausgestreckten Hand auf das Land und wiederholte: »Wo?«

»Und Sie gehen mit mir in die Wüste.« Zahaboo zeigte weiter nach Westen.

»John?«, fragte Fanny hoffnungsvoll.

Zahaboo schüttelte energisch ihren Kopf, was alle goldenen Armbänder und Ohrringe zum Klingeln brachte. »Und *inkosana* arbeiten, und Sie sollen ihn nicht sehen.«

»Wo arbeitet John?«

Zahaboo baute sich in ihrem hellgelben, weiten Hemdkleid vor Fanny auf und starrte sie so durchdringend an, dass sie unwillkürlich zurückzuckte. »Und ich spreche nur wenig Deutsch. Und nur weil Dumisani sagt, helfen sie *umama*.« Zahaboo schüttelte den Kopf und stöhnte, als hätte ihr Sohn damit eine schreckliche Last auf ihre Schultern geladen. Sie zeigte auf das Glasperlenarmband an Fannys linkem Arm.

»Fluchhexen.« Sie tippte sich auf ihre Brust. »*Inyanga.*« Dann stach sie sich einen imaginären Speer in ihre Brust und fügte hinzu: »*Bulala umthakathi umubi.*«

Bei den letzten Worten zeigte sie immer wieder auf das Armband und streckte ihre Hand danach aus. Fanny hatte nicht die Kraft, sich ihr zu widersetzen. Außerdem glaubte sie nicht, dass die Perlen ihr jetzt noch helfen könnten. Sie streifte das Armband ab und reichte es Zahaboo.

Diese nahm es in die Hand und entfernte sich ein paar Schritte. Sie begann leise zu summen, dabei wiegte sie sich sacht, sodass ihr Kleid sanft hin und her schwebte. Teilnahmslos blickte Fanny zu ihr hinüber, aber Zahaboo stand so, dass sie nur ihren Rücken sehen konnte.

Nach einiger Zeit drehte sie sich um und ging neben Fanny in die Hocke. Sie streifte eine Kette ab, die unter ihrem Kleid verborgen war, und reichte sie Fanny. Es war ein Lederband, an dem drei von Fannys schillernden Zauberperlen hingen.

Fanny starrte die Perlen an und wusste jetzt, dass etwas mit ihr nicht stimmen konnte, denn früher hätte sie Zahaboo sofort mit Fragen überhäuft. Aber heute war ihr alles gleichgültig. Zahaboo hielt ihr die Perlen unter die Nase und seufzte.

»*Indaba ende*, und Sie toter Mann.«

Fanny zuckte nur mit den Schultern, sie wünschte sich nur eins: endlich wieder zu schlafen. Erschöpft legte sie sich zurück, doch Zahaboo schüttelte so heftig den Kopf, dass ihre Ohrringe hin und her schaukelten.

»Und Sie jetzt reden!«, sagte sie und zog Fanny wieder hoch.

»Wir gehen in die Wüste, denn Sie der Feind kommt.« Sie zeigte nach Osten.

Sollte Ludwig sie doch holen, sollte er sie umbringen, es war ihr einerlei.

Fanny ließ sich zurücksinken und starrte in den Himmel. So blau. Blau wie die Augen von Ludwig, blau wie die Augen ihrer Tochter. Sie tastete nach der Kleinen, legte sie auf ihren Bauch und betrachtete sie. Im Schlaf kräuselte sich ihr Näschen, und der winzige Mund zuckte, als ob sie etwas Schönes träumen würde. Was war nur los mit ihr, dass sie so apathisch war? War sie so abartig, dass sie nicht einmal Mutterliebe empfinden konnte? Ob es ihrer Mutter auch so gegangen war? Hatte sie sie deshalb weggegeben?

Die Kleine schob ihren Daumen in den Mund und nuckelte daran. Fannys Augen füllten sich mit Tränen.

Zahaboo nahm Lottchen von Fannys Bauch, legte sie auf den Wagen, riss das Segel herunter, sodass Fanny plötzlich stark geblendet wurde, und trieb sie an, sich auf den Karren zu setzen. Dann band Zahaboo die Pferde los und stieß so ähnliche Jodelrufe aus, wie sie Fanny von den Bauern in den bayerischen Bergen schon gehört hatte.

Es kam Fanny so vor, als würden die Pferde schneller laufen als jemals zuvor. Zahaboo kramte in einem der Beutel, die sie um die Taille trug, die aber von dem Stoffüberwurf, der über eine Schulter fiel wie eine römische Toga, verdeckt wurden. Schließlich zog sie schwarze Blätter heraus, reichte sie Fanny und forderte sie auf, die zu kauen. Es schmeckte erstaunlich süß, und nach einer Weile fühlte Fanny sich erfrischt und voller Energie, und es fiel ihr leichter, sich aufrecht hinzusetzen. Mit jedem Schritt, den die Pferde vorankamen, wurde die Gegend trockener, es wuchs immer weniger.

Zahaboo drängte zur Eile, und sie schien sehr genau zu wissen, wo sie hinwollte. Aber je länger sie unterwegs waren, desto öder wurde die Landschaft. Wo wollte Johns Mutter hin?

Sie fuhren durch eine sehr weite Steppe, deren krautige, niedrige Büsche mit einer dünnen Schicht Sand bedeckt waren, sodass nur die äußersten Spitzen herausstanden.

Tagereisen entfernt, hinten am Horizont, erhoben sich dunkelgraue Berge. Kein Baum weit und breit, manchmal ragte unvermittelt ein Strauchgerippe aus dem Sand auf. Der stürmische Regen, in dem Fanny ihre Tochter geboren hatte, schien nicht bis hierher vorgedrungen zu sein.

Wenn sie verfolgt wurden, dann waren sie in dieser Einöde viel zu gut zu sehen, denn außer ihnen wirbelte hier niemand Staub auf, auch keine Tiere. Seit Stunden waren sie keinem begegnet.

Zahaboo ignorierte Fannys Fragen und trieb die Pferde mit ihren singenden Zurufen eindringlich an, sodass es Fanny vorkam, als würden die sonst so behäbigen Pferde geradezu fliegen.

Plötzlich weiteten sich Zahaboos Augen, und ihr ernstes Gesicht entspannte sich. Sie hatte offensichtlich etwas entdeckt. Fanny legte ihre Hand über die Augen und sah sich suchend um, aber sie konnte beim besten Willen nichts erkennen.

Erst eine lange Zeit später nahm auch Fanny eine Ansammlung von Steinen und auffallend grünen Büschen wahr. Aus der Mitte dieser grünen Steinoase leuchtete etwas. Und das war ganz offensichtlich Zahaboos Ziel. Nur was sie dort wollte, konnte Fanny nicht aus ihr herausbekommen.

Während Fanny ihre Tochter, die weinend aufgewacht war, stillte, dachte sie darüber nach, wohin sie gehen und wie sie zu Gold kommen sollte. Wenn sie mit Zahaboo immer tiefer in die Wüste hineinfuhr, wie sollte sie hier jemals wieder herausfinden?

Je näher sie dem kleinen Steinhaufen kamen, desto deutlicher konnte Fanny erkennen, was dort leuchtete. Es war eine Pflanze mit dickfleischigen Stängeln und großen, fünfzipfeligen Blüten, die außen stark rosarot und innen weiß gefärbt waren und die inmitten der Wüste fremdartig und völlig fehl am Platz wirkten.

Zahaboo hielt die Pferde an und sprang vom Karren. Sie bedeutete Fanny, mit ihr zu kommen. Fanny bettete Lottchen auf den Wagen und kletterte langsam hinunter, dann humpelte sie zu Zahaboo, die vor der Pflanze stand, als wäre sie ein Heiligtum.

»*Imbali!*« Zahaboo deutete auf die Blüten. »Und sie ist eine heilige Pflanze, und sie ist selten hier. Ich kenne sie vom Land meiner Ahnen – *ouzuwo*, die Wüstenrose.«

Fanny stand ein wenig hilflos vor den prächtigen Blüten. »Ist das eine Heilpflanze?«, fragte sie.

Zahaboo wackelte mit dem Kopf und schnalzte dann mit der Zunge. »Und mit *ouzuwo* man macht Pfeilgift.«

Zahaboo beugte sich zur Pflanze und roch daran, dann forderte sie Fanny nachdrücklich auf, es ihr gleichzutun.

Fanny tat, was von ihr verlangt wurde, auch wenn das Bücken in ihrem Rücken messerstichartige Schmerzen auslöste.

»Ohh!« Überrascht von dem unvermutet intensiven Duft, richtete sie sich unter Stöhnen wieder auf.

Majestätisch stand Zahaboo in ihrem bodenlangen, hellgelben Kleid vor Fanny und beobachtete sie abwartend, geradezu lauernd. Sie tippte sich an die Nase und fragte Fanny, ob sie etwas gerochen hätte.

»Aber ja«, sagte Fanny, »diese *ouzuwo* duftet sehr stark, nach Honig, Melonen und Vanille.«

»Honig«, wiederholte Zahaboo nachdenklich. Sie kannte offenbar das Wort nicht.

Fanny malte mit ihrem Zeigefinger kleine Kreise in die Luft und machte summende Geräusche. Dann tat sie so, als würde sie klebrigen Honig naschen.

Auf Zahaboos Gesicht breitete sich ein Lächeln aus. »*Uju!*«

»Und *tsama*«, fügte Fanny hinzu und hoffte, dass Zahaboo wusste, dass das Melonen waren.

Zahaboo nickte Fanny so wohlwollend zu, dass sie sich vorkam, als hätte sie gerade eine lebenswichtige Prüfung mit Bravour bestanden.

Zahaboo schritt um die Pflanze herum, tänzelte dabei von einem Fuß auf den anderen und begann, ein sanftes Lied zu singen. »*Leliyafu, leliyafu.*« Sie klatschte in die Hände und forderte Fanny auf, sich ihr anzuschließen.

Fanny fühlte sich immer noch schwach, doch Zahaboo gab nicht nach. Sie packte Fannys Hände und schlug sie aneinander, wieder und wieder. Verblüfft bemerkte Fanny, dass jedes Mal, wenn ihre Handflächen sich berührten, warme Blitze durch ihren Körper liefen. Erstaunt sah sie zu Zahaboo hin, die sie losließ, ihr zunickte und dann immer schneller und schneller um die Wüstenrose herumtanzte.

Fanny konnte nicht mehr stehen, setzte sich in den Sand und versuchte dem Klatsch-Rhythmus von Zahaboo zu folgen. Dabei hielt sie die ganze Zeit die Luft an, in der Erwartung, dass etwas Außergewöhnliches passieren würde.

Sie betrachtete den Himmel und hätte sich nicht gewundert, wenn mitten am Tag ein Stern heruntergefallen wäre oder sich die Sonne verfinstert hätte. Nichts, über ihr war alles blau. Hellblau wie die Augen ihrer Tochter. Sie sah hinüber zu dem Wagen, alles schien ruhig. Aber Fanny fühlte sich kribbelig, ihre Schmerzen waren verschwunden. Als sie wieder zur Wüstenrose blickte, kam es ihr so vor, als würden sich die Blüten um sich selbst drehen wie Kreisel. Sie versuchte, sich auf die Blüten zu konzentrieren, aber sie sah nur noch rosaweiße Streifen, die sich im Kreis bewegten und größer wurden.

Erneut spähte sie zu Zahaboo hinüber, die immer noch um die Pflanze tanzte und klatschte. Das ist sicher nur die Hitze, dachte Fanny, nur die Hitze und die Sonne und diese Blätter, die mir Zahaboo gegeben hat.

Sie versuchte aufzustehen und wartete auf den vertrauten Schmerz in ihrem Fuß, aber der blieb aus. Es drängte sie plötzlich, sich Zahaboo anzuschließen und auch zu tanzen, aber nach einigen Schritten merkte sie, dass ihr doch noch die Kraft fehlte. Sie stolperte zurück zum Wagen und setzte sich neben ihre Tochter. Und obwohl sie nicht die leiseste Ahnung hatte, was das alles zu bedeuten hatte, spürte sie, dass sie keine Angst zu haben brauchte.

27

Sehr weit entferntes Pferdegetrappel weckte Fanny am nächsten Morgen. Als ihr klar wurde, welche Gefahr Pferdegeräusche bedeuten konnten, richtete sie sich ruckartig auf, rieb sich die Augen und sah sich hektisch um.

In einiger Entfernung leuchteten die Blüten der Wüstenrose, neben ihr lag Lottchen und schlief mit dem Daumen im Mund.

Vom Horizont näherte sich ein Reiter. Panisch sah sich Fanny nach Zahaboo um, konnte sie aber nirgends entdecken. Sie rappelte sich hoch und stand wackelig auf den Beinen, obwohl sie den verwundeten Fuß endlich wieder belasten konnte.

Der Reiter wurde ständig größer, kam also näher. Plötzlich wurde ihr klar, dass es nicht Ludwig sein konnte, denn er würde sich niemals allein in die Wüste trauen. Immer wieder hatte er sich aufgeregt über die Wahnsinnigen, die alleine in die Wüste zogen, um das sagenumwobene Hottentottenparadies mit den Goldschätzen zu finden, und dann kläglich starben, entweder an Giftpfeilen der Buschleute oder am Durst. Dieses Risiko würde er niemals eingehen, er hätte Führer dabei und jede Menge Diener.

Was war hier los, warum war Zahaboo verschwunden? Fanny fasste instinktiv an ihr Perlenarmband, aber es war nicht mehr da.

Fassungslos betrachtete sie ihren linken Arm, der ihr grauenhaft nackt vorkam. Hatte sie sich wirklich von dem einzigen Besitz getrennt, der ihrem Leben bisher einen Sinn gegeben hatte? Von dem Band, das sie mit ihrer Vergangenheit verknüpfte und das sie in die Zukunft hätte führen sollen? Sie zwang sich dazu, ruhig zu bleiben, denn wie ihr mit einem Mal klar wurde, stimmte das gar nicht mehr. Alles hatte sich geändert.

Sie bückte sich zu Lottchen und nahm sie auf ihren Arm.

Was für ein Unsinn, sie war nicht nackt, sie war reicher denn je zuvor, ihre Tochter war wärmer und wichtiger, als es ein Glasperlenarmband jemals sein konnte. Und sie würde dafür sorgen, dass ihre Tochter sich niemals an schillernde, aber tote Perlen klammern musste, um ihr Leben durchzustehen.

Ich werde für dich da sein, versprach Fanny, ich werde da sein, und zusammen werden wir das schaffen. Sie drückte einen Kuss auf Lottchens Stirn. »Mein kleiner Morgenstern, mein *Ikhwezi*.«

Sie legte ihre Tochter wieder auf das Lager, und erst jetzt bemerkte sie, dass sie das hellgelbe Gewand von Zahaboo trug und nicht mehr ihr blutiges und dreckstarrendes Nachthemd. Hatte sie so tief geschlafen, dass man ihr andere Kleider hatte anziehen können, ohne dass sie davon aufwachte?

Dann fiel ihr wieder Zahaboos Tanzen und Klatschen

ein, nachdem Fanny an der Wüstenrose gerochen und von dem Duft erzählt hatte. Wenn sie sich doch nur einen Reim auf das alles machen könnte.

Sie sah zu den rosaweißen Blüten und dann wieder hin zu dem Reiter, der rasend schnell näher kam. Nun endlich erkannte Fanny, wer da auf dem Pferd wie ein Besessener zu ihr hinritt, und sie freute sich unbändig.

Es war John. Kam er wegen ihr oder wegen seiner Mutter? Und woher hatte er gewusst, wo er sie finden würde? Sie beantwortete sich die Frage mit einem Lächeln selbst: Sein Zulu-Bein hatte es ihm verraten. Außerdem wusste er von der Wüstenrose.

Ihre Beine begannen zu zittern, sie setzte sich neben ihre Tochter und fragte sich, wie sie John Lottchens Hautfarbe erklären sollte. Dann schalt sie sich für ihre Naivität: Es war höchst unwahrscheinlich, dass er sich überhaupt noch für sie, geschweige denn ihre Tochter, interessieren würde, schließlich hatte sie ihn in der Nacht neulich sehr ausdrücklich abgewiesen.

Trotzdem gab es tief in ihr noch ein wenig Hoffnung, denn immerhin hatte Zahaboo gesagt, ihr Sohn hätte sie zu Fanny geschickt. Vielleicht hatte sie Johns Mutter in dieser entsetzlichen Nacht aber auch nur falsch verstanden.

Nun konnte sie schon Johns Gesicht sehen, grimmig starrte er zu ihr hin, ganz und gar nicht wie ein Mann mit romantischen Absichten. Ihre letzten Hoffnungen schmolzen dahin.

Nachdem er bei ihr angekommen war, zügelte er sein Pferd und trabte an den Karren heran, auf dem Fanny saß.

»Ich bringe keine guten Nachrichten. Ludwig ist hinter dir her. Er bezahlt einen Haufen Söldner dafür, dass sie dich zurückbringen und das Kind töten. Üble Kerle, die ihre Schlagkraft jedem vermieten, der zahlen kann. Du musst hier sofort weg, am besten ganz weg aus Deutsch-Südwest – und zwar auf der Stelle!«

»Aber wo soll ich denn hin?«

»*Akwenzeki*, das ist unmöglich, Dumisani Amandla!«, ertönte da Zahaboos Stimme hinter Fanny.

Fanny drehte sich um und traute ihren Augen kaum. Wo kam Zahaboo her, und was hatte ihre sonderbare Kleidung zu bedeuten? Sie war in Felle und Ketten gewandet und trug eine merkwürdige Mütze auf dem Kopf. Sie sah aus, als wäre sie auf einem Kriegspfad.

Zahaboo schritt zu ihrem Sohn, berührte ihn nicht, nickte ihm aber hoheitsvoll zu. Es entspann sich ein heftiger Streit zwischen den beiden, in dessen Verlauf Lottchen aufwachte und zu schreien begann.

Fanny nahm ihre Tochter hastig auf den Arm und gab ihr die Brust. Während sie das Kind stillte, stritten John und Zahaboo lautstark weiter, und Fanny versank in hoffnungslosen Gedankenstrudeln.

Ludwig wollte ihre Tochter töten und hatte Söldner engagiert. Mit guten Spurenlesern würden sie sie sicher finden, sie mussten also schneller sein als die, schneller und klüger.

Wenn es ihr gelang, ihren Verfolgern zu entfliehen, und sie es bis nach Windhuk schafften, dann musste sie dort mit dem Richter sprechen. Er würde ihr bestimmt Asyl gewähren, da war Fanny sicher. Und sie würde alles tun, um ihre Ehe annullieren oder sich scheiden zu lassen. Aber wie sollte sie ohne Geld nach Windhuk gelangen, und wie könnten sie mit Kind und Karren jemals schneller sein als die Söldner?

Sie legte Lottchen an der anderen Brust an und versuchte sich zu beruhigen, aber der Wortwechsel zwischen John und seiner Mutter und die Gedanken an Flucht und ihre Verfolger ließen ihr Herz immer schneller schlagen. Sie verspürte den Drang, einfach wegzurennen.

Fanny bettete Lottchen, die wieder eingeschlafen war, an ihre Schulter, stieg vom Wagen und humpelte um den Wagen herum, als wäre das eine Lösung. Dabei sah sie immer wieder zum Horizont, konnte aber niemanden entdecken. Nicht mal eine Staubwolke. Trotzdem wäre es sicher besser, jetzt sofort aufzubrechen, anstatt sich wie John und Zahaboo anzuschreien.

»Fanny.« John legte seine Hand auf ihre freie Schulter und zwang sie so zum Stehenbleiben.

»Franziska Reutberg«, ergänzte Fanny müde, aber bestimmt. Keine Lügen mehr. »Ich heiße Franziska und ich bin die Lehrerin, die ihr zur Mission nach Okahandja bringen solltet. Ich habe mich für Charlotte ausgegeben. Sie ist auf der Reise nach Südwest gestorben, nicht ich.«

»Franziska also.« John ging nicht weiter auf ihre Worte ein. »Wir müssen jetzt schnell sein. Meine Mutter besteht darauf, dass es ihre Pflicht ist, dir zu helfen, weil du sonst dein ganzes Leben unglücklich bleiben wirst und deine Tochter in drei Jahren sterben muss.«

»Was soll das denn heißen?« Fanny war entsetzt. Ihre Tochter war doch gerade erst geboren worden!

»Du musst mit Zahaboo in die Wüste gehen, zu einem Platz, den nur sie kennt, und dort ein magisches Ritual durchführen, das deine Perlen und dich von dem Fluch eines üblen Schwarzzauberers befreit.« John biss sich auf die Lippen, als ob er noch mehr sagen wollte, es sich aber verkneifen musste.

»Und Ludwigs Söldner?«

»Die kommen ständig näher. Doch meine Mutter ist davon überzeugt, dass du nur so von dem Fluch befreit werden kannst und genug Kraft haben wirst, um dich und deine Tochter zu retten.«

Fanny dachte an die furchterregenden, aber auch an die schönen Träume, die sie ihr ganzes Leben lang gehabt hatte. »Wieso können wir das Armband nicht einfach hier und jetzt mit einem Ritual für immer im Sand vergraben?«

»Weil Zahaboo weiß, dass du auch eine magische Frau bist.«

»Wie das?« Verblüfft starrte Fanny von John zu Zahaboo, die in ihrer prächtigen Aufmachung neben der rosa leuchtenden Wüstenrose stand und sie beobachtete.

»Du hast gestern den Duft der Wüstenrose gerochen, was nur magisch begabten Frauen überhaupt möglich ist. Für alle anderen Menschen, wie auch für mich, bleibt die Wüstenrose geruchlos. Deshalb reicht es nicht aus, dein Perlenarmband zu vergraben. Nein, du brauchst dieses Ritual, um deine Vergangenheit und deine Zukunft für immer zu befrieden und deine Kräfte in weiße Kanäle zu lenken.« Er zuckte mit den Schultern. »Ich kann mir vorstellen, dass das für eine Europäerin wie dich reichlich mysteriös klingen muss.« Seine dunkelgrünbraunen Augen durchbohrten sie. »Aber ich glaube auch, dass eine Frau wie du damit fertigwerden kann.«

Fanny lief eine Gänsehaut über den Rücken, und sie hätte nicht sagen können, ob es wegen des besorgten Ausdrucks in seinen Augen war oder wegen dem, was er gesagt hatte, eine Frau wie du ... Konnte es sein, dass er sie immer noch liebte, trotz allem?

Was die Worte seiner Mutter anging, irrte er sich vollkommen. Sie fand sie nicht abwegig, denn sie boten Fanny endlich eine Erklärung für das Merkwürdige in ihrem Leben, das sie nie verstanden hatte: Ihre Vorahnungen, ihre Träume, die Perlen oder damals ihr Singen in diesem Regensturm. Und sie spürte mit jeder Faser ihres Körpers, dass sie tun musste, wozu Zahaboo sie ausersehen hatte.

»Ich werde mit deiner Mutter gehen.«

»Und Ludwigs Söldner?«, fragte jetzt John.

»Es kommt mir so vor, als wäre ich mein ganzes Leben lang vor etwas davongelaufen. Deshalb werde ich deiner Mutter folgen und mein Leben in die Hand nehmen.«

John legte den Kopf zur Seite, schob sein Kinn vor, presste die Lippen seines schön geschwungenen Mundes zu einer geraden Linie und seufzte dann tief. »Ich möchte dich warnen, ich habe es dir schon einmal gesagt. Wo immer meine Mutter auftaucht, gibt es Ärger, auch wenn sie die größte und mächtigste Zauberin im Süden Afrikas ist.

Ihr beide geht allein. Ganz allein, du musst sogar deine Tochter hierlassen.«

»Meine Tochter muss hierbleiben? Sie braucht mich doch!«

»Meine Mutter hat einen Tee für sie, der sie so lange friedlich schlafen lässt, bis du wieder zurück bist.«

John legte seine Hand auf Lottchens Köpfchen und streichelte sie, dann glitt seine Hand auf Fannys Schulter, die er liebevoll drückte. »Und ich werde persönlich darüber wachen, dass ihr kein Leid geschehen wird, das verspreche ich. Denn Männer sind auch nicht willkommen.«

»Wie lange wird es dauern?«

»So lange die Ahnen brauchen, um mit dir zu sprechen.«

Fanny schwieg einen Moment, dann fügte sie sich ihrem Schicksal. Alles war besser, als so weiterzuleben. Und John konnte ihre Tochter unter Umständen besser schützen als sie selbst. Sie hatte keine Wahl. »Bitte sei vorsichtig mit Lottchen.« Sie hob ihre Tochter hoch und übergab sie ihm, sodass er zum ersten Mal ihr schwarzes Gesicht sehen konnte. Voller Spannung studierte Fanny seine Miene.

Er starrte Lottchen an, dann Fanny, dann wieder Lottchen.

»Das ist Ludwigs Tochter? Deine und Ludwigs Tochter?«
Sie nickte.

»Wie ist das möglich?«

Fanny zuckte die Schultern. »Auch das ist ein Grund, warum ich mit deiner Mutter meine Ahnen befragen muss.«

Er schüttelte den Kopf. »Ich hatte keine Ahnung, warum Ludwig sein Kind töten lassen wollte, aber jetzt verstehe ich es.«

Fanny fühlte sich, als hätte John ihr ein Messer ins Herz gerammt. Er verstand Ludwig? Wünschte er Lottchen auch den Tod?

Sie griff nach ihrer Tochter, aber John gab sie nicht her. Er runzelte die Stirn. »Du täuschst dich, wenn du glaubst, dass ich seiner Meinung bin. Ich könnte dieser wunderschönen Wüstenblume kein Haar krümmen!« Er schaukelte Lottchen unbeholfen hin und her. »Niemals!«

Fanny schossen Tränen in die Augen, aber noch bevor sie etwas sagen konnte, stürmte Zahaboo auf sie zu. Sie trug nun neben all ihren Ketten noch ein großes Horn und einen prächtigen schwarzen Wedel mit sich. Sie bedeutete Fanny mit einer ungeduldigen Geste, endlich zu ihr zu kommen. Die Ketten auf ihrer Brust und die Federn an ihrer Mütze raschelten und klingelten leise.

Ihr Anblick war Ehrfurcht erregend, und Fanny wurde es nun doch ein wenig mulmig. Sie sah von John zu Lottchen und wieder zu Zahaboo. War es wirklich nötig, sich Zahaboo so auszuliefern und ihre Tochter zurückzulassen? Was wusste sie schon über die Heilerin und ihren Sohn? War es so wichtig, sich mit ihrer Vergangenheit zu befassen, sollte sie nicht einfach nur nach vorne schauen? Unsinn, ermahnte sie sich, vertraue deinem Gefühl.

»Was haben die Kleider, die deine Mutter trägt, zu bedeuten?«, fragte sie John, um die Trennung von Lottchen noch einen Moment hinauszuzögern.

»Ihr Umhang ist aus Fellen von Duckerantilopen und schwarzen Schafen hergestellt. Sie stammen von Tieren, die den Ahnen erfolgreich geopfert worden sind. Die Mütze auf ihrem Kopf wurde aus Ginsterkatzenfell genäht und verleiht ihr die Kräfte des Windes. Die lange weiße Feder stammt von einem Hornraben und ist das Symbol der Regenzauberer, die beiden kurzen Pfauenfedern links und rechts stehen für ihre Künste als Blitzzauberin. Der Halbmond aus Zebrafell, der an ihrem Gürtel baumelt, ist das Zunftabzeichen der Heilerin, der *inyanga*.«

John deutete auf Fannys Arm. »Du brauchst so ein Zunftabzeichen gar nicht, du hast es von deinen Ahnen geschenkt bekommen.«

Verblüfft betrachtete Fanny den winzigen kleinen Halbmond auf der Innenseite ihres rechten Unterarms. John nickte.

»Unsinn, ich bin doch keine *inyanga*«, widersprach Fanny.

»Nur weil du es bisher nicht wusstest, heißt es nicht, dass es nicht wahr ist. Ich habe es schon gesehen, als ich dich aus dem Wasser an den Strand getragen habe.«

Fanny erinnerte sich genau daran, wie gut es sich angefühlt hatte, von ihm gerettet zu werden. Sie seufzte. Wenn sie doch nur damals schon gewusst hätte, was sie heute wusste.

John hatte schon weitergesprochen, und sie versuchte, sich wieder auf das Hier und Jetzt zu konzentrieren.

»Zahaboos weiße Kette besteht aus den Wirbeln einer Mamba und aus Muscheln, die ihre Verbundenheit mit dem Meer anzeigen und mit der vielköpfigen Schlange, aus der die Nacht gekommen ist. Die zwei Ketten aus schwarzen Samenkapseln deuten auf ihre Künste im Bereich der Fruchtbarkeit. In der rechten Hand hält sie ein Säbelantilopenhorn, das mit hellblauen, gelben, schwarzen, weißen und roten Perlen umstickt ist. Und das in der linken Hand ist ein Gnuschwanzwedel, in den weiße und rote Glasperlen eingeknüpft sind und außerdem hell glänzende Früchte, die die Missionare Hiobstränen nennen. Mit dem Gnuwedel werden Blitze abgewehrt. Das ist wichtig, wenn ihr mit den Ahnen sprecht, es wird dich vor allem Bösen beschützen.«

Zahaboo winkte ungeduldig mit dem Wedel. John sagte ein paar Zulu-Worte zu ihr, woraufhin seine Mutter anfing, laut und keuchend zu lachen. Dann ging sie kopfschüttelnd bis zur Wüstenrose und setzte sich mit dem Rücken zu ihnen vor die Pflanze.

»Was hast du zu ihr gesagt?«

John unterdrückte ein Lächeln. »Dass ich versuchen werde, dich noch vor ihr zu behexen, damit ich endlich zwei Rinderschwänze an den Pfosten im Kraal meiner Sippe hängen kann.«

Obwohl Fanny nicht verstand, was genau er sagen wollte, berührte sein plötzlich so zärtlicher Ton sie tief in ihrem Innersten. »Was bedeutet das?«, wollte sie wissen.

»So zeigen wir unserer Sippe an, dass wir heiraten wollen.« Jetzt lachte John wie befreit, er sah sie fragend an.

Fanny war sich nicht sicher, ob sie ihn richtig verstanden hatte. War das ein Heiratsantrag?

»Aber John, ich bin verheiratet.«

»Du weißt ja«, er grinste wieder, »dass wir Hottentottenkaffern alle polygam sind.«

Jetzt musste auch Fanny lächeln. »Auch die Frauen?«, fragte sie. Seine Gefühle hatten sich nicht geändert, ihre Ehe mit Ludwig bedeutete ihm nichts, und Lottchen war für ihn kein Hindernis. »Also, verrate mir, sind auch die Frauen polygam?«, wiederholte sie.

John schüttelte den Kopf. »Nein, und ehrlich gesagt, ich möchte auch nicht so viele Frauen. Viele Frauen bedeuten viel Ärger. Mir würde eine reichen.« Jetzt sah er ihr direkt in die Augen, brachte jeden klaren Gedanken, den Fanny gerade noch gehabt hatte, zum Verstummen. Sie versank strudelnd in den Tiefen seiner grünbraunen Augen.

Zahaboo erhob sich wieder und drängte sie zur Eile.

»Wir reden später weiter«, flüsterte John. »Zahaboo hat recht, wir haben keine Zeit, eigentlich sollten wir sofort aufbrechen und uns vor den Söldnern in Sicherheit bringen. Aber wenn meine Mutter behauptet, es wäre für uns alle das Beste, wenn sie dir hilft, mit *unkulunkulu*, also mit Gott, alles in Ordnung zu bringen, dann glaube ich ihr. Ich werde solange gut auf Lottchen aufpassen, ihr den Tee geben, und falls sie doch aufwacht, werde ich sie mit Wasser und Omeire füttern und ihr unmögliche Geschichten erzählen, das verspreche ich.«

Fanny wusste nicht, was sie sagen sollte, deshalb nickte sie ihm schweigend zu, küsste ihre Tochter auf die Stirn und lief zu Zahaboo hinüber, voller Angst und Neugier auf das, was nun kommen würde.

28

Fanny hatte kein Zeitgefühl mehr. Sie waren zwei Tage und eine Nacht mit dem Karren durch den steinigen Sand gefahren. Dann hatten sie den Wagen zurückgelassen und waren einen weiteren Tag zu Fuß an unzähligen, halbmondförmigen Wanderdünen vorbeigelaufen. Es war Fanny ein Rätsel, woher Johns Mutter so genau zu wissen schien, wohin sie gehen mussten. Zahaboo trieb sie ständig an. Pausen gab es nur, wenn Fanny erschöpft in den Sand sank und sich weigerte weiterzulaufen, weil ihr Fuß unerträglich brannte und ihr Körper, geschwächt von der Geburt und von Ludwigs Schlägen, einfach nicht mehr konnte. Dann erst gestattete ihr Zahaboo, aus einer Kalebasse Amasi zu trinken, das so ähnlich schmeckte wie die Omeire der Herero. Diese leicht geronnene Milch erfrischte Fanny jedes Mal, sodass sie danach wieder hinter Zahaboo herhumpeln konnte.

Als sich der Himmel an diesem Tag leuchtend rot zu verfärben begann, blieb Zahaboo endlich stehen. Sie hatten eine kleine Anhöhe erklommen, von der aus man weit über das flache Land schauen konnte. Nur am äußersten Rand wurde die Ebene von schwarzen Bergen begrenzt, deren Kuppen sich wie die Perlen einer Kette aneinanderreihten.

Zahaboo sah sich um, nickte befriedigt und wedelte mit dem glitzernden Gnuschwanzwedel durch die Luft. Dann sprach sie Worte, die Fanny nicht verstand, und forderte sie schließlich auf, mit den Händen einen Kreis um sich selbst herum in den Sand zu malen.

Fanny war sehr müde und wünschte sich nichts mehr, als sich hinlegen zu dürfen, aber Zahaboo hatte etwas Elektrisierendes an sich, und so beugte sich Fanny herunter und begann, ihre Hand durch den Sand zu ziehen. Was für ein weiter Weg vom Kloster in Reutberg bis hierher, dachte sie.

Fannys Hand stieß an einen Stein, der sich glatt wie Glas anfühlte. Sie zog ihn aus dem Sand und starrte ihn fasziniert an. Das war kein Kiesel oder Felsbrocken. Der Stein war durchsichtig wie ein Bergkristall und hatte eine vollkommene, achteckige Form. Obwohl Fanny so etwas noch nie gesehen hatte, erinnerte er sie an die Steine, mit denen einige heilige Abendmahlpokale des Klosters verziert waren. Das hier musste ein Edelstein sein.

Zahaboo sah sie fragend an, und als Fanny ihr den Stein zeigte, nickte sie erfreut. Die Tränen der Sonne seien das Zeichen dafür, dass sie den richtigen Platz gefunden hätten.

»Die Tränen der Sonne?«, fragte Fanny nach, die nicht ganz sicher war, ob sie richtig verstanden hatte.

Zahaboo nickte wieder. »Und sie, *Ilanga*, die Sonne weint jeden Abend ein paar bittere Tränen, *unyembezi*, weil sie untergehen muss und Angst hat, dass sie niemals wiederkommen darf. Denn sie liebt dieses Land so sehr.« Zahaboo deutete mit ihrem Gnuschwanzwedel über die Ebene, die vor ihnen lag. »Und erst nachts, wenn sie fort ist, sehen wir ihre Tränen.« Zahaboo forderte Fanny ungeduldig auf, den Kreis zu beenden.

Fanny behielt den Stein fest in ihrer linken Hand, zog die rechte Hand weiter durch den Sand und fand noch drei weitere Steine, ein genauso perfektes Achteck und zwei würfelartige, durchsichtige, glatte Steine. Jeder Stein, den Fanny ihr zeigte, entlockte Zahaboo ein zustimmendes Schnauben.

Während Fanny den Kreis zog, versank die Sonne in einem fleckigen Himmel, der aussah, als wären wahllos schwarze und rote Tintenfässer auf ihm ausgekippt worden.

Als sie fertig war, steckte Fanny die Steine in eine der Taschen, die in Zahaboos hellgelbes Kleid eingenäht waren.

Zahaboo sah prüfend in den Himmel, wo die Nacht bereits begann, alle Farben mit ihrer Schwärze auszulöschen. Die Heilerin holte einen etwa daumendicken, unterarmlangen Stab mit Kerben aus ihrem Beutel und einen dünneren, kürzeren Stab, außerdem getrocknete Pflanzenstängel. Dann kniete sie sich hin, nahm den dünneren Stab zwischen ihre ausgestreckten Handflächen und begann, ihn in einer der Kerben flink hin und her zu drehen. Nach einer Weile forderte sie Fanny auf, sich zu ihr zu gesellen und den heißen Bohrstaub auf die Zunderpflanze zu pusten, um das heilige Feuer zu entfachen.

Während Zahaboo den Quirlstab drehte, summte sie leise vor sich hin, und schon nach wenigen Minuten stiegen die ersten zaghaften Flämmchen empor. Als die Zunderpflanzen brannten, warf sie noch einige Buschmannkerzen ins Feuer, bis es heftig brannte und flackerte.

Zahaboo gab Fanny das Glasperlenarmband zurück und legte es ihr um. Danach reichte sie ihr einen brennenden Ast und forderte sie auf, den Kreis so lange abzugehen, bis der Ast verglüht war, und ihren Blick dabei nur auf das Feuer und den Himmel zu richten. Sie zeigte nach oben und wiederholte immer wieder »*inyanga, inyanga*«. Fanny erinnerte sich an Johns Worte: *inyanga* waren die Heiler, und der Halbmond war ihr Zunftabzeichen.

Während Fanny mit dem brennenden Ast durch den Sand schritt und nur ins Feuer und in den Himmel starrte, wurde es ständig dunkler. Zahaboos gelbes Kleid schleifte über den Sand. Das schabende, leise Geräusch erinnerte Fanny an den Traum, den sie auf dem Schiff nach Charlottes Tod gehabt hatte, in dem die Kleidersäume der Tanzenden die Schrift auf dem Sandstrand verwischt und in Blut verwandelt hatten. Eine Gänsehaut lief ihr über den Rücken, aber sie ging trotzdem weiter. Zahaboo sang lauter und trommelte dazu.

Als der Ast endlich abgebrannt war, waren alle Gedanken aus Fanny verschwunden. Ihr Kopf war völlig leer, und ihr war ein bisschen schwindelig. Sie blieb schwankend stehen und sah Zahaboo fragend an.

Zahaboo breitete ihre Arme aus und forderte Fanny auf, nun vom Feuer weg hin zum Mond und dann zum Tal hinunterzuschauen.

Der Halbmond war vor einem wolkenreichen Himmel aufgegangen und tauchte die weite Ebene in sein fahles

Licht. Überrascht riss Fanny ihre Augen auf. Der tagsüber so unscheinbare, graurosa Sand hatte sich in ein dunkel glitzerndes Meer mit geheimnisvoll blinkenden Lichtern verwandelt, geradeso, als ob die Sterne vom Himmel gefallen wären. Aber Fanny wusste, dass es nicht die Sterne waren, sondern vielmehr unzählige Tränen der Sonne, die im Sand versteckt lagen. Der Anblick schnürte ihr die Kehle zu, und sie musste schlucken.

Auf Zahaboos Ruf hin drehte sich Fanny wieder zum Feuer um und sah, dass Johns Mutter aus dem Kreis herausgetreten war. Sie legte Fanny die Kette mit den Mambawirbeln um, wedelte mit dem Gnuschwanz um sie herum, dann reichte sie ihr eine kleine, bunt bemalte Kalebasse, bedeutete ihr, davon zu trinken und wieder um das Feuer zu gehen. Sie ließ sich von Fanny das Armband geben, und bevor diese einen Einwand erheben konnte, begann Zahaboo, die Perlen einzeln ins Feuer zu werfen. Jedes Mal züngelten und zischelten die Flammen hoch wie bösartige Schlangen aus Feuer. Stumm und mit großen Augen sah Fanny zu, wie die Perlen, die sie ihr ganzes bisheriges Leben begleitet hatten, ausgelöscht wurden. Sie wunderte sich, dass ihr nicht schwerer ums Herz war.

Mitten in der Zeremonie begann Zahaboo, laut zu singen. Fanny hörte plötzlich ein lautes Aufflattern und hatte den Eindruck, dass sie von zahllosen Vogelaugen angestarrt wurden. Doch während Zahaboo weitersang, verschwanden die Vögel, und Fanny vernahm leises Donnern, wie ein fernes Gewitter. Angespannt richtete sie ihren Blick auf Zahaboo und konzentrierte sich auf den Klang ihrer Stimme. In der Hand der weisen Frau lagen nur noch zwei Perlen. Erneut erklang ein lautes Zischen, und die Flammen züngelten empor. Jetzt war nur noch eine übrig. Ohne zu zögern warf Zahaboo auch dieses Verbindungsstück zu Fannys Vergangenheit ins Feuer. Und kaum hatten die Flammen die letzte Perle verschluckt, fuhr ein Blitz durch die Nacht mitten in das Feuer, es loderte hell auf, und alles um Fanny herum explodierte in grünsilbernen Flammen.

29

Wo bin ich?, fragte sich Fanny. Ihre Umgebung kam ihr merkwürdig vertraut vor. Als sie den dichten Wald näher betrachtete, erkannte sie die prächtigen Buchen, und ihr wurde klar, dass sie in Grainet sein musste, dem Ort, an dem sie ihre Suche nach den Perlen begonnen hatte. Sie hatte ihn nicht sofort wiedererkannt, weil der Buchenwald sehr viel dichter stand und es dafür sehr viel weniger Häuser gab. Eigentlich waren es gar keine Häuser, sondern nur eine Ansammlung von elenden Holzhütten. Der Geruch nach Asche stieg ihr bitter in die Nase, und die rauchgeschwängerte Luft brachte sie zum Husten. Erst als sie die Frau in der Hütte sah, in ihrem schlichten Gewand, wurde Fanny klar, dass sie nicht nur an einen anderen Ort, sondern auch in eine andere Zeit gereist sein musste.

Ich bin Josefa Aschenbrennerin, die Frau, deren Rosenkranz ich im Kloster gefunden habe, dachte Fanny verblüfft, ich bin diese Frau mit dem abgearbeiteten Gesicht, fühle den zerrissenen Rock mit der schmutzigen Schürze auf meinem mageren Leib – und gleichzeitig sehe ich ihr zu, als wäre sie mir völlig fremd.

Es war brütend heiß in der merkwürdigen Hütte, in die Zahaboo sie geschickt hatte. Der Boden war aus gestampftem Lehm, und die Wände bestanden aus Holz, nur der riesige Ofen in der Mitte war aus Schamottstein gemauert und verströmte eine Höllenhitze. Überall lagen seltsame Gerätschaften herum, die Fanny plötzlich so vertraut waren, als hätte sie täglich damit zu tun, dabei hatte sie keinen der Gegenstände je zuvor gesehen.

Da war eine Glasmacherpfeife, ein hüftlanges Rohr, das zur Hälfte aus Eisen und zur anderen Hälfte aus Holz bestand. Das eiserne Ende wurde ins Glasbad getaucht und so lange gedreht, bis genug Glas aufgenommen war und man durch das Blasen ins hölzerne Ende eine Kugel formen konnte. Auf einem Tisch lagen verschiedene Scheren, mit denen man Glas schneiden konnte. Die Auftreibschere, die aus zwei messerförmigen Spitzen bestand, die mit einem Federbügel verbunden waren. Und die Schnabelschere mit kleinen Klingen und einem langen Griff. Unter dem Tisch standen runde und viereckige Hohlformen aus Ton und große Holzkisten mit zerbrochenem Glas. Verwundert betrachtete Fanny ihre Umgebung: Sie war in einer Waldglashütte gelandet.

Auf der anderen Seite der Hütte schlug Josefa gerade ihre Hände vors Gesicht und betrachtete sie dann voller Entsetzen.

Fanny schnappte nach Luft, als sie den kleinen braunen Halbmond an der Innenseite von Josefas rechtem Unterarm erkannte. Josefa hatte das gleiche Mal wie sie selbst. Das war doch kein Zufall!

Doch dann fiel Fannys Blick von dem Mal am Arm auf den Boden vor Josefa. Da lag ein dicker toter Mann, dessen Schädel mit einem Knüppel eingeschlagen worden war. Lorenz Koller, der Besitzer der Hütte. Und Josefa hatte ihn erschlagen ...

So tot sah er nur mehr aus wie irgendein Kerl, dachte Josefa und versuchte, sich zu beruhigen. Sie wischte sich den Schweiß mit einem Zipfel ihrer zerrissenen Überschürze von der Stirn. Außer ihr waren noch zwei weitere Frauen im Raum. Sie wandte sich von Koller zu der Frau, die schwer atmend über ihm stand und von der Fanny wusste, dass sie Walburga genannt wurde, und dann zu Josefas jüngerer Schwester Gretel, deren Gesicht nass von Tränen und Blut war.

»Und jetzt?«, fragte Josefa. »Was machen wir denn nun mit ihm?«

»Schaffen wir ihn weg.« Walburga stampfte ungeduldig mit dem Fuß auf den Lehmboden der Glashütte. »Wir müssen uns beeilen.«

»Satan ist über uns gekommen!«, schluchzte Gretel. »Der Herr sei uns gnädig. Erbarme dich unser ...«

»Schweig!« Walburga schüttelte den Kopf so heftig, dass ihr vom Kampf schon völlig derangierter Zopf sich endgültig auflöste und Josefa sich schaudernd an eine alte Gottheit erinnert fühlte, deren Haare sich ringelnde und windende Schlangen waren. Medusa, dachte sie, so eine wie Jakob, ihr Ehemann, für den Brunnen der Siedlung aus Stein gehauen hatte.

»Der Einzige, der sich mit Satan eingelassen hat, ist der Dreckskerl hier. Seien wir froh, dass er tot ist. Jetzt steht nicht herum und haltet Maulaffen feil!«

Josefa wusste, dass Walburga recht hatte, die beiden Schürer und der Schmelzer würden in höchstens einer halben Stunde von ihrer Mittagsjause zurück sein.

Josefa bückte sich zu Lorenz hinunter und packte ihn an den Armen, hob an, aber er bewegte sich auf dem rauen Lehmboden kein Stück. Sie ließ nicht locker und nahm einen neuen Anlauf, schließlich war sie schwere Arbeit gewöhnt. Ich werde nicht auch noch für seinen Tod bezahlen, dachte sie. Er muss für immer verschwinden, genau wie Walburga gesagt hat. Wenn sie uns hängen, wer kümmert sich um unsere Familien? Sie ging tiefer in die Knie und zerrte wieder an seinen speckigen Armen, brachte aber nur seinen Schmerbauch ins Wabern. Dass ein so kleiner Mann so schwer sein konnte!

Walburga lachte leise und hockte sich so nah neben Josefa, dass ihr trotz des Qualms und Gestanks deren Schweiß in die Nase stieg.

»Ursprünglich dachte ich«, flüsterte Walburga ihr zu, »wir versenken ihn draußen im Moor, aber das ist zu weit. Das Schwein ist zu schwer. Und die Kleine ist zu schwach.«

Gretel stand immer noch zitternd neben dem Toten und flüsterte ein Vaterunser nach dem anderen vor sich hin.

»Lass das jetzt, Gretel!«, zischte Walburga so giftig, dass Josefa wieder an die Schlangen denken musste. »Schick sie weg – was ich vorhabe, geht sie nichts an.«

Josefa stand auf und legte den Arm um ihre Schwester.

»Gretel, lauf nach Hause, so schnell du kannst, du musst nach der Fischsuppe sehen, die auf dem Herd kocht.« Sie packte Gretel an den Oberarmen und schüttelte die magere Zwölfjährige. »Hörst du mich?«

Gretel nickte. Josefa legte die Hand unter das Kinn ihrer Schwester und zwang sie so, ihren Blick zu erwidern. Gretels dunkle, brombeerfarbene Augen ertranken in Tränen. Josefa strich über die feinknochige Wange ihrer Schwester und wischte die Tränen ab, dann richtete sie Gretels Haube, so gut es eben ging, und schob sie zur Tür. »Du bist in Sicherheit«, sagte sie eindringlich. »Nun kann er dir nichts mehr tun. Geh jetzt.«

Nachdem Gretel den Raum verlassen hatte, erklärte ihr Walburga, was sie sich überlegt hatte.

»Nein, das ist, das ist …« Josefa erschauderte allein beim Gedanken an das ungeheuerliche Vorhaben.

»Ich habe das gut durchdacht, da drin löst er sich sofort auf, und wir sind ihn los. Wir schaffen es niemals, ihn woanders hinzutragen, er ist zwar nicht groß, aber einfach zu feist. Lass uns schnell machen, bald ist der Schmelzer zurück, und er darf nichts davon merken.« Während Walburga auf Josefa einredete, hatte sie schon die Karre hergeschafft, mit der die Einheizer das Holz für den Ofen herankarrten.

»Los, los!« Walburgas Augen funkelten vergnügt, als ginge es darum, eine Weihnachtsüberraschung zu planen. Sie kippte die Karre neben Koller auf den Boden und begann, seine dicken Beine hineinzuschieben.

»Nun zier dich nicht so, du hast ihn erschlagen, nicht ich. Wenn du am Galgen enden willst, dann sei es eben.«

Walburga richtete sich auf, wischte ihre Hände an ihrer fleckigen Schürze ab und zuckte mit den Schultern.

»Nein, das will ich nicht.« Josefa ging in die Knie und versuchte, Kollers Körper in die Karre zu rollen.

Als es ihr allein nicht gelang, kniete Walburga sich neben sie. Die behäbige Frau schnalzte mit der Zunge. »Der Teufel wird seine Seele sicher sofort holen, so einen Leckerbissen wie den lässt der sich nicht entgehen.«

Zu zweit schafften sie es, den schlaffen Körper seitlich in die Karre zu kippen. Wesentlich schwieriger war es, die Karre wieder aufzurichten. Der Schweiß lief ihnen in Strömen übers Gesicht. Metze, Mörderin, Schändliche!, hämmerte es an Josefas Stirn. Sie hielt inne und flüsterte: »Sollten wir ihm nicht doch ein christliches Begräbnis zukommen lassen?«

Walburga blieb schwer schnaufend vor Josefa stehen und funkelte sie wütend an. »Diesem Vergewaltiger, diesem dreckigen Geizhals, dem gönnst du noch die geweihte Erde? Nein, der schmort so oder so in der Hölle. Los jetzt!«

»Aber was sagen wir Clemens, wenn er aus Venedig zurückkommt?«

»Nichts, wir sagen, wir wissen nicht, wo sein Vater abgeblieben ist, und schlagen ihm vor, er soll eine heilige Messe für Lorenz lesen lassen. Wir müssen uns beeilen!«

Josefa gab auf. Sie wusste, wenn sie nicht auf der Stelle anfingen, dann war es zu spät, jeden Augenblick konnten die Arbeiter zurückkehren.

Sie schoben den hölzernen Karren hin zu dem größten Glashafen, der noch nicht ganz voll mit Glasgemenge war, aber dessen Inhalt schon lange geschmolzen war und kurz vor der Läuterung stand. Sie öffneten das kleine Tor, und eine unglaubliche Hitze schlug ihnen entgegen. Walburga kontrollierte die Höhe des Glasgemenges im Glashafen, dann verzog sich ihr Gesicht zu einem Lächeln. »Da passt er noch rein, und ich meine, die Temperatur stimmt auch.«

Sie griff nach der Kette, mit der Koller seine Taschenuhr befestigt hatte, und warf sie in die Glasschmelze. Leises Zischen ertönte, und sie beugte sich wieder über den Hafen. »Nichts zu sehen, als ob's nie da gewesen wäre.«

Sie nickte Josefa zu, und dann zerrten die beiden den Mann aus der Karre und kippten ihn in den Glashafen. Mit einer grauenhaften Mischung aus Platschen und Schmatzen versank Lorenz Koller im größten Glashafen seiner Hütte.

Auf einmal begann das Glasgemenge zu singen. Josefa stellten sich alle Haare auf, und sie wusste, sie würde diesen Ton ihr ganzes Leben immer und immer wieder hören, diesen feinen, hohen, sirrenden Ton, den auch Fanny aus ihren Träumen kannte.

Josefa und Walburga verschlossen das Tor, brachten die Karre zu den Einheizern zurück und verließen die Glashütte.

Fanny wollte den Frauen folgen, aber sie musste dortbleiben und zusehen, wie die Schmelzer von ihrer Jause zurückkamen und sich daranmachten, die Glasgalle, die durch Verunreinigungen im Gemenge entstanden war, und die immer wieder vorkam, abzuschöpfen.

Das Geschrei war groß, als Reinhold, der Schmelzer, der den größten Hafen betreute, rätselhaft starke Verunreinigungen entdeckte. Verunreinigungen, für die er keine Erklärungen hatte. Zudem hatte das Gemenge eine Farbe angenommen, die er noch nie in seinem Leben gesehen hatte.

Er geriet in Streit mit den anderen Schmelzern, weil er dachte, dass ihm das jemand absichtlich angetan hatte, damit der Koller ihn hinauswerfen sollte. Kurz bevor sie sich gegenseitig an die Gurgel gingen, kam Walburga zurück und erzählte den Schmelzern, dass sie heute, und dabei bekreuzigte sie sich ein ums andere Mal, den leibhaftigen Glasteufel gesehen hatte, wie er mit einem lauten Poltern die Hütte verlassen hatte. Das wunderte keinen der Glashüttenarbeiter, denn dass der Koller mit dem Leibhaftigen in Verbindung stand, schien allen gleichermaßen wahrscheinlich.

Der Streit war beendet, und die Schmelzer waren sich einig, dass das Glas verdorben war und allenfalls noch Patterln daraus gemacht werden könnten.

Patterln, das waren Rosenkranzperlen. Das wusste Fanny von ihrer Reise nach Grainet. Dann sah sie, wie die Glasmacher unter ständigem Beten, Bekreuzigen und Kopfschütteln die Schmelze zu Perlen verarbeiteten und in den vierhundert Grad heißen Kühlofen legten, damit sie über Nacht langsam auskühlten und so vor Sprüngen geschützt wurden.

Verwundert bemerkte Fanny, dass die Nacht für sie nach nur einem Wimpernschlag vorbei war. Sie beobachtete, wie Walburga, Gretel und Josefa in der Dämmerung zum Kühlofen schlichen. Sie schickten Gretel vor, um die immer noch hart arbeitenden Schürer abzulenken, und besahen sich die Perlen.

Fanny erkannte sie sofort – es waren ihre Perlen, die so wunderschön zwischen Regenbogen und Sonnenuntergang hin und her oszillierenden Perlen mit dem satten Perlmuttschimmer.

»Wer hätte gedacht, dass aus diesem Scheusal so etwas Herrliches werden könnte«, flüsterte Walburga.

Fanny, die immer noch eins mit Josefa war und sie gleichzeitig von außen betrachtete, bemerkte, wie sich Josefas Augen weiteten. Sie wusste, dass die junge Frau die ganze Nacht wach gelegen und immer wieder dieses platschende, schmatzende Geräusch gehört hatte, denn es hallte auch durch ihren Schädel. Nun war aus dem schrecklichen Unrecht, das sie Koller angetan hatte, etwas so Vollkommenes geworden.

»Gott wollte uns damit zeigen, dass wir recht getan haben, denn nur er kann solche Wunder vollbringen«, flüsterte Walburga und warf Josefa einen beschwörenden Blick zu. »Wir werden ein Vermögen an diesen schönen Perlen verdienen. All das, was Koller unseren Männern böswillig verweigert hat.«

»Aber das wäre nicht richtig«, wandte Josefa ein.

Walburgas Gesicht verzog sich zu einer Fratze, doch nur Fanny wurde Zeugin davon. Josefa entging die grauenhafte Wandlung, denn sie hielt den Blick auf die Perlen gesenkt. Fanny kroch eine Gänsehaut über den Rücken, und sie empfand größere Angst als am vorangegangenen Tag, als sie dabei zugesehen hatte, wie die Leiche entsorgt wurde.

»Du hast recht, Josefa.« Walburga lächelte Josefa ermunternd an. »Wir sollten diese Perlen verschwinden lassen. Alle werden glauben, dass es wieder der Glasteufel war, der sein Eigentum geholt hat. Geh du nur und lenk die anderen Burschen ab. Ich schaff das schon.«

Fanny wollte Josefa warnen, ihr zurufen: »Du kannst ihr nicht vertrauen, sie belügt dich«, aber es kam kein Laut aus ihrem Mund. Stattdessen versank alles um Fanny herum plötzlich in schwarzer Nacht, und sie fand sich in eine dunkle Kiste eingesperrt.

War sie in einem Sarg? Nein, das konnte nicht sein, denn sie saß aufrecht, und es roch nicht nach Erde, sondern nach feuchter Wolle und Weihrauch, ein Geruch, den sie nur allzu gut kannte. Nachdem sich ihre Augen an die Dunkelheit gewöhnt hatten und sie ruhiger geworden war, wusste sie, wo sie sich befand.

In einem Beichtstuhl. Sie war wieder gleichzeitig bei Josefa, und sie war Josefa, die gekrümmt im Beichtstuhl saß wie eine vom Blitz getroffene Eiche. Ihr Haar hatte sich hellgrau verfärbt, obwohl Fanny wusste, dass nur drei Jahre vergangen waren.

»Herr, vergib mir, denn ich habe gesündigt. Ich habe so viel Entsetzliches auf meine Seele geladen, dass ich nicht weiß, wo ich anfangen soll.«

»Meine Tochter«, drang die ölige Stimme eines jungen Priesters durch das Gitter. »Gott wird dich in Gnaden aufnehmen, nun berichte ihm.«

Josefa redete in einem Fluss, so als hätte sie Angst, es

könnte noch etwas dazwischenkommen, sie holte kaum einmal Luft. Sie beichtete, wie sie den Koller erschlagen habe, weil der ein übler Mensch gewesen sei. Sie habe gedacht, er hätte nicht nur seine Männer misshandelt und schlecht bezahlt, sondern sich auch an ihrer jüngeren Schwester vergriffen und Walburga vergewaltigt. Dabei waren das alles nur Lügen von Walburga gewesen, die letztendlich zu ihrem tödlichen Schlag geführt hatten.

Erst zu spät hatte sie begriffen, dass Walburgas Mann Kollers Bruder war, der die Hütte führen würde, wenn Koller nicht mehr wäre, jedenfalls so lange, bis Kollers Sohn Clemens aus Venedig zurückkäme.

Sie erzählte, wie es zu den herrlichen Perlen gekommen war und dass Walburga sie nicht in geweihter Erde begraben hatte, wie sie es besprochen hatten, sondern verkaufte. Und nun strömten von überall her die Leute nach Grainet, um hinter das Geheimnis dieser Perlen zu kommen. Dann schluchzte sie eine lange Zeit, bevor sie weitersprechen konnte. Der junge Priester klopfte mehrfach an das Fenster und ermahnte sie, sich angesichts der Anwesenheit Gottes ein wenig zu fassen.

Josefa schnäuzte sich und versuchte, ihren gebeugten Rücken gerade aufzurichten. Dann berichtete sie, jetzt nur noch flüsternd und ständig stockend, dass Walburga seitdem jedes Jahr ein wunderschönes Mädchen geboren und dann wieder begraben hatte. Auch Josefa waren schon zwei Kinder gestorben. Aber nun war ihre Rosina geboren worden, und die wollte sie um jeden Preis retten.

Fanny konnte den jungen Priester sehen, der hilflos in

seiner Bibel herumblätterte und ein ums andere Mal seinen Rosenkranz küsste. Ganz offensichtlich hatte ihn sein Amt nicht auf derart mörderische Beichten vorbereitet. Schließlich fasste er einen Entschluss.

»Nun, meine Tochter, Ihr müsst zum einen all dieser Perlen habhaft werden, sie ausnahmslos zu Rosenkränzen verarbeiten lassen und der heiligen Kirche übereignen. Wenn es dem gütigen Gott, unserem gerechten Herrn gefallen hat, aus diesem Unrecht etwas so Schönes entstehen zu lassen, so gebührt dies zuallererst und einzig unserer heiligen Kirche. Macht eine Wallfahrt zu den Franziskanerinnen von Kloster Reutberg, wo das heilige Reutberger Christkind eure Tochter sicher vor allem Übel behüten wird, und vermacht ihnen diese Perlen. Betet vorher dreihundertfünfundsechzig Ave-Marias. In den kommenden sieben Nächten kommt Ihr in unsere Kirche und betet die ganze Nacht zu unserem Herrn um Vergebung für Eure Taten. Dann werden wir sehen, ob es gelingt, den teuflischen Fluch von Euch zu nehmen.«

Josefa betete die Ave-Marias mit einer Inbrunst, die Fanny niemals hatte aufbringen können. Fanny wünschte ihr, dass Rosina überleben möge. Sie hatte so mit Josefa mitgelitten, dass ihr erst in diesem Moment klar wurde, was sie da gerade gehört hatte: Kloster Reutberg – ihr Kloster!

Ein Windstoß drang in den Beichtstuhl, öffnete klappernd die Türen, erfasste Fanny und hob sie hoch. Unwillkürlich breitete sie ihre Arme aus und segelte durch die Luft wie ein Adler, wie schon so oft zuvor in ihren Träumen. Erst ganz gemächlich, dann immer schneller, bis sie zu trudeln begann und abstürzte.

Als sie wieder zu sich kam, war sie bei den Vorbereitungen zu einer Hochzeit. Sie brauchte ein paar Minuten, um sich zu orientieren, dann erst erkannte sie, was sie sah.

Es war Josefa, deren gebeugte Haltung zu einem Buckel geworden war. Mit knotigen, zitternden Händen kämmte sie ihrer Tochter Rosina mühsam das Haar für die Hochzeit und flocht es dann zu einem Bauernzopf. Obwohl ihr das sichtlich schwerfiel, lächelte sie über das ganze Gesicht.

Rosina war mager und blond, und ihre Augen schimmerten brombeerfarben wie die von Josefas Schwester. Sie trug eine Festtracht mit schwarzem Mieder und weißer Lochstickereibluse, einen dunklen Rock mit hellgrüner Schürze und um den Hals ein prächtiges silbernes Kropfband.

Josefa versuchte, während des Flechtens immer wieder mit ihrer Tochter zu sprechen, aber jedes Mal, wenn sie angesetzt hatte, wurde sie unterbrochen. Als der Bräutigam hereinkam, der wie eine schlankere und jüngere Ausgabe des toten Kollers aussah, ahnte Fanny, worüber Josefa mit ihrer Tochter reden wollte.

Das musste Clemens sein, der Sohn des Ermordeten. Fanny spürte, wie ihre Kehle eng wurde, doch gleichzeitig fühlte sie auch, dass Josefa diese Hochzeit wie eine gerechte Strafe ansah, als Möglichkeit, an Clemens etwas wiedergutzumachen.

Nach der Trauung gab es ein großes Fest auf einem Platz oberhalb des Bachs, an dem die Glashütte stand. Die Dorfbewohner feierten an langen Buchentischen, die mit

Girlanden aus jungem Birkenlaub geschmückt waren. Auf der einen Seite der Tische stand ein Fass Bier, auf der Flussseite wurden zwei Spanferkel im Feuer gedreht. Das ausgelassene Gelächter und das genussvolle Schmatzen der Gäste wurden nur noch von den beiden Musikanten, einem Flötenspieler und einem Fiedler, übertönt.

Als die Spanferkel knusprig waren, machte sich Josefa langsam und unter Schmerzen daran, das Fleisch abzusäbeln, wodurch ihr Walburgas Auftauchen entging. Die war tiefschwarz gekleidet und von einem üblen Hautausschlag befallen. Jeder, dem sie sich näherte, wich ein Stück zurück, als hätte sie eine ansteckende Krankheit. Schließlich hatte sie Rosina erreicht.

Walburga gratulierte ihr zur Hochzeit, wünschte ihr viele Kinder und schenkte ihr mit einem sardonischen Lächeln eine Halskette aus den fluchbeladenen Perlen, die sich Rosina voller Freude umlegte. Sie küsste Walburga und lud sie als Tante von Clemens ein, auch zu bleiben, doch die lehnte ab. Das gehöre sich nicht, sagte sie, nachdem sie nicht nur ihre Töchter, sondern auch noch ihren Mann verloren hatte. Rosina dankte ihr nochmals, und Walburga verschwand so unauffällig und leise in der Dunkelheit wie ein Schatten in der Sonne.

Dann war es Josefa also doch nicht gelungen, alle Perlen zu vernichten, dachte Fanny und war neugierig, was nun geschehen würde. Würde Rosina auch Albträume von den Perlen haben?

In diesem Augenblick kam Josefa mit einem Teller Fleisch für ihren Schwiegersohn, der neben Rosina in der

Mitte der Tische saß. Als Josefa die Perlen an Rosinas Hals sah, wurde sie kreidebleich, griff sich an den Hals, als würde er ihr zugeschnürt, dann stürzte sie zu Boden.

Rosina sprang auf, kniete sich neben sie und legte ihren Arm um ihre Schultern. »Was ist denn los, Mutter?«, fragte sie.

»Diese Perlen, woher hast du sie?« Josefa konnte kaum sprechen, und Rosina musste sich noch tiefer über sie beugen. »Versprich mir, dass du sie nie, nie, niemals tragen wirst, sie werden deine Kinder töten und alles Unglück der Erde über dich bringen, so wie über Walburga.«

»So ein Unsinn«, mischte sich Clemens ein. »Eure Frau Mutter ist ein wenig erregt durch die Hochzeit. Nehmt die Perlen ab, um sie zu beruhigen, ich werde mich darum kümmern.«

Josefa wollte etwas sagen, aber sie schaffte es nicht mehr. Sie nahm noch einen tiefen, verzweifelten Atemzug, dann schloss sie ihre Augen für immer.

Rosina schüttelte ihre Mutter und schrie sie an, doch bitte bitte wieder aufzuwachen, lauter und immer lauter, bis die Musikanten und schließlich alle Gespräche verstummten und man nur noch das Knacken des Grillfeuers und das zischend ins Feuer tropfende Fett der Spanferkel hören konnte.

Rosina strömten die Tränen über die Wangen. »Clemens, versprich mir, wirf diese Perlen weg, du siehst, was sie uns angetan haben, es war Mutters Letzter Wille.«

Clemens legte den Arm um seine Braut und versprach es hoch und heilig. Aber Fanny wusste, dass er log.

Dieses Mal war sie nicht so überrascht, als sie wieder ein Windstoß erfasste und hoch in die Luft wirbelte. Sie flog weit übers Land, bis sie in einer Stadt am Meer landete.

In Venedig, auf der Insel Murano, in einer Seitengasse nahe dem Canale di San Donato.

Clemens, mittlerweile glatzköpfig und viel dicker als sein Vater, stand vor einem rot glühenden Glashafen und zog mit einem Stab Perlen aus der Schmelze. Schweiß lief ihm von der Stirn und tropfte auf sein schwarzes Wams. Unentwegt leckte er sich die Lippen und murmelte leise Gebete vor sich hin.

Auf dem Tisch lag die Kette, die er Rosina abgenommen hatte, daneben befanden sich in einem flachen, mit schwarzem Samt ausgeschlagenen Holzkasten unzählige andere Perlen, jede auf ihre Art wunderschön, Millefioriperlen, prächtige, siebenschichtige Chevronperlen, Perlen mit unterlegtem Silber und Goldstreifen, kegelförmige, halbrunde, Würfel, Achtecke, Achat- und Granatperlen.

Doch Fanny war klar, dass alle diese Perlen Clemens nicht genügten, ihn verlangte es danach, Perlen mit diesem einzigartigen Schimmer herzustellen.

Fanny stellten sich die Haare auf, wenn sie daran dachte, dass der geheimnisvolle Schimmer allein durch die Leiche von Clemens' Vater entstanden war. Sie wünschte sich, sie könnte ihn trösten, ihm alles erklären, ihm zurufen, er solle aufgeben und die Perlen einer Kirche spenden, doch aus ihrer Kehle kam kein Laut. Sie durfte all dies nur sehen, aber es war ihr nicht erlaubt, etwas daran zu ändern, so viel hatte sie verstanden.

Plötzlich bewegten sich die Perlen, zuerst leise aneinanderklingelnd, dann lauter. Clemens drehte sich um, betrachtete prüfend das Kästchen und wandte sich dann achselzuckend wieder seiner Schmelze zu.

So konnte er nicht sehen, dass die Perlenkette sich vom Tisch in die Luft bewegte und sich zu drehen begann, schneller und schneller, bis sie einen Sog erzeugte. Dieser weitete sich zu einem gewaltigen Luftstrudel aus, der Fanny verschluckte, mit sich wirbelte und sie erst in einem anderen Land wieder ausspuckte.

30

Auch hier war es heiß, aber nicht von der Hitze des Glasofens. Das ganze Land war ein Ofen, obwohl die Sonne schon dabei war, unterzugehen.

Es roch nach Staub, und der stetige leise Wind verriet Fanny, dass sie in Deutsch-Südwest war. Jedoch sah es hier völlig anders aus als im Süden des Landes, wo sie mit Ludwig gelebt hatte. Sanfte Hügel und Täler mit grünen Bäumen und Büschen wechselten sich ab, alles erschien ihr lieblicher, und es gab Wasser. Etwa fünfzig Meter entfernt von dem roten Felsen, auf dem sie sich befand, tummelten sich Tiere um ein Wasserloch. Gnus, Zebras, Orynxe und Paviane stritten sich um die besten Plätze, und zwischen ihnen flatterten unzählige bunte Vögel, von denen Fanny die meisten noch nie gesehen hatte.

Als sie sich etwas vorbeugte, sah sie schräg vor sich im Dämmerlicht zwei Menschen, die sich nebeneinander an den Armen festhielten. Der eine, schneeweiße Arm gehörte zu einer zarten Frau. Auf der Innenseite des Arms erkannte Fanny einen kleinen, halbmondförmigen Fleck. Der andere Arm war muskulös und schwarz.

Fanny klopfte das Herz bis zum Hals. Das waren ihre

Eltern, sie war nicht nur wegen des Mals so sicher, nein, sie wusste es, weil sie wie bei Josefa Zuschauerin und gleichzeitig eins mit dieser Frau war.

Fanny rutschte an den Rand des Felsens und lehnte ihren Rücken an einen kahlen Baumstamm, um sie besser beobachten zu können. Neugierig betrachtete sie die beiden. Ihre Mutter war trotz der Hitze in ein eng tailliertes helles Oberteil mit langen Ärmeln eingeschnürt, und ihr Rock fiel in mehreren Volants um die Knöchel. Daneben wirkte der breitschultrige schwarze Mann mit aufgekrempeltem Hemd und Hosen fast wie ein Landstreicher.

»Luise«, flüsterte der Mann, und seine Stimme klang sanft und voll, »ich muss zurück, ich kann kein Christ werden. Mein Volk braucht mich. Wir müssen uns gegen die Nama wehren, sie stehlen uns Land und Rinder. Erst gestern wurde mein Vater überfallen. Er ist alt geworden.«

»Ich komme mit dir, wohin immer du willst.« Als Fanny die junge, helle Stimme ihrer Mutter hörte, wurde ihr klar, dass Luise höchstens sechzehn Jahre alt gewesen sein konnte.

Der große Mann schüttelte den Kopf. Sein Haar war direkt am Schädel zu unzähligen winzigen Zöpfen geflochten, die bis zu den Schultern reichten und deren Enden mit Perlen geschmückt waren. Die Perlen klapperten leise, und er lächelte so breit, dass seine Zähne in der Dämmerung aufleuchteten.

»Ich glaube nicht, dass das eine gute Idee ist. Alles, was ich bei deinem Vater in der Missionsschule gelernt habe, verrät mir, dass du nicht glücklich würdest bei uns. Ich bin froh, lesen und schreiben gelernt zu haben und nun die Verträge der Weißen durchschauen zu können. Aber ich will und kann nicht an einen Gott glauben, der seinen Sohn ans Kreuz nagelt, um uns von der Sünde zu befreien.« Er tätschelte Luises Hand, wie um sie zu trösten.

»Es ist mir egal, woran du glaubst, denn ich liebe dich.« Luise nahm seine Hand und legte sie an ihre Wange. »Und deshalb möchte ich noch so viel mehr über die Welt deiner Ahnen und den *Omumborombonga* lernen und verstehen.«

»Luise, das ist unmöglich.« Er entzog ihr die Hand und sprang auf. »So wie ich nicht verstehe, warum wir alle Sünder sein sollen, so wirst du niemals verstehen, was es bedeutet, mit einem Mukuru zu leben. Was auch immer die weißen Missionare sagen – egal, wie lange ein Baumstamm im Wasser liegt, er wird kein Krokodil werden.«

»Saherero, ich bin schwanger.« Luises Stimme war nur mehr ein Wispern. »Ich muss deine Frau werden.«

Fanny schnappte nach Luft. Luise war doch selbst noch ein Kind, viel zu jung, um schon Mutter zu werden.

Saherero hockte sich auf die Fersen wieder neben sie.

»Das ist unmöglich«, sagte Saherero, »und das weißt du auch.«

»Du hast gesagt, dass du mich liebst.«

»Das ist wahr.«

»Dann heirate mich. Was soll denn sonst aus mir und dem Kind werden?«

Fannys Herz zog sich zusammen, als sie das Flehen in der Stimme ihrer Mutter hörte.

»Eine Heirat mit dir würde meinen Clan der Lächerlichkeit preisgeben, und ich glaube nicht, dass meinen Ahnen das gefallen würde. Die Wespe hat ihre Kraft vom Nest!« Er zog sie an sich, ließ sich nach hinten fallen und drückte sie fest.

»Wir müssen nicht christlich heiraten.« Fanny konnte das unterdrückte Schluchzen ihrer Mutter hören und fragte sich, warum Saherero nicht zu merken schien, wie viel Kraft ihre Mutter diese Unterredung kostete.

»Selbst dann kannst du nicht meine Hauptfrau werden.«

»Warum nicht?« Luise schob ihn von sich, sah ihn mit großen glänzenden Augen an und kaute auf ihrer Unterlippe herum.

»Weil ich schon eine Frau habe und du eine Weiße bist.«

»Du hast schon eine Frau?« Luises Stimme wurde brüchig, ihre Augen standen voller Tränen, doch sie versuchte sie wegzuzwinkern.

»Und was ist mit unserem Kind?«, fragte sie tonlos. Sie legte eine Hand vor ihren Mund, wie um zu verhindern, dass ihr Worte entschlüpften, die sie bereuen könnte.

»Wenn es zu uns passt, kann ich es zu mir nehmen.«

Fanny schnappte nach Luft, als ihr klar wurde, was ihr Vater damit sagen wollte. Wenn die Hautfarbe passte, dann ... War das der Grund dafür, dass ihre Mutter sie nicht gewollt hatte? Ich werde meine Tochter nicht weggeben, dachte sie. Ich nicht. Unter keinen Umständen.

»Und wenn unser Kind so aussieht wie ich oder wie ein Bastard?«

»Ich bin ein Mukuru, das würde nicht gehen. Zwar hat der Mensch zwei Beine, doch kann er nur einen Weg gehen. Und mein Weg als Priesterfürst ist klar.«

Der Mensch kann nur einen Weg gehen, wiederholte Fanny in Gedanken und sprang auf. Was fiel ihrem Vater ein, wie konnte er so mit ihrer Mutter reden! Sie ging bis zur Felsenkante. »So geht das nicht!«, schrie sie. »Auch ein Mukuru muss wissen, was er tut!« Doch ihre Worte drangen nicht zu den beiden vor. Als wäre sie nicht da. Und dann wurde ihr klar, dass sie noch nicht einmal geboren war.

Luise wischte sich über die Augen und atmete tief durch. »Und wenn mein Kind und ich dem Mukuru dreihundert Rinder mitbringen würden?«

»Nun, das wäre gut, aber das Kind sollte trotzdem zu unserem heiligen Feuer passen.«

»Ich bin sicher, unser Kind wird so schwarz werden wie sein Vater.«

Fanny schwankte zwischen Lachen und Weinen, sie schritt wütend auf dem Felsen hin und her. Da hatte sich ihre Mutter genauso gründlich geirrt wie sie selbst.

Luise räusperte sich und entzog sich Sahereros Umarmung. »Ich werde mit unserem Kind wiederkommen und dreihundert Rinder mitbringen. Nimmst du mich dann zur Frau?«

»Ja, dann halte ich dir die Hütte zu meiner Linken frei.«

»Ich danke dir.« Luise atmete tief durch, dabei tropften jetzt doch einige Tränen auf ihre Wange, die Saherero bemerkte und kopfschüttelnd wegwischte.

»*Ondangi osengiro.* Mein Vater hat mich gelehrt, dass Danke sagen das Gleiche ist wie fluchen. Wir geben, ohne Dank zu erwarten.«

»Ich erwarte keinen Dank. Aber ich möchte«, Luise räusperte sich und wurde sicherer, »dass wir unsere Abmachung besiegeln.«

Eine gute Idee, dachte Fanny, das war nur vernünftig, fand sie.

»Traust du mir nicht?«

»Doch, aber man vergisst so schnell, und ich weiß nicht, wie lange ich brauchen werde, um dreihundert Rinder aufzutreiben.«

Luise zog einen Rosenkranz aus ihrer Schürzentasche.

Fanny stöhnte leise auf. Der Rosenkranz bestand neben dem silbernen Kreuz aus dicken roten Granatperlen, doch die restlichen vierzig Perlen waren die unheilvoll schimmernden, die verfluchten, die immer noch in der Welt waren.

Luise betrachtete den Rosenkranz, dann gab sie sich einen Ruck und zerriss ihn.

»Nein«, rief Fanny, »tu das nicht, tu das bloß nicht!« Sie schrie, so laut sie konnte, aber ihre Mutter hörte sie nicht. Luise gab Saherero zehn Perlen von ihrem Rosenkranz, dann verlangte sie zehn von den Perlen, die er um den Hals an einem Lederband trug. Große, gelbe Perlen mit dunklen Mustern, von denen auch sieben in Fannys Armband gewesen waren.

Saherero zögerte lange. »Bodomperlen sind heilig. Diese elf hier sind von meinem Mutterbruder. Ich musste ihm versprechen, sie niemals abzulegen und mich nach meinem Tode mit dreien davon begraben zu lassen. Nur Könige und Magier dürfen sie tragen. Nein, sie dürfen nicht nur, sie müssen sie tragen, um eifersüchtige Geister abzuwehren. Doch ich will dir zeigen, wie stark meine Liebe ist, und gebe dir deshalb alle bis auf drei. Mögen sie dich so gut beschützen wie mich.« Er küsste jede einzelne Perle, bevor er sie ihr gab.

»Die kleinen Sterne scheinen immer«, murmelte er eindringlich, »während die große Sonne untergeht. Mögen dich diese kleinen Sterne beschützen.«

Schließlich fädelte er die zehn verfluchten Perlen neben seine restlichen drei. Dann küsste er Luise leidenschaftlich auf den Mund. Für eine lange Zeit hörten sie gar nicht mehr auf, sich zu küssen, sie schmiegten sich aneinander, und ihre Körper verschmolzen.

Fanny sah peinlich berührt weg von ihren Eltern zum Wasserloch, wo gerade eine Horde junger Warzenschweine die anderen Tiere erbarmungslos wegscheuchte.

In keiner einzigen Geschichte, die sie sich in den vielen Nächten im Kloster ausgedacht hatte, war ihre Mutter so jung und ihr Vater ein Herero gewesen. Und niemals hätte sie gedacht, dass sie Mitleid mit ihrer Mutter haben würde. Doch es war deutlich, dass Saherero sie nicht so sehr liebte wie Luise ihn. Und das, so wurde Fanny klar, war ganz sicher den verfluchten Perlen zu verdanken.

Die Felsen unter Fanny begannen zu schwanken, außer sich vor Angst taumelte sie zu dem Baumstamm und klammerte sich an ihm fest. Trotzdem wurde sie heftig hin und her geschaukelt und plötzlich auch hoch und runter. Ihr wurde schwindelig, und sie schloss ihre Augen.

Als Fanny sie wieder öffnete, umklammerte sie einen Schiffsmast, und es war heller Tag. Um sie herum flanierten eng geschnürte Damen in langen, weißen Spitzenkleidern und großen Strohhüten über das Deck, aber niemand schien sie sehen zu können.

Direkt vor ihr auf zwei Holzliegestühlen lagen Luise und ihre Mutter. Luise war so blass, dass ihre blauen Adern überall durch die Haut schimmerten. Ihre Mutter redete pausenlos auf sie ein, aber Luise gab keine Antworten. Trotz ihrer Schwangerschaft trug sie immer noch ein Korsett, und von einem schwellenden Bauch war nichts zu sehen.

»Kindchen, es ist zu deinem eigenen Besten. Was sollst du denn mit einem Bastard in deinem Alter, du hast doch dein Leben noch vor dir. Du bekommst das Kind, wir geben es den Nonnen, und dann fahren wir wieder zurück und suchen dir einen guten Missionar als Ehemann. Du solltest lieber Gott und deinen Eltern dafür danken, dass wir diese Lösung für dich gefunden haben, anstatt hier so griesgrämig herumzusitzen. Ach, ich fühle mich etwas unpässlich und sollte etwas trinken. Sei ein Schatz und hole mir ein Glas Tee.«

Luise stand auf, und Fanny sah ihre Mutter zum ersten Mal im hellen Tageslicht. Luise war zwar bleich und hatte schwarze Ringe unter den Augen, aber sie war ausgesprochen hübsch, mit hohen klaren Wangenknochen und einer kurzen schmalen Nase. Ihre Augen schimmerten grün und golden wie eine mit Butterblumen übersäte Almwiese.

Ich sehe ihr kein bisschen ähnlich, dachte Fanny und musste an Lottchen denken.

Sie folgte Luise in die Tiefen des Schiffs, das deutlich primitiver war als das, auf dem sie nach Deutsch-Südwest gereist war.

Nach einer Weile hatte sie Luise aus dem Blick verloren, sie wunderte sich, dass die Treppe so lang war, denn sie schien niemals enden zu wollen.

Sie lief und lief.

Ich muss doch schon längst bei Orpheus in der Unterwelt angekommen sein, überlegte Fanny und ging immer weiter.

Orpheus begegnete ihr nicht, aber der Ort, an dem sie landete, hatte durchaus etwas von Unterwelt. Denn am Ende der Treppe erwartete sie in einer Winternacht das Kloster Reutberg.

Der Frost fraß sich durch Fannys Kleider tief bis in die Knochen. Eine Kutsche hielt vor der Pforte – meine Mutter, wusste Fanny sofort. Endlich werde ich erfahren, was sie in dem Moment gefühlt hat, als sie mich weggegeben hat.

Ihre Mutter stieg, in einen dunklen Wollmantel gehüllt, aus der Kutsche. Fanny konnte Luises weißes Gesicht in der Dunkelheit gut erkennen. Im Arm hielt sie ein Bündel. Das bin ich, dachte Fanny, und der Hals schnürte sich ihr zu.

Luises Miene blieb starr, keine Träne, kein Bedauern, als

sie das Bündel ohne jedes Zögern auf den Boden vor die Pforte legte und dann zurück zur Kutsche eilte.

Fanny konnte kaum schlucken. War es so einfach? Hatte sie ihrer Mutter nicht einmal so viel bedeutet, dass sie ihr einen Abschiedskuss geben wollte?

Oder hatte sie das schon vorher in der Kutsche getan und wollte nur deshalb so schnell fort, weil es so eine schwierige Entscheidung war?

Doch da drehte sich Luise kurz vor der Kutsche abrupt um. Sie atmete heftig, was Fanny an den vielen weißen Wolken, die sie ausstieß, deutlich sehen konnte.

Luise rannte zurück zu ihrem Kind, in ihrem Gesicht regte sich noch immer kein erkennbares Gefühl. Sie griff unter ihren Mantel, nestelte nach einer Kette und zog sie heraus, in der Kälte schien ihr Körper zu dampfen.

Luise legte das Glasperlenarmband um den Hals ihres Kindes. Fanny wartete angespannt darauf, dass sie ihr über die Wange streicheln würde, dass sie angesichts ihres Säuglings zumindest kurz aufschluchzen würde, aber nichts dergleichen geschah. Ihre Mutter packte die Tochter wieder gut ein und legte sie zurück auf die vereiste Erde vor der Klosterpforte. Dann rannte sie zur Kutsche, wo sie den Befehl zum Losfahren gab.

Fannys Mundwinkel zitterten, aber sie wollte nicht weinen. Kaum waren die Pferde losgetrabt, verlangte Luise wieder, stehen zu bleiben. Der Kutscher brummelte unwillig etwas über die Launenhaftigkeit der Weiber in seinen Bart und hielt die Pferde an. Luise sprang aus der Kutsche und lief zurück zu ihrem Kind.

Unwillkürlich begann Fannys Herz stärker zu klopfen, jetzt würde ihre Mutter sie ein letztes Mal streicheln, sie küssen, ihr sagen, sie wüsste keinen anderen Ausweg. Würde ihr ein Geheimnis anvertrauen oder sie um Verzeihung bitten, etwas, irgendetwas von Bedeutung.

Doch ihre Mutter berührte sie nicht, schenkte ihr nicht einmal einen letzten Blick, nein, sie zog nur heftig an der Glocke der Pforte, die laut durch die Nacht hallte, dann stürmte sie zur Kutsche und verlangte, im Eiltempo nach Hause gebracht zu werden.

Fassungslos krümmte sich Fanny zusammen, als hätte sie einen Tritt in den Bauch bekommen. Wie war das möglich, wie war das nur möglich? Sie schwor sich abermals, Lottchen niemals im Stich zu lassen, nicht für einen Mann, nicht wegen ihrer Hautfarbe, aus keinem Grund der Welt, niemals.

Die Tür der Pforte öffnete sich, und heraus kam Schwester Lioba. Sie sah sich verwundert um, bemerkte das Kind jedoch erst, als es anfing zu weinen. Sie nahm das Bündel hoch, schüttelte den Kopf und drückte den Säugling an sich, als wäre er ein Geschenk Gottes.

Fanny unterdrückte ein Schluchzen. Sie wollte zurück zu ihrer Tochter, sie wollte das alles nicht länger sehen, sie musste rennen, sie musste etwas tun, um diesem Schmerz in ihrer Brust davonzulaufen, um wieder klar denken zu können.

In ihren Ohren hallten die Gebete, die sie im Kloster tagtäglich gesprochen hatte, immer und immer wieder. Und dazwischen hörte sie die scharfe Stimme Seraphinas, die laut und vernehmlich Amen sagte, Amen, Amen.

Es begann zu schneien, doch das störte Fanny nicht, sie rannte wie um ihr Leben, weg hier, nur weg. Aber sie spürte, egal wie lang sie auch rennen würde: Ihre Reise war noch nicht zu Ende.

31

Zahaboo erlaubte ihr noch nicht, zurückzukehren. Fanny lief durch endlose Hafenviertel, wo sich eine schmierige Spelunke an die andere reihte, und immer wieder entdeckte sie durch die Fensterlöcher in den Mauern ihre Mutter, die sich als Schankmädchen verdingte, um Geld zu verdienen.

Die dreihundert Rinder, es war ihr wirklich ernst, dachte Fanny und sah wieder das Bündel vor dem Kloster liegen.

Sie folgte ihrer Mutter in unzählige Absteigen, wo sie das hart verdiente Geld in einer Reisetruhe unter ihrem Bett versteckte, und begleitete sie dann bei der Suche nach einem Gönner, der ihr die Überfahrt nach Deutsch-Südwest bezahlen würde.

Luise trug immer noch die Perlen aus dem zerstörten Rosenkranz, zusammen mit einer der Bodomperlen, die ihr Saherero gegeben hatte und die sie jeden Abend küsste wie ein Heiligtum.

Wirf all die anderen Perlen weg!, wollte ihr Fanny zurufen, wirf sie weg, aber dann war ihre Mutter schon in Deutsch-Südwest.

Hier musste Luise erfahren, dass ihr Geld für dreihundert Rinder noch nicht ausreichte, deshalb ließ sie sich als Haushälterin bei Pete Random in Keetmanshoop anheuern, dessen Frau gerade an Malaria gestorben war. Luise überragte den kleinen Mann mit dem langen Vollbart um eine Haupteslänge, weshalb sie keine Angst davor hatte, von ihm belästigt zu werden. Wegen des großen Hauses hielt sie ihn für einen ehrbaren und reichen Viehhändler und vertraute ihm an, dass sie, sobald sie genug Geld zusammenhätte, Rinder für die Mission ihres Vaters kaufen und dann dorthin treiben wollte. Er drängte ihr seine Hilfe geradezu auf und versicherte ihr, dass er genau der richtige Mann sei, um sie vor all den Halunken dort draußen zu beschützen. Und Luise glaubte ihm.

Alles war so rasend schnell gegangen, dass Fanny gar nicht aufgefallen war, wie vertraut ihr das Gebäude war, in dem ihre Mutter nun lebte. Diese große überdachte Veranda mit den Säulen, die beiden blühenden Kameldornbäume rechts und links, die angebaute Praxis, der Lämmerstall, das Hühnerhaus – dort hatte sie noch bis vor wenigen Tagen mit Ludwig gelebt. Plötzlich erinnerte sie sich wieder, was Ludwig ihr über den Vorbesitzer erzählt hatte: Er war ermordet worden.

Pete Random fragte Luise, wie viel Geld sie schon zusammenhätte, und behauptete, dafür würde er die Rinder bekommen. Er nahm ihr Geld, fuhr zu einem Viehhändler nach Mariental und kam auch wirklich mit dreihundert Rindern zurück. Doch er hatte ihnen unterwegs schon sein Brandzeichen aufgedrückt.

Als Luise dagegen protestierte, jagte er sie mit seinem Gewehr aus dem Haus, warf ihr noch einen Koffer mit Kleidern hinterher und riet ihr, nie wieder einen Fuß auf seinen Grund und Boden zu setzen, andernfalls müsste er sie erschießen. Es würde ihr sowieso keiner glauben, denn niemand wusste, dass sie so viel Geld gehabt hatte.

Fanny schloss die Augen. Auch ihre Mutter hatte aus diesem Haus fliehen müssen. Zahaboo, es ist genug, dachte sie. Wirklich genug. Ich will zurück zu meiner Tochter, beende diesen Fluch. Sorg einfach nur dafür, dass er Lottchen nichts mehr anhaben kann.

Als Fanny voller Hoffnung ihre Augen wieder öffnete, starrte sie immer noch auf die Veranda der Farm, aber an den Kameldornbäumen rechts und links, wo eben noch Blüten gewesen waren, hingen nun Früchte.

Pete Random aß leise schmatzend Porridge, Würstchen und Rührei auf seiner Veranda und warf seinem Windhund ab und zu ein Stückchen Wurst zu. Die Ohren des Tieres drehten sich ständig, dann lief der Hund nervös auf der Terrasse hin und her, bis ihn sein Herr genervt zu sich rief. »King Size, beruhige dich, Platz! Was der Köter nur wieder hat.« Pete beugte sich weit vor und fischte nach einer der alten Zeitungen auf dem Sideboard. Dabei sah Fanny den Revolver, den er hinten in seinem Hosenbund stecken hatte.

Er trank noch einen Schluck Tee, rülpste und schlug die Todesanzeigen auf, die er stets voller Behagen zuerst las. Er lebte, während die in der Zeitung tot waren.

Das Rascheln beim Umdrehen der Seiten war das einzige Geräusch, das Fanny hören konnte. Obwohl es ein warmer, sonniger Tag war, zwitscherte kein einziger Vogel, muhte kein Rind, miaute keine Katze, krähte kein Hahn, schrie kein Pavian, klapperte kein Bediensteter mit Geschirr.

Nur der Wind wehte leise.

Fanny wäre gern wieder weggelaufen, aber es war ihr nicht möglich, ihre Beine blieben bewegungslos, wie angewurzelt stand sie dort.

Plötzlich hörte sie ein Wispern. Dann bemerkte sie Saherero und ihre Mutter, die sich bis an die Veranda herangeschlichen hatten. Saherero umklammerte ein Gewehr.

Fanny konnte ihren Vater nun endlich im Licht der Sonne sehen. Sein Gesicht war klar und oval geschnitten, die Nase hatte einen schmalen Sattel, wurde zur Spitze hin sehr breit und warf einen Schatten auf seine vollen pflaumenfarbenen Lippen. Er küsste Luise und flüsterte ihr zu: »Die Furcht vor der Gefahr ist schrecklicher als die Gefahr selbst. Es wird alles gut werden. Diese Rinder gehören dir, und wir holen sie zurück. Siehst du Unrecht und Böses und tust nichts dagegen, dann wirst du ihr Opfer. Aber du bist kein Opfer und wirst meine Frau werden.«

Bei seinem letzten Satz lächelte Luise, dann nickte sie ihm zu. Er bedeutete Luise, in ihrem Versteck zu bleiben, und stahl sich leichtfüßig zur Veranda.

Fanny wunderte sich, dass der Hund nicht bellte, im Gegenteil, je näher Saherero kam, desto ruhiger wurde er. Als Saherero die unterste Stufe der Veranda erreicht hatte, legte der Hund den Kopf zwischen seine Pfoten und jaulte noch einmal leise, bevor er anfing zu schnarchen. Dann erst schlich Saherero weiter.

Fanny hielt den Atem an und starrte voller Angst zur Veranda. Es war ganz offensichtlich, dass sich alle Bediensteten aus dem Staub gemacht hatten, Pete und Saherero waren ganz allein. Eine böse Ahnung beschlich sie.

Saherero legte das Gewehr an, richtete es auf Pete und stellte sich direkt vor ihn hin. »Du wirst uns jetzt zu den Rindern führen und uns alle die geben, die dir nicht gehören!«

Pete sah auf, legte die Zeitung nieder und lachte herablassend wie über einen schlechten Witz. »Ich trinke gerade Tee. Das ist eine heilige Sache für uns Engländer, selbst ein Kanake wie du müsste das mittlerweile gelernt haben.« Er goss sich Tee aus der Kanne in seine Tasse.

»Meine heiligen Ahnen raten dir auch etwas. Sie sagen, ein Mann mit Bart sollte nicht ins Feuer blasen.« Saherero bewegte demonstrativ den Zeigefinger an seinem Gewehr.

Pete lachte wieder, dann schleuderte er Saherero den heißen Tee ins Gesicht und griff nach dem Revolver in seinem Hosenbund.

Er zielte auf Saherero und feuerte zwei Schüsse in dessen Brust ab. Blut schoss aus Sahereros Wunden und spritzte auf die Veranda. Im selben Moment kreischten alle Vögel im Umkreis auf, summten die Mücken bedrohlich, schrien die Ochsen und blökten die Schafe.

Saherero griff sich ans Herz, betrachtete verwundert das

Blut an seinen Händen, dann stürzte er auf die Terrasse, das Gewehr fiel laut polternd neben ihn. Die Lache um ihn herum wurde schnell größer und größer.

Tränen tropften aus Fannys Augen, alles in ihr verlangte danach, zu ihrem Vater zu laufen, ihn zu retten oder ihm wenigstens ein Abschiedswort abzuringen, aber ihre Beine waren wie gelähmt.

»Bitte, Zahaboo, bitte, bitte ...«, flüsterte Fanny. »Wozu haben wir magische Fähigkeiten, wenn wir sie nicht nutzen können?«

Da stürzte ihre Mutter aus dem Versteck, raste auf die Veranda, griff sich das Gewehr von Saherero und legte ohne jedes Zögern auf Pete an, der immer noch seinen Revolver in der Hand hielt.

»Hätte mich auch gewundert, wenn der Kanake alleine gewesen wäre. Luise, das ist lächerlich, lass das Gewehr fallen, ich schieß nicht gern auf Weiße, und auf weiße Frauen erst recht nicht.«

Luise sagte kein Wort und zog durch. Ein Schuss krachte. Pete hatte immer noch ein Lachen auf dem Gesicht, dann krümmte er sich, taumelte und stürzte neben seinen Hund, der noch immer schlief.

Luise ließ das Gewehr fallen, als hätte sie sich daran verbrannt, und bückte sich zu Saherero, der noch atmete. Sie bettete seinen Kopf in ihren Schoß und streichelte sanft seine Stirn.

»Liebster, Liebster«, flüsterte sie, »du darfst nicht sterben, du musst an deinen Clan denken, an deine Frauen und Kinder.«

»Bring mich zu meinem Volk zurück.« Blut sprudelte aus Sahereros Mund und tropfte auf Luises Kleid.

»Schsch, mein Liebster! Alles, ich werde alles tun, aber du musst still sein und gesund werden.«

Doch Saherero sprach weiter. »Sorge dafür, dass ich begraben werde, wie es einem Mukuru gebührt, und opfere zwei Rinder für meine Ahnen.«

»Das werde ich, aber bitte, du darfst nicht sterben, nicht jetzt, wo wir endlich zusammen sein können!«

Saherero keuchte vor Anstrengung. »Ich hätte dir niemals meine Schutzperlen geben dürfen. Ich habe meine Ahnen verärgert. Du musst dafür Buße tun, ich bitte dich darum.«

»Ich verspreche es, aber nun sei still. Beruhige dich. Schschsch ...«

Luise wiegte ihren Geliebten hin und her wie ein Kind und blieb so sitzen, auch nachdem Saherero längst nicht mehr atmete. Sie verharrte den ganzen Tag so und bis blutiges Rot den Himmel überzog und den Abstieg der Sonne in die Dunkelheit ankündigte.

Fanny war müde von allem, was sie erlebt und gesehen hatte. Vieles verwirrte sie, und doch fügte sich alles zu einem klaren Bild zusammen. Sie dachte an die Worte des Richters in Windhuk, an die Erinnerungen an seine Frau, die er mit ihr, Fanny, geteilt hatte. Luise ... Die Frau des Richters war ihre Mutter gewesen. Er war nach Keetmanshoop geschickt worden, um den Mord an Pete Random aufzuklären, und hatte sich ihrer angenommen. Deshalb hatte Fanny ihn so an seine Luise erinnert. Alles ergab plötzlich einen Sinn. Fanny hatte die Antworten gefunden, nach denen sie ihr Leben lang gesucht hatte.

Und doch war das Herz ihr schwer, denn nun wusste sie auch, dass sie ihre Eltern niemals kennenlernen würde und sie weder Geschwister noch Onkel oder Tanten hatte.

Fanny wünschte sich mit einem Mal nichts sehnlicher, als endlich zu schlafen. Sie sank erschöpft in den Sand. Ihr Kopf stieß an etwas Hartes, sie griff mit den Händen danach, zu müde, um sich wieder aufzurichten, und erwartete, noch eine Träne der Sonne zu finden. Aber es war eine große, durchsichtige Kugel aus Glas, mit einer gelben Bodomperle in der Mitte, die so hell und golden strahlte, als wäre sie von innen erleuchtet. Beim Betrachten wurde sie immer größer und größer und drehte sich um sich selbst, blendete Fanny, sodass sie ihre Augen schließen und mit den Händen bedecken musste. Dann endlich sank sie in tiefen Schlaf.

32

Als Fanny die Augen wieder öffnete, wurde sie wirklich von der Sonne geblendet. Sie blinzelte und sah sich vorsichtig um. War sie immer noch auf ihrer Zeitreise?

Da hörte sie das leise Weinen ihrer Tochter und wusste, sie war wieder zurück im Hier und Jetzt. Sie war überrascht, dass sie sich nach allem, was sie erlebt hatte, so ausgeruht und frisch fühlte.

Fanny sah sich nach John um, denn wenn ihre Tochter hier war, musste er sie hergebracht haben. Sie entdeckte den Karren, den sie auf ihrer Flucht mitgenommen hatte.

Zahaboo trat zwischen Fanny und die Sonne und warf einen Schatten auf sie. Lächelnd übergab sie ihr die laut quäkende Lotte. Fanny presste sie an sich und küsste ihr Gesicht so heftig, als hätte sie Lottchen unverhofft nach sehr langer Zeit wiedergefunden.

Dann warf sie Zahaboo einen fragenden Blick zu. Hatte diese das Gleiche gesehen wie sie selbst, oder war Fanny dort ganz alleine gewesen, während Zahaboo hier am Feuer geblieben war?

Ihre Tochter verhinderte weiteres Grübeln, denn trotz der Küsse ihrer Mutter schrie sie nun lautstark und hungrig.

Fanny kam es so vor, als würde sie Lottchen zum ersten Mal wirklich sehen. Sie war sogar jetzt noch, wo sie aus Leibeskräften brüllte, so zart und winzig. Ihre Tochter, mit den hellblauen Augen, die Enkelin von Saherero und Luise. Ich werde immer für dich da sein, schwor sie, ich werde dich niemals im Stich lassen.

Sie legte ihre Wange an die von Lottchen und spürte, wie heiß und wütend ihre Tochter war. Fanny schlug ihr Kleid hoch. Gerade als sie ihre Tochter angelegt hatte, hörte sie aus der Ferne Hufgetrappel und Wiehern. Sie wechselte einen Blick mit Zahaboo.

»Und John Amandla ist zurück«, sagte Zahaboo und reichte Fanny eine schwere, faustgroße Kugel. Es war die durchsichtige, gläserne Kugel mit der großen Bodomperle in der Mitte, die Fanny am Ende ihrer Zeitreise gesehen hatte, kurz bevor sie eingeschlafen war.

»Und das ist jetzt deine Macht«, sagte Zahaboo. »In ihr sind alle Kräfte deiner Ahnen durch das Feuer vereint worden. Nutze sie klug.«

Das also war aus den Zauberperlen geworden, eine Kristallkugel, ähnlich wie solche, die Fanny schon auf dem Jahrmarkt gesehen hatte.

Während sie Lottchen stillte, betrachtete sie die Kugel und fühlte sich zum ersten Mal seit sehr langer Zeit vollkommen ruhig und glücklich. Immer wieder schweiften ihre Gedanken zu dem, was sie gesehen hatte, ab. Sie war froh, dass sie endlich wusste, was passiert war, aber sie hätte gern noch mehr über ihre Mutter erfahren. Warum und was hatte sie an Saherero so sehr geliebt, dass sie alles für ihn aufgegeben hatte?

Ihr Blick fiel auf das noch schwelende Feuer, und sie entdeckte zahlreiche Knochen darin. Opfer. Wann hatte Zahaboo die dem Feuer übergeben? Fanny hätte nicht sagen können, wie lange ihre Zeitreise in der Wirklichkeit gedauert hatte. Eine Nacht, zwei Tage, drei Nächte?

Scharfer Galopp riss sie aus ihren Gedanken. John rief ihnen schon von Weitem zu: »Ludwigs Söldner kommen uns näher. Ich konnte sie die letzten Tage immer wieder an der Nase herumführen, denn der Spurenleser ist nicht so gut, wie Ludwig wohl dachte. Aber nun sind sie uns auf den Fersen. Ich habe schon ihre Staubwolke gesehen.«

»Was sollen wir jetzt tun?«, fragte Fanny, deren Unruhe schlagartig zurückgekehrt war. »Wo können wir hin?«

John sprang aus dem Sattel, nahm die Zügel in die Hand und wechselte mit seiner Mutter einige Zulu-Worte. Wie jedes Mal, wenn Fanny sie zusammen sah, schienen sie zu streiten. Zahaboo schüttelte den Kopf und gab nicht nach.

John biss sich verärgert auf die Lippen. »Meine Mutter glaubt, sie wäre hier sicher. Sie kann sich nicht vorstellen, dass diese Söldner zu allem fähig sind und nie aufgeben werden.«

»Aber wo sollen wir denn auch hin? Ich sehe weit und breit keine Möglichkeit, sich zu verstecken.«

»Nein, die einzige Chance, die wir haben, besteht darin, die Kerle in die Wüste zu locken und zu hoffen, dass sie sich verirren.«

»Wenn es Söldner sind, die sich von jedem anheuern lassen, können wir uns dann nicht freikaufen?« Fanny dachte an die Steine, die sie in der Wüste gefunden hatte. Das waren sicher wertvolle Edelsteine.

John schüttelte den Kopf. »Das sind Schurken, Spieler, Männer, die gerne töten. Wenn die merken, dass wir Geld haben, nehmen sie es uns weg und bringen uns trotzdem um. Dich verschleppen sie vielleicht zu Ludwig, wenn der ihnen genug Geld als Belohnung angeboten hat.«

Niemals, zu Ludwig würde Fanny niemals zurückgehen. Sie dachte an Martha, Grace und Zach. Wenn wir es schaffen, den Söldnern zu entkommen, dann werde ich alles tun, um ihnen zu helfen.

»Was können wir also tun?«, fragte sie.

»Wie schon gesagt, es gibt nur eine Möglichkeit: Wir müssen die Söldner tiefer in die Wüste locken, uns durch die Namib bis zum Tsauchab River durchschlagen und von dort nach Osten ziehen. Nur so haben wir eine Chance. Wir machen jetzt den Karren bereit, die nächsten Tage können wir noch mit ihm reisen. Doch in der Nähe von Sesriem werden wir ihn dann zurücklassen müssen.«

»Wir gehen zu Fuß?« Fanny erinnerte sich an die beschwerliche Wanderung mit Zahaboo und fragte sich, ob sie und ihre Tochter noch eine weitere Strecke dieser Art überstehen würden.

»Nur so kommen wir die Dünen rauf und runter. Unsere Verfolger haben zwar Pferde, aber die werden sie dort auch zurücklassen müssen.«

»Wir haben nicht genug Wasser und ...« Fanny betrachtete ihren Fuß und fragte sich, ob ihre Bisswunde wirklich schon gut genug verheilt war für einen langen Marsch durch die Wüste.

»Meine Mutter und ich kennen alle Wasserstellen. Aber wir müssen uns beeilen – oder willst du zurück zu Ludwig verschleppt werden?«

»Nein! Ich will ihn nie wiedersehen und diese Ehe für immer vergessen.«

John zog eine Augenbraue hoch, sagte jedoch nichts und begann, die wenigen Dinge, die neben dem erloschenen Feuer lagen, einzusammeln und auf den Wagen zu legen. Einige Kalebassen voller Amasi, Schläuche mit Wasser und einen Sack von Zahaboo.

Fanny und Zahaboo setzten sich mit Lottchen auf den Karren, Zahaboo stieß ihre hohen Jodelrufe aus, und die Pferde trabten los. John begleitete sie auf seinem Pferd und trieb die Zugtiere zusätzlich an. Erleichtert stellte Fanny fest, wie schnell sie vorankamen, so würden sie es sicher schaffen, den Verfolgern zu entkommen. Diese Männer konnten niemals so viel über die Wüste wissen wie John und seine Mutter, denn sie waren nicht hier geboren und aufgewachsen.

33

Fannys Mut sank mit jedem Tag, mit jeder Stunde, die sie unterwegs waren. Das hellgelbe Kleid war während der letzten acht Tage von der Sonne nahezu weiß gebleicht worden, die Haut in ihrem Gesicht und an den Händen war stark gerötet und warf Blasen. Ihre Lippen waren aufgesprungen, weil sie dauernd mit der Zunge darüberfuhr, um sie zu befeuchten, was alles noch schlimmer machte. Seit dem Beginn ihrer Flucht hatte sie nicht mehr gebadet. Sie fühlte sich von der Geburt noch entsetzlich klebrig und hatte große Angst, dass sie dank der mangelnden Hygiene noch krank werden könnte.

Jede Faser ihres Körpers lechzte nach Wasser, und es war ihr ein Rätsel, woher noch Milch für ihre Tochter kam, der es trotz allem gut zu gehen schien. Sie weinte viel weniger als am Anfang der Flucht und schlief viel.

Eine weitere Woche lang hatten sie es geschafft, ihre Verfolger zu narren, und waren ihnen immer voraus gewesen, aber in den letzten Tagen hatten sie aufgeholt, erst unmerklich, dann deutlicher, und nun waren sie ihnen dicht auf den Fersen. Ausgerechnet jetzt, wo sie endlich am Flussbett des Tsauchab angelangt waren. Der Tsauchab war vollkommen ausgetrocknet, und auch die letzte Wasserstelle war schon staubtrocken gewesen.

Deshalb hatte Zahaboo darauf bestanden, mit Fanny einen Regenzauber durchzuführen. John hatte sich mit seiner Mutter darüber heftig gestritten, doch sie erinnerte ihn daran, dass sie ohne Wasser verloren wären, selbst wenn es ihnen gelänge, ihre Verfolger wieder abzuschütteln.

John fiel es schwer einzuwilligen, denn er war sicher, es wäre klüger, zuerst den Vorsprung zu den Verfolgern zu vergrößern und sich dann mit dem Wasserproblem zu beschäftigen, aber seine Mutter blieb unerbittlich.

Er war nicht mehr so ausgeglichen wie sonst, und Fanny konnte sehen, wie sogar er unter der Hitze und den Strapazen litt. Sein Gesicht wirkte abgemagert, und auch er hatte trotz seiner hellbraunen Haut überall Blasen und rote, entzündete Stellen. Nur Zahaboo schien völlig unverändert und in sich ruhend, als wäre diese Wanderung durch die Wüste ein Spaziergang und keine Flucht vor tödlicher Bedrohung.

Nachdem John endlich einverstanden war, bestieg Fanny mit Zahaboo eine der riesigen, sternförmigen rotgoldenen Dünen, was Fanny ihrer letzten Kräfte beraubt hatte.

Als sie völlig außer Atem und am ganzen Körper zitternd endlich oben angelangt waren, hatte Fanny bei dem endlosen Anblick all der kupfern leuchtenden Sanddünen schwer geschluckt. Sie waren umschlossen, gefangen in einem Meer aus rotem Sand. Aber nicht nur das, sie hatte von dort oben auch ihre Verfolger gesehen, die von hinten ständig näher kamen, und das ausgetrocknete Flussbett des

Tsauchab vor ihnen, der in der Regenzeit wenigstens ein paar Tropfen Wasser hätte führen müssen. Er wand sich durch die kupfernen Wüstendünen, schuppig und trocken wie die abgestoßene Haut einer Schlange. Ab und zu säumte ein Baum das Flussbett, was Fanny so unwirklich vorkam wie die Farbkleckse eines wahnsinnigen Malers.

Zahaboo hatte nicht viel gesprochen und ihr nur durch Gesten zu verstehen gegeben, was sie tun sollte. Zuerst musste Fanny wieder ein Feuer entfachen, dann sollte sie die *amathambo*, Zauberwürfel, die aus Knochen, Muschelstücken und Perlen bestanden oder einfach nur Steinklumpen waren, aus Zahaboos Sack in den Sand werfen. Danach musste sie ihre Augen schließen und den großen Perlenkristall dazuwerfen.

Zahaboo war nicht zufrieden und zwang Fanny, diese Würfe ständig zu wiederholen, was Fanny immer unruhiger machte, weil sie wusste, dass John auf sie wartete und die Verfolger ständig näher rückten. Es kam ihr vor, als müsste sie eine Ewigkeit die Würfel und den Kristall werfen, bis Zahaboo endlich zufrieden nickte und dann mit ihrer Kalebasse der Flüstergeister sprach.

Im gleichen Moment, als aus der Kalebasse singende Töne drangen, berührte Zahaboo alle Würfel mit ihrer weißen Hornfeder und mit dem Gnuschwanzwedel.

Danach forderte sie Fanny auf, mit ihrer Kristallkugel hinter ihr her um das Feuer herumzugehen, und Fanny war sich lächerlich vorgekommen, weil der Himmel klar und blau blieb und sich nirgends auch nur eine einzige Wolke blicken ließ. Sie hatte mehr Angst vor den Verfolgern als Vertrauen in Zahaboos Regenzauberkünste. Auch wenn Zahaboo sie auf eine fantastische Zeitreise geschickt hatte, erschien es Fanny unmöglich, Regen durch Zauber erzwingen zu wollen.

Doch Zahaboo hatte sie nur wissend angelächelt, als ob sie ganz genau wüsste, was Fanny durch den Kopf ging, dann hatte sie gesungen und war um das Feuer herumgetanzt, immer schneller und schneller, so lange, bis sie umgefallen war.

Fanny wollte aufspringen und ihr helfen, aber ihre Beine hatten sich keinen Millimeter bewegt. Erst als Zahaboo ihre Augen endlich aufschlug, konnte auch Fanny wieder aufstehen.

Zahaboo sah nach Osten, breitete ihre Arme aus und sagte: »*Imvula enzima*, und starker Regen wird vom Himmel fallen.« Danach waren sie wieder abgestiegen, doch während der Rituale waren mehrere Stunden vergangen, Stunden, die den Verfolgern in die Hände gespielt hatten.

Jetzt waren sie am Flussbett des Tsauchab angekommen. »Was machen wir nun?«, fragte Fanny, und weil sie nach dieser Anstrengung noch mehr ausgetrocknet war als vorher schon, klebte ihre Zunge schwer am Gaumen. Überall war Sand, zwischen den Zähnen, in den Ohren, in jeder Hautfalte. Sie war müde, sehr müde, und immer, wenn sie John betrachtete, fühlte sie sich noch schlechter. Seine Gesichtshaut spannte sich straff über die eingefallenen Wangen, und sein Bart schimmerte weiß auf der braunen Haut. Nie hatte er auch nur ein einziges vertrautes Wort für sie. Stattdessen trieb er sie den ganzen Tag vorwärts, in den

Mittagsstunden und nachts sanken alle in traumlosen, unruhigen Schlaf, aus dem sie dann doch wieder nur erschöpft aufwachten.

»Wir haben kein Wasser mehr.« Sie klang, als wäre sie betrunken, so dick und schwer vom Durst lag Fannys Zunge in ihrem Mund. »Es regnet immer noch nicht, und ich kann die Söldner fast schon riechen.« Anklagend zeigte sie auf den toten Fluss, dann sah sie in den Himmel, der grausam blau und klar blieb. Keine Wolke zu sehen, nur die große Staubwolke ihrer Verfolger, die sich ihnen unerbittlich näherten.

»Wir müssen kämpfen.« John starrte grimmig zu seiner Mutter, dann zu Fanny und Lottchen. »Wir müssen uns hinter dem Karren verschanzen. Fanny, du nimmst das Gewehr von Ludwig, ich habe meines, und dann hoffen wir das Beste. Ich habe sie unterschätzt, ich war sicher, sie wären schlecht ausgerüstet und würden es nicht so lange durch die Wüste schaffen.«

Zahaboo bestand darauf, dass sie sich auf der anderen Seite des Flussbettes verbarrikadieren sollten, dort seien ihre Chancen zu entkommen deutlich größer, behauptete sie. Außerdem gäbe es dort einen Kameldornbaum, an dem man die Pferde anbinden könnte.

»Werden sie uns wirklich einfach kommentarlos erschießen?«, fragte Fanny, die sich das einfach nicht vorstellen konnte. »Können wir nicht mit ihnen sprechen, verhandeln?«

»Das bezweifle ich. Sie sind sicher wütend, weil sie uns nicht längst schon geschnappt haben. Sie werden nicht reden, wozu auch? Zuerst erschießen sie mich, dann werden sie euch beide vergewaltigen, dein Kind und meine Mutter töten und dich zu Ludwig verschleppen. Und auf dieser Reise wirst du ihnen oft zu Diensten sein müssen. Deshalb müssen wir sie besiegen!« John biss sich auf seine spröden, aufgeplatzten Lippen.

»Woher willst du das alles wissen?« Er übertrieb, warum sollten sie denn derart grausam sein, dafür hatte Ludwig sie doch nicht bezahlt.

John zögerte und wich ihrem Blick aus. Dann gab er sich einen Ruck. »Hermann führt diese Söldner an.«

»Hermann!« Entsetzt drückte Fanny ihre Tochter an sich. »Er hasst mich, und er wird sich an mir rächen. Warum hast du mir das nicht schon viel früher verraten? Ich hätte auf jede Pause verzichtet und wäre noch schneller gerannt.«

»Und ich wollte, dass du noch schlafen kannst. Los, hilf mir, wir müssen den Karren umkippen, damit wir ihn als Schutzschild benutzen können.«

Fanny übergab Lottchen Zahaboo, schirrte die Pferde ab, band sie an dem einzigen Baum weit und breit fest und packte zusammen mit John den Wagen an. Sie stemmten sich voller Kraft dagegen, aber es brauchte drei Anläufe, bis er sich endlich mit einem lauten Krachen ergab. Und die ganze Zeit hörten sie das Trampeln von Pferdehufen, die unaufhaltsam näher kamen.

Als die Söldner in Sichtweite waren, erkannte Fanny Hermann, der ganz vorne ritt, zusammen mit drei weiteren Männern. Sie wirkten viel weniger mitgenommen von der langen Reise durch die Wüste als Fanny und ihre Gefährten, was sicher daran lag, dass sie noch drei Packpferde dabeihatten, voll beladen mit Wasser, Waffen und Munition. Immerhin war es Hermann nicht gelungen, seinen Kaiser-Wilhelm-Bart in der Wüste in Form zu halten, sodass nun blondes, schlaff herunterhängendes Gestrüpp seine fischigen Lippen bedeckte, und dieses winzige, lächerliche Detail gab Fanny etwas Hoffnung.

Die Söldner ritten durch den trockenen Fluss auf sie zu und hielten etwa zwanzig Meter vor ihrem umgekippten Karren an.

»Ihr seid in der Falle!«, jubelte Hermann. »Gnädigste«, seine Stimme troff von bösartiger Genugtuung, »es hat keinen Sinn mehr, kommt alle raus. Ich bin entzückt, endlich die Hure wiederzusehen, die sich als Charlotte von Gehring ausgegeben hat. Und ich habe mir auch schon genau ausgemalt, was wir zur Feier dieses Moments alles mit ihr tun werden. Denn wirklich, wir möchten sie richtig gut kennenlernen!« Hermann lachte polternd, und seine Männer grölten zustimmend.

Fanny merkte, wie ihr Körper letzte Kräfte mobilisierte. Sie würde sich diesem widerwärtigen Dreckskerl niemals ergeben. Lieber wollte sie sterben. Aber da war Lottchen – sie musste vorsichtig sein.

»Wir könnten jede Menge Munition verschwenden, aber das wollen wir nicht, und wir sind auch keine Unmenschen. Also ergebt euch am besten gleich, dann muss keiner sterben.«

Was für ein Lügner Hermann war. Fanny erinnerte sich daran, wie er Martha und Grace zugerichtet hatte, und ihr Hass angesichts seiner lächerlichen Lügen wuchs.

»Ich habe dir ein Angebot zu machen, Schlampe. Du gibst uns den Vater von deinem Balg jetzt gleich heraus, dann lasse ich dein Kind am Leben.«

»Franziska«, flüsterte John, »wenn ich euch retten könnte, indem ich mein Leben opfere, dann würde ich es tun. Aber das ist nur ein Trick, sie werden genau das tun, was ich dir gesagt habe. Ich bin ihr stärkster Gegner, mit euch Frauen haben sie leichteres Spiel.«

»Ich weiß«, sagte Fanny, »ich kenne Hermann, deshalb werden wir kämpfen. Gemeinsam siegen oder sterben.«

Fanny gab sich einen letzten Ruck, atmete tief durch, legte die Waffe an und schoss ohne ein warnendes Wort auf Hermann. Du sollst nicht töten, dachte sie, aber was soll ich sonst tun, freiwillig sterben?

Ihr Schuss streifte Hermanns linkes Ohr. Verblüfft griff sich Hermann an den Kopf, und als er das Blut an seinen Händen sah, stieß er wütend »Angriff!« aus.

Seine Männer sprangen ab und suchten Deckung, was sich als schwierig herausstellte, denn sie konnten sich nur hinter ihren Pferden verstecken. Und wenn sie die opferten, würden sie aus der Sandhölle niemals mehr herauskommen.

Johns Kugel verfehlte ebenfalls sein Ziel und traf einen der großen Wasserschläuche auf dem Rücken eines Packpferds. Sofort rann Wasser aus dem Loch. Beim Anblick des klaren Wassers, das sinnlos im Sand versickerte, musste Fanny alle Kräfte aufbieten, nicht hinzurennen und davon zu trinken.

»Wie viele Kugeln hast du noch?«, fragte John.

»Noch zwei, und du?«

»Nur eine.« Fanny ärgerte sich, dass sie nicht sorgfältiger gezielt hatte, sie hätte Hermann gleich tödlich verwunden müssen.

Lottchen wimmerte, Fanny drehte sich zu ihr um und war beruhigt, sie bei Zahaboo im Arm zu sehen, die ihrer Tochter leise Worte ins Ohr summte. Wie lange konnten sie noch standhalten? Sie mussten dem hier schnell ein Ende bereiten. Aber wie, ohne nennenswerte Munition? Wir sind verloren, flüsterte eine Stimme in Fannys Kopf, doch sie weigerte sich, ihr Gehör zu schenken.

Ein Kugelhagel traf krachend den Ochsenkarren und zerlöcherte ihren Schutzschild.

Wütend schoss Fanny zurück und traf das Pferd, hinter dem sich Hermann verschanzt hatte.

»Verdammt!« Um das Pferd tat es ihr leid, der Schuss hätte Hermann treffen sollen. Jetzt hatte sie keine Kugel mehr.

John legte an und erwischte den Oberarm eines Söldners, der es gewagt hatte, durch das Flussbett näher heranzukommen. Er ließ schmerzverzerrt sein Gewehr fallen und rannte zu einem der Pferde auf der Suche nach Deckung. Das erfüllte Fanny mit großer Genugtuung. Aber nun hatten sie nur noch eine einzige Kugel. Sobald die Söldner merkten, dass sie keine Munition mehr hatten, würden sie heranstürmen, und dann wären sie wirklich verloren.

»Mit der letzten«, wisperte John, »werde ich Hermann erledigen, die anderen sind ohne ihn hilflos. Die finden nicht mal ihren Speer, wenn sie im Dunklen pinkeln müssen.«

So hatte Fanny John noch nie reden hören, aber es störte sie nicht, im Gegenteil, sie hoffte, dass er verdammt noch mal recht hatte.

Zahaboo berührte Fannys Schulter.

»Nicht jetzt.« Fanny schüttelte ihre Hand ab.

»Ich werde Hermann herauslocken, und dann erschießt du ihn«, sagte Fanny zu John und wartete keine Antwort ab.

»Hermann!«, brüllte sie aus trockener Kehle. »Gebt auf, ihr habt keine Deckung, oder wollt ihr, dass wir alle eure Pferde abknallen? Wie wollt ihr dann jemals zurückkommen?«

»Wir haben Wasser und Gewehre, aber vor allem freuen wir uns auf die Weiber. Und die werden schlimmer bluten als das hier.« Er berührte sein Ohr und wedelte mit der blutverschmierten Hand durch die Luft.

»Dieses Schwein!« John hieb mit seiner Faust fest gegen den Karren. »Ich werde ihn jetzt erschießen, es gibt nur diesen Weg.«

In diesem Augenblick legte Zahaboo wieder eindringlich ihre Hand auf Fannys Schulter, dann auf Johns. »Hört!«, sagte sie, während sie lächelnd Lottchens Rücken streichelte.

Fanny konzentrierte sich, und da hörte sie es auch. Ein fernes Donnergrollen. Ein kurzer Blick in den Himmel verriet ihr, dass es kein Gewitter sein konnte, denn es war nicht eine Wolke am Himmel, nicht eine einzige.

John erstarrte, dann nickte er ihr zu. »Zahaboo hat recht, wir müssen hier weg, und zwar sofort, los, los, los!« Er trieb Fanny an und nahm Lottchen von Zahaboo auf seinen Arm.

»Wenn wir aus der Deckung gehen, werden wir erschossen.«

»Jetzt nicht mehr, glaub mir. Kümmere dich um unsere Pferde!«

Das Donnern wurde lauter, dazu ertönte ein Zischen – so laut, dass es auch die Söldner hörten.

Es kam nicht von oben, erkannte Fanny, während sie eilig die Pferde losband, das Zischen klang plötzlich mehr wie ein Brodeln und kam von unten, aus östlicher Richtung. Sie drehte den Kopf, und dann sah sie die riesige braune Flutwelle, die sich gurgelnd und schmatzend in wahnsinniger Geschwindigkeit durch den Fluss zu ihnen herwalzte.

Sie rannte, so schnell sie konnte, rannte um ihr Leben. John überholte sie mit Lottchen im Arm, packte ihre Hand mit seiner freien und zerrte sie mit sich voran. »Schneller, schneller!«, befahl er atemlos. »Bitte, Franziska, lauf!«

Sie überholten Zahaboo, die Fanny an ihre andere Hand nahm, und so stürmten sie zu dritt, Hand in Hand, weiter.

Sie hörten die Schreie der Söldner, das Wiehern der Pferde und dann nur noch das Donnern des Wassers.

Endlich blieb John keuchend stehen.

»Wir haben es geschafft! Er tritt, jedenfalls für den Moment, nicht weiter über die Ufer.« Sie drehten sich um.

Wo vor wenigen Minuten noch ein trockenes Flussbett gewesen war, strömte nun graubraunes Wasser mit großer Geschwindigkeit dahin. Von den Männern und ihren Pferden war nichts mehr zu sehen. Ohne zu sprechen liefen sie alle drei immer noch Hand in Hand zurück in die Nähe des Ufers.

»Wie ist das möglich?«, fragte Fanny. »Es regnet doch gar nicht, wo kommt denn all das Wasser her?«

»Es ist Regenzeit.« John grinste. »Es muss woanders sehr stark geregnet haben, dann füllen sich die Riviere oft in Sekundenschnelle mit Wasser.«

Fanny sah zu Zahaboo, die sie triumphierend anlächelte, aber kein Wort sagte.

»Früher floss der Tsauchab noch bis in den Atlantik, so wie der Kuiseb, sieht fast so aus, als würde er es diesmal schaffen …« John rieb sich die Hände und sah zum ersten Mal seit Tagen glücklich aus.

»Wir werden also nicht verdursten.« Fanny spürte ein unbändiges Bedürfnis, sich ins Wasser zu werfen und einfach nur treiben zu lassen. Sich endlich satt zu trinken und dann zu waschen. Sie sah sich nach dem Karren um, aber sie konnte ihn nirgends entdecken. Die Fluten mussten ihn mitgerissen haben.

Zahaboo hatte einige Beutel und die Kalebassen mit Amasi weit oben in den Kameldornbaum gehängt, die sie jetzt gelassen wieder einsammelte und sich umhängte.

Dann stieß sie einige ihrer Jodelrufe aus und suchte nach den Pferden, ganz so, als ob sie sofort weiterziehen würden.

»Können wir nicht hierbleiben, Wasser trinken und schlafen, nachdem wir nun keine Angst mehr vor unseren Verfolgern haben müssen?« Egal wie die Antwort lautet, dachte Fanny, ich gehe keinen Schritt mehr.

John schüttelte den Kopf. »Nein, wir wissen nicht, ob der Tsauchab nicht noch weiter über die Ufer tritt. Hier ist kein sicherer Platz, wir müssen noch ein Stück weiter bis zum Sossusvlei, dort endet der Fluss, umgeben von großen Dünen, in einem See. Erst dort sind wir sicher.«

Fanny wollte widersprechen, dann dachte sie an die monströse Flutwelle und wusste, dass John recht hatte. Zähneknirschend schluckte sie alle Proteste herunter und schleppte sich weiter.

34

Es wurde schon dunkel, als sie am Sossusvlei ankamen. Der Weg am Fluss entlang war sehr viel weniger beschwerlich gewesen, als Fanny gefürchtet hatte, trotzdem war sie froh, als sie im flammenden Licht der Dämmerung endlich den See erreichten, der ihnen unwirklich wie eine Fata Morgana zwischen den Dünen entgegenschimmerte.

Einige Kameldornbäume säumten die andere Seite des Sees, dort, oberhalb des Ufers, schlugen sie ihr Lager auf.

Zahaboo erklärte ihrem Sohn, dass sie noch etwas zu erledigen hätte, etwas, bei dem sie allein sein musste. Sie füllte ein wenig Wasser in einen Wasserschlauch, erst für sich, dann wiederholte sie das Ganze und reichte ihn Fanny. Sie riet ihr zu warten, bis sich der Sand unten abgesetzt habe, weil das Wasser durchsetzt sei von Wüstensand, den der Fluss vor sich her durch das Rivier geschoben hatte. Dann nickte sie allen zu und wanderte davon.

»Sie wird auf den Umama hinaufsteigen, dort mit den Ahnen reden und ihnen für das Wasser danken«, erklärte John und zeigte zu einer besonders hohen rosakupfernen Düne.

»Woher nimmt deine Mutter diese Kraft?«, fragte Fanny,

die keinen Meter mehr hätte gehen können. Ihre Beine zitterten, und ihr Magen zog sich ständig zusammen, als könnte er nicht glauben, dass sie ihm immer noch nichts zu essen gab. Sie ließ sich in den Sand fallen, und John setzte sich mit Lottchen auf dem Arm neben sie.

»Sie hat ein hartes Leben hinter sich, und vergiss nicht«, John lächelte, »sie ist eine *inyanga*, und die können sich vom Licht des Mondes ernähren.«

»Warum war ihr Leben so hart?«

»Sie wurde im Osten Südafrikas als Zulu-Prinzessin geboren, aber von ihrem Stamm verstoßen, weil man sie der Schwarzzauberei verdächtigte. Dann hat sie meinen Vater kennengelernt, der sich in sie verliebte und mit ihr von Südafrika nach Deutsch-Südwest zog, wo sie weder von den anderen Weißen noch von den Herero und Nama akzeptiert wurde. Aber die beiden haben sich so geliebt, dass sie es in Kauf genommen haben, und ihre Farm wurde immer größer, mein Vater immer wohlhabender.« John grinste spöttisch. »Sehr zum Ärger der deutschen Nachbarn, die es gern gesehen hätten, wenn diese sündige Verbindung von Gott mit Krankheit und Elend bestraft worden wäre. Doch als mein Vater starb, mussten wir die Farm verlassen, weil die weißen Verwandten sein Testament anfochten und alles bekamen. Uns blieb nichts.

Deshalb zog meine Mutter weiter nach Norden zu den Ovaherero, wo sie sich ganz unerwartet noch einmal verliebte. In Kahitjene, den jüngeren Bruder von Saherero. Doch dann wurde Saherero ermordet, weil er mit einer Weißen zusammen gewesen war.«

Saherero und eine Weiße. Damit musste Luise gemeint sein. John konnte nicht wissen, dass er von ihrer Mutter sprach.

»Für Sahereros Tod machte man nicht seinen Mörder, sondern die Zauberkünste meiner Mutter verantwortlich, und so musste sie wieder einen Kraal verlassen, um ihr Leben zu retten.«

Fanny betrachtete Zahaboo, die stetig weiter die steile Düne erklomm, aufrecht und mit hocherhobenem Haupt, unverwundbar und majestätisch wie eine Göttin auf dem Weg in den Olymp. Jetzt wurde Fanny klar, dass Zahaboo die Perlen an Saherero, dem Bruder ihres Liebsten und Fannys Vater, gesehen hatte. Wie einfach das klang und wie verworren zugleich.

Lottchen wachte auf und wimmerte hungrig. Fanny legte ihre Tochter an und streichelte ihren zarten Kopf. Was für ein Wunder, dass dieses winzige Wesen alle Strapazen so gut überstanden hatte. Trotzdem musste sie in Windhuk zu einem Arzt, um sich zu vergewissern, dass Ludwigs Brutalität keinen bleibenden Schaden bei Lottchen hinterlassen hatte.

Die Sonne verschwand endgültig, und das goldene Rot der Dünen wurde schlagartig fahlrosa. Sie wandte sich wieder John zu und merkte, dass er sie beobachtet hatte.

»Und du, wo warst du in all den Jahren?«, fragte sie.

»Nachdem ich zehn geworden war, kam ich aufs Internat, wo ich Ludwig kennengelernt habe. Das Leben dort war ein Schock für mich, denn meine Eltern haben mich niemals geschlagen oder misshandelt. Mein Glück war aber, dass ich trotzdem kämpfen konnte.«

»Ludwig hat erzählt, du hast ihn vor den anderen beschützt. Warum?«

»Er war ein so armes Würstchen, die anderen haben ihn ständig verprügelt, angepinkelt und ihm sein Essen weggenommen. Das konnte ich nicht mit ansehen. Das Internat hat uns alle zu Monstern gemacht.«

»Warum haben sie das getan?«

John zuckte mit den Schultern.

»Viele konnten nicht richtig deutsch oder englisch sprechen, aber Ludwig hat noch dazu gestottert und war ziemlich schwach auf der Brust. Seine Eltern waren Missionare und hatten ihm alles verboten, was Jungs sonst so tun. Er hatte sich noch nie geprügelt, er konnte nicht klettern oder rennen, ohne zu stolpern. Und er hatte große Probleme beim Schreiben und Lesen. Ludwig konnte nur eins richtig gut: die Bibel auswendig hersagen, weshalb ihn die anderen nur den ›Jesuskrüppel‹ genannt haben.«

Fanny brauchte ein paar Momente, um das zu verdauen. Der Mann, der sie so brutal geschlagen hatte, war also der verspottete Außenseiter im Internat gewesen. Wie traurig und wie armselig. Kein Wunder, dass Ludwig von starken, blonden Söhnen geträumt hatte und Männer wie Hermann verehrte.

»Wenn du ihn beschützt hast, warum seid ihr dann nicht gute Freunde geworden? Wenn mich im Kloster jemand vor Seraphina beschützt hätte, dann hätte sich dieser Jemand meiner lebenslangen Freundschaft sicher sein können.«

John presste die spröden Lippen aufeinander. »So einfach war das nicht. Ludwig hat mich dafür gehasst, dass er mich brauchte, und gleichzeitig hat er sich bei mir sicher gefühlt. Mit der Zeit wurde er auch härter und konnte sich selbst besser wehren. Ich habe ihn nach dem Internat aus den Augen verloren. Erst als er nach dem Studium zurückkam und immer noch von einer Farm träumte, haben wir uns wiedergesehen. Er hatte niemanden, dem er vertrauen konnte. Andere Verwalter hätten gemerkt, wie wenig Ahnung er von Viehzucht hatte, und er wollte sich keine Blöße geben, deshalb hat er mich dann, trotz seines unterschwelligen Hasses, angestellt. Ich war das kleinere Übel, denn ich wusste ja schon das Schlimmste über ihn, und wenn er mich bezahlte, dann hatte er mich unter Kontrolle. Seine größte Furcht war, ich könnte jemandem erzählen, was ihm, dem ›Jesuskrüppel‹, im Internat angetan worden war. Er hatte immer Angst, nicht ernst genommen zu werden.«

Das erklärte vieles an Ludwigs Verhalten, was Fanny nie verstanden hatte.

»Hat er sich deshalb eine Frau per Annonce gesucht, eine mit einer kleinen Beschädigung, die wegen eines Skandals in die Wildnis verheiratet werden musste? Eine schöne Adlige, der er sich trotzdem überlegen fühlen konnte?«

John nickte. »Für diese Briefe hat er mich gut bezahlt, und nach einer Weile habe ich es genossen, sie zu schreiben. Am Anfang habe ich noch gedacht, dass es Betrug ist, was ich tue. Aber dann wurde es zum Höhepunkt meines Tages, mir zu überlegen, was ich dieser Frau schreiben könnte. Ich habe angefangen zu fantasieren, habe mir vorgestellt, ich würde diese Frau heiraten.«

John rückte näher an Fanny heran und zwang sie, ihm in die Augen zu schauen. »Es war völlig verrückt, aber als ich dich damals in Swakopmund aus den Fluten herausgetragen habe, da wusste ich, du bist die Frau, an die ich geschrieben habe, du bist meine Frau.«

»Aber – ich war doch gar nicht Charlotte von Gehring, also auch nicht die Frau, der du geschrieben hattest.«

»Meine Mutter hat es sofort gewusst, als sie dich im Köcherbaumwald das erste Mal gesehen hat. Sie hat das *Inyanga*-Zeichen an deinem Arm entdeckt und dann die Perlen von Sahereros Bruder, und deshalb hat sie mich vor dir gewarnt. Aber es war mir egal, denn du warst genauso, wie ich mir die Frau beim Schreiben vorgestellt hatte. Zart und doch kräftig, wunderschön, aber nicht eitel, klug und voller Lachen.«

Seine Worte klangen durch ihren Körper wie Musik und brachten alles in ihr zum Schwingen. Er war so nah bei ihr, dass sie trotz der Hitze seine Wärme spüren konnte.

Fanny dachte plötzlich an Charlotte. Niemals wäre ihre Freundin auf die Idee verfallen, dass Fanny ihren Verlobten heiraten sollte, wenn John nicht so wunderschöne Briefe geschrieben hätte.

Fanny seufzte und sah in den Himmel, der gerade dunkelgrau wurde. Die ersten Sterne begannen zu blinken und spiegelten sich in dem dunklen See.

Keiner von ihnen sprach ein Wort, aber Fanny war sicher, dass er sich ihres Körpers genauso bewusst war wie sie sich seines, und sie wünschte sich, John würde sie endlich küssen.

Oder sollte sie vorher nicht besser noch baden? Sie konnte selbst riechen, wie verschwitzt und schmutzig sie war.

»Ist es gefährlich, in dem See zu baden?«, fragte Fanny.

»Sehr gefährlich, es gibt Haie«, sagte John grinsend, und seine Augen funkelten, »ganz kleine Haie ...«

Fanny musste lachen. »Dann gibt es also keine beißfreudigen Tiere darin?«

John zuckte mit den Schultern. »Vielleicht kleine Würmer, die sich in die Haut bohren, aber das ist mir ehrlich gesagt vollkommen egal.« Er legte Lottchen auf Fannys Arm, zog sich blitzschnell aus, warf seine Sachen auf einen Haufen und rannte übermütig wie ein kleiner Junge zum See, sodass der Sand in kleinen Schwaden unter seinen Füßen wegspritzte.

Fanny sah ihm nach, dann zog sie das dreckstarrende, schweißgetränkte Kleid aus und wickelte Lottchen aus ihren Stofffetzen. Eigentlich müssten wir das alles waschen, dachte sie, doch es würde nicht mehr trocknen, und sie wusste, wie unglaublich kalt die Wüste in den letzten Nächten gewesen war. Also müssten sie nach dem Baden trotzdem wieder alles anziehen, und erst in Windhuk konnten sie neue Kleider kaufen. Dann wurde ihr schlagartig klar: Nicht nur Kleider, sie brauchten alles und hatten kein Geld.

Aber die Tränen der Sonne. Sie bückte sich zu dem Kleiderhaufen und suchte in den Taschen des Kleides nach ihnen. Hoffentlich hatte sie sie bei ihrer wilden Flucht vor den Wassermassen nicht verloren.

Da stießen ihre Finger an die kalte und glatte Oberfläche der Steine. Erleichtert legte sie das Kleid wieder auf den Haufen zurück und sah im fahlen Licht der Dämmerung an sich herunter. Sie war unglaublich mager geworden, nur ihre Brust war wegen Lottchen noch üppig, ihr Bauch hatte sich komplett zurückgebildet, und die blauen Flecken von Ludwigs Schlägen waren nun gelb und kaum noch zu sehen.

Ihre Arme und Hände waren rot und voller Hautfetzen, und sie wollte sich nicht vorstellen, wie ihr Gesicht aussah.

Sie nahm Lottchen fest in den Arm und lief barfuß durch den noch warmen Sand nach unten zu dem See, in dem sich jetzt unzählige Sterne widerspiegelten.

Und wenn tausend Würmer darin sind, dachte Fanny, es ist mir egal, es wird höchste Zeit. »Lottchen, dein erstes Bad«, sagte sie zu ihrer Tochter, »du wirst es lieben!«

John schwamm ihnen entgegen. »Es ist nicht sehr tief, am besten geht ihr hier drüben rein, dort sind keine dornigen Büsche im Sandboden.« Er kam aus dem Wasser und nahm Fanny Lottchen ab, die protestierend quäkte. Er lief mit ihr in den See und benetzte sie vorsichtig mit Wasser. »Ich taufe dich auf den Namen *Ikwezi*, der Morgenstern – das passt so gut zu dir.«

Fanny konnte hören, wie Lottchens Quäken in glückliches Glucksen überging. Mit einem Lächeln im Gesicht betrachtete sie die beiden.

Eben hatte sie John nur von hinten gesehen, und es war so schnell gegangen, dass sie seinen Körper nicht wirklich wahrgenommen hatte, aber jetzt stand er frontal mit Lottchen auf dem Arm vor ihr. Und was sie da sah, brachte alles in ihr zum Kribbeln. Es zog sie in seine Nähe, aber sie wollte ihn auch betrachten, sich sattsehen.

Sein schmal gewordenes Gesicht hatte sie getäuscht, sein Körper bestand nicht nur aus Haut und Knochen. Auf dem stark gewölbten Bizeps des rechten Arms lag wunderbar geborgen ihre winzige Tochter, behutsam an seine glatte Brust geschmiegt. Jedes Mal, wenn er die Kleine hin und her wiegte, zeichneten sich dicke Muskelstränge unter der Haut ab, erinnerten Fanny an Klaviertasten, die sich wie von Zauberhand auf und ab bewegten, und lösten in ihr den dringenden Wunsch aus, sie zu berühren, ein Lied mit ihm zu spielen. Von der schmalen Taille abwärts war John leider von Wasser bedeckt.

Ihre Blicke begegneten sich, und ihr wurde plötzlich bewusst, dass er sie genauso anstarrte wie sie ihn. Ihre Haut leuchtete geradezu in der Dämmerung. Was, wenn er sie nicht schön fände? Unwillkürlich schob sie ihre Schultern nach hinten, sodass ihre Brüste mehr zur Geltung kamen, und sie löste ihr Haar, das ihr bis zur Taille auf den Rücken fiel. Als sie es schüttelte, rieselte der Sand heraus. Wasser, sie musste endlich ins Wasser, zu ihm.

Ihre Augen trafen sich, er kam ihr entgegen, und mit jedem Schritt, den er aus dem Wasser machte, gefiel er ihr noch besser. Als er vor ihr stand, reichte er ihr die Hand, die sie nur allzu gern ergriff, er zog sie ungestüm heran, ohne Lottchen loszulassen, und presste Fanny fest an sich. Sie schnappte nach Luft, er war nass und kalt, aber sie wusste ganz genau, dass nicht deshalb diese Schauder durch ihren Körper liefen. Sie drückte sich enger an ihn, und dann trafen sich ihre rauen, spröden Lippen zu einem Kuss, der ganz anders war als der damals im Garten.

Hemmungslos und wild erkundete John ihren Mund und stöhnte leicht auf. Fanny erwiderte seinen Kuss leidenschaftlich, dann ließ sie ihn los und rannte ins Wasser, hatte plötzlich Angst vor dem, was da durch ihren Körper raste und was sie bei Ludwig nie so empfunden hatte.

John lachte leise und stürmte hinter ihr her.

Das Wasser schmiegte sich an ihre Haut, kühlte sie und machte sie herrlich leicht. Sie tauchte unter und kämmte mit den Händen ihre Haare unter Wasser, in der Hoffnung, dass aller Sand und Staub daraus gelöst würde, dann rubbelte sie in Ermangelung von Seife ihre Haut ab und tauchte dabei immer wieder unter.

John war in einiger Entfernung stehen geblieben und sah ihr vergnügt zu, freute sich an ihrer Begeisterung. Plötzlich wurde Fanny klar, dass er mit der Kleinen auf dem Arm selbst nicht untertauchen konnte. Sie watete zu ihm und nahm ihm Lottchen ab, die wach und mit weit offenen Augen alles um sie herum betrachtete.

Fanny tauchte auch ihre Tochter unter, zog und schwang sie im Wasser herum, was ihr so fröhliche Laute entlockte, wie Fanny sie noch nie von ihr gehört hatte.

Dann war John wieder da, legte seine Arme um sie beide und hielt sie fest. Er begann zu flüstern.

»Egal, was passiert, Fanny, egal, wer Lottchens Vater ist, egal, ob wir heiraten, und egal, wo wir leben werden – wir drei gehören zusammen, so wie der Mond und die Sonne und *Ikwezi*, der Morgenstern.« Er deutete in den schillernden Nachthimmel, und Fanny folgte seinem Arm mit ihren Augen. Hier oben, mitten in der Wüste, waren ihr die Sterne noch viel näher als jemals zuvor. Plötzlich blitzten mehrere Sternschnuppen auf, rasten quer über den Himmel und verlöschten sofort wieder.

Ja, dachte Fanny, ja.

Und es war ihr, als hätte sie gerade Charlottes fröhliches Lachen gehört, doch dann wurde ihr klar, dass es ihre Tochter war, die ein glucksendes Geräusch von sich gegeben hatte.

»Wir gehören zusammen«, wiederholte John, und seine Stimme ging in eine Art Singsang über, der Fanny tief in ihrer Brust berührte. »Das schwöre ich hier bei diesen Sternen, die nichts anderes sind als die Lichter meiner Ahnen, unserer Ahnen.«

Fanny wandte ihren Blick von den Sternen zu Johns glänzenden Augen und seufzte voll behaglicher Gewissheit.

Er hatte recht.

Sie musste nicht länger suchen, sie war endlich bei ihrer Familie angekommen.

35

Sechs Wochen später besuchte Fanny Richter Ehrenfels in Windhuk, um ihre Ehe annullieren zu lassen.

Die Reise entlang des mit Wasser gefüllten Tsauchab war ihr nach allem, was sie vorher durchgemacht hatten, wie ein Spaziergang vorgekommen, denn es hatte immer genug zu trinken gegeben.

Überall waren kleine, grüne Büsche aus dem Boden geschossen, deren zarte, kleinblättrige Sprossen Fanny mit Genuss verspeist hatte. Außerdem tummelten sich plötzlich Frösche und Fische im Wasser, und überall schwirrten Heuschrecken herum, die geröstet ein Leckerbissen waren.

Sie waren nicht mehr jeden Tag bis zur vollkommenen Erschöpfung gewandert, sondern nur noch so lange, bis sie müde wurden. Und ohne Angst vor ihren Verfolgern haben zu müssen, hatte Fanny gut geschlafen. Wenn sie geträumt hatte, dann nur von Charlotte, die sich lachend mit dem lebendig gewordenen Reutberger Christkind unterhielt.

Das Allerbeste an diesem letzten Stück ihrer Reise aber war, dass sie und John ständig zusammen waren. Wann immer Fanny einfiel, dass sie noch mit Ludwig verheiratet war, sagte sie sich, dass Ludwig jedes Recht verspielt hatte, sich als ihr Ehemann zu betrachten.

Nur der Abschied von Zahaboo war ein Wermutstropfen in diesen glücklichen Wochen gewesen. Schon weit vor Windhuk hatte Zahaboo plötzlich innegehalten und ihnen mitgeteilt, ihr Platz sei in der Wüste und von hier aus müssten John und sie alleine weitergehen.

Damit hatte sie Fanny völlig aus der Fassung gebracht. Als sie wissen wollte, wie sie denn ohne ihre Hilfe mehr über ihre magischen Fähigkeiten lernen sollte, hatte Zahaboo sie ein wenig spöttisch angelächelt, sieben ihrer Armreife abgenommen und sie Fanny überreicht. »Du hast wie mein John zwei verschiedene Beine, und deshalb musst du deinen eigenen Weg finden. Mein Weg kann nicht der deine sein. Aber meine Ahnen und ich möchten dir etwas mit auf diesen deinen Weg geben: Sei sorgsam mit deiner Macht, benutze sie niemals, um anderen Schaden zuzufügen. Und sie bitten dich um noch etwas. Was auch immer geschieht, wende dein Gesicht stets der Sonne zu, nur dann fallen die Schatten hinter dich.« Sie hatte John und Fanny zugenickt und war ohne ein weiteres Wort, auch nicht zu ihrem Sohn, davongeschritten, zurück in die Wüste.

Fanny hatte die Armreife übergestreift und John beobachtet, der seiner Mutter wehmütig hinterherschaute. Sie hätte zu gern gewusst, was in diesem Moment in ihm vorging.

Dann hatte er den Blick von seiner Mutter abgewendet, Fanny liebevoll zugelächelt und tief geseufzt. »Wir werden sie wiedersehen, aber wann und wo, das wird Zahaboo bestimmen. Ich habe gelernt, das zu akzeptieren, ohne wütend zu werden, aber es hat lange genug gedauert. Wenden wir unser Gesicht also der Sonne zu.« Dann hatte er den Arm um Fanny und Lottchen gelegt und war mit ihnen weitergewandert.

Sie erreichten Windhuk in einem Zustand völliger Verwahrlosung, und Richter Ehrenfels war sichtlich schockiert, als er Fanny mit John und einem schwarzen Kind zerlumpt und stinkend vor seiner Tür stehend vorfand.

Nur Bismarck, der dicke Mops, erinnerte sich sofort an Fanny und sprang begeistert bellend um sie herum.

Als Fanny dem Richter offenbarte, dass sie die Tochter seiner Luise sei und dringend mit ihm reden musste, hatte er ungläubig den Kopf geschüttelt, sie aber dennoch zu sich ins Haus gebeten.

Nachdem alle drei ausgiebig gebadet hatten und vor allem neu eingekleidet waren, hellte sich die Stimmung von Ehrenfels wieder auf. Als sie abends auf der Veranda bei Kerzenlicht zusammen speisten, fand Fanny ihn beinahe wieder so aufgeräumt vor wie in den Tagen vor ihrer Hochzeit.

Fanny trug ein altes Seidenkleid ihrer Mutter und fühlte sich zwar frisch und sauber, aber auch eingezwängt in die Wespentaille und den hochgeschlossenen Kragen. Die Goldreife von Zahaboo wirkten seltsam fehl am Platz über den mit zwanzig Knöpfchen geschlossenen Keulenärmeln. Fanny hatte trotzdem beschlossen, die Reife immer zu tragen. Sie vermisste ihre Perlen, und die Glaskugel war zu schwer, um sie ständig dabeizuhaben.

Im Spiegel des Richters hatte sie ihr Gesicht zum ersten Mal seit Langem gesehen, und sie war überrascht, wie sehr es sich verändert hatte. Ihre Haut war sehr braun geworden und hatte auf der Stirn, an der Nasenwurzel und den Mundwinkeln viele kleine Linien bekommen. Außerdem hatte sich der Ausdruck ihrer Augen verändert. Sie suchte nach einem Wort dafür, was war das? Während sie sich anstarrte, überlegte sie, ob es Charlotte auch auffallen und wie sie es bezeichnen würde. Als ihr langsam dämmerte, was es war, musste sie lachen. Kein Wunder, dass sie diesen Ausdruck nicht kannte, sie hatte ihn ja auch noch nie vorher in ihren Augen gesehen. Es war das pure Glück, nichts als Glück, was ihr da entgegenschimmerte.

»Die Gerüchteküche brodelt«, erklärte der Richter, nachdem sie auch noch den letzten Krümel Kürbiskuchen mit Mangopüree aufgegessen hatten. »Mal hält man dich für eine gefährliche Metze, die vier Männer in der Wüste ermordet hat, mal für eine irregeleitete Negerhure, je nachdem, wer es erzählt. Und bevor wir auch nur ein Wort weiterreden, will ich jetzt die ganze Wahrheit von dir hören.« Er zwinkerte ihr zu, und sie erinnerte sich an das Gespräch, das sie vor ihrer Hochzeit mit Ludwig geführt hatten. »Und dieses Mal wirklich die Wahrheit«, fügte er hinzu, bevor er sich zurücklehnte und seine Pip anzündete. Fanny hätte ihn sehr viel lieber über ihre Mutter ausgefragt, aber sie merkte, dass sie, ohne ihre Geschichte preiszugeben, nichts von ihm erfahren würde.

Als sie Stunden später geendet hatte, war John eingeschlafen, aber der Richter noch immer hellwach. Keiner redete ein Wort, man hörte nur den Wind, der leise um das Haus strich, und das Schnarchen des Mopses, der auf den Knien des Richters döste.

»Sie war so ein unglücklicher Mensch, meine Luise. Deine Mutter.« Er seufzte tief. »Ich wollte ihr so gern helfen, aber sie hat ihren Schmerz geliebt, es war so, als würde sie sich selbst bestrafen und es richtig finden.«

»Warum haben Sie sie geheiratet?«

»Sag endlich auch du zu mir, ich bin, auch wenn es mir höchst merkwürdig vorkommt, dein Stiefvater.«

Es fiel Fanny schwer, auf den Wunsch des Richters einzugehen, denn er war ein so respekteinflößender Mann. Doch als sie merkte, dass ihm viel daran lag, tat sie ihm den Gefallen. »Also dann, warum hast du meine Mutter geheiratet?«, wiederholte sie ihre Frage.

»Ich habe mich sofort in sie verliebt, damals, als Luise mir den Mord an Pete Random gestanden hat, deshalb habe ich es nicht übers Herz gebracht, sie zu verhaften.«

»Haben Sie ... hast du das damit gemeint, als du mir damals gesagt hast, du hättest schon so viel gelogen in deinem Leben, du und auch deine Frau?«

Der Richter nickte. »Wenn ich gewusst hätte, dass du ihre Tochter bist ... nun, Luise war damals so verletzlich und so verzweifelt. Ich wollte ihr helfen und habe sie gefragt, ob sie meine Frau werden will, denn dann hätte ich ganz offiziell nicht gegen sie aussagen müssen. Und sie hat

Ja gesagt, aber nur, weil sie sehr müde war, des Lebens müde, könnte man vielleicht sagen.«

»Hast du sie denn geliebt?«

»Über alle Maßen.« Eine Motte flog in die Flamme einer Kerze, verschmorte sofort und erfüllte die Luft mit dem bitteren Geruch von Asche.

Fanny sah in das runde, speckige Gesicht ihres Stiefvaters und versuchte zu erraten, wie die Ehe zwischen den beiden verlaufen war.

»Doch sie ... sie konnte mich nicht lieben, sie hat nur ihn geliebt. Saherero ...« Der Richter seufzte. »Sie hat sich immer wieder dafür entschuldigt. Weißt du, hat sie gesagt, egal wie lange dieser Baumstamm im Wasser liegt, er wird nie ein Krokodil werden. Natürlich habe ich gehofft, Tag um Tag, Jahr um Jahr, dachte: eines Tages ... Doch dann wurde Luise von einer Spei-Kobra getötet.«

Fannys Herz zog sich zusammen. Ihre Mutter hatte für die Liebe ihres Lebens ihr Kind weggegeben, das Geld für eine Herde Rinder besorgt und hätte doch niemals die Hauptfrau von Saherero werden können. Dann wurde er vor ihren Augen ermordet, sie wurde selbst zur Mörderin, und zu guter Letzt heiratete sie einen Mann, den sie nicht lieben konnte, und starb viel zu jung an einem Schlangenbiss.

Fanny dachte an die Glaskugel, die oben in ihrem Zimmer neben Lottchen lag, und hoffte sehr, dass der Fluch der Glasperlen wirklich ein für alle Mal gebannt war.

»Franziska, dir ist sicher klar, dass ihr im Augenblick hier nicht länger bleiben könnt. Es ist viel zu gefährlich. Ludwig ist immer noch außer sich, man redet in ganz Windhuk über nichts anderes. Nein, das ist falsch, man redet in ganz Deutsch-Südwest nur über dich, den Bastard und die vermissten Söldner.«

Fanny sagte lange nichts.

Schließlich klopfte der Richter seine Pfeife aus, was den Mops aufweckte. »Ich werde deine Ehe mit Ludwig annullieren, zum Glück waren deine Papiere ja falsch.« Er grinste breit. »Du hast uns alle getäuscht, also ist es nur recht und billig, Ludwig von dieser Fessel zu befreien. Das wird ihn vielleicht etwas beruhigen.« Ehrenfels nickte sich selbst bestätigend zu. »Und bis Gras über alles gewachsen ist, könntet ihr nach Samoa gehen – man munkelt, dass die in Kürze auch ganz offiziell deutsche Kolonie werden.«

»Samoa? Wo liegt das denn?«

»In der Südsee, es soll paradiesisch sein.« Der Richter stopfte seine Pfeife wieder neu. »Ich persönlich glaube aber nicht mehr ans Paradies, höchstens noch an ein Glas Wein und eine ordentliche Pip.« Er lächelte ein wenig bitter.

»Wie auch immer, ich habe auf der Insel einen Freund, der mir noch einen Gefallen schuldet. Ich schlage vor, ihr geht dort so lange hin, bis Gras über alles gewachsen ist. Neben Ehebruch und Kindesentführung verdächtigt man John und dich immerhin des Mordes an vier Männern.«

Fanny wusste, dass Ehrenfels recht hatte. John und sie sollten für eine Weile fortgehen, und sie hoffte, dass die vier Tränen der Sonne wertvoll genug für die Kosten dieser Reise waren.

»Ich danke dir, und ich denke, John wird dir sicher zustimmen, denn niemand kennt Ludwig so gut wie er. Wir reisen so bald wie möglich ab nach Samoa, auch wenn wir nichts Strafbares getan haben.« Fanny holte tief Luft, um noch einmal zu bekräftigen, dass sie keine Mörder waren, doch gleichzeitig fiel ihr ein, wie gern sie Hermann getötet hätte und wie wenig Bedauern sie für die Männer in den Fluten gehabt hatte.

Deshalb verzichtete sie darauf, atmete laut aus, entspannte sich und war froh, dass sie Ehrenfels nicht anlügen musste.

»Niemand hat sie ermordet«, erklärte sie, »sie alle sind einfach nur Opfer der Wüste geworden.«

»Dann wird man sich erst recht fragen, wie ihr – so viel schlechter ausgestattet als die Söldner – es dann geschafft habt, der Wüste zu entkommen.«

»Magie«, flüsterte Fanny. Sie beugte sich über John und küsste sein Haar, dann richtete sie sich wieder auf und lächelte. »Zauberei und die Tränen der Sonne und …«

»Die Tränen der Sonne?«, fiel Ehrenfels ihr voller Skepsis ins Wort. »Magie?«

»Ja.« Fanny nickte ihm zu und brachte Zahaboos Goldreife leise zum Klingeln. »Ja, es war Magie.« Sie lächelte wieder und dachte an Zahaboo. »Die Magie und der Duft der Wüstenrose haben uns geführt.«

Der Mops sprang vom Schoß des Richters und lief davon.

»Magie, so ein Unsinn …« Der Richter schüttelte den Kopf und trank seinen letzten Rest Wein aus.

Fanny rüttelte John behutsam wach, küsste ihn diesmal auf den Mund und stieg Arm in Arm mit ihm die Treppen hoch in ihr Zimmer, wo Lottchen schon lange tief und fest schlief.

Statt eines Nachworts

Der Duft der Wüstenrose ist ein Roman, eine von mir erfundene Geschichte. Aber vielleicht geht es Ihnen ja so ähnlich wie mir, wenn ich ein Buch zu Ende gelesen habe, und Sie möchten nun auch zu gern wissen, wie in Gottes Namen die Autorin nur auf diese Idee kam beziehungsweise wie dieser Roman wohl entstanden ist.

Vor ein paar Jahren fand ich an einem heißen Sommertag auf dem schönsten Flohmarkt Münchens, der unter prächtigen alten Kastanien in der Nähe einer Ziegelsteinkirche stattfindet, einen Schatz: ein dickes, wundervoll illustriertes Buch über Glasperlen. Falls Sie sich auch dafür interessieren, hier der Titel: *Alle Perlen dieser Welt. Eine Kulturgeschichte des Perlenschmucks* von Lois Sherr Dubin.

Seit Langem faszinieren mich Glasperlen, und dieses Buch eröffnete mir mit all seinen Zahlen, Fakten und Bildern den Zugang zu einem ganzen Universum von Glasperlen.

Ich war sicher, in meinem nächsten Roman würden diese kleinen Schmuckstücke eine wichtige Rolle spielen. Doch es fiel mir schwer, mich auf ein Land und ein Jahrhundert festzulegen – die Auswahl war einfach so groß.

Da gibt es beispielsweise die geheimnisvollen *dZi*-Perlen, geschwärzte oder auch bräunliche Achatperlen, um die sich in Tibet viele geheimnisumwitterte Geschichten ranken. Oder die kunstvoll geschnitzten *ojime*-Perlen, die in Japan auch aus Elfenbein und Metall hergestellt wurden; man fädelte sie auf die Lederschnüre von Tragbehältern und Beuteln, so dass sich Letztere verschließen ließen, indem man die Perlen nach unten schob. Und dann sind da noch die vielen magischen Augenperlen, die man überall auf der Welt in den unterschiedlichsten Ausprägungen findet.

Es schien mir unmöglich, mich zwischen diesen unzähligen Möglichkeiten zu entscheiden, bis ich auf die Doktorarbeit von Ulf Vierke stieß – *Die Spur der Glasperlen* –, in der eindrucksvoll dargelegt wird, dass sich heute noch Perlen aus dem Bayerischen Wald in Afrika finden lassen.

Eine Zeit lang gehörten der Bayerische und der Böhmerwald, salopp gesagt, quasi zu den Perlenmetropolen der Welt, vergleichbar mit Venedig. Ich erkundete die Glasstraße im Bayerischen Wald, fand hilfreiche Unterstützung im Glasmuseum Frauenau (das übrigens besonders mit Kindern einen Besuch wert ist!), und danach war mir klar, dass ich die Geschichte von Frauen im Glashandel erzählen und einen Bogen spannen wollte, der über viele Generationen vom Bayerischen Wald bis nach Afrika führte.

Doch das war, bevor ich zu Rechercherwecken nach Namibia fuhr und mich gänzlich in Afrika verliebte.

Zu dem Erfolg dieser Reise hat Christin Zingelmann ganz entschieden beigetragen, und ihr möchte ich an dieser Stelle sehr herzlich danken. Sie hat bei der Planung geholfen und Kontakte hergestellt, die meine Recherchen vor Ort noch viel ergiebiger gemacht haben.

So vieles kam bei dieser Reise zusammen: der eindrucksvolle Nachthimmel in der namibischen Wüste, dazu mein Glück, nach einer unglaublich reichen Regenzeit in ein Land zu kommen, das mit silbernem Gras wie von einem Zauberteppich überzogen war – und nicht zuletzt eine alte Glasperlenkette, die ich unerwartet fand. All das bestärkte mich darin, dass Fannys Glasperlen-Geschichte allein im Mittelpunkt stehen und der gesamte Roman in Afrika spielen musste.

Die ersten Europäer, die Portugiesen, die auf der Suche nach einem Seeweg nach Indien waren, landeten schon im Jahre 1486 an der Küste Namibias. Doch die Namibwüste, die sich gleich hinter der lebensfeindlichen und wasserlosen, der zu Recht so genannten Skelettküste erhebt, verhinderte jede weitere Ausbreitung der Europäer zu diesem Zeitpunkt. Erst etwa dreihundert Jahre später zogen die ersten Einwanderer nach Namibia; sie kamen aus Südafrika in den Süden Namibias.

Mein Roman spielt daher auch hauptsächlich im Süden, weil dieser Landesteil um jene Zeit, also 1893, weitaus dichter besiedelt war als der Norden, der mit der Etoscha-Pfanne und seiner einzigartigen Tierwelt heute das Ziel der meisten Namibia-Touristen ist.

Nach den englischen Missionaren kamen 1840 auch die Missionare der »Rheinischen Missionsgesellschaft« ins Land, und ihnen folgten immer mehr Händler und Abenteurer aus Europa.

Namibia ist ein unsicheres, hartes Land, dessen Klima von zwei Wüsten geprägt wird: der Namib, der ältesten Wüste der Welt, und der Kalahari an der Grenze zu Botswana. Zwischen den umherziehenden Nomadenstämmen der Nama und der erst später eingewanderten Herero kam es ständig zu kriegerischen Auseinandersetzungen um Weideflächen und Jagdgebiete, vor allem während längerer Dürreperioden.

Im Jahr 1884 wurde Namibia auf Drängen der dort lebenden deutschen Händler zum »Schutzgebiet« des deutschen Kaiserreichs erklärt und erhielt den Namen »Deutsch-Südwestafrika«.

Die zunächst nur in kleiner Zahl ausgesendeten »Schutztruppen« aus Deutschland sollten eigentlich als Vermittler zwischen den verfeindeten Volksstämmen dienen, doch es gab von allen Seiten Widerstand gegen die neue Kolonialmacht. 1894 kam es zwar zu dem ersten Friedensvertrag mit den Nama, doch es flackerten immer wieder Aufstände gegen die Deutschen auf, sodass die »Schutztruppen« verstärkt wurden.

Im Januar 1904 erhoben sich schließlich die Herero unter Samuel Maharero gegen die Kolonialmacht. Angesichts des grausamen Vorgehens der Deutschen, mit dem erklärten Ziel der Vernichtung aller Herero, schlossen sich die Nama im Oktober dem Widerstand an, ohne mit den Herero verbündet zu sein. Trotzdem töteten die Deutschen etwa 85 000 Herero sowie etwa 10 000 Nama. Dieser Vernichtungszug gilt heute als der erste Völkermord des zwanzigsten Jahrhunderts.

Der Duft der Wüstenrose spielt jedoch vorher in einer relativ friedlichen Zeit, in der es noch sehr wenige deutsche Siedler und vor allem nur wenige deutsche Frauen in Deutsch-Südwest gab.

Allen Leserinnen, die sich für mehr Sachinformationen zu diesem Thema interessieren, empfehle ich besonders: *Frauen in den deutschen Kolonien* von Marianne Bechhaus-Gerst und Mechthild Leutner (Hg.). Es gibt auch viele deutsche Frauen, die ihre Eindrücke in Deutsch-Südwest festgehalten haben, wie zum Beispiel Margarethe von Eckenbrechers in ihrem Buch *Was Afrika mir gab und nahm* oder Ilse Liepsch in *Durst und Dornen*.

Diese Frauenmemoiren aus Deutsch-Südwest zeigen neben den Alltagsproblemen in Afrika jedoch sehr deutlich den alltäglichen Rassismus, der das Selbstverständnis deutscher Frauen in den Kolonien klar geprägt hat und für uns heute unerträglich ist. Deutsche Frauen wurden nämlich hauptsächlich deshalb in die Kolonien geschickt, »um den deutschen Mann vor der ständigen Rassenschande zu bewahren« und so Mischehen und Mischlingskinder zu verhindern.

Namibia war und ist ein Vielvölkerstaat mit einer reichen kulturellen Diversität. Im Norden leben die Ovambo, im Nordosten die Kavangostämme, im Osten des Caprivizipfels die Subia und Fwe, im mittleren Osten die Herero, im Westen die Himba, in der Kalahari die San, in der Mitte und im Süden die Nama und Damara sowie noch einige weitere kleinere Gruppen, wie z.B. die Tswana oder die Rehobother Baster.

Die Zulu wiederum sind hauptsächlich im Süden Afrikas angesiedelt. Ihre magischen Rituale waren neben den Märchen der Nama, in denen es von bösen Menschenfressern nur so wimmelt, für mich von allergrößtem Interesse, und es war außerordentlich spannend, dazu das Forschungsmaterial der Ethnologin Prof. Katesa Schlosser zu sichten. Am hilfreichsten war für mich ihr Buch *Zauberei im Zululand. Manuskripte des Blitz-Zauberers Laduma Madela*, das teilweise auch mit Fotos und Original-Zeichnungen ausgestattet ist.

»Die Tränen der Sonne«, die Fanny während des Rituals in den Ausläufern der Namib findet, sind Rohdiamanten. Diese Diamanten wurden von den Deutschen zwar erst 1908 entdeckt, doch sie waren natürlich schon seit Hunderten von Jahren dort im Wüstensand verborgen. In diesem von Wanderdünen durchzogenen, kahlen und dürren Gebiet, dem heutigen Diamanten-Sperrgebiet, das ich bei meiner Reise ausführlich erkundet habe, werden noch immer Diamanten abgebaut.

Die Wüstenrose kommt in Namibia nur sehr selten vor; die meisten findet man im Südosten nahe Südafrika. Tatsächlich ist die Wüstenrose bis heute für »gewöhnliche« Menschen geruchlos, allerdings versuchen Züchter in der ganzen Welt, ihr einen Duft anzuzüchten. Doch ich hoffe, dass der Duft der Wüstenrose noch sehr lange etwas ganz Besonderes bleibt, etwas Magisches ...

Glossar

AKWENZEKI: *Zulu* Das wird nicht passieren; das ist unmöglich.

AMANDLA: *Zulu* Kraft, Stärke

AMANZI: *Zulu* Wasser

AMASI: *Zulu* Sauermilch

AMATHAMBO: Zauberwürfel, die aus Knochen, Muschelstücken oder Steinklumpen bestehen können, mit denen Zuluzauberer Voraussagen treffen.

BILTONG: In Streifen geschnittenes, an der Luft getrocknetes Fleisch, von *niederländisch* Bil = »Hinterteil« und tong = »Streifen« oder »Zunge«.

BODOMPERLE: Alte, urspr. ghanaische Perlen, die aus Glaspulver gegossen wurden. Außen gelb auf dunklem Kern. Sie wurden fein, aber spärlich bemalt, oft mit kreuzförmigen Motiven. Es sind große Perlen (*Bodom* bedeutet

»groß«), die zu tragen Königen vorbehalten war; ihnen werden mystische und medizinische Kräfte zugeschrieben. Bodomperlen sind heute sehr selten und extrem teuer.

BÖHMISCHE PERLEN: Meist, aber nicht immer blaue, an den Enden zum Loch hin facettierte Glasperlen. Sie wurden im 19. Jh. in der Gablonzer Region hergestellt und global vermarktet, man kann sie heute noch auf Märkten in Afrika finden.

BORWASSER: Wurde früher als Desinfektionsmittel verwendet, um Augen oder Wunden auszuspülen.

BULALA UMTHAKATHI UMUBI: *Zulu* Mörder, Hexe, du bist böse!

CHEVRONPERLEN: Längliche Perlen mit einem gezogenen Sternenmuster, die seit 1480 von venezianischen Glasperlenherstellern in Murano gefertigt werden.

DUMISANI: *Zulu* Hochgelobter

GEELDIKOPP: Schafskrankheit

GLASGALLE: So nennt man den Schaum, der sich auf der geschmolzenen Glasmasse absetzt. Er besteht z.B. aus Chlorkalium und schwefelsaurem Kali und muss vor der Verarbeitung des Glases sorgfältig abgeschöpft werden, sonst weist das Glas später Verunreinigungen auf.

GLASHAFEN: So nennt man große Tröge, in denen das Glasgemenge (= die Ausgangsstoffe für Glas) im Ofen geschmolzen wird.

HERERO: Ein erst Mitte des 16. Jahrhunderts aus Zentralafrika nach Namibia eingewanderter Nomadenstamm. Sie sind Viehzüchter, die zu den Bantusprechenden Völkern gezählt werden.

HIMBA: Die Himba werden zu den Herero gezählt, allerdings besitzen sie keine Herden, sondern leben als Jäger.

IKHWEZI: *Zulu* Morgenstern, Venus

IMBALI: *Zulu* Blume oder Blüte

IMVULA ENZIMA: *Zulu* starker Regen

INDABA ENDE: *Zulu* lange Geschichte

INKOSANA: *Zulu* ältester Sohn

INYANGA YEMILOZI: *Zulu* magische Frau

ISIPHUKUPHUKU: *Zulu* Idiot

KAJUMBA: *Bantu* schön

KALEBASSE: Ein Gefäß zur Aufbewahrung und zum Transport von Flüssigkeiten. Die Kalebasse wird aus einem getrockneten und ausgehöhlten Flaschenkürbis hergestellt.

KALOMEL: *Griechisch* Schön schwarz, wurde sowohl als Pulver gegen Entzündungen in Nase und Rachen verwendet als auch als Abführmittel, zur Anregung der Gallenfunktion, gegen Brechdurchfall, Milz-, Leber-, Lungenleiden und gegen Syphilis.

KRAAL (ODER KRAL): *Africaans* Bezeichnet eine Abgrenzung in runder Form entweder um Vieh oder um eine Ansiedlung von Menschen, meist aus Holz, aber auch aus Ästen und Schlamm.

LALA KAHLE, KULUNGILE: *Zulu* Gute Nacht, alles ist in Ordnung

LÄUTERUNG: Die Austreibung von Glasblasen aus dem Glasgemenge. Oft wurde dazu Arsen in das Glasgemenge gegeben – das ist heute nicht mehr üblich.

LELIYAFU: *Zulu* Weg mit den Wolken!

MILLEFIORIPERLEN: *Italienisch* Mille = »Tausend«, Fiori = »Blumen«. Auch Mosaikperlen. Sie sehen so aus, als wären sie über und über mit Blumen verziert. Eine der berühmtesten Erfindungen der venezianischen Glasperlenhersteller.

MUKURU: Priesterfürst; aber auch erster Urahn der Herero, der dem *Omumborombonga*-Baum entsprungen ist.

NAMA: Die Nama wurden von den Kolonialmächten abwertend als »Hottentotten« bezeichnet. Sie leben in Südafrika und Namibia und werden zu den Khoi Khoi gezählt. Die meisten der heute ca. 100 000 Nama leben in Namibia. Sie sprechen Khoisan, eine Schnalzsprache mit Schnalz- und Klicklauten.

OHONGWE: *Herero* Morgenstern

OMEIRE: *Herero* Sauermilch

OMUMBOROMBONGA-BAUM: In der Mythologie der Herero ist diesem Baum der erste Urahn der Herero – Mukuru – zusammen mit seiner Frau Kamungarunga entsprungen. Die anderen Dinge der Welt haben einen anderen Ursprung. Wenn die Herero von Gott sprechen, nennen sie ihn Mukuru und denken dabei an ein menschliches Wesen, das in der Ahnenreihe an erster Stelle stand. Aber jede Sippe hat auch einen speziellen Sippen-Mukuru.

ONDANGI OSENGIRO: *Herero* »Danken ist fluchen«; Redensart der Herero.

OPODELDOK: *Griechisch* Pflanzensaft. Nach Paracelsus. Eine Mischung aus Seife, Kampfer, Rosmarin- und Thymianöl, die unter anderem als Mittel zum Einreiben gegen Rheumatismus und Gicht verwendet wurde.

OUZUWO: *Herero* Wüstenrose. Das Wort an sich bedeutet Gift, denn die Wurzeln der Wüstenrose sind hochgiftig und wurden auch als Pfeilgift benutzt.

PAD: *Africaans* Weg, Straße

PATERL, AUCH PATTERL, PATERLA: *Bayerisch* Rosenkranzperlen aus Glas

PIP: *Africaans* Pfeife

PONTOK: Hütte der Eingeborenen, aus Ästen und Lehm oder Ästen und Fellen gebaut.

RIVIER: Trockenflüsse in Namibia, die sich in der Regenzeit mit Wasser füllen und zu reißenden Strömen werden können. In der Trockenzeit versickert das Wasser unter die Erde.

TLORAB: *Nama* eigentlich »orab« geschrieben, das »t« steht für den Schnalzlaut, mit dem das Wort ausgesprochen wird. Ein Strauch (Antizoma angustifolia), der mit langen, schlingenden Zweigen in Büsche und Bäume klettert. Wenn ein Baby nicht kommen will, geben die Damara der Gebärenden einen Wurzeltee *orab* zu trinken. Bei anderen Nomadenstämmen trinken Schwangere den Tee ab dem vierten Monat, damit es eine leichte Geburt wird.

TRECKEN: Mit dem Ochsenkarren (auch Kamelen oder Pferden) auf dem Pad reisen.

UBUNYANGA: *Zulu* Medizinfrau

UJU: *Zulu* Honig

UMAMA UBISI: *Zulu* Mutter, Milch

UMTHAKATHI: *Zulu* Schwarzzauberin

UNKULUNKULU: *Zulu* Gott

UNYEMBEZI: *Zulu* Träne(n)

ZIPUTHISA INJAKAZI EMHLOPHE: *Zulu* Bleib weg von der weißen Hexe!